LIMITES DA Fundação

ISAAC ASIMOV
LIMITES DA FUNDAÇÃO

Tradução
Henrique B. Szolnoky

ALEPH

LIMITES DA FUNDAÇÃO

TÍTULO ORIGINAL:
Foundation's Edge

COPIDESQUE:
Hebe Ester Lucas

REVISÃO:
Renato Ritto

DIREÇÃO EXECUTIVA:
Betty Fromer

DIREÇÃO EDITORIAL:
Adriano Fromer Piazzi

DIREÇÃO DE CONTEÚDO:
Luciana Fracchetta

EDITORIAL:
Daniel Lameira
Andréa Bergamaschi
Débora Dutra Vieira
Luiza Araujo

ILUSTRAÇÃO DE CAPA:
Michael Whelan

CAPA:
Giovanna Cianelli

PROJETO GRÁFICO E DIAGRAMAÇÃO:
Desenho Editorial

COMUNICAÇÃO:
Fernando Barone
Nathália Bergocce
Júlia Forbes

COMERCIAL:
Giovani das Graças
Lidiana Pessoa
Roberta Saraiva
Gustavo Mendonça

FINANCEIRO:
Roberta Martins
Sandro Hannes

COPYRIGHT © NIGHTFALL, INC., 1982
COPYRIGHT © EDITORA ALEPH, 2009
(EDIÇÃO EM LÍNGUA PORTUGUESA PARA O BRASIL)

TODOS OS DIREITOS RESERVADOS.
PROIBIDA A REPRODUÇÃO, NO TODO OU EM PARTE, ATRAVÉS DE QUAISQUER MEIOS.

EDITORA ALEPH
Rua Tabapuã, 81 - cj. 134
04533-010 – São Paulo – SP – Brasil
Tel.: [55 11] 3743-3202
www.editoraaleph.com.br

DADOS INTERNACIONAIS DE CATALOGAÇÃO NA PUBLICAÇÃO (CIP) DE ACORDO COM ISBD

A832l
Asimov, Isaac
Limites da Fundação / Isaac Asimov ; traduzido por Henrique B. Szolnoky. - 2. ed. - São Paulo, SP : Editora Aleph, 2021.
464 p. ; 14cm x 21cm.

Tradução de: Foundation's edge
ISBN: 978-65-86064-86-5

1. Literatura americana. 2. Ficção científica. I. Szolnoky, Henrique B. II. Título.

2021-2632　　　　　CDD 813.0876
　　　　　　　　　　CDU 821.111(73)-3

ELABORADO POR ODILIO HILARIO MOREIRA JUNIOR - CRB-8/9949

ÍNDICE PARA CATÁLOGO SISTEMÁTICO:
1. Literatura americana : ficção científica 813.0876
2. Literatura americana : ficção científica 821.111(73)-3

*Dedicado a Betty Prasker, que insistiu,
e a Lester del Rey, que importunou.*

Nota à edição brasileira 9
Prólogo 13

1. Conselheiro 17
2. Prefeita 39
3. Historiador 55
4. Espaço 78
5. Orador 97
6. Terra 120
7. Fazendeiro 139
8. Fazendeira 157
9. Hiperespaço 178
10. Mesa 192
11. Sayshell 221
12. Agente 236
13. Universidade 268
14. Adiante! 296
15. Gaia-S 322
16. Convergência 337
17. Gaia 364
18. Colisão 397
19. Decisão 419
20. Resolução 440

Posfácio do autor 459

NOTA À EDIÇÃO BRASILEIRA

Iniciada em 1942 e concluída em 1953, a trilogia da *Fundação* é um dos maiores clássicos de aventura, fantasia e ficção do século 20. Os três livros que compõem a história original – *Fundação*, *Fundação e Império* e *Segunda Fundação* – receberam, em 1966, o prêmio Hugo especial como a melhor série de ficção científica e fantasia de todos os tempos, superando concorrentes de peso como *O Senhor dos Anéis*, de J. R. R. Tolkien, e a série Barsoom, de Edgar Rice Burroughs. Acredite, isso não é pouco. Mas também não é tudo.

A saga é um exemplo do que se convencionou chamar *Space Opera* – uma novela que se ambienta no espaço. Todos os elementos estão presentes em *Fundação*: cenários grandiosos, ação envolvente, diversos personagens atuando num amplo espectro de tempo. Seu desenvolvimento é derivado das histórias *pulp* de faroeste e aventuras marítimas (notadamente de piratas).

Isaac Asimov, como grande divulgador científico e especulador imaginativo, começou a conceber em *Fundação* uma história grandiosa. Elaborou, dezenas de séculos no futuro, um cenário em que toda a Via Láctea havia sido colonizada pela raça humana, a ponto de as origens da espécie terem se perdido no tempo. Outros escritores, como Robert Heinlein e Olaf Stapledon, já haviam se aventurado na especulação sobre o futuro da raça humana. O que, então, *Fundação* possui de tão especial?

Um dos pontos notáveis é o fato de ter sido inspirada pelo clássico *Declínio e Queda do Império Romano*, do historiador inglês Edward Gibbon. Não é, portanto, uma história de glória e exaltação. Mas, sim, a epopeia de uma civilização que havia posto tudo a perder. E também a história de um visionário que havia previsto não apenas a inevitável decadência de um magnífico Império Galáctico, mas também o caminho menos traumático para que, após apenas um milênio, este pudesse renascer em todo o seu esplendor.

O autor fez questão de utilizar doutrinas polêmicas para basear seu futuro militarista, como o Destino Manifesto americano (a crença de que o expansionismo dos Estados Unidos é divino, já que os norte-americanos seriam o povo escolhido por Deus) e o nazismo alemão (que professava ser a democracia uma força desestabilizadora da sociedade por distribuir o poder entre minorias étnicas, em prejuízo de um governo centralizador exercido por pessoas intelectualmente mais capacitadas). *Fundação* se revela, pois, um texto que ultrapassa, e muito, aquela camada superficial de leitura. De fato, a cada página transcorrida, o leitor notará os paralelos entre as aventuras dos personagens da trilogia e diversas passagens históricas. E mais: a percepção dos arquétipos psicológicos de cada personagem nos leva a apreciar, em todas as suas nuances, a maravilhosa diversidade intelectual de nossa espécie.

Além da trilogia da *Fundação*, Asimov acabou atendendo a pedidos de fãs e de seus editores para retomar a história de Terminus; quase trinta anos depois do lançamento de *Segunda Fundação*, escreveu as continuações *Limites da Fundação* e *Fundação e Terra*. Em seguida, publicou *Prelúdio à Fundação* e *Origens da Fundação*, que narram os eventos que antecedem o livro *Fundação*.

Na mesma época em que começava a expandir sua trilogia original, Isaac Asimov também decidiu integrar seus diversos livros e universos futuristas, para que todas as histórias transcorressem em uma continuidade temporal. Ou seja, clássicos como *O Homem Bicentenário* e *Eu, Robô* se passam no mesmo passado da saga de *Fundação*. Para isso, ele modificou diversos detalhes em suas histórias, corrigindo datas, atitudes de personagens, rearranjando fatos. Este processo, conhecido tradicionalmente como *retcon*, foi aplicado a quase todos os seus livros. A trilogia da *Fundação* era peça-chave neste quebra-cabeça, e foi modificada em pontos fundamentais, como, por exemplo, ajustes na cronologia. E é esta a versão editada pela Aleph desde 2009. A editora também publicou, pela primeira vez no Brasil, a trilogia em três volumes separados, de modo que o leitor pudesse apreciar a obra como concebida por seu criador.

Nas próximas páginas, as aventuras iniciadas em Trantor continuam, rumo à glória que a humanidade acredita que, um dia, lhe será destinada.

Tenha uma boa jornada.

Os editores

PRÓLOGO

O Primeiro Império Galáctico desmoronava. Estava em decadência e perdendo a integridade havia séculos, e apenas um homem contemplava esse fato.

Era Hari Seldon, o último grande cientista do Primeiro Império, o homem que havia cunhado a psico-história – a ciência do comportamento humano reduzida a equações matemáticas.

O ser humano, como indivíduo, é imprevisível, mas as reações de massas humanas, descobriu Seldon, poderiam ser tratadas estatisticamente. Quanto maior a massa, maior precisão poderia ser alcançada. E o escopo das massas humanas com as quais Seldon trabalhava era nada menos do que a população de todos os milhões de planetas habitados da Galáxia.

As equações de Seldon lhe diziam que, sem uma intervenção, o Império cairia, e que trinta mil anos de miséria e agonia humanas passariam antes de um Segundo Império ascender das ruínas. Porém, se alguém pudesse ajustar parte das condições que existiam, o Interregno poderia ser resumido a um milênio – apenas mil anos.

Foi para garantir esse futuro que Seldon estabeleceu duas colônias de cientistas que chamou de "Fundações". Com intenções calculadas, ele as instaurou "nos confins opostos da Galáxia". A Primeira Fundação, que se centrava em ciência física, foi criada abertamente, com toda a publicidade. A existência da outra, a Segunda Fundação, uma profusão de cientistas psico-historiadores e "mentálicos", foi submersa em silêncio.

Na *Trilogia da Fundação*, conta-se a história dos quatro primeiros séculos do Interregno. A Primeira Fundação (amplamente conhecida como apenas "a Fundação", pois a existência de outra era ignorada por quase todos) iniciou-se como uma pequena comunidade perdida no vazio da periferia externa da Galáxia. Periodicamente enfrentava uma crise, na qual as variáveis do intercurso humano — e das correntes sociais e econômicas da época — a limitavam. Sua liberdade de exploração apoiava-se apenas sobre uma determinada linha, e, quando se movia nessa direção, um novo horizonte de desenvolvimento se abria diante dela. Tudo havia sido planejado por Hari Seldon, a essa altura falecido havia muito tempo.

A Primeira Fundação, com sua ciência superior, apoderou-se dos planetas barbarizados a seu redor. Enfrentou os déspotas anárquicos que abandonaram um império moribundo e os derrotou. Enfrentou os vestígios do próprio Império, sob seu último imperador efetivo e seu último general efetivo — e os derrotou.

Aparentemente, o "Plano Seldon" seguia como o planejado, e parecia não haver nada para impedir o Segundo Império de ser estabelecido no prazo — e com o mínimo de devastação intermediária.

Mas psico-história é uma ciência de estatísticas. Há sempre uma pequena chance de que algo de errado ocorra, o que de fato aconteceu — algo que Hari Seldon não poderia ter previsto. Um homem, chamado Mulo, surgiu de lugar nenhum. Ele tinha poderes mentais em uma Galáxia que não os possuía. Ele era capaz de moldar as emoções dos homens e ajustar mentes. Até mesmo seus oponentes mais rancorosos eram transformados em servos devotos. Nenhum exército tinha condições práticas ou mentais para enfrentá-lo. A Primeira Fundação desabou e o Plano Seldon parecia fadado à ruína.

Ainda havia a misteriosa Segunda Fundação, que foi surpreendida pelo aparecimento repentino do Mulo, mas que lentamente delineou um contra-ataque. A maior defesa dela era o fato de ter uma localização desconhecida. O Mulo a buscou para completar sua conquista da Galáxia. Os obstinados do que havia restado da Primeira Fundação buscaram-na para conseguir ajuda.

Ninguém a encontrou. O Mulo foi detido primeiro pelas ações de uma mulher, Bayta Darell, o que garantiu tempo suficiente para que a Segunda Fundação organizasse a reação necessária e, assim, derrotasse o Mulo de maneira definitiva. Lentamente, prepararam-se para restabelecer o Plano Seldon.

Porém, de certa maneira, a Segunda Fundação saíra do anonimato. A Primeira Fundação sabia da existência da Segunda, e não queria um futuro em que seria fiscalizada pelos mentálicos. A Primeira Fundação era superior em força física; a Segunda era ameaçada não somente por esse fato, mas também por estar diante de uma missão dupla: não precisava apenas vencer a Primeira Fundação, precisava também recuperar seu anonimato. Essa missão, a Segunda Fundação, sob o regime de seu maior "Primeiro Orador", Preem Palver, conseguiu cumprir. Permitiu que a Primeira Fundação aparentasse vitória, que parecesse tê-la derrotado e seguisse obtendo mais e mais força na Galáxia, totalmente alheia ao fato de que a Segunda Fundação ainda existia.

Passaram-se 498 anos desde o surgimento da Primeira Fundação. Ela está no auge de sua potência, mas um homem não acredita em aparências...

1.

Conselheiro

1

– Não acredito, evidentemente – disse Golan Trevize nos amplos degraus da Galeria Seldon, enquanto admirava a cidade que reluzia sob a luz do sol.

Terminus era um planeta ameno, com uma boa proporção água/terra. A introdução de controle climático o deixara ainda mais confortável e consideravelmente menos interessante, pensava Trevize com frequência.

– Não acredito em nada disso – repetiu, e sorriu. Seus dentes brancos e alinhados brilharam em seu rosto jovial.

Seu acompanhante e colega de Conselho, Munn Li Compor, que havia adotado um nome do meio à revelia da tradição de Terminus, sacudiu a cabeça, inquieto.

– Em que você não acredita? Que salvamos a cidade?

– Oh, nisso eu acredito – respondeu Trevize. – Salvamos, não salvamos? E Seldon disse que *assim seria*, e disse que estaríamos *certos* de fazê-lo, e que ele sabia sobre tudo isso quinhentos anos atrás.

O tom da voz de Compor diminuiu e ele disse, quase em um sussurro:

– Escute, não me importo que você fale dessa maneira comigo, pois isso é apenas uma conversa, mas se levantar a voz em multidões, outros ouvirão e, francamente, não quero estar por perto quando o relâmpago descer. Não tenho certeza do quão precisa será a mira.

O sorriso de Trevize não hesitou.

– É prejudicial dizer que a cidade está salva? E que a salvamos sem uma guerra?

– Não havia ninguém para combater – afirmou Compor. Ele tinha cabelos amarelo-manteiga e olhos azul-celeste, e sempre resistia ao impulso de alterar aquelas colorações antiquadas.

– Nunca ouviu falar de guerra civil, Compor? – perguntou Trevize. Ele era alto, os cabelos pretos com uma suave ondulação, e tinha o hábito de caminhar com os polegares enganchados à cinta de fibra macia que sempre usava.

– Uma guerra civil por causa da localização da capital?

– A questão foi suficiente para desencadear uma crise Seldon. Destruiu a carreira política de Hannis. Colocou você e eu no Conselho na última eleição, e o problema continuou pendente... – Trevize girou uma mão lentamente, para frente e para trás, como um balanço que termina seu movimento em nível.

Ele parou sobre os degraus, ignorando os outros membros do governo e da imprensa, e também os tipos elegantes da sociedade que trapacearam por um ingresso para testemunhar o retorno de Seldon (ou, pelo menos, o retorno de sua imagem).

Todos desciam as escadas, conversando, rindo, regozijando-se na plenitude de tudo e desfrutando da aprovação de Seldon.

Trevize permaneceu imóvel e deixou a multidão desviar-se dele. Compor, dois passos à frente, parou – uma corda invisível estendeu-se entre os dois.

– Você não vem?

– Não há pressa. Não iniciarão a assembleia do Conselho até que a prefeita Branno tenha revisto a situação à sua maneira tradicionalmente inflexível, uma-sílaba-de-cada-vez. Não estou com pressa para aturar outro discurso enfadonho... Olhe para esta cidade!

– Estou vendo. Vi ontem, também.

– Sim, mas você a viu há quinhentos anos, quando foi fundada?

– Quatrocentos e noventa e oito – corrigiu Compor automaticamente. – Daqui a dois anos farão a celebração de meio milênio, e a prefeita Branno ainda estará em mandato na ocasião, reprimindo eventos de, esperamos, pouca probabilidade.

– Assim esperamos – rebateu Trevize, secamente. – Mas como ela era quinhentos anos atrás, quando foi fundada? Uma cidadezinha! Um pequeno povoado, ocupado por um grupo de homens preparando uma enciclopédia que nunca foi terminada!

– É claro que foi terminada.

– Está se referindo à *Enciclopédia Galáctica* que temos agora? O que temos não é o projeto em que eles estavam trabalhando. O que temos está em um computador e é revisada diariamente. Você já viu o original incompleto?

– Refere-se ao que está no Museu Hardin?

– Museu das Origens Salvor Hardin. Usemos o nome completo, por favor, já que você é tão cuidadoso com datas exatas. Já viu?

– Não – respondeu Compor. – Deveria?

– Não, não vale a pena. De qualquer forma, ali estavam eles, um grupo de enciclopedistas formando o núcleo de uma cidadezinha em um mundo virtualmente sem metais, orbitando um sol isolado do restante da Galáxia, no limite, no ponto mais extremo. E agora, quinhentos anos depois, somos um mundo suburbano. O lugar é um imenso parque, com todo o metal que queremos. Estamos no centro de tudo, agora!

– Na verdade, não – disse Compor. – Ainda estamos orbitando um sol isolado do restante da Galáxia. Ainda no ponto mais extremo da Galáxia.

– Ah não, você diz isso sem pensar. Essa foi a essência de toda essa pequena crise Seldon. Somos mais do que apenas o mundo isolado Terminus. Somos a Fundação, que estende seus tentáculos por toda a Galáxia e governa essa Galáxia de sua posição no ponto mais extremo. Podemos fazê-lo justamente porque *não* estamos isolados, com exceção da localização, que é irrelevante.

– Certo. Aceitarei isso – Compor estava claramente desinteressado e deu mais um passo adiante. O cordão invisível entre os dois esticou-se mais.

Trevize estendeu uma mão como se para puxar seu companheiro degraus acima.

– Não vê o significado, Compor? Existe essa enorme mudança, mas não a aceitamos. Em nossos corações, queremos a pequena Fundação, a pequena operação em um único planeta que tínhamos nos dias do passado... os dias de heróis do ferro e de nobres santos que se foram para sempre.

– Você não pode estar falando sério!

– Pois estou. Veja a Galeria Seldon. No início, na primeira crise dos dias de Salvor Hardin, era apenas o Cofre do Tempo, um pequeno auditório no qual a imagem holográfica de Seldon aparecia. E só. Agora é um mausoléu colossal. Mas há uma rampa de campo de força? Uma esteira? Um elevador gravitacional? Não, apenas estes degraus, e descemos e subimos por eles assim como Hardin precisaria ter feito. Em tempos estranhos e imprevisíveis, nos agarramos, apavorados, ao passado.

– Existe algum componente estrutural visível que seja de metal? – continuou Trevize abrindo um braço, enfatizando o que dizia. – Nenhum. Não faria sentido ter algum, pois, na época de Salvor Hardin, não havia nenhum metal nativo e quase nenhum importado. Chegamos a instalar plástico antigo, rosado por causa da idade, quando construímos essa pilha imensa, para que visitantes de outros mundos pudessem parar e dizer: "Galáxia! Que adorável plástico antigo!". Eu lhe digo, Compor, é uma farsa.

– É nisso que você não acredita, então? Na Galeria Seldon?

– E em todo o seu conteúdo – disse Trevize, em um sussurro afiado. – Não creio haver sentido em nos esconder na extremidade do universo simplesmente porque nossos ancestrais o fizeram. Deveríamos estar por aí, no meio de tudo.

– Mas Seldon diz que você está errado. O Plano Seldon está funcionando como deveria.

– Eu sei, eu sei. E cada criança em Terminus é criada para acreditar que Hari Seldon formulou um Plano, que ele previu tudo cinco séculos atrás, que estabeleceu a Fundação de maneira que pudesse enxergar certas crises e que sua imagem apareceria holograficamente nessas crises e nos diria o mínimo que precisaríamos saber para chegar à próxima crise e, assim, nos guiar através de mil anos de história, até que pudéssemos construir com segurança um Segundo e Maior Império Galáctico sobre a velha e decrépita estrutura que estava em ruínas cinco séculos atrás, e que se desintegrou completamente há dois séculos.

– Por que você está me dizendo tudo isso, Golan?

– Porque estou lhe dizendo que é tudo uma farsa. *Tudo* uma farsa, ou, se no início era verdade, *agora* é uma farsa! Não somos nossos próprios mestres. Não somos *nós* que estamos seguindo o Plano.

– Você já disse coisas como essa antes, Golan – Compor olhou para o outro, intrigado –, mas sempre achei que estava falando coisas ridículas para me provocar. Pela Galáxia, estou começando a achar que você fala sério.

– Claro que estou falando sério!

– Não pode ser. Isso é algum tipo de piada complicada à minha custa ou você enlouqueceu.

– Nenhum dos dois – respondeu Trevize, discretamente desta vez, enfiando seus polegares na cinta como se não precisasse mais de gestos manuais para acentuar seu discurso inflamado. – Especulei sobre o assunto no passado, admito, era apenas intuição. Mas a farsa que se desenrolou aqui nesta manhã deixou tudo repentinamente bastante claro para mim, e pretendo, consequentemente, deixar bastante claro para o Conselho.

– Você enlouqueceu *de fato*! – disse Compor.

– Que seja. Venha comigo e escute.

Os dois desceram os degraus. Eram os únicos restantes – os últimos a terminar a descida. E, conforme Trevize seguia ligeiramente na dianteira, os lábios de Compor se moveram silenciosamente, emitindo uma palavra sem voz na direção das costas do outro:

– Tolo!

2

A prefeita Harla Branno formalizou o início da assembleia do Conselho Executivo. Seus olhos haviam perscrutado o grupo sem nenhum sinal visível de interesse; ainda assim, ninguém duvidava de que ela havia tomado nota de todos os presentes e de todos que ainda não tinham chegado.

Seus cabelos cinzentos haviam sido cuidadosamente penteados em um estilo que não era acentuadamente feminino nem imitação do masculino. Era simplesmente a *maneira* como ela os deixava, nada mais. Seu rosto prosaico não era conhecido pela beleza, mas, de alguma forma, não era por beleza que alguém o observava.

Ela era a mais capacitada administradora no planeta. Ninguém poderia atribuir (nem tinha atribuído) a ela o brilhantismo dos Salvor Hardins e dos Hober Mallows, cujas histórias haviam dado vida aos dois primeiros séculos de existência da Fundação, mas também nunca a associaram aos disparates dos Indburs hereditários que tinham governado a Fundação pouco antes da época do Mulo.

Seus discursos não incitavam as mentes dos homens e ela não era dada a gestos dramáticos, mas tinha uma capacidade de tomar decisões discretas e apoiar-se nelas enquanto estivesse convencida de que estava certa. Sem nenhum carisma óbvio, tinha a capacidade de persuadir os votantes de que essas decisões discretas se *tornariam* certas.

Considerando que, pela doutrina Seldon, mudanças históricas são muito difíceis de desalinhar (sempre com a exceção do imprevisível, algo que a maioria dos seldonistas esquece, apesar do angustiante incidente com o Mulo), a Fundação provavelmente teria mantido sua capital em Terminus sob qualquer condição. Mas trata-se de um "provavelmente". Seldon, em sua recém-concluída aparição como um simulacro com cinco séculos de existência, estabeleceu placidamente em 87,2% a probabilidade de ela permanecer em Terminus.

De qualquer maneira, até mesmo para os seldonistas, isso significava que houve 12,8% de chance de que a mudança para algum ponto mais próximo do centro da Federação da Fundação podia ter acontecido, com todas as imensas consequências que Seldon havia esboçado. O fato de essa única chance, em oito, não ter ocorrido devia-se, certamente, à prefeita Branno.

Era certo que ela nunca permitiria. Através de períodos de considerável impopularidade, ela se manteve fiel à sua decisão de que Terminus era o tradicional berço da Fundação, e que ali permaneceria. Os inimigos políticos da prefeita fizeram inúmeras caricaturas de seu robusto maxilar (com certa precisão, é de se admitir) como um bloco de granito pênsil.

E agora Seldon havia apoiado seu ponto de vista e, pelo menos por enquanto, isso daria a ela uma esmagadora vantagem política. Ela teria dito, um ano antes, que, se na próxima aparição Seldon *de fato* a apoiasse, ela consideraria sua missão bem-sucedida. Ela então se aposentaria e assumiria o papel de estadista anciã em vez de se arriscar nos dúbios resultados de mais guerras políticas.

Ninguém tinha acreditado. Ela ficava mais confortável em meio às guerras políticas do que muitos de seus antecessores, e agora que a imagem de Seldon aparecera e desaparecera, não havia nenhum sinal de aposentadoria em sua postura.

Ela falava em voz perfeitamente clara, com um desembaraçado sotaque da Fundação (no passado, havia servido como embaixadora de Mandrels, mas não adotou o antigo estilo Imperial de discurso que estava tão em moda no momento, e tinha feito parte de uma jornada semi-Imperial às Províncias Internas).

— A crise Seldon está acabada — ela disse —, e é tradição, uma sábia tradição, que nenhuma represália de nenhum tipo, tanto em atos como em discurso, seja dirigida àqueles que apoiaram o lado equivocado. Muitas pessoas honestas acreditavam ter boas razões para desejar aquilo que Seldon não desejava. Não há sentido em humilhá-las a ponto de a única maneira de resgatarem o respeito próprio ser acusando o próprio Plano Seldon. Por outro lado, é um forte e desejável costume aqueles que apoiaram o lado perdedor aceitarem que perderam elegantemente e sem mais discussões. A questão faz parte do passado, para ambos os lados, para sempre.

Ela fez uma pausa; momentaneamente, sem mover a cabeça, encarou os rostos reunidos, e então continuou:

— Metade do período se passou, membros do Conselho. Metade da distância de mil anos entre Impérios. Foi um período de dificuldades, mas evoluímos bastante. Já somos, na realidade, quase um Império Galáctico, e não há nenhum inimigo externo de importância. Se não fosse pelo Plano Seldon, o Interregno teria se estendido por trinta mil anos. Depois de tanto tempo de ruína, talvez não houvesse nenhuma força restante para formar um novo Império. Talvez sobrassem apenas mundos isolados e provavelmente moribundos. O que temos hoje – continuou – devemos a Hari Seldon, e é à sua mente há tempos falecida que devemos nos ater até o fim. O perigo adiante, membros do Conselho, está em nós mesmos. De agora em diante, não poderá haver nenhuma dúvida oficial em relação ao valor do Plano. Concordemos neste exato momento, de maneira pacífica e decisiva, que não haverá nenhuma dúvida, crítica ou condenação oficial do Plano. Devemos apoiá-lo integralmente. Ele provou seu valor ao longo de cinco séculos. Trata-se da segurança da humanidade, que não deve ser colocada em risco. Estamos de acordo?

Houve um discreto murmúrio. A prefeita mal olhou para cima para buscar prova visual de concordância. Ela conhecia cada membro do Conselho e como cada um reagiria. Depois da vitória, não haveria nenhuma objeção. Talvez no próximo ano. Não agora. Ela lidaria com os problemas do próximo ano no próximo ano.

Sempre com a exceção de...

– Controle de pensamento, prefeita Branno? – perguntou Golan Trevize, descendo a passos largos pelo corredor e falando alto, como se para compensar o silêncio dos outros. Ele não fez questão de se sentar em sua cadeira que, por ser um novo membro, ficava na última fileira.

Ainda assim, Branno não levantou a cabeça.

– Sua opinião, conselheiro Trevize?

– É a de que o governo não pode impor um banimento do livre discurso; de que todos os indivíduos, inclusive, certamente, conselheiros e conselheiras, eleitos para esse propósito, têm o direito de discutir questões políticas atuais; e a de que nenhuma questão política pode ser desassociada do Plano Seldon.

Branno enlaçou as mãos e ergueu a cabeça. Seu rosto não esboçava reação.

— Conselheiro Trevize — disse —, o senhor entrou neste debate irregularmente, o que é incabível. Todavia, pedi que o senhor expressasse suas opiniões e agora irei respondê-las. Não há limite para a livre expressão dentro do contexto do Plano Seldon. É somente o Plano, propriamente dito, que nos limita, por causa de sua natureza. Podem haver muitas maneiras de se interpretar os eventos antes que a imagem tome a decisão final, mas, uma vez que ele tenha tomado essa decisão, nenhuma contestação subsequente pode ser feita em assembleia do Conselho. Também não há de ser questionado precocemente por meio de afirmações como "Se Hari Seldon dissesse isso-e-aquilo, estaria enganado".

— E caso um indivíduo honestamente acredite na questão, senhora prefeita?

— Então o indivíduo poderia se manifestar, se fosse um indivíduo particular, discutindo questões delicadas em um contexto particular.

— A senhora afirma, então, que as limitações do livre discurso que a senhora propõe se aplicariam integral e especificamente aos oficiais do governo?

— Precisamente. Não se trata de um novo princípio nas leis da Fundação. Já foi aplicado por prefeitos de todos os partidos. Um ponto de vista particular não significa nada; uma manifestação oficial de opinião carrega peso e pode ser perigosa. Não chegamos tão longe para nos arriscar agora.

— Eu gostaria de apontar, senhora prefeita, que esse princípio que citou foi aplicado, esparsa e ocasionalmente, a atos específicos do Conselho. Nunca foi aplicado a algo tão vasto e indefinível quanto o Plano Seldon.

— O Plano Seldon é o que mais necessita de proteção, pois é precisamente nesse ponto que questionamentos podem ser fatais.

— A senhora não consideraria, prefeita Branno... — Trevize virou-se, discursando agora para as fileiras de membros do Conselho, onde todos aparentavam prender a respiração, como em antecipação ao resultado de um duelo. — Os *senhores* não considerariam, membros do Conselho, que há todos os motivos para crer que não existe um Plano Seldon?

– Hoje todos nós testemunhamos sua operação – respondeu a prefeita Branno, cada vez mais calmamente enquanto Trevize se tornava mais ruidoso e eloquente.

– É justamente porque vimos sua operação hoje, senhoras e senhores do Conselho, que podemos enxergar que o Plano Seldon, na forma como fomos ensinados a acreditar que funciona, não pode existir.

– Conselheiro Trevize, o senhor não tem permissão para prosseguir dessa maneira.

– Tenho o privilégio do mandato, prefeita.

– Esse privilégio acaba de ser revogado, conselheiro.

– A senhora não pode revogar o privilégio. Sua declaração limitadora do livre discurso não pode, por si só, ter a força da lei. Não houve votação formal no Conselho, prefeita, e mesmo que fosse o caso, eu teria o direito de questionar sua legalidade.

– A revogação, conselheiro, não está relacionada com a minha determinação de proteger o Plano Seldon.

– No que, então, está baseada?

– O senhor está sendo acusado de traição, conselheiro. Desejo oferecer ao Conselho a cortesia de não prendê-lo dentro da Câmara do Conselho, mas membros da Segurança o aguardam à porta e o colocarão sob custódia quando o senhor sair. Peço-lhe que nos deixe sem tumulto. Se o senhor tomar alguma atitude imprópria, então, obviamente, será considerado perigo imediato e a Segurança entrará na Câmara. Tenho fé de que o senhor fará com que isso não seja necessário.

Trevize franziu as sobrancelhas. O silêncio na galeria era absoluto. (Será que todos esperavam por isso – todos menos ele próprio e Compor?) Ele olhou para a saída. Não viu nada, mas não tinha dúvidas de que a prefeita Branno não estava blefando.

– Eu repre-represento um importante eleitorado, prefeita Branno – gaguejou Trevize, furioso.

– Eles certamente ficarão decepcionados com o senhor.

– Baseada em que evidências a senhora anuncia essa esdrúxula acusação?

– Elas aparecerão no devido tempo, mas tenha certeza de que temos tudo de que precisamos. O senhor é um jovem deveras indiscreto e deveria compreender que uma pessoa pode ser sua amiga e, ainda assim, não estar disposta a ser cúmplice de traição.

Trevize virou-se para encontrar os olhos azuis de Compor, que o encararam, frios.

– Peço a todos que testemunhem que, quando fiz minha última declaração, o conselheiro Trevize virou-se para olhar para o conselheiro Compor – disse a prefeita Branno, calmamente. – O senhor irá embora agora, conselheiro, ou nos forçará a iniciar a indignidade de uma prisão dentro da Câmara?

Golan Trevize virou-se, subiu pelos degraus novamente e, na porta, dois homens de uniforme, armados, o abordaram por ambos os lados.

E Harla Branno, encarando-o impassivelmente, sussurrou com lábios semicerrados:

– Tolo!

3

Liono Kodell havia sido Diretor de Segurança durante todo o mandato da prefeita Branno. Não era um trabalho exaustivo, como gostava de afirmar, mas se estava falando a verdade ou não, ninguém podia dizer. Ele não parecia ser mentiroso, mas esse fato não necessariamente tinha importância.

Ele parecia à vontade e amigável, e isso talvez fosse apropriado para o seu cargo. Era mais baixo do que a média, acima do peso médio e tinha um denso bigode (algo bastante incomum para um cidadão de Terminus), agora mais branco do que cinza; olhos marrom-claros e uma característica faixa de cores primárias no bolso peitoral externo de seu macacão pardo.

– Sente-se, Trevize. Vamos manter essa situação em clima amigável, se possível.

– Amigável? Com um traidor? – Trevize engachou os polegares em sua faixa e permaneceu em pé.

– Um *suposto* traidor. Ainda não chegamos ao ponto em que uma acusação, mesmo da própria prefeita, é o equivalente a uma condenação. Tenho fé de que nunca chegaremos. Minha função é inocentá-lo, se puder. Prefiro fazê-lo de forma que ninguém saia prejudicado, com a exceção, talvez, do seu orgulho, em vez de ser forçado a transformar a questão em um julgamento público. Espero que o senhor esteja de acordo.

Trevize não facilitou.

– Não nos importemos com complacência – disse. – Sua função é me fustigar como se eu *fosse* um traidor. Não sou, e ofendo-me com a necessidade de precisar demonstrar esse fato para o seu contentamento. Por que o senhor não precisa provar *sua* lealdade para o *meu* contentamento?

– A princípio, por nenhum motivo específico. Porém, o triste fato é que tenho o poder ao meu lado, e o senhor, não. Por causa disso, é meu privilégio interrogar, não o do senhor. Aliás, se quaisquer suspeitas de deslealdade ou traição caíssem sobre mim, imagino que seria substituído e então seria interrogado por outra pessoa que, espero sinceramente, não me trataria pior do que pretendo tratar o senhor.

– E como o senhor pretende me tratar?

– Como, tenho confiança, um amigo e um igual, se o senhor assim o fizer para comigo.

– Posso pagar-lhe uma bebida? – perguntou Trevize, amargamente.

– Mais tarde, talvez. Por enquanto, por favor, sente-se. Peço como amigo.

Trevize hesitou e, enfim, sentou-se. Subitamente, qualquer rebeldia lhe pareceu inútil.

– E agora? – perguntou.

– Agora, posso pedir que o senhor responda às minhas perguntas verdadeira e completamente, sem se evadir?

– E se não? Qual é a ameaça por trás disso? Uma Sonda Psíquica?

– Creio que não.

– Também creio que não – disse Trevize. – Não em um conselheiro. Não revelaria nenhuma traição, e, quando eu fosse inocentado, cortaria sua cabeça política, e possivelmente a da prefeita também. Talvez quase valha a pena fazê-lo tentar uma Sonda Psíquica.

Kodell franziu as sobrancelhas e negou com a cabeça.

– Oh, não. Riscos demais de danos ao cérebro. A cura, às vezes, é lenta, e não valeria o esforço. Definitivamente. O senhor sabe, de vez em quando, quando a Sonda é usada com exaltação...

– Isso é uma ameaça, Kodell?

– Estou apontando um fato, Trevize. Não se engane, conselheiro. Se eu precisar usar a Sonda, usarei, e mesmo se o senhor for inocente, não terá como recorrer.

– O que o senhor quer fazer agora?

Kodell acionou um interruptor na mesa à sua frente.

– O que eu perguntar e o que o senhor responder será gravado, tanto a imagem como o som – afirmou Kodell. – Não desejo nenhuma declaração voluntária do senhor, nem algo que não seja cooperativo. Não agora. O senhor entende o que digo, tenho certeza.

– Entendo que o senhor gravará apenas o que lhe convém – respondeu Trevize, desdenhosamente.

– Correto, mas, mais uma vez, não se engane. Não irei distorcer nada do que o senhor disser. Usarei ou não usarei, nada além. O senhor saberá o que não vou usar e não irá desperdiçar o meu tempo, nem eu o seu.

– Veremos.

– Temos razões para crer, conselheiro Trevize – de alguma forma, o toque extra de formalidade em sua voz era prova de que ele estava gravando –, que o senhor declarou abertamente, e em diversas ocasiões, não crer na existência do Plano Seldon.

– Se declarei tão abertamente, e em diversas ocasiões – disse Trevize lentamente –, do que mais o senhor precisa?

– Não desperdicemos tempo com protestos triviais, conselheiro. O senhor sabe que o que quero é uma confissão aberta, em sua própria voz, caracterizada por seus próprios padrões vocais, sob condições nas quais o senhor está claramente em total comando de si mesmo.

– Porque, suponho, o uso de qualquer hipnoinfluenciador, químico ou de outro tipo, alteraria os padrões vocais?
– De maneira bastante perceptível.
– E o senhor está ansioso para deixar claro que não fez nenhum uso de métodos ilegais ao interrogar um conselheiro? Não é de se estranhar...
– Fico contente que o senhor não estranhe, conselheiro. Vamos prosseguir. O senhor declarou abertamente, e em diversas ocasiões, que não acredita na existência do Plano Seldon. O senhor admite esse fato?

Trevize respondeu devagar, escolhendo suas palavras:
– Não creio que o que chamamos de Plano de Seldon tem a importância que geralmente atribuímos a ele.
– Uma afirmação vaga. O senhor poderia elaborá-la?
– Do meu ponto de vista, o conceito de que Hari Seldon, quinhentos anos atrás, usando a ciência matemática da psico-história, desvendou o futuro dos acontecimentos humanos nos mínimos detalhes e que estamos seguindo um trajeto criado para nos levar do Primeiro Império Galáctico ao Segundo Império Galáctico pela linha da maior probabilidade é ingênuo. Não pode ser assim.
– O senhor quer dizer que, em sua opinião, Hari Seldon nunca existiu?
– De jeito nenhum. É claro que ele existiu.
– Que ele nunca desenvolveu a ciência da psico-história?
– Não, obviamente não estou dizendo nada disso. Entenda, Diretor, que eu teria explicado tudo isso ao Conselho se tivessem permitido, e explicarei ao senhor. A verdade do que vou dizer é tão simples...

O Diretor de Segurança havia, calmamente e de maneira bastante óbvia, desligado o gravador.

Trevize parou e franziu o cenho.
– Por que o senhor fez isso?
– O senhor está desperdiçando o meu tempo, conselheiro. Não estou pedindo um discurso.

– O senhor está pedindo que eu explique minhas opiniões, não está?

– Não, não estou. Estou pedindo que o senhor responda às perguntas, de maneira simples, direta e sem rodeios. Responda *apenas* às perguntas e não ofereça nada que eu não tenha requisitado. Faça isso e não vamos demorar.

– O senhor quer dizer que irá extrair declarações que reforçarão a versão oficial do que supostamente fiz – afirmou Trevize.

– Pedimos apenas que o senhor dê declarações verdadeiras, e garanto que não vamos distorcê-las. Por favor, deixe-me tentar novamente. Estávamos falando sobre Hari Seldon. – O gravador estava em ação mais uma vez e Kodell repetiu calmamente. – Que ele nunca elaborou a ciência da psico-história?

– Evidente que ele desenvolveu a ciência que chamamos de psico-história – afirmou Trevize, incapaz de esconder sua impaciência e gesticulando com paixão exagerada.

– Que o senhor definiria... como?

– Galáxia! É geralmente definida como uma área da matemática que lida com as reações generalizadas de grandes grupos de seres humanos a determinados estímulos, sob determinadas condições. Em outras palavras, supostamente prevê mudanças históricas e sociais.

– O senhor disse "supostamente". O senhor a questiona do ponto de vista do conhecimento matemático?

– Não – disse Trevize. – Não sou psico-historiador. E os membros do governo da Fundação também não são, nem os cidadãos de Terminus, nem...

A mão de Kodell foi levantada.

– Conselheiro, por gentileza! – disse, suavemente, e Trevize se calou. – O senhor tem algum motivo para supor que Hari Seldon não fez a análise necessária que combinaria, da maneira mais eficiente possível, os fatores da probabilidade máxima e da duração mínima no trajeto entre o Primeiro e o Segundo Impérios através da Fundação?

– Eu não estava lá – disse Trevize, sardonicamente. – Como posso saber?

– O senhor tem como saber que ele não a fez?

– Não.

– O senhor nega, talvez, que a imagem holográfica de Hari Seldon que apareceu durante cada uma das várias crises históricas dos últimos quinhentos anos é, na realidade, uma reprodução do próprio Hari Seldon, feita no último ano de sua vida, pouco antes da instauração da Fundação?

– Acredito que seja impossível negar esse fato.

– O senhor "acredita". O senhor afirmaria tratar-se de uma fraude, um embuste concebido por alguém no passado, por algum motivo?

Trevize suspirou.

– Não. Não estou afirmando isso.

– O senhor está preparado para afirmar que as mensagens que Hari Seldon transmite são, de alguma maneira, manipuladas por alguém?

– Não. Não tenho motivos para acreditar que tal manipulação seria possível ou útil.

– Entendo. O senhor testemunhou a aparição mais recente da imagem de Seldon. O senhor considerou que sua análise, feita há quinhentos anos, não se encaixa com as condições atuais com bastante precisão?

– Pelo contrário – disse Trevize, com súbito entusiasmo. – Encaixou-se com imensa precisão.

Kodell parecia indiferente às emoções do outro.

– E ainda assim, conselheiro, depois da aparição de Seldon, o senhor defende que o Plano Seldon não existe?

– Pois é claro. Defendo que não existe justamente *porque* a análise encaixou-se com perfeição...

Kodell havia desligado o gravador.

– Conselheiro – disse, sacudindo a cabeça negativamente –, o senhor me impõe o transtorno de apagar. Pergunto se o senhor ainda defende essa sua bizarra crença e o senhor começa a se justificar. Deixe-me repetir a pergunta. E ainda assim, conselheiro, depois da aparição de Seldon, o senhor defende que o Plano Seldon não existe?

– Como o senhor sabe disso? Ninguém teve a oportunidade de conversar com meu amigo informante, Compor, depois da aparição.

– Digamos que deduzimos, conselheiro. E digamos que o senhor já respondeu, "claro que defendo". Se o senhor disser isso mais uma vez, sem oferecer voluntariamente nenhuma informação adicional, podemos prosseguir.

– Claro que defendo – disse Trevize, ironicamente.

– Bem – disse Kodell –, escolherei o "claro que defendo" que soar mais natural. Obrigado, conselheiro – e o gravador foi desligado mais uma vez.

– É isso? – perguntou Trevize.

– Para o que preciso, sim.

– O que o senhor precisa, obviamente, é uma série de perguntas e respostas que possa apresentar a Terminus e a toda a Federação da Fundação que Terminus governa para demonstrar que aceito totalmente a lenda do Plano Seldon. Isso fará qualquer negação que eu venha a fazer soar extravagante ou completamente insana.

– Ou até mesmo traidora, aos olhos de uma exaltada multidão que vê o Plano como algo essencial à segurança da Fundação. Talvez não seja necessário tornar isso público, conselheiro Trevize, se pudermos chegar a algum tipo de entendimento, mas se a necessidade surgir, iremos garantir que a Federação escute.

– O senhor é tão tolo – disse Trevize, franzindo as sobrancelhas – a ponto de estar completamente desinteressado no que eu realmente tenho a dizer?

– Como ser humano, estou bastante interessado, e, se houver um momento apropriado, escutarei com atenção e certo ceticismo. Porém, como Diretor de Segurança, tenho, neste exato momento, tudo o que desejo.

– Espero que saiba que isso não fará ao senhor, *nem* à prefeita, nenhum bem.

– Estranhamente, não compartilho dessa opinião. O senhor agora irá embora. Sob guarda, claro.

– Para onde serei levado?

Kodell apenas sorriu.

– Adeus, conselheiro. O senhor não foi totalmente cooperativo, mas teria sido fantasioso esperar que fosse.

Ele estendeu a mão.

Trevize, levantando-se, ignorou-a. Ele alisou as dobras de sua faixa e disse:

– Os senhores apenas adiam o inevitável. Outros devem pensar como penso agora, ou pensarão em breve. Prender-me ou me executar servirá para instigar questionamentos e, por fim, acelerar tal raciocínio. No final, a verdade, e eu, venceremos.

Kodell abaixou a mão e sacudiu a cabeça devagar.

– Honestamente, Trevize – disse –, você é um tolo.

4

Somente à meia-noite dois guardas vieram remover Trevize do que era, ele precisava admitir, um quarto luxuoso no Quartel da Segurança. Luxuoso, mas trancado. Uma cela, como quer que fosse chamada.

Trevize teve mais de quatro horas para se autocensurar amargamente, caminhando a passos largos e sem descanso de um lado para o outro durante a maior parte do tempo.

Por que havia confiado em Compor?

Por que não? Ele parecia tão claramente de acordo... Não, não foi por isso. Ele parecia tão pronto para ser persuadido a concordar... Não, também não foi por isso. Ele parecia tão estúpido, tão facilmente dominável, tão certamente desprovido de mentalidade e opiniões próprias que Trevize apreciou a oportunidade de usá-lo como um ensaio conveniente. Compor ajudou Trevize a aperfeiçoar e afiar suas opiniões. Tinha sido útil, e Trevize confiara nele por nenhum outro motivo além de conveniência.

Mas *a essa altura* era inútil tentar decidir se ele deveria ter enxergado as verdadeiras intenções de Compor. Deveria ter seguido a simples generalização: não confie em ninguém.

Contudo, é possível viver sem confiar em ninguém?

Evidentemente, era algo necessário.

E quem poderia imaginar que Branno teria a audácia de arrancar um conselheiro do Conselho – e que nenhum dos outros conselheiros se disporia a proteger um dos seus? Mesmo que tivessem discordado veementemente de Trevize; mesmo que pudessem apostar o próprio sangue, gota por gota, pela certeza de Branno; ainda assim eles deveriam, por princípio, ter intervido contra essa violação de suas prerrogativas. Branno era chamada esporadicamente de "a Bronze", e certamente agia com rigor metálico...

A não ser que ela mesma estivesse sob...

Não! Esse era o caminho da paranoia!

E ainda assim...

Sua mente vagava apreensivamente em círculos, e ainda não havia se libertado de pensamentos inutilmente repetitivos quando os guardas chegaram.

– O senhor deve vir conosco, conselheiro – disse o mais velho dos dois, com gravidade e sem emoção. Sua insígnia mostrava tratar-se de um tenente. Tinha uma pequena cicatriz na bochecha esquerda e parecia cansado, como se estivesse nesse emprego há tempo demais e feito coisas de menos – como era de se esperar de um soldado cuja nação seguia em paz por mais de um século.

Trevize não se mexeu.

– Seu nome, tenente.

– Sou o tenente Evander Sopellor, conselheiro.

– Entende que está infringindo a lei, tenente Sopellor? Não pode prender um membro do Conselho.

– Temos ordens diretas, senhor – disse o tenente.

– Isso não importa. Você não pode receber a ordem de prender um conselheiro. Precisa entender que estará sujeito à corte marcial por causa disso.

– O senhor não está sendo preso, conselheiro – afirmou o tenente.

– Então não sou obrigado a acompanhá-los, correto?

– Fomos instruídos a acompanhá-lo até sua casa.

– Conheço o caminho.

– E a protegê-lo no trajeto.
– Do quê? Ou de quem?
– De qualquer multidão que possa se formar.
– À meia-noite?
– Por esse motivo esperamos até a meia-noite, senhor. E agora, senhor, para sua proteção, devemos pedir que venha conosco. Devo dizer, não como ameaça, mas a título de informação, que estamos autorizados a usar força, se necessário.

Trevize sabia dos chicotes neurônicos com os quais eles estavam equipados. Levantou-se com o que esperava ser dignidade.

– À minha casa, então? Ou agora vou descobrir que os senhores me encaminharão à prisão?

– Não fomos instruídos a mentir para o senhor – disse o tenente, com certo orgulho. Trevize percebeu que estava na presença de um homem profissional que precisaria de uma ordem direta para mentir, e que, mesmo nesse caso, sua expressão e o tom de voz o entregariam.

– Peço perdão, tenente – afirmou Trevize. – Não quis sugerir que duvidei de sua palavra.

Um carro terrestre os aguardava do lado de fora. A rua estava vazia e não havia nenhum sinal de qualquer humano, muito menos uma multidão – mas o tenente havia sido honesto. Não tinha dito que havia uma multidão do lado de fora, ou que uma se formaria. Havia se referido a "qualquer multidão que possa se formar". Havia dito apenas "possa".

O tenente cautelosamente manteve Trevize entre ele e o veículo. Trevize não poderia ter se soltado e tentado fugir. O tenente entrou imediatamente depois dele e sentou-se ao seu lado no banco traseiro.

O carro partiu.

– Uma vez em casa – disse Trevize –, presumo que poderei cuidar dos meus assuntos livremente. Que poderei sair, por exemplo, se assim o desejar.

– Não fomos orientados a interferir em suas atividades, conselheiro, de nenhuma forma, com a exceção do que possa influenciar nossa ordem de protegê-lo.

– Influenciar? O que isso significa, neste caso?

– Fui instruído a informá-lo que, uma vez que esteja em casa, não poderá sair. As ruas não são seguras para o senhor e sou responsável por sua segurança.

– Quer dizer que estou sob prisão domiciliar.

– Não sou advogado, conselheiro. Não sei o que isso significa.

Ele olhou diretamente para a frente, mas fez contato com a lateral do tronco de Trevize usando o cotovelo. Trevize não poderia se mexer, nem minimamente, sem que o tenente percebesse.

O carro parou diante da pequena casa de Trevize, no subúrbio de Flexner. No momento, ele não a divida com ninguém – depois que Flavella se cansou da errática vida que a cadeira no Conselho impôs a ele –, portanto não esperava que alguém o recebesse.

– Saio agora? – perguntou Trevize.

– Sairei primeiro, conselheiro. Escoltaremos o senhor até lá dentro.

– Para minha própria segurança?

– Sim, senhor.

Havia dois guardas esperando em sua porta. Uma lamparina noturna estava acesa, mas as janelas haviam sido obscurecidas e o interior não era visível pelo lado de fora.

Por alguns instantes, ele ficou indignado com a invasão, então deixou a emoção de lado com um discreto movimento de encolher os ombros. Se o Conselho não podia protegê-lo na própria Câmara do Conselho, então sua casa certamente não seria uma fortaleza.

– Quantos de vocês terei aí dentro? Um regimento? – perguntou Trevize.

– Não, conselheiro – veio uma voz, severa e firme. – Apenas uma pessoa além destas que você vê, e estive esperando por você por tempo demais.

Harla Branno, prefeita de Terminus, surgiu na porta que levava à sala de estar.

– Tempo suficiente, não acha, para conversarmos?

Trevize a encarou.

– Todo esse tumulto para...

– Quieto, conselheiro – disse Branno com voz grave e vigorosa –, e vocês quatro, para fora. Fora! Não haverá incidentes aqui dentro.

Os quatro guardas prestaram continência e giraram nos calcanhares. Trevize e Branno estavam sozinhos.

2.

Prefeita

1

BRANNO TINHA ESPERADO POR UMA HORA, refletindo exaustivamente. Tecnicamente, ela era culpada de invasão de domicílio. Além disso, infringira, inconstitucionalmente, os direitos de um conselheiro. Pelas rígidas leis que vigoravam sobre os Prefeitos desde os tempos de Indbur III e do Mulo, quase dois séculos atrás, ela era passível de *impeachment*.

Porém, neste dia, nessas vinte e quatro horas, ela era intocável. Mas o indulto passaria. Ela se mexeu, inquieta.

Os dois primeiros séculos haviam sido a Era de Ouro da Fundação, a Era Heroica – pelo menos em retrospecto, se não para os infelizes que tinham vivido naquela época de insegurança. Salvor Hardin e Hober Mallow foram os dois formidáveis heróis, semideusados a ponto de rivalizar com o incomparável Hari Seldon. Os três eram um tripé sobre o qual toda a lenda da Fundação (e até mesmo a história da Fundação) estava apoiada.

Contudo, naquela época, a Fundação era apenas um mundo insignificante com um tênue controle sobre os Quatro Reinos, e apenas vaga consciência da extensão do escudo que o Plano Seldon colocara sobre si, defendendo-o até mesmo contra os vestígios do poderoso Império Galáctico.

E quanto mais poderosa a Fundação se tornava como entidade política e comercial, menos relevantes seus administradores e guerreiros pareciam. Lathan Devers fora quase esquecido. Se chegou a ser lembrado, foi graças à sua trágica morte nas minas de escravos e não por sua desnecessária, mas bem-sucedida, batalha contra Bel Riose.

Quanto ao próprio Bel Riose, o mais nobre dos adversários da Fundação, ele também quase fora esquecido, eclipsado pelo Mulo, que, sozinho entre todos os inimigos, rompeu o Plano Seldon, derrotou e conquistou a Fundação. Ele tinha sido o Grande Adversário – de fato, o último dos Grandes.

Mal se lembrava de que o Mulo fora derrotado, essencialmente, por uma única pessoa – uma mulher, Bayta Darell –, e que ela o vencera sem a ajuda de ninguém, *nem mesmo o apoio do Plano Seldon*. Também foi praticamente esquecido que seu filho e sua neta, Toran e Arkady Darell, haviam vencido a Segunda Fundação, garantindo supremacia à Fundação, à *Primeira* Fundação.

Esses vitoriosos do passado mais próximo não eram considerados figuras heroicas. Os tempos se tornaram expansivos demais para qualquer possibilidade, além de reduzir os heróis a meros mortais. Até mesmo a biografia de Arkady sobre sua avó a havia reduzido de heroína a personagem de romance.

E, desde então, não houvera nenhum herói – nem mesmo personagens de romance. A guerra kalganiana fora o último momento de violência envolvendo a Fundação, e tratou-se de um conflito de pequena escala. Quase dois séculos de paz! Cento e vinte anos sem nenhum arranhão em nenhuma espaçonave.

Era uma boa paz – Branno não negaria esse fato –, uma paz lucrativa. A Fundação não tinha estabelecido um Segundo Império Galáctico – estava apenas na metade do caminho, de acordo com o Plano Seldon –, mas, como a Federação da Fundação, tinha um forte controle econômico sobre um terço das dispersas unidades políticas da Galáxia e influenciava o que não controlava. Havia poucos lugares onde "sou da Fundação" não era recebido com respeito. Em todos os milhões de planetas habitados, não havia ninguém com graduação superior à da prefeita de Terminus.

Esse ainda era o título. Fora herdado do líder de uma única, diminuta e quase desprezada cidade em um planeta solitário no extremo da civilização havia cinco séculos, mas ninguém sonharia em mudá-lo ou acrescentar uma única sílaba de palavreado mais pomposo. Do jeito que era, apenas o praticamente esquecido título de Majestade Imperial poderia rivalizar com ela em respeito.

Exceto em Terminus, onde os poderes da prefeita eram cautelosamente limitados. A lembrança dos Indburs persistia. Não era a tirania que o povo não conseguia esquecer, mas o fato de terem sido derrotados pelo Mulo.

E ali estava ela, Harla Branno, a mais forte na administração desde a morte do Mulo (ela tinha consciência disso) e apenas a quinta mulher a fazê-lo. Nesse dia, apenas, ela pôde usar seu poder abertamente.

Havia batalhado pela própria interpretação do que era correto e do que deveria ser – contra a obstinada oposição daqueles que almejavam o prestigioso Centro da Galáxia e a aura do poder Imperial – e vencido.

Ainda não, afirmou. Ainda não! Mude para o Centro precocemente e você perderá, por este ou aquele motivo. E Seldon aparecera e a apoiara em um discurso quase idêntico ao dela.

Isso a fez, por algum tempo, diante dos olhares da nata da Fundação, tão sábia quanto o próprio Seldon. Mas ela sabia que eles podiam se esquecer disso a qualquer instante.

E esse jovem ousara questioná-la neste dia, de todos os dias.

E ousara estar certo!

Era esse o perigo. Ele estava certo! E, por estar certo, poderia destruir a Fundação!

E agora ela estava diante dele, e eles estavam sozinhos.

– Por que não requisitar uma audiência comigo? – perguntou ela, com tristeza. – Você precisava ter vociferado na Câmara do Conselho em seu estúpido desejo de me fazer passar por idiota? O que foi que você fez, seu fedelho descerebrado?

2

Trevize sentiu o rosto ficar vermelho e lutou para controlar sua raiva. A prefeita era uma mulher envelhecida, que faria sessenta e três anos no próximo aniversário. Ele temia entrar em uma disputa de voz com alguém com quase o dobro de sua idade.

Além disso, ela tinha bastante prática nas disputas políticas e sabia que, se conseguisse deixar seu oponente desconcertado logo no início, o confronto estaria praticamente vencido. Mas era necessário um público para que tal estratégia fosse efetiva, e não havia nenhuma audiência diante da qual alguém pudesse ser humilhado. Eram apenas os dois.

Portanto, ele ignorou suas palavras e fez o melhor que pôde para sondá-la sem emoção. Ela era uma senhora que usava o tipo de moda unissex predominante havia duas gerações. As roupas não a valorizavam. A prefeita, a líder da Galáxia – se houvesse um líder – era nada além de uma velhota insossa que poderia ser facilmente confundida com um velhote, exceto por seu cabelo cinza-ferro preso vigorosamente para trás em vez de solto, como o tradicional estilo masculino.

Trevize sorriu de maneira simpática. Por mais que um oponente idoso se esforçasse para fazer o termo "fedelho" soar como um insulto, este "fedelho" em especial tinha as vantagens da juventude e da beleza – e consciência plena de ambos.

– É verdade – disse. – Tenho trinta e dois anos; logo, de certa maneira, sou um fedelho. E sou um conselheiro; logo, *ex officio*, descerebrado. A primeira condição é inevitável. Pela segunda, posso apenas dizer que lamento.

– Você tem consciência do que fez? Não fique aí buscando uma resposta espirituosa. Sente-se. Coloque sua mente no lugar, se puder, e responda-me racionalmente.

– Sei o que fiz. Contei a verdade da mesma forma que a enxerguei.

– E neste dia tenta me desafiar com ela? Neste único dia em que meu prestígio é tanto que eu poderia arrancá-lo da Câmara do Conselho e prendê-lo sem que ninguém ousasse protestar?

– O Conselho irá recuperar o fôlego e protestará. Talvez estejam protestando agora. E me escutarão com mais atenção por causa da perseguição a que me submete.

– Ninguém ouvirá o que tem a dizer, pois se eu acreditasse que você continuaria a fazer o que tem feito, continuaria a tratá-lo como um traidor, sob toda a amplitude da lei.

– Eu então precisaria ser julgado. Teria o meu dia no tribunal.

– Não conte com isso. Os poderes de um prefeito em uma emergência são colossais, mesmo que sejam usados raramente.

– Sob quais alegações a senhora declararia emergência?

– Inventarei as alegações. Ainda tenho essa engenhosidade, e não temo assumir o risco político. Não me provoque, rapaz. Vamos chegar a um acordo agora, ou você nunca mais será livre. Ficará preso para o resto da vida. Eu garanto.

Encararam um ao outro: Branno em cinza, Trevize em vários tons de marrom.

– Que tipo de acordo? – perguntou Trevize.

– Ah. Está curioso. Melhor assim. Podemos começar uma conversa em vez de um confronto. Qual é o seu ponto de vista?

– A senhora está bem familiarizada com ele. Tem recebido informações do conselheiro Compor, não?

– Quero ouvir de *você*, sob a óptica da recente crise Seldon.

– Muito bem, se é isso que a senhora deseja, prefeita – ele esteve à beira de dizer "velhota". – A representação de Seldon estava correta demais, impossivelmente correta após quinhentos anos. Foi a oitava vez que ele apareceu, se não me engano. Em algumas ocasiões, não havia ninguém para ouvi-lo. Em pelo menos uma ocasião, na época de Indbur III, o que ele tinha a dizer estava absolutamente fora de sincronia com a realidade, mas era a época do Mulo, não era? Quando, em qualquer uma dessas ocasiões, ele esteve tão certo quanto agora?

Trevize permitiu-se um pequeno sorriso.

– Nunca, senhora prefeita, no que diz respeito às nossas gravações do passado, Seldon conseguiu descrever a situação com tanta perfeição, em todos os mínimos detalhes.

– Sua sugestão – disse Branno – é que a aparição de Seldon, a imagem holográfica, é forjada; que as gravações de Seldon foram preparadas, talvez, por um contemporâneo como eu; que um ator fazia o papel de Seldon?

– Não seria impossível, senhora prefeita, mas não é isso que estou dizendo. A verdade é muito pior. Creio que seja a imagem de Seldon a que vemos, e que sua descrição do momento presente da história é a descrição à qual chegou quinhentos anos atrás. Foi o que eu disse a seu subordinado, Kodell, que cuidadosamente me guiou por uma farsa na qual eu aparentemente apoio as superstições dos ignorantes beneficiários da Fundação.

– Sim. A gravação será usada, se necessário, para permitir que a Fundação veja que você nunca esteve verdadeiramente na oposição.

Trevize abriu os braços.

– Mas eu estou. Não existe um Plano Seldon no sentido que acreditamos existir, e tem sido assim por, talvez, dois séculos. Suspeito disso há anos, e o que testemunhamos no Cofre do Tempo é a prova do que afirmo.

– Por que Seldon foi preciso demais?

– Exatamente. Não sorria. É a prova final.

– Não estou sorrindo, como pode ver. Prossiga.

– Como ele poderia ser tão preciso? Dois séculos atrás, a análise de Seldon do que era, na época, o presente, estava completamente equivocada. Trezentos anos haviam se passado desde o estabelecimento da Fundação, e ele estava errado. Totalmente!

– Esse fato, conselheiro, você mesmo explicou há alguns instantes. Foi por causa do Mulo. O Mulo foi um mutante com intensos poderes mentais, e não havia nenhum modo de abarcá-lo no Plano.

– Mas ele estava ali, de qualquer maneira. Abarcado ou não. O Plano Seldon foi desviado. O Mulo não governou durante muito tempo, e não tinha sucessores. A Fundação reconquistou sua independência e seu domínio, mas como poderia o Plano Seldon voltar aos trilhos depois de um rasgo tão enorme em sua trama?

Branno parecia taciturna e suas mãos envelhecidas se apertaram uma na outra.

– Você sabe a resposta – respondeu. – Éramos uma de duas Fundações. Você leu os livros de história.

– Li a biografia de Arkady sobre a avó. Leitura obrigatória na escola, afinal de contas. Li seus romances também. Li a versão oficial da história sobre o Mulo e sobre outros fatos. Tenho permissão para duvidar deles?

– Em que sentido?

– Oficialmente, nós, a Primeira Fundação, estaríamos incumbidos de reter o conhecimento sobre as ciências físicas e aperfeiçoá-lo. Deveríamos operar abertamente, com nosso desenvolvimento histórico seguindo o Plano Seldon, independentemente de termos consciência disso. Porém, havia também a Segunda Fundação, que preservaria e desenvolveria as ciências psicológicas, inclusive a psico-história, e sua existência era para ser segredo, até mesmo para nós. A Segunda Fundação era a agência de manutenção do Plano, agindo para ajustar as correntes da história galáctica quando elas desviavam dos caminhos desenhados pelo Plano.

– Então, você responde à sua própria pergunta – disse a prefeita. – Bayta Darell derrotou o Mulo, talvez sob a inspiração da Segunda Fundação, apesar de sua neta insistir que não foi o caso. Contudo, foi a Segunda Fundação, sem dúvida, que se dedicou a trazer a história galáctica de volta ao Plano depois que o Mulo faleceu e, obviamente, eles foram bem-sucedidos. Então, por Terminus, do que você está falando, conselheiro?

– Senhora prefeita, se acreditarmos no relato de Arkady Darell, é evidente que a Segunda Fundação, ao tentar consertar a história galáctica, comprometeu todo o projeto de Seldon, pois, na tentativa de corrigir, destruiu o próprio sigilo. Nós, a Primeira Fundação, percebemos que nossa imagem espelhada, a Segunda Fundação, existia, e não poderíamos viver com a consciência de que estávamos sendo manipulados. Assim, nos dedicamos a encontrar a Segunda Fundação e destruí-la.

– E conseguimos – Branno concordou com a cabeça –, de acordo com o relato de Arkady Darell, mas, obviamente, não até que a Segunda Fundação tivesse firmemente restaurado o trajeto da história galáctica depois da ruptura causada pelo Mulo. A história ainda segue seu rumo.

– A senhora consegue acreditar nisso? A Segunda Fundação, de acordo com o relato, foi localizada, e seus vários membros, eliminados. Isso se passou em 378 E.F., há cento e vinte anos. Por cinco gerações, estamos supostamente operando sem a Segunda Fundação, mas, ainda assim, seguimos com uma proximidade tão grande do objetivo, no que diz respeito ao Plano, que a senhora e a imagem de Seldon fizeram discursos quase idênticos.

– Isso pode ser interpretado como um *insight* perspicaz da minha parte sobre os significados do desenrolar da história.

– Perdoe-me. Não tenho intenção de duvidar de seu *insight* perspicaz, mas, a meu ver, parece que a explicação mais óbvia é que a Segunda Fundação nunca foi destruída. Ainda nos domina. Ainda nos manipula. E é *por isso* que voltamos aos trilhos do Plano Seldon.

3

Se a prefeita ficou chocada com a declaração, não demonstrou nenhum sinal.

Passava da uma hora da manhã e ela desejava desesperadamente pôr um fim àquilo, mas não podia se apressar. O jovem precisava ser manipulado e ela não queria que ele saísse ganhando. Não queria ter de descartá-lo quando ele poderia, antes disso, ter alguma utilidade.

– De fato? Você diz, então – questionou Branno –, que a narração de Arkady sobre a guerra kalganiana e a destruição da Segunda Fundação é falsa? Inventada? Um jogo? Uma mentira?

– Não necessariamente – Trevize deu de ombros. – Isso não importa. Vamos supor que o relato de Arkady seja completamente verdadeiro, até onde ela soubesse. Vamos supor que tudo aconteceu exatamente como ela disse que aconteceu; que o ninho dos membros da Segunda Fundação foi descoberto e que eles foram eliminados. Mas como podemos afirmar com certeza que pegamos todos eles? A Segunda Fundação estava lidando com a Galáxia inteira. Não estavam manipulando apenas a história de Terminus, nem mesmo apenas a da Fundação. Suas responsabilidades envolviam muito mais do que a capital de toda a nossa Federação. Provavelmente havia membros que estavam a alguns milhares de parsecs de distância, se não mais. É possível que não tenhamos atingido todos? E, se não os pegamos, poderíamos dizer que vencemos? Poderia o Mulo ter proclamado vitória em sua época? Ele conquistou Terminus, e, assim, todos os planetas controlados diretamente por Terminus, mas os mundos comerciais independentes permaneceram em pé. Então ele conquistou os mundos comerciais, mas três pessoas fugiram: Ebling Mis, Bayta Darell e seu marido. Ele manteve os dois homens sob controle e deixou Bayta, e apenas Bayta, livre. Fez por sentimento, se acreditarmos no romance de Arkady. E foi o suficiente. De acordo com o relato de Arkady, uma pessoa, apenas Bayta, ficou livre para fazer o que bem entendesse, e, por causa de suas ações, o Mulo não pôde localizar a Segunda Fundação, e, por isso, foi derrotado. Uma única pessoa foi deixada intocada, e tudo foi perdido! Tal é a importância de uma pessoa, apesar de todas as lendas que cercam o Plano Seldon sobre a insignificância do indivíduo e a supremacia da massa. E se tivermos deixado vivo não apenas um membro da Segunda Fundação, mas várias dúzias, como é perfeitamente possível, e então? Eles não se juntariam, reconstruiriam suas fortunas, reassumiriam suas carreiras, multiplicariam seus números por meio de recrutamento e treinamento, e mais uma vez nos transformariam em marionetes?

– Você acredita nisso? – perguntou Branno, gravemente.

– Tenho certeza.

– Mas diga-me, conselheiro, por que eles deveriam se importar? Por que os patéticos remanescentes continuariam desesperadamente fiéis a um dever que ninguém aprecia? O que os motiva a manter a Galáxia neste caminho para o Segundo Império? E, se o pequeno grupo insiste em cumprir sua missão, por que deveríamos nos importar? Por que não aceitar a rota do Plano e agradecê-los por garantir que não desviemos nem percamos o caminho?

Trevize esfregou os olhos. Apesar de sua juventude, ele parecia o mais cansado dos dois.

– Não posso acreditar na senhora – afirmou, encarando a prefeita. – A senhora tem motivos para acreditar que a Segunda Fundação esteja fazendo isso por *nós*? Que são algum tipo de idealistas? Não fica claro para a senhora, considerando seu conhecimento sobre política e sobre as questões práticas do poder e da manipulação, que eles estão fazendo isso somente por eles mesmos? Nós somos a linha de frente. Somos o motor, a força. Trabalhamos, suamos, sangramos e derramamos lágrimas. Eles apenas controlam, ajustando um amplificador aqui, fechando um contato ali, e fazendo tudo isso com facilidade e sem nenhum risco para eles. Aí, quando tudo estiver feito, quando, depois de mil anos de dedicação e sofrimento nós tivermos estabelecido o Segundo Império Galáctico, as pessoas da Segunda Fundação assumirão como a elite governante.

– Logo, você quer eliminar a Segunda Fundação? – perguntou Branno. – Na metade do caminho para o Segundo Império você quer assumir o risco de terminar a tarefa por nossa conta e ser nossa própria elite? É isso?

– Certamente! Certamente! Não deveria ser esse o seu desejo também? Eu e a senhora não estaremos vivos para testemunhar, mas a senhora tem netos e, algum dia, eu talvez tenha, e eles terão netos, e assim por diante. Quero que vejam o fruto de nossos esforços e que nos considerem a fonte, que nos aplaudam pelo que conquistamos. Não quero que tudo se resuma a uma conspiração obscura maquinada por Seldon, que, a meu ver, não tem nada de herói. Eu o considero uma ameaça maior do que o Mulo, se permitirmos que seu Plano se concretize. Pela Galáxia, quem dera o Mulo *tivesse* interrompido o Plano. E para sempre. Teríamos sobrevivido a ele. Ele era um ser único e deveras mortal. A Segunda Fundação parece imortal.

– Mas você adoraria destruir a Segunda Fundação, não é mesmo?

– Se soubesse como destruí-la!

– Como você não sabe, não acha bem provável que eles o destruam?

– Cheguei a pensar que até a senhora poderia estar sob o controle deles – afirmou Trevize, desdenhoso. – Seu palpite acertado sobre o que a imagem de Seldon diria e a forma como me tratou depois poderiam vir da Segunda Fundação. A senhora poderia ser apenas um recipiente oco, repleto de conteúdo da Segunda Fundação.

– Então por que conversa comigo dessa maneira?

– Se a senhora estiver sob o controle da Segunda Fundação, estou perdido de qualquer forma, e assim pelo menos expurgo parte da raiva em mim; e porque, na realidade, aposto que a senhora *não* está sob controle, apenas não tem consciência do que está fazendo.

– Você ganha a aposta, de todo jeito. – respondeu Branno. – Não estou sob controle de ninguém além do meu próprio. Ainda assim, como pode ter certeza de que estou dizendo a verdade? Se estivesse sob o controle da Segunda Fundação, eu admitiria? Eu *saberia* que estou sob alguma influência? Mas nada temos a lucrar com essas perguntas. Acredito não estar sob controle, e você não tem escolha além de acreditar também. Mas considere isto: se a Segunda Fundação existir, é certo que sua maior necessidade é garantir que ninguém da Galáxia saiba de sua existência. O Plano Seldon funciona somente se as marionetes, nós, não souberem como o Plano funciona e como somos manipulados. O Mulo chamou a atenção da Fundação para a Segunda Fundação, e por isso ela foi destruída na época de Arkady. Ou devo dizer *quase* destruída, conselheiro? A partir desse ponto, podemos chegar a dois corolários. Primeiro, podemos razoavelmente supor que eles interferem, basicamente, tão pouco quanto podem. Podemos supor que seria impossível dominar a todos nós. Até mesmo a Segunda Fundação, se existe, deve ter limites de poder. Dominar alguns e permitir que outros percebam o fato causaria distorções no Plano. Consequentemente, chegamos à conclusão de que sua interferência é tão delicada, indireta e esparsa quanto possível. Logo, *não* estou sob controle. Nem você.

– Esse é um corolário que tendo a aceitar – afirmou Trevize. – Por causa do meu próprio otimismo, talvez. Qual é o outro?

– Algo mais simples e mais inevitável. Se a Segunda Fundação existe e deseja esconder o segredo dessa existência, uma coisa é certa. Qualquer pessoa que acreditar que ela ainda existe e falar sobre isso, e proclamar, e gritar para toda a Galáxia ouvir, deve, de alguma forma sutil, ser removida o mais rápido possível, descartada, eliminada. Não seria essa a sua conclusão também?

– Foi por isso que me colocou sob custódia, senhora prefeita? – perguntou Trevize. – Para proteger-me da Segunda Fundação?

– De certa forma. Até certo ponto. A cuidadosa gravação que Liono Kodell fez de seus argumentos será tornada pública não apenas para evitar que as pessoas de Terminus e da Fundação sejam perturbadas desnecessariamente por seu tolo discurso, mas para evitar que a Segunda Fundação seja perturbada também. Se ela existir, não quero que a atenção dela se volte para você.

– Quem diria! – ironizou Trevize. – Para o meu próprio bem? Por meus adoráveis olhos castanhos?

Branno mexeu-se e, inesperadamente, riu em silêncio.

– Não sou tão velha, conselheiro – disse –, a ponto de não ter percebido seus adoráveis olhos castanhos. Há trinta anos, isso talvez tivesse sido motivo suficiente. Hoje, não moveria um milímetro para salvá-los, nem o resto do seu corpo, se fosse apenas isso que estivesse em jogo. Porém, se a Segunda Fundação existe e a atenção dela voltar-se em sua direção, é possível que não parem em você. Tenho minha vida a considerar e a vida de vários outros, mais inteligentes e valiosos do que você, e todos os planos que fizemos.

– Oh! Então acredita que a Segunda Fundação existe a ponto de reagir com tanto cuidado à possibilidade de uma retaliação?

– Claro que sim, seu tolo! – Branno desceu o punho na mesa à sua frente. – Se não soubesse que a Segunda Fundação existe, se não estivesse lutando contra eles com tanta força e eficiência quanto posso, daria alguma importância ao que você diz sobre tal assunto? Se a Segunda Fundação não existisse, você anunciar o contrário faria alguma diferença? Eu queria silenciá-lo meses antes que você fosse a público, mas não tinha o poder político para lidar agressivamente com um conselheiro. A aparição de Seldon foi positiva para mim e me garantiu o poder, mesmo que temporário; naquele mesmo momento, você *de fato* foi a público. Agi imediatamente, e darei a ordem para matá-lo sem nenhuma pontada de arrependimento ou microssegundo de hesitação, se você não fizer exatamente o que lhe for ordenado. Toda esta conversa, em uma hora em que eu preferia estar na cama, dormindo, foi planejada para levá-lo a acreditar em mim. Quero que saiba que o problema da Segunda Fundação, que tomei o cuidado de *você* expor, me dá motivos e inclinação suficientes para condená-lo a um supressor cerebral, sem necessidade de processo judicial.

Trevize levantou-se parcialmente de seu assento.

– Oh, não tente fazer nada. Sou apenas uma velhota, como você certamente está dizendo a si mesmo, mas, antes que pudesse encostar um dedo em mim, estaria morto. Estamos sendo observados pelos meus homens, jovem tolo.

Trevize sentou-se.

– Não faz sentido – disse ele, levemente trêmulo. – Se a senhora acreditasse que a Segunda Fundação existe, não estaria falando sobre ela tão abertamente. Não se exporia aos perigos aos quais diz que estou me expondo.

– Reconhece, então, que tenho um pouco mais de bom-senso do que você, conselheiro. Em outras palavras, acredita que a Segunda Fundação existe, mas fala abertamente sobre isso, pois é insensato. Eu creio que ela existe, e também falo abertamente, mas apenas porque tomei precauções. Você parece ter lido a história de Arkady com atenção e deve lembrar-se de que ela fala sobre seu pai ter inventado o que ela chama de aparelho de Estática Mental. Funciona como um escudo contra o tipo de poder mental que a Segunda Fundação exerce. Ainda existe e foi aperfeiçoado, sob condições altamente confidenciais. Neste momento, esta casa está razoavelmente protegida contra intromissões. Com isso claro, deixe-me informá-lo sobre o que você irá fazer.

– E o que é?

– Você deverá descobrir se o que acreditamos ser verdade é mesmo verdade. Você deverá descobrir se a Segunda Fundação ainda existe e, se for o caso, onde está. Isso quer dizer que você deverá deixar Terminus e seguir para um destino que desconheço; mesmo que, no final das contas, como nos dias de Arkady, você descubra que a Segunda Fundação existe entre nós. Significa que não retornará até que tenha algo a nos dizer; e, se não tiver nada a dizer, nunca voltará, e a população de Terminus ficará com um tolo a menos.

– Como, por Terminus, é possível procurar por eles sem entregar a busca? – Trevize se viu gaguejando. – Eles simplesmente providenciarão uma morte para mim, e a senhora não estará mais bem informada do que antes.

– Então *não* procure por eles, criança ingênua. Procure por outra coisa. Procure por outra coisa com toda a sua vontade, e se você encontrá-los no processo porque eles não prestaram nenhuma atenção à sua busca, que bom! Nesse caso, você nos enviará a informação por hiperondas protegidas e codificadas e poderá retornar, como recompensa.

– Suponho que a senhora tenha em mente algo que eu deva procurar.

– Tenho, evidentemente. Conhece Janov Pelorat?

– Nunca ouvi falar.

– Você o conhecerá amanhã. Ele lhe dirá o que você deve procurar e o acompanhará em uma de nossas naves mais avançadas. Serão somente vocês dois, pois dois já são risco suficiente. E se tentar voltar sem garantir que tem o conhecimento que queremos, será aniquilado no espaço antes de chegar a um parsec de distância de Terminus. Isso é tudo. Esta conversa está terminada.

Ela se levantou, observou suas mãos nuas e então lentamente vestiu suas luvas. Virou-se na direção da porta, por onde vieram dois guardas, de armas em punho. Eles deram passos para os lados para que ela passasse.

Na entrada, Branno se virou.

– Há outros guardas lá fora. Não faça nada que os incomode ou nos poupará do transtorno de sua existência.

– Assim ficará sem os benefícios que posso lhe trazer – disse Trevize, com esforço para manter a leveza.

– Estamos dispostos a arriscar – respondeu Branno, com um sorriso nada amigável.

4

Do lado de fora, Liono Kodell esperava por ela.

– Escutei a conversa toda, prefeita – disse Kodell. – A senhora foi extraordinariamente paciente.

– E estou extraordinariamente cansada. Parece que o dia teve setenta e duas horas. Você assume, daqui para frente.

– Assim o farei, mas, diga-me, havia mesmo um aparelho de Estática Mental na casa?

– Oh, Kodell – afirmou Branno, cansada –, você é mais inteligente do que isso. Quais eram as chances de alguém estar vigiando? Você imagina que a Segunda Fundação esteja observando tudo, em todos os lugares, o tempo todo? Não sou jovem e romântica como Trevize; *ele* talvez acredite nisso tudo, mas eu não. E, mesmo se fosse o caso, se os olhos e os ouvidos da Segunda Fundação estão por toda parte, a presença de um AEM não teria nos entregado instantaneamente? Seu uso não teria mostrado à Segunda Fundação a existência de um escudo contra seus poderes, uma vez que detectassem uma região mentalmente opaca? O segredo da existência de tal escudo, até que estejamos prontos para usá-lo com aproveitamento máximo, vale mais do que não só Trevize, mas do que eu e você também. E, ainda assim...

Eles estavam no carro terrestre, com Kodell ao volante.

– E ainda assim? – perguntou Kodell.

– Ainda assim o quê? – disse Branno. – Oh, claro. Ainda assim, aquele jovem é inteligente. Eu o chamei de tolo de várias maneiras diferentes, meia dúzia de vezes, para mantê-lo em seu lugar, mas ele não é tolo. É jovem e leu romances de Arkady Darell demais, o que o fez acreditar que a Galáxia é daquele jeito, mas ele tem um discernimento veloz e será uma pena perdê-lo.

– A senhora tem certeza de que o perderemos?

– Sim, bastante – respondeu Branno, com tristeza. – De todo jeito, é melhor assim. Não precisamos de jovens românticos fazendo acusações cegas e destruindo em um instante, talvez, o que levamos anos para construir. Além disso, ele terá seu propósito.

Certamente chamará a atenção dos membros da Segunda Fundação, sempre supondo que eles existem e que estão, de fato, preocupados com o que fazemos. E, enquanto eles estiverem ocupados com ele, talvez nos ignorem. Talvez possamos até ganhar algo além da vantagem de sermos ignorados. Eles podem inadvertidamente se revelar quando forem lidar com Trevize, e nos dar a oportunidade e o tempo para planejar medidas defensivas.

– Trevize, portanto, atrairá os raios.

– Ah, a metáfora que eu estava procurando – os lábios de Branno se contraíram. – Ele é nosso para-raios, absorvendo o impacto e nos protegendo dos danos.

– E esse Pelorat, que também estará na área atingida pelo relâmpago?

– Ele talvez também sofra. É inevitável.

– Bom, a senhora sabe o que Salvor Hardin costumava dizer – assentiu Kodell com a cabeça. – "Nunca deixe seu senso de moral impedi-lo de fazer o que é certo."

– No momento, não tenho senso de moral – murmurou Branno. – Tenho senso de exaustão. Ainda assim, poderia listar várias pessoas que preferiria perder em vez de Golan Trevize. É um jovem atraente, e sabe disso, claro – suas últimas palavras foram engolidas enquanto ela fechava os olhos e caía em um sono leve.

3.

Historiador

1

Janov Pelorat tinha cabelos brancos e seu rosto, em repouso, parecia vazio. Raramente estava em algum estado além de repouso. Tinha estatura e peso médios e tendia a mover-se sem pressa e a falar com ponderação. Parecia consideravelmente mais velho do que seus cinquenta e dois anos.

Nunca tinha saído de Terminus, algo bastante incomum, especialmente para alguém de sua profissão. Ele mesmo não saberia dizer se seus hábitos sedentários eram por causa de, ou apesar de, sua obsessão por história.

A obsessão surgiu de maneira inesperada aos quinze anos, quando, durante uma indisposição, ganhou um livro de lendas antigas. Nele, encontrou o tema repetido de um mundo solitário e isolado, um mundo que não tinha nem consciência de seu isolamento, pois não conhecia nada além daquilo.

Sua indisposição começou a sumir imediatamente. Dentro de dois dias, tinha lido o livro três vezes e saíra da cama. No dia seguinte, estava em seu terminal de computador, pesquisando por arquivos que a Biblioteca da Universidade de Terminus pudesse ter sobre lendas similares.

Essas mesmas lendas o haviam mantido ocupado desde então. A Biblioteca da Universidade de Terminus não era, de maneira nenhuma, uma grande fonte sobre o tema, mas conforme envelhecia, provava o prazer dos empréstimos interbibliotecas. Tinha cópias impressas extraídas de sinais hiper-radiantes de locais tão remotos quanto Ifnia.

Tornou-se professor de história antiga e agora começava seu primeiro ano sabático – o qual havia requerido com a intenção de fazer uma viagem pelo espaço (sua primeira) até Trantor – trinta e sete anos depois.

Pelorat tinha perfeita noção de que era deveras incomum uma pessoa de Terminus nunca ter estado no espaço. Nunca foi sua intenção ser conhecido por isso. O problema era que toda vez que havia a possibilidade de ir para o espaço, algum novo livro, algum novo estudo, alguma nova análise o encontrava. Ele adiava sua viagem até que tivesse esgotado o novo material e acrescentado, se possível, um item, fato, especulação ou imaginação à montanha de dados já coletados. No final, seu único arrependimento era que a viagem a Trantor, em especial, nunca tivesse sido feita.

Trantor tinha sido a capital do Primeiro Império Galáctico. Tinha sido o alicerce de imperadores por doze mil anos e, antes disso, a capital de um dos reinos pré-Império mais importantes, que tinha, pouco a pouco, conquistado ou então absorvido os outros reinados para estabelecer o Império.

Trantor tinha sido uma cidade que cobria um planeta, uma cidade revestida de metal. Pelorat havia lido sobre ela na obra de Gaal Dornick, que a visitara na época do próprio Hari Seldon. A publicação de Dornick não estava mais em circulação, e a que Pelorat possuía poderia ter sido vendida por um preço equivalente à metade do salário anual do historiador. Qualquer sugestão de que ele se separasse do livro o teria horrorizado.

No que dizia respeito a Trantor, o que mais atraía Pelorat era, obviamente, a Biblioteca Galáctica, que, em tempos imperiais (quando era a Biblioteca Imperial), era a maior na Galáxia. Trantor era a capital do maior e mais populoso Império que a humanidade havia testemunhado. Tinha sido uma única cidade global, com uma população que passava consideravelmente de quarenta bilhões de cidadãos, e sua biblioteca era a história reunida de todo o trabalho criativo (e não tão criativo) da humanidade; o resumo completo de seu conhecimento. E o conteúdo era computadorizado de forma tão complexa que eram necessários especialistas para lidar com os equipamentos.

O mais importante era que a biblioteca sobrevivera. Para Pelorat, era esse o grande assombro. Quando Trantor caiu e foi saqueada, quase dois séculos e meio atrás, sofreu uma terrível destruição; as histórias sobre miséria e morte humanas, ninguém ousaria repetir. Ainda assim, sobrevivera, protegida (dizia-se) pelos estudantes da universidade, que utilizaram engenhosos armamentos. (Alguns acreditavam que a defesa dos estudantes acabou totalmente romantizada com o passar do tempo.)

De qualquer forma, a biblioteca resistira ao período de devastação. Ebling Mis fez sua pesquisa em uma biblioteca intacta em um mundo destruído quando quase localizou a Segunda Fundação (de acordo com a história na qual as pessoas da Fundação ainda acreditavam, mas que os historiadores sempre encararam com reservas). As três gerações de Darells – Bayta, Toran e Arkady – haviam estado, em um momento ou outro, em Trantor. Porém, Arkady não a visitara, e desde sua época a biblioteca não participou de nenhum momento da história galáctica.

Nenhum membro da Fundação esteve em Trantor em cento e vinte anos, mas não havia nenhum motivo para acreditar que a biblioteca não estivesse mais lá. O fato de não ter influenciado nenhum acontecimento histórico recente era prova suficiente de sua existência. Sua destruição certamente teria causado alvoroço.

A biblioteca era ultrapassada e arcaica – já era assim até mesmo nos tempos de Ebling Mis –, mas isso a tornava ainda melhor. Pelorat sempre esfregava as mãos, empolgado, quando pensava em uma biblioteca *antiga* e *ultrapassada*. Quanto mais velha e ultrapassada, mais era provável que contivesse o que ele buscava. Em seus sonhos, ele entrava e perguntava, alarmado e sem fôlego:

– A biblioteca foi modernizada? Vocês jogaram fora as fitas e as computadorizações antigas?

E imaginava sempre uma resposta de bibliotecários idosos e empoeirados:

– Assim como era, Professor, ainda é.

E agora seu sonho se tornaria realidade. A própria prefeita lhe havia garantido. Como ela soubera de seu trabalho, ele não tinha muita certeza. Não tinha conseguido publicar muitos ensaios. Pouco do que fazia era sólido o suficiente para uma publicação aceitável, e o que de fato saiu não deixou marcas. Ainda assim, diziam que Branno, a Bronze, sabia de tudo o que acontecia em Terminus e tinha olhos nas pontas de todos os dedos. Pelorat podia quase acreditar, mas, se ela conhecia o trabalho dele, por que não enxergou a relevância que tinha e ofereceu um pouco de apoio financeiro antes?

De alguma maneira, pensou com tanto rancor quanto podia sentir, a Fundação tem os olhos fixos inexoravelmente no futuro. O Segundo Império e o destino da humanidade os arrebataram. Não tinham tempo, nem desejo, de examinar o passado – e ficavam irritados com os que o faziam.

Eram todos uns tolos, claro, mas Pelorat não conseguiria, sozinho, acabar com a insensatez. E talvez assim fosse melhor. Ele podia abraçar a grande causa com toda a sua alma e viria o dia em que seria reconhecido como o grande Pioneiro dos Importantes.

Isso significava, claro (e ele era intelectualmente honesto demais para recusar-se a reconhecer), que ele também estava obcecado pelo futuro – um futuro em que seria reconhecido; em que seria um herói comparável a Hari Seldon. Ele seria, na verdade, até maior; como a delineação de um futuro claramente visível com um milênio de idade poderia se comparar à delineação de um passado perdido com pelo menos vinte e cinco milênios de idade?

E este era o dia. *Este* era o dia.

A prefeita dissera que seria o dia depois da aparição da imagem de Seldon. Esse foi o único motivo pelo qual Pelorat ficou interessado pela crise Seldon, que, durante meses, ocupou todas as mentes em Terminus e quase todas as da Federação.

Para ele, não parecia fazer a mais ínfima diferença se a capital da Fundação permaneceria ali em Terminus ou se mudaria para outro lugar. E agora que a crise tinha sido resolvida, ele não sabia ao certo qual lado da questão Hari Seldon havia defendido ou se o problema em discussão havia até mesmo sido mencionado.

A única coisa que importava era que Seldon tinha aparecido e que, agora, *este* era o dia.

Havia passado das duas horas da tarde quando um carro terrestre estacionou na entrada da garagem de sua casa relativamente isolada, nos arredores do território de Terminus.

Uma das portas traseiras de correr foi aberta. Um guarda com o uniforme da Unidade de Segurança da prefeita desceu do veículo. Em seguida, um jovem e mais dois guardas.

Pelorat não conseguiu evitar a surpresa. A prefeita não apenas conhecia seu trabalho, mas claramente o considerava da mais alta importância. A pessoa que seria sua companheira tinha recebido uma guarda de honra, e prometeram a ele uma nave de primeira ordem que seu companheiro pudesse pilotar. Bastante lisonjeiro! Bastante...

A governanta de Pelorat abriu a porta. O jovem entrou e os dois guardas se posicionaram nas laterais da entrada. Pela janela, Pelorat viu que o terceiro guarda permaneceu do lado de fora, e que um segundo carro terrestre tinha acabado de estacionar. Mais guardas!

Confuso!

Ele se virou e deparou com o jovem em sua sala, e ficou admirado ao reconhecer quem era. Ele o tinha visto em holotransmissões.

– Você é aquele membro do Conselho. Você é Trevize! – disse.

– Golan Trevize. Isso mesmo. Você é o professor Janov Pelorat?

– Sim, sim. Você é quem...

– Seremos companheiros de viagem – afirmou Trevize, inexpressivo. – Ou assim me disseram.

– Mas você não é um historiador.

– Não, não sou. Como você disse, sou um conselheiro, um político.

– Sim, sim. No que eu estava pensando? *Eu* sou um historiador, então qual a necessidade de outro? *Você* pode pilotar uma espaçonave.

– Sim, sou bom nisso.

– Bom, é *disso* que precisamos. Excelente. Receio não ser um pensador prático, meu jovem. Caso você o seja, formaremos um bom time.

– No momento – disse Trevize –, não estou encantado com a excelência de meu próprio raciocínio, mas parece que não temos escolha além de tentar formar um bom time.

– Vamos torcer, então, para que eu consiga superar minhas incertezas sobre o espaço. Sabe, conselheiro, nunca estive no espaço. Sou uma marmota, se este é o melhor termo. Aliás, gostaria de um copo de chá? Pedirei a Kloda que nos prepare algo. Afinal, pelo que me foi informado, ainda faltam algumas horas para partirmos. Mas já estou preparado. Tenho o necessário para nós dois. A prefeita tem sido *bastante* prestativa. Impressionante o interesse dela no projeto.

– Você sabia sobre tudo isso, então? Desde quando?

– A prefeita me abordou – Perolat franziu levemente o cenho e parecia estar fazendo alguns cálculos – duas, talvez três semanas atrás. Fiquei *extasiado*. E agora que tenho claro na cabeça que preciso de um piloto, e não de um segundo historiador, estou extasiado também que minha companhia seja você, caro colega.

– Duas, talvez três semanas atrás – repetiu Trevize, soando um pouco atordoado. – Então ela esteve preparada esse tempo todo. E eu... – sua voz sumiu.

– Desculpe, o que dizia?

– Nada, Professor. Tenho o mau hábito de murmurar para mim mesmo. É algo com que você deverá se acostumar, caso nossa viagem se estenda.

– E se estenderá. E se estenderá – afirmou Pelorat, apressando o outro até a mesa de jantar, onde um elaborado chá estava sendo preparado por sua governanta. – Sem prazo determinado. A prefeita disse para levarmos tanto tempo quanto quisermos e que a Galáxia está aberta diante de nós; seja qual for nosso destino, os recursos da Fundação estarão à disposição. Ela disse, claro, que devemos ser sensatos. E assim prometi.

Pelorat riu de leve, esfregou as mãos e continuou:

– Sente-se, meu caro colega, sente-se. Essa talvez seja nossa última refeição em Terminus por um bom tempo.

Trevize sentou-se.

— Você tem família, Professor? — perguntou.

— Tenho um filho. Está no corpo docente da Universidade de Santanni. Químico, acredito, ou algo do tipo. Ele puxou a mãe. Ela não está mais comigo há muito tempo, então, entende, não tenho responsabilidades, nada que me deixe refém do destino. Suponho que você também não tenha. Fique à vontade para pegar sanduíches, meu rapaz.

— Ninguém para me fazer refém no momento. Algumas mulheres. Elas vêm e vão.

— Sim, sim. É agradável quando isso funciona. Ainda mais agradável quando você descobre que não precisa levar a sério. Nenhum filho, presumo.

— Nenhum.

— Ótimo! Sabe, estou com um bom humor notável. Fiquei surpreso quando você entrou. Admito. Mas agora o considero muito empolgante. O que preciso é juventude e entusiasmo e alguém que saiba encontrar o próprio caminho na Galáxia. Estamos em uma busca, sabe? Uma busca extraordinária — o rosto plácido e a voz serena de Pelorat alcançaram uma animação incomum, sem nenhuma mudança específica em expressão ou entonação. — Eu me pergunto se lhe informaram sobre isso.

— Uma busca extraordinária? — os olhos de Trevize se estreitaram.

— Sim, de fato. Uma joia de valor inestimável está escondida entre as dezenas de milhões de mundos habitados na Galáxia e não temos nada além das pistas mais tênues para nos guiar. Mas será um prêmio incrível se conseguirmos encontrá-la. Se você e eu conseguirmos esse feito, meu jovem, ou melhor, Trevize, pois não é minha intenção ser condescendente, nossos nomes ressoarão pelas eras até o final dos tempos.

— O prêmio ao qual se refere, essa joia de valor inestimável...

— Estou parecendo Arkady Darell... a escritora, sabe, falando sobre a Segunda Fundação, não estou? Não é à toa que você parece chocado — Pelorat inclinou a cabeça para trás, como se fosse cair na gargalhada, mas apenas sorriu. — Nada tão tolo e sem importância, eu garanto.

– Se você não se refere à Segunda Fundação, Professor – respondeu Trevize –, do que está falando?

– Ah, então a prefeita não lhe contou? – Pelorat pareceu repentinamente solene, até mesmo apologético. – Isso é curioso, sabe? Passei décadas ressentido com o governo e sua incapacidade de entender o que estou fazendo, e agora a prefeita Branno está sendo incrivelmente generosa.

– Sim – afirmou Trevize, sem tentar esconder qualquer entonação de ironia. – Ela é uma mulher de singular filantropia oculta, mas não me falou sobre nada disso.

– Então você não sabe sobre minha pesquisa?

– Não. Lamento.

– Não há necessidade de se desculpar. Sem problema algum. Meu trabalho não chegou a causar alvoroço. Então deixe-me explicá-lo. Nós vamos procurar (e encontrar, pois tenho em mente grandes possibilidades) a Terra.

2

Trevize não dormiu bem naquela noite.

Tentou encontrar repetidamente pontos fracos na prisão que a velhota construíra em torno dele. Não encontrou saída em lugar nenhum.

Estava sendo forçado ao exílio e não podia fazer nada para se defender. Ela havia sido calmamente inexorável e não se dera ao trabalho nem de mascarar a inconstitucionalidade de tudo aquilo. Ele havia se apoiado em seus direitos como conselheiro e como cidadão da Federação, e ela não se dignara nem a reconhecê-los.

E agora esse tal de Pelorat, esse excêntrico acadêmico que parecia instalado no mundo sem fazer parte dele, contou que a temível velhota vinha tomando providências havia semanas.

Ele se sentia o "fedelho" de que ela o chamara.

Seria exilado com um historiador que ficava "caro colegando-o" e que parecia em êxtase de felicidade para dar início a uma busca galáctica pela... Terra?

O que, pelo amor da vovó do Mulo, era "Terra"?

Ele tinha perguntado. Pois claro! Perguntou no momento em que foi mencionada.

— Perdoe-me, professor – dissera Trevize –, sou ignorante em sua especialidade e tenho fé de que não ficará incomodado se eu pedir uma explicação em termos leigos. O que é Terra?

Pelorat o encarara com gravidade enquanto vinte segundos passaram lentamente.

— É um planeta – respondera. – O planeta original. Aquele em que os humanos surgiram, meu caro colega.

— Surgiram? – indagara Trevize. – De onde?

— De lugar nenhum. É o planeta onde a humanidade se desenvolveu por meio de processos evolutivos a partir de animais menores.

Trevize pensara no assunto e negara com a cabeça.

— Não sei do que está falando – dissera.

Uma expressão aborrecida passara rapidamente pelo rosto de Pelorat. Ele limpara a garganta.

— Houve uma época em que não havia humanos em Terminus – afirmara. – Foi colonizado por seres humanos de outros mundos. Suponho que saiba disso?

— Sim, claro – dissera Trevize, impaciente. Estava irritado com a repentina presunção pedagógica do outro.

— Pois bem. É válido para todos os outros mundos. Anacreon, Santanni, Kalgan, todos eles. Foram todos, em algum momento do passado, *fundados*. Pessoas chegaram ali vindas de outros mundos. É verdade até mesmo para Trantor. Tem sido uma imensa metrópole por vinte mil anos, mas, antes disso, não era.

— Por quê? O que era antes?

— Vazia! Pelo menos, de seres humanos.

— Difícil de acreditar.

— É fato. Os registros antigos provam.

— De onde vieram as pessoas que colonizaram Trantor?

— Ninguém sabe ao certo. Há centenas de planetas que afirmam terem sido povoados nas turvas neblinas da antiguidade e cujos povos narram extravagantes contos sobre a natureza da chegada dos primeiros seres humanos. Historiadores tendem a desconsiderar coisas do tipo e a meditar sobre a "Questão da Origem".

– O que é? Nunca ouvi falar.

– Isso não me surpreende. Atualmente, não é um problema histórico popular, admito, mas houve uma época, durante a decadência do Império, em que despertou certo interesse entre intelectuais. Salvor Hardin o menciona brevemente em suas memórias. É a questão da identidade e da localização do planeta em que tudo começou. Se olharmos o passado regressivamente, a humanidade flui de maneira centrífuga dos mundos estabelecidos mais recentemente para mundos mais antigos, e para outros mais antigos ainda, até que tudo se concentra em apenas um: o original.

Trevize pensara imediatamente na falha óbvia do argumento.

– Não seria possível existir um número maior de originais? – perguntara.

– Claro que não. Todos os seres humanos em toda a Galáxia são uma única espécie. Uma única espécie *não pode* se originar em mais de um planeta. Impossível.

– Como você sabe?

– Em primeiro lugar... – Pelorat tocara o indicador de sua mão esquerda com o de sua mão direita para iniciar uma contagem, mas então pareceu desistir do que certamente seria uma longa e intrincada exposição. Relaxara os braços e dissera, com grande seriedade:

– Meu caro colega, tem minha palavra de honra.

– Não sonharia em duvidar dela, professor Pelorat – Trevize curvara-se para a frente de maneira formal. – Digamos, então, que exista um planeta de origem. Mas não existiriam centenas que reivindicariam tal honra?

– Não apenas existiriam; *existem*. Porém, nenhuma das reivindicações tem mérito. Nenhuma daquelas centenas que aspiram ao crédito de prioridade mostra algum sinal de sociedade pré-hiperespaço, muito menos traços de evolução humana a partir de organismos pré-humanos.

– Então você diz que *existe* um planeta de origem, mas que, por algum motivo, ele não reivindica tal *status*?

– Acertou em cheio.

– E você buscará por ele?

– Nós buscaremos. É nossa missão. A prefeita Branno planejou tudo. Você pilotará nossa nave até Trantor.

– Trantor? Não é o planeta de origem. Você mesmo disse, agora há pouco.

– Claro que não é Trantor. É a Terra.

– Então por que não me diz para pilotar a nave até a Terra?

– Não estou sendo claro. Terra é um nome lendário. É venerado em mitos antigos. Não tem um significado do qual possamos ter certeza, mas é conveniente usar a palavra como um sinônimo de duas sílabas para "o planeta de origem da espécie humana". O planeta no espaço real que estamos definindo como "Terra" não é conhecido.

– Saberão em Trantor?

– Certamente espero encontrar informações por lá. Trantor possui a Biblioteca Galáctica, a maior em todo o sistema.

– Aquela biblioteca decerto foi vasculhada pelas pessoas que você disse terem manifestado interesse pela "Questão da Origem" na época do Primeiro Império.

– Sim – concordara Pelorat, pensativamente –, mas talvez não com profundidade suficiente. Aprendi bastante sobre a "Questão da Origem" que os imperiais de cinco séculos atrás talvez não soubessem. Eu talvez consiga vasculhar os arquivos antigos com mais compreensão, entende? Tenho pensado no assunto há muito tempo, e tenho excelentes possibilidades em mente.

– Suponho que tenha contado tudo isso à prefeita Branno, e que ela aprovou?

– Aprovou? Meu caro colega, ela ficou maravilhada. Disse-me que Trantor era, com certeza, o lugar para descobrir tudo o que preciso saber.

– Sem dúvida – murmurara Trevize.

A conversa foi parte do que o manteve acordado naquela noite. A prefeita Branno o estava enviando para descobrir o que pudesse sobre a Segunda Fundação. Estava mandando-o com Pelorat para que o historiador talvez mascarasse o objetivo verdadeiro com a falsa busca pela Terra, uma busca que poderia levá-lo a qualquer ponto da Galáxia. Na verdade, era uma cobertura perfeita, e ele admirou a engenhosidade da prefeita.

Mas Trantor? Qual o sentido? Uma vez que estivessem em Trantor, Pelorat conseguiria entrar na Biblioteca Galáctica e nunca mais sairia. Com infinitas pilhas de livros, filmes e gravações, com inúmeras computadorizações e representações simbólicas, ele certamente nunca mais iria querer sair de lá.

Além disso...

Certa vez, Ebling Mis foi a Trantor, na época do Mulo. A história dizia que ele descobrira a localização da Segunda Fundação ali e que tinha morrido antes de revelá-la. Arkady Darell também esteve ali e também conseguiu localizar a Segunda Fundação. Mas a localização que descobriu era em Terminus, e, ali, o ninho de membros da Segunda Fundação fora destruído. Onde quer que a Segunda Fundação estivesse *agora*, seria em qualquer outro lugar, então o que mais Trantor teria a dizer? Se procuravam pela Segunda Fundação, era melhor ir a qualquer lugar *menos* Trantor.

Além disso...

Ele não sabia quais eram os outros planos de Branno, mas não estava inclinado a bater continência. Quer dizer que Branno ficara maravilhada com uma viagem a Trantor? Bom, se Branno queria Trantor, eles não iriam para Trantor! Qualquer lugar. Mas não Trantor!

Exausto, com a noite à beira do amanhecer, Trevize finalmente caiu em um sono vacilante.

3

O dia seguinte à prisão de Trevize foi um bom dia para a prefeita Branno. Ela foi aclamada muito além do que era merecedora, e o incidente não foi mencionado.

Ainda assim, Branno tinha plena consciência de que o Conselho logo emergiria de sua apatia e que questões seriam levantadas.

Precisava agir rapidamente. Assim, colocando incontáveis assuntos importantes de lado, investiu na questão Trevize.

No momento em que Trevize e Pelorat discutiam sobre a Terra, Branno estava diante do conselheiro Munn Li Compor no gabinete da prefeita. Quando ele se sentou do outro lado da mesa, perfeitamente à vontade, ela o analisou mais uma vez.

Ele era menor e mais esguio do que Trevize, e apenas dois anos mais velho. Ambos eram conselheiros novatos, jovens e impetuosos, o que talvez tenha sido a única coisa que os aproximara, pois eram distintos em todos os outros aspectos.

Enquanto Trevize parecia irradiar uma intensidade furiosa, Compor brilhava com uma autoconfiança quase serena. Talvez fossem seus cabelos loiros e os olhos azuis, bastante incomuns entre os cidadãos da Fundação. Essas características davam a ele uma delicadeza quase feminina, que (assim julgou Branno) o faziam menos atraente às mulheres do que Trevize. Mas ele era evidentemente vaidoso e as aproveitava ao máximo, usando seu cabelo comprido e garantindo que estivesse ondulado com esmero. Usava uma leve sombra azul sob as sobrancelhas para acentuar a cor dos olhos (sombras de vários tons tinham se tornado comuns entre homens, nos últimos dez anos).

Não se tratava de um mulherengo. Vivia tranquilamente com sua esposa, mas ainda não tinha demonstrado interesse em paternidade e não havia evidências de uma segunda companheira secreta. Isso também era diferente de Trevize, que mudava de companheira com tanta frequência quanto trocava as extravagantes faixas de tecido pelas quais era notório.

Havia pouco sobre os dois jovens conselheiros que o departamento de Kodell não havia descoberto, e o próprio Kodell estava sentado em um dos cantos da sala, quieto, exalando um confortável bom humor, como de costume.

— Conselheiro Compor — disse Branno —, você prestou um bom serviço à Fundação, mas, infelizmente, não é o tipo de serviço que possa ser elogiado em público nem recompensado de maneiras tradicionais.

Compor sorriu. Tinha dentes retos e brancos, e Branno se perguntou, distraída por um breve instante, se todos os habitantes do Setor Sirius seriam daquele jeito. A história de Compor, sobre descender daquela região específica, deveras suburbana, voltava até sua avó materna, que também tinha sido loira de olhos azuis e que defendia que *sua* mãe fora do Setor Sirius. Porém, de acordo com Kodell, não havia nenhuma prova concreta desse fato.

Do jeito que as mulheres eram, dissera Kodell na ocasião, ela teria falado sobre ancestrais distantes e exóticos para se tornar mais fascinante e acentuar sua formidável atratividade.

"É assim que são as mulheres?", perguntara Branno secamente, e Kodell sorriu e murmurou que estava se referindo a mulheres comuns, evidentemente.

Compor disse:

– Não é necessário que as pessoas da Fundação reconheçam meu serviço. Apenas que *a senhora* reconheça.

– Reconheço e não esquecerei. O que também não farei é deixá-lo presumir que suas obrigações estão terminadas. Você seguiu por um caminho complicado e deve continuar nele. Queremos mais sobre Trevize.

– Contei-lhe tudo o que sei sobre ele.

– Isso talvez seja o que você gostaria que eu acreditasse. Talvez seja até o que acredita com honestidade. De qualquer maneira, responda às minhas perguntas. Conhece um cavalheiro chamado Janov Pelorat?

Por um momento, a testa de Compor enrugou-se, e quase instantaneamente suavizou-se.

– Talvez o reconhecesse, se o visse – respondeu cautelosamente –, mas o nome não desperta nenhuma associação em minha mente.

– Trata-se de um erudito.

A boca de Compor arredondou-se em um desdenhoso, mas mudo "Oh?", como se estivesse surpreso que a prefeita esperasse que ele conhecesse eruditos.

– Pelorat é uma pessoa interessante que, por motivos próprios, tem a ambição de visitar Trantor – disse Branno. – O conselheiro

Trevize irá acompanhá-lo. Agora, considerando que você foi um bom amigo de Trevize e talvez conheça sua estrutura de raciocínio, diga-me. Você acha que Trevize consentirá com a viagem à Trantor?

– Se a senhora garantir que Trevize entre na nave – respondeu Compor –, e que a nave seja pilotada a Trantor, o que poderia fazer além de ir para lá? A senhora certamente não está sugerindo que ele armaria um motim e dominaria a nave.

– Você não entende. Ele e Pelorat estarão sozinhos na nave, e será Trevize nos controles.

– A senhora está perguntando se ele iria voluntariamente a Trantor?

– Sim, é o que estou perguntando.

– Senhora prefeita, como é possível que eu saiba o que ele fará?

– Conselheiro Compor, você esteve próximo de Trevize. Sabe sobre sua crença na existência da Segunda Fundação. Ele nunca conversou com você sobre teorias de onde ela poderia existir, de onde poderia ser encontrada?

– Nunca, senhora prefeita.

– Você acredita que ele a encontrará?

Compor riu cinicamente.

– Acredito que a Segunda Fundação, onde quer que tenha existido e independente de sua importância – disse –, foi dizimada na época de Arkady Darell. Acredito nessa história.

– De fato? Se for esse o caso, por que traiu seu amigo? Se ele estava procurando por algo que não existe, que mal poderia ter feito ao manifestar suas excêntricas teorias?

– Não é apenas a verdade que pode causar danos – respondeu Compor. – Suas teorias talvez fossem apenas excêntricas, mas poderiam ter perturbado o povo de Terminus e, ao introduzir dúvidas e medos em relação ao papel da Fundação no grande drama da história galáctica, teriam enfraquecido sua liderança da Federação e seus sonhos de um Segundo Império Galáctico. A senhora claramente também pensou nisso, ou não teria declarado sua prisão na tribuna do Conselho e não estaria forçando-o ao exílio sem julgamento. Se a senhora me permite perguntar, prefeita, por que fez isso?

– Digamos que fui cautelosa o suficiente para me questionar se havia a mais ínfima chance de ele estar certo, e que a expressão de suas opiniões poderia ser ativa e diretamente perigosa.

Compor ficou em silêncio.

– Concordo com você – afirmou Branno –, mas sou forçada, pelas responsabilidades de meu cargo, a considerar a possibilidade. Deixe-me perguntar novamente. Você tem alguma indicação de onde ele poderia supor que a Segunda Fundação estaria, e para onde iria?

– Nenhuma.

– Ele nunca fez sugestões nesse sentido?

– Não, evidentemente.

– Nunca? Não descarte a possibilidade de imediato. Pense! Nunca?

– Nunca – respondeu Compor, com firmeza.

– Nenhuma alusão? Nenhum comentário casual? Nenhum indício? Nenhuma abstração reflexiva sobre determinado assunto que ganhe significado se você pensar melhor?

– Nada. Estou dizendo, senhora prefeita, os sonhos de Trevize sobre a Segunda Fundação são grandes nebulosas. A senhora sabe disso, e não faz nada além de desperdiçar tempo e energia ao conjecturar sobre o assunto.

– Por acaso você está repentinamente mudando de lado mais uma vez e protegendo o amigo que entregou às minhas mãos?

– Não – respondeu Compor. – Entreguei Trevize à senhora pelo que me pareceram razões boas e patrióticas. Não tenho motivos para me arrepender do que fiz, nem para mudar de atitude.

– Então não pode me dar nenhuma pista de onde ele poderia ir, uma vez que tenha uma espaçonave à disposição?

– Como já disse...

– E ainda assim, conselheiro – neste momento, as linhas do rosto da prefeita se acentuaram para fazê-la parecer melancólica –, eu gostaria de saber para onde ele irá.

– Nesse caso, acredito que a senhora deveria colocar um hipertransmissor na espaçonave.

— Pensei nessa possibilidade, conselheiro. Porém, ele é um homem desconfiado e suspeito que vai encontrá-lo, por mais engenhosa que seja a instalação. Evidentemente, poderia ser colocado de forma que Trevize não possa removê-lo sem incapacitar a nave e seja forçado a deixá-lo no lugar...

— Uma excelente ideia.

— Exceto que — respondeu Branno — ele ficaria inibido. Talvez não fosse para onde iria, se acreditasse estar livre e desimpedido. As informações que eu receberia seriam inúteis.

— Nesse caso, a senhora aparentemente não poderá descobrir para onde ele irá.

— Pretendo descobrir, pois vou agir de modo bastante primitivo. Uma pessoa que espera pelo totalmente sofisticado e que se protege disso está deveras inclinada a ignorar o primitivo. Penso em mandar alguém seguir Trevize.

— Seguir?

— Exato. Outro piloto em outra espaçonave. Vê como ficou chocado com o raciocínio? Ele ficaria igualmente chocado. Talvez não lhe ocorra escanear o espaço em busca de uma massa que o esteja seguindo, e, de qualquer forma, vamos garantir que sua nave não esteja equipada com nossos equipamentos mais modernos de detecção de massas.

— Senhora prefeita — disse Compor —, falo com todo o respeito possível, mas devo apontar que a senhora não tem experiência com voos espaciais. Mandar uma nave seguir outra nunca é feito porque não funciona. Trevize escapará no primeiro Salto pelo hiperespaço. Mesmo que não saiba que está sendo seguido, o primeiro Salto será o caminho para a liberdade. Se não tiver um hipertransmissor na nave, não poderá ser rastreado.

— Reconheço minha falta de experiência. Diferentemente de você e Trevize, não tive treinamento naval. Contudo, fui informada por meus consultores (que *tiveram* tal treinamento) que, se uma nave for observada imediatamente antes de um Salto, sua direção, velocidade e aceleração permitem que se deduza a direção do Salto, de maneira geral. Com um bom computador e uma excelente capacidade de discernimento, um perseguidor pode duplicar o Salto de maneira próxima o suficiente para recuperar o rastro do outro lado, especialmente se o perseguidor tiver um bom detector de massas.

– Isso talvez aconteça uma vez – afirmou Compor, energicamente –, até duas, se o perseguidor for muito sortudo, e só. Não se pode depender de coisas assim.

– Talvez possamos. Conselheiro Compor, você fez corridas hiperespaciais em sua época. Entenda, sei muitas coisas sobre você. Você é um excelente piloto e fez coisas incríveis quando se tratava de seguir um adversário em um Salto.

Os olhos de Compor se esbugalharam. Ele quase se contorceu na cadeira.

– Eu estava na faculdade na época. Sou mais velho agora.

– Mas não é velho demais. Não tem nem trinta e cinco ainda. Consequentemente, você *vai* seguir Trevize, conselheiro. Aonde quer que ele vá, você o seguirá, e me manterá informada. Partirá logo após Trevize, e ele deixará o planeta em poucas horas. Se recusar a missão, conselheiro, será preso por traição. Se entrar na nave que providenciaremos e não segui-lo, não precisa se dar ao trabalho de voltar. Será aniquilado em pleno espaço, se tentar.

Compor levantou-se abruptamente.

– Tenho uma vida a manter. Tenho trabalho a fazer. Tenho uma esposa. Não posso abandonar tudo.

– Mas precisará. Nós, que escolhemos servir à Fundação, devemos estar preparados a todo momento para servi-la em situações demoradas e desconfortáveis, caso seja necessário.

– Minha esposa deve ir comigo, evidentemente.

– Acha que eu sou idiota? Ela fica aqui, *evidentemente*.

– Como refém?

– Se a palavra lhe apetecer. Prefiro dizer que você estará em perigo e meu bondoso coração quer que ela fique aqui, onde não há perigo. Não há espaço para discussão. Você está sob ordem de prisão, assim como Trevize, e tenho certeza de que entende que devo agir rapidamente, antes que a euforia que encobre Terminus se dissipe. Receio que, em breve, minha estrela estará cadente.

4

– A senhora foi bastante rígida com ele, senhora prefeita – disse Kodell.

– Por que deveria ser diferente? – respondeu a prefeita, aspirando pelo nariz. – Ele traiu um amigo.

– O que foi útil para nós.

– Sim, do jeito que aconteceu. Mas sua próxima traição talvez não seja.

– Por que haveria outra?

– Vamos lá, Liono – disse Branno, impaciente –, não faça esse jogo comigo. Qualquer pessoa que mostre inclinação à deslealdade deve ser, para sempre, suspeita de recorrência.

– Ele pode ser desleal e se unir a Trevize mais uma vez. Juntos, eles talvez...

– Você não acredita nisso. Com todas as suas tolices e ingenuidades, Trevize segue desmedidamente para atingir seu objetivo. Ele não compreende traição e nunca, sob nenhuma circunstância, confiará novamente em Compor.

– Perdoe-me, prefeita – respondeu Kodell –, mas deixe-me ter certeza de que acompanho seu raciocínio. Até que ponto, então, *a senhora* pode confiar em Compor? Como sabe que ele seguirá Trevize e nos informará com honestidade? A senhora conta com o medo pelo bem-estar da esposa como garantia? Seu desejo de retornar a ela?

– Ambos são fatores importantes, mas não me baseio totalmente neles. Haverá um hipertransmissor na nave de Compor. Trevize suspeitaria de perseguição e procuraria por ele. Mas presumo que Compor, no papel do perseguidor, não suspeitaria e não procuraria. Se ele o fizer e se encontrar o aparelho, então precisaremos usar o trunfo da esposa, claro.

– E pensar que já precisei ensinar-lhe alguma coisa – riu-se Kodell. – E o propósito da perseguição?

– Uma camada dupla de proteção. Se Trevize for pego, talvez seja Compor que continue a busca e nos dê as informações que Trevize não puder nos dar.

– Mais uma pergunta. E se, por alguma sorte, Trevize encontrar a Segunda Fundação e soubermos disso por meio dele ou de Compor, ou se obtivermos motivos para suspeitar de sua existência... mesmo que com a morte dos dois?

– Espero que a Segunda Fundação *de fato* exista, Liono – ela respondeu. – De qualquer forma, o Plano Seldon não nos será útil por muito mais tempo. O grande Hari Seldon o idealizou nos últimos dias do Império, quando os avanços tecnológicos estavam praticamente parados. Seldon era um produto de seu tempo e, por mais brilhante que sua quase mítica ciência da psico-história tenha sido, não poderia se desenvolver muito além. Certamente não permitiria avanços tecnológicos *velozes*. A Fundação tem feito justamente isso, em especial no último século. Temos equipamentos de detecção de massas de um tipo inimaginável no passado, computadores que podem reagir a pensamentos e, acima de tudo, blindagem mental. A Segunda Fundação não poderá nos controlar por muito mais tempo, se é que consegue atualmente. Desejo, em meus últimos anos no poder, ser aquela que dará início a um novo rumo para Terminus.

– E se não houver uma Segunda Fundação?

– Iniciaremos um novo rumo imediatamente.

5

O inquieto sono que enfim envolveu Trevize não durou muito tempo. Um toque em seu ombro repetiu-se uma segunda vez.

Trevize levantou-se subitamente, com a vista turva e totalmente incapaz de entender o que fazia em uma cama estranha.

– Que... o quê?

– Lamento, conselheiro Trevize – disse Pelorat, desculpando-se. – Você é meu convidado e devo oferecer-lhe descanso, mas a prefeita está aqui.

Pelorat estava de pé ao lado da cama, com um pijama de flanela e tremendo levemente por causa do frio. Os sentidos de Trevize saltaram para um estado de exausta vigilância e ele se lembrou.

A prefeita estava na sala de Pelorat, parecendo tão tranquila quanto sempre. Kodell estava com ela, cofiando suavemente seu bigode branco.

Trevize ajustou sua faixa à posição mais confortável e se perguntou quanto tempo aqueles dois, Branno e Kodell, passavam longe um do outro.

– O Conselho já se recuperou? – perguntou Trevize, irônico.

– Os membros estão preocupados com a ausência de um dos seus?

– Há sinais de atividade, sim, mas nada suficiente para ajudá-lo – respondeu a prefeita. – Não há nada além do fato de eu ainda ter o poder de forçá-lo a ir embora. Vocês serão levados ao Espaçoporto Remoto...

– Não ao Espaçoporto de Terminus, senhora prefeita? Serei privado de uma despedida apropriada diante de uma multidão chorosa?

– Vejo que recuperou sua predileção por asneiras adolescentes, conselheiro, e fico feliz. Apazigua o que poderia ser uma crescente pontada de dor na consciência. No Espaçoporto Remoto, você e o professor Pelorat partirão silenciosamente.

– E nunca mais voltaremos?

– E talvez nunca mais voltem. Evidentemente – nesse momento, ela sorriu por um instante –, se descobrirem algo de importância e utilidade tão grandes que até eu ficaria feliz de recebê-los de volta com as informações, vocês voltarão. Talvez sejam até considerados dignos de honra.

– Pode acontecer – Trevize concordou com a cabeça, de maneira casual.

– Praticamente qualquer coisa *pode* acontecer. De todo modo vocês ficarão confortáveis. Terão acesso a um cruzador compacto, o *Estrela Distante*, nomeado em homenagem ao cruzador de Hober Mallow. Basta uma pessoa para comandá-lo, mas acomoda até três com razoável conforto.

Trevize foi arrancado de seu humor leve e cuidadosamente simulado.

– Totalmente armado?

– Desarmado, mas totalmente equipado. Para onde quer que sigam, serão cidadãos da Fundação e haverá sempre um cônsul a quem recorrer. Portanto, não haverá necessidade de armas. Terão acesso a fundos conforme for preciso... mas não fundos ilimitados, devo acrescentar.

– A senhora é generosa.

– Sei disso, conselheiro. Mas, entenda o que digo. O senhor está ajudando o professor Pelorat a buscar pela Terra. O que quer que *pense* estar procurando, está procurando a *Terra*. Todos que vocês encontrarem devem entender esse fato. E lembre-se sempre de que o *Estrela Distante não* tem armamentos.

– Estou procurando a Terra – respondeu Trevize. – Entendo perfeitamente.

– Devem partir agora.

– Perdoe-me, mas certamente há mais nessa questão do que o que conversamos. Pilotei naves no passado, mas nunca tive experiência com um cruzador compacto de última linha. E se não conseguir pilotá-lo?

– Fui informada de que o *Estrela Distante* é totalmente computadorizado. Antes que pergunte, você não precisa saber como comandar o computador de uma nave de última linha. Ele mesmo informará tudo o que você precisa saber. Algo mais de que necessite?

Trevize olhou para si mesmo pesarosamente.

– Uma muda de roupas – disse.

– Encontrará a bordo da nave. Inclusive essas cintas que usa, ou faixas, ou qualquer que seja o nome. O professor também está abastecido com o que precisa. Tudo o que é aceitável já está a bordo, mas apresso-me a acrescentar que isso *não* inclui companhia feminina.

– Pena – afirmou Trevize. – Seria agradável, mas também não tenho nenhuma boa candidata no momento. Ainda assim, presumo que a Galáxia seja populosa e que, uma vez longe daqui, poderei fazer o que bem entender.

– No que diz respeito à companhia? Fique à vontade.

Ela se levantou solenemente.

– Não vou acompanhá-los ao espaçoporto – afirmou –, mas alguém o fará. Não faça nada que não tenha sido ordenado a fazer. Acredito que eles o matarão se fizer esforços para fugir. O fato de eu não estar com eles eliminará qualquer inibição.

– Não tomarei nenhuma atitude não autorizada, senhora prefeita, mas, uma coisa...

– Pois não?

Trevize vasculhou sua mente com rapidez e disse, enfim, com um sorriso que torcia para não parecer forçado:

– Chegará o dia, senhora prefeita, em que a senhora irá pedir-me para tomar uma atitude. Farei o que achar melhor, mas me lembrarei dos últimos dois dias.

– Poupe-me do melodrama – suspirou a prefeita Branno. – Se o dia vier, virá, mas, por enquanto, não estou *pedindo* nada.

4.

Espaço

1

A ESPAÇONAVE TINHA UM ASPECTO muito mais impressionante do que esperava Trevize, que se lembrava da época em que a nova classe de cruzadores fora divulgada de maneira gritante.

Não era o tamanho que impressionava, pois era consideravelmente pequena. Fora projetada para maneabilidade e velocidade, para motores totalmente gravitacionais e, acima de tudo, para computadorização avançada. Não precisava ter tamanho – tamanho anularia seu propósito.

Era um equipamento para um homem só que poderia substituir, com vantagem, as naves mais antigas, que requeriam tripulações de uma dúzia ou mais. Com uma segunda ou até terceira pessoa para estabelecer turnos de pilotagem, tal nave poderia rechaçar uma flotilha não-Fundação, mesmo se composta por espaçonaves muito maiores. Além disso, poderia superar a velocidade e escapar de qualquer outra nave que existisse.

Havia um refinamento que a distinguia – nenhuma linha desperdiçada, nenhuma curva supérflua, dentro ou fora. Cada metro cúbico de espaço era aproveitado ao máximo, o que criava uma aura paradoxal de amplidão interna. Nada do que a prefeita pudesse ter dito sobre a importância de sua missão teria impressionado Trevize mais do que a nave com a qual ele fora ordenado a cumpri-la.

Branno, a Bronze, o manipulara a se envolver em uma perigosa missão da mais alta importância, pensou Trevize, martirizando-se. Ele não teria aceitado com tanta determinação se ela não tivesse arranjado a sequência de eventos para fazê-lo *querer* provar a ela do que era capaz.

Já Pelorat foi tomado por admiração e espanto.

– Você acreditaria – afirmou, tocando a fuselagem gentilmente com o dedo, ainda do lado de fora – se eu dissesse que nunca estive perto de uma espaçonave?

– Se assim o disser, claro que acreditaria, professor. Mas como conseguiu?

– Não saberia explicar, para ser sincero com você, caro col..., quero dizer, meu caro Trevize. Presumo que estive concentrado demais em minha pesquisa. Quando sua casa tem um computador extraordinário, capaz de alcançar outros computadores em qualquer ponto da Galáxia, você raramente precisa se deslocar, sabe? Mas, de algum jeito, eu esperava que espaçonaves fossem maiores do que isso.

– Este é um modelo pequeno, mas, ainda assim, é muito maior no interior do que qualquer outra nave desse tamanho.

– Como é possível? Você está satirizando minha ignorância.

– Não, não. Falo sério. Esta é uma das primeiras naves completamente gravitacionadas.

– O que isso quer dizer? Mas, por favor, não explique se forem necessários extensos conceitos de física. Acreditarei na sua palavra, assim como acreditou na minha ontem, em relação à raça única da humanidade e ao único planeta de origem.

– Vamos tentar, professor Pelorat. Ao longo de todos os milhares de anos de viagens espaciais, tivemos motores químicos, motores iônicos e motores hiperatômicos, e todos eles eram volumosos. A antiga Frota Imperial tinha naves de quinhentos metros de extensão, com menos espaço interno do que um apartamento pequeno. Felizmente, a Fundação especializou-se em miniaturização ao longo de todos os séculos de sua existência graças à sua carência de recursos materiais. Esta nave é o auge. Utiliza a antigravidade, e o aparelho que torna isso possível ocupa virtualmente nenhum espaço e está, na realidade, embutido na fuselagem. Se não fosse assim, ainda precisaríamos do motor hiperatômico...

Um guarda aproximou-se e disse:

– Os senhores precisam embarcar, cavalheiros!

A luz surgia no céu, apesar de ainda faltar meia hora para a alvorada.

Trevize olhou à sua volta.

– Minha bagagem foi embarcada?

– Sim, conselheiro, o senhor encontrará a nave totalmente equipada.

– Com roupas que não são do meu tamanho e tampouco do meu gosto, presumo.

O guarda sorriu repentinamente e de maneira quase infantil.

– Acredito que são – disse. – A prefeita nos fez trabalhar horas extras nas últimas trinta ou quarenta horas e fizemos escolhas bastante próximas do que o senhor possui. Com dinheiro, tudo é possível. Escutem – ele observou as imediações como se para garantir que ninguém estivesse reparando em sua súbita cordialidade –, vocês dois têm sorte. É a melhor nave do mundo. Totalmente equipada, com exceção de armamento. É a nata da tecnologia.

– Nata azeda, provavelmente – respondeu Trevize. – E então, professor, está pronto?

– Com isto, estou – afirmou Pelorat, e ergueu uma placa eletrônica quadrada, com cerca de vinte centímetros de lado, encapada com um invólucro de plástico prateado. Trevize repentinamente tomou consciência de que Pelorat segurava o objeto desde que saíram de sua casa, passando-o de uma mão para a outra sem pousá-lo em lugar nenhum, nem mesmo quando pararam para um rápido café da manhã.

– O que é isso, professor?

– Minha biblioteca. Está indexada por tema e origem, e consegui colocar tudo em apenas *uma* placa eletrônica. Se você acha que essa nave é uma maravilha, o que me diz desta placa? Uma biblioteca inteira! Tudo o que já coletei! Incrível! Incrível!

– Bom – disse Trevize –, estamos *de fato* com a nata da tecnologia.

2

Trevize maravilhou-se com o interior da nave. O uso do espaço era engenhoso. Havia um depósito com suprimentos de comida, roupas, filmes e jogos. Havia uma academia de ginástica, uma sala de estar e dois quartos praticamente idênticos.

– Este deve ser o seu, professor – disse Trevize. – Pelo menos tem um Leitor FX.

– Que bom – respondeu o professor, satisfeito. – Que asno fui ao evitar voos espaciais, como vinha fazendo. Eu poderia morar aqui, meu caro Trevize, com plena satisfação.

– Mais espaçoso do que eu esperava – afirmou Trevize, com gosto.

– E os motores estão mesmo na fuselagem, como você disse?

– Os equipamentos controladores estão, de todo modo. Não precisamos armazenar combustível nem usá-lo de imediato. Estamos utilizando o estoque de energia fundamental do universo, portanto o combustível e os motores estão todos... lá fora – fez gestos vagos de indicação.

– Bom, agora que penso no assunto... e se algo sair errado?

– Fui treinado em navegação espacial, mas não *nessas* naves – Trevize deu de ombros. – Se algo der errado com o gravitacional, receio não poder fazer nada para resolver.

– Mas você consegue comandar esta nave? Pilotá-la?

– Eu me pergunto a mesma coisa.

– Você acredita tratar-se de uma nave automatizada? – perguntou Pelorat. – Seríamos meros passageiros? Talvez esperem que não façamos nada.

– Eles têm coisas do tipo quando se trata de veículos entre planetas e estações espaciais dentro de um sistema estelar, mas nunca ouvi falar em viagens automatizadas pelo hiperespaço. Pelo menos, não por enquanto...

Ele olhou à volta mais uma vez e sentiu uma pontada de apreensão. Será que aquela megera da prefeita tinha maquinado tão adiante dele? Será que a Fundação havia automatizado viagens interestelares também, e ele seria depositado em Trantor contra a sua vontade, sem mais chances de protesto do que qualquer mobiliário a bordo da nave?

– Sente-se, professor – disse, com uma animação que não sentia de verdade. – A prefeita disse que esta nave é totalmente computadorizada. Se seu quarto tem o Leitor FX, deve haver um computador no meu. Instale-se e deixe-me explorá-la por conta própria.

– Trevize, meu caro rapaz... – Pelorat pareceu instantaneamente ansioso. – Você não vai abandonar a nave, vai?

– Não está nos meus planos, professor. E, se tentasse, pode ter certeza de que seria impedido. Não é intenção da prefeita permitir que eu fique livre. Tudo o que pretendo fazer é aprender o que comanda a *Estrela Distante* – ele sorriu. – Não vou desertá-lo, professor.

Trevize ainda sorria quando entrou no que sentiu ser seu próprio quarto, mas seu rosto ficou ainda mais soturno conforme fechou a porta suavemente atrás de si. Certamente deveria haver alguma maneira de se comunicar com um planeta nas imediações da nave. Era impossível imaginar uma espaçonave deliberadamente isolada de seu entorno; portanto, em algum lugar – talvez um recesso na parede – haveria um transmissor. Ele poderia usá-lo para se comunicar com o gabinete da prefeita e perguntar sobre os controles.

Cuidadosamente, inspecionou as paredes, a cabeceira da cama e a elegante e harmoniosa mobília. Se não encontrasse nada por aí, buscaria pelo restante da nave.

Estava prestes a desistir quando viu, de relance, um sinal luminoso na superfície lisa e marrom-clara da escrivaninha. Era um anel de luz com letras elegantes que diziam: INSTRUÇÕES DO COMPUTADOR.

Ah!

Ainda assim, seu coração estava acelerado. Havia tipos e tipos de computador, e programas que consumiam bastante tempo para serem dominados. Trevize nunca tinha cometido o erro de subestimar sua própria inteligência, mas, por outro lado, não era um grande mestre. Existiam aqueles com inclinação para usar computadores e aqueles que não a tinham – e Trevize sabia muito bem em que categoria se encaixava.

Durante seu serviço militar na marinha da Fundação, alcançara o posto de tenente e tinha, ocasionalmente, sido o comandante em exercício, o que lhe dera oportunidades de usar o computador da nave. Mas nunca tinha sido o único responsável, e nunca lhe fora exigido que soubesse qualquer coisa além das manobras rotineiras que o comandante em exercício deve conhecer.

Lembrou-se, com um sentimento pesaroso, dos volumes abarrotados com uma descrição impressa completa de um programa, e podia recordar o comportamento do sargento técnico Krasnet no console do computador da espaçonave. Tocava-o como se fosse o instrumento musical mais complexo da Galáxia, e o fazia com ar de indiferença, como se estivesse entediado com sua simplicidade – mas, ainda assim, até mesmo ele precisava consultar os livros de vez em quando, caluniando-se por puro constrangimento.

Hesitando, Trevize colocou um dedo no círculo de luz e, instantaneamente, a luz espalhou-se para cobrir a escrivaninha. Nela, surgiram os contornos de duas mãos; uma direita e uma esquerda. Com um movimento repentino e suave, o tampo inclinou-se a quarenta e cinco graus.

Trevize sentou-se diante da escrivaninha. Palavras não eram necessárias – era bastante claro o que ele deveria fazer.

Pousou suas mãos nos contornos na escrivaninha, posicionados para que ele precisasse fazer apenas o mínimo esforço. Quando o tocou, o tampo pareceu suave, quase aveludado – e suas mãos afundaram.

Ele encarou suas mãos, atônito, pois elas não tinham, na realidade, afundado em nada. Estavam na superfície, diziam seus olhos. Ainda assim, para seu tato, era como se a escrivaninha tivesse cedido e algo segurasse suas mãos com suavidade e gentileza.

Era isso?

E agora?

Olhou à volta e fechou os olhos, reagindo a uma sugestão.

Não tinha ouvido nada. Não tinha ouvido *nada*! Mas, em seu cérebro, como um pensamento errante dele mesmo, havia uma frase: "Por favor, feche os olhos. Relaxe. Faremos conexão".

Pelas mãos?

Por alguma razão, Trevize presumiu a vida toda que, se alguém fosse se comunicar através do pensamento com um computador, seria por meio de um capacete com eletrodos nos olhos e no crânio.

As mãos?

Por que não as mãos? Trevize viu-se flutuando para longe, quase sonolento, mas sem perder a capacidade mental. Por que não as mãos?

Os olhos não eram nada além de órgãos dos sentidos. O cérebro não era nada além de um painel de comando central, envolvido por ossos e separado da superfície de ação do corpo. Eram as mãos as ferramentas de ação, as mãos que sentiam e manipulavam o universo.

Seres humanos pensavam com as mãos. Suas mãos eram a resposta para a curiosidade: sentiam, beliscavam, manipulavam, erguiam e sentiam o peso. Havia animais com cérebros de tamanhos respeitáveis, mas não tinham mãos, e isso fazia toda a diferença.

E, conforme ele e o computador deram as mãos, seus pensamentos se fundiram e não importava se seus olhos estavam abertos ou fechados. Abri-los não melhorava sua visão; fechá-los não a fazia mais obscura.

De todo jeito, ele via a sala com perfeita clareza – não apenas na direção em que estava olhando, mas a toda a volta, e acima e abaixo.

Viu todos os aposentos da nave e o lado de fora também. O sol tinha nascido e seu brilho era suavizado pela camada de neblina matinal, mas ele poderia olhar diretamente para sua luz sem ficar ofuscado, pois o computador automaticamente filtrou os raios solares.

Ele sentiu o vento suave e a temperatura, e os sons no mundo à sua volta. Detectou o campo magnético do planeta e as pequenas descargas elétricas na fuselagem da nave.

Ficou consciente dos controles da nave sem nem saber detalhadamente o que eram. Sabia apenas que, se quisesse decolar, ou girá-la, ou acelerá-la, ou usar qualquer uma de suas capacidades, o processo era o mesmo de todos os processos análogos de seu corpo. Bastava usar a sua vontade.

Todavia, sua vontade não era absoluta. O computador poderia sobrescrevê-la. No momento, havia uma frase formada em sua cabeça, e ele sabia exatamente como e quando a nave decolaria. Não havia flexibilidade no que dizia respeito *àquilo*. Dali para frente, sabia com igual certeza, poderia decidir por conta própria.

Descobriu – conforme expandiu a rede de sua consciência amplificada pelo computador – que podia sentir as condições da atmosfera superior; que podia ver os padrões de clima; que podia detectar as outras naves que flutuavam acima, e as que prosseguiam para baixo. Todas essas informações precisavam ser computadas, e o sistema estava *justamente* levando-as em consideração. Se o computador não estivesse fazendo isso, percebeu Trevize, bastava desejar que o fizesse – e seria feito.

Aqueles códigos-fonte quilométricos haviam sido superados; nenhum deles se fazia necessário. Trevize pensou no sargento técnico Krasnet e sorriu. Tinha lido com frequência sobre a imensa revolução que o uso das gravidades causaria no universo, mas a fusão entre computador e mente ainda era segredo de Estado. Certamente iniciaria uma revolução ainda mais grandiosa.

Tinha consciência da passagem do tempo. Sabia exatamente a hora, tanto no fuso horário de Terminus como no Padrão Galáctico.

Como ele se desconectaria?

Assim que o pensamento entrou em sua mente, as mãos foram soltas e o tampo voltou à sua posição original – e Trevize foi deixado com seus próprios sentidos inalterados.

Sentiu-se cego e indefeso, como se, durante algum tempo, tivesse sido acolhido e protegido por um ser superior e, então, fora abandonado. Se não soubesse que poderia fazer contato novamente sempre que quisesse, o sentimento talvez o tivesse levado às lágrimas.

Como não era o caso, ele apenas lutou para se reorientar, para se adaptar aos limites, então se levantou, hesitante, e saiu da sala.

Pelorat olhou para ele. Tinha ajustado seu Leitor, evidentemente.

– Funciona muito bem – disse Pelorat. – Tem um excelente programa de busca. Encontrou os comandos, meu rapaz?

– Sim, professor. Tudo corre bem.

– Nesse caso, não deveríamos fazer algo em relação à decolagem? Quero dizer, nos proteger? Não deveríamos usar o cinto ou alguma coisa do tipo? Procurei instruções, mas não achei nada, e isso me deixou apreensivo. Precisei apelar para a minha biblioteca. De algum jeito, quando estou envolvido no meu trabalho...

Trevize estava aproximando as mãos do professor como para formar uma barragem contra a inundação de palavras. Precisou falar alto para superar o fluxo.

– Nada disso é necessário, professor. Antigravidade é o equivalente a não inércia. Não há sensação de aceleração quando a velocidade muda, pois tudo na nave passa pela mesma alteração simultaneamente.

– Quer dizer que não saberemos quando sairmos do planeta e adentrarmos o espaço?

– É exatamente o que estou dizendo, pois enquanto converso com você, já decolamos. Atravessaremos a atmosfera superior em poucos minutos e, dentro de meia hora, estaremos no espaço sideral.

3

Pelorat pareceu encolher um pouco enquanto encarava Trevize. Seu longo rosto retangular ficou tão vazio que, sem mostrar emoção alguma, irradiava um imenso desconforto.

Seus olhos movimentaram-se rapidamente para a esquerda e para a direita.

Trevize lembrou-se de como se sentira em sua primeira viagem além da atmosfera.

– Janov – disse, da maneira mais racional que pôde (era a primeira vez que se dirigia ao professor de maneira tão íntima, mas, nesse caso, a experiência estava lidando com a inexperiência e era necessário parecer o mais velho dos dois) –, estamos perfeitamente seguros aqui dentro. Estamos no ventre de metal de uma nave de guerra da marinha da Fundação. Não temos poder bélico, mas não há nenhum lugar na Galáxia em que o nome da Fundação não nos protegerá. Até mesmo se alguma nave enlouquecesse e nos atacasse, poderíamos manobrar para fora de seu alcance em um instante. E garanto a você que descobri que posso comandar a nave perfeitamente.

– É o pensamento, Go... Golan – respondeu Pelorat –, de vazio absoluto...

– Pois há vazio absoluto em toda a volta de Terminus. Existe apenas uma fina camada de ar rarefeito entre nós, na superfície, e o vazio absoluto logo acima. Tudo o que estamos fazendo é atravessar essa camada insignificante.

– Pode ser insignificante, mas é o que respiramos.

– Respiramos aqui, também. O ar nesta nave é mais limpo e mais puro, e permanecerá mais limpo e mais puro do que a atmosfera natural de Terminus por tempo indeterminado.

– E os meteoritos?

– O que tem os meteoritos?

– A atmosfera nos protege dos meteoritos. Da radiação também, aliás.

– A humanidade – respondeu Trevize – tem viajado pelo espaço por vinte milênios, creio que...

– Vinte e dois. Se seguirmos a cronologia hallblockiana, fica bastante claro que, contando o...

– Chega! Você já ouviu falar em acidentes com meteoritos ou mortes por radiação? Digo, recentemente? No caso de naves da Fundação?

– Na realidade, não acompanhei as notícias sobre esses assuntos, mas sou historiador, meu rapaz, e...

– Historicamente, sim, houve esse tipo de coisa, mas a tecnologia evolui. Não existe meteorito grande o suficiente para nos danificar que possa se aproximar sem que tomemos as medidas de evasão apropriadas. Quatro meteoritos, aproximando-se pelas quatro direções extraídas dos vértices do tetraedro, poderiam teoricamente nos encurralar, mas calcule as chances disso acontecer e descobrirá que morrerá de velhice um trilhão de trilhões de vezes antes de ter uma chance em duas de testemunhar fenômeno tão inusitado.

– Quer dizer, se você estivesse no computador?

– Não – respondeu Trevize, com desdém. – Se eu estivesse controlando o computador baseado em meus próprios sentidos e reações, seríamos atingidos antes de eu ter a mínima noção do que estava acontecendo. É o próprio computador que está trabalhando, reagindo milhões de vezes mais rápido do que eu ou você poderíamos reagir.

Trevize estendeu a mão abruptamente.

– Janov, venha comigo, deixe-me mostrar a você do que o computador é capaz. Deixe-me mostrar como é o espaço.

Pelorat o encarou, olhos levemente arregalados. Então, riu por um instante.

– Não tenho certeza se quero saber, Golan.

– Claro que não tem certeza, Janov, pois não sabe o que está por lá, esperando para ser descoberto. Arrisque-se! Venha! Para o meu quarto.

Trevize segurou a mão do professor, meio conduzindo-o, meio puxando-o.

– Você já viu a Galáxia, Janov? – perguntou, conforme se sentou ao computador. – Já olhou para ela?

– Refere-se ao céu? – perguntou Pelorat.

– Sim, certamente. O que mais poderia ser?

– Vi. Todo mundo vê. Se alguém olhar para cima, verá.

– Já observou o céu em uma noite escura e límpida, quando os Diamantes estão abaixo do horizonte?

Os "Diamantes" eram as poucas estrelas próximas e radiantes o suficiente para iluminarem moderadamente o céu noturno de Terminus. Eram um pequeno aglomerado espalhado por não mais do que vinte graus, e, durante grandes períodos na noite, estavam todas abaixo do horizonte. Além do grupo, outras estrelas opacas ocupavam o céu, mal visíveis a olho nu. Não havia nada além da tênue latescência da Galáxia – a visão esperada ao se explorar um mundo como Terminus, no extremo limiar da espiral mais afastada da Galáxia.

– Creio que sim, mas para que observar? É uma vista banal.

– Claro que é uma vista banal – replicou Trevize. – Por isso ninguém a vê. Para que vê-la se você pode vê-la sempre? Mas agora você a *verá*, e não a partir de Terminus, onde a neblina e as nuvens interferem infinitamente. Você a verá como nunca veria de Terminus, independentemente de como a observasse e de quão límpida e escura estivesse a noite. Quem *me* dera nunca ter visto o espaço, pois assim, como você, eu poderia ver a Galáxia em sua beleza mais pura pela primeira vez.

Ele empurrou uma cadeira na direção de Pelorat.

– Sente-se aí, Janov. Isso talvez demore um pouco. Preciso continuar a me habituar com o computador. Do que já percebi, sei que a visão é holográfica, portanto não vamos precisar de nenhum tipo de tela. Ele faz contato direto com meu cérebro, mas acho que posso fazê-lo produzir uma imagem objetiva que você também possa ver. Pode apagar a luz?... Não, que bobagem a minha. Farei o computador apagá-la. Fique onde está.

Trevize fez contato com o computador, dando-lhe as mãos com gentileza e intimidade.

A luz diminuiu e então se apagou por completo. Na escuridão, Pelorat ficou inquieto.

– Não fique nervoso, Janov – disse Trevize. – Eu talvez tenha certa dificuldade para comandar o computador, mas vou começar devagar e você precisará ter paciência comigo. Está vendo? O crescente?

Flutuava na escuridão diante dos dois. Um pouco turvo e hesitante no começo, mas ganhando forma e brilho.

– É Terminus? – a voz de Pelorat soava maravilhada. – Já estamos tão longe de lá?

– Sim, a nave está se movendo com rapidez.

A nave fazia uma curva na direção da sombra noturna de Terminus, que aparecia como um espesso crescente de luz. Trevize teve um ímpeto momentâneo de comandar a espaçonave em um arco mais amplo que os levaria para o lado do planeta banhado por luz, para poder mostrar toda a sua beleza, mas conteve-se.

Pelorat talvez encontrasse novidades nessa visão, mas a beleza seria diluída. Havia fotos demais, mapas demais, globos demais. Todas as crianças conheciam o aspecto de Terminus. Um planeta com maior cobertura aquática do que a maioria – rico em água, mas carente de minerais; bom em agricultura, mas pobre em indústria pesada. De todo modo, o melhor da Galáxia em alta tecnologia e miniaturização.

Se Trevize pudesse fazer o computador usar micro-ondas e traduzir o planeta em um modelo visível, os dois veriam cada uma das dez mil ilhas habitadas de Terminus, aglomeradas em torno da única ilha grande o suficiente para ser considerada um continente, a que continha a Cidade de Terminus e...

Virar!

Foi apenas um pensamento, um exercício da vontade, mas a imagem mudou instantaneamente. O crescente luminoso moveu-se na direção do limiar do campo de visão e sumiu. A escuridão do espaço sem estrelas preencheu seus olhos.

Pelorat pigarreou.

– Gostaria que você trouxesse Terminus de volta, meu rapaz. Sinto como se tivesse ficado cego – havia certa tensão em sua voz.

– Não está cego. Veja!

No campo de visão surgiu uma neblina de translucidez pálida. Espalhou-se e ficou mais clara, até que a sala toda parecia brilhar.

Encolher!

Outro exercício de vontade e a Galáxia foi tragada para longe, como se vista através de um telescópio de redução que ficava cada vez mais potente em sua capacidade de diminuir. A Galáxia contraiu-se e se tornou uma estrutura de luminosidade variável.

Clarear!

Tornou-se mais luminosa sem mudar de tamanho, e, considerando que o sistema estelar ao qual Terminus pertencia ficava acima do plano galáctico, a Galáxia não foi exatamente mostrada do melhor ângulo possível. Era uma espiral dupla extremamente comprimida, com brechas curvadas de nebulosas escuras riscando os limites luminosos da lateral de Terminus. A nebulosidade leitosa do núcleo, distante e encolhido pela perspectiva, não parecia nada importante.

– Você está certo – disse Pelorat, em um sussurro pasmado. – Nunca a vi assim. Nunca sonhei que teria tantos detalhes.

– Como poderia? Não pode ver a metade externa quando a atmosfera de Terminus está entre você e ela. Mal consegue ver o núcleo a partir da superfície de Terminus.

– Que pena estarmos vendo isso de um ângulo tão direto.

– Não precisamos. O computador pode exibir em qualquer orientação. Basta que eu expresse o desejo... e nem precisa ser em voz alta.

Mudar coordenadas!

Esse exercício da vontade não foi, de maneira nenhuma, um comando preciso. Ainda assim, conforme a imagem da Galáxia começou a passar por uma lenta mudança, sua mente guiou o computador e fez com que realizasse seu desejo.

Vagarosamente, a Galáxia girou para que pudesse ser vista em ângulos retos em relação ao plano galáctico. Espalhou-se como um redemoinho colossal, com curvas de escuridão e nós de luminosidade, além de um intenso brilho central, repleto de elementos complexos.

– Como o computador pode vê-la de uma posição no espaço que deve estar a mais de cinquenta mil parsecs de distância daqui? – perguntou Pelorat, e então acrescentou, em um sussurro reprimido: – Perdoe-me por perguntar. Não sei nada sobre tudo isso.

– Sei quase tão pouco sobre este computador quanto você. Mas até mesmo um computador simples pode ajustar coordenadas e mostrar a Galáxia de qualquer posição; começando por detectar sua posição natural, ou seja, aquela que seria a posição real do computador no espaço. Obviamente, usa apenas as informações que pode detectar, então, quando muda a visão mais ampla, encontraríamos furos e borrões evidentes. Mas, neste caso...

– Sim?

– Temos uma visão excelente. Suspeito que o computador seja dotado de um mapa completo da Galáxia e, portanto, pode exibi-la de qualquer ângulo com a mesma facilidade.

– O que quer dizer com um mapa completo?

– As coordenadas espaciais de todas as estrelas contidas em nossa Galáxia devem estar nos bancos de memória do computador.

– *Todas* as estrelas? – Pelorat parecia espantado.

– Bom, talvez não os trezentos bilhões. Incluiria as estrelas visíveis de planetas habitados, certamente, e provavelmente todas as estrelas de classe espectral K ou mais brilhantes. Isso quer dizer, pelo menos, setenta e cinco bilhões.

– *Todas* as estrelas de um sistema habitado?

– Eu não gostaria de me comprometer; talvez não todas. Havia, afinal de contas, vinte e cinco milhões de sistemas habitados na época de Hari Seldon. Parece muito, mas é apenas uma estrela entre cada doze mil. Nos cinco séculos desde Seldon, o colapso generalizado do Império não impediu o progresso da colonização. Talvez tenha até encorajado. Ainda existem diversos planetas habitáveis para expansão, portanto é capaz de existirem trinta milhões, a esta altura. É possível que nem todos os mais novos estejam nos registros da Fundação.

– Mas e os antigos? Certamente estão lá, sem exceção.

– Imagino que sim. Não posso garantir, evidentemente, mas ficaria surpreso se algum sistema estabelecido há muito tempo não estivesse nos registros. Deixe-me mostrar uma coisa, se minha capacidade de controlar o computador puder chegar tão longe.

As mãos de Trevize enrijeceram-se de leve por causa do esforço e pareceram afundar ainda mais no abraço do computador. Aquilo talvez nem fosse necessário; ele talvez pudesse apenas pensar com calma e despreocupadamente: Terminus!

Foi isso que pensou. Em resposta, surgiu um cintilante diamante vermelho no limite do redemoinho.

– Ali está nosso sol – disse, empolgado. – É a estrela em torno da qual Terminus orbita.

– Ah – respondeu Pelorat, com um suspiro trêmulo.

Um ponto amarelo brilhante nasceu em meio a um rico aglomerado de estrelas no coração da Galáxia, em um dos lados desse brilho central. Era muito mais perto do extremo de Terminus na Galáxia do que do outro lado.

– E aquilo – afirmou Trevize – é o sol de Trantor.

Outro suspiro de Pelorat, que, então, disse:

– Tem certeza? Sempre se referem à localização de Trantor como sendo no centro da Galáxia.

– E é, de certa forma. É tão próxima do centro quanto um planeta pode ser e continuar habitável. É mais perto do que qualquer outro sistema habitado. O centro factual da Galáxia é um buraco negro com massa de quase um milhão de estrelas. Logo, o centro é um lugar violento. Até onde sabemos, não existe vida no centro factual e talvez simplesmente não possa haver vida ali. Trantor está no subanel mais interno dos braços da espiral e, acredite em mim, se você pudesse ver seu céu noturno, acharia que fica no centro da Galáxia. É cercado por um aglomerado extremamente rico de estrelas.

– Já esteve em Trantor, Golan? – perguntou Pelorat, com clara inveja.

– Na realidade, não, mas vi representações holográficas de seu céu.

Trevize observou a Galáxia sombriamente. Pensou na grande busca pela Segunda Fundação, durante a época do Mulo, em que todos brincavam com mapas galácticos, e em quantos volumes foram escritos e registrados em filme sobre o assunto.

E tudo porque Hari Seldon disse, no início, que a Segunda Fundação seria estabelecida na outra extremidade da Galáxia, batizando o local de Fim da Estrela.

Na outra extremidade da Galáxia! Enquanto o pensamento se formava na cabeça de Trevize, uma tênue linha azul surgiu no campo de visão, estendendo-se de Terminus, passando pelo buraco negro central, até o outro extremo. Surpreso, Trevize quase se levantou. Não tinha dado uma ordem direta para a formação da linha, mas pensou nela claramente, e aquilo foi o suficiente para o computador.

Mas, obviamente, a rota em linha reta até o lado oposto da Galáxia não era necessariamente uma indicação da "outra extremidade" da qual Seldon falava. Foi Arkady Darell (caso acredite-se em sua autobiografia) que usou a frase "um círculo não tem extremos" para indicar o que, agora, todos aceitavam como verdade.

E, apesar de Trevize repentinamente ter tentado suprimir o pensamento, o computador era rápido demais. A linha azul desapareceu e foi substituída por um círculo azul que cercou a Galáxia com precisão e que passou pelo ponto vermelho intenso que representava o sol de Terminus.

Um círculo não tem extremidades, e se o círculo começou em Terminus, se procurássemos o outro extremo, simplesmente retornaríamos a Terminus. Ali, a Segunda Fundação foi, de fato, encontrada, habitando o mesmo mundo que a Primeira.

Mas e se, na realidade, ela não tivesse sido encontrada? Se a chamada descoberta da Segunda Fundação foi uma ilusão? E aí? O que, além de uma linha reta e um círculo, faria sentido nessa conexão?

– Você está criando ilusões? – perguntou Pelorat. – Por que há um círculo azul?

– Eu estava apenas testando os controles. Você gostaria de localizar a Terra?

Houve silêncio durante um ou dois instantes. Então, Pelorat disse:

– É uma piada?

– Não. Vou tentar.

Tentou. Nada aconteceu.

– Lamento – disse Trevize.

– Não está aí? Nada de Terra?

– Pode ser que eu tenha formulado o raciocínio errado para o comando, mas não parece provável. Suponho que seja mais provável que a Terra não esteja listada no computador.

– Pode estar registrada sob outro nome – respondeu Pelorat.

– Que outro nome, Janov? – Trevize abraçou a ideia rapidamente.

Pelorat não falou nada e, na escuridão, Trevize sorriu. Ocorreu-lhe que as coisas talvez estivessem se encaixando. Deixe estar por algum tempo. Deixe amadurecer. Ele mudou de assunto deliberadamente e disse:

– Será que podemos manipular o tempo?

– Tempo! Como faríamos isso?

– A Galáxia está em rotação. Leva quase meio bilhão de anos para Terminus fazer a grande circunferência da Galáxia uma única vez. Estrelas mais próximas do centro completam a jornada com muito mais rapidez, claro. O deslocamento de cada estrela, relativo ao buraco negro central, poderia ser registrado pelo computador e, se for o caso, talvez seja possível fazer o computador multiplicar cada deslocamento por milhões de vezes e tornar o efeito de rotação visível. Posso tentar fazer isso.

E tentou. Não conseguiu evitar a contração dos músculos com o esforço da vontade que estava manifestando, como se estivesse agarrando a Galáxia e acelerando-a, torcendo-a, forçando-a a girar contra extrema resistência.

A Galáxia estava se movendo. Lentamente, de maneira titânica, estava girando na direção que favorecia os braços da espiral.

O tempo passava incrivelmente rápido conforme eles observavam – um tempo falso, artificial – e, assim, as estrelas tornaram-se coisas evanescentes.

Algumas das maiores, aqui e ali, ficaram vermelhas e mais luminosas conforme se expandiram e se tornaram gigantes enrubescidos. E então uma estrela nos aglomerados centrais explodiu, sem emitir som, em uma chama ofuscante que, por uma pequena fração de segundo, escureceu a Galáxia, e então desapareceu. Em seguida, mais uma em um dos braços da espiral, então mais outra, não muito longe desta.

– Supernovas – disse Trevize, levemente trêmulo.

Era possível que o computador previsse exatamente que estrelas explodiriam, e quando? Ou estava apenas usando um modelo simplificado que servia para mostrar o futuro das estrelas em termos gerais, e não com precisão?

– A Galáxia parece uma coisa viva, rastejando pelo espaço – disse Pelorat, em um sussurro áspero.

– Concordo – respondeu Trevize –, mas estou ficando exausto. A não ser que aprenda a fazer isso de maneira menos tensa, não vou poder jogar esse tipo de jogo por muito tempo.

Soltou-se. A Galáxia ficou mais lenta, parou e então se inclinou até que fosse a perspectiva lateral que tinham visto no início.

Trevize fechou seus olhos e respirou fundo. Tinha consciência de Terminus encolhendo-se atrás deles, com os últimos trechos perceptíveis de atmosfera desaparecendo de seu entorno. Tinha consciência de todas as naves preenchendo a órbita de Terminus.

Não lhe ocorreu checar se havia algo de especial em alguma delas. Haveria outra nave gravitacional, assim como a dele, e cuja trajetória seguia a sua com mais precisão do que o acaso permitiria?

5.

Orador

1

TRANTOR!

Por oito mil anos, foi a capital de uma imensa e poderosa entidade política que abrangia uma união de sistemas planetários em constante crescimento. Durante doze mil anos depois disso, foi a capital de uma entidade política que compreendia a Galáxia inteira. Era o centro, o coração, o *epítome* do Império Galáctico.

Era impossível pensar no Império sem pensar em Trantor.

Trantor não alcançou seu auge físico até que o Império já estivesse em franca decadência. Na realidade, ninguém percebeu que o Império tinha perdido sua potência, sua vanguarda, porque Trantor reluzia em metal polido.

Seu crescimento chegou ao pico no momento em que se tornou uma cidade que englobava o planeta todo. Sua população foi estabilizada (por lei) em quarenta e cinco bilhões, e a única vegetação na superfície ficava no palácio imperial e no complexo Universidade Galáctica/Biblioteca.

A superfície terrestre de Trantor era coberta por metal. Tanto seus desertos como suas áreas férteis foram engolidos e transformados em coelheiras de humanos, selvas administrativas, complexos computadorizados, vastos armazéns de comida e de peças sobressalentes. Suas cadeias montanhosas foram niveladas; seus precipícios, preenchidos. Os infinitos corredores da cidade penetraram cada reentrância continental e os oceanos foram transformados em imensas cisternas subterrâneas de aquacultura – a única (e insuficiente) fonte nativa de comida e minerais.

O contato com os Mundos Exteriores, dos quais Trantor obtinha os recursos necessários, dependia de seus milhares de portos espaciais, dezenas de milhares de naves militares, centenas de milhares de naves comerciais e milhões de cargueiros espaciais.

Nenhuma cidade tão vasta reciclava com tanta eficiência. Nenhum planeta na Galáxia jamais fez tanto uso de energia solar ou chegou a tantos extremos para se livrar do desperdício de energia térmica. Radiadores resplandecentes estendiam-se até a camada superior da atmosfera nas áreas em sombra do planeta, e eram retraídos nas partes da cidade de metal cobertas pelo sol. À medida que o planeta rotacionava, os radiadores eram erguidos conforme a noite surgia progressivamente ao redor do globo e recolhidos conforme o dia progressivamente nascia. Assim, Trantor tinha sempre uma assimetria artificial que era praticamente seu símbolo.

Em seu auge, Trantor comandara o Império!

Comandara mal, mas nada poderia ter comandado o Império com eficiência. O Império era grande demais para ser governado a partir de um único planeta, mesmo com o imperador mais dinâmico. Como Trantor poderia ter evitado comandar mal se, na era da decadência, a coroa Imperial era passada de mão em mão por políticos ardilosos e tolos incompetentes, e a burocracia havia se tornado uma subcultura de corruptíveis?

Porém, até mesmo em seus piores momentos, havia um valor autopropulsor na capacidade que tinha de funcionamento. O Império Galáctico não podia ser administrado sem Trantor.

O Império desmoronava em ritmo constante, mas, desde que Trantor continuasse sendo Trantor, sua essência era mantida e preservava um ar de orgulho, de prosperidade, de tradição, poder e exaltação.

Somente quando o impensável aconteceu – quando Trantor finalmente caiu e foi saqueada; quando seus cidadãos foram mortos aos milhões e largados à fome aos bilhões; quando sua robusta superfície metálica foi dilacerada, perfurada e detonada pelo ataque da frota de "bárbaros" – somente então foi *cogitado* que o Império havia caído. Os remanescentes do outrora grandioso mundo se encarregaram de destruir o que havia sobrado e, em uma geração, Trantor foi transformado do maior planeta que a raça humana tinha visto em um inconcebível emaranhado de ruínas.

Isso fora há quase dois séculos e meio. No restante da Galáxia, Trantor-como-havia-sido não foi esquecido. Viveria para sempre como o cenário favorito de romances históricos, o mais querido símbolo e memorial do passado, a palavra preferida para ditados como "Todas as espaçonaves pousam em Trantor", "Como procurar por uma pessoa em Trantor" e o irônico "Isso é 'igualzinho' a Trantor".

Em todo o restante da Galáxia...

Mas isso não era verdade em Trantor propriamente dito! Ali, Trantor do passado fora esquecido. O metal da superfície se fora, quase totalmente. Trantor era, agora, um mundo esparsamente povoado por fazendeiros autossuficientes, lugar raramente visitado por naves comerciais – que não eram especialmente bem recebidas quando o faziam. A própria palavra "Trantor", embora ainda estivesse em uso oficial, havia sido eliminada da língua popular. Entre os trantorianos atuais, era chamada "Lor", o que era, em seu dialeto, o equivalente a "Lar" no Padrão Galáctico.

Quindor Shandess pensou em tudo isso e muito mais, sentado serenamente em um bem-vindo estado de semissonolência, no qual permitia que sua mente divagasse em uma corrente independente e desorganizada de pensamentos.

Ele era o Primeiro Orador da Segunda Fundação havia dezoito anos e poderia continuar por mais dez ou doze se sua mente permanecesse razoavelmente vigorosa e se pudesse continuar batalhando nas guerras políticas.

Era o análogo, a contraparte, do prefeito de Terminus, que governava a Primeira Fundação – mas eram bastante diferentes em todos os quesitos. O prefeito de Terminus era conhecido por toda a Galáxia, e a Primeira Fundação era, assim, apenas a "Fundação" para todos os mundos. O Primeiro Orador da Segunda Fundação era conhecido apenas por seus colegas.

Ainda assim, era a Segunda Fundação, sob ele e seus predecessores, que detinha o verdadeiro poder. A Primeira Fundação era suprema no domínio do poder físico, da tecnologia, das armas de guerra. A Segunda Fundação era suprema no domínio dos poderes mentais, na capacidade de controlar. Em qualquer conflito entre as duas, que diferença faria a quantidade de naves e armamentos à disposição da Primeira Fundação se a Segunda Fundação poderia controlar as mentes daqueles que controlavam tais naves e armas?

Mas por quanto tempo ele poderia se deleitar na constatação desse poder secreto?

Era o Vigésimo Quinto Primeiro Orador, e a duração de sua incumbência já havia superado ligeiramente a média. Talvez devesse insistir menos na posição e permitir que os aspirantes mais jovens se aproximassem? Havia o Orador Gendibal, o mais sagaz e mais jovem da Mesa. Nesta noite, eles passariam algum tempo juntos, e Shandess tinha boas expectativas. Será que deveria ter expectativas também em relação à possibilidade de ascensão de Gendibal algum dia?

A resposta para a pergunta era que Shandess não tinha intenções genuínas de abandonar seu posto. Apreciava muito o cargo.

Ali estava ele, em sua velhice, ainda perfeitamente capaz de cumprir seus deveres. Seu cabelo agora era cinza, mas sempre tivera cores claras e ele o usava com um corte rente que fazia a cor ter pouca importância. Seus olhos eram de um azul-pálido, e sua vestimenta condizia com o estilo insosso dos fazendeiros trantorianos.

O Primeiro Orador poderia, se assim o desejasse, misturar-se com o povo loriano e passar-se por um deles – mas, de qualquer maneira, seu poder oculto era real. Poderia optar por focar os olhos e a mente em qualquer momento, e os outros agiriam de acordo com sua vontade e depois não se lembrariam de nada.

Raramente isso acontecia. Quase nunca. A Regra de Ouro da Segunda Fundação era "Não aja se não for necessário e, quando a ação for requerida, hesite".

O Primeiro Orador suspirou de leve. Viver na velha universidade, com a melancólica grandeza das ruínas do palácio imperial não tão longe dali, podia fazer alguém se perguntar quão dourada era a Regra de Ouro.

Nos dias do Grande Saque, a Regra de Ouro fora forçada até o limite. Não havia nenhuma maneira de salvar Trantor sem sacrificar o Plano Seldon de estabelecer um Segundo Império. Teria sido humanitário poupar os quarenta e cinco bilhões, mas eles não poderiam ter sido poupados sem que os alicerces do Primeiro Império fossem mantidos, e isso apenas adiaria a tragédia. Teria levado a uma destruição ainda maior alguns séculos depois, e talvez à impossibilidade de um Segundo Império...

Os antigos Primeiros Oradores dissecaram o claramente previsto Saque durante décadas, mas não encontraram uma solução – nenhuma maneira de garantir tanto a salvação de Trantor como a futura criação do Segundo Império. O menor dos males precisou ser escolhido, e Trantor foi a vítima!

Os membros da Segunda Fundação na época conseguiram – com a margem mais ínfima – salvar o complexo Universidade/Biblioteca, e houve culpa eterna por causa disso. Mesmo que ninguém tivesse demonstrado que poupar o complexo havia levado à meteórica ascensão do Mulo, houve a constante suspeita de que havia uma conexão.

E como esse fato quase destruiu tudo!

Ainda assim, nas décadas seguintes ao Saque e ao Mulo, veio a Era de Ouro da Segunda Fundação.

Antes disso, por mais de dois séculos e meio depois da morte de Seldon, os membros da Segunda Fundação entocavam-se como toupeiras na biblioteca, preocupados apenas em ficar fora do caminho dos Imperiais. Serviram como bibliotecários em uma sociedade decadente que se importava cada vez menos com a Biblioteca Galáctica, cujo nome perdia progressivamente o significado e caía em um desuso que servia melhor aos propósitos da Segunda Fundação.

Era uma vida ignóbil. Eles apenas conservavam o Plano enquanto, na extremidade da Galáxia, a Primeira Fundação batalhava pela própria existência contra inimigos cada vez mais formidáveis, sem a ajuda da Segunda Fundação – e nem mesmo o conhecimento de sua existência.

Foi o Grande Saque que libertou a Segunda Fundação – mais um dos motivos (o jovem Gendibal, que tinha coragem, havia dito recentemente que era o principal motivo) pelos quais o Saque não fora interrompido.

Depois do Grande Saque, o Império se fora e, desde então, os sobreviventes trantorianos nunca adentravam o território da Segunda Fundação sem serem convidados. Os membros da Segunda Fundação garantiram que o complexo Universidade/Biblioteca, que tinha sobrevivido ao Saque, sobrevivesse também à Grande Renovação. As ruínas do palácio também foram preservadas. O metal sumiu em quase todo o restante do planeta. Os vastos e infinitos corredores foram cobertos, preenchidos, remodelados, destruídos ou ignorados, tudo sob rocha e solo – tudo menos aqui, onde o metal ainda cercava os antigos espaços abertos.

Poderiam ser vistos como grandes memoriais de grandeza, o sepulcro do Império, mas, para os trantorianos – o povo loriano–, estes eram lugares assombrados, repletos de fantasmas que não deveriam ser provocados. Apenas os membros da Segunda Fundação pisavam nos corredores antigos ou tocavam os resquícios metálicos.

Ainda assim, tudo isso quase acabara por causa do Mulo.

O Mulo havia estado em Trantor. E se tivesse descoberto a natureza do planeta no qual estava? Suas armas físicas eram muito mais poderosas do que aquelas à disposição da Segunda Fundação; suas armas mentais, quase tão poderosas quanto. A Segunda Fundação teria sido prejudicada continuamente pela necessidade de não fazer nada além do estritamente necessário e pela consciência de que qualquer esperança de vitória na batalha iminente poderia ser o presságio de uma futura derrota ainda maior.

Se não fosse por Bayta Darell e sua ação impetuosa... – e isso, também, sem a ajuda da Segunda Fundação!

E então veio a Era de Ouro, quando, de alguma maneira, os Primeiros Oradores da época encontraram formas de se tornarem ativos, impedindo o Mulo em sua carreira de conquistas, enfim controlando sua mente; em seguida, impedindo a própria Primeira Fundação quando *ela* tomou consciência e começou a questionar a natureza e a identidade da Segunda Fundação. Foi Preem Palver, Décimo Nono Primeiro Orador e o maior de todos, quem deu fim a todos os perigos – não sem sacrifícios terríveis – e que resgatou o Plano Seldon.

Agora, por cento e vinte anos, a Segunda Fundação estava mais uma vez onde estivera antes, encoberta em uma parte assombrada de Trantor. Desta vez, eles não se escondiam dos imperiais, mas ainda da Primeira Fundação – uma Primeira Fundação quase tão vasta quanto o Império Galáctico havia sido e ainda maior em capacidade tecnológica.

Os olhos do Primeiro Orador se fecharam no agradável calor e ele entrou naquele estado etéreo de experiências alucinatórias relaxantes que não eram exatamente sonhos nem pensamentos conscientes.

Chega de melancolia. Tudo ficaria bem. Trantor *ainda* era a capital da Galáxia, pois a Segunda Fundação estava ali, era mais poderosa e tinha mais controle do que o imperador jamais tivera.

A Primeira Fundação seria contida e guiada e seguiria o caminho correto. Por mais colossais que fossem suas naves e armas, eles não podiam fazer nada enquanto seus líderes mais importantes pudessem ser mentalmente controlados conforme a necessidade.

E o Segundo Império viria, mas não seria como o Primeiro. Seria um Império Federativo, cujas partes teriam considerável autonomia de governo para que não houvesse nada da aparente força e factual fraqueza de um governo unitário e centralizado. O novo Império seria mais ameno, mais flexível, mais capaz de suportar tensões, e seria guiado sempre – sempre – pelos homens e as mulheres da Segunda Fundação. E Trantor continuaria sendo a capital, mais poderosa com seus quarenta mil psico-historiadores do que jamais havia sido com seus quarenta e cinco bilhões...

O Primeiro Orador acordou de súbito. O sol estava mais baixo no céu. Ele murmurou enquanto dormia? Será que havia dito alguma coisa em voz alta?

Se a Segunda Fundação devia saber muito e falar pouco, os Oradores em exercício deveriam saber mais e falar menos, e o Primeiro Orador deveria saber muito mais e falar o mínimo.

Sorriu com ironia. Era sempre tão tentador tornar-se um patriota trantoriano e considerar que o único propósito do Segundo Império era estabelecer a hegemonia trantoriana. Seldon os alertara; havia previsto até mesmo isso, cinco séculos antes que acontecesse.

Mas o Primeiro Orador não havia dormido tempo demais. Ainda não era hora da audiência com Gendibal.

Shandess tinha grandes expectativas em relação àquela reunião privada. Gendibal era jovem o suficiente para enxergar o Plano com novos olhos e perspicaz o bastante para ver o que outros talvez não fossem capazes de perceber. Não era uma possibilidade absurda que Shandess aprendesse com o que o rapaz tivesse a dizer.

Ninguém podia ter certeza de quanto Preem Palver – o grande Palver – havia lucrado naquele dia em que o jovem Kol Benjoam, que ainda não tinha feito nem trinta anos, conversara com ele sobre maneiras possíveis de lidar com a Primeira Fundação. Benjoam, que futuramente foi reconhecido como o maior teorista desde Seldon, nunca mencionou a audiência nos anos seguintes, mas acabou se tornando o Vigésimo Primeiro Primeiro Orador. Alguns creditaram a Benjoam, e não Palver, os grandes feitos da administração de Palver.

Shandess divertiu-se imaginando o que Gendibal iria dizer. Era tradição que um jovem aspirante, ao confrontar o Primeiro Orador pela primeira vez, resumisse toda a sua teoria na primeira frase. E esses jovens certamente não requisitariam a preciosa primeira audiência para dizer algo trivial – algo que destruiria qualquer carreira subsequente se convencesse o Primeiro Orador de que eles eram dispensáveis.

Quatro horas depois, Gendibal estava diante dele. O jovem não exibia nenhum sinal de nervosismo. Esperou calmamente que Shandess falasse primeiro.

– O senhor requisitou uma audiência particular, Orador, sobre um assunto de importância – disse Shandess. – O senhor poderia resumir a questão para mim, por favor?

E Gendibal, falando baixo, quase como se descrevesse o que tinha acabado de jantar, respondeu:

– Primeiro Orador, o Plano Seldon é irrelevante!

2

Stor Gendibal não necessitava da validação dos outros para ter noção de propósito. Não conseguia se lembrar de uma época em que se reconhecia como alguém comum. Havia sido recrutado pela Segunda Fundação quando era um garoto de apenas dez anos, por um agente que reconheceu as potencialidades de sua mente.

A partir de então, saiu-se excepcionalmente bem nos estudos e ficou tão atraído por psico-história quanto uma espaçonave reage a um campo gravitacional. A psico-história o seduziu e ele seguiu em sua direção, lendo o texto de Seldon sobre seus fundamentos quando outros da sua idade estavam ainda tentando compreender equações diferenciais.

Quando tinha quinze anos, entrou na Universidade Galáctica de Trantor (como a Universidade de Trantor havia sido oficialmente renomeada), depois de uma entrevista durante a qual, ao ser perguntando sobre suas ambições, ele respondera com firmeza: "Ser o Primeiro Orador antes de fazer quarenta anos".

Não se importou em almejar a cadeira do Primeiro Orador sem a qualificação necessária. Obtê-la, de uma forma ou de outra, parecia-lhe uma certeza. Fazê-lo enquanto era jovem era seu verdadeiro objetivo. Até mesmo Preem Palver tinha quarenta e dois anos quando ascendeu ao cargo.

A expressão do entrevistador revelou hesitação quando Gendibal respondeu à pergunta, mas o jovem já tinha habilidade em psicolinguagem e interpretou o vacilo. Sabia, com tanta certeza quanto se o entrevistador o tivesse declarado, que uma pequena observação seria incluída em sua ficha dizendo que ele era difícil de lidar.

Mas é claro!

Gendibal pretendia ser difícil de lidar.

Agora, tinha trinta anos. Faria trinta e um em questão de dois meses e já era membro do Conselho de Oradores. Tinha nove anos, no máximo, para se tornar Primeiro Orador, e sabia que iria conseguir. Sua audiência com o atual Primeiro Orador era crucial para seus planos e, dedicando-se a causar, com precisão, a primeira impressão adequada, não poupou esforços para aperfeiçoar seu domínio de psicolinguagem.

Quando dois Oradores da Segunda Fundação comunicam-se entre si, a linguagem é diferente de qualquer uma da Galáxia. É uma linguagem tanto de gestos sutis como de palavras, tanto de detecção de mudanças de padrões mentais como de qualquer outra coisa.

Um forasteiro ouviria muito pouco ou nada, mas, em um curto período, muitos pensamentos teriam sido trocados, e a comunicação seria impossível de se reproduzir literalmente para qualquer pessoa que não fosse outro Orador.

A linguagem dos Oradores tinha a vantagem de ser expressa em velocidade e sutileza infinitas, mas tinha a desvantagem de tornar quase impossível o mascaramento de opiniões verdadeiras.

Gendibal sabia de sua própria opinião sobre o Primeiro Orador. Sentia que ele já tinha ultrapassado seu auge mental. O Primeiro Orador, na opinião de Gendibal, não esperava nenhuma crise, não tinha treinamento para lidar com uma e carecia de perspicácia para enfrentá-la, caso aparecesse. Com toda sua benevolência e amabilidade, Shandess era matéria-prima para um desastre.

Gendibal precisava impedir que isso transparecesse não apenas em suas palavras, gestos e expressões faciais, mas até mesmo em seus pensamentos – e não sabia como fazê-lo com eficiência suficiente para impedir que o Primeiro Orador captasse um lampejo do que sentia.

Era impossível, também, que Gendibal não enxergasse um pouco dos sentimentos do Primeiro Orador em relação a si. Além da compaixão e da boa vontade – bastante aparentes e razoavelmente sinceras –, Gendibal podia sentir o limiar distante da condescendência e do desdém, e fechou ainda mais o próprio cerco mental para evitar revelar qualquer tipo de ressentimento em relação a isso – ou mostrar o mínimo possível.

O Primeiro Orador sorriu e recostou-se em sua cadeira. Não chegou a apoiar os pés na mesa, mas transmitiu a mistura exata de conforto autoconfiante e amizade informal – a medida exata de ambos para que Gendibal ficasse incerto do efeito de sua declaração.

Como Gendibal não havia sido convidado a se sentar, os leques de ações e atitudes que poderiam ser usadas para minimizar a falta de certeza era limitado. Era impossível que o Primeiro Orador não reconhecesse esse fato.

– O Plano Seldon é irrelevante? – perguntou Shandess. – Que declaração notável! Tem lido o Primeiro Radiante ultimamente, Orador Gendibal?

– Eu o estudo com frequência, Primeiro Orador. É meu dever fazê-lo, e também um prazer.

– O senhor por acaso estuda apenas as porções que se encaixam em sua jurisdição, de vez em quando? O senhor as observa de maneira microanalítica? Um sistema de equações aqui, uma cadeia de ajustes ali? De grande importância, evidentemente, mas sempre considerei um excelente exercício ocasional observar o todo. Estudar o Primeiro Radiante acre por acre tem suas utilidades, mas observá-lo como um continente é inspirador. Para dizer-lhe a verdade, Orador, não o faço há muito tempo. Gostaria de se juntar a mim?

Gendibal não ousaria alongar-se para responder. Precisaria ser feito, e era melhor que fosse sem resistência e de maneira agradável, ou então não valeria a pena fazê-lo.

– Seria uma honra e um prazer, Primeiro Orador – respondeu Gendibal.

O Primeiro Orador abaixou uma alavanca na lateral de sua mesa. Os escritórios de todos os Oradores eram equipados com uma alavanca do tipo, e a que estava no de Gendibal não era, de maneira nenhuma, inferior à do Primeiro Orador. A Segunda Fundação era uma sociedade igualitária em todas as suas manifestações superficiais – as que não eram importantes. Na realidade, a única prerrogativa *oficial* do Primeiro Orador era a que estava explícita em seu título: ele sempre falava primeiro.

O aposento escureceu com o acionamento da alavanca, mas, quase no mesmo instante, a escuridão deu lugar a uma meia-luz perolada. As duas longas paredes assumiram uma coloração leitosa e então ficaram cada vez mais claras e brancas, até que, enfim, surgiram equações representadas com nitidez e organização – tão pequenas que não podiam ser lidas facilmente.

– Se não tem objeções – afirmou o Primeiro Orador, deixando claro que não permitiria nenhuma –, vamos reduzir a ampliação para ver o máximo possível do conjunto.

As equações diminuíram à espessura de fios de cabelo, tênues meandros pretos sobre o fundo perolado.

O Primeiro Orador tocou os comandos no pequeno console instalado no braço de sua cadeira.

– Voltaremos ao início – disse –, à época de Hari Seldon, e vamos aplicar um pequeno movimento progressivo. Vamos ocultá-lo de maneira que vejamos apenas uma década de desenvolvimento por vez. Isso garante uma sensação esplêndida de fluxo da história, sem nos distrair com detalhes. Pergunto-me se o senhor já fez isso.

– Nunca exatamente desta maneira, Primeiro Orador.

– Deveria. É uma sensação maravilhosa. Observe a escassez de tracejado preto no começo. Não havia muitas chances de alternativas nas primeiras décadas. Mas os pontos de ramificação aumentam exponencialmente com o tempo. Se não fosse pelo fato de que, assim que uma vertente é seguida, há uma extinção de um vasto leque de outras em seu futuro, tudo logo se tornaria impossível de administrar. Evidentemente, quando se trata do futuro, devemos ter cuidado com quais extinções optamos por fazer.

– Eu sei, Primeiro Orador. – Havia um toque de aspereza na resposta de Gendibal que ele não conseguiu eliminar.

O Primeiro Orador não esboçou reação e continuou:

– Repare nas linhas sinuosas dos símbolos em vermelho. Há um padrão no que diz respeito a eles. Ao que tudo indica, deveriam existir apenas aleatoriamente, pois todos os Oradores conquistam suas posições acrescentando refinamentos ao Plano original de Seldon. Pelo visto, não existe nenhuma maneira, afinal de contas, de prever onde um refinamento poderá ser facilmente acrescentado ou para que ponto o interesse ou a habilidade de um Orador penderá. Ainda assim, suspeito há muito tempo de que a combinação do preto de Seldon e do vermelho dos Oradores segue uma lei rigorosa que depende principalmente do tempo e de quase nada além dele.

Gendibal observou que conforme os anos passavam, os fios pretos e vermelhos criavam um padrão entrelaçado quase hipnótico. O padrão não tinha significado por si só, evidentemente. O importante eram os símbolos que o compunham.

Aqui e ali, trajetos azuis brilhantes surgiam e se expandiam; ramificavam-se e tornavam-se proeminentes, então cediam sobre si mesmos e desapareciam no preto ou no vermelho.

– Azul Desviante – disse o Primeiro Orador, e a sensação de desgosto, proveniente dos dois homens, preencheu o espaço entre eles. – Teremos cada vez mais disso, e em breve chegaremos ao Século dos Desvios.

E foi o que aconteceu. Era possível dizer exatamente onde o destrutivo fenômeno do Mulo ocupara momentaneamente a Galáxia, e o Primeiro Radiante subitamente avolumou-se com ramificações azuis – mais vertentes se iniciando do que se fechando – até que a própria sala pareceu se tornar azul à medida que as linhas ficavam mais grossas e preenchiam as paredes com uma poluição (a única palavra para definir aquilo) cada vez mais brilhante.

Alcançou um clímax e então parou, esvaziou-se e retraiu-se por um século antes de, enfim, desaparecer. Quando sumiu, quando o Plano retornou ao preto e vermelho, ficou evidente que a mão de Preem Palver estivera ali.

Adiante, adiante...

– Este é o presente – disse o Primeiro Orador, tranquilamente.

Adiante, adiante...

E então, um estreitamento levou a um verdadeiro nó de fios pretos com toques de vermelho.

– Esta é a instituição do Segundo Império – afirmou o Primeiro Orador.

Ele desligou o Primeiro Radiante e o aposento foi banhado pela luz comum.

– Foi uma experiência emocionante – disse Gendibal.

– Sim – sorriu o Primeiro Orador –, e o senhor está tomando o cuidado de não identificar a emoção, pelo menos tanto quanto consegue evitar. Não importa. Deixe-me fazer os apontamentos que desejo fazer. O senhor notará, em primeiro lugar, a ausência quase completa de Azul Desviante depois da época de Preem Palver. Em outras palavras, nas últimas doze décadas. O senhor notará que não há probabilidades consideráveis de Desvios de classe superior à quinta pelos próximos cinco séculos. O senhor notará, também, que começamos a estender os refinamentos da psico-história mais além do início do Segundo Império. Ainda que Hari Seldon tenha sido um gênio transcendental, ele não era, nem poderia ser, onisciente como o senhor certamente sabe. Aperfeiçoamos o seu trabalho. Sabemos mais sobre psico-história do que ele jamais poderia saber. Seldon finalizou seus cálculos com o Segundo Império, e continuamos além dele – prosseguiu Shandess. – Se posso dizer sem parecer arrogante, o novo Hiperplano que ultrapassa a instauração do Segundo Império é, na maior parte, de minha autoria, e foi o que garantiu meu posto atual. Digo-lhe tudo isso para que o senhor possa poupar-me de conversas desnecessárias. Com tudo isso, como o senhor chegou à conclusão de que o Plano Seldon é irrelevante? O Plano é impecável. O simples fato de ele ter resistido ao Século dos Desvios, com todo o respeito à genialidade de Palver, é a melhor prova que temos de que é impecável. Onde está a fraqueza, jovem, que o faria rotular o Plano como irrelevante?

Gendibal enrijeceu a postura.

– O senhor está certo, Primeiro Orador – disse. – O Plano Seldon é impecável.

– Então o senhor reconsidera sua afirmação?

— Não, Primeiro Orador. A ausência de fraquezas é sua falha. Sua impecabilidade é fatal!

3

O Primeiro Orador pensava sobre Gendibal com imparcialidade. Ele havia aprendido a controlar suas expressões e considerava divertido observar a inaptidão de Gendibal nesse aspecto. Em cada frase, o jovem fazia o melhor que podia para esconder seus sentimentos, mas, a cada vez, os expunha completamente.

Shandess o analisou sem emoção. Era um jovem magro, não muito acima da altura média, com lábios finos e mãos ossudas e inquietas. Tinha olhos escuros e solenes, que tendiam a parecer sombrios.

O Primeiro Orador sabia que ele seria uma pessoa difícil, de convicções praticamente imutáveis.

— O senhor fala paradoxalmente, Orador — disse Shandess.

— *Parece* um paradoxo, Primeiro Orador, pois existe muito do Plano Seldon que assumimos como verdade e aceitamos de maneira deveras cega.

— O que o senhor questiona, então?

— A própria essência do Plano. Todos nós sabemos que ele não funcionará se sua natureza, ou até mesmo sua existência, for conhecida por muitos daqueles cujo comportamento o Plano foi criado para prever.

— Creio que Hari Seldon tinha consciência disso. Acredito até que ele fez disso um dos dois axiomas fundamentais da psico-história.

— Ele não previu o Mulo, Primeiro Orador; logo, não poderia ter antecipado a obsessão que a Segunda Fundação se tornaria para os membros da Primeira Fundação, depois que viram sua importância por meio do Mulo.

— Hari Seldon...

Por um momento, o Primeiro Orador arrepiou-se e ficou em silêncio.

A aparência física de Hari Seldon era conhecida por todos os membros da Segunda Fundação. Reproduções de sua imagem em duas ou três dimensões, fotográficas ou holográficas, em baixo ou alto-relevo, sentado ou em pé, eram universais. Todas o representavam nos últimos anos de sua vida. Todas eram de um homem idoso e benevolente, com o rosto enrugado pela sabedoria dos mais velhos, simbolizando a quintessência da genialidade amadurecida.

Mas o Primeiro Orador agora se lembrava de ter visto uma fotografia supostamente do jovem Seldon. A foto foi negligenciada, pois o conceito de um jovem Seldon era quase uma contradição de termos. Ainda assim, Shandess a tinha visto, e, repentinamente, lhe ocorria que Stor Gendibal era bastante parecido com o jovem Seldon.

Ridículo! Era o tipo de superstição que, de vez em quando, afligia a todos, por mais racionais que fossem. Ele fora enganado por uma similaridade fugidia. Se tivesse a fotografia diante de si, veria imediatamente que a semelhança era uma ilusão. Ainda assim, por que aquele tolo pensamento lhe ocorria *agora*?

Ele se recuperou. Foi uma perplexidade momentânea, um descarrilhamento transitório de pensamento, breve demais para ser captado por qualquer pessoa que não fosse um Orador. Gendibal podia interpretá-lo como bem entendesse.

– Hari Seldon – disse, com bastante firmeza, pela segunda vez – tinha plena consciência de que havia um número infinito de possibilidades que não poderia prever, e foi por esse motivo que estabeleceu a Segunda Fundação. Também não previmos o Mulo, mas o reconhecemos quando nos atacou e o impedimos. Não previmos a subsequente obsessão da Primeira Fundação por nós, mas a reconhecemos quando surgiu e a impedimos. Onde, nisso tudo, você consegue encontrar uma falha?

– Para começar – respondeu Gendibal, – a obsessão da Primeira Fundação por nós ainda não acabou.

Houve uma distinta redução na deferência com a qual Gendibal falava até então. Ele havia notado a hesitação na voz do Primeiro Orador (concluiu Shandess) e a interpretou como incerteza. Isso precisava ser combatido.

– Deixe-me antecedê-lo – afirmou o Primeiro Orador rapidamente. – Haverá pessoas na Primeira Fundação que, ao comparar as caóticas dificuldades dos cerca de quatro primeiros séculos de sua existência com a placidez das últimas doze décadas, chegarão à conclusão de que isso é impossível sem que a Segunda Fundação esteja tomando conta do Plano. Obviamente, é a conclusão certa. Decidirão que a Segunda Fundação talvez não tenha sido destruída. Obviamente, é a decisão certa. De fato recebemos relatórios sobre um jovem no mundo capital da Primeira Fundação, Terminus; um oficial de seu governo que está convencido disso. Esqueço seu nome...

– Golan Trevize – disse Gendibal suavemente. – Eu fui o primeiro a reparar nessa questão nos relatórios e fui eu quem a direcionou ao seu escritório.

– É mesmo – respondeu o Primeiro Orador, com educação exagerada. – E como sua atenção se voltou a ele?

– Um de nossos agentes em Terminus enviou um tedioso relatório sobre os membros recém-eleitos do Conselho, uma questão de absoluta rotina geralmente encaminhada a todos os Oradores e ignorada por eles. Esse chamou a minha atenção por causa da natureza da descrição de um dos novos conselheiros, Golan Trevize. De acordo com o relato, ele parecia surpreendentemente autoconfiante e combativo.

– Reconheceu um espírito semelhante, foi isso?

– De jeito nenhum – retrucou Gendibal, tenso. – Pareceu-me uma pessoa descuidada que gosta de fazer coisas ridículas, descrição que não se aplica a mim. De qualquer maneira, conduzi um estudo aprofundado. Não demorei a concluir que ele teria sido um bom acréscimo à Segunda Fundação, se tivesse sido recrutado ainda jovem.

– Talvez – disse o Primeiro Orador, – mas o senhor sabe que não recrutamos em Terminus.

– Sim, é de meu conhecimento. Seja como for, mesmo sem nosso treinamento, ele é dotado de uma intuição incomum. Evidentemente, não tem disciplina nenhuma. Assim, não fiquei particularmente surpreso por ele ter concluído que a Segunda Fundação ainda existe. Mas considerei importante o suficiente para direcionar um memorando sobre o assunto ao seu escritório.

– Imagino que haja alguma nova mudança, considerando seu comportamento.

– Depois de concluir que ainda existimos, graças a suas habilidades de intuição altamente desenvolvidas, ele usou a informação de maneira caracteristicamente indisciplinada e, por isso, acabou exilado de Terminus.

O Primeiro Orador ergueu as sobrancelhas.

– O senhor parou subitamente. Quer que eu interprete o significado. Sem usar meu computador, deixe-me aplicar um esboço aproximado das equações de Seldon e adivinhar que uma perceptiva prefeita, capaz de suspeitar da contínua existência da Segunda Fundação, prefere evitar que um indivíduo indisciplinado exponha esse fato à Galáxia e, assim, alerte a própria Segunda Fundação do perigo. Eu diria que Branno, a Bronze decidiu que Terminus é mais seguro com Trevize fora do planeta.

– Ela poderia ter aprisionado Trevize ou encomendado um assassinato silencioso.

– As equações não são confiáveis quando aplicadas a indivíduos, como bem sabe. Lidam apenas com a humanidade em massa. Logo, o comportamento individual é imprevisível, e é possível supor que a prefeita seja um ser humano que considera prisão, e ainda mais assassinato, algo inclemente.

Gendibal ficou em silêncio por alguns instantes. Foi um silêncio eloquente, e ele o manteve por tempo suficiente para que o Primeiro Orador ficasse incerto de suas opiniões, mas não a ponto de causar impaciência.

Ele calculou cada segundo e, então, disse:

– Essa não é a minha interpretação. Acredito que Trevize, neste momento, representa a linha de frente da maior ameaça à Segunda Fundação em toda a história. Um perigo ainda mais formidável do que o Mulo!

4

Gendibal ficou satisfeito. A força da declaração havia surtido efeito. O Primeiro Orador não esperava por aquilo e foi pego desprevenido. A partir desse momento, a vantagem era de Gendibal. Se tivesse alguma dúvida sobre esse fato, ela desapareceu com a próxima pergunta de Shandess:

– Isso tem alguma coisa a ver com sua teoria sobre a irrelevância do Plano Seldon?

Gendibal apostou na certeza completa, prosseguindo com um didatismo que não permitiria que o Primeiro Orador se recuperasse.

– Primeiro Orador – disse –, apenas fé atribui a Preem Palver a restauração do Plano Seldon depois da aberração incontrolável do Século dos Desvios. Estude o Primeiro Radiante e verá que os Desvio não desapareceram até duas décadas depois da morte de Palver, e que nenhum Desvio surgiu desde então. O crédito talvez fosse dos Primeiros Oradores que vieram depois de Palver, mas é improvável.

– Improvável? Admito que nenhum de nós foi como Palver, mas por que improvável?

– O senhor me permite demonstrar, Primeiro Orador? Usando a matemática da psico-história, posso mostrar com clareza que as chances do total desaparecimento dos Desvios são microscópicas demais para terem sido resultado de qualquer coisa que a Segunda Fundação possa fazer. Não há necessidade de ouvir-me, caso não tenha tempo ou desejo de assistir à demonstração, que tomará meia hora de sua exclusiva atenção. Posso, em vez disso, requisitar uma reunião da Mesa de Oradores e demonstrar a eles a minha teoria. Mas isso significaria perda de tempo para mim e uma controvérsia desnecessária.

– Sim, e possivelmente perda de prestígio para mim. Demonstre a questão agora. Mas um aviso – o Primeiro Orador esforçava-se para se recuperar. – Se o que me apresentar não tiver valor, não hei de esquecer.

— Se não tiver valor — respondeu Gendibal com um orgulho natural que superou o do outro —, o senhor receberá meu pedido de demissão imediatamente.

Na realidade, foi necessário mais do que meia hora, pois o Primeiro Orador questionou os cálculos com intensidade quase selvagem.

Gendibal compensou o atraso usando seu Microrradiante com habilidade. O aparelho, que podia localizar holograficamente qualquer trecho do vasto Plano e que não requeria parede ou console para funcionar, entrara em uso havia apenas uma década, e o Primeiro Orador nunca aprendera como manipulá-lo. Gendibal tinha consciência disso. O Primeiro Orador sabia que ele tinha essa consciência.

Gendibal o acoplou a seu polegar direito e o manipulou com os quatro dedos, usando a mão deliberadamente como se tocasse um instrumento musical (ele tinha, inclusive, escrito um breve ensaio sobre essas analogias).

As equações que Gendibal resgatou (e encontrou com naturalidade convicta) moviam-se de trás para frente para acompanhar suas elucidações. Ele podia obter definições, se fosse necessário; estabelecer axiomas; e produzir gráficos, tanto em duas como em três dimensões (sem contar as projeções de navegação multidimensional).

As explicações de Gendibal eram claras e incisivas, e o Primeiro Orador entregou os pontos. Foi conquistado.

— Não me lembro de ter visto uma análise dessa natureza. Quem é o autor?

— Primeiro Orador, é meu próprio trabalho. Publiquei a matemática básica envolvida.

— Muito inteligente, Orador Gendibal. Algo como isso o colocará na lista para ocupar a cadeira de Primeiro Orador, caso eu venha a morrer ou me aposentar.

— Não pensei nesse assunto, Primeiro Orador. Mas, como não há chances de que o senhor acredite nisso, retiro o comentário. *Pensei* no assunto e *espero* me tornar o Primeiro Orador, pois quem ascender ao cargo *deve* seguir uma conduta que somente eu vejo com clareza.

– Sim – disse o Primeiro Orador –, modéstia inapropriada pode ser bastante perigosa. Que conduta? Talvez o atual Primeiro Orador também a siga. Posso estar velho demais para dar o passo intelectual que o senhor deu, mas não estou tão velho a ponto de não acompanhá-lo.

Foi uma rendição graciosa e Gendibal afeiçoou-se de maneira inesperada ao velho, mesmo depois de perceber que era justamente essa a intenção do Primeiro Orador.

– Agradeço, Primeiro Orador, pois precisarei muito de sua ajuda. Não tenho chances de convencer a Mesa sem sua iluminada liderança. – (Honraria por honraria.) – Suponho, portanto, que o senhor já tenha notado, com base no que demonstrei, ser impossível que o Século dos Desvios tenha sido corrigido sob nossa política, ou que todos os Desvios tenham cessado desde então.

– Para mim, é evidente – respondeu o Primeiro Orador. – Se seus cálculos estão corretos, para que o Plano tivesse se recuperado como o fez e funcionasse perfeitamente como parecer ter feito, seria necessário que pudéssemos prever as reações de pequenos grupos de pessoas, até mesmo de indivíduos, com algum grau de certeza.

– Precisamente. Como a matemática da psico-história não permite que isso seja feito, os Desvios não deveriam ter retraído e, muito menos, ter permanecido ausentes. Compreende, então, o que quis dizer quando afirmei que a fraqueza do Plano Seldon era sua ausência de fraquezas?

– Então existem duas possibilidades: o Plano Seldon possui de fato outros Desvios ou há algo de errado em seus cálculos. Devo considerar que o Plano Seldon *não* mostrou Desvios em mais de um século, portanto a conclusão lógica é que *existe* algo errado em sua matemática. O problema é que não detecto nenhuma falácia nem deslize.

– O senhor se engana – respondeu Gendibal – ao excluir uma terceira possibilidade. É possível que o Plano Seldon não tenha nenhum outro Desvio e, ainda assim, não haja nada de errado com meus cálculos ao prever que isso é impossível.

— Não consigo enxergar a terceira possibilidade.

— Suponha que o Plano Seldon esteja sob controle de um método psico-histórico tão avançado que as reações de pequenos grupos de pessoas, talvez até de indivíduos, *possam* ser previstas; um método que nós, da Segunda Fundação, não conhecemos. Assim, e *somente* assim, minha matemática preveria que o Plano Seldon não sofreria mais nenhum Desvio.

Por alguns instantes (pelos padrões da Segunda Fundação), o Primeiro Orador não respondeu. Então disse:

— Não existe tal método avançado que seja do meu conhecimento ou, como posso dizer a partir de seu comportamento, do seu. Se nem eu nem você o conhecemos, as chances de qualquer outro Orador, ou qualquer grupo de Oradores, desenvolver tal micropsico-história, se posso chamá-la assim, e mantê-la em segredo do restante da Mesa é infinitesimalmente pequena. Concorda?

— Concordo.

— Então, sua análise está errada ou a micropsico-história está nas mãos de algum grupo fora da Segunda Fundação.

— Exatamente, Primeiro Orador. A segunda alternativa deve estar correta.

— Pode provar a veracidade de tal afirmação?

— Não posso, não formalmente. Mas considere isto: já não houve uma pessoa capaz de afetar o Plano Seldon ao lidar com indivíduos?

— Presumo que esteja se referindo ao Mulo.

— Sim, certamente.

— O Mulo podia apenas prejudicá-lo. O problema aqui é que o Plano Seldon está funcionando bem demais, consideravelmente mais perto da perfeição do que seus cálculos permitiriam. Você precisaria de um anti-Mulo, alguém capaz de sobrepujar o Plano, como fazia o Mulo, mas que aja por motivações opostas, sobrepujando não para prejudicar, mas para torná-lo perfeito.

— Precisamente, Primeiro Orador. Quem me dera ter pensado em expressão tão clara. O que era o Mulo? Um mutante. Mas de onde veio? Como surgiu? Ninguém sabe ao certo. Será que não existem outros?

— Aparentemente, não. O fato mais conhecido sobre o Mulo era sua esterilidade. Por isso era chamado assim. Ou o senhor acredita ser um mito?

— Não me refiro aos descendentes do Mulo. Não seria possível que o Mulo fosse um membro anômalo do que é, ou agora se tornou, um considerável grupo de pessoas com poderes mulianos que, por algum motivo próprio, não estão rompendo o Plano Seldon, mas apoiando-o?

— Por que, pela Galáxia, eles o apoiariam?

— Por que *nós* o apoiamos? Planejamos um Segundo Império em que nós, ou melhor, nossos descendentes intelectuais, serão aqueles que tomarão as decisões. Se algum outro grupo apoia o Plano com mais eficiência do que nós, eles não devem estar planejando deixar o poder em nossas mãos. *Eles* tomarão as decisões. Mas com que finalidade? Não deveríamos tentar descobrir a que tipo de Segundo Império eles estão nos encaminhando?

— E como o senhor pretende descobrir?

— Bom, por que a prefeita de Terminus exilou Golan Trevize? Ao tomar essa decisão, ela permite que uma pessoa possivelmente perigosa viaje livremente pela Galáxia. Não consigo acreditar que ela o fez por humanitarismo. Historicamente, os dirigentes da Primeira Fundação agiram sempre de maneira realista, o que, no geral, significa sem se preocupar com "moralidade". Na verdade, um de seus heróis, Salvor Hardin, chegava a pregar contra a moralidade. Não, eu acredito que a prefeita agiu sob influência de agentes dos anti-Mulos, usando sua expressão. Acho que Trevize foi recrutado por eles e acho que ele é a ponta da lança apontada para nós. Uma lança mortal.

E o Primeiro Orador disse:

— Por Seldon, o senhor talvez esteja certo. Mas como vamos convencer a Mesa disso tudo?

— Primeiro Orador, o senhor subestima sua eminência.

6.

Terra

1

TREVIZE ESTAVA COM CALOR E IRRITADO. Ele e Pelorat encontravam-se sentados no pequeno refeitório; tinham acabado de almoçar.

– Estamos no espaço há apenas dois dias e já me sinto bastante confortável, apesar de sentir falta do ar fresco, da natureza e de tudo o mais – disse Pelorat. – Inusitado! Parece que nunca reparei nesse tipo de coisas quando estavam à minha volta. Ainda assim, com a minha placa eletrônica e aquele seu extraordinário computador, tenho toda a minha biblioteca aqui; ou, pelo menos, tudo o que é importante. E não sinto nenhum receio de estar no espaço sideral. Impressionante!

Pensativo, Trevize emitiu uma interjeição inexpressiva. Seus olhos estavam distantes. Gentilmente, Pelorat disse:

– Não quero me intrometer, Golan, mas creio que você não está me escutando. Não que eu seja uma pessoa particularmente interessante. Sempre fui um pouco tedioso, sabe? Mas você parece preocupado com outra coisa. Estamos encrencados? Não tenha medo de me contar. Eu talvez não possa ajudar, caro colega, mas não vou entrar em pânico.

– Encrencados? – Trevize pareceu sair de seu devaneio, franzindo o cenho.

– Eu me refiro à nave. É um novo modelo, portanto suponho que possa haver alguma coisa errada – Pelorat permitiu-se um pequeno e incerto sorriso.

– É estúpido de minha parte deixá-lo com tal incerteza, Janov – Trevize negou vigorosamente com a cabeça. – Não há absolutamente nada de errado com a nave. Funciona com perfeição. Na verdade, estou procurando por um hipertransmissor.

– Ah, entendo. Quero dizer, não entendo. O que é um hipertransmissor?

– Bom, deixe-me explicar, Janov. Estou em comunicação com Terminus. Ou melhor, posso me comunicar quando quiser, e Terminus pode, reversamente, se comunicar conosco. Eles sabem a localização da nave, pois observaram sua trajetória. Mesmo se não tivessem observado, poderiam nos localizar ao escanear o espaço próximo à procura de massas, o que os alertaria sobre a presença de uma nave ou, talvez, de um meteoroide. Eles poderiam, ainda, detectar padrões de energia que não apenas distinguiriam uma nave de um meteoroide como também identificariam uma nave em especial, pois não existem espaçonaves que usem energia da mesma maneira. De alguma forma, nosso padrão é único e independente dos dispositivos ou instrumentos que liguemos ou desliguemos. A nave pode ser desconhecida, claro, mas se é uma nave cujo padrão energético está registrado em Terminus, como a nossa, pode ser identificada assim que for detectada.

– Me parece, Golan – afirmou Pelorat –, que o avanço da civilização não é nada além de um exercício na limitação da privacidade.

– Talvez esteja certo. De qualquer forma, mais cedo ou mais tarde vamos precisar nos locomover pelo hiperespaço ou estaremos condenados a ficar a um ou dois parsecs de Terminus para o resto de nossas vidas. Assim, só poderíamos realizar viagens interestelares com os menores graus possíveis. Por outro lado, ao atravessarmos o hiperespaço, sofremos uma descontinuação do espaço comum. Passamos daqui para lá (e, às vezes, isso se aplica a intervalos de centenas de parsecs) em um instante, em nossa percepção de tempo. Repentinamente, estamos a uma imensa distância em uma direção muito difícil de prever. Na prática, impossíveis de detectar.

– Sim. Entendo.

– A não ser, claro, que eles tenham plantado um hipertransmissor a bordo. Um hipertransmissor envia um sinal através do hiperespaço, um sinal característico desta nave, e as autoridades de Terminus saberiam onde estamos o tempo todo. Essa é a resposta para a sua pergunta. Não haveria nenhum lugar na Galáxia onde poderíamos nos esconder e nenhuma combinação de Saltos pelo hiperespaço possibilitaria nossa evasão dos instrumentos à disposição deles.

– Mas Golan – disse Pelorat suavemente –, nós *queremos* a proteção da Fundação, não?

– Sim, Janov, mas apenas quando a requisitarmos. Você disse que o avanço da civilização significava a contínua restrição de nossa privacidade. Bom, não quero algo tão avançado assim. Quero ter a liberdade de me locomover como bem entender, sem ser detectado, a não ser que eu deseje proteção ou precise dela. Portanto, eu me sentiria melhor, muito melhor, se *não* houvesse um hipertransmissor a bordo.

– Encontrou algum, Golan?

– Não, não encontrei. Se encontrar, talvez consiga, de alguma maneira, desligá-lo.

– Você o reconheceria se o visse?

– É uma das dificuldades. Eu talvez não consiga reconhecê-lo. Sei como é um hipertransmissor em termos gerais e conheço maneiras de testar um objeto suspeito, mas essa é uma nave de último modelo, criada para missões especiais. Um hipertransmissor talvez tenha sido incorporado ao seu design de forma a não demonstrar sinais de sua existência.

– Por outro lado, talvez não exista nenhum hipertransmissor e é por isso que ainda não o encontrou.

– Não ouso fazer tal suposição e não gosto da ideia de realizar um Salto até que eu tenha certeza.

Pelorat parecia compreender.

– Então é por isso que estamos à deriva no espaço – disse. – Estava me perguntando o motivo de ainda não termos Saltado. Já ouvi falar nos Saltos, sabe? Tenho estado um pouco ansioso por causa deles, na verdade. Imaginava o momento em que você me mandaria apertar o cinto, tomar uma pílula ou algo do tipo.

– Não há motivos para ficar apreensivo – Trevize conseguiu sorrir. – Não estamos na antiguidade. Em uma espaçonave como essa, basta deixar tudo a cargo do computador. Você fornece suas instruções e ele faz o resto. Você nem percebe que algo aconteceu, exceto que a vista do espaço mudará subitamente. Se já viu uma apresentação de slides, sabe o que acontece quando um slide é repentinamente projetado no lugar de outro. O Salto é parecido com isso.

– Puxa vida. Não se sente nada? Bizarro! Acho até um pouco decepcionante.

– *Eu* nunca senti nada, e as naves em que estive não eram tão avançadas quanto esta nossa belezinha. Mas não é por causa do hipertransmissor que ainda não saltamos. Precisamos nos distanciar um pouco mais de Terminus, e do sol também. Quanto mais longe estivermos de qualquer corpo de grande massa, mais fácil será controlar o Salto e realizar a reemersão no espaço exatamente nas coordenadas desejadas. Em caso de emergência, você pode arriscar um Salto quando está a apenas duzentos quilômetros da superfície de um planeta e confiar na sorte para chegar ao outro lado com segurança. Ainda assim, existe sempre a possibilidade de fatores aleatórios fazerem com que você reapareça dentro de alguns milhões de quilômetros de distância de uma estrela ou no centro galáctico... e você estará frito antes mesmo de piscar. Quanto mais longe estiver de qualquer massa, menores são esses fatores e menores as chances de qualquer infortúnio.

– Nesse caso, louvada seja sua cautela. Não estamos com tanta pressa.

– Exato. Especialmente considerando que eu adoraria encontrar o hipertransmissor antes de qualquer passo, ou encontrar alguma maneira de me convencer de que não há nenhum hipertransmissor.

Trevize pareceu divagar novamente em sua concentração particular, e Pelorat, levantando a voz de leve para transpor a barreira de preocupação, disse:

– Quanto tempo temos?

– O quê?

– Digo, quando você realizaria o Salto se não estivesse preocupado com o hipertransmissor, meu caro amigo?

– Em nossa velocidade e trajetória atual, diria que seria em nosso quarto dia no espaço. Vou calcular o tempo certo no computador.

– Bom, então você ainda tem dois dias para sua busca. Posso dar uma sugestão?

– Vá em frente.

– Vejo sempre em meu trabalho (bastante diferente do seu, é claro, mas vamos generalizar) que investir rigidamente em um problema específico é contraproducente. Por que não relaxar e falar sobre outra coisa? Sua mente inconsciente, sem afligir-se com o peso do pensamento concentrado, talvez resolva o problema para você.

Trevize ficou momentaneamente irritado, e então riu.

– Bom, por que não? Diga-me, professor, por que se interessou pela Terra? Como surgiu essa curiosa noção de um único planeta no qual todos nós começamos?

– Ah! – Pelorat concordou com a cabeça, reminiscente. – Isso me leva de volta ao passado. Mais de trinta anos atrás. Eu planejava ser biólogo quando me preparava para a faculdade. Estava especialmente interessado na variação de espécies de mundos diferentes. A variedade, como sabe... bom, talvez não saiba, então não deve se importar que eu lhe diga... é muito pequena. Todas as formas de vida na Galáxia, ou pelo menos as que já encontramos, compartilham uma química formada a partir de proteína, ácido nucleico e água.

– Fiz faculdade militar – respondeu Trevize –, que enfatizava física nuclear e gravitacional, mas não sou um especialista limitado. Sei um pouco sobre a base química da vida. Fomos ensinados que água, proteínas e ácidos nucleicos são a única base possível para a vida.

– Acredito que isso seja uma conclusão precipitada. É mais seguro dizer que nenhuma outra forma de vida foi encontrada, ou, pelo menos, reconhecida, e parar por aí. O mais surpreendente é que espécies nativas, ou seja, espécies encontradas em um único planeta e em nenhum outro, são poucas. A maioria das espécies que existem, inclusive a *Homo sapiens*, está distribuída por todos ou pela maioria dos mundos habitados da Galáxia e têm relações próximas em termos bioquímicos, fisiológicos e morfológicos. Por outro lado, as espécies nativas são amplamente distanciadas em suas características, tanto das formas propagadas como entre si.

— Bom, e daí?

— A conclusão é que um mundo da Galáxia, *um* mundo, é diferente do resto. Dezenas de milhões de mundos na Galáxia — ninguém sabe ao certo quantos — desenvolveram vida. Vida simples, esparsa, insignificante. Sem muita variedade, difícil de ser mantida e de se espalhar. Um mundo, *um* único mundo, desenvolveu vida em milhões de espécies (certamente milhões), algumas delas altamente especializadas, bastante propensas a se multiplicarem e a se espalharem, inclusive *nós*. Fomos inteligentes o suficiente para formar uma civilização, para desenvolver o voo hiperespacial e para colonizar a Galáxia e, ao nos espalhar pela Galáxia, levamos junto muitas outras formas de vida relacionadas entre si e conosco.

— Se você parar para pensar — disse Trevize, deveras indiferente —, acho que faz sentido. Quero dizer, cá estamos, em uma Galáxia humana. Se presumirmos que tudo começou em um mundo, tal mundo precisaria ser diferente. Mas por que não? As chances de a vida se desenvolver dessa maneira caótica devem ser, de fato, muito pequenas (talvez uma em cem milhões), portanto é provável que tenha acontecido em um único planeta apto para a vida, dentre cem milhões. Precisaria ser apenas um.

— Mas o que fez esse planeta em especial ser tão diferente dos outros? — perguntou Pelorat, empolgado. — Quais condições o tornavam único?

— Apenas coincidência, talvez. Afinal, os seres humanos e as formas de vida que trouxeram consigo agora povoam dezenas de milhões de planetas, todos aptos para a vida. Portanto, todos eram possíveis.

– Não! Uma vez que a espécie humana evoluiu, uma vez que desenvolveu tecnologia, uma vez que amadureceu na árdua batalha pela sobrevivência, pôde se adaptar à vida em qualquer planeta que seja minimamente habitável... em Terminus, por exemplo. Mas você consegue imaginar vida inteligente *originando-se* em Terminus? Quando Terminus foi ocupado por seres humanos nos dias dos enciclopedistas, a forma mais sofisticada de vida vegetal que o planeta produzia era uma planta semelhante a musgo nas rochas; a forma mais sofisticada de vida animal eram pequenos organismos semelhantes a corais no oceano; e criaturas voadoras insetoides em terra. Nós praticamente os extinguimos e entulhamos o mar e a terra com peixes, coelhos, cabras, grama, grãos, árvores e assim por diante. Nada restou da vida nativa, exceto o que existe em zoológicos e aquários.

– Hmmm – disse Trevize.

Pelorat o encarou por um minuto inteiro, então suspirou e disse:

– Você não se importa, não é? Incrível! Parece que nunca encontro alguém que se importe. Culpa minha, creio. Não consigo fazer o assunto ser interessante, mesmo que interesse tanto a *mim*.

– É interessante – respondeu Trevize. – É mesmo. Mas... mas... e daí?

– Não lhe ocorre que poderia ser cientificamente interessante estudar um mundo que deu origem ao único equilíbrio ecológico nativo genuinamente próspero que a Galáxia já viu?

– Talvez, se você for um biólogo. Mas eu não sou. Por favor, me perdoe.

– Certamente, caro colega. É que nunca encontrei nem biólogos que tivessem interesse. Contei-lhe que me matriculei em Biologia. Levei a questão ao meu professor e *nem ele* ficou interessado. Falou que eu deveria me voltar a algum problema prático. Fiquei tão aborrecido que preferi cursar História (que era um hobby meu da adolescência, de qualquer maneira) e abordar a "Questão da Origem" a partir desse ponto de vista.

– Pelo menos lhe deu motivação para o trabalho de sua vida. Você deve estar satisfeito com a ignorância de seu professor.

– Sim, suponho que é possível encarar dessa forma. E o trabalho é muito interessante, nunca me cansei dele. Mas gostaria que interessasse a *você*. Detesto essa sensação de falar sozinho eternamente.

Trevize inclinou a cabeça para trás e riu cordialmente.

O sereno rosto de Pelorat assumiu uma leve expressão de ofensa.

– Por que está rindo de mim? – perguntou.

– Não de você, Janov – respondeu Trevize. – Estou rindo de minha própria estupidez. No que diz respeito a você, sou completamente agradecido. Você estava totalmente certo, sabe?

– Ao assumir a importância da origem humana?

– Não, não. Quero dizer, isso também. Mas digo que estava certo quando me falou para não pensar conscientemente no meu problema e guiar minha mente em outra direção. Funcionou. Quando você estava falando sobre a forma como a vida evoluiu, finalmente me ocorreu que sei como encontrar o hipertransmissor, se ele existir.

– Oh, isso.

– Sim, isso! Essa é a *minha* ideia fixa no momento. Estive procurando pelo hipertransmissor como se estivesse na lata velha que era minha nave de treinamento, estudando cada parte com os olhos, procurando por algo que se destacasse do resto. Tinha esquecido que essa espaçonave é o produto finalizado de milhares de anos de evolução tecnológica. Entende?

– Não, Golan.

– Temos um computador a bordo. Como pude esquecer?

Ele acenou e entrou em seu próprio quarto, insistindo que Pelorat viesse com ele.

– Basta que eu tente me comunicar – afirmou, pousando as mãos no contato do computador.

Era questão de tentar falar com Terminus, que agora estava a alguns milhares de quilômetros para trás.

Alcançar! Comunicar! Era como se terminações nervosas brotassem e se estendessem, espalhando-se com velocidade inacreditável – a velocidade da luz, claro – para fazer contato.

Trevize sentiu-se tocando... Quer dizer, não exatamente tocando, mas sentindo... Quer dizer, não exatamente sentindo, mas... Não importava; não havia uma palavra para aquilo.

Ele tinha *consciência* de Terminus dentro de seu alcance e, apesar de a distância entre os dois aumentar aproximadamente vinte quilômetros por segundo, o contato persistia, como se o planeta e a espaçonave estivessem imóveis e separados por apenas alguns metros.

Ele não disse nada. Fechou-se. Estava apenas testando o *princípio* da comunicação, não se comunicando ativamente.

Lá fora, a oito parsecs de distância, estava Anacreon, o planeta gigante mais próximo – estavam em seu quintal, pelos padrões galácticos. Enviar uma mensagem pelo mesmo sistema de velocidade da luz que havia acabado de funcionar com Terminus – e receber uma resposta – levaria cinquenta e dois anos.

Buscar Anacreon! Pensar Anacreon! Pense com a maior clareza que puder. Você sabe sua posição em relação a Terminus e ao centro galáctico; estudou sua planetografia e sua história; solucionou problemas militares nos quais era necessário reconquistar Anacreon (no caso impossível – atualmente – de o planeta ser dominado por um inimigo).

Pelo espaço! Você *esteve* em Anacreon!

Imagine! Imagine! Você sentirá como se *estivesse lá* por meio do hipertransmissor.

Nada! Suas terminações nervosas estremeceram e acabaram em lugar nenhum.

Trevize soltou-se.

– Não existe nenhum hipertransmissor a bordo da *Estrela Distante*, Janov. Tenho certeza. E se não tivesse seguido sua sugestão, imagino quanto tempo teria levado para chegar a essa conclusão.

Pelorat, sem mover um músculo do rosto, ficou extasiado.

– Fico muito feliz por ter ajudado. Isso quer dizer que Saltaremos?

– Não, ainda precisamos esperar dois dias, por segurança. Temos de nos distanciar das massas, lembra-se? Normalmente, considerando que estou no comando de uma nave recém-fabricada e não testada com a qual não tenho nenhuma familiaridade, eu provavelmente levaria dois dias para calcular o procedimento exato – especialmente a hiperpropulsão adequada para o primeiro Salto. Mas tenho a sensação de que o computador fará tudo.

– Puxa vida! Isso nos deixa com um tedioso período de espera, aparentemente.

– Tedioso? – Trevize abriu um grande sorriso. – De jeito nenhum! Eu e você, Janov, vamos conversar sobre a Terra.

– É mesmo? – respondeu Pelorat. – Está tentando agradar um velhote? Gentil da sua parte. De verdade.

– Absurdo! Estou tentando agradar a mim mesmo. Janov, você me converteu. Graças ao que me disse, entendi que a Terra é o objeto mais importante e mais avassaladoramente instigante do universo.

2

A questão certamente conquistou Trevize no momento em que Pelorat apresentou suas teorias sobre a Terra, mas sua mente estava reverberando com o problema do hipertransmissor e, por isso, ele não reagiu de imediato. No momento em que o problema foi resolvido, ele *de fato* reagiu.

A citação de Hari Seldon que talvez fosse a mais repetida era sua observação sobre a Segunda Fundação estar "na outra extremidade da Galáxia" em relação a Terminus. Seldon chegou até a dar um nome à localização: era o "Fim da Estrela".

Isso foi incluído no relato de Gaal Dornick sobre o dia do julgamento diante do tribunal Imperial. "A outra extremidade da Galáxia" – foram essas as palavras que Seldon disse a Dornick e, desde então, seu significado era motivo de polêmica.

O que poderia conectar uma extremidade da Galáxia com "a outra extremidade"? Era uma linha reta, uma espiral, um círculo ou o quê?

E agora, em um momento luminoso, ficou repentinamente claro para Trevize que não era uma linha nem uma curva que deveria – ou poderia – ser desenhada no mapa da Galáxia. Era algo mais sutil do que isso.

Era fato conhecido que uma das extremidades da Galáxia era Terminus. Sim, Terminus estava no limite da Galáxia – *nosso* limite da Fundação –, o que dava à palavra "extremidade" um sentido literal. Mas era, também, o *mais novo* mundo da Galáxia na época em que Seldon estava falando; um mundo prestes a ser fundado, que até então não tinha existido nem por um segundo.

Sob esse ponto de vista, qual seria a outra extremidade da Galáxia? O *outro* limite da Fundação? Talvez o mundo *mais antigo* da Galáxia? E, de acordo com os argumentos que Pelorat apresentou – sem saber o que estava dizendo –, só poderia ser a Terra. A Segunda Fundação poderia estar na Terra.

Mas Seldon tinha dito que a outra extremidade da Galáxia era no "Fim da Estrela". Quem poderia dizer que ele não estava falando metaforicamente? Trace a história da humanidade, como fez Pelorat, e a linha se estenderia através de cada sistema planetário e de cada estrela que brilhou sobre um planeta habitado, até algum outro sistema planetário e alguma outra estrela da qual os primeiros migrantes vieram, então até uma estrela antes dessa – até que, enfim, todas as linhas alcançassem o planeta do qual a humanidade se originou. "Fim da Estrela" era a estrela que brilhou sobre a Terra.

Trevize sorriu e disse, quase com carinho:

– Conte-me mais sobre a Terra, Janov.

Pelorat negou com a cabeça.

– Contei-lhe tudo o que há para saber – disse. – Mesmo. Vamos descobrir mais em Trantor.

– Não, Janov, não vamos – respondeu Trevize. – Não descobriremos nada lá. Por quê? Porque não vamos a Trantor. Sou o comandante desta nave e garanto que não vamos.

Pelorat ficou boquiaberto. Teve dificuldades para respirar por um momento e então disse, desolado:

– Oh, meu caro colega!

– Vamos lá, Janov. Não olhe para mim desse jeito. Vamos encontrar a *Terra*.

– Mas é somente em Trantor que...

– Não, não é. Trantor é apenas um lugar em que você pode estudar filmes quebradiços e documentos empoeirados e virar você mesmo quebradiço e empoeirado.

– Durante décadas, sonhei...

– Sonhou em encontrar a Terra.

– Mas é apenas...

Trevize levantou-se, inclinou-se, agarrou a parte solta da túnica de Pelorat e disse:

– Não repita isso, professor. Não repita. Quando você me falou que iríamos procurar pela Terra, antes mesmo de entrarmos nessa nave, disse que a encontraríamos, pois, usando suas próprias palavras: "tenho em mente uma grande possibilidade". Ouça, não quero ouvir você dizer "Trantor" novamente. Quero ouvir apenas sobre essa grande possibilidade.

– Mas ela precisa ser *confirmada*. Até agora, não passa de um pensamento, uma esperança, uma vaga possibilidade.

– Ótimo! Conte-me.

– Você não entende. Simplesmente não entende. É um campo que somente eu, e mais ninguém, pesquisou. Não há nada histórico, nada sólido, nada verdadeiro. As pessoas falam da Terra como se fosse fato e também como se fosse mito. Existem milhões de histórias contraditórias...

– Pois então no que consistiu a *sua* pesquisa?

– Fui obrigado a reunir todos os contos, todos os fragmentos de suposta história, todas as lendas, todos os mitos obscuros. Até mesmo *ficção*. Qualquer coisa que incluísse o nome "Terra" ou a ideia de um planeta original. Se ao menos eu conseguisse algo mais confiável do que tudo isso na Biblioteca Galáctica em... Mas você não quer que eu diga a palavra.

– Isso mesmo. Não diga. Em vez disso, conte-me por que um desses tópicos chamou sua atenção e por que acredita que esse, entre todos os outros, deve ser legítimo.

Pelorat negou com a cabeça.

— Golan, me perdoe, mas você está falando como um militar ou um político. Não é assim que a história funciona.

Trevize respirou fundo e manteve a calma.

— Diga-me como funciona — respondeu. — Temos dois dias. Elucide-me.

— Você não pode se basear em um único mito, nem mesmo em um único grupo de mitos. Tive de reunir todos, analisá-los, organizá-los, estabelecer símbolos para representar diferentes aspectos de seus conteúdos. Narrativas de efeitos climáticos impossíveis, detalhes astronômicos sobre sistemas planetários que diferem da realidade, local de origem de heróis culturais declaradamente não nativos; literalmente centenas de outros tópicos. Não será útil falar sobre a lista toda; nem mesmo dois dias seriam suficientes. Dediquei trinta anos a isso, estou lhe dizendo. Então criei um programa que analisou todos esses mitos à procura de elementos em comum e que buscou uma transformação que eliminasse as impossibilidades verdadeiras. Gradualmente, elaborei um modelo de como a Terra deve ter sido. Afinal, se os seres humanos se originaram em um único planeta, esse único planeta deve representar o único fato que todos os mitos de origem, todas as narrativas de heróis culturais, têm em comum. Você gostaria que eu entrasse nos detalhes matemáticos?

— Não no momento, obrigado — disse Trevize —, mas como pode ter certeza de que não será enganado pelos seus cálculos? Sabemos que Terminus foi fundada há apenas cinco séculos e que os primeiros seres humanos chegaram como colonizadores vindos de Trantor, mas foram reunidos de dúzias, senão centenas, de outros mundos. Ainda assim, alguém que não soubesse desse fato poderia supor que Hari Seldon e Salvor Hardin, nenhum dos dois nascido em Terminus, teriam vindo da Terra, e que Trantor seria, na verdade, um nome que significava Terra. Se Trantor, como descrito na época de Seldon, fosse procurado em nossa época, um planeta cuja superfície é toda coberta de metal, certamente não seria encontrado e poderia ser considerado um mito impossível.

– Retiro minha afirmação sobre militares e políticos, meu caro amigo – Pelorat parecia satisfeito. – Você tem um senso intuitivo extraordinário. Evidentemente, precisei estabelecer um controle. Inventei uma centena de falsidades baseado em distorções da nossa história e imitando mitos do tipo que coletei. Então, tentei incorporar minhas invenções ao modelo. Uma das minhas invenções era até baseada na história inicial de Terminus. O computador rejeitou todas. Cada uma delas. Isso poderia ser indicativo de que eu simplesmente não tenho talento para criar uma ficção razoável, mas fiz o melhor que pude.

– Tenho certeza de que fez, Janov. E o que o seu modelo lhe contou sobre a Terra?

– Diversas coisas, com graus variados de probabilidade. Uma espécie de perfil. Por exemplo, aproximadamente 90% dos planetas habitados da Galáxia têm períodos de rotação entre vinte e duas e vinte e seis horas do Padrão Galáctico. Bom...

– Espero que não tenha perdido tempo com isso, Janov – interrompeu Trevize. – Não há mistério algum nessa questão. Para um planeta ser habitável, sua rotação não pode ser rápida demais a ponto de causar padrões de circulação de ar que resultem em condições tempestuosas impossíveis, nem lenta demais a ponto de criar padrões extremos de variação de temperatura. É uma propriedade autosseletiva. Seres humanos preferem viver em planetas com características adequadas; logo, todos os planetas habitáveis são parecidos uns com os outros no que diz respeito a essas características. Algumas pessoas dizem: "Que coincidência incrível!", mas não é nada incrível, muito menos uma coincidência.

– Na verdade – respondeu Pelorat –, esse é um fenômeno conhecido nas ciências sociais. Na física também, creio, mas não sou físico e não tenho certeza. De qualquer forma, é chamado de "princípio antrópico": o observador influencia os eventos que observa pelo simples fato de observá-los ou de estar lá para tanto. Mas a questão é: onde está o planeta que serviu como modelo? Que planeta tem rotação de exatamente um dia, ou vinte e quatro horas, do Padrão Galáctico?

Trevize ficou pensativo e contraiu os lábios.

– Você acha que pode ser a Terra? – perguntou. – O Padrão Galáctico poderia ter sido baseado nas características locais de *qualquer* planeta, não?

– Pouco provável. Não é o jeito humano. Trantor foi o mundo capital por doze mil anos, o mundo mais populoso por doze mil anos. Ainda assim, não impôs seu período de rotação de 1,08 dia do Padrão Galáctico por toda a Galáxia. E o período de rotação de Terminus é 0,91 dia PG, e não o impusemos aos planetas que dominamos. Cada planeta usa seus próprios cálculos, com seu próprio sistema de dia Local Planetário, e, para questões de relevância interplanetária, converte, com o auxílio de computadores, para frente e para trás entre dia LP e dia PG. O dia do Padrão Galáctico *deve* vir da Terra!

– Por que *deve*?

– Para começar, em determinado momento a Terra foi o *único* planeta habitado. Portanto, seu dia e ano seriam padrões naturais e, à medida que outros mundos iam sendo colonizados, provavelmente permaneceriam como padrões graças à inércia social. Além disso, o modelo que criei foi o de uma Terra que girava no próprio eixo em apenas vinte e quatro horas do Padrão Galáctico, e que orbitava em torno de seu sol em apenas um ano do Padrão Galáctico.

– Não pode ser uma coincidência?

– Agora é você que está falando em coincidência – riu Pelorat. – Vamos fazer uma aposta para ver se tal coisa é resultado de coincidência?

– Bom... – murmurou Trevize.

– Na verdade, tem mais. Existe uma medida arcaica de tempo chamada mês...

– Já ouvi falar.

– Aparentemente, quase coincide com a órbita completa do satélite da Terra em torno dela própria. Porém...

– Sim?

– Um elemento surpreendente do modelo é que o satélite que acabei de mencionar é imenso, mais de um quarto do diâmetro da Terra.

– Nunca ouvi algo do tipo, Janov. Não existe nenhum planeta povoado na Galáxia com um satélite como esse.

– Mas isso é *bom* – replicou Pelorat, animado. – Se a Terra é um planeta único em sua produção de variadas espécies e evolução da inteligência, queremos que exista alguma característica física única.

– Mas como um satélite gigante poderia estar relacionado com espécies variadas, inteligência e tudo o mais?

– Bom, é aí que você encontra a dificuldade. Eu não sei. Mas é digno de análise, não acha?

Trevize levantou-se, cruzou os braços sobre o peito e disse:

– Mas, então, qual é o problema? Acesse as estatísticas dos planetas habitados e procure um que tenha um período de rotação e de translação que sejam respectivamente um dia e um ano precisos no Padrão Galáctico. Se o planeta tiver um satélite gigantesco, você encontrará o que deseja. Presumo, considerando sua declaração de que tinha "em mente uma grande possibilidade", que fez justamente isso, e que já tem seu mundo.

Pelorat pareceu desconcertado.

– Não foi exatamente isso que aconteceu – disse. – De fato acessei as estatísticas, ou, pelo menos, pedi que o departamento de astronomia o fizesse e... bom, para falar sem rodeios, esse mundo não existe.

Trevize sentou-se mais uma vez, bruscamente.

– Mas isso significa que toda a sua teoria é inválida – disse.

– Não exatamente, eu diria.

– O que quer dizer "não exatamente"? Você criou um modelo com todo tipo de descrição detalhada e não consegue encontrar nada que se encaixe. Portanto, seu modelo é inútil. Deve voltar para o princípio.

– Não – respondeu Pelorat. – Significa apenas que as estatísticas dos mundos habitados são incompletas. Existem dezenas de milhões deles, afinal, e alguns são bastante misteriosos. Não existem informações relevantes sobre nem metade. No que diz respeito a seiscentos e quarenta mil mundos povoados, não há quase informação nenhuma além dos nomes e, às vezes, da localização. Alguns galactógrafos estimam que até dez mil planetas habitados não foram nem registrados. Esses mundos talvez prefiram assim. Durante a Era Imperial, talvez tenha ajudado a evitar impostos.

– E nos séculos que se seguiram – disse Trevize, cinicamente –, talvez tenha ajudado a se tornarem bases para piratas, o que pode, quem sabe, ter sido mais enriquecedor do que o comércio regular.

– Eu não diria isso – respondeu Pelorat, em dúvida.

– Da mesma maneira – continuou Trevize –, me parece que a Terra deveria estar na lista de planetas habitados, seja lá o que for conveniente para eles. Seria, por definição, o mais antigo de todos, e não poderia ter sido ignorado nos primeiros séculos da civilização galáctica. E, uma vez na lista, permaneceria lá. Podemos seguramente contar com a inércia social nesse caso.

Pelorat hesitou e parecia angustiado.

– Na verdade – disse –, existe... existe *de fato* um planeta chamado Terra na lista de planetas habitados.

Trevize o encarou.

– Fiquei com a impressão de que você disse há pouco que a Terra não estava na lista.

– Como Terra, não está. Mas há um planeta chamado Gaia.

– Gahyah? E o que tem a ver?

– Soletra-se G-A-I-A. Significa "Terra".

– Por que significaria Terra, Janov, e não alguma outra coisa? O nome não quer dizer nada para mim.

O rosto geralmente inexpressivo de Pelorat se aproximou de uma careta. Ele disse:

– Não sei ao certo se acreditará nisso. Se levar em consideração minha análise dos mitos, havia várias línguas diferentes e mutuamente incompreensíveis na Terra.

– O quê?

– Sim. Temos, afinal, milhares de maneiras diferentes de falar por toda a Galáxia...

– Existem variações de dialeto em toda a Galáxia, certamente, mas não são mutuamente incompreensíveis. E, mesmo que entender algumas delas seja difícil, todos compartilhamos o Padrão Galáctico.

– Decerto, mas há constantes viagens interestelares. E se algum mundo ficou isolado por um prolongado período de tempo?

– Mas você está falando da Terra. Um único planeta. Onde está o isolamento?

– Não se esqueça, a Terra é o planeta de origem, onde a humanidade, em algum momento, foi primitiva além da imaginação. Sem viagens interestelares, sem computadores, sem nenhuma tecnologia, batalhando pela evolução a partir de ancestrais não humanos.

– Isso é tão ridículo!

Pelorat pendeu a cabeça, constrangido pelo comentário.

– Discutir isso talvez não tenha utilidade, velho amigo – disse.

– Nunca consegui fazer o assunto ser convincente. Culpa minha, tenho certeza.

Trevize arrependeu-se de imediato.

– Janov, peço desculpas. Falei sem pensar. Afinal, são pontos de vista com os quais não estou acostumado. Você tem desenvolvido suas teorias por mais de trinta anos, e fui apresentado a todas elas de uma só vez. Você precisa ter paciência. Vamos fazer o seguinte. Vou imaginar que existiam povos primitivos na Terra que falavam duas línguas completamente diferentes e mutuamente incompreensíveis...

– Meia dúzia, talvez – disse Pelorat, timidamente. – É possível que a Terra fosse dividida em várias grandes massas de superfície terrestre e talvez não houvesse, a princípio, nenhuma comunicação entre elas. Os grupos de habitantes de cada massa de superfície podem ter desenvolvido línguas individuais.

– E em cada uma dessas massas de superfície terrestre – afirmou Trevize, com seriedade cautelosa –, uma vez que os povos se tornaram conhecedores uns dos outros, podem ter discutido sobre uma "Questão da Origem" e se perguntado quais deles evoluíram primeiro de outros animais.

– É bem possível, Golan. Seria uma atitude bastante natural.

– E, em uma dessas línguas, Gaia significa Terra. E a palavra "Terra", por si só, é derivada de outra dessas línguas.

– Sim, sim.

– E enquanto o Padrão Galáctico é a língua descendente da língua específica em que "Terra" significa "Terra", os habitantes da Terra, por alguma razão, chamam seu planeta de "Gaia" por causa de alguma outra de suas línguas.

– Exato! Você é perspicaz, Golan.

– Mas me parece que não haveria motivos para fazer do planeta um mistério. Se Gaia é mesmo a Terra, apesar da diferença de nome, então Gaia, considerando suas teorias, deve ter um período de rotação de apenas um dia do Padrão Galáctico, um período de translação de apenas um ano do Padrão Galáctico e um satélite gigante que gira ao seu redor em apenas um mês.

– Sim, deveria ser assim mesmo.

– Mas então o planeta cumpre ou não cumpre essas condições?

– Na realidade, não tenho como dizer. A informação não está nos registros.

– É mesmo? Então, Janov, vamos para Gaia cronometrar seus períodos e observar seu satélite?

– Eu gostaria, Golan – hesitou Pelorat. – O problema é que o registro da localização também não é exato.

– Quer dizer que tudo o que tem é o nome, e nada mais, e *essa* é sua grande possibilidade?

– Justamente por isso quero visitar a Biblioteca Galáctica!

– Espere um instante. Você disse que os registros não incluem a localização exata. Mas incluem alguma outra informação?

– Lista o planeta no Setor Sayshell, e com um ponto de interrogação.

– Muito bem. Janov, não fique desanimado. Vamos para o Setor Sayshell e, de alguma maneira, vamos encontrar Gaia!

7.

Fazendeiro

1

STOR GENDIBAL PRATICAVA CORRIDA na estrada adjacente à universidade. Não era costume dos membros da Segunda Fundação se aventurarem pelo mundo agrícola de Trantor. Era permitido, claro, mas, quando o faziam, não saíam para muito longe nem por muito tempo.

Gendibal era uma exceção e tinha, no passado, tentado imaginar o motivo. Imaginar significava explorar sua própria mente, algo que os Oradores eram especialmente encorajados a fazer. Suas mentes eram, ao mesmo tempo, suas armas e seus pontos fracos, e precisavam manter tanto a ofensiva quanto a defensiva na melhor forma possível.

Gendibal decidiu, para sua própria satisfação, que a razão de ser diferente era o fato de ter vindo de um planeta mais frio e maior do que era comum para os planetas habitados. Quando fora trazido a Trantor ainda menino (por meio da rede discretamente lançada sobre toda a Galáxia por agentes da Segunda Fundação em busca de talentos), descobriu-se em um campo gravitacional mais leve e num clima encantadoramente mais ameno. Era natural que apreciasse ficar mais tempo ao ar livre do que os outros.

Em seus primeiros anos em Trantor, sentiu-se inibido por seu fraco e baixo porte físico, e temia que se acomodar no conforto de um mundo agradável o transformaria em um frouxo. Assim, adotou uma série de exercícios de autodesenvolvimento que o deixaram ainda franzino em aparência, mas o mantiveram resistente e com bom fôlego. Parte de sua rotina eram essas longas caminhadas e corridas – sobre as quais alguns membros da Mesa dos Oradores resmungavam. Gendibal ignorava os comentários.

Ele manteve seu próprio jeito, apesar de ser de primeira geração. Todos os outros da Mesa eram de segunda ou terceira geração, com pais e avós membros da Segunda Fundação. Além disso, eram todos mais velhos do que ele. Logo, o que seria de se esperar além de reprovação?

Era um antigo costume que todas as mentes na Mesa de Oradores ficassem abertas (supostamente ao mesmo tempo, apesar de ser raro um Orador que não mantivesse um canto de privacidade em algum lugar – mesmo que fosse ineficaz no longo prazo), e Gendibal sabia que o que eles sentiam era inveja. E eles também sabiam. Da mesma maneira, Gendibal tinha consciência de que sua atitude era de ambição defensiva e excessivamente compensatória. E eles também sabiam disso.

Além do mais (a mente de Gendibal retornou aos motivos de suas incursões pelas áreas rurais), ele passara toda a infância em um único mundo – um mundo vasto e expansivo, com paisagens grandiosas e variadas – e em um fértil vale daquele mundo, cercado pelo que acreditava ser a cadeia de montanhas mais bela da Galáxia. Eram inacreditavelmente espetaculares no rigoroso inverno daquele planeta. Lembrou-se de seu antigo mundo e das glórias de uma infância agora distante. Sonhava com ela frequentemente. Como poderia aceitar ser confinado a algumas dúzias de quilômetros quadrados de arquitetura antiga?

Desencantado, olhou em volta enquanto corria. Trantor era um planeta ameno e agradável, mas não era vistoso nem belo. Apesar de ser um planeta agrícola, não era fértil. Nunca o fora. Talvez tenha sido esse um dos motivos que o fizeram se tornar um centro administrativo, primeiro de uma extensa união de planetas e depois de um Império Galáctico. Não havia nenhuma campanha para que se tornasse outra coisa. Não era extraordinariamente bom para nenhuma outra coisa.

Depois do Grande Saque, um fator que manteve Trantor foi seu enorme estoque de metal. Era uma grande mina, fornecendo a meia centena de mundos uma liga barata de aço, alumínio, titânio, cobre e magnésio – de certa forma, devolvendo o que coletara por milhares de anos, esgotando seu suprimento em uma velocidade centenas de vezes maior do que o ritmo original de acumulação.

Ainda havia imensos estoques de metal disponíveis, mas eram subterrâneos e difíceis de acessar. Os fazendeiros lorianos (que nunca se referiam a si mesmos como "trantorianos", termo que consideravam agourento, e que, portanto, foi adotado pelos membros da Segunda Fundação) relutaram em lidar com o metal. Superstição, sem dúvida.

Tolice da parte deles. O metal que permanecia subterrâneo poderia estar contaminando o solo e diminuindo ainda mais a fertilidade deles. Ainda assim, por outro lado, a população era esparsa e a terra os sustentava. E havia sempre *alguma* venda de metal.

Os olhos de Gendibal divagaram para o horizonte achatado. Trantor estava geologicamente vivo, como era o caso de quase todos os planetas habitados, mas já havia se passado pelo menos uma centena de milhões de anos desde a ocorrência do último grande período de formação geológica. Os terrenos elevados que existiam tinham sofrido erosão até se tornarem suaves colinas, e muitos deles haviam sido nivelados durante o grande período de metal da história de Trantor.

Para o sul, além do campo de visão, estava a praia da Enseada da Capital e, além dela, o Oceano Oriental, ambos recuperados depois do rompimento das cisternas subterrâneas.

Ao norte estavam as torres da Universidade Galáctica, ocultando a comparativamente baixa, mas extensa, biblioteca (cuja maior parte ficava abaixo da terra) e o remanescente do palácio imperial, mais adiante.

Nas imediações de cada lado estavam fazendas, nas quais havia uma ou outra construção. Ele passou por grupos de vacas, cabras, galinhas – a ampla variedade de animais domesticados encontrada em qualquer fazenda trantoriana. Nenhum deles se importou com sua presença.

Gendibal pensou casualmente que em qualquer ponto da Galáxia, em qualquer um do vasto número de mundos habitados, ele veria esses animais, e que eles nunca seriam exatamente iguais em nenhum desses mundos. Lembrou-se das cabras de seu planeta natal e de sua própria e dócil cabrita, que certa vez ordenhara. Eram muito maiores e confiantes do que as espécies pequenas e submissas trazidas a Trantor e ali criadas desde o Grande Saque. Pelos mundos habitados da Galáxia havia variedades de cada um desses animais, em quantidades quase além do calculável, e não havia nenhum apreciador, em nenhum mundo, que não defendesse veementemente sua variedade favorita, fosse pela carne, o leite, os ovos, a lã ou qualquer outra coisa que esses animais produzissem.

Como sempre, não havia nenhum loriano à vista. Gendibal tinha a sensação de que os fazendeiros evitavam ser vistos por aqueles aos quais eles se referiam como "estuodiosos" (uma pronúncia errônea, talvez proposital, da palavra "estudiosos" em seu dialeto). Mais uma vez, superstição.

Gendibal observou rapidamente o sol de Trantor. Estava bem alto no céu, mas seu calor não era opressivo. Nessa localização, nessa altitude, o calor permanecia ameno e o frio nunca chegava (de vez em quando, Gendibal sentia falta de frio intenso, ou, pelo menos, imaginava sentir. Nunca voltou ao seu mundo nativo. Talvez, admitiu a si mesmo, porque não queria se desiludir).

Estava com a agradável sensação de músculos treinados e aguçados, e decidiu que tinha corrido por tempo suficiente. Diminuiu o ritmo para uma caminhada, respirando fundo.

Ele estaria pronto para a assembleia da Mesa que aconteceria em breve e para uma última cartada para uma mudança na política, uma nova atitude que reconheceria o perigo crescente da Primeira Fundação e de outras fontes e colocaria um fim à confiança fatal no funcionamento "perfeito" do Plano. Quando perceberiam que essa mesma perfeição era o sinal mais claro de perigo?

Tinha certeza de que, se qualquer outra pessoa tivesse levantado a questão, teria passado sem resistência. Da maneira como as coisas estavam agora, haveria resistência, mas a teoria seria aceita da mesma forma, pois o velho Shandess o apoiava e certamente continuaria a apoiar. Ele não iria querer entrar para os livros de história como o Primeiro Orador sob o qual a Segunda Fundação definhou.

Loriano!

Gendibal assustou-se. Tomou consciência da distante corrente da mente muito antes de ver a pessoa. Era um raciocínio loriano – um fazendeiro –, rústico e sem sutileza. Cuidadosamente, Gendibal retraiu-se da mente do fazendeiro, deixando apenas um toque leve, suficiente para ser ignorado. A política da Segunda Fundação era muito rígida nesse aspecto. Os fazendeiros eram os escudos involuntários da Segunda Fundação. Eles deviam ser influenciados o menos possível.

As pessoas que visitavam Trantor pelo comércio ou pelo turismo nunca viam nada além dos fazendeiros e talvez alguns poucos estudiosos sem importância que ainda viviam no passado. Remova os fazendeiros ou mexa com sua inocência e os estudiosos se tornariam mais evidentes – com resultados catastróficos (era uma das clássicas demonstrações que os novatos da universidade precisavam resolver por conta própria. Os tremendos Desvios que surgiam no Primeiro Radiante quando as mentes dos fazendeiros eram alteradas até mesmo de leve eram impressionantes).

Gendibal o viu. Era um fazendeiro, com certeza, loriano até o âmago. Era quase uma caricatura do que deveria ser um fazendeiro trantoriano, alto e largo, pele negra, vestimentas grosseiras, braços expostos, cabelos e olhos escuros, passos largos e desajeitados. Gendibal tinha a impressão de que podia sentir o cheiro de celeiro vindo dele (sem muito desprezo, pensou. Preem Palver não se importou em assumir o papel de fazendeiro quando foi necessário para seus planos. E ele não tinha nada de fazendeiro – baixo, rechonchudo e flácido. Foi sua mente que enganou a adolescente Arkady, nunca seu corpo).

O fazendeiro estava se aproximando dele, andando ruidosamente pela estrada, encarando-o explicitamente – algo que fez

Gendibal franzir as sobrancelhas. Nunca nenhum homem ou mulher loriano o tinha encarado dessa maneira. Até mesmo as crianças fugiam e espiavam de longe.

Gendibal não diminuiu o passo. Haveria espaço suficiente para passar pelo fazendeiro sem nenhum comentário ou olhar desafiador, e assim seria melhor. Decidiu ficar fora da mente do homem.

Gendibal desviou para um lado, mas o fazendeiro não deu passagem. Ele parou, afastou as pernas e abriu os braços imensos, como se para bloquear a estrada.

– Ho! Sê estuodioso?

Por mais que tentasse, Gendibal não conseguiu evitar sentir um teor combativo na mente que se aproximava. Ele parou. Seria impossível tentar ultrapassá-lo sem conversar, e isso seria, por si só, uma tarefa difícil. Para uma pessoa acostumada com a rápida e sutil interação de som, expressão, pensamento e mentalidade que se combinavam para formar a comunicação entre membros da Segunda Fundação, era cansativo apoiar-se unicamente em combinações de palavras. Era como mover uma grande rocha usando o braço e o ombro, com um pé-de-cabra logo ao lado.

– Sou um estudioso, sim – disse Gendibal, calmamente e com uma cuidadosa ausência de emoção.

– Ho! Você *sê* estuodioso. Estamo falando bestera agora. Porque dá preu ver que você sê um – abaixou a cabeça em uma cínica reverência. – Sendo como você sê, pequeno e miúdo e branquelo e de nariz pra cima.

– O que você quer de mim, loriano? – perguntou Gendibal, sem se alterar.

– Eu sê chamado Rufirant. E Karoll sê o que vem antes – seu sotaque tornou-se mais acentuadamente loriano. Seus "erres" vinham da garganta.

– O que você quer comigo, Karoll Rufirant?

– E você sê chamado como, estudioso?

– Importa? Pode continuar se referindo a mim como "estudioso".

– Se pergunto, devo sê respondido, pequeno estuodioso de nariz pra cima.

– Muito bem, me chamo Stor Gendibal e vou me retirar para cuidar de meus afazeres.

– Que sê seus afazeres?

Gendibal sentiu um arrepio no cabelo da nuca. Havia outras mentes presentes. Ele não precisou se virar para saber que havia mais três lorianos atrás dele. A distância, havia outros. O cheiro de fazendeiro era forte.

– Meus afazeres, Karoll Rufirant, certamente não lhe dizem respeito.

– Você diz? – o tom de voz de Rufirant ficou mais alto. – Companheiros, ele diz que não nos diz respeito.

Uma risada ecoou atrás dele e uma voz disse:

– Certo sê ele, porque os afazeres sê chafurdar em livro e bolinar computador, e isso não sê pra homem de verdade.

– Quaisquer que sejam meus afazeres – respondeu Gendibal, com firmeza –, cuidarei deles agora.

– E como você vai fazê isso, minúsculo estuodioso? – perguntou Rufirant.

– Ultrapassando você.

– Quer tentar? Não tem medo de sê bluoqueado?

– Por você e todos os seus companheiros? Ou só por você? – Gendibal repentinamente adotou um acentuado dialeto loriano. – Não tê coragem sozino?

Estritamente falando, não era apropriado que ele o provocasse dessa maneira, mas isso impediria um ataque em massa e *isso* precisava ser impedido, pois forçaria uma indiscrição ainda maior de sua parte.

Funcionou. A expressão de Rufirant se fechou.

– Se um precisa tê coragem, livrêro, esse alguém sê você. Companheiros, dê espaço. Fiquem longe e deixem ele passá pra vê se teno coragem sozino.

Rufirant ergueu os braços e começou a movimentá-los. Gendibal não temia as habilidades pugilistas do fazendeiro, mas havia sempre a chance de um golpe considerável atingir o alvo.

Gendibal aproximou-se com cuidado, trabalhando com velocidade delicada na mente de Rufirant. Nada muito intenso – apenas um toque, imperceptível –, mas o suficiente para uma diminuição crucial de seus reflexos. E, então, expandiu-se para as outras mentes, que agora se aglomeravam em número maior. A mente de Orador de Gendibal voava de um lado para o outro com virtuosismo, sem nunca parar por tempo demais a ponto de deixar marcas, mas por instantes suficientes para detectar algo que poderia ser útil.

Ele se aproximou como um felino, vigilante, atento e aliviado pelo fato de ninguém estar se prontificando a interferir.

Rufirant atacou subitamente, mas Gendibal viu o golpe em sua mente antes mesmo de qualquer músculo começar a se contrair e desviou. O golpe assoviou ao seu lado, com pouco espaço de folga. Ainda assim, Gendibal não se abalou. Houve um suspiro coletivo de lamento.

Gendibal não tentou aparar nem contra-atacar nenhum dos golpes. Seria difícil aparar sem paralisar seu próprio braço, e devolver um golpe seria inútil, pois o fazendeiro resistiria sem dificuldades.

A única coisa que ele podia fazer era manobrar seu oponente como um touro, forçando-o a errar. Assim, Rufirant perderia o moral – oposição direta não teria o mesmo efeito.

Bufando animalescamente, Rufirant atacou. Gendibal estava pronto e esquivou-se para o lado o suficiente para que o fazendeiro não conseguisse agarrá-lo. Mais uma vez, o ataque. Mais uma vez, a esquiva.

Gendibal sentiu o próprio fôlego silvando pelo nariz. O esforço físico era pequeno, mas o esforço mental de tentar controlar sem controlar era imensamente difícil. Ele não poderia continuar por muito tempo.

Enquanto tamborilava de leve no mecanismo depressor de medo de Rufirant na tentativa de acentuar minimamente o que com certeza era um asco supersticioso que o fazendeiro tinha por estudiosos, disse, da maneira mais calma que podia:

– Agora, vou cuidar dos meus afazeres.

O rosto de Rufirant distorceu-se de fúria, mas, por um instante, ele não se mexeu. Gendibal podia sentir que o outro pensava. O pequeno estudioso tinha desaparecido, como mágica. Gendibal podia sentir o medo do oponente aumentar, e, por um momento...

Então a fúria loriana superou e afogou o medo.

– Companheiros! – Rufirant elevou a voz. – Estuodioso sê dançarino. Ele desvia com passinhos legeiros e humilha as regras honestas do olho no olho loriano. Agarrem-no. Segurem-no. Vamos fazê olho no olho. Ele pode atacar premeiro, um presente meu, e eu... eu vou atacar por último.

Gendibal encontrou as falhas na formação daqueles que agora o cercavam. Sua única chance era manter uma falha aberta por tempo suficiente para passar e então correr, confiando em seu próprio fôlego e em sua habilidade de amortecer o ímpeto dos fazendeiros.

Desviou para frente e para trás, sua mente esgotando-se com o esforço.

Não ia funcionar. Havia muitos deles, e a necessidade de seguir as regras do comportamento trantoriano era opressora demais.

Ele sentiu mãos em seus braços. Foi agarrado.

Ele precisaria interferir em pelo menos algumas daquelas mentes. Seria inaceitável, e sua carreira seria destruída. Mas sua vida – sua própria vida – estava em risco.

Como isso pôde acontecer?

2

A assembleia da Mesa não estava completa.

Caso algum Orador se atrasasse, não era costume aguardar. E, de toda maneira, pensou Shandess, a Mesa não estava disposta a esperar. Stor Gendibal era o mais jovem, e longe de reconhecer a relevância dessa regra. Agia como se a juventude fosse, por si só, uma virtude, e a idade, uma questão de negligência da parte daqueles que deveriam tê-la evitado. Gendibal não era prezado pelos outros Oradores. Não era, na verdade, totalmente benquisto pelo próprio Shandess. Mas nesse momento, popularidade não era a questão.

Delora Delarmi interrompeu seu devaneio. Ela olhava para ele com grandes olhos azuis, seu rosto arredondado – com o usual ar de inocência e amabilidade – escondendo uma mente perspicaz (de todos, menos de outros membros da Segunda Fundação de mesma graduação) e ferocidade de concentração.

– Primeiro Orador – disse, sorrindo –, havemos de esperar por mais tempo? – (A assembleia ainda não havia se iniciado formalmente, portanto, em tese, ela poderia começar a conversa, mesmo que outro talvez tivesse esperado que Shandess falasse primeiro, graças à eminência de seu cargo).

Shandess olhou para ela de modo apaziguador, apesar da leve quebra de cortesia.

– Normalmente, não esperaríamos, Oradora Delarmi, mas, considerando que o objetivo desta assembleia da Mesa é ouvir o que o Orador Gendibal tem a dizer, é apropriado abdicar das regras.

– Onde está ele, Primeiro Orador?

– Esse fato, Oradora Delarmi, eu desconheço.

Delarmi observou os outros rostos à Mesa. Havia o Primeiro Orador e o que deveriam ser onze outros Oradores; eram apenas doze. Ao longo de cinco séculos, a Segunda Fundação expandira seus poderes e seus deveres, mas todas as tentativas de ampliar a Mesa além dos doze haviam falhado.

Eram doze após a morte de Seldon, quando o segundo Primeiro Orador (o próprio Seldon era considerado o primeiro da linhagem) estabeleceu o número, e doze ainda eram.

Por que doze? Esse número dividia-se facilmente em grupos de tamanhos idênticos. Era pequeno o suficiente para ser consultado como um todo e grande o bastante para trabalhar em subgrupos. Mais teria sido de difícil gerenciamento; menos, inflexível demais.

Era o que diziam as explicações. Na realidade, ninguém sabia por que esse número havia sido escolhido – ou por que deveria ser imutável. Mas até mesmo a Segunda Fundação podia ser escrava da tradição.

A mente de Delarmi levou um breve instante para pensar na questão conforme olhava de rosto em rosto e de mente em mente até que, sardonicamente, encarou o assento vazio, o assento do novato. Ela estava satisfeita com a falta de simpatia em relação a Gendibal. O jovem, ela sentia, tinha todo o charme de um inseto e merecia ser tratado como tal. Até agora, somente sua inquestionável capacidade e talento haviam impedido que alguém propusesse abertamente um julgamento por expulsão (apenas dois Oradores haviam sido demovidos – mas não condenados – na história de meio milênio da Segunda Fundação).

Entretanto, o óbvio descaso de perder uma assembleia da Mesa era pior do que qualquer ofensa, e Delarmi estava contente de sentir que o interesse por um julgamento avançava consideravelmente.

– Primeiro Orador – disse Delarmi –, se o senhor não conhece o paradeiro do Orador Gendibal, eu teria prazer em informá-lo.

– Sim, Oradora?

– Quem entre nós não sabe que esse jovem – ela não usou honorífico ao se referir a ele, e foi algo que todos perceberam – se envolve constantemente com os lorianos? Que tipo de envolvimento, não ouso perguntar, mas ele está entre eles neste momento, e está claro que sua preocupação para com eles é importante o suficiente para ter precedência sobre esta Mesa.

– Creio – disse outro Orador – que ele apenas aprecia caminhar ou correr como prática de exercício físico.

Delarmi sorriu mais uma vez. Ela gostava de sorrir. Não lhe custava nada. Respondeu:

– A universidade, a biblioteca, o palácio e toda a região em torno deles é nossa. É pequena se comparada ao planeta, mas possui espaço suficiente, creio, para exercício físico. Primeiro Orador, comecemos?

O Primeiro Orador inspirou melancolicamente. Ele tinha o poder para manter a Mesa em espera ou, de fato, para suspender a assembleia até uma ocasião em que Gendibal estivesse presente.

Porém, nenhum Primeiro Orador poderia continuar no cargo com tranquilidade sem pelo menos o apoio tácito dos outros Oradores, e não era sábio irritá-los. Até mesmo Preem Palver foi ocasionalmente forçado à bajulação para conseguir o que queria. Além disso, a ausência de Gendibal era irritante até mesmo para o Primeiro Orador. Estava na hora de o jovem Orador aprender que não podia criar as próprias leis.

Agora, como Primeiro Orador, Shandess falou primeiro:

– Comecemos. O Orador Gendibal apresentou deduções surpreendentes com base em dados do Primeiro Radiante. Ele acredita na existência de algum tipo de organização que trabalha para garantir a eficiência do Plano Seldon com mais eficácia do que nós, e o faz com suas próprias motivações. Em seu ponto de vista, devemos aprender mais sobre ela em autodefesa. Os senhores foram todos informados sobre esse fato, e esta assembleia é para garantir que tenham a chance de questionar o Orador Gendibal, para que possamos chegar a conclusões em relação a procedimentos futuros.

Na realidade, era desnecessário expor tanto sobre o assunto. Shandess mantinha sua mente aberta; portanto, todos sabiam. Declarar era questão de cortesia.

Delarmi olhou para os outros rapidamente. Os outros dez pareciam satisfeitos em deixá-la assumir o papel de porta-voz anti-Gendibal.

– Ainda assim, Gendibal – disse, mais uma vez sem honorífico – desconhece e não pode dizer o que ou quem seria essa outra organização.

Ela falou como uma inconfundível declaração, que esbarrava no limite da aspereza. Era quase o mesmo que dizer: posso analisar sua mente; não há necessidade de explicar.

O Primeiro Orador reconheceu a grosseria e decidiu rapidamente ignorá-la.

– O fato de o Orador Gendibal – ele meticulosamente evitou a omissão do honorífico e não apontou o fato enfatizando-o – não saber e não poder dizer o que é a outra organização não significa que ela não exista. As pessoas da Primeira Fundação, ao longo da maior parte de sua história, não sabiam praticamente nada sobre nós, e, na realidade, não sabem quase nada sobre nós neste momento. A senhora questiona nossa existência?

– O fato de sermos desconhecidos, mas existirmos – disse Delarmi –, não é premissa para afirmarmos que qualquer coisa exista simplesmente por ser desconhecida – e riu com leveza.

– De fato. Por isso a asserção do Orador Gendibal precisa ser examinada com o máximo de cuidado. É baseada em rigorosa dedução matemática, que eu mesmo revisei e a qual recomendo veementemente que analisem. Não se trata – ele buscou em sua mente uma expressão que melhor definisse sua opinião – de algo inverossímil.

– E esse membro da Primeira Fundação, Golan Trevize, que flutua em sua mente, mas que o senhor não menciona? – outra grosseria por parte de Delarmi, e, desta vez, o Primeiro Orador se incomodou. – E quanto a ele?

– O Orador Gendibal considera que esse homem, Trevize, é a ferramenta, talvez involuntária, dessa organização, e que não devemos ignorá-lo.

– Se – afirmou Delarmi, recostando-se em sua cadeira e tirando o cabelo cinzento da frente dos olhos – essa organização, qualquer que seja, existe e é perigosamente poderosa em suas capacidades mentais a ponto de estar tão oculta, estaria então manobrando de forma tão aberta por meio de alguém tão notável quanto um conselheiro exilado da Primeira Fundação?

– Seria de se pensar que não – respondeu o Primeiro Orador, solenemente. – Ainda assim, notei algo um tanto inquietante. Não compreendo. – Quase involuntariamente, ele enterrou o pensamento em sua mente, envergonhado que outros o vissem.

Cada um dos Oradores percebeu a reação e, como era rigorosamente exigido, respeitou o constrangimento. Delarmi também, mas de maneira impaciente. Ela disse, de acordo com o protocolo requerido:

– Podemos requisitar que o senhor compartilhe seus pensamentos, já que compreendemos e perdoamos qualquer constrangimento que o senhor sinta?

— Assim como a senhora — retorquiu o Primeiro Orador —, não vejo as evidências sobre as quais alguém deveria se apoiar para supor que o conselheiro Trevize seja uma ferramenta da outra organização, ou a que propósito serviria se o fosse. Ainda assim, o Orador Gendibal parece ter certeza do fato, e ninguém pode ignorar o valor da intuição de qualquer um qualificado para Orador. Logo, tentei aplicar o Plano em Trevize.

— Em uma única pessoa? — perguntou um dos Oradores com voz baixa e surpresa, e então imediatamente indicou seu arrependimento por ter acompanhado a pergunta com um pensamento que era, sem dúvida alguma, o equivalente a: "Que tolo!"

— Em uma única pessoa — respondeu o Primeiro Orador — e o senhor tem razão. Como sou tolo! Tenho plena consciência de que o Plano não pode ser aplicado em indivíduos, nem mesmo em pequenos grupos de indivíduos. Ainda assim, estava curioso. Extrapolei as Intersecções Interpessoais muito além dos limites razoáveis, mas o fiz de dezesseis maneiras diferentes e escolhi uma região, em vez de um ponto específico. Então utilizei todos os dados que temos sobre Trevize, afinal um conselheiro da Primeira Fundação não passa despercebido, e sobre a prefeita da Fundação. Em seguida, reuni tudo, receio que de maneira bastante desengonçada. — Ele parou de falar.

— E então? — perguntou Delarmi. — Imagino que o senhor... Os resultados foram surpreendentes?

— Não houve nenhum resultado, como todos os senhores devem imaginar — disse o Primeiro Orador. — Nada pode ser feito com um único indivíduo, e, ainda assim...

— Ainda assim?

— Passei quarenta anos analisando resultados, e estou acostumado a ter uma sensação clara do que serão *antes* de eles serem analisados. Raramente me equivoquei. Neste caso, mesmo que não tenha obtido resultados, fiquei com uma forte intuição de que Gendibal estava certo e de que Trevize não deve ser deixado sem vigilância.

— Por qual motivo, Primeiro Orador? — perguntou Delarmi,

claramente surpresa com a forte intuição na mente do Primeiro Orador.

– Sinto vergonha de ter me permitido cair na tentação de usar o Plano com uma finalidade para a qual não foi feito. Sinto ainda mais vergonha agora que me permito ser influenciado por algo puramente intuitivo. Ainda assim, é o que devo fazer, pois sinto com bastante intensidade. Se o Orador Gendibal está certo, se estamos sob um perigo sem rosto, creio que, quando vier o momento de crise, será Trevize quem terá a carta decisiva na mão, e será ele quem a usará.

– Baseado em quê o senhor sente isso? – disse Delarmi, chocada.

O Primeiro Orador observou as pessoas à Mesa melancolicamente.

– Não me baseio em nada. A matemática psico-histórica não trouxe resultados, mas, conforme observei na interação de relações, Trevize é, aparentemente, a chave de tudo. Devemos prestar atenção nesse jovem.

3

Gendibal sabia que não conseguiria voltar a tempo para a assembleia da Mesa. Talvez não voltasse nunca.

Seguravam-no com firmeza e ele raciocinava desesperadamente para descobrir uma maneira de forçá-los a soltá-lo.

Rufirant estava à sua frente, exultante.

– Você está pronto agora, estudioso? Olho por olho, soco por soco, jeito loriano. Vem então, por sê o menor, ataque primeiro então.

– Alguém vai segurá-lo, como fazem com eu?

– Soltem ele – disse Rufirant. – Não, não, só braços. Deixem braços solto, mas segura perna. Nada de dança.

Gendibal sentiu-se preso ao chão. Seus braços estavam livres.

– Ataque, estudioso. – disse Rufirant. – Dê soco em mim.

E então a mente acelerada de Gendibal sentiu uma reação – indignação, sensação de injustiça e pena. Ele não tinha escolha;

precisava arriscar-se e fortalecer esse sentimento, e então improvisar, baseado em...

Não houve necessidade! Ele não tocou a nova mente que surgiu, mas ela reagia da forma que ele queria. Exatamente.

Subitamente tomou consciência de uma pequena figura, parruda, com longos cabelos pretos e enroscados e braços estendidos, adentrando afobada em seu campo de visão e empurrando loucamente o fazendeiro.

A figura era uma mulher. Gendibal pensou, amargamente, no tamanho de sua tensão e preocupação para não tê-la notado até que seus olhos a viram.

– Karoll Rufirant! – ela gritou com o fazendeiro. – Sê covarde e brigão. Soco por soco, jeito loriano? Você sê dois vezes o tamanho do estuodioso. Você tê perigo mais forte atacando eu. Tê honra em surrar aquele pobre fulano? Tê vergonha, isso sim. Vai tê um monte de dedo apontado, tê gente dizendo "você sê Rufirant, famoso esmaga-bebê". Vai tê risada, isso sim, e nenhum loriano que se prêze vai beber com você. E nenhuma loriana que sê prêze vai querer tê com você.

Rufirant tentava se defender da torrente, repelindo os golpes que ela lançava em sua direção.

– Calma, Sura – Rufirant respondia debilmente. – Calma, Sura.

Gendibal percebeu que não havia mais mãos a segurá-lo, que Rufirant não mais o encarava, que as mentes de todos não estavam mais preocupadas com ele.

Sura também não se preocupava com ele; sua fúria estava concentrada unicamente em Rufirant. Gendibal, recuperando-se, buscou medidas para manter aquela fúria viva e para fortalecer a vergonha desconcertante que invadia a mente de Rufirant, fazendo isso com a leveza e a habilidade necessárias para não deixar marcas. E mais uma vez, não houve necessidade.

– Vocês todos, pra trás – disse a mulher. – Vê só. Não sê suficiente que esse monte de Karoll sê gigante pra esse esqueletinho, tê cinco ou seis mais companheros pra dividir vergounha e voltá pra fazenda com história herôica de brincar de esmaga-bebê. "Segurei os braço do fulano" você dize, "e o gigante Rufirant-parede soca rosto quando ele não contra-ataca". E você dize: "Mas eu segurê os pé, tem glória pra mim tâmbem. E o resto-de-Rufirant dize: "Eu não consegui vencê do jeito dele, então meus companhero feiosos segurou êle e com os seis, eu fiz honra".

— Mas, Sura — disse Rufirant, quase choramingando —, falei pro estuodioso que podia tê primeiro soco.

— E apavorado você têve dos socos desses braço fininho, não sê, Rufirant cabeça-dura? Vem. Deixe ele ir onde vai, e o resto de vocês volte pra casa de joêlhos, se é que sê bem-vindo em casa ainda. Vocês torce pra os grandes fêito deste dia sê esquecido. E eles *não* sê esquecido, porque eu vô espalhar aos quatro vento, se vocês me deixar ainda mais furiosa que tô agora.

Todos foram embora em silêncio, cabisbaixos, sem olhar para trás.

Gendibal os observou enquanto se distanciavam, e depois olhou para a mulher. Ela estava vestida com uma blusa, uma calça e sapatos grosseiros no pé. Seu rosto estava molhado de suor e ela respirava pesadamente. Seu nariz era largo, seus seios eram pesados (pelo menos era o que parecia a Gendibal através da blusa folgada) e seus braços desnudos eram musculosos — as mulheres lorianas trabalhavam no campo ao lado de seus homens.

Ela olhava para ele com severidade, mãos na cintura.

— E então, estuodioso? Por quê lerdeia? Vá logo pro Lugar dos Estuodiosos. Tê medo? Devo ir junto?

Gendibal podia sentir o cheiro de transpiração das roupas que evidentemente não eram lavadas havia algum tempo, mas, sob as circunstâncias, seria bastante rude mostrar qualquer repulsa.

— Sou-lhe grato, senhorita Sura...

— Sê Novi — disse, com aspereza. — Sura Novi. Você diz Novi. Não sê preciso dizer nada mais.

— Sou-lhe grato, Novi. A senhorita ajudou-me bastante. É bem-vinda para acompanhar-me, não por causa de meus receios, mas pelo prazer de sua companhia — e ele fez uma graciosa reverência, como faria com uma das jovens moças da universidade.

Novi acanhou-se, ficou na dúvida e então tentou imitar o gesto.

– Prazer sê meu – disse, como se buscasse as palavras que expressassem adequadamente sua satisfação e lhe dessem um ar de cultura.

Caminharam juntos. Gendibal tinha plena consciência de que cada passo lento que dava o fazia ainda mais imperdoavelmente atrasado para a assembleia da Mesa, mas, a essa altura, já tinha conseguido refletir sobre a importância do acontecido e estava até friamente satisfeito de permitir que o atraso se estendesse.

Os prédios da universidade impunham-se diante dos dois quando Sura Novi parou.

– Mestre estuodioso? – disse, hesitante.

Aparentemente, pensou Gendibal, conforme se aproximaram do que Sura se referiu como o "Lugar dos Estuodiosos", ela se mostrava mais educada. Ele teve um impulso momentâneo de dizer "Não quer dizê 'pobre esqueletinho'?", mas isso a teria embaraçado imensamente.

– Sim, Novi?

– Sê bonituo e rico no Lugar dos Estuodiosos?

– É bonito – respondeu Gendibal.

– Vez atrás sonhei que estô no Lugar. E... eu sê estuodiosa.

– Algum dia – disse Gendibal, educadamente – hei de mostrá-lo.

A maneira como Novi olhou para ele mostrava com clareza que ela não considerou apenas mero protocolo de etiqueta.

– Sei escrevê. Fui aprendida por mestre-escola. Se escrevê carta pra você – ela tentou manter o tom casual –, como escrevo pra chegar até você?

– Diga apenas "Câmara dos Oradores, apartamento 27", e virá até mim. Mas devo ir, Novi.

Ele fez mais uma reverência, e mais uma vez ela tentou imitá-lo. Seguiram em direções opostas e Gendibal rapidamente a tirou de seus pensamentos. A assembleia da Mesa ocupou sua mente; a Oradora Delora Delarmi em especial. Os pensamentos de Gendibal não eram gentis.

8.

Fazendeira

1

Os Oradores estavam imóveis à volta da mesa, congelados em suas blindagens mentais. Era como se todos, em uníssono, tivessem eclipsado suas mentes para evitar insultar o Primeiro Orador irrevogavelmente depois da declaração que fizera sobre Trevize. Olharam de soslaio para Delarmi, e esse gesto acentuou a obviedade do que sentiam. De todos, Delarmi era a mais conhecida por seu desdém pela hierarquia; até mesmo Gendibal submetia-se mais frequentemente a protocolos.

Delarmi notou os olhares e sabia que não tinha escolha além de enfrentar essa situação impossível – e, na verdade, não queria evitá-la. Em toda a história da Segunda Fundação, nenhum Primeiro Orador havia sofrido *impeachment* por análises equivocadas (por trás do termo que ela inventou como disfarce, estava a não reconhecida *incompetência*). Tal *impeachment* era, agora, possível. Ela não deixaria a oportunidade passar.

– Primeiro Orador! – disse com suavidade, seus lábios finos e sem cor mais invisíveis do que nunca na palidez geral de seu rosto. – O senhor mesmo diz não ter base para formar tal opinião; que a matemática psico-histórica não mostra nada. O senhor pede que baseemos uma decisão crucial em uma sensação mística?

O Primeiro Orador ergueu o olhar, sua testa enrugada. Tinha consciência da blindagem universal que dominava a Mesa. Sabia o que significava.

– Não escondo a carência de provas – respondeu friamente. – Não apresento nada falsamente. O que ofereço é a forte intuição de um Primeiro Orador, alguém com décadas de experiência, que passou quase uma vida analisando o Plano Seldon de perto.

Ele olhou à volta, vigilante, com uma orgulhosa rigidez que raramente demonstrava, e, de um em um, os escudos mentais suavizaram-se e sumiram. O de Delarmi (quando ele se voltou em sua direção) foi o último.

– Naturalmente, aceito sua declaração, Primeiro Orador – disse Delarmi, com uma franqueza apaziguadora que preencheu sua mente como se nada tivesse estado ali antes. – Contudo, acredito que o senhor talvez devesse reconsiderar. Ao pensar na questão neste momento, depois de expressar constrangimento por apoiar-se em intuição, o senhor gostaria que suas declarações fossem excluídas dos registros, se, em sua opinião, elas sejam...

A voz de Gendibal a interrompeu:

– Quais são as declarações que deveriam ser excluídas dos registros?

Todos os pares de olhos se viraram ao mesmo tempo. Se seus escudos não estivessem erguidos nos momentos cruciais que antecederam a sua chegada, eles teriam percebido a aproximação dele muito antes que alcançasse a porta.

– Todos os escudos a postos há um instante? Todos surpresos com a minha entrada? – disse Gendibal, sardonicamente. – Mas que assembleia banal temos aqui. Ninguém esperava minha chegada? Ou todos tinham certeza absoluta de que eu não chegaria?

Esse protesto era uma declarada violação de todos os protocolos. O atraso de Gendibal era ruim. Entrar sem ser anunciado, ainda pior. Falar antes de o Primeiro Orador reconhecer sua presença era a maior ofensa de todas.

O Primeiro Orador voltou sua atenção para ele. Todo o restante deveria ser colocado de lado; a questão da disciplina viria primeiro.

– Orador Gendibal – disse –, o senhor está atrasado. O senhor entra sem ser anunciado. O senhor se pronuncia. Existe algum motivo para o senhor não ser suspenso de seu cargo pelos próximos trinta dias?

– Mas é claro. O pedido de suspensão não deve ser considerado até que, antes disso, cogitemos quem arquitetou para que eu *de fato* me atrasasse e por quê – as palavras de Gendibal eram frias e calculadas, mas sua mente estava repleta de fúria e ele não se importava com quem percebesse.

Delarmi certamente percebeu.

– Este homem é louco – disse, com vigor.

– Louco? Esta mulher é insana de fazer tal declaração – respondeu Gendibal. – Ou consciente da culpa. Primeiro Orador, dirijo-me ao senhor e requisito uma questão de prerrogativa pessoal.

– Prerrogativa pessoal de que natureza, Orador?

– Primeiro Orador, acuso um membro desta Mesa de tentativa de assassinato.

A sala explodiu conforme cada Orador se levantava em uma confusão de palavras, expressões e mentalidades.

O Primeiro Orador ergueu os braços e clamou:

– O Orador tem o direito de expressar sua questão de prerrogativa pessoal – ele se viu obrigado a reforçar sua autoridade, mentalmente, de uma maneira totalmente inapropriada para aquele aposento, mas não havia escolha.

O tumulto se aquietou.

Gendibal aguardou, imóvel, até que o silêncio fosse física e mentalmente profundo.

– Em meu trajeto até aqui, seguindo por uma estrada loriana a distância e em uma velocidade que garantiria folgadamente minha chegada em tempo para a assembleia, fui parado por vários fazendeiros e escapei por pouco de ser espancado e possivelmente morto. Assim, fui retardado e cheguei apenas neste momento. Devo apontar, em primeiro lugar, que não conheço nenhum exemplo desde o Grande Saque em que um membro da Segunda Fundação foi abordado de maneira desrespeitosa, muito menos agredido, por alguém do povo loriano.

– Eu, tampouco – afirmou o Primeiro Orador.

– Membros da Segunda Fundação não costumam andar sozinhos em território loriano! – bradou Delarmi. – Você *pede* por isso ao fazê-lo!

– É verdade – retrucou Gendibal – que costumo caminhar sozinho em território loriano. Caminhei por ali centenas de vezes, em todas as direções. Ainda assim, nunca fui abordado antes. Outros não se deslocam com a liberdade que assumo, mas ninguém se exila do mundo nem se aprisiona na universidade, e ninguém nunca foi abordado. Lembro-me de ocasiões em que Delarmi... – e então, como se tivesse se lembrado do título tarde demais, ele deliberadamente o converteu em um insulto mortal – Digo, lembro-me de ocasiões em que a *Oradora* Delarmi esteve em território loriano, vez ou outra, e ainda assim *ela* não foi abordada.

– Talvez – disse Delarmi, com olhos arregalados e ferozes – porque não iniciei conversas e porque mantive minha distância. Por ter me comportado como se merecesse respeito, respeito foi-me concedido.

– Curioso. – afirmou Gendibal. – Eu estava prestes a dizer que era porque você apresentou uma aparência mais formidável do que eu. Afinal de contas, poucos ousam aproximar-se de você até mesmo aqui. Diga-me: por qual motivo, entre todas as possibilidades de interferência, os lorianos escolheriam este dia para me afrontar, justamente quando eu participaria de uma importante assembleia da Mesa?

– Se não foi graças a sua postura, então deve ser o acaso – disse Delarmi. – Nem mesmo a matemática de Seldon, em sua plenitude, pôde eliminar o papel do acaso na Galáxia. Certamente não no caso de eventos individuais. Ou você também fala baseado em uma inspiração intuitiva? – Houve um breve suspiro mental de um ou dois Oradores em reação a esse ataque indireto ao Primeiro Orador.

– Não foi minha postura. Não foi o acaso. Foi interferência premeditada – respondeu Gendibal.

– Como podemos ter certeza disso? – perguntou o Primeiro Orador, gentilmente. Ele não pôde evitar simpatizar com Gendibal depois da última observação de Delarmi.

– Minha mente está aberta para o senhor, Primeiro Orador. Ofereço ao senhor, e a todos da Mesa, minhas memórias do evento. A transferência levou apenas alguns momentos.

– Surpreendente! – afirmou o Primeiro Orador. – O senhor portou-se muito bem, Orador, sob circunstâncias de pressão considerável. Concordo que o comportamento loriano foi anômalo e requer investigação. Enquanto isso, por favor, junte-se à nossa assembleia...

– Um momento! – interrompeu Delarmi. – Que garantias temos de que o relato do Orador é inalterado?

As narinas de Gendibal abriram-se por causa do insulto, mas ele manteve sua compostura equilibrada.

– Minha mente está aberta – respondeu.

– Conheci mentes abertas que não estavam abertas.

– Não tenho dúvidas quanto a isso, Oradora – disse Gendibal –, pois você, assim como o restante de nós, precisa manter a própria mente sob inspeção o tempo todo. Mas a minha mente, quando aberta, está genuinamente aberta.

O Primeiro Orador disse:

– Não continuemos a...

– Uma questão de prerrogativa pessoal, Primeiro Orador, com um pedido de desculpas pela interrupção – disse Delarmi.

– Prerrogativa pessoal de que natureza, Oradora?

– O Orador Gendibal acusou um de nós de tentativa de assassinato, presumivelmente ao instigar o fazendeiro a atacá-lo. Enquanto a acusação não for retirada, devo ser considerada possível assassina, assim como cada pessoa neste aposento. Inclusive o senhor, Primeiro Orador.

– O senhor retira a acusação, Orador Gendibal? – perguntou o Primeiro Orador.

Gendibal sentou-se em sua cadeira e pousou os braços nela, agarrando-a com firmeza, como se para assumir sua posse. Disse:

– Assim o farei, logo que alguém me explique por que um fazendeiro loriano, incitando diversos outros, tentaria deliberadamente atrasar minha chegada a esta mesma assembleia.

– Milhares de motivos, talvez – afirmou o Primeiro Orador. – Reitero que esse evento será investigado. O senhor, Orador Gendibal, por ora e no interesse de dar continuidade à discussão atual, retira sua acusação?

– Impossível, Primeiro Orador. Passei longos minutos tentando, da maneira mais delicada possível, sondar a mente do fazendeiro buscando formas de alterar seu comportamento sem danos, e falhei. Sua mente não tinha a vulnerabilidade que deveria ter. Suas emoções eram fixas, como se moldadas por outra consciência.

– E você acha que um de nós foi essa consciência externa? – disse Delarmi, com um súbito pequeno sorriso. – Será que não foi a misteriosa organização que compete conosco, que é mais poderosa do que nós?

– Pode ser – respondeu Gendibal.

– Nesse caso, nós, que não somos dessa organização que apenas você conhece, não somos culpados, e você deveria retirar sua acusação. Ou será que está acusando algum dos presentes de estar sob o controle dessa bizarra organização? Talvez um de nós não seja exatamente o que parece?

– Talvez – disse Gendibal em um tom vazio, consciente de que Delarmi estava dando corda para que ele se enforcasse.

– Pode parecer – retrucou Delarmi, pronta para apertar-lhe o laço – que seu sonho de uma organização secreta, desconhecida, oculta e misteriosa seja um pesadelo paranoico. Poderia se encaixar com perfeição em sua fantasia desvairada de fazendeiros lorianos manipulados, de Oradores sob controle dissimulado. Todavia, estou disposta a seguir um pouco mais nessa sua peculiar linha de raciocínio. Qual dos presentes, Orador, você acredita estar sob controle? Poderia ser eu?

– Creio que não, Oradora – respondeu Gendibal. – Se você estivesse tentando se livrar de mim de maneira tão indireta, não manifestaria seu desgosto por minha pessoa tão explicitamente.

– Uma traição dupla, talvez? – perguntou Delarmi. Estava quase ronronando. – Seria uma conclusão lógica em uma fantasia paranoica.

– Então que seja. Você tem mais experiência em questões desse tipo do que eu.

O Orador Lestim Gianni interrompeu, exaltado.

– Veja bem, Orador Gendibal, se o senhor exonera a Oradora Delarmi, direciona suas acusações com mais intensidade ao restante de nós. Quais motivações *qualquer* um de nós teria para atrasar sua presença nesta assembleia, e ainda mais desejar sua morte?

Gendibal respondeu rapidamente, como se estivesse esperando pela pergunta.

– Quando entrei, a questão em pauta era a remoção de certas declarações dos registros, declarações feitas pelo Primeiro Orador. Fui o único Orador que não teve a chance de ouvir tais declarações. Digam-me quais eram e acredito que poderei dizer a motivação por trás do meu atraso.

– Afirmei – disse o Primeiro Orador –, e isso foi algo que gerou protestos veementes por parte da Oradora Delarmi e de outros, que, baseado em intuição e em uso inapropriado de matemática psico-histórica, o futuro de todo o Plano pode estar no exílio do membro da Primeira Fundação Golan Trevize.

– O que os outros Oradores pensam depende apenas deles – respondeu Gendibal. – Da minha parte, concordo com a hipótese. Trevize é a chave. Acredito que sua súbita expulsão seja bizarra demais para ser gratuita.

– Você diria, Orador Gendibal – disse Delarmi –, que Trevize está sob as garras dessa misteriosa organização, ou que as pessoas que o exilaram estão? Que talvez tudo e todos estejam sob tal domínio, exceto você mesmo e o Primeiro Orador... e eu, que você já declarou estar livre?

– Esses disparates não requerem resposta. Em vez disso, deixe-me perguntar se há aqui algum Orador que gostaria de expressar concordância comigo e com o Primeiro Orador nessa questão. Os senhores leram, presumo, o raciocínio matemático que, com a aprovação do Primeiro Orador, distribuí entre os senhores.

Silêncio.

– Repito minha pergunta – disse Gendibal. – Alguém?
Silêncio.
– Primeiro Orador – continuou Gendibal –, o senhor agora tem o motivo para desejarem meu atraso.
– Declare explicitamente – respondeu o Primeiro Orador.
– O senhor expressou a necessidade de lidar com Trevize, membro da Primeira Fundação. Isso representa uma relevante iniciativa na política e, se os Oradores leram meus ensaios, saberiam, em termos gerais, o que estava por vir. Porém, se todos, de forma unânime, discordassem do senhor, repito, de forma unânime, então, pela tradição da autolimitação, o senhor não poderia prosseguir. Bastava que um único Orador o apoiasse para que o senhor pudesse implantar a nova política. Eu era esse *único* Orador que o apoiaria, como qualquer pessoa que leu meus ensaios saberia, e era necessário que eu fosse mantido longe da assembleia a qualquer custo. Tal estratégia quase foi bem-sucedida, mas agora estou aqui e apoio o Primeiro Orador. Concordo com ele e ele pode, de acordo com a tradição, desconsiderar a discordância dos outros dez Oradores.

Delarmi bateu o punho na mesa.

– A implicação é que alguém sabia com antecedência o que o Primeiro Orador iria aconselhar, sabia com antecedência que o Orador Gendibal o apoiaria e que nenhum dos outros o faria... que alguém sabia o que ele mesmo não poderia saber. Há ainda a implicação de que esta iniciativa não é do gosto da organização paranoide do Orador Gendibal, que eles lutam para impedi-la e que, logo, um ou mais de nós está sob o domínio de tal organização!

– A implicação existe – concordou Gendibal. – Sua análise é perfeita.

– Quem você acusa? – bradou Delarmi.

– Ninguém. Rogo ao Primeiro Orador que assuma a questão. É evidente que há alguém em nossa organização que trabalha contra nós. Sugiro que todos os membros da Segunda Fundação passem por uma análise mental completa. Todos, inclusive os próprios Oradores. Até mesmo eu... e o Primeiro Orador.

A assembleia da Mesa explodiu em ainda mais confusão e exaltação do que qualquer registro anterior.

E, quando o Primeiro Orador finalmente proferiu a frase de suspensão da assembleia, Gendibal, sem falar com ninguém, voltou aos seus aposentos. Tinha plena consciência de que não possuía nenhum amigo entre os Oradores, que até mesmo qualquer apoio que o Primeiro Orador lhe oferecesse seria, no máximo, parcial.

Ele não sabia dizer se temia pelo próprio futuro ou pelo futuro de toda a Segunda Fundação. O gosto da ruína amargou em sua boca.

2

Gendibal não dormiu bem. Tanto seus pensamentos insones como seus sonhos esporádicos envolviam brigas com Delora Delarmi. Em um momento de sonho houve até uma mistura dela com Rufirant, o fazendeiro loriano, e Gendibal viu-se diante de uma Delarmi desproporcional avançando em sua direção, com punhos enormes e sorriso doce que revelava dentes afiados.

Enfim despertou, mais tarde do que de costume, sem nenhuma sensação de descanso e com o intercomunicador de seu criado-mudo piscando sem emitir som. Ele se virou para pousar a mão sobre o botão de contato.

– Sim? O que foi?

– Orador! – era a voz do zelador daquele andar, que parecia inadequadamente desrespeitosa. – Uma visita deseja falar com o senhor.

– Uma visita? – Gendibal consultou sua agenda de compromissos e a tela não mostrava nada antes do meio-dia. Apertou o botão da hora certa; eram 8h31 – Quem é, por todo o espaço e tempo?

– Não quer dar um nome, Orador – então, disse com evidente reprovação: – Um desses lorianos, Orador. Veio a seu convite. – A última sentença foi dita com ainda mais reprovação.

– Deixe-o esperando na recepção até que eu desça. Vou demorar.

Gendibal não se apressou. Ao longo dos rituais de higiene matutinos, esteve perdido em pensamentos. Alguém usar os lorianos para prejudicar seus avanços fazia sentido, mas ele gostaria de saber quem faria isso. E o que era aquela nova intrusão loriana em sua própria residência? Algum tipo de armadilha complexa? Como, em nome de Seldon, um loriano entraria na universidade? Que explicação ele daria? Qual seria a verdadeira razão?

Por um breve instante, Gendibal se perguntou se deveria ir armado. Decidiu contra a ideia quase instantaneamente, pois se sentiu convicto de que conseguiria controlar qualquer fazendeiro no território da universidade sem nenhum perigo, e sem causar influências inaceitáveis na mente loriana.

Gendibal concluiu que tinha sido profundamente afetado pelo incidente com Karoll Rufirant no dia anterior. Aliás, será que era o fazendeiro em pessoa? Livre de influências externas (de quem ou do que fosse), ele talvez tenha vindo para se desculpar pelo que fez, e com receio de punição. Mas como Rufirant saberia para onde ir, ou quem abordar?

Gendibal desceu pelo corredor de maneira resoluta e entrou na sala de espera. Parou, surpreso, e então voltou-se nervoso para o zelador, que fingia estar ocupado em seu cubículo de vidro.

– Zelador, o senhor não disse que o visitante era uma mulher.

– Orador – respondeu o zelador, calmamente –, eu disse "loriano". O senhor não perguntou mais nada.

– O mínimo de informação, zelador? Vou lembrar-me disso como uma de suas características – (e ele precisaria checar se o zelador era um dos nomeados por Delarmi. E devia lembrar-se, dali em diante, de todos os funcionários que o cercavam, "humildes" que eram fáceis de ignorar da altura de seu recém-apontado cargo como Orador). – Há alguma sala de conferência disponível?

– A número quatro é a única disponível, Orador – respondeu o zelador. – Ficará livre por três horas – olhou rapidamente para a mulher loriana e então para Gendibal, com inocência vazia.

– Vamos usar a número quatro, zelador, e recomendo que o senhor policie seus pensamentos. – Gendibal avançou de maneira nada gentil pela mente do zelador, cujo escudo subiu devagar demais para impedi-lo. Gendibal sabia que afetar uma mente menos desenvolvida estava abaixo de sua dignidade, mas uma pessoa incapaz de ocultar um pensamento inapropriado a respeito de um superior deveria aprender a não ousar fazê-lo. O zelador teria uma leve dor cabeça por algumas horas. Era merecida.

3

O nome dela não lhe veio imediatamente à cabeça, e Gendibal não estava disposto a procurá-lo. De todo modo, ela não poderia esperar que ele se lembrasse.

– Você é... – perguntou Gendibal indelicadamente.

– Eu sê Novi, Mestre Estuodioso – ela respondeu com um suspiro de espanto. – Sura sê o que vem antes, mas sê chamada Novi.

– Sim. Novi. Conhecemo-nos ontem; agora me lembro – ele não usaria o sotaque loriano na área da universidade. – Não esqueci que você veio em minha defesa. Como chegou até aqui?

– Mestre, o senhor disse que eu pôde escrever carta. O senhor disse que devia dizê "Câmara dos Oradores, apartamento 27". Trouxe mim mesma e mim mesma mostra a escrita, minha própria escrita, Mestre – disse, com uma espécie de orgulho modesto. – Eles pergunta: "Para quem sê essa escrita?". Eu escutê quando o senhor diz praquele bestalhão de cabeça sêca, Rufirant. Eu diz que sê pra Stor Gendibal, Mestre estuodioso.

– E deixaram que passasse, Novi? Não pediram para ver a carta?

– Eu tê muito medo. Acho que eles tê um poco de pena. Eu diz: "Estuodioso Gendibal prometeu me mostrar Lugar dos Estuodiosos" e eles sorri. Um deles na entrada-portão diz pro outro: "E não sê só isso que ele mostra". E eles mostra onde vô, e diz pra não ir pra outro lugar ou sê jogada pra fora na hora.

Gendibal ruborizou-se levemente. Por Seldon, se ele sentisse necessidade de entretenimento loriano, não seria de forma tão aberta e sua escolha teria sido mais seletiva. Olhou para a mulher trantoriana sacudindo a cabeça para si mesmo.

Ela parecia jovem, talvez mais jovem do que o trabalho árduo a fazia parecer. Não deveria ter mais de vinte e cinco anos, idade na qual as mulheres lorianas geralmente já estavam casadas. Ela usava o cabelo com as tranças que indicavam ser solteira – virgem, na verdade – e ele não ficou surpreso. Sua atitude no dia anterior tinha mostrado que ela possuía grande talento para briga e ele duvidou que fosse fácil encontrar um pretendente loriano que ousasse se unir a sua língua afiada e seu punho ligeiro. E sua aparência também não era tão atraente. Apesar de ter se esforçado para ser apresentável, seu rosto era angular e simples, suas mãos eram avermelhadas e cheias de nódulos. O que ele podia ver dela parecia construído para a resistência, e não para a graciosidade.

O lábio inferior de Novi começou a tremer sob o olhar de Gendibal. Ele podia sentir integralmente seu embaraço e seu medo, e sentiu pena. Ela de fato o havia ajudado no dia anterior, e era isso que importava.

– Então você veio para ver o, hã, Lugar dos Estudiosos? – perguntou, em uma tentativa de ser cordial e tranquilizador.

Ela abriu os olhos escuros (que eram bem bonitos) e disse:

– Mestre, não tê raiva de mim, mas vim sê estuodiosa mim mesma.

– Você quer ser uma *estudiosa*? – Gendibal ficou atônito. – Mas, minha cara...

Ele parou. Como em Trantor alguém poderia explicar para uma fazendeira sem nenhuma sofisticação o nível de inteligência, treino e perseverança mental requerido para ser o que os trantorianos chamavam de "estuodioso"?

Mas Sura Novi insistiu com bravura.

– Eu sê escritora *e* leitora. Eu tê lido livros todos até final e desdo começo. E tê *desejo* de sê estuodiosa. Não tê desejo de sê mulher de fazendeiro. Eu não sê pessoa pra fazenda. Eu não vô casá com fazendeiro ou tê moleques fazendeiro. – Ela ergueu a cabeça e disse, com orgulho: – Eu sê pedida. Muitas vez. Digo sempre "Não!". Com educação, mas "não".

Gendibal via claramente que ela estava mentindo. Nunca fora pedida em casamento. Mas ele manteve a compostura, e disse:

– O que você fará com sua vida se não se casar?

Novi bateu na mesa, palma da mão estendida.
- Eu sê estuodiosa. Eu *não sê* fazendeira.
- E se eu não puder fazê-la uma estudiosa?
- Então eu sê nada e eu espera pra morrer. Eu sê nada na vida se não sê estuodiosa.

Por um instante, Gendibal teve o impulso de vasculhar sua mente e descobrir a extensão de sua convicção. Mas seria errado fazê-lo. Um Orador não buscava satisfazer desejos próprios inspecionando as indefesas mentes alheias. Havia um código na ciência e na técnica de controle mental – o mentalicismo – que era diferente do de outras profissões. Ou, pelo menos, deveria haver. (Subitamente, ele se arrependeu de ter atacado o zelador.)

- Por que *não* ser uma fazendeira, Novi? – Com pouca manipulação, ele poderia deixá-la satisfeita com aquilo e poderia manobrar um loriano qualquer para ficar feliz com a possibilidade de casar-se com ela, e também ela com ele. Não faria mal nenhum. Seria uma gentileza. Mas era contra a lei; logo, era inconcebível.

- Eu *não* sê uma. Fazendeiro sê cabeça-dura. Trabalha com lama e vira lama. Se eu sê fazendeira, eu sê cabeça-dura também. Não tê tempo de ler e escrever e vou esquecer. Minha cuca – ela colocou a mão na testa – fica velha e estragada. Não! Estuodioso sê diferente. Sê considerador! – (Gendibal notou que ela queria dizer "inteligente".) – Um estuodioso vive com livros e com... com... esqueço como sê chamado! – ela fez gestos como se manipulasse vagamente um objeto, sinais que não diriam nada a Gendibal se ele não tivesse suas radiações mentais para guiá-lo.

- Microfilmes – ele disse. – Como você sabe sobre os microfilmes?
- Nos livros, li sobre muito – ela respondeu, com orgulho.

Gendibal não conseguia evitar o desejo de saber mais. Era uma loriana incomum; ele nunca tinha ouvido falar em alguém assim. Os lorianos nunca eram recrutados, mas se Novi fosse mais jovem, quem sabe se tivesse dez anos...

Que desperdício! Ele não a manipularia; não a manipularia nem o mínimo, mas de que adianta ser um Orador se você não pode observar mentes inusitadas e aprender com elas?

– Novi, quero que se sente aqui por um instante – disse. – Fique bem quieta. Não diga nada. Não pense em dizer nada. Pense apenas em dormir. Entende o que peço?

O receio de Novi voltou instantaneamente.

– Por que tê de fazê isso, Mestre?

– Porque quero pensar em como você poderia se tornar uma estudiosa.

Afinal de contas, apesar do que ela já havia lido, não existia maneira possível de ela saber o que significava, de verdade, ser um "estudioso". Portanto, era necessário descobrir o que ela *achava* ser um estudioso.

Com cuidado extremo e delicadeza infinita, ele vasculhou sua mente; sentindo sem tocar – como pousar a mão em uma superfície de metal polido e não deixar impressões digitais. Para ela, um estudioso era alguém que lia sempre. Ela não tinha a menor ideia de por que alguém lê livros. Para ela, tornar-se uma estudiosa... A imagem em sua mente era a de ela mesma realizando as tarefas que conhecia (buscar, carregar, cozinhar, limpar, obedecer a ordens), mas na área da universidade, onde havia livros disponíveis e onde ela teria tempo de ler, e, de maneira bastante vaga, "tornar-se aprendida". A conclusão que podia ser tirada é que ela queria ser uma servente – *sua* servente.

Gendibal franziu o cenho. Uma servente loriana – e que era simplória, desajeitada, ignorante, que mal sabia ler. Impensável.

Ele precisaria simplesmente desviá-la. Deveria existir alguma maneira de ajustar seus desejos para que ela se contentasse em ser uma fazendeira, alguma forma que não deixasse marcas, algum jeito contra o qual nem mesmo Delarmi poderia reclamar.

Ou será que ela era enviada de Delarmi? Será que tudo não passava de um complexo plano para provocá-lo a manipular uma mente loriana, para que ele fosse flagrado e sofresse *impeachment*?

Ridículo. Ele estava *de fato* correndo o risco de se tornar paranoico. Em algum lugar nas simplórias correntes da mente descomplicada de Novi, uma corrente de atividade mental precisava ser desviada. Bastava um pequeno toque.

Era contra a lei no papel, mas não causaria nenhum mal e ninguém repararia.

Ele parou.

Volte, volte, volte.

Espaço! Ele quase deixou passar!

Tinha sido vítima de uma ilusão?

Não! Agora que sua atenção tinha sido capturada pela anomalia, ele podia distingui-la com clareza. Havia a menor das correntes desalinhada – um desalinhamento anômalo. Ainda assim, era incrivelmente delicado e livre de ramificações.

Gendibal emergiu de sua mente.

– Novi – ele disse, gentilmente.

Os olhos de Novi recuperaram o foco.

– Sim, Mestre?

– Pode trabalhar comigo – ele disse. – Eu farei de você uma estudiosa.

Alegre e com os olhos brilhando, Novi disse:

– Mestre!...

Ele detectou instantaneamente: ela ia se jogar a seus pés. Ele colocou as mãos em seus ombros e a segurou com firmeza.

– Não se mova, Novi. Fique como está. Fique!

Era como se ele estivesse falando com um animal parcialmente treinado. Quando percebeu que a ordem tinha surtido efeito, largou-a. Ele notou os fortes músculos em seus antebraços.

– Se você quer se tornar uma estudiosa – disse –, precisa se comportar como uma. Ou seja, precisa estar sempre quieta, falar com suavidade, obedecer ao que eu lhe ordenar. E precisa tentar aprender a falar como eu falo. Deverá também conhecer outros estudiosos. Terá medo?

– Não tê medo... terei medo, Mestre, se esteja comigo.

– Estarei com você. Mas agora, antes de qualquer coisa, preciso encontrar um aposento para você, conseguir um banheiro, um lugar no refeitório e também roupas. Você deverá usar roupas mais adequadas para um estudioso, Novi.

– Essas sê todas... – ela começou, miseravelmente.

— Forneceremos outras.

Era evidente que ele precisaria de uma mulher para conseguir um novo suprimento de roupas para Novi. Necessitaria também de alguém que ensinasse à loriana os rudimentos da higiene pessoal. Afinal, apesar de as roupas que ela usava provavelmente serem seus melhores trajes, e apesar de ela ter evidentemente se arrumado, tinha ainda um perceptível odor ligeiramente desagradável.

E ele precisaria garantir que o relacionamento entre os dois fosse compreendido. Era um segredo aberto que homens (e mulheres também) da Segunda Fundação aventuravam-se ocasionalmente entre os lorianos para buscar prazer. Se não houvesse interferência nas mentes lorianas no processo, ninguém ousaria fazer um escândalo a respeito. Gendibal nunca se envolvera em aventuras desse tipo e gostava de pensar que era por não sentir necessidade de sexo possivelmente mais exótico do que o disponível na universidade. As mulheres da Segunda Fundação eram mais pálidas em comparação às lorianas.

Mas, mesmo que a questão fosse mal compreendida e houvesse escárnio por um Orador que não apenas apelou para os lorianos, mas também trouxe um deles para seus aposentos, ele precisaria resistir ao embaraço. Pois essa fazendeira, Sura Novi, era a chave para a vitória no iminente e inevitável duelo com a Oradora Delarmi e o restante da Mesa.

4

Gendibal não reencontrou Novi até depois do jantar, momento em que ela foi levada até ele pela mulher à qual tinha explicado incansavelmente a situação, ou, pelo menos, o fator não sexual da situação. Ela compreendera, ou, pelo menos, não ousara sinalizar não haver compreendido, o que talvez fosse o mesmo.

Agora, Novi estava à sua frente, acanhada, orgulhosa, constrangida, triunfante — tudo ao mesmo tempo, em uma mescla incongruente.

— Você está muito bonita, Novi — disse.

As roupas que haviam lhe fornecido vestiam-na surpreendentemente bem; não havia dúvida alguma de que ela não estava nada mal. Tinham afinado sua cintura? Elevado seus seios? Ou essas características não eram especialmente notáveis sob as vestimentas rurais?

Suas nádegas eram proeminentes, mas não de um jeito desagradável. Seu rosto continuava o mesmo, evidentemente, mas o bronzeado da vida ao ar livre se atenuaria com o tempo.

Pelo Antigo Império! Aquela mulher acreditou *de fato* que Novi era sua amante. Tentou fazê-la atraente para ele.

E então pensou: bom, por que não?

Novi precisaria enfrentar a Mesa de Oradores, e quanto mais atraente parecesse, mais fácil seria para ele provar o que queria.

Foi com esse pensamento que a mensagem do Primeiro Orador o alcançou. Trazia o tipo de conveniência comum em uma sociedade mentálica. Era chamado, de maneira razoavelmente informal, de "Efeito Coincidência". Se você pensar vagamente em alguém quando esse alguém pensa vagamente em você, há um estímulo mútuo e crescente de que, em questão de segundos, faz os dois pensamentos se tornarem velozes, resolutos e, aparentemente, simultâneos.

Pode ser espantoso até mesmo para aqueles que os entendem intelectualmente, em especial quando os pensamentos preliminares são tão opacos – em um lado ou no outro (ou ambos) – a ponto de passarem despercebidos pela consciência.

– Não posso ficar com você esta noite, Novi – disse Gendibal. – Tenho deveres de estudioso a cumprir. Vou levá-la a seu quarto. Lá você encontrará livros e poderá treinar sua leitura. Vou mostrar-lhe como usar o sinal se precisar de alguma ajuda, e nos vemos amanhã.

5

– Primeiro Orador? – disse Gendibal, educadamente.

Shandess apenas acenou com a cabeça. Parecia pesaroso e envelhecido; como um homem que não bebia, mas que precisava de uma bela dose. Enfim, disse:

– Chamei você...

– Sem mensageiro. Presumo, pelo chamado direto, que seja importante.

– De fato. Seu alvo, o membro da Primeira Fundação, Trevize...

– Sim?

– Ele *não* vem para Trantor.

Gendibal não parecia surpreso.

– Por que deveria? – perguntou. – A informação que recebemos é que ele estava partindo com um professor de história antiga que procura pela Terra.

– Sim, o lendário Planeta Primordial. E é por isso que ele deveria vir para Trantor. Afinal, o professor sabe onde está a Terra? Você sabe? Ou eu? Temos alguma certeza de que ela existe, ou de que já existiu? Eles precisariam visitar nossa biblioteca para obter as informações necessárias, caso elas possam ser obtidas. Até este momento, eu não sentia que a situação tinha alcançado um nível crítico. Achava que esse membro da Primeira Fundação viria até aqui e, por meio dele, descobriríamos o que precisamos descobrir.

– O que é, certamente, o motivo de não permitirem que ele venha para cá.

– Mas *para onde* ele irá, então?

– Vejo que ainda não temos essa informação.

– Você parece calmo diante do problema – disse o Primeiro Orador, de maneira áspera.

– Imagino que talvez seja melhor assim – respondeu Gendibal. – O senhor quer que ele venha para Trantor para mantê-lo a salvo e usá-lo como fonte de informações. Porém, não seria ele uma fonte mais rica de informações, envolvendo outros ainda mais importantes do que ele, se puder viajar para onde quiser e fazer o que quiser, desde que não o percamos de vista?

– Não o suficiente! – disse o Primeiro Orador. – Você me persuadiu da existência desse novo antagonista e agora estou inquieto. Ainda pior, me convenci de que devemos proteger Trevize ou perderemos tudo. Não consigo me livrar da sensação de que ele, e nada mais, é a chave.

— Primeiro Orador, seja o que for que aconteça — retrucou Gendibal com intensidade —, não perderemos. Só seria uma possibilidade se esses anti-Mulos, para usar o seu termo mais uma vez, continuassem a escavar sob nós, despercebidos. Agora sabemos que eles estão ali. Não agimos mais às cegas. Na próxima assembleia da Mesa, se pudermos agir juntos, seremos capazes de começar o contra-ataque.

— Trevize não foi o motivo pelo qual enviei o chamado — disse o Primeiro Orador. — O assunto surgiu apenas por me parecer uma derrota pessoal. Analisei erroneamente os aspectos dessa situação. Equivoquei-me ao colocar ressentimento pessoal diante de questões gerais e peço perdão. Há outro problema.

— Mais grave, Primeiro Orador?

— Mais grave, Orador Gendibal.

O Primeiro Orador suspirou e tamborilou os dedos na mesa, enquanto Gendibal, diante dele, esperava pacientemente. Enfim, de maneira branda como se para suavizar o impacto, disse:

— Em uma assembleia emergencial da Mesa, requisitada pela Oradora Delarmi...

— Sem o vosso consentimento, Primeiro Orador?

— Para o que ela queria, bastavam os consentimentos de três outros Oradores. Na assembleia de emergência que foi então realizada, seu *impeachment* foi requisitado, Orador Gendibal. Você foi acusado de ser indigno do posto de Orador e deve ser julgado. É a primeira vez em mais de três séculos que se pede o *impeachment* de um Orador...

— O senhor certamente não votou a favor do meu *impeachment* — disse Gendibal, lutando para ocultar qualquer sinal de raiva.

— Não votei, mas fui o único. O restante da Mesa foi unânime e a votação foi dez a favor, um contra. O requerimento para a realização de *impeachment*, como sabe, é de oito votos incluindo o do Primeiro Orador, ou dez, sem ele.

— Mas eu não estava presente.

— Você não poderia votar.

— Eu poderia ter falado em minha defesa.

– Não àquela altura. Os precedentes são poucos, mas claros. Sua defesa será no julgamento, a ser realizado o mais rápido possível, naturalmente.

Gendibal abaixou a cabeça, pensativo.

– Isso não me preocupa demasiadamente, Primeiro Orador. Seu impulso inicial, creio, estava certo. A questão Trevize é prioritária. Posso sugerir que o senhor adie o julgamento sob essa alegação?

O Primeiro Orador ergueu a mão.

– Não o culpo por não compreender a situação, Orador – disse. – *Impeachment* é um evento tão raro que eu mesmo fui forçado a pesquisar os procedimentos legais envolvidos. Nada é mais prioritário. Somos forçados a realizar o julgamento assim que possível e a adiar o restante.

Gendibal apoiou-se na mesa com os punhos e inclinou-se na direção do Primeiro Orador.

– O senhor não pode estar falando sério.

– É a lei.

– Não podemos permitir que a lei tenha prioridade diante de um perigo evidente e imediato.

– Para a Mesa, Orador Gendibal, *você* é o perigo evidente e imediato. Escute-me! A lei em questão baseia-se na convicção de que nada pode ser mais importante do que a possibilidade de corrupção ou de mau uso do poder por parte de um Orador.

– Mas não sou culpado dessas acusações, Primeiro Orador, e o senhor sabe disso. Trata-se de uma questão de vingança pessoal por parte da Oradora Delarmi. Se há mau uso de poder, é por parte dela. O meu crime foi nunca ter me esforçado para ser benquisto, admito, e dediquei pouca atenção a tolos velhos o suficiente para a senilidade, mas jovens o bastante para terem poder.

– Como eu, Orador?

– O senhor vê? Fiz de novo – suspirou Gendibal. – Não me refiro ao senhor, Primeiro Orador. Muito bem, então vamos fazer um julgamento *imediato*. Vamos fazê-lo amanhã. Melhor ainda, hoje à noite. Vamos eliminar a questão e passar para o problema com Trevize. Não ousemos esperar.

– Orador Gendibal – respondeu o Primeiro Orador. – Suspeito que não entenda a situação. Tivemos pedidos de *impeachment* no passado. Não muitos; apenas dois. Nenhum deles resultou em condenação. Mas você será condenado! Não será mais membro da Mesa e não terá mais voz nas questões de política pública. Na verdade, não terá nem direito a voto na reunião anual da Câmara.

– E o senhor não tomará providências contrárias?

– Não posso. Serei vencido pela votação unânime. Então serei forçado a renunciar ao cargo, o que creio ser o que os Oradores querem.

– E Delarmi se tornará Primeira Oradora?

– É certamente uma forte possibilidade.

– Não podemos deixar que isso aconteça!

– Exato! Justamente por isso, devo votar a favor de sua condenação.

Gendibal suspirou profundamente.

– Ainda exijo um julgamento imediato – disse.

– Você precisa de tempo para preparar sua defesa.

– Que defesa? Eles não escutarão nenhuma defesa. Julgamento imediato!

– A Mesa precisa de tempo para preparar a acusação.

– Eles não têm bases de acusação e não vão querer encontrar uma. Condenaram-me em suas mentes, e não precisam de mais nada. Na verdade, prefeririam até condenar-me amanhã, e não depois; hoje à noite, e não amanhã. Proponha a eles.

O Primeiro Orador se levantou. Ficaram cara a cara por cima da mesa.

– Por que está com tanta pressa? – perguntou o Primeiro Orador.

– A questão Trevize não tardará.

– Uma vez que você tenha sido condenado e eu reduzido à insignificância diante de uma Mesa unida contra mim, o que terá sido realizado?

– Não tema! – respondeu Gendibal em um intenso sussurro. – Apesar de tudo, não serei condenado.

9.

Hiperespaço

1

– Está pronto, Janov? – perguntou Trevize.

Pelorat tirou os olhos do livro que lia.

– Quer dizer pronto para o Salto, velho amigo? – perguntou.

– Sim, para o Salto hiperespacial.

– Diga-me – afirmou Pelorat –, você tem certeza de que não haverá nenhum desconforto? Sei que é algo estúpido a se temer, mas a ideia de ser reduzido a táquions incorpóreos que ninguém nunca viu nem detectou...

– Não pense assim, Janov, é uma tecnologia impecável. Juro por minha honra! O Salto tem sido usado por vinte e dois mil anos, como você explicou, e nunca ouvi falar de nenhuma fatalidade no hiperespaço. Existe a possibilidade de reaparecermos em um lugar complicado, mas então o acidente aconteceria no espaço, não quando estivermos na forma de táquions.

– Pouco reconfortante, me parece.

– E não ressurgiremos no lugar errado. Para dizer a verdade, considerei realizar o Salto sem informá-lo, e você nunca saberia que aconteceu. Mas, no geral, concluí que seria melhor se você passasse conscientemente pela experiência e constatasse que não há nenhum problema, para que possa esquecer a questão no futuro.

– Bom – respondeu Pelorat com ar de dúvida –, você talvez esteja certo. Mas, sinceramente, não tenho a mínima pressa.

– Eu garanto...

– Não, não, velho amigo, aceito suas garantias sem ressalvas. É apenas... Você já leu *Santerestil Matt*?

— Mas é claro. Não sou iletrado.

— Evidentemente. Evidentemente. Eu não deveria ter perguntado. Você se lembra do livro?

— E também não tenho amnésia.

— Parece que tenho talento para ofender. O que quero dizer é que recordo as cenas em que Santerestil e seu amigo, Ban, escapam do Planeta Dezessete e estão perdidos no espaço. Penso naquelas cenas perfeitamente hipnóticas nas estrelas, movendo-se preguiçosamente no silêncio absoluto, na invariabilidade, em... Nunca acreditei nelas, sabe? Adorava e ficava comovido, mas nunca acreditei. Mas agora, depois que me acostumei com a ideia de estar no espaço, estou *vivendo* isso e – é bobo, eu sei – não quero abrir mão. É como se eu fosse Santerestil...

— E eu fosse Ban – respondeu Trevize, com leve impaciência.

— De certa maneira. As poucas estrelas pálidas estão imóveis, exceto o nosso sol, claro, que deve estar encolhendo, apesar de não o enxergarmos. A Galáxia retém sua majestade sutil, constante. O espaço é silencioso e não tenho distrações...

— Com a exceção de mim.

— Com a exceção de você. Mas, Golan, caro amigo, conversar contigo sobre a Terra e tentar ensinar-lhe um pouco de pré-história também é agradável. Tampouco quero que isso termine.

— Não terminará. Não imediatamente, pelo menos. Você acha que realizaremos o Salto e ressurgiremos na superfície de um planeta? Ainda estaremos no espaço, e o Salto consumirá um tempo ínfimo, a ponto de não ser quantificável. É possível que levemos até uma semana antes de pousarmos em qualquer superfície. Portanto, relaxe.

— Por superfície, você certamente não se refere a Gaia. Talvez estejamos muito longe de Gaia quando emergirmos do Salto.

— Sei disso, Janov, mas estaremos no setor certo, se sua informação é correta. Se não for, bem...

Pelorat sacudiu a cabeça negativamente, taciturno.

— Estar no setor certo não fará a menor diferença se não soubermos as coordenadas de Gaia – disse.

– Janov, imagine que você está em Terminus, seguindo para a cidade de Argyropol. Não sabe a localização, mas sabe que está em algum lugar dos istmos. Uma vez que chegasse aos istmos, o que faria?

Pelorat ponderou com cautela, como se sentisse que deveria dar uma resposta incrivelmente sofisticada. Enfim desistiu e disse:

– Suponho que perguntaria a alguém.

– *Exato!* O que *mais* pode ser feito? Então, está pronto?

– Quer dizer *agora*? – Pelorat caminhou de um lado para o outro, seu rosto agradavelmente inexpressivo chegando perto de demonstrar preocupação. – O que devo fazer? Sentar-me? Ficar de pé? O quê?

– Pelo Tempo e Espaço, Pelorat, você não faz nada. Apenas venha comigo para o meu quarto para que eu possa usar o computador, sente-se ou fique de pé ou dê cambalhotas – faça o que lhe deixar mais confortável. Minha sugestão é que você se sente diante da tela de visualização e observe. Certamente será interessante. Venha!

Seguiram pelo pequeno corredor até o quarto de Trevize e ele se sentou ao computador.

– Você gostaria de fazer isso, Janov? – perguntou Trevize, subitamente. – Forneço os números e tudo o que você precisa fazer é pensar neles. O computador fará o resto.

– Não, obrigado – respondeu Pelorat. – De alguma maneira, o computador não funciona bem comigo. Sei que você diz que só preciso de treino, mas não acredito nisso. Tem alguma coisa em sua mente, Golan...

– Não seja tolo.

– Não, não. O computador parece feito para você. Você e ele parecem um único organismo quando estão conectados. Quando eu me conecto, há dois objetos envolvidos, Janov Pelorat e um computador. Não é a mesma coisa.

– Absurdo – disse Trevize. Mas ele estava vagamente feliz com o pensamento e afagou os apoios de mão do computador com dedos carinhosos.

– Portanto, prefiro observar – afirmou Pelorat. – Quer dizer, preferia que o Salto não acontecesse, mas como isso é impossível, prefiro observar – ansiosamente, Pelorat fixou seus olhos na tela de visualização e na enevoada Galáxia com as pálidas estrelas pulverizadas em primeiro plano. – Avise-me quando for acontecer.

– Lentamente, espremeu-se contra a parede e se preparou.

Trevize sorriu. Colocou suas mãos no apoio e sentiu a conexão. Dia após dia, ela acontecia cada vez mais rapidamente e com maior intimidade. Por mais que ridicularizasse o que Pelorat tinha dito, ele *sentia*. Era como se mal precisasse pensar nas coordenadas de maneira consciente. Quase como se o computador soubesse o que ele queria, sem o processo consciente de "dizer". Extraía a informação de seu cérebro por conta própria.

Ainda assim, Trevize "disse" e pediu um intervalo de dois minutos antes do Salto.

– Certo, Janov. Temos dois minutos. 120... 115... 110... Observe a tela de visualização.

E assim fez Pelorat, com uma leve contração nos cantos da boca e segurando a respiração. Trevize continuou, suavemente:

– 15... 10... 5... 4... 3... 2... 1... 0.

Sem nenhuma movimentação perceptível, nenhuma sensação identificável, a visualização da tela mudou. Houve uma evidente intensificação do campo de estrelas e a Galáxia desapareceu.

Pelorat teve um sobressalto.

– Foi isso? – perguntou.

– *Isso* o quê? Você se alarmou, mas foi culpa sua. Não sentiu nada. Admita.

– Admito.

– Então é isso. No passado, quando as viagens hiperespaciais eram relativamente novas (pelo menos, de acordo com os livros), havia uma esquisita sensação interna e algumas pessoas sentiam tontura ou náuseas. Talvez fosse psicossomático, talvez não. De qualquer forma, com mais e mais experimentos no hiperespaço e com melhores equipamentos, a sensação diminuiu. Com um computador como este a bordo, qualquer efeito estará abaixo da percepção biológica. Pelo menos, é o que acredito.

– E eu também, devo admitir. Onde estamos, Golan?

– Apenas um passo à frente. Na região kalganiana. Ainda há uma grande distância a ser percorrida e, antes de fazermos alguma movimentação, precisamos verificar a precisão do Salto.

– O que me incomoda é... onde está a Galáxia?

– A toda a nossa volta, Janov. Estamos mais ao centro agora. Se ajustarmos a tela de visualização, poderemos ver as partes mais distantes como uma faixa luminosa no céu.

– A Via Láctea! – exaltou-se Pelorat, satisfeito. – Quase todos os planetas a descrevem em seus céus, mas é algo que não vemos de Terminus. Mostre-me, velho amigo!

A tela de visualização inclinou-se, o que criou uma sensação aquosa no campo estrelado que a preenchia, e então surgiu uma acentuada luminosidade perolada que quase preencheu o campo de visão. A tela a seguiu conforme ela ficou mais rala e, depois, mais densa.

– É mais intensa na direção do centro da Galáxia – explicou Trevize. – Mas não tão densa ou brilhante quanto poderia ser por causa das nuvens escuras dos braços da espiral. Você vê algo assim a partir da maioria dos mundos habitados.

– E da Terra também.

– Mas não se trata de uma distinção. Não seria uma característica que a tornaria destacável.

– Evidentemente. Mas, sabe, você não estudou a história da ciência, estudou?

– Na verdade, não, mas absorvi um pouco do assunto naturalmente. Ainda assim, se tiver perguntas a fazer, não espere um *expert*.

– É que realizar o Salto trouxe à tona algo que sempre me intrigou. É possível definir uma descrição do universo na qual a viagem hiperespacial é impossível e a velocidade da luz propagando-se pelo vácuo é o máximo absoluto de velocidade.

– Pois sim.

– Sob essas condições, a geometria do universo é tal que seria impossível fazer a viagem que acabamos de fazer em menos tempo do que um raio de luz a teria feito. E se a realizássemos na velocidade da luz, nossa percepção da duração não equivaleria àquela do universo como um todo. Se essa localização é, digamos, a quarenta parsecs de Terminus, se tivéssemos chegado até aqui na velocidade da luz, não sentiríamos nenhuma passagem de tempo, mas em Terminus e no restante da Galáxia teriam se passado aproximadamente cento e trinta anos. Agora fizemos a jornada, não na velocidade da luz, mas sim a mil vezes a velocidade da luz, e não houve nenhum avanço de tempo, em lugar nenhum. Ou, pelo menos, espero que não.

– Não espere que eu lhe forneça os cálculos da Teoria Hiperespacial de Olanjen – respondeu Trevize. – Tudo o que posso dizer é que, se você tivesse viajado na velocidade da luz e no espaço comum, o tempo teria de fato avançado 3,26 anos por parsec, como você mesmo descreveu. O chamado universo relativo, conceito analisado pela humanidade desde o ponto mais longínquo que conseguimos estudar da pré-história (apesar de ser mais seu departamento, creio) permanece, e suas leis não foram refutadas. Porém, em nossos Saltos hiperespaciais, fazemos algo fora das condições sob as quais a relatividade opera, portanto as regras são diferentes. Em termos hiperespaciais, a Galáxia é um pequeno objeto (idealisticamente, um ponto não dimensional) e não há nenhum efeito relativo. Na verdade – continuou –, nas fórmulas matemáticas da cosmologia, há dois símbolos para Galáxia: G^r para a "Galáxia relativa", na qual a velocidade da luz é uma máxima; e G^h para a "Galáxia hiperespacial", na qual a velocidade não tem significado real. Hiperespacialmente, o valor de todas as velocidades é zero e não nos movemos em relação ao próprio espaço; a velocidade é infinita. Não tenho como explicar muito mais do que isso. Oh, com a exceção de que uma das mais interessantes pegadinhas em teoria da física é transformar um símbolo ou valor que tem peso em G^r em uma equação sobre G^h, ou vice-versa, e deixar ali para que um estudante tente resolvê-la. São grandes as chances de o estudante cair na pegadinha e, geralmente, não conseguir sair. Fica suando frio e ofegando enquanto nada parece funcionar, até que algum sábio benevolente o ajuda. Caí direitinho em uma dessas, certa vez.

Pelorat considerou seriamente as informações por alguns instantes e então, perplexo, perguntou:

– Mas qual é a Galáxia verdadeira?

– Qualquer uma das duas, dependendo do que estiver fazendo. Se estiver em Terminus, pode usar um carro para cobrir uma distância por terra ou um barco para seguir por mar. As condições são diferentes em todos os sentidos; portanto, qual é o Terminus *de verdade*, aquele por terra ou aquele pelo mar?

– Analogias são sempre arriscadas – concordou Pelorat com a cabeça –, mas prefiro aceitá-las em vez de arriscar minha sanidade analisando demais o hiperespaço. Vou me concentrar no que estamos fazendo agora.

– Considere o que acabamos de fazer – respondeu Trevize – como a primeira parada a caminho da Terra.

E, pensou consigo mesmo, a caminho do que mais?

2

– Bem, desperdicei um dia – disse Trevize.

– Quê? – Pelorat levantou os olhos da cuidadosa indexação que fazia. – Como assim?

– Não confiei no computador – Trevize abriu os braços. – Não ousei confiar, então comparei nossa posição atual com a posição que estabelecemos como alvo do Salto. A diferença é insignificante. Não houve erro detectável.

– Isso é bom, não é?

– É mais do que bom. É inacreditável. Nunca ouvi falar em nada parecido. Participei de Saltos e já os direcionei; Saltos de todos os tipos e com vários equipamentos diferentes. No treinamento, precisei calcular um Salto com um computador portátil e então enviei um hipertransmissor para verificar os resultados. Naturalmente, eu não poderia enviar uma espaçonave, pois, além da despesa, eu poderia facilmente tê-la mandado para o centro de uma estrela. Nunca fiz nada tão desastroso, claro – continuou Trevize –, mas havia sempre uma diferença considerável. Há sempre uma diferença, até mesmo com *experts*. É preciso que haja alguma, já que existem tantas variáveis. Considere o seguinte: a geometria do espaço é complicada demais para ser explorada, e o hiperespaço engloba todas essas complicações em uma complexidade própria que não podemos nem pressupor entender. Por isso, precisamos ir passo a passo em vez de fazer um grande Salto daqui até Sayshell. Os erros ficam maiores conforme a distância aumenta.

– Mas você disse que o computador não errou – respondeu Pelorat.

– *Ele* disse que não errou. Eu pedi que comparasse nossa posição real com a posição pré-calculada: "o que é" *versus* "o que foi pedido". *Ele* disse que as duas são idênticas dentro de seus limites de medição, e pensei: e se ele estiver mentindo?

Até aquele momento, Pelorat estava segurando sua impressora. Ele a pousou sobre um móvel, parecendo abalado.

– Está brincando? – perguntou. – Um computador não pode mentir. A não ser que você esteja dizendo que ele apresenta algum defeito.

– Não, não foi isso que pensei. Pelo Espaço! Pensei que ele estava *mentindo*. Esse computador é tão avançado que não consigo pensar nele como qualquer coisa além de humano... super-humano, talvez. Humano o suficiente para ter orgulho e, possivelmente, para mentir. Dei as ordens – calcular um curso através do hiperespaço até uma posição próxima ao planeta Sayshell, capital da Aliança Sayshell. Ele o fez e mapeou um trajeto em vinte e nove passos, o que é arrogância do pior tipo.

– Por que arrogância?

– A diferença no primeiro Salto faz o segundo ser incerto, e a soma da próxima diferença faz o terceiro Salto ser mais incerto e pouco confiável, e assim por diante. Como é possível calcular vinte e nove passos de uma só vez? O vigésimo nono poderia sair em qualquer ponto da Galáxia, qualquer ponto mesmo. Portanto, ordenei que realizasse apenas o primeiro passo. Assim, poderíamos verificar antes de continuar.

– A abordagem cautelosa – disse Pelorat, entusiasmado. – Eu aprovo!

– Sim, mas, depois de realizar o primeiro passo, será que o computador ficaria ofendido por eu ter desconfiado dele? Seria ele forçado a resgatar seu orgulho dizendo que não houve nenhum erro quando eu perguntasse? Seria impossível para ele admitir um erro, sustentar uma imperfeição? Se for o caso, seria melhor não ter um computador.

– O que podemos fazer neste caso, Golan? – o longo e gentil rosto de Pelorat entristeceu-se.

– Podemos fazer o que fiz, desperdiçar um dia. Verifiquei a posição de várias estrelas nas proximidades usando os métodos mais primitivos possíveis: observação telescópica, fotografia e medidas manuais. Comparei cada posição factual com a posição esperada se não houvesse erro. A tarefa levou o dia todo e deixou-me totalmente esgotado.

– Sim, mas o que aconteceu?

– Encontrei dois erros colossais e os verifiquei. Estavam nos meus cálculos. Eu mesmo cometi aqueles erros. Corrigi os cálculos e então passei tudo para o computador, desde o início, apenas para ver se ele chegaria às mesmas respostas de maneira independente. Tirando o fato de ele ter calculado muitas casas decimais extras, no final os meus números estavam corretos, e *eles* mostravam que o computador não tinha cometido nenhum erro. O computador pode ser um arrogante filho do Mulo, mas tem motivos para tanto.

– Bem, isso é ótimo – Pelorat expirou profundamente.

– Sim, de fato! Portanto, vou permitir que ele dê os outros vinte e oito passos.

– Todos de uma vez? Mas...

– Não todos de uma vez. Não se preocupe, ainda não fiquei tão atrevido. Será um atrás do outro, mas, depois de cada passo, ele verificará as cercanias e, se o que encontrar estiver onde deve estar, dentro de limites toleráveis, poderá dar o próximo. Em qualquer momento que encontrar uma diferença grande demais (e, acredite, estabeleci limites nada generosos) deverá parar e recalcular os passos restantes.

— Quando fará isso?

— Quando? Agora mesmo. Escute, você está trabalhando na indexação da sua biblioteca...

— Oh, mas este é o momento para fazer isso, Golan. Faz anos que tenho intenções de indexá-la, mas alguma coisa sempre atrapalhava.

— Não tenho objeções. Vá em frente e não se preocupe. Concentre-se na indexação. Cuidarei de todo o resto.

— Não seja tolo — Pelorat negou com a cabeça. — Não conseguirei relaxar enquanto não terminarmos. Estou petrificado.

— Então não deveria ter lhe contado. Mas eu precisava contar para *alguém*, e você é o único por aqui. Deixe-me explicar com franqueza. Existe sempre a chance de ressurgirmos em uma posição perfeita no espaço interestelar e, coincidentemente, ser a posição exata de um meteorito em curso ou de um microburaco negro, e a nave será estraçalhada e a gente já era. Teoricamente, alguma coisa do tipo poderia acontecer, mas as chances são muito pequenas. Afinal, você poderia estar em casa, Janov, em seu escritório, trabalhando em seus microfilmes, ou na cama, dormindo, e um meteorito poderia estar caindo em sua direção através da atmosfera de Terminus para acertá-lo bem na cabeça, e você já era. Mas as chances são pequenas. Durante um Salto hiperespacial, a chance de cruzar o caminho de algo fatal, mas pequeno demais para que o computador detecte é, na realidade, muito, muito menor do que a chance de ser atingido por um meteoro em sua própria casa. Nunca ouvi falar de uma nave perdida dessa maneira em toda a história da viagem hiperespacial. Qualquer outro tipo de risco, como acabar no meio de uma estrela, é ainda menor.

— Então por que está me contando tudo isso, Golan?

Trevize parou. Inclinou a cabeça, pensativo, e, enfim, disse:

— Não sei... Sim, eu sei. Acho que, por menor que seja a chance de uma catástrofe, se as pessoas continuam se arriscando, a catástrofe há de acontecer em algum momento. Independentemente da minha certeza de que nada dará errado, há uma insistente voz dentro de mim que diz "talvez aconteça *desta* vez". E isso faz com que me sinta culpado. Acho que é isso. Janov, se algo der errado, perdoe-me!

– Mas Golan, *prezado* amigo, se algo der errado, ambos morreremos instantaneamente. Não terei como perdoá-lo, e você não terá como receber perdão.

– Entendo. Perdoe-me *agora*, então.

– Não sei por que – sorriu Pelorat –, mas isso me anima. Tem algo divertidamente irônico nisso. É claro que o perdoo, Golan. Há diversos mitos sobre algum tipo de vida além-túmulo na literatura universal, e se calhar de existir tal lugar (suponho serem as mesmas chances de ressurgir em um microburaco negro, ou talvez menos), e se nós dois acabarmos lá, darei meu testemunho de que você fez o seu melhor e de que minha morte não deve ser atribuída às suas ações.

– Obrigado! Estou aliviado. Estou disposto a correr o risco, mas não gosto da ideia de você correr o meu risco também.

Pelorat apertou a mão de Trevize.

– Sabe, Golan, eu o conheço há apenas uma semana e talvez não devesse chegar a conclusões precipitadas nessas questões, mas acho que você é um excelente sujeito. Agora vamos realizar os Saltos e acabar logo com isso.

– Certamente! Tudo o que preciso fazer é tocar aquele pequeno contato. O computador tem suas ordens e apenas espera que eu diga: "Inicie!". *Você* gostaria de...

– Nunca! É todo seu. É seu computador.

– Pois bem. E é minha responsabilidade. Ainda tento esquivar-me, percebe? Mantenha seus olhos na tela!

Com mãos surpreendentemente firmes e um sorriso totalmente genuíno, Trevize fez contato.

Houve uma pausa momentânea e então o campo de estrelas mudou... e de novo... e de novo. As estrelas espalhavam-se com intensidade e luminosidade progressivamente mais intensas na tela de visualização.

Pelorat contava enquanto segurava o fôlego. Em quinze, houve uma parada, como se alguma peça do equipamento tivesse travado. Com evidente receio de que qualquer som pudesse comprometer fatalmente o mecanismo, Pelorat sussurrou:

– O que há de errado? O que aconteceu?

Trevize deu de ombros.

– Imagino que esteja recalculando. Algum objeto no espaço acrescentou um obstáculo perceptível à forma geral do campo gravitacional. Algum objeto que não foi considerado, alguma estrela anã ou planeta não mapeado...

– Perigoso?

– Considerando que ainda estamos vivos, é quase certo que não seja perigoso. Um planeta poderia estar a uma centena de milhões de quilômetros de distância e, ainda assim, apresentar uma modificação gravitacional grande o suficiente para exigir novos cálculos. Uma estrela anã poderia estar a dez bilhões de quilômetros de distância e...

A tela mudou novamente e Trevize ficou em silêncio. Mudou mais uma vez, então outra. Até que Pelorat disse:

– Vinte e oito.

E, enfim, não havia mais movimentação. Trevize consultou o computador.

– Chegamos – disse.

– Contei o primeiro Salto como número um – afirmou Pelorat –, e, nessa série, comecei com dois. São vinte e oito Saltos no total. Você tinha dito vinte e nove.

– O recálculo no Salto quinze provavelmente nos poupou de um Salto. Posso verificar no computador, caso queira, mas não há necessidade. Estamos nos arredores do planeta Sayshell. É o que o computador diz, e não duvido. Se eu ajustasse a tela, veríamos um belo sol brilhante, mas não há necessidade de forçar a capacidade de visualização do computador. O planeta Sayshell é o quarto a partir do sol e está a aproximadamente 3,2 milhões de quilômetros da nossa localização atual, tão perto quanto o desejável, ao final de um Salto. Podemos chegar em três dias – dois, se nos apressarmos.

Trevize respirou fundo e tentou dispersar a tensão.

– Percebe o que isso significa, Janov? – perguntou. – Todas as naves em que já estive, e todas das quais já ouvi falar, teriam realizado esses Saltos com pelo menos um dia entre eles, para cálculos minuciosos e verificações extras, mesmo *com* um computador. A viagem teria levado quase um mês. Talvez duas ou três semanas, se estivessem dispostos a ser displicentes. *Nós* fizemos em meia hora. Quando todas as naves estiverem equipadas com um computador como este...

– Eu me pergunto por que a prefeita nos daria uma nave tão avançada – disse Pelorat. – Deve ser incrivelmente valiosa.

– É experimental – respondeu Trevize, seco. – Talvez aquela mulher estivesse disposta a nos usar como cobaias e ver que tipos de deficiência surgiriam.

– Está falando sério?

– Não fique nervoso. Afinal de contas, não há nada para se preocupar. Não encontramos nenhuma deficiência. Mas não excluiria a possibilidade. Algo do tipo não seria um grande conflito no senso humanitário da prefeita. Além disso, ela não nos confiou armas, o que diminui consideravelmente o investimento.

– É no computador que estou pensando – disse Pelorat, pensativo. – Parece tão bem ajustado para você, e é impossível que se ajuste tão bem com qualquer outro. Mal funciona *comigo*.

– Melhor para nós, o fato de funcionar bem com pelo menos um.

– Sim, mas será coincidência?

– O que mais poderia ser, Janov?

– A prefeita certamente o conhece muito bem.

– Acho que sim, aquela velha nave de guerra.

– Ela não poderia ter encomendado um computador feito especialmente para você?

– Por quê?

– Eu me pergunto se não estamos indo para onde o computador quer que a gente vá.

Trevize o encarou.

– Está insinuando que, enquanto estou conectado ao computador, é o computador, e não eu, que está no comando? – perguntou.
– É apenas uma suposição.
– Isso é ridículo. Paranoico. Esqueça, Janov.
Trevize voltou ao computador para focar o planeta Sayshell na tela e planejar um trajeto pelo espaço comum até ele.
Ridículo!
Por que Pelorat plantara a dúvida em sua cabeça?

10.

Mesa

1

Dois dias se passaram e Gendibal não estava triste, mas sim enfurecido. Não havia motivos para a não realização de uma audiência imediata. Tinha certeza de que, se estivesse despreparado, se precisasse de tempo, eles teriam forçado uma audiência imediata.

Mas, como não havia nenhum perigo diante da Segunda Fundação além da maior crise desde o Mulo, eles desperdiçavam tempo – e sem nenhum propósito além de irritá-lo.

Eles *de fato* o irritavam e, por Seldon, isso faria seu contra-ataque ser ainda mais pesado. Estava determinado a tanto.

Olhou à volta. A antessala estava vazia. Havia dois dias que a situação era aquela. Era um homem marcado, todos sabiam; um Orador que, por meio de uma ação sem precedentes na história de cinco séculos da Segunda Fundação, logo perderia seu cargo. Seria rebaixado de categoria, reduzido à posição de simples membro da Segunda Fundação.

Porém, havia uma diferença. Ser um membro da Segunda Fundação era algo muito honroso, especialmente com um título respeitável, como talvez fosse o caso de Gendibal mesmo após o *impeachment*. Porém, era algo diferente ter sido um Orador e perder seu cargo.

Mas isso não acontecerá, pensou Gendibal impetuosamente, mesmo depois de terem-no evitado por dois dias. Apenas Sura Novi o tratava como antes, mas era ingênua demais para compreender a situação. Para ela, Gendibal ainda era o "Mestre".

Era frustrante para Gendibal o fato de encontrar certo conforto nisso. Sentiu vergonha ao notar melhorias em seu ânimo quando reparava que ela o via com adoração. Estaria ele contente com ganhos *tão* ínfimos?

Um funcionário surgiu da Câmara para informá-lo de que a Mesa estava pronta, e Gendibal o seguiu. Ele conhecia bem aquele funcionário; era um que sabia, até a fração mínima, a gradação exata de civilidade que cada Orador merecia. No momento, a cortesia oferecida a Gendibal era espantosamente mínima. Até mesmo o funcionário já o considerava culpado.

Estavam todos à Mesa, solenemente, usando as becas pretas de julgamento. O Primeiro Orador Shandess parecia um tanto desconfortável, mas não permitiu que seu rosto demonstrasse a menor indicação de cordialidade. Delarmi – uma das três mulheres da Mesa – nem olhou para ele.

– Orador Stor Gendibal – disse o Primeiro Orador –, o senhor foi impedido de exercer seu cargo por se comportar de maneira inapropriada para um Orador. Diante de todos nós, o senhor acusou a Mesa, vagamente e sem provas, de traição e tentativa de assassinato. Sugeriu que todos os membros da Segunda Fundação, inclusive os Oradores e o Primeiro Orador, deveriam passar por análise mental completa para determinar quais, entre eles, não seriam mais confiáveis. Tal comportamento rompe os elos de comunidade, sem os quais a Segunda Fundação não pode controlar uma Galáxia intrincada e potencialmente hostil, e sem os quais não pode construir, com segurança, um Segundo Império viável. Considerando que todos nós testemunhamos as ofensas, excluiremos a necessidade de uma apresentação formal do caso por parte da acusação. Logo, seguiremos diretamente para o próximo estágio. Orador Stor Gendibal, o senhor tem uma defesa?

Neste momento, Delarmi, ainda sem olhar para Gendibal, permitiu-se um pequeno sorriso felino.

– Se a verdade for considerada defesa – respondeu Gendibal –, sim, possuo uma. *Existe* fundamentação para suspeitarmos de uma falha na segurança. Tal falha pode envolver o controle mental de um ou mais membros da Segunda Fundação, sem a exclusão dos membros aqui presentes. Esse fato resulta em uma crise fatal para a Segunda Fundação. Se os senhores apressam este julgamento por não poderem perder tempo, talvez reconheçam, vagamente, a seriedade da crise. Mas, nesse caso, por que desperdiçaram dois dias após minha requisição formal de um julgamento imediato? Alego que foi essa mesma crise fatal que me forçou a dizer o que disse. Eu teria me portado de maneira inapropriada para um Orador se *não* o tivesse feito.

— Ele apenas repete seu crime, Primeiro Orador — disse Delarmi, suavemente.

A cadeira de Gendibal estava mais afastada da Mesa do que as dos outros — já um evidente rebaixamento. Ele a empurrou para ainda mais longe, como se não se importasse com aquilo, e levantou-se.

— Os senhores me condenarão agora, imponderadamente, em oposição à lei, ou posso apresentar minha defesa detalhadamente?

— Não se trata de uma conferência sem lei, Orador. Sem precedentes para nos guiar, havemos de seguir sua linha de raciocínio, reconhecendo que, caso nossa condição demasiadamente humana nos desvie da justiça absoluta, é melhor permitir que um culpado saia livre do que condenar um inocente. Logo, apesar de o caso diante da Mesa ser tão grave a ponto de não podermos permitir que um culpado saia livre, vamos permitir que o senhor apresente sua defesa da maneira que quiser e por quanto tempo precisar, até que seja decidido por voto unânime, *inclusive o meu* — elevou o tom de voz nessa frase —, de que o suficiente foi ouvido.

— Deixe-me começar, então — respondeu Gendibal —, dizendo que Golan Trevize, o membro da Primeira Fundação exilado de Terminus e que eu e o Primeiro Orador consideramos ser o elemento decisivo da crise que se avoluma, seguiu para uma localização não prevista.

— A título de informação — disse Delarmi, suavemente —, como o orador sabe disso? — a entonação indicava claramente que não havia letra maiúscula no início de "Orador".

— Fui informado sobre a questão pelo Primeiro Orador — respondeu Gendibal —, mas confirmei por conta própria. Porém, sob as circunstâncias, considerando minha suspeita em relação ao nível de segurança da Câmara, gostaria de ter a permissão de manter minhas fontes de informação em segredo.

– Descarto a relevância de tal dado – disse o Primeiro Orador. – Daremos continuidade sem ele, mas, caso a Mesa considere necessária, a informação deverá ser obtida. O Orador Gendibal será obrigado a cedê-la.

– Se o orador não conceder a informação neste momento, minha conclusão lógica é que ele tem um agente a seu serviço, um agente contratado em particular, que não responde à Mesa como um todo. Não podemos ter certeza de que tal agente obedece às regras de comportamento que governam os membros da Segunda Fundação.

– Reconheço todas as implicações, Oradora Delarmi – afirmou o Primeiro Orador, com desgosto. – Não há necessidade de soletrá-las para mim.

– Menciono apenas para o registro, Primeiro Orador, pois é um agravante do crime e não foi um item mencionado na petição de *impeachment*, que, gostaria de acrescentar, não foi lida na íntegra e à qual rogo que tal item seja anexado.

– O responsável é instruído a acrescentar o item – disse o Primeiro Orador –, e a escolha das palavras adequadas será ajustada em um momento mais apropriado. Orador Gendibal – ele ao menos falava a palavra em maiúscula –, sua defesa está, de fato, um passo atrás. Continue.

– Esse Trevize não apenas seguiu em uma direção inesperada – prosseguiu Gendibal –, mas também em velocidade sem precedentes. Tenho a informação, ainda não conhecida pelo Primeiro Orador, de que ele viajou quase dez mil parsecs em bem menos do que uma hora.

– Em um único Salto? – perguntou um dos Oradores, incrédulo.

– Em duas dúzias de Saltos, um seguido do outro, sem virtualmente nenhum intervalo entre eles – explicou Gendibal –, algo ainda mais difícil de imaginar do que um único Salto. Mesmo que ele seja localizado agora, será necessário tempo para segui-lo, e, caso ele nos detecte e decida fugir, não poderemos alcançá-lo. E os senhores dedicam vosso tempo a jogos de *impeachment* e permitem que dois dias se passem para apreciá-los ainda mais.

O Primeiro Orador conseguiu disfarçar sua angústia.

– Por favor, diga-nos, Orador Gendibal – disse –, qual o senhor acredita ser a importância disso.

– É um indício, Primeiro Orador, dos avanços tecnológicos sendo realizados pela Primeira Fundação, que agora é muito mais poderosa do que era na época de Preem Palver. Não poderíamos enfrentá-los se eles nos encontrassem e estivessem livres para agir.

A Oradora Delarmi levantou-se.

– Primeiro Orador – disse –, nosso tempo é desperdiçado com irrelevâncias. Não somos crianças para nos assustar com historietas da Vovó Espacileia. Não importa quão impressionante seja o maquinário da Primeira Fundação quando, em qualquer crise, as mentes dela podem estar sob nosso controle.

– Como o senhor responde, Orador Gendibal? – perguntou o Primeiro Orador.

– Digo apenas que chegaremos à questão das mentes no devido momento. Agora, desejo apenas enfatizar o poderio tecnológico superior e crescente da Primeira Fundação.

– Siga para o próximo tópico, Orador Gendibal – requisitou o Primeiro Orador. – Seu primeiro argumento, devo dizer, não me parece muito pertinente com o conteúdo da petição de *impeachment*.

Houve um claro movimento de concordância da Mesa.

– Darei continuidade – disse Gendibal. – Trevize tem um companheiro em sua jornada atual – fez uma pausa momentânea para considerar a pronúncia –, um tal de Janov Pelorat, estudioso deveras irrelevante que dedicou sua vida a coletar mitos e lendas sobre a Terra.

– Sabe tudo isso sobre ele? Por meio de sua fonte oculta, presumo? – disse Delarmi, que parecia ter se acomodado no papel da acusação com evidente conforto.

– Sim, sei tudo isso sobre ele – respondeu Gendibal, com frieza.

– Alguns meses atrás, a prefeita de Terminus, uma mulher enérgica e capacitada, manifestou interesse por esse estudioso sem nenhum motivo aparente; portanto, interessei-me também, por uma questão de lógica. E não mantive esse fato em segredo. Todas as informações que obtive foram disponibilizadas para o Primeiro Orador.

– Sou testemunha deste fato – afirmou o Primeiro Orador, em tom grave.

– O que é essa "Terra"? – perguntou um Orador idoso. – É o planeta de origem que esporadicamente surge em fábulas? Aquele que provocou comoção nos tempos Imperiais?

Gendibal concordou com a cabeça e disse:

– E nas historietas da Vovó Espacileia, como diria a Oradora Delarmi. Suspeito que Pelorat tinha o sonho de vir a Trantor para consultar a Biblioteca Galáctica e descobrir informações relacionadas à Terra que ele não poderia obter pelo serviço de biblioteca interestelar disponível em Terminus. Quando deixou Terminus com Trevize, deve ter tido a impressão de que esse sonho estava prestes a ser realizado. Nós certamente esperávamos pelos dois e contávamos com a oportunidade de examiná-los em nosso próprio benefício. Porém, como todos sabem agora, eles não estão a caminho daqui. Seguiram para algum destino que ainda não está claro e que por algum motivo ainda não é conhecido.

O rosto arredondado de Delarmi parecia angelical quando ela disse:

– E por que isso é perturbador? Certamente não fomos prejudicados pelo não comparecimento dos dois. Na realidade, considerando que eles nos descartaram com tamanha facilidade, podemos deduzir que a Primeira Fundação não conhece a natureza verdadeira de Trantor, e podemos aplaudir o trabalho de Preem Palver.

– Se não aprofundarmos o raciocínio – retrucou Gendibal –, podemos, de fato, chegar a uma solução reconfortante como essa. Todavia, não é possível que a desistência não esteja relacionada à incapacidade de enxergar a importância de Trantor? Não é possível que a desistência seja resultado do receio de que Trantor, ao examinar esses dois homens, reconhecesse a importância da Terra?

A Mesa agitou-se.

– Qualquer um – afirmou Delarmi, friamente – pode inventar hipóteses formidáveis e discorrer sobre elas com frases de impacto. Mas há sentido em inventá-las? Por que alguém deveria se importar com o que nós, da Segunda Fundação, achamos sobre a Terra? Seja ela o verdadeiro planeta de origem ou um mito, ou até se existe mesmo um único lugar de origem, trata-se apenas de algo que interessaria somente a historiadores, antropologistas e colecionadores de folclore, como esse seu Pelorat. Por que nós?

– De fato. Por quê? – respondeu Gendibal. – Como pode ser, então, que não existam referências à Terra na biblioteca?

Pela primeira vez, sentiu-se na Mesa uma sensação diferente de hostilidade.

– Não existem? – perguntou Delarmi.

– Quando descobri que Trevize e Pelorat poderiam estar a caminho daqui em busca de informações relacionadas à Terra – disse Gendibal, com calma –, logicamente ordenei que o computador de nossa biblioteca listasse os documentos com tais informações. Fiquei ligeiramente intrigado quando o resultado foi inexistente. Não pequenas quantidades, não muito pouco. Nada! Mas então os senhores insistiram que eu esperasse por dois dias antes que essa audiência fosse realizada, e, ao mesmo tempo, minha curiosidade foi aguçada pela notícia de que os membros da Primeira Fundação não viriam para cá, afinal de contas. Eu precisava matar o tempo, de alguma maneira. Enquanto o restante dos senhores estava, como diz o ditado, bebericando vinho enquanto a casa ruía, investiguei alguns livros de história que possuo. Encontrei passagens que se referem especificamente a algumas das investigações sobre a "Questão da Origem" no final da época Imperial. Havia referências e citações de documentos específicos, tanto impressos como em filme. Retornei à biblioteca e busquei pessoalmente esses documentos. Garanto que não havia nada.

– Mesmo que seja verdade – disse Delarmi –, não é necessariamente uma surpresa. Se a Terra é, de fato, um mito...

– Então eu a encontraria em referências mitológicas. Se fosse uma historieta da Vovó Espacileia, encontraria em coletâneas de contos da Vovó Espacileia. Se fosse fruto de uma mente doente, encontraria em psicopatologia. O fato é que existe alguma coisa sobre a Terra, senão os senhores nunca teriam ouvido falar dela e, de fato, não a teriam reconhecido imediatamente como o nome do suposto planeta de origem da espécie humana. Por que, então, não existe nenhuma referência a ela na biblioteca, em *nenhum* arquivo?

Delarmi ficou em silêncio por alguns instantes e outro Orador interpôs. Era Leonis Cheng, um homem pequeno com um conhecimento enciclopédico sobre as minúcias do Plano Seldon, e uma atitude bem míope em relação à Galáxia propriamente dita. Seus olhos tendiam a piscar rapidamente conforme ele falava:

– É fato conhecido que o Império, em seus últimos dias, tentou criar uma mística imperial atenuando o interesse por épocas pré-Imperiais.

Gendibal concordou com a cabeça.

– Atenuar é o termo certo, Orador Cheng. Não é o equivalente a destruir evidências. Como o senhor deve saber melhor do que todos, outra característica da decadência imperial foi um interesse súbito por épocas anteriores, presumivelmente melhores. Estou me referindo apenas ao interesse pela "Questão da Origem" na época de Hari Seldon.

Cheng interrompeu com um intenso pigarro.

– Sei muito bem sobre isso, jovem – disse –, e sei muito mais sobre os problemas sociais da decadência Imperial do que o senhor parece acreditar que sei. O processo de "imperialização" tomou conta de todas essas discussões amadoras sobre a Terra. Sob Cleon II, durante a última ascensão do Império, dois séculos *depois* de Seldon, a Imperialização chegou ao auge e todas as especulações sobre a questão da Terra chegaram ao fim. Houve até mesmo uma diretriz sobre isso, na época de Cleon, referindo-se ao interesse por coisas do tipo, como (e creio citar com fidelidade) "especulações antiquadas e contraproducentes que tendem a minar o amor do povo pelo trono Imperial".

Gendibal sorriu.

– Então seria à época de Cleon II, Orador Cheng – respondeu Gendibal –, que o senhor atribuiria a destruição de todas as referências à Terra?

– Não tiro conclusões. Apenas afirmo o que afirmei.

– É sábio da sua parte não tirar conclusões. O Império estava em ascensão na época de Cleon, mas a universidade e a biblioteca, pelo menos, estavam em nossas mãos ou, de qualquer maneira, nas mãos de nossos predecessores. Teria sido impossível remover qualquer material de lá sem que os Oradores da Segunda Fundação soubessem. Na verdade, teria cabido aos Oradores realizar tal tarefa, apesar de o Império moribundo não ter tido acesso a essa informação.

Gendibal fez uma pausa e Cheng, sem dizer nada, analisou seu rosto.

– Pela lógica – continuou Gendibal –, o material sobre a Terra não poderia ter sido retirado durante a época de Seldon, pois a "Questão da Origem" estava em pauta naquele momento. Não poderia ter sido retirado depois, pois a Segunda Fundação estava no comando. Ainda assim, atualmente não há nada sobre ela na biblioteca. Como é possível?

– Não há necessidade de continuar elaborando a trama, Gendibal – interrompeu Delarmi, impaciente. – Enxergamos o problema. O que sugere ser a resposta? Você mesmo removeu os documentos?

– Como sempre, Delarmi, a senhora vai ao âmago da questão – e Gendibal inclinou a cabeça em uma sardônica reverência (à qual, em resposta, ela permitiu um sutil sorriso). – Uma possibilidade é que a limpeza tenha sido feita por um Orador da Segunda Fundação, alguém que saberia como usar os bibliotecários sem deixar traços na memória e os computadores sem deixar registros.

O Primeiro Orador Shandess ruborizou-se, nervoso.

– Absurdo, Orador Gendibal – disse. – Não consigo imaginar um Orador fazendo algo do tipo. Qual seria a motivação? Mesmo que, por alguma razão, o material sobre a Terra tenha desaparecido, por que escondê-lo do restante da Mesa? Por que arriscar a destruição completa de uma carreira ao adulterar a biblioteca, quando as chances de ser descoberto são tão grandes? Além disso, acredito que nem mesmo o Orador mais habilidoso poderia realizar tal feito sem deixar rastros.

– Então o senhor, Primeiro Orador – respondeu Gendibal –, deve discordar da Oradora Delarmi em sua sugestão de que o culpado sou eu.

– Decerto – disse o Primeiro Orador. – Às vezes questiono seu discernimento, mas ainda não o considero totalmente insano.

– Portanto, não deve ter acontecido, Primeiro Orador. O material sobre a Terra deve ainda estar na biblioteca, pois, aparentemente, eliminamos todas as maneiras possíveis de removê-lo. Porém, o conteúdo não está lá.

– Pois então – disse a Oradora Delarmi, com um tom de cansaço teatral –, vamos à conclusão. Repito, o que você sugere ser a resposta? Estou certa de que tem uma.

– Se a senhora está certa, Oradora, podemos todos ter certeza também. Minha resposta é que a biblioteca foi adulterada por alguém da Segunda Fundação que estava sob controle de um sutil poder externo à Segunda Fundação. A alteração passou despercebida porque a mesma força garantiu que passasse despercebida.

– Até que você descobriu – riu-se Delarmi. – Você, o livre e indomável. Se essa misteriosa força existe, como *você* descobriu sobre a ausência de material? Por que você não esteve sob controle?

– Isso não é motivo para risos, Oradora – respondeu Gendibal, seriamente. – Eles talvez acreditem, assim como nós, que as alterações devam ser as mínimas possíveis. Quando minha vida estava em perigo alguns dias atrás, fiquei mais preocupado com o ato de manipular uma mente loriana do que com a minha própria proteção. Pode ser assim com esses outros: no instante em que consideram a situação controlada, não fazem mais alterações. É esse o perigo, o perigo fatal. O fato de que pude descobrir talvez signifique que eles não se importem mais com a descoberta. O fato de não se importarem mais pode significar que eles já venceram. E continuamos aqui com nossas intrigas!

– Mas que objetivo teriam com tudo isso? Qual poderia ser o objetivo? – exigiu Delarmi, inquieta e mordendo os lábios. Ela sentia o poder que tinha se esvaindo conforme o interesse e a preocupação da Mesa aumentavam.

– Pense por um instante – retrucou Gendibal. – A Primeira Fundação, com seu enorme arsenal de poderio físico, procura pela Terra. Fingem enviar dois exilados, na esperança de acreditarmos que os dois são apenas isso. Mas eles os equipariam com espaçonaves de tecnologia inacreditável, capazes de viajar uma dezena de parsecs em menos de uma hora, se eles fossem apenas isso? Quanto à Segunda Fundação, não estamos buscando a Terra e, como agora é evidente, atitudes foram tomadas *sem nosso conhecimento* para manter toda informação sobre a Terra fora de nosso alcance. Agora, a Primeira Fundação está mais próxima de encontrar a Terra e estamos muito longe de realizar tal feito, o que...

Gendibal parou.

– O quê? – perguntou Delarmi. – Termine sua historieta infantil. Você sabe alguma coisa ou não sabe?

– Não sei *de tudo*, Oradora. Não desvendei a totalidade das intrigas que nos cercam, mas sei que elas existem. Não sei qual poderia ser a importância de encontrar a Terra, mas estou certo de que a Segunda Fundação corre enorme risco e, portanto, o Plano Seldon e o futuro de toda a humanidade também estão em perigo.

Delarmi levantou-se. Sem sorrir, falou com voz tensa, mas cuidadosamente controlada:

– Lixo! Primeiro Orador, dê um fim a isso! O que está em discussão é o comportamento do acusado. O que ele nos conta não é apenas infantil, é também irrelevante. Ele não pode atenuar seu comportamento construindo uma trama de teorias que fazem sentido apenas em sua cabeça. Rogo por uma votação neste exato momento... uma votação unânime por condenação.

– Esperem – disse Gendibal, rispidamente. – Foi-me dito que eu teria a oportunidade de me defender, e há ainda mais um tópico. Apenas mais um. Permitam-me apresentá-lo e poderão prosseguir com a votação sem mais protestos de minha parte.

– Tem a permissão para continuar, Orador Gendibal – afirmou o Primeiro Orador, esfregando os olhos cansados. – Devo apontar à Mesa que a condenação de um Orador a *impeachment* é uma ação tão grave e sem precedentes que não ousaríamos arriscar a impressão de não ter permitido uma defesa completa. Lembrem-se, também, de que, mesmo que o veredito nos satisfaça, pode não satisfazer aqueles que vierem depois de nós; além disso, não acredito que um membro da Segunda Fundação, de qualquer nível e principalmente os membros da Mesa, subestimaria a importância da perspectiva histórica. Ajamos de maneira a garantir a aprovação dos Oradores que nos sucederão nos séculos vindouros.

– Corremos o risco, Primeiro Orador – retrucou Delarmi, amargamente –, de ter a posteridade rindo de nós por chafurdar no óbvio. A continuidade da defesa é decisão *sua*.

Gendibal inspirou profundamente e disse:

– Então, de acordo com *sua* decisão, Primeiro Orador, desejo chamar uma testemunha, uma jovem que conheci três dias atrás, sem a qual eu não teria comparecido à assembleia da Mesa, em vez de ter apenas me atrasado.

– A mulher de quem fala é conhecida pela Mesa? – perguntou o Primeiro Orador.

– Não, Primeiro Orador. É uma nativa deste planeta.

Os olhos de Delarmi arregalaram-se.

– Uma *loriana*? – perguntou.

– Sim! De fato!

– O que temos a ganhar com um tipo desses? Nada que digam pode ser de alguma relevância. Eles não existem!

Os lábios de Gendibal se contraíram sobre seus dentes em algo que nunca poderia ser confundido com um sorriso.

– Fisicamente, todos os lorianos existem – disse, em tom seco. – São seres humanos e têm seu papel no Plano Seldon. Com a proteção indireta que dedicam à Segunda Fundação, têm um papel crucial. Gostaria de me desassociar da falta de humanidade da Oradora Delarmi. Espero que sua observação seja incluída nos registros e considerada, daqui em diante, prova da possível inadequação *dela* ao cargo de Oradora. O restante da Mesa está de acordo com a inacreditável observação da Oradora e deseja privar-me de minha testemunha?

– Chame sua testemunha, Orador – disse o Primeiro Orador.

Os lábios de Gendibal relaxaram-se e formaram a corriqueira ausência de expressão facial de um Orador sob pressão. Sua mente estava na defensiva e acuada, mas, por trás da barreira de proteção, ele sentiu que o perigo havia passado e que ele tinha vencido.

2

Sura Novi parecia exausta. Seus olhos estavam arregalados e seu lábio inferior tremia de leve. Apertava suas mãos lentamente uma contra a outra e seu peito arfava discretamente. Seu cabelo havia sido puxado para trás e preso em um coque; seu rosto bronzeado tinha pequenos tiques esporádicos. Suas mãos manuseavam as dobras da longa saia que usava. Ela olhava inquieta para os membros da Mesa, de Orador em Orador, seus olhos repletos de assombro.

Eles olhavam de relance para ela, com graus variados de desprezo e desconforto. Delarmi manteve os olhos muito acima da cabeça de Novi, ignorando sua presença.

Cuidadosamente, Gendibal tocou a película de sua mente, suavizando-a e relaxando-a. Ele poderia ter feito o mesmo segurando sua mão ou acariciando seu rosto, mas ali, sob aquelas circunstâncias, isso era evidentemente impossível.

– Primeiro Orador – disse ele –, estou atenuando a percepção consciente desta mulher para que seu testemunho não seja distorcido pelo medo. O senhor poderia acompanhar-me... o restante dos senhores, se desejarem, poderiam acompanhar-me e observar que não modificarei, de forma alguma, seu intelecto?

Novi ficou horrorizada com a voz de Gendibal, fato que não o surpreendeu. Tinha consciência de que ela nunca ouvira membros do alto escalão da Segunda Fundação conversarem entre si. Nunca havia experimentado aquela acelerada e singular mistura de som, tonalidade, expressão e pensamento. Mas o terror desapareceu tão rapidamente quanto surgiu, à medida que ele abrandava sua mente.

Um semblante plácido tomou conta de seu rosto.

– Há uma cadeira atrás de você, Novi – disse Gendibal. – Por favor, sente-se.

Novi fez uma pequena e desengonçada reverência e se sentou, segurando os próprios braços de maneira tensa.

Ela falou com clareza, mas Gendibal a fez repetir quando seu sotaque loriano ficava acentuado demais. Ele manteve seu discurso formal em respeito à Mesa e, por isso, precisou ocasionalmente repetir as perguntas que fez a ela.

A história da briga entre o Orador e Rufirant foi descrita com calma e precisão.

– Você mesma viu tudo isso, Novi? – perguntou Gendibal.

– Não, Mestre, ou tê parado mais logo. Rufirant sê bom homem, mas sê lento da cuca.

– Mas você descreveu tudo. Como isso é possível, se não viu?

– Rufirant me historiou tudo, eu fêz perguntas. Ele tê avergonhado.

– Envergonhado? Você sabe se ele já se comportou dessa maneira no passado?

– Rufirant? Não, Mestre. Ele sê doce, mesmo grandoso. Ele não sê brigão e tê medo de estuodiosos. Fala sempre de eles sê fortes e tendedores de poder.

– Por que ele não se sentiu assim quando me encontrou?

– Sê esquisito. Ele desentende – ela negou com a cabeça. – Ele não sê ele mesmo. Falei pr'ele, "Sê cabeça-oca. Não é seu bater em estuodioso". E ele diz: "Não sei como passou. Sê como eu de um lado, olhando um não-eu".

– Primeiro Orador – interrompeu o Orador Cheng –, de que valor é o relato dessa mulher sobre o que um homem lhe disse? O próprio não está disponível para interrogatório?

– Sim, está – respondeu Gendibal. – Caso a Mesa queira ouvir outras evidências ao término do testemunho dessa mulher, estou preparado para chamar Karoll Rufirant, meu recente antagonista, à tribuna. Do contrário, a Mesa pode seguir imediatamente à votação quando eu terminar com essa testemunha.

– Muito bem – disse o Primeiro Orador. – Prossiga com sua testemunha.

– E você, Novi? – continuou Gendibal. – Era um comportamento corriqueiro da sua parte interferir daquela maneira em uma briga?

Novi não disse nada por alguns instantes. Uma pequena marca de expressão surgiu entre suas espessas sobrancelhas e depois sumiu.

– Não sei. Não tê vontades ruins por estuodiosos. Eu sê *guiada*, e sem pensar eu tê no meio de tudo – ela pausou e então disse: – Eu fazê de novo se fazê fosse preciso.

– Novi, você cairá no sono agora – disse Gendibal. – Não pensará em nada. Descansará e não chegará nem a sonhar.

Novi murmurou por um momento. Seus olhos se fecharam e sua cabeça pendeu para trás, apoiando-se no encosto da cadeira.

Gendibal aguardou um instante e disse:

– Primeiro Orador, peço respeitosamente que o senhor siga-me para dentro da mente desta mulher. Descobrirá um intelecto notavelmente simples e simétrico, o que nos é vantajoso, pois, se fosse diferente, o que o senhor verá poderia não estar visível. Aqui! Aqui! Vê? Se o restante dos senhores quiser entrar... Será mais fácil um de cada vez.

Houve uma agitação progressiva na Mesa.

– Existe alguma dúvida entre os senhores? – perguntou Gendibal.

– *Eu* tenho dúvidas – disse Delarmi –, pois...

Ela parou, prestes a dizer o que, até mesmo para ela, era inconcebível. Gendibal disse por ela:

– A senhora acha que eu deliberadamente modifiquei essa mente para apresentar provas falsas? Logo, a senhora acredita que eu poderia criar um ajuste tão delicado, uma única fibra mental claramente fora de esquadro, sem que nada nela mesma ou nos arredores seja afetado? Se eu pudesse fazer isso, não precisaria enfrentar nenhum dos senhores por causa desta questão. Por que me sujeitar à indignidade de um julgamento? Por que me esforçar para convencê-los? Se eu pudesse fazer o que está evidente na cabeça desta mulher, todos estariam indefesos diante de mim, a não ser que estivessem bem preparados. A verdade crua é que nenhum dos senhores poderia manipular uma consciência da forma que a mente dessa mulher foi manipulada. E eu também não. Ainda assim, foi feito.

Ele parou e analisou cada um dos Oradores, para então fixar seu olhar em Delarmi. Disse, lentamente:

– Pois bem, se algo mais é necessário, chamarei o fazendeiro loriano, Karoll Rufirant, a quem examinei e cuja mente também foi manipulada.

– Não será necessário – disse o Primeiro Orador, com uma expressão facial chocada. – O que vimos é perturbador.

– Nesse caso – respondeu Gendibal –, posso despertar a loriana e dispensá-la? Tomei providências para que haja alguém que cuide de sua recuperação.

Depois que Novi foi embora, guiada pelo gentil toque de Gendibal em seu cotovelo, ele disse:

– Permitam-me que eu resuma. Mentes podem ser, e foram, alteradas de maneiras além da nossa capacidade. Logo, os próprios bibliotecários poderiam ter sido manipulados para remover o conteúdo sobre a Terra da biblioteca, sem o conhecimento deles ou o nosso. Podemos ver como o meu atraso para a assembleia da Mesa foi orquestrado. Fui ameaçado, depois resgatado. A consequência foi meu *impeachment*. O resultado desse encadeamento aparentemente natural de eventos foi a minha remoção de um cargo de poder, o que faz com que a linha de raciocínio que defendo, que ameaça essas pessoas, quem quer que sejam, seja negada.

Delarmi inclinou-se para a frente. Estava claramente chocada.

– Se essa organização secreta é tão inteligente – disse –, como você pôde descobrir tudo isso?

– Não é mérito meu – Gendibal permitiu-se sorrir. – Não possuo sabedoria superior à de nenhum outro Orador; certamente não à do Primeiro Orador. E esses anti-Mulos, como o Primeiro Orador definiu de maneira bastante habilidosa, também não são infinitamente inteligentes nem infinitamente imunes às circunstâncias. Eles talvez tenham escolhido essa loriana específica para ser seu instrumento justamente porque ela exigia poucos ajustes. Ela é, por personalidade própria, solidária aos que chama de "estudiosos" e os admira profundamente. Mas, uma vez que a história estava terminada, o contato momentâneo que teve comigo fortaleceu sua fantasia de se tornar, ela mesma, uma "estudiosa". Veio até mim no dia seguinte com esse propósito em mente. Curioso em relação a essa peculiar ambição, estudei sua mente, algo que decerto não teria feito sob outras circunstâncias, e, mais por acidente do que qualquer outra coisa, esbarrei no ajuste e percebi sua relevância. Se outra mulher tivesse sido escolhida, alguém com uma tendência menos favorável a estudiosos, os anti-Mulos talvez precisassem aperfeiçoar mais o ajuste, mas as consequências não teriam sido as mesmas e eu teria continuado a ignorar tudo isso. Os anti-Mulos equivocaram-se nos cálculos ou não garantiram espaço suficiente para o imprevisto. O fato de eles poderem errar de tal maneira é reconfortante.

– Você e o Primeiro Orador – disse Delarmi – chamam essa tal organização de "anti-Mulos" presumivelmente porque eles parecem se dedicar a manter a Galáxia na rota do Plano Seldon e não a interrompê-lo, como o próprio Mulo o fez. Se os anti-Mulos agem assim, por que seriam perigosos?

– Por que se dedicariam a fazê-lo senão por motivações próprias? Não sabemos qual o motivo. Um cínico poderia dizer que eles pretendem, em algum ponto do futuro, assumir a liderança e desviar a corrente em outra direção, uma direção que seja mais do agrado deles do que do nosso. É minha própria intuição, apesar de eu não ser versado no cinismo. A Oradora Delarmi estaria preparada para defender, com base em seu amor e confiança que todos sabemos compor grande parte de sua personalidade, que se tratam de altruístas cósmicos, dedicando-se a realizar nosso trabalho sem sonharem com recompensas?

Houve um sutil sussurro de risadas pela Mesa e, nesse momento, Gendibal sabia que tinha vencido. E Delarmi sabia que tinha perdido; uma onda de fúria ficou evidente em seu rígido controle mentálico, como um facho de luz solar avermelhada que atravessa uma grossa camada de folhagem.

– Quando passei pelo incidente com o fazendeiro loriano – disse Gendibal –, precipitei-me à conclusão de que outro Orador seria responsável. Quando notei o ajuste na mente da loriana, sabia que estava certo em relação à conspiração, mas não ao conspirador. Peço desculpas pela interpretação errônea e alego que as circunstâncias foram agravantes.

– Vejo que se trata de um pedido formal de desculpas – respondeu o Primeiro Orador.

Delarmi interrompeu. Estava plácida novamente; seu rosto, amigável, a voz totalmente melosa:

– Com pleno respeito, Primeiro Orador, se o senhor me permite interromper. Ignoremos a questão do *impeachment*. Neste momento, eu não votaria a favor da condenação e creio que ninguém votaria. Recomendo, inclusive, que o *impeachment* seja apagado do imaculado histórico do Orador Gendibal, que se exonerou de maneira admirável. Parabenizo-o por tal feito, e por ter revelado uma crise que o restante de nós poderia ter permitido seguir indefinidamente, com consequências incalculáveis. Ofereço ao Orador *minhas* desculpas mais sinceras por minha hostilidade anterior.

Delarmi praticamente irradiou-se na direção de Gendibal, que sentiu uma relutante admiração pela maneira como ela mudou instantaneamente de rumo para minimizar os danos. Sentiu, também, que se tratava da preliminar de um ataque por outra vertente.

Tinha certeza de que o que estava por vir não seria nada agradável.

3

Quando se dedicava a ser agradável, a Oradora Delora Delarmi conseguia dominar a Mesa de Oradores. Sua voz tornava-se suave;

seu sorriso, complacente; seus olhos faiscavam; ela se tornava um doce. Ninguém ousava interrompê-la e todos esperavam até que ela desferisse o golpe.

– Graças ao Orador Gendibal – disse Delarmi –, tenho fé de que agora todos nós compreendemos o que deve ser feito. Não vemos os anti-Mulos; não sabemos nada sobre eles, exceto os fugidios toques nas mentes de pessoas aqui mesmo, na fortaleza da própria Segunda Fundação. Não sabemos o que o poder central da Primeira Fundação está planejando. Talvez estejamos diante de uma aliança entre os anti-Mulos e a Primeira Fundação; não sabemos. Mas sabemos, de fato, que esse Golan Trevize e seu companheiro, cujo nome me foge no momento, estão em uma jornada para um destino que desconhecemos, e que o Primeiro Orador e Gendibal acreditam ser Trevize a chave para o desenlace desta crise colossal. O que podemos fazer, então? Evidentemente, precisamos descobrir tudo o que for possível sobre Trevize; para onde ele está indo, o que está pensando, quais podem ser suas motivações; se possui um destino, uma linha de raciocínio, um propósito; ou se é, de fato, mero joguete de uma força maior do que ele mesmo.

– Ele está sendo observado – respondeu Gendibal.

Delarmi abriu um sorriso complacente.

– Por quem? – perguntou. – Por um de nossos agentes estrangeiros? Devemos esperar que esses agentes lidem com aqueles cujos poderes testemunhamos aqui mesmo? É evidente que não. Na época do Mulo, e também depois dela, a Segunda Fundação não hesitou em enviar e até sacrificar voluntários dentre seus mais importantes membros, já que nada abaixo disso serviria a tal propósito. Quando foi necessário restaurar o Plano Seldon, o próprio Preem Palver peregrinou pela Galáxia como um comerciante trantoriano para trazer de volta aquela garota, Arkady. Neste momento em que a crise talvez seja mais extraordinária do que as anteriores, não podemos ficar sentados esperando. Não podemos depender de funcionários menores, de vigias e mensageiros.

– A senhora decerto não está sugerindo que o Primeiro Orador abandone Trantor neste momento, está? – perguntou Gendibal.
– Certamente que não. Necessitamos muitíssimo de sua presença aqui. Por outro lado, há o senhor, Orador Gendibal. Foi o senhor que teve a percepção e o discernimento corretos sobre a crise. Foi o senhor que detectou a sutil interferência externa na biblioteca e nas mentes lorianas, que manteve seu ponto de vista mesmo diante da oposição maciça da Mesa e venceu. Ninguém aqui enxerga com tanta clareza quanto o senhor, e não podemos contar com mais ninguém, a não ser o senhor, para continuar assim. É *o senhor* que deve, em minha opinião, partir para enfrentar o inimigo. Tenho o consenso da Mesa?

Não foi necessária uma votação formal para revelar o consenso. Cada Orador sentia as mentes dos outros e ficou claro para um Gendibal subitamente chocado que, no exato momento de sua vitória e da consequente derrota de Delarmi, essa formidável mulher o estava enviando inexoravelmente ao exílio, em uma tarefa que talvez o ocupasse por um período indeterminado, enquanto ela permaneceria ali para controlar a Mesa e, assim, a Segunda Fundação e, assim, a Galáxia – possivelmente levando todas à ruína.

E se Gendibal conseguisse, de alguma maneira, obter as informações necessárias para que a Segunda Fundação evitasse a crescente crise, seria Delarmi quem receberia os louros por ter feito o planejamento; o sucesso *dele* serviria apenas para confirmar o poder *dela*. Quanto mais rápido ele agisse, quanto mais eficiente fosse, mais força daria a ela.

Era uma manobra brilhante, uma recuperação inacreditável.

E até mesmo naquele momento seu domínio sobre a Mesa era tão evidente que ela estava praticamente usurpando o cargo do Primeiro Orador. As considerações de Gendibal sobre aquilo foram dominadas pela fúria que sentiu emanando de Shandess.

Ele se virou. O Primeiro Orador não fazia nenhum esforço para esconder sua ira, e logo ficou claro que outra crise interna preparava-se para substituir a que tinha sido recentemente dissolvida.

4

Quindor Shandess, o vigésimo quinto Primeiro Orador, não tinha grandes ilusões sobre si mesmo.

Sabia que não era um daqueles poucos e dinâmicos Primeiros Oradores que iluminavam a história de cinco séculos da Segunda Fundação, nem precisava ser. Controlava a Mesa em um período de serena prosperidade galáctica e não era o momento para dinamismos. Era uma época de jogar na defensiva e ele era o homem para tanto. Seu predecessor o escolhera justamente por isso.

– Você não é um aventureiro, é um estudioso – afirmara o vigésimo quarto Primeiro Orador. – Você preservará o Plano, e um aventureiro, em seu lugar, talvez o arruinasse. Preservação! Permita que essa seja a palavra-chave de sua Mesa.

E ele havia tentado, mas isso significava um Primeiro Orador passivo, o que, ocasionalmente, era interpretado como fraqueza. Houve boatos recorrentes de que ele pretendia renunciar e também intrigas explícitas para garantir um sucessor que seguisse esta ou aquela política.

Não existia nenhuma dúvida na mente de Shandess de que Delarmi era proeminente nessa disputa. Era a personalidade mais forte da Mesa e até mesmo Gendibal, com toda a sua ousadia e tolice da juventude, recuava diante dela, como fazia neste exato momento.

Mas, por Seldon, por mais passivo que fosse, ou talvez até fraco, havia uma prerrogativa do Primeiro Orador da qual ninguém daquela linhagem tinha abdicado, e ele também não abdicaria.

Levantou-se para falar, e a Mesa imediatamente ficou em silêncio. Quando o Primeiro Orador se levantava, não haveria interrupções. Nem mesmo Delarmi ou Gendibal ousariam interromper.

– Oradores! – disse. – Concordo que estamos diante de uma perigosa crise e que devemos tomar atitudes drásticas. Sou eu quem deveria partir para enfrentar o inimigo. A Oradora Delarmi, com a gentileza que a caracteriza, isentou-me da tarefa ao afirmar que minha presença aqui é necessária. Entretanto, a verdade é que não sou necessário nem aqui nem lá. Estou envelhecendo, estou me exaurindo. Há muito tempo correm grandes expectativas sobre a minha eventual renúncia, e eu talvez devesse renunciar. Quando essa crise for superada, hei de deixar o cargo. Mas é privilégio do Primeiro Orador escolher seu sucessor, e assim o farei neste exato momento. Existe um Orador que há tempos domina a conduta da Mesa; um Orador que, por força de sua personalidade, muitas vezes demonstrou a liderança que eu não demonstrei. Todos sabem que me refiro à Oradora Delarmi.

Ele fez uma pausa, e então disse:

– Somente o senhor, Orador Gendibal, manifesta reprovação. Posso saber o motivo? – ele se sentou para que Gendibal tivesse a oportunidade de responder.

– Não tenho objeções, Primeiro Orador – respondeu Gendibal, em tom grave. – Escolher seu sucessor é prerrogativa do senhor.

– E assim o farei. Quando o senhor retornar, depois de conseguir iniciar o processo que dará um fim a esta crise, será o momento da minha renúncia. Meu sucessor então será diretamente responsável por conduzir todas as políticas necessárias para continuar e terminar tal processo. Tem algo a dizer, Orador Gendibal?

– Quando o senhor nomear a Oradora Delarmi como sua sucessora, Primeiro Orador – disse Gendibal, calmamente –, espero que considere adequado aconselhá-la a...

O Primeiro Orador o interrompeu secamente:

– Mencionei a Oradora Delarmi, mas não a nomeei minha sucessora. O que o senhor tem a dizer?

– Peço perdão, Primeiro Orador. Eu deveria ter dito, *supondo* que o senhor nomeie a Oradora Delarmi sua sucessora na ocasião do meu retorno desta missão, o senhor consideraria adequado aconselhá-la...

– Tampouco hei de nomeá-la minha sucessora no futuro, sob nenhuma condição. *Agora* o que o senhor tem a dizer? – O Primeiro Orador não conseguiu fazer tal anúncio sem uma pontada de satisfação pelo golpe que desferiu em Delarmi. Não poderia tê-lo feito de maneira mais humilhante. – E então, Orador Gendibal, o que o senhor tem a dizer?

– Apenas que estou confuso.

O Primeiro Orador levantou-se mais uma vez e disse:

– A Oradora Delarmi dominou e conduziu, mas tais características não são as únicas necessárias para o cargo de Primeiro Orador. O Orador Gendibal enxergou o que não enxergamos. Enfrentou a hostilidade conjunta da Mesa e a forçou a repensar seus valores; persuadiu-a a concordar com ele. Tenho minhas suspeitas em relação às motivações da Oradora Delarmi ao pousar a responsabilidade da perseguição a Golan Trevize nos ombros do Orador Gendibal, mas é a ele que tal fardo pertence. Tenho certeza de que ele será bem-sucedido, confio em minha intuição, e, quando retornar, o Orador Gendibal será nomeado o vigésimo sexto Primeiro Orador.

Sentou-se abruptamente e cada Orador começou a explicitar sua opinião em uma confusão de sons, tonalidades, pensamentos e expressões. O Primeiro Orador não deu atenção à cacofonia e olhou para frente, demonstrando indiferença. Agora que estava feito, percebeu, com certa surpresa, o grande conforto de passar o manto da responsabilidade. Deveria ter feito isso antes – mas antes era impossível.

Somente agora ele encontrara seu óbvio sucessor.

E então, de alguma maneira, sua mente emparelhou-se com a de Delarmi e ele olhou para ela.

Por Seldon! Ela estava calma e sorrindo. Sua desesperadora frustração não estava visível – ela não havia desistido. Ele se perguntou se acabara de fazer justamente o que ela queria. O que mais ela poderia fazer?

5

Delora Delarmi teria demonstrado abertamente sua angústia e decepção, se houvesse alguma utilidade em fazê-lo.

Teria lhe garantido muita satisfação vociferar contra aquele tolo senil que controlava a Mesa ou contra aquele idiota imaturo com quem o destino conspirava – mas não era satisfação que ela queria. Ela queria algo maior.

Almejava ser a Primeira Oradora.

E, enquanto tivesse uma carta na manga, não abandonaria o jogo.

Sorriu gentilmente e levantou a mão como se estivesse prestes a falar. Manteve a pose por tempo suficiente para garantir que, quando falasse, a Mesa não estivesse apenas calma, mas sim em um silêncio de expectativa.

– Primeiro Orador – disse –, conforme o Orador Gendibal disse há pouco, não tenho objeções. Escolher seu sucessor é prerrogativa do senhor. Se me manifesto agora, é com o objetivo de contribuir, espero, com o sucesso do que agora se tornou a missão do Orador Gendibal. Posso expor meus pensamentos, Primeiro Orador?

– Sim – respondeu monossilabicamente o Primeiro Orador. Para ele, Delarmi estava agindo com gentileza demais, docilidade demais.

Delarmi inclinou a cabeça com seriedade. Não estava mais sorrindo. Disse:

– Temos espaçonaves. Não são tão magnificamente avançadas quanto as da Primeira Fundação, mas servirão ao propósito do Orador Gendibal. Creio que ele saiba pilotar uma delas, assim como todos sabemos. Temos nossos representantes em todos os grandes planetas da Galáxia, e ele será bem-vindo onde quer que vá. Além disso, ele pode se defender até mesmo desses anti-Mulos, agora que tem plena consciência do perigo. Mesmo quando não sabíamos, suspeito que tivessem preferido agir por meio das classes mais baixas e dos fazendeiros lorianos. Vamos, é claro, inspecionar cuidadosamente as mentes de todos os membros da Segunda Fundação, inclusive as dos Oradores, mas tenho certeza de que continuam invioladas. Os anti-Mulos não ousariam interferir em nossos assuntos. De toda maneira, não há motivos para que o Orador Gendibal arrisque mais do que o necessário. Ele decerto não pretende se envolver em bravuras e será melhor que sua missão seja, até certo ponto, secreta, que ele os aborde sem ser detectado. Portanto, seria útil que assumisse o disfarce de um comerciante loriano. Preem Palver, como sabemos, partiu para a Galáxia como um suposto comerciante.

– Preem Palver tinha um propósito específico ao adotar essa estratégia – disse o Primeiro Orador. – O Orador Gendibal não tem. Se algum tipo de disfarce se tornar necessário, tenho certeza de que ele será engenhoso o suficiente para adotar um.

– Com respeito, Primeiro Orador – respondeu Delarmi –, eu gostaria de apontar um disfarce sutil. Preem Palver, o senhor recorda, levou consigo sua esposa e companheira de muitos anos. Nada estabeleceu com tanta veemência a natureza rústica de seu disfarce quanto o fato de ele viajar com a esposa. Isso atenuou todas as suspeitas.

– Não tenho uma esposa – afirmou Gendibal. – Tive companheiras, mas ninguém que se ofereceria para assumir o papel matrimonial neste momento.

– Tal dado é amplamente conhecido, Orador Gendibal – disse Delarmi –, mas as pessoas acreditarão na história se *qualquer* mulher estiver com o senhor. Certamente conseguiremos encontrar uma voluntária. E se o senhor achar necessário poder apresentar provas documentais, isso pode ser arranjado. Acho que uma mulher deveria acompanhá-lo.

Por um momento, Gendibal ficou sem fôlego. Decerto ela não se referia a...

Poderia ser uma estratégia para apropriar-se de parte do sucesso? Estaria ela arquitetando uma ocupação conjunta, ou alternada, do cargo de Primeiro Orador? Taciturnamente, Gendibal disse:

– Estou lisonjeado que a Oradora Delarmi sinta...

Delarmi disparou uma risada explícita e olhou para Gendibal com o que quase poderia ser afeto genuíno. Ele tinha caído na armadilha e parecia um tolo por isso. A Mesa não esqueceria tal fato.

– Orador Gendibal – falou Delarmi –, eu não teria a impertinência de tentar fazer parte desta missão. É sua e somente sua, assim como o cargo de Primeiro Orador será seu e somente seu. Eu não imaginaria que o senhor gostaria que eu estivesse ao seu lado. Honestamente, Orador, na minha idade, não me considero assim tão sedutora...

Sorrisos espalharam-se pela Mesa e até mesmo o Primeiro Orador tentou esconder um.

Gendibal sentiu o golpe e esforçou-se para não agravar a perda ao contradizer o tom de leveza. Mas não teve muito sucesso.

– Então o que é que a senhora sugere? – disse, da maneira menos agressiva que conseguiu. – Garanto não ter passado pela minha cabeça que a senhora desejaria me acompanhar. A senhora exerce sua melhor capacidade na Mesa, e não nos tumultos pela Galáxia, sei bem.

– Concordo, Orador Gendibal, concordo – respondeu Delarmi. – Entretanto, minha sugestão refere-se ao seu disfarce como comerciante loriano. Para fazê-lo indiscutivelmente autêntico, que melhor companhia o senhor iria querer além de uma loriana?

– Uma loriana? – pela segunda vez em rápida sucessão, Gendibal foi pego de surpresa e a Mesa apreciou tal fato.

– *A* loriana – continuou Delarmi. – Aquela que o salvou de uma surra. Aquela que o olha com veneração. Aquela cuja mente o senhor sondou e quem, deveras involuntariamente, o salvou uma segunda vez, de algo muito maior do que uma surra. Recomendo que o senhor a leve consigo.

O impulso de Gendibal foi recusar, mas ele sabia que era o que ela esperava. Seria ainda mais entretenimento para a Mesa. Ficou evidente naquele momento que o Primeiro Orador, ansioso para agredir Delarmi, cometera um erro ao nomear Gendibal seu sucessor – ou que, pelo menos, Delarmi rapidamente transformou esse gesto em um equívoco.

Gendibal era o mais jovem dos Oradores. Havia enfurecido a Mesa e depois evitado a condenação por parte deles. Tinha, indiscutivelmente, humilhado a todos. Ninguém conseguia enxergá-lo como sucessor sem uma pontada de ressentimento.

Tal fato já seria suficientemente difícil de superar, mas agora eles lembrariam como Delarmi o havia facilmente ridicularizado e quanto tinham apreciado a situação. Ela usaria este momento para convencê-los, sem grandes esforços, de que ele não tinha a maturidade e a experiência para o cargo de Primeiro Orador. A pressão combinada de todos forçaria o Primeiro Orador a mudar sua decisão enquanto Gendibal estivesse fora, em missão. Ou, se o Primeiro Orador insistisse em seu parecer, Gendibal acabaria diante da oposição absoluta da Mesa, o que resultaria em um mandato eternamente impotente.

Compreendeu tudo aquilo em um instante e teve a capacidade de responder sem hesitação.

– Oradora Delarmi – disse –, admiro o seu *insight*. Eu pretendia surpreender a todos. Levar a Ioriana era, de fato, minha intenção, mesmo que não fosse pela razão bastante válida que a senhora sugeriu. Eu desejava levá-la por sua mente, que foi examinada por todos. Viram-na como é: surpreendentemente inteligente, mas, além disso, clara, simples, absolutamente sem engodos. Nenhuma manipulação externa passaria despercebida, como tenho certeza que todos notaram. Pergunto-me se ocorreu à senhora, Oradora Delarmi, que ela pode servir como um excelente sistema de alarme antecipado. Eu detectaria o primeiro sintoma de atividade mentálica através da mente da Ioriana mais rapidamente do que através da minha própria mente.

Houve uma espécie de silêncio atônito, e ele disse, com leveza:

– Ah, ninguém tinha enxergado isso. Pois bem, não tem importância! Agora vou me retirar. Não há tempo a perder.

– Espere – disse Delarmi, depois de perder a autoridade uma terceira vez. – O que pretende fazer?

– Por que entrar em detalhes? – Gendibal deu de ombros. – Quanto menos a Mesa souber, menor a probabilidade de os Anti-Mulos tentarem manipulá-la.

Falou como se a segurança da Mesa fosse sua maior preocupação. Preencheu sua mente com esse sentimento e permitiu que os outros o sentissem.

Seria lisonjeiro para eles. Mais do que isso – a satisfação que traria talvez os impedisse de questionar se Gendibal sabia, de fato, o que pretendia fazer.

6

O Primeiro Orador conversou a sós com Gendibal naquela noite.

– Você estava certo – disse. – Não pude evitar um vislumbre sob a superfície de sua mente. Vi que você considerou o anúncio um erro, e, de fato, foi um erro. Era minha vontade ardente arrancar aquele sorriso perpétuo do rosto de Delarmi e defender-me da maneira trivial como ela frequentemente usurpa o meu papel.

Gentilmente, Gendibal respondeu:

– Uma alternativa melhor poderia ter sido o senhor informar-me em particular e esperar pelo meu retorno para seguir em frente.

– Dessa maneira, eu não teria tido a oportunidade de atacá-la. Motivação duvidosa para um Primeiro Orador, eu sei.

– Isso não vai detê-la, Primeiro Orador. Ela há de conspirar pelo cargo, e talvez com razão. Estou certo de haver quem defenda que eu deveria ter recusado sua nomeação. Não seria difícil argumentar que a Oradora Delarmi tem a melhor mente da Mesa e seria a melhor Primeira Oradora.

– A melhor mente *da* Mesa, não fora dela – resmungou Shandess. – Ela não enxerga inimigos reais, exceto os outros Oradores. Ela não deveria ter sido nomeada nem ao cargo de Oradora. Diga-me, devo proibir que você leve a loriana? Delarmi o manipulou a tanto, sei bem.

– Não, a explicação que ofereci para levá-la é verdadeira. Ela *será* um sistema de alarme antecipado e sou grato à Oradora Delarmi por direcionar-me a enxergar isso. Estou convencido de que a mulher será bastante útil.

– Pois bem. Aliás, eu também não estava mentindo. Tenho certeza genuína de que você cumprirá o que for necessário para terminar essa crise... se puder confiar em minha intuição.

– Acredito que posso confiar, pois concordo com o senhor. Prometo que, não importa o que aconteça, retribuirei mais do que o que recebo no momento. Voltarei para me tornar o Primeiro Orador, apesar de tudo que os anti-Mulos e a Oradora Delarmi possam fazer.

Gendibal analisou sua satisfação ao mesmo tempo em que falava. Por que estava tão contente e insistia tanto nessa empreitada em uma única nave pelo espaço? Ambição, evidentemente. Outrora, Preem Palver fizera justamente esse tipo de coisa, e ele provaria que Stor Gendibal também podia fazer. Ninguém ousaria privá-lo do cargo de Primeiro Orador depois disso. Mas haveria algo além de ambição? A sedução do confronto? O desejo generalizado por emoção em alguém que esteve confinado em um canto de um planeta secundário durante toda sua vida adulta? Ele não saberia dizer, mas sabia que estava desesperadamente decidido a partir.

11.

Sayshell

1

JANOV PELORAT OBSERVOU, pela primeira vez na vida, a estrela luminosa se transformar gradualmente em uma esfera depois do que Trevize chamou de "Microssalto". Em seguida, o quarto planeta – o que era habitável e destino imediato dos dois, Sayshell – cresceu vagarosamente em tamanho e majestade ao longo de um período de dias.

Um mapa do planeta fora criado pelo computador e era exibido em um equipamento portátil de visualização que Pelorat mantinha no colo.

Trevize, com a autoconfiança de alguém que já tinha aterrissado em várias dúzias de planetas no passado, disse:

– Não fique vidrado nisso cedo demais, Janov. Precisamos primeiro passar pela estação de acesso, o que pode ser tedioso.

Pelorat tirou os olhos da tela.

– É certamente apenas uma formalidade – disse.

– E é mesmo. Ainda assim, pode ser tedioso.

– Mas estamos em época de paz.

– Claro. Isso significa que teremos permissão para passar. Mas, antes de qualquer coisa, há a questão do equilíbrio ecológico. Cada planeta tem o seu próprio, e eles não querem que seja perturbado. Assim, verificar a nave em busca de organismos indesejáveis ou infecções é um procedimento corriqueiro. É uma preocupação lógica.

– Me parece que não temos esse tipo de coisa.

– Não, não temos, e é o que eles vão constatar. Lembre-se, também, que Sayshell não é membro da Federação da Fundação, portanto eles devem fazer questão de demonstrar sua independência.

Uma pequena nave foi enviada para inspecioná-los e um oficial da alfândega de Sayshell embarcou. Sem esquecer seus dias no serviço militar, Trevize foi rápido.

– *Estrela Distante*, vinda de Terminus – disse. – Os documentos da nave. Sem armamentos. Nave particular. Meu passaporte. Há um passageiro; esse é o passaporte dele. Somos turistas.

O oficial da alfândega usava um uniforme pomposo, cuja cor predominante era vermelha. As bochechas e o bigode eram raspados, mas ele usava uma barba curta dividida de maneira que dois tufos seguiam pelas laterais de seu queixo.

– Nave da Fundação? – perguntou.

Ele pronunciou "nav da Fondaceaum", mas Trevize tomou o cuidado de não corrigi-lo e de não sorrir. Existiam tantas variedades de dialetos dentro do Padrão Galáctico quanto existiam planetas; você simplesmente falava o seu. Desde que houvesse compreensão mútua, não era importante.

– Sim, senhor – respondeu Trevize. – Nave da Fundação. Uso doméstico.

– Muito bem. Sua equipagem, por gentileza.

– Minha o quê?

– Sua equipagem. O que traz com você?

– Ah, minha bagagem. Aqui está a lista de itens. Apenas objetos pessoais. Não estamos aqui para comercializar. Como disse, somos apenas turistas.

O oficial da alfândega olhou à volta, curioso.

– É uma nave deveras sofisticada para turistas – comentou.

– Não para os padrões da Fundação – respondeu Trevize, demonstrando bom humor. – E estou bem de vida, posso pagar por tudo isso.

– O senhor está sugerindo que posso aceitar abrilhantamento? – O oficial olhou para ele por um instante e então desviou o olhar.

Trevize hesitou um momento para interpretar o significado da palavra, e então outro momento para decidir que atitude tomaria.

- Não tenho intenções de suborná-lo - disse. - Não tenho motivos para tanto, e o senhor não parece o tipo de pessoa que se venderia, caso fosse essa minha intenção. Pode vasculhar a nave, se desejar.

- Não há necessidade - respondeu o oficial, guardando seu gravador de bolso. - Os senhores já foram vasculhados por contrabando específico de infecções e passaram. A nave recebeu uma frequência de ondas de rádio que servirá como feixe direcional para aproximação.

Foi embora. O procedimento todo levou quinze minutos.

- Poderíamos ter causado confusão? - perguntou Pelorat, com voz grave. - Ele esperava mesmo um suborno?

Trevize deu de ombros.

- Subornar o homem da alfândega é algo tão antigo quanto a Galáxia, e eu o teria feito prontamente se ele sugerisse uma segunda vez. Do jeito que foi, imagino que ele tenha preferido não se arriscar com uma nave da Fundação, e ainda mais de alto padrão. A velha prefeita, bendita seja sua teimosia, disse que o nome da Fundação nos protegeria aonde quer que fôssemos, e não estava errada. Podia ter levado muito mais tempo.

- Por quê? Ele parece ter descoberto o que queria saber.

- Sim, mas teve a cortesia de nos verificar com escaneamento remoto por rádio. Se desejasse, poderia ter vasculhado a nave toda com um equipamento portátil e levado horas. Poderia ter nos deixado em isolamento hospitalar por dias.

- O quê? Meu *caro* colega!

- Não fique nervoso. Ele não fez nada disso. Achei que poderia fazer, mas não o fez. Ou seja, estamos livres para pousar. Eu gostaria de descer gravitacionalmente, o que consumiria quinze minutos, mas não sei onde estão as áreas autorizadas de aterrissagem e não quero causar confusão. Isso significa que seguiremos o feixe direcional, o que levará horas, conforme passarmos em espiral pela atmosfera.

Pelorat pareceu animado.

- Mas isso é excelente, Golan. Vamos descer devagar o suficiente para observar o terreno? – mostrou sua tela de visualização portátil com o mapa pouco ampliado.

– De certo modo. Precisaríamos ficar abaixo da formação de nuvens, e estaremos a alguns quilômetros por segundo. Não vamos seguir como um balão pela atmosfera, mas você verá a planetografia.

– Excelente! Excelente!

Pensativo, Trevize disse:

– Mas me pergunto se ficaremos no planeta Sayshell por tempo suficiente para nos preocuparmos em ajustar o relógio da nave ao horário local.

– Suponho que depende do que pretendemos fazer. O que acha que faremos, Golan?

– Nossa missão é encontrar Gaia e não sei quanto tempo isso levará.

– Podemos ajustar nossas faixas de pulso e deixar o relógio da nave como está – respondeu Pelorat.

– Pois bem – disse Trevize. Olhou para o planeta que se alastrava sob eles. – Não adianta esperar mais tempo. Ajustarei o computador de acordo com as trações de rádio que nos foram atribuídas e ele usará as gravidades para simular um voo convencional. Então, Janov, vamos descer e ver o que conseguimos encontrar?

Pensativo, observou o planeta conforme a nave começou a se locomover em sua curva potencial gravitacional, cuidadosamente ajustada.

Trevize nunca estivera na Aliança Sayshell, mas sabia que, ao longo do último século, eles tinham se comportado de maneira invariavelmente pouco amigável com a Fundação. Ficou surpreso – e um pouco temeroso – por terem passado pela alfândega tão rápido.

Não parecia fazer sentido.

2

O nome do oficial da alfândega era Jogoroth Sobhaddartha. Ele trabalhara intermitentemente naquela estação durante metade de sua existência, e não se incomodava com aquela vida, pois lhe garantia um mês, a cada três, para ler seus livros, ouvir suas músicas e ficar longe de sua esposa e de seu filho em fase de crescimento.

Porém, há dois anos o comandante da alfândega era um Devaneador, o que era irritante. Não existe pessoa mais detestável do que alguém que não oferece nenhuma justificativa para ordens peculiares além de dizer que assim lhe foi instruído em um sonho.

Sobhaddartha decidiu consigo mesmo que não acreditava em nada daquilo, mesmo que fosse cuidadoso em não declarar tal raciocínio, já que a maioria das pessoas em Sayshell reprovava questionamentos antipsíquicos. Tornar-se conhecido como materialista poderia colocar sua iminente pensão em risco.

Acariciou os dois tufos de barba em seu queixo, um com a mão direita e o outro com a esquerda, pigarreou chamativamente e então, com um inapropriado tom casual, disse:

– Era essa a nave, comandante?

O comandante cujo nome, igualmente sayshelliano, era Namarath Godhisavatta, estava ocupado com um problema envolvendo dados gerados pelo computador e não tirou os olhos de sua tela.

– Que nave? – perguntou.

– A *Estrela Distante*. A nave da Fundação. Essa que acabei de deixar passar. Essa que foi holofotografada de todos os ângulos. Foi com ela que o senhor sonhou?

Godhisavatta ergueu o olhar. Era um homem pequeno, com olhos quase pretos, cercados por tênues rugas que certamente não eram resultado de muitos sorrisos.

– Por que deseja saber? – disse.

Sobhaddartha endireitou a coluna e permitiu que suas sobrancelhas escuras e viçosas se aproximassem uma da outra.

– Eles afirmaram ser turistas, mas nunca vi uma nave como aquela. Em minha opinião, são agentes da Fundação.

Godhisavatta reclinou-se na cadeira.

– Meu caro, por mais que eu me esforce, não consigo me lembrar de ter pedido a sua opinião.

– Mas comandante, considero meu dever patriótico apontar que...

Godhisavatta cruzou os braços diante do peito e encarou severamente seu subalterno, que (mesmo sendo muito mais intimidante em altura e porte físico) se permitiu definhar e assumir uma aparência derrotada sob o olhar de seu superior.

– Meu caro – disse Godhisavatta –, *se* não quer correr riscos desnecessários, fará seu trabalho *sem* dar opiniões, ou garanto que não terá pensão quando se aposentar, o que acontecerá em breve se eu ouvir algo sobre um assunto que não seja da sua conta.

– Sim, senhor – respondeu Sobhaddartha, em tom grave. Então, com um grau suspeito de subserviência na voz, acrescentou: – Está dentro dos limites de meu dever, senhor, informá-lo que uma segunda nave está ao alcance de nossas telas?

– Considere-me informado – respondeu Godhisavatta, irritadiço, voltando a concentrar-se em seu trabalho.

Sobhaddartha continuou, com ainda mais humildade:

– Com características muito similares à que acabei de autorizar passagem.

Godhisavatta colocou as mãos na escrivaninha e levantou-se.

– Uma *segunda* nave?

Sobhaddartha sorriu internamente. Aquela figura sanguinária nascida de uma união irregular (referia-se ao comandante) claramente não tinha sonhado com *duas* naves.

– Ao que tudo indica, sim, senhor! Agora voltarei a meu posto e aguardarei ordens. E espero, senhor...

– Sim?

Sobhaddartha não pôde resistir, apesar do risco pensionário.

– E espero, senhor, que não tenhamos deixado a nave errada passar.

3

A *Estrela Distante* movia-se rapidamente pela face do planeta Sayshell e Pelorat observava, fascinado. A camada de nuvens era mais fina e esparsa do que a de Terminus e, assim como mostrava o mapa, as superfícies terrestres eram mais maciças e extensas e incluíam amplas áreas desérticas, a julgar pela cor desbotada de grande parte da vastidão continental.

Não havia nenhum sinal de vida. Parecia um mundo de desertos estéreis, planícies cinzentas, infinitas falhas geológicas que poderiam ter sido áreas montanhosas e, claro, oceanos.

– Parece morto – murmurou Pelorat.

– Não espere enxergar sinais de vida desta altura – respondeu Trevize. – Conforme descermos, notará áreas verdes em alguns pontos. Na verdade, antes disso, você verá a paisagem reluzente do lado noturno. Seres humanos tendem a iluminar seus mundos quando a escuridão se aproxima; nunca ouvi falar em um mundo que fosse exceção a essa regra. Em outras palavras, o primeiro sinal de vida que você verá não será humano, e sim tecnológico.

– Seres humanos são diurnos por natureza, afinal – disse Pelorat, pensativo. – Parece-me que, entre os primeiros objetivos de uma civilização tecnológica em desenvolvimento, estaria converter a noite em dia. Na realidade, se um mundo não tivesse tecnologia e passasse a desenvolvê-la, você poderia acompanhar o progresso da evolução tecnológica pelo aumento de luz sobre a superfície escura. Quanto tempo levaria, em sua opinião, para ir de escuridão uniforme a luz uniforme?

– Você tem pensamentos excêntricos – riu-se Trevize –, mas suponho que faça parte do ofício de mitólogo. Não creio que um mundo poderia alcançar luz uniforme. Luzes noturnas seguiriam o padrão de densidade populacional; portanto, os continentes brilhariam em aglomerações e faixas. Até mesmo Trantor, em seu auge, quando era uma única estrutura gigantesca, deixava a luz emanar apenas em pontos dispersos.

A terra ficou verde, como tinha previsto Trevize, e, na última volta pelo globo, ele apontou padrões que afirmou serem cidades.

– Não é um mundo muito urbanizado – disse. – Nunca estive na Aliança Sayshell, mas, de acordo com as informações que o computador forneceu, eles tendem a se ater ao passado. Tecnologia, sob o olhar de toda a Galáxia, é sempre associada à Fundação, e onde a Fundação não é popular há uma tendência a se ater ao passado... com exceção, claro, ao que diz respeito a armas de guerra. Garanto que Sayshell é bastante avançado nesse quesito.

– Puxa vida, Golan, isso não será desagradável, será? Afinal, somos membros da Fundação, e, em território inimigo...

– Não é território inimigo, Janov. Eles serão perfeitamente educados, não tenha medo. A Fundação não é bem-vista, só isso. Sayshell não faz parte da Federação da Fundação. Logo, por terem orgulho de sua independência e por não gostarem de lembrar que são muito mais fracos do que a Fundação e continuam independentes apenas porque estamos dispostos a permiti-lo, eles se dão ao luxo de não gostarem de nós.

– Receio que será desagradável, então – disse Pelorat, desanimado.

– De jeito nenhum – respondeu Trevize. – Deixe disso, Janov. Estou falando da atitude oficial do governo sayshelliano. Os indivíduos do planeta são apenas pessoas e, se formos educados e não agirmos como os grandes lordes da Galáxia, eles também serão. Não viemos a Sayshell estabelecer o domínio da Fundação. Somos apenas turistas, fazendo o tipo de pergunta sobre Sayshell que qualquer turista faria. E podemos até nos divertir um pouco, também, caso a situação permita. Não há nada de errado em ficar por aqui alguns dias e experimentar o que eles têm a oferecer. Talvez tenham uma cultura interessante, paisagens interessantes, comida interessante e, se nada mais servir, mulheres interessantes. Temos dinheiro para gastar.

– Oh, meu *estimado* colega – Pelorat franziu as sobrancelhas.

– Deixe disso. Você não é assim *tão* velho. Não estaria interessado?

– Não digo que não houve uma época em que assumi com gosto esse papel, mas este certamente não é o momento para isso. Temos uma missão. Queremos chegar a Gaia. Não tenho nada contra diversão, não mesmo, mas se começarmos a nos envolver, talvez seja difícil sair dessa. – Ele sacudiu a cabeça e disse, suavemente: – Você temia que eu me divertisse demais na Biblioteca Galáctica em Trantor e não conseguisse sair de lá. O que a biblioteca representa para mim é, decerto, equivalente ao que uma donzela atraente de olhos castanhos... ou cinco ou seis... representam para você.

– Não sou um libertino, Janov – disse Trevize –, mas também não tenho intenções de ser casto. Muito bem, prometo a você que vamos dar continuidade à questão de Gaia, mas se algo prazeroso cruzar o meu trajeto, não há nenhum motivo na Galáxia para que eu não reaja normalmente.

– Se você colocar Gaia acima...

– E assim o farei. Mas lembre-se, não conte a ninguém que somos da Fundação. Saberão que somos, pois temos créditos da Fundação e falamos com o acentuado sotaque de Terminus, mas, se não comentarmos nada sobre o assunto, eles podem fingir que somos estranhos sem origem e ser amigáveis. Se fizermos *questão* de nos exibir como membros da Fundação, eles serão adequadamente educados, mas não nos contarão nada, não nos mostrarão nada, não nos levarão a lugar nenhum e nos deixarão totalmente largados.

Pelorat suspirou.

– Nunca vou entender as pessoas – respondeu Pelorat.

– Não há nenhum segredo. Tudo o que precisa fazer é observar a si mesmo, e entenderá os outros. Não somos diferentes, de maneira nenhuma. Como Seldon poderia ter elaborado seu Plano, não interessa quão sutil era sua matemática, se não entendesse as pessoas? E como poderia tê-las compreendido se elas não fossem fáceis de compreender? Mostre-me alguém que não entende as pessoas e eu lhe mostrarei alguém que criou uma imagem falsa de si mesmo... sem intenções de ofendê-lo.

– Não me sinto ofendido. Estou disposto a admitir que sou inexperiente e que vivi uma vida egocêntrica e retraída. Eu talvez nunca tenha olhado direito para mim mesmo. Portanto, deixarei que seja meu guia e conselheiro no que diz respeito às pessoas.

– Ótimo. Então ouça meu conselho agora e apenas observe os arredores. Pousaremos em breve e garanto que não sentirá nada. O computador e eu cuidaremos de tudo.

– Golan, não fique irritado. Se uma jovem viesse...

– Esqueça! Deixe-me preparar a aterrissagem.

Pelorat virou-se para observar o planeta no final da espiral descendente da nave. Seria o primeiro planeta estrangeiro sobre o qual ele pousaria. O pensamento, de alguma maneira, o enchia de angústia, independentemente do fato de todos os milhões de planetas habitados da Galáxia terem sido colonizados por pessoas que não haviam nascido neles.

Todos, menos um, pensou, com um arrepio de inquietação e êxtase.

4

O espaçoporto não era grande se comparado ao padrão da Fundação, mas era bem cuidado. Trevize observou enquanto a *Estrela Distante* foi movida para um ancoradouro e imobilizada. Eles receberam um elaborado recibo criptografado.

– Vamos simplesmente largá-la aqui? – perguntou Pelorat, em um sussurro.

Trevize concordou com a cabeça e colocou sua mão no ombro de Pelorat para reconfortá-lo.

– Não se preocupe – respondeu, também sussurrando.

Entraram no carro terrestre que alugaram e Trevize plugou-se ao mapa da cidade, cujas torres eram visíveis no horizonte.

– Cidade de Sayshell – disse –, a capital do planeta. Cidade, planeta, estrela... todos chamados Sayshell.

– Estou preocupado com a nave – insistiu Pelorat.

– Nenhum motivo para se preocupar – respondeu Trevize. – Estaremos de volta à noite, pois será nosso alojamento se precisarmos ficar por aqui além de algumas horas. Entenda também que existe um código de ética interestelar espaçoportuária que, até onde sei, nunca foi quebrado, nem mesmo em tempos de guerra. Espaçonaves que chegam em paz são intocáveis. Se não fosse assim, ninguém estaria seguro, e o comércio seria impossível. Qualquer mundo em que tal código fosse quebrado seria boicotado pelos pilotos espaciais da Galáxia. Eu garanto: ninguém correria esse risco. Além disso...

– Além disso?

– Bom, além disso, programei o computador para que qualquer pessoa que não se pareça nem fale como um de nós seja morta se ele, ou ela, tentar entrar na nave. Tomei a liberdade de explicar esse fato ao Comandante do espaçoporto. Contei-lhe, educadamente, que adoraria desligar esse sistema, em respeito à reputação de integridade e segurança absolutas do Espaçoporto da Cidade de Sayshell (fama que percorre a Galáxia, disse a ele), mas a nave é um modelo novo e eu não sabia *como* desligá-lo.

– Ele decerto não acreditou *nisso*.

– Claro que não! Mas precisou fingir que acreditava, pois, senão, não teria escolha além de ficar ofendido. E, como não haveria nada que pudesse fazer nesse caso, ficar ofendido levaria apenas à humilhação. Como não gostaria *disso*, o caminho mais simples foi acreditar em mim.

– E isso é mais um exemplo de como são as pessoas?

– Sim. Você se acostumará.

– Como você sabe que este carro não está grampeado?

– Achei que poderia estar. Por isso, quando me ofereceram um, escolhi outro aleatoriamente. Se todos estiverem grampeados, bom... O que falamos de tão terrível?

– Não sei como dizer isso – disse Pelorat, pouco contente. – Parece-me bastante grosseiro reclamar, mas não gosto do cheiro. Há um... odor.

– No carro?

– Bem, no espaçoporto, para começar. Imaginei que fosse o cheiro dos espaçoportos, mas o carro está com o mesmo odor. Podemos abrir as janelas?

Trevize riu.

– Acho que consigo descobrir qual parte do painel realizará essa façanha – disse –, mas não deve ajudar. Este planeta é fedido. Está muito ruim?

– Não é muito forte, mas é perceptível, e um tanto repulsivo. O planeta inteiro tem esse cheiro?

– Continuo esquecendo que você nunca esteve em outro planeta. Cada mundo habitado tem seu próprio cheiro. Na maior parte, é graças à vegetação, mas acredito que os animais e até mesmo os seres humanos contribuam. E, até onde sei, *ninguém* gosta do cheiro de qualquer mundo na primeira vez que pousa nele. Mas você se acostuma, Janov. Em algumas horas, prometo que não sentirá mais.

– Você não está dizendo que todos os mundos têm esse cheiro, está?

– Não. Como disse, cada um tem o seu. Se prestássemos mais atenção, ou se nosso olfato fosse um pouco melhor, como o faro dos cães anacreonianos, provavelmente saberíamos de que mundo se trata com apenas uma fungada. Quando me juntei à marinha, era impossível comer no primeiro dia em um novo planeta; então aprendi o velho truque espaçonauta de cheirar um lenço com o odor daquele mundo durante a aterrissagem. No momento em que se sai para o espaço aberto, não se sente mais nada. E, depois de um tempo, você acaba imune a tudo isso, aprende a desconsiderar. O pior de tudo é voltar para casa, na verdade.

– Por que?

– Você acha que Terminus não fede?

– Está me dizendo que fede?

– Claro que fede. Uma vez que você se acostume com o cheiro de outro planeta, como Sayshell, ficará surpreso com a fedentina de Terminus. Antigamente, quando as comportas se abriam em Terminus depois de uma grande viagem em missão, toda a tripulação dizia: "De volta ao lar, podre lar".

Pelorat parecia inconformado.

As torres da cidade estavam perceptivelmente mais próximas, mas Pelorat manteve seus olhos fixos nas imediações. Havia outros carros seguindo em ambas as direções e, ocasionalmente, um carro aéreo passava acima, mas Pelorat estudava as árvores.

– A vida vegetal parece incomum – comentou. – Você diria que parte dela é nativa?

– Duvido – respondeu Trevize, distraído. Estudava o mapa e tentava ajustar as configurações do computador do veículo. – Não existe muita vida nativa em nenhum planeta humano. Colonizadores sempre importaram seus próprios animais e plantas, na época da colonização ou pouco depois.

– Mas me parece estranha.

– Janov, você não pode esperar pelas mesmas variedades em todos os mundos. Certa vez ouvi dizer que as pessoas da *Enciclopédia Galáctica* montaram um atlas de variedades de espécies que ocupava oitenta e sete imensas unidades de memória, mesmo incompleto... e, de qualquer maneira, estava desatualizado assim que foi terminado.

O carro prosseguiu; a fronteira da cidade alargou-se e os engoliu.

– Não gosto muito da arquitetura urbana de Sayshell – arrepiou-se Pelorat.

– Gosto não se discute – respondeu Trevize com a indiferença de um viajante espacial frequente.

– Aliás, para onde estamos indo?

– Bem – disse Trevize, com certo incômodo –, estou tentando fazer com que o computador guie esta coisa até o centro turístico. Espero que ele conheça as ruas de mão única e as leis de trânsito, porque eu não conheço.

– O que faremos lá, Golan?

– Para começar, somos turistas, portanto é o lugar para onde iríamos naturalmente, e queremos ser o menos suspeitos e o mais naturais possível. Em segundo lugar, aonde você iria para conseguir informações sobre Gaia?

– A uma universidade – respondeu Pelorat – um instituto antropológico ou museu... Certamente não a um centro turístico.

– Bem, você está errado. No centro turístico, seremos tipos intelectuais que estão ansiosos para ver uma lista das universidades da cidade, e dos museus, e assim por diante. Vamos decidir para onde iremos primeiro e *lá* talvez encontremos as pessoas adequadas para consultar sobre história antiga, galaxiografia, mitologia, antropologia ou qualquer coisa que possa querer. Mas tudo começa no centro turístico.

Pelorat calou-se e o carro seguiu com dificuldade quando se juntou ao fluxo de trânsito e se tornou parte dele. Desviaram para uma rua adjacente e passaram por sinais que talvez representassem direções e instruções de trânsito, mas que estavam escritos com um estilo de letra que os tornava praticamente ilegíveis.

Felizmente, o carro se comportou como se soubesse o caminho e, quando parou e posicionou-se em uma vaga de estacionamento, havia uma placa que dizia: CENTRO DE CONVÍVIO ESTRANGEIRO DE SAYSHELL na mesma letra de leitura difícil e, logo abaixo, CENTRO TURÍSTICO DE SAYSHELL nas letras diretas e acessíveis do Padrão Galáctico.

Adentraram o prédio, que não era tão grande quanto a fachada sugeria e certamente não era palco de muita atividade.

Havia uma série de cabines de espera; uma delas estava ocupada por um homem que lia tiras de notícias saídas de um pequeno ejetor; outra continha duas mulheres que pareciam entretidas com algum tipo de intrincado jogo com cartas e pedras. Atrás de um balcão grande demais para ele, com controles computadorizados luminosos que lhe pareciam complexos demais, estava um entediado funcionário sayshelliano com uma roupa que parecia um tabuleiro de xadrez multicolorido.

– É certamente um mundo de vestimentas extrovertidas – sussurrou Pelorat enquanto o encarava.

– Sim – respondeu Trevize –, também reparei. De qualquer forma, a moda varia de mundo para mundo e, às vezes, até mesmo de região para região no mesmo planeta. E muda com o tempo. Cinquenta anos atrás, talvez todos em Sayshell usassem preto. Aceite do jeito que é, Janov.

– Suponho que deva fazer isso – disse Pelorat –, mas prefiro nossas próprias vestimentas. Elas, pelo menos, não são uma agressão ao nervo óptico.

– Por que a maioria de nós usa cinza com cinza? Isso é ofensivo para algumas pessoas. Já ouvi se referirem a isso como "vestir-se de sujeira". Além disso, é a falta de cores da Fundação que provavelmente os mantém nesse arco-íris, apenas para enfatizarem sua independência. De qualquer maneira, tudo depende daquilo a que você está acostumado. Venha, Janov.

Os dois seguiram até o balcão e, conforme se aproximaram, o homem da cabine ignorou as notícias, levantou-se e foi até eles, sorrindo. *Suas* roupas tinham tons de cinza.

Trevize, a princípio, não olhou para ele, mas, quando o fez, ficou petrificado.

Inspirou profundamente e disse:

– Pela Galáxia! Meu amigo, o traidor!

12.

Agente

1

Munn Li Compor, conselheiro de Terminus, parecia incerto ao estender sua mão direita a Trevize.

Trevize olhou para a mão com frieza e não o cumprimentou. Aparentemente para todos ouvirem, disse:

– Não tenho intenções de criar uma situação em que acabe detido por perturbar a paz em um planeta estrangeiro, mas assim o farei se este indivíduo der mais um passo em minha direção.

Compor parou abruptamente, hesitou e, depois de olhar com perplexidade para Pelorat, disse, em um tom grave:

– Terei uma chance de conversar? De explicar? Você me escutaria?

Pelorat analisou um e depois o outro com as sobrancelhas levemente franzidas.

– Do que se trata tudo isso, Golan? – perguntou. – Viemos a este mundo distante e imediatamente encontramos alguém que você conhece?

Os olhos de Trevize estavam fixos em Compor, mas ele girou o corpo de leve para deixar claro que estava falando com Pelorat.

– Este... ser humano... é como o classificaríamos, considerando sua forma... foi meu amigo em Terminus, no passado. Como é hábito com amigos, eu confiava nele. Contei-lhe minhas opiniões, as quais talvez não devessem ser divulgadas a todos. Ele aparentemente as relatou às autoridades sem omitir nenhum detalhe e não se deu ao trabalho de me informar que o tinha feito. Por esse motivo, fui vítima de uma armadilha perfeita e agora estou exilado. E, agora, este... ser humano... deseja ser reconhecido como amigo.

Virou-se para Compor e passou os dedos pelos cabelos, o que fez com que seus cachos ficassem ainda mais desalinhados.

– Escute aqui, você. Quero fazer uma pergunta. O que está fazendo aqui? De todos os mundos da Galáxia onde você poderia estar, por que *este*? E por que *agora*?

A mão de Compor, que permaneceu estendida durante o discurso de Trevize, pendeu na lateral de seu corpo, e o sorriso abandonou seu rosto. O ar de autoconfiança, que normalmente compunha grande parte de sua presença, desapareceu. Sem ele, Compor parecia mais novo do que seus trinta e quatro anos e um tanto quanto desolado.

– Deixe-me explicar – respondeu –, mas do começo.

– Aqui? – Trevize olhou rapidamente à volta. – Quer mesmo falar sobre isso aqui? Em um lugar público? Quer que eu o esmurre *aqui* depois de ouvir ainda mais mentiras suas?

Compor levantou as duas mãos, uma palma diante da outra.

– É o lugar mais seguro, acredite em mim. – Então, contendo-se e percebendo o que o outro estava prestes a dizer, acrescentou rapidamente: – Ou não acredite, não importa. Estou falando a verdade. Estou no planeta há algumas horas a mais do que você e dei uma explorada. Hoje é alguma data especial que eles têm aqui em Sayshell. Por algum motivo, é dia de meditação. Quase todo mundo está em casa, ou deveria estar. Veja como o lugar está vazio. Acha que é assim todos os dias?

Pelorat concordou com a cabeça.

– Agora que você mencionou – disse –, eu estava me perguntando o motivo para estar tão vazio.

Ele se inclinou ao ouvido de Trevize e sussurrou:

– Por que não deixá-lo falar, Golan? Ele parece miserável, o infeliz, e talvez esteja tentando pedir desculpas. Parece injusto não lhe dar a chance.

– O doutor Pelorat parece interessado em ouvi-lo – disse Trevize. – Estou disposto a fazer a vontade dele, e você fará a *minha* vontade sendo breve na explicação. Quem sabe seja um bom dia para eu perder a paciência. Se todos estão meditando, qualquer distúrbio que eu cause talvez não provoque a vinda dos agentes da lei. Posso não ter a mesma sorte amanhã. Por que desperdiçar a oportunidade?

– *Escute* – disse Compor, com a voz tensa –, se quiser me socar, vá em frente. Não vou me defender. Vamos, me dê um soco, mas *escute*!

– Pois então fale. Escutarei por algum tempo.

– Em primeiro lugar, Golan...

– Dirija-se a mim como Trevize, por favor. Não estou em termos tão íntimos com você.

– Em primeiro lugar, *Trevize*, você fez um bom trabalho convencendo-me de seu ponto de vista...

– Você escondeu bem esse fato. Poderia jurar que não me levava a sério.

– Tentei não levar a sério para esconder de mim mesmo o fato de que você estava sendo extremamente inquietante. Escute, vamos sentar ali perto da parede. Mesmo que o lugar esteja vazio, alguns poucos *talvez* venham e acho que não devemos agir de maneira desnecessariamente suspeita.

Os três cruzaram devagar a maior parte do comprimento do grande aposento. Compor experimentou sorrir mais uma vez, mas permaneceu cauteloso, a uma distância segura de Trevize.

Sentaram-se, cada um em um assento que, ao acomodar o peso, cedeu e moldou-se no formato de seus quadris e nádegas. Pelorat ficou surpreso e ameaçou levantar-se.

– Relaxe, professor – disse Compor. – Já passei por isso. Eles estão à nossa frente em alguns aspectos. É um mundo que acredita em pequenos confortos.

Virou-se para Trevize, colocando um braço por sobre o encosto de sua cadeira, agora falando com mais segurança.

– Você me perturbou. Fez com que eu acreditasse que a Segunda Fundação *de fato* existe, e isso foi bastante inquietante. Considere as consequências, caso seja verdade. Não seria provável que eles talvez se livrassem de você? Que o eliminariam de alguma forma, por ser uma ameaça? E, se me portasse como se acreditasse em você, eu talvez também fosse eliminado. Vê o meu ponto de vista?

– Vejo um covarde.

– De que adiantaria agir como um herói de contos de fadas? – perguntou Compor enfaticamente, seus olhos azuis arregalando-se de indignação. – Eu ou você teríamos como enfrentar uma organização capaz de moldar nossas mentes e emoções? A única maneira de batalhar efetivamente seria esconder o que sabemos, para começar.

– Então você escondeu e ficou em segurança? Mas não escondeu da prefeita Branno, escondeu? Um tremendo risco.

– Sim! Mas achei que era válido. Conversar só nós dois poderia não levar a nada além de controle mental ou à eliminação completa de nossas memórias. Por outro lado, se eu relatasse à prefeita... ela era próxima de meu pai, como você sabe. Eu e meu pai éramos imigrantes de Smyrno, e a prefeita teve uma avó que...

– Sim, sim – disse Trevize, impaciente –, e várias gerações passadas cuja ancestralidade você pode traçar até o Setor Sirius. Você contou para todas as pessoas que conhece. Prossiga, Compor!

– Bem, consegui a atenção da prefeita. Se pudesse convencê-la de que havia perigo usando os seus argumentos, a Federação talvez tomasse alguma providência. Não somos tão indefesos quanto éramos na época do Mulo e, na pior das hipóteses, esse conhecimento perigoso ficaria mais difundido e nós dois não estaríamos tão *especificamente* em perigo.

– Colocar a Fundação em perigo, mas manter nós dois a salvo – disse Trevize, sardonicamente. – Que belo patriotismo.

– Essa seria a pior das hipóteses. Eu estava contando com a melhor. – Sua testa começou a ficar úmida. Ele parecia exausto diante do desprezo inflexível de Trevize.

– E você não me falou deste seu plano genial, falou?

– Não, Trevize, e lamento por isso. A prefeita ordenou que eu não falasse. Disse que queria saber tudo o que você sabia, mas que você era o tipo de pessoa que se fecharia caso soubesse que suas falas estavam sendo reportadas.

– E ela estava bem certa!

– Eu não sabia... Eu não tinha como adivinhar... eu não podia *conceber* que ela planejava prendê-lo e enxotá-lo do planeta.

– Ela esperava pelo momento político propício, quando meu *status* de conselheiro não me protegeria. Você não previu isso?

– Como poderia? Você mesmo não previu.

– Se soubesse que ela estava familiarizada com as minhas opiniões, teria previsto.

Compor respondeu com um súbito traço de insolência:

– É fácil dizer, em retrocesso.

– E o que você quer de mim neste momento? Agora que você também enxerga em retrocesso.

– Quero me redimir de tudo isso, dos danos que involuntariamente – *involuntariamente* – causei a você.

– Puxa vida! – respondeu Trevize, secamente. – Que gentileza da sua parte. Mas não respondeu à minha pergunta. Como é possível você estar *aqui*? Como calhou de estar no exato mesmo planeta que eu?

– Não há necessidade de uma resposta complexa para essa pergunta – disse Compor. – Eu o segui!

– Pelo hiperespaço? Com minha nave realizando Saltos em sequência?

Compor sacudiu a cabeça negativamente e respondeu:

– Nenhum mistério. Tenho o mesmo tipo de nave que você, com o mesmo tipo de computador. Você sabe da minha habilidade em adivinhar a direção do hiperespaço em que uma nave seguirá. Geralmente não é um bom palpite e erro duas a cada três vezes, mas, com o computador, fico muito melhor. Você hesitou bastante no início e me deu a chance de analisar a direção e a velocidade com as quais seguiria antes de entrar no hiperespaço. Junto com meus próprios excessos intuitivos, forneci os dados ao computador e ele fez o restante.

– E você chegou à cidade antes de mim?

— Sim. Você não usou a gravidade, mas eu usei. Imaginei que você viria à capital, então segui diretamente até o solo, enquanto você... — Compor fez um pequeno movimento em espiral com o dedo, como uma nave seguindo um feixe direcional.

— Você arriscou um encontro com as autoridades sayshellianas.

— Bom... — o rosto de Compor abriu-se em um sorriso que lhe garantia um inegável charme, e Trevize sentiu-se quase amistoso em relação a ele. — Não sou um covarde quanto a tudo.

Trevize fechou-se.

— Como conseguiu uma nave igual à minha?

— Exatamente da mesma maneira que *você* conseguiu uma nave igual à sua. A velha senhora, a prefeita Branno, a forneceu para mim.

— Por quê?

— Estou sendo totalmente honesto com você. Minha missão era segui-lo. A prefeita queria saber para onde você iria e o que faria.

— E suponho que você tem se reportado fielmente a ela. Ou talvez a esteja traindo também?

— Enviei relatórios a ela. Na verdade, eu não tinha escolha. Ela colocou um hipertransmissor na nave, que eu não deveria ter encontrado, mas encontrei.

— E o que fez?

— Infelizmente, está conectado de maneira que não posso removê-lo sem imobilizar a nave. Pelo menos *eu* não tenho como remover. Consequentemente, ela sabe onde estou... e sabe onde você está.

— Digamos que você não pôde me seguir. Ela não saberia onde estou. Pensou nisso?

— Claro que sim. Pensei em informar a ela de que o perdi, mas ela não teria acreditado, teria? E eu não poderia voltar a Terminus por sabe-se lá quanto tempo. E não sou como você, Trevize. Não sou uma pessoa despreocupada e sem bagagem. Tenho uma esposa em Terminus, uma esposa grávida, e quero voltar para ela. Você está livre para pensar apenas em si mesmo. Eu, não. Além disso, vim avisá-lo. Por Seldon, é o que estou tentando fazer, e você não escuta. Insiste em falar de outras coisas.

– Não estou impressionado com sua súbita preocupação por mim – respondeu Trevize. – Você me alertaria sobre o quê? Parece que *você* é a única coisa com a qual preciso ser cauteloso. Você me traiu, e agora me segue para me trair novamente. Ninguém mais está me causando mal algum.

– Esqueça o drama, homem. Trevize, você é um para-raios! Foi enviado para provocar uma reação da Segunda Fundação, se é que essa entidade existe. Tenho um senso intuitivo para coisas além de perseguição hiperespacial e estou certo de que é isso que ela planeja. Se tentar encontrar a Segunda Fundação, eles saberão e agirão contra você. Se o fizerem, é provável que se revelem. Nesse momento, a prefeita Branno os atacará.

– Pena que sua famosa intuição não estava funcionando quando Branno planejou minha prisão.

Compor ruborizou-se e murmurou:

– Você sabe que nem sempre funciona.

– E agora sua intuição lhe diz que ela planeja atacar a Segunda Fundação. Ela não ousaria.

– Acredito que ousaria, sim. Mas não é essa a questão. A questão no momento é que ela o está usando como isca.

– E daí?

– E daí que, por todos os buracos negros do espaço, não procure a Segunda Fundação. Ela não se importa que você seja morto na busca, mas *eu* me importo. Sinto-me responsável por isso e me importo.

– Estou tocado – disse Trevize, friamente –, mas acontece que tenho outra missão no momento.

– Tem?

– Pelorat e eu estamos em busca da Terra, o planeta que alguns acreditam ter sido o ponto de origem da raça humana. Não é mesmo, Janov?

Pelorat concordou com a cabeça.

– Sim – disse –, é uma questão puramente científica e um antigo interesse meu.

Compor pareceu estupefato por um momento. Então:
– Procurando pela *Terra*? Mas por quê?
– Para estudá-la – respondeu Pelorat. – Como o mundo no qual os seres humanos se desenvolveram... presumivelmente a partir de formas inferiores de vida, em vez de terem chegado "prontos", como em todos os outros planetas. Deve ser um estudo fascinante sobre a singularidade.
– E – completou Trevize – um mundo em que, talvez, eu possa descobrir mais sobre a Segunda Fundação. Apenas talvez.
– Mas não existe uma Terra. Não sabiam disso? – perguntou Compor.
– A Terra não existe? – Pelorat parecia completamente embasbacado, como fazia sempre que se preparava para ser insistente. – Está dizendo que não existiu um planeta em que a espécie humana surgiu?
– Oh, não. Decerto houve uma Terra. Não há dúvidas quanto a isso! Mas *agora* não existe Terra alguma. Nada de Terra habitada. Não existe.
Pelorat, impassível, disse:
– Existem histórias...
– Espere um instante, Janov – interrompeu Trevize. – Diga-me, Compor, como sabe disso?
– "Como"? O que quer dizer? É minha linhagem. Traço meus ancestrais até o Setor Sirius, se puder repetir o fato sem entediá-lo. Sabemos tudo sobre a Terra por lá. Ela está naquele setor, o que significa que não faz parte da Federação da Fundação e, portanto, ninguém em Terminus se importa. Mas, de qualquer forma, é onde a Terra está.
– Sim, é *uma* das alternativas – respondeu Pelorat. – Houve entusiasmo considerável pela "possibilidade Sirius", como era chamada, nos dias do Império.
– Não é uma possibilidade – disse Compor, veementemente. – É um fato.
– O que você diria se eu lhe informasse que sei de vários lugares diferentes da Galáxia que são, ou eram, chamados de Terra pelas pessoas que viviam nas estrelas próximas?

— Mas esse é o verdadeiro — afirmou Compor. — O Setor Sirius é o lugar da Galáxia com população mais antiga. Todos sabem disso.

— É o que os sirianenses afirmam, certamente — retrucou Pelorat, inabalável.

Compor parecia frustrado.

— Estou lhe dizendo...

— Conte-nos o que aconteceu com a Terra — disse Trevize. — Você afirma que não é mais habitada. Por que não?

— Radioatividade. Toda a superfície planetária é radioativa por causa de reações nucleares que saíram do controle ou devido a explosões nucleares, não tenho certeza. Agora nenhuma vida pode existir ali.

Os três encararam uns aos outros por um momento, até que Compor sentiu a necessidade de repetir.

— Estou lhes dizendo, a Terra não existe. Procurar por ela não é de nenhuma utilidade.

2

O rosto de Janov Pelorat, surpreendentemente, demonstrou alguma expressão. Não que houvesse fúria, ou alguma das emoções mais instáveis. Seus olhos ficaram semicerrados e uma espécie de intensidade cortante preencheu cada milímetro de sua face.

— Como foi mesmo que você descobriu tudo isso? — perguntou, sua voz sem nenhum traço da usual falta de convicção.

— Já disse — respondeu Compor. — É minha linhagem.

— Não seja tolo, jovem. Você é um conselheiro. Isso significa que deve ter nascido em um dos mundos da Federação. Smyrno; foi o que disse antes, não foi?

— Isso mesmo.

— Pois bem, de que linhagem está falando? Está me dizendo que tem genes que o preenchem de conhecimento congênito sobre os mitos sirianenses envolvendo a Terra?

— Não, claro que não — Compor parecia surpreso.

— Então do que está falando?

Compor parou, aparentemente construindo um raciocínio.

– Minha família tem livros antigos sobre a história sirianense – respondeu calmamente. – É uma linhagem externa, não interna. Não é algo sobre o que conversamos abertamente, muito menos com alguém que busque avanços políticos. Trevize parece acreditar ser o meu caso, mas, acredite em mim, falo sobre isso apenas com bons amigos. – Havia um traço de rancor em sua voz. – Teoricamente, todos os cidadãos da Fundação têm o mesmo *status*, mas aqueles dos mundos antigos da Federação são mais respeitados do que os dos novos – e aqueles cuja linhagem vem de mundos fora da Federação são os menos respeitados de todos. Mas esqueça isso. Além dos livros, visitei, certa vez, os mundos antigos. Trevize... ei, o que...

Trevize perambulara até uma das extremidades do aposento e observava através de uma janela triangular. O formato servia para garantir a vista do céu e para diminuir a da cidade – mais luz *e* também mais privacidade. Trevize esticou-se para olhar para baixo.

Voltou caminhando pela sala vazia.

– Design interessante de janela – comentou. – Chamou, conselheiro?

– Sim. Lembra-se da viagem pós-colegial que fiz?

– Depois da formatura? Lembro-me bem. Éramos camaradas. Companheiros para sempre. Fundação de confiança. Dois contra o mundo. Você partiu para sua viagem. Eu me juntei à marinha, cheio de patriotismo. Por algum motivo, não quis viajar com você, algum instinto me falou para não ir. Quem me dera o instinto tivesse permanecido comigo.

Compor não mordeu a isca.

– Visitei Comporellon – disse. – A tradição da minha família dizia que meus ancestrais haviam vindo dali, pelo menos do lado do meu pai. Éramos da família governante em épocas antigas, antes de o Império nos absorver, e meu nome é derivado daquele mundo... é o que diz a tradição familiar, pelo menos. Temos um antigo e poético nome para a estrela ao redor da qual Comporellon orbitava: Épsilon Eridani.

– O que esse nome significa? – perguntou Pelorat.

– Não sei se tem algum significado – Compor sacudiu a cabeça negativamente. – É apenas tradição. Eles vivem com várias tradições. É um mundo antigo. Têm longos e detalhados arquivos sobre a história da Terra, mas ninguém fala muito no assunto. São supersticiosos em relação a isso. Toda vez que mencionam a palavra, levantam as duas mãos, com o primeiro e o segundo dedo cruzados para repelir infortúnios.

– Falou sobre isso para alguém depois que voltou?

– Claro que não. Quem estaria interessado? E eu não iria obrigar ninguém a ouvir. Não, obrigado! Eu tinha uma carreira política para construir e a última coisa que queria era enfatizar minha origem estrangeira.

– E quanto ao satélite? – questionou Pelorat, em tom ríspido.

– Descreva o satélite da Terra.

Compor ficou abismado.

– Não sei nada sobre ele – respondeu.

– Ela tinha um satélite?

– Não me lembro de ter lido ou ouvido sobre o assunto. Mas estou certo de que, se você consultar os arquivos comporellanos, pode descobrir.

– Mas você não sabe de nada?

– Não sobre o satélite. Não que eu lembre.

– Hm... Como a Terra se tornou radioativa?

Compor sacudiu a cabeça e ficou em silêncio.

– Pense! – exigiu Pelorat. – Deve ter ouvido alguma coisa.

– Isso foi há sete anos, professor. Na época, não sabia que você me interrogaria sobre o assunto agora. Existia algum tipo de lenda, eles consideram história...

– O que dizia essa lenda?

– Que a Terra, destratada e condenada ao ostracismo pelo Império, com a sua população encolhendo, era radioativa e que iria, de alguma maneira, destruir o Império.

– Um único planeta moribundo destruiria todo o Império? – interveio Trevize.

– Eu falei que era uma lenda – defendeu-se Compor. – Não sei os detalhes. Bel Arvardan estava envolvido com essa lenda, disso eu sei.

– Quem é ele? – perguntou Trevize.

– Um personagem histórico. Pesquisei sobre ele. Era um arqueólogo absolutamente idôneo dos tempos antigos do Império, e defendia que a Terra ficava no Setor Sirius.

– Já ouvi esse nome – afirmou Pelorat.

– É um herói folclórico em Comporellon. Escutem, se vocês querem saber sobre essas coisas, sigam para Comporellon. Não há utilidade em ficar por aqui.

– De acordo com a lenda – disse Pelorat –, como a Terra planejava destruir o Império?

– Não sei – certa má vontade surgia na voz de Compor.

– A radiação estava, de alguma maneira, relacionada?

– Não sei. Houve histórias de um tipo de dilatador mental desenvolvido na Terra. Um Sinapsificador ou algo assim.

– Ele criava supermentes? – questionou Pelorat com profundos tons de incredulidade.

– Creio que não. O que me lembro, mais do que qualquer coisa, é que não funcionou. As pessoas tornavam-se gênios e morriam jovens.

– É provavelmente um mito moralista. Se você for ambicioso demais, perderá até o que já tem.

Pelorat virou-se para Trevize, irritado.

– O que *você* sabe sobre mitos moralistas? – perguntou.

– Sua área pode não ser a minha área, Janov – Trevize ergueu as sobrancelhas –, mas isso não significa que eu seja totalmente ignorante.

– O que mais você se lembra do que chamou de Sinapsificador, conselheiro Compor? – perguntou Pelorat.

– Nada, e não vou me submeter a mais interrogatórios. Escutem, segui vocês sob ordens da prefeita. Minhas ordens *não* incluíam contato. Fiz isso apenas para avisá-los da perseguição e dizer que foram enviados para servir aos propósitos dela, quaisquer que eles sejam. Não havia nada mais para ser discutido, mas me surpreenderam ao levantar repentinamente a questão da Terra. Bom, permitam-me repetir: o que quer que tenha existido lá no passado, Bel Arvardan, o Sinapsificador, o que seja, não tem nenhuma relação com o que há agora. Repito: a Terra é um planeta morto. Recomendo energicamente que sigam para Comporellon, onde devem encontrar tudo o que querem saber. Apenas saiam daqui.

– E, lógico – disse Trevize –, você reportará obedientemente à prefeita que vamos para Comporellon, e nos seguirá para ter certeza. Ou talvez ela mesma já saiba. Imagino que tenha lhe instruído e ensaiado cuidadosamente para que nos dissesse cada palavra que nos falou aqui porque, para servir aos propósitos dela, é em Comporellon que devemos estar. Certo?

O rosto de Compor empalideceu. Ele se levantou e quase gaguejou em seu esforço para controlar a voz.

– Tentei explicar – disse. – Tentei ser de alguma ajuda. Não devia ter tentado. Vá se jogar em um buraco negro, Trevize.

Ele girou nos calcanhares e foi embora rapidamente, sem olhar para trás.

Pelorat ficou um tanto chocado.

– Isso foi deveras grosseiro da sua parte, Golan, velho amigo. Eu poderia ter conseguido mais informações.

– Não, não poderia – respondeu Trevize, em tom grave. – Você não conseguiria extrair nada que ele não estivesse disposto a ceder. Janov, você não sabe o que ele é... até hoje, *eu* não sabia o que ele era.

3

Pelorat hesitou em incomodar Trevize, que estava sentado em uma das cadeiras moldáveis, imóvel, imerso em pensamentos.

– Vamos ficar sentados aqui a noite toda, Golan? – enfim perguntou Pelorat.

Trevize surpreendeu-se.

– Não, você tem razão – respondeu. – Será melhor se tivermos pessoas à nossa volta. Venha!

Pelorat se levantou.

– Não haverá pessoas à nossa volta. Compor disse que hoje é uma espécie de dia para meditação.

– Ele falou isso, foi? Não havia trânsito quando viemos pela estrada no carro terrestre?

– Sim, um pouco.

– Um trânsito considerável, em minha opinião. E quando entramos na cidade, ela estava vazia?

– Eu diria que não. Ainda assim, você precisa admitir que este lugar está vazio.

– Sim, também reparei. Venha, Janov. Estou com fome. Deve haver algum lugar para comer e temos dinheiro para algo bom. De todo modo, acharemos um lugar em que poderemos experimentar alguma novidade sayshelliana ou, se perdermos a paciência, algum bom prato do Padrão Galáctico. Venha. Quando estivermos seguramente cercados de gente, contarei o que realmente acho que aconteceu aqui.

4

Trevize reclinou-se com uma agradável sensação de renovação. O restaurante não era caro, se comparado aos padrões de Terminus, mas era, certamente, exótico. Era aquecido, em parte, por uma fogueira aberta, sobre a qual a comida era preparada. A carne era servida em pedaços pequenos, com uma variedade de molhos pungentes, e deveria ser comida com a mão; os dedos ficavam protegidos da gordura e do calor por folhas verdes e macias que eram frias, úmidas e tinham um gosto vagamente mentolado.

Era uma folha para cada pedacinho de carne e o conjunto todo era colocado na boca. O garçom explicara cuidadosamente o procedimento. Aparentemente acostumado com convidados de outros planetas, sorriu de modo paternal quando Trevize e Pelorat inspecionaram os pedacinhos fumegantes de carne, e ficou contente com o alívio dos estrangeiros ao descobrirem que as folhas mantinham os dedos frios e esfriavam também a carne conforme eram mastigadas.

– Delicioso! – disse Trevize, que acabou repetindo o pedido. Pelorat também repetiu.

Eles relaxaram com uma sobremesa esponjosa e vagamente doce e um café com sabor caramelado que gerou opiniões ambíguas. Acrescentaram melado, o que fez o garçom ter suas *próprias* opiniões ambíguas.

– Então, o que aconteceu lá no centro turístico? – perguntou Pelorat.

– Está falando de Compor?

– Aconteceu alguma outra coisa por lá que deveríamos discutir?

Trevize olhou em volta. Eles estavam em uma alcova funda e tinham privacidade limitada, mas o restaurante estava lotado e o ruído natural da multidão era a cobertura perfeita.

– Não é estranho que ele tenha nos seguido a Sayshell? – perguntou, em tom baixo.

– Ele disse que tem essa capacidade intuitiva.

– Sim, ele foi campeão interuniversitário de hiper-rastreamento. Eu nunca tinha questionado isso até hoje. Entendo que, se você tem alguma habilidade treinada nisso, algum tipo de reflexo, talvez seja possível deduzir em que direção alguém saltará pela maneira como essa pessoa se prepara, mas *não* vejo como um rastreador poderia deduzir uma *série* de Saltos. Você se prepara apenas para o primeiro; o computador calcula todos os outros. O rastreador poderia deduzir esse primeiro, mas que feitiço ele teria de usar para adivinhar o que está dentro do computador?

– Mas ele o fez, Golan.

– Decerto que sim – respondeu –, e a única maneira possível que imagino para tanto é se ele soubesse o nosso destino com antecedência. *Saber*, não deduzir.

Pelorat considerou a ideia.

– Deveras impossível, meu rapaz. Como ele saberia? Só decidimos nosso destino depois de embarcar na *Estrela Distante*.

– Sei disso. E quanto a este dia de meditação?

– Compor não mentiu para nós. O garçom disse que era um dia de meditação quando lhe perguntamos.

– Sim, ele disse, mas falou também que o restaurante não estava fechado. Na verdade, o que ele disse foi: "A Cidade de Sayshell não é no meio do mato. Ela não fecha". Em outras palavras, as pessoas meditam, mas não na cidade *grande*, onde todos são sofisticados e não há espaço para devoção de cidadezinha do interior. Portanto, há trânsito e há atividade. Talvez não tanta quanto em um dia normal, mas há atividade.

– Mas, Golan, ninguém entrou no centro turístico enquanto estávamos lá. Prestei atenção. Nenhuma pessoa entrou.

– Também percebi. Em determinado momento, fui até a janela e olhei para fora; vi claramente que as ruas em torno do centro estavam repletas de pessoas a pé e em veículos... e mesmo assim, ninguém entrou. O dia de meditação foi uma boa cobertura. Não questionaríamos a conveniente privacidade que tivemos se eu não tivesse tomado a decisão de não confiar naquele filho de dois estranhos.

– O que tudo isso significa, então? – questionou Pelorat.

– Acredito que é bem simples, Janov. Estamos falando de alguém que sabe para onde vamos assim que nós decidimos, mesmo estando em naves diferentes; estamos falando de alguém que consegue manter um edifício público vazio, mesmo um edifício cercado de pessoas, para que possamos conversar em conveniente privacidade.

– Você quer que eu acredite que ele pode fazer milagres?

– Isso mesmo. Acontece que Compor é um agente da Segunda Fundação e pode controlar mentes. Ele pode ler a minha e a sua mente em uma espaçonave distante; pode influenciar a passagem por um posto alfandegário; pode pousar usando a gravidade sem que a patrulha da fronteira fique indignada com sua rebeldia contra o feixe direcional; e pode influenciar mentes para que as pessoas não entrem em um edifício no qual ele não quer que elas entrem. Por todas as estrelas da Galáxia – continuou Trevize –, consigo retroceder até o ensino médio. Eu *não quis* viajar com ele. Lembro-me de não querer. Não teria sido sua influência? Ele precisava estar sozinho. Para onde estava indo, de verdade?

Pelorat empurrou os pratos que estavam a sua frente como se quisesse um espaço para poder pensar. O gesto aparentemente alertou o robô-ajudante, uma mesa com movimentação autônoma que parou ao lado deles e esperou enquanto colocavam a louça e os talheres sobre ela.

Quando estavam sozinhos, Pelorat disse:

– Mas isso é loucura. Não aconteceu nada que não pudesse acontecer naturalmente. Uma vez que você coloque na cabeça a ideia de que alguém está controlando os acontecimentos, pode interpretar tudo dessa maneira e não encontrar certeza razoável em nada. Ouça, velho amigo, foi tudo circunstancial e questão de interpretação. Não ceda à paranoia.

– Tampouco vou ceder à complacência.

– Bem, pensemos na lógica. Suponha que ele *seja* um agente da Segunda Fundação. Por que correria o risco de despertar nossas suspeitas mantendo o centro turístico vazio? O que ele disse de tão importante que algumas pessoas a distância (que, de qualquer maneira, estariam envolvidas com as próprias preocupações) teriam feito diferença?

– Há uma resposta fácil para essa pergunta, Janov. Ele precisava manter nossas mentes sob minuciosa observação, e não queria interferência de outras consciências. Nenhuma estática. Nenhuma chance de confusão.

– Novamente, essa é apenas a sua interpretação. O que era tão importante nessa conversa conosco? Faria sentido supor que ele nos contatou, como insistiu em dizer, apenas para explicar o que fez, para pedir desculpas e para nos avisar dos problemas que talvez nos aguardem. Por que precisaríamos enxergar algo além disso?

O pequeno leitor de cartões na borda na mesa iluminou-se discretamente e os números representando o valor da refeição piscaram por um breve instante. Trevize apalpou sob sua faixa em busca do cartão de crédito que, com o selo da Fundação, era válido em qualquer lugar da Galáxia; ou, pelo menos, em qualquer lugar que um cidadão da Fundação pudesse querer visitar. Ele o inseriu no espaço apropriado. Um instante depois, a transação estava completa e Trevize (com cautela natural) verificou o restante dos créditos antes de recolocar o cartão no bolso.

Ele olhou à volta casualmente para garantir que não haveria nenhum interesse indesejável por ele nos rostos das poucas pessoas que ainda estavam no restaurante e então disse:

– Por que enxergar algo além disso? Por que enxergar mais? Não foi apenas isso que ele falou. Ele falou sobre a Terra. Falou que ela está morta e insistiu energicamente que fôssemos a Comporellon. Devemos ir?

– É algo que estou considerando, Golan – admitiu Pelorat.

– Simplesmente sair daqui?

– Podemos voltar depois de verificar o Setor Sirius.

– Não lhe ocorre que o único propósito de Compor ao falar conosco era nos desviar de Sayshell, nos tirar daqui? Mandar-nos para qualquer lugar que não fosse aqui?

– Por quê?

– Não sei. Preste atenção. Eles esperavam que fôssemos a Trantor. Era o que *você* queria, e eles talvez estivessem contando que esse seria o nosso plano. Eu estraguei tudo ao insistir que viéssemos para Sayshell, que é a última coisa que queriam. Portanto, agora eles precisam nos tirar daqui.

– Mas Golan – Pelorat estava claramente infeliz –, você está apenas fazendo suposições. *Por que* eles não iriam nos querer em Sayshell?

– Não sei, Janov. Mas, para mim, é suficiente saber que eles querem que a gente vá embora. Vou ficar. Não vou embora.

– Mas... Mas... Escute, Golan, se a Segunda Fundação não nos quer aqui, eles não iriam simplesmente influenciar nossas mentes para que a gente quisesse ir embora? Para que tentar nos convencer?

– Agora que mencionou a questão, não foi o que fizeram com você, professor? – Os olhos de Trevize ficaram estreitos, com súbita desconfiança. – Você não quer ir embora?

Pelorat olhou para Trevize, surpreso.

– Só acho que faz sentido – respondeu.

– Claro que acha, se estiver sob influência.

– Mas eu não fui...

– É claro que você juraria que não, se estivesse sendo manipulado.

– Se você me encurralar dessa maneira – retrucou Pelorat –, não há nenhum jeito de refutar sua declaração infundada. O que vai fazer?

– Permanecerei em Sayshell. E você também ficará. Não pode controlar a nave sem mim. Se Compor o influenciou, manipulou o homem errado.

– Muito bem, Golan. Ficaremos em Sayshell até que tenhamos motivos concretos para ir embora. A pior coisa que podemos fazer, pior do que ir ou ficar, é nos desentendermos. Pense bem, velho amigo, se eu estivesse sob influência, poderia mudar de ideia e acompanhá-lo com prazer, como farei agora?

Trevize pensou por um momento e então, como se concordasse internamente, sorriu e estendeu a mão.

– De acordo, Janov. Agora, vamos voltar para a nave e começar de novo amanhã, se conseguirmos pensar em um recomeço.

5

Munn Li Compor não se lembrava de quando havia sido recrutado. Em primeiro lugar, era uma criança na ocasião; em segundo, os agentes da Segunda Fundação eram meticulosos ao remover o máximo de rastros possível.

Compor era um "Sentinela" e, para um membro da Segunda Fundação, era instantaneamente reconhecível como tal.

Significava que Compor estava familiarizado com o mentalicismo e podia comunicar-se com outros membros da Segunda Fundação usando, até certo grau, a mesma técnica de linguagem, mas estava no posto mais baixo da hierarquia. Podia ter vislumbres de consciências, mas não podia ajustá-las. A educação que recebera nunca tinha ido tão longe. Ele era um Sentinela, não um Efetivador.

O cargo fazia dele um cidadão de segunda classe, mas não se importava... muito. Sabia de sua relevância no grande esquema.

Durante seus primeiros séculos, a Segunda Fundação subestimara a importância dessa tarefa. Imaginava que seu punhado de membros podia monitorar a Galáxia inteira e que o Plano Seldon, para ser mantido, requeria apenas o mais leve e ocasional toque, aqui e ali.

O Mulo os despiu de tais ilusões. Surgindo do nada, pegou a Segunda Fundação (e também a Primeira, mas isso não importava) na mais completa surpresa e os deixou totalmente indefesos. Foram necessários cinco anos até que um contra-ataque pudesse ser organizado, e somente ao custo de diversas vidas.

Com Palver, foi possível a recuperação completa, mais uma vez por um preço esmagador, e ele, enfim, tomou as providências necessárias. Decidiu que as operações da Segunda Fundação deveriam ser radicalmente expandidas, mas sem que o risco de detecção indevida aumentasse. Por isso, instituiu a unidade dos Sentinelas.

Compor não sabia quantos Sentinelas existiam na Galáxia, nem mesmo quantos havia em Terminus. Não cabia a ele saber. Teoricamente, não deveria existir nenhuma conexão detectável entre os Sentinelas; assim, a perda de um não implicaria a perda de outros. Todas as conexões eram feitas com os escalões mais altos, em Trantor.

Ir a Trantor algum dia era uma ambição de Compor. Mesmo que considerasse altamente improvável, sabia que, de vez em quando, um Sentinela era levado para lá e promovido, mas era raro. As qualidades que caracterizavam um bom Sentinela não eram as mesmas que levavam à Mesa de Oradores.

Havia Gendibal, por exemplo, quatro anos mais jovem do que Compor. Provavelmente tinha sido recrutado também quando menino, assim como Compor, mas *ele* fora levado diretamente a Trantor, e agora era Orador. Compor não se questionava sobre tal fato. Estivera em contato direto com Gendibal ultimamente e experimentara o poder da mente daquele jovem. Não teria como enfrentar aquela mente por um segundo sequer.

Compor não costumava se incomodar com seu *status* inferior. Quase não havia oportunidade para tanto. Afinal de contas (como imaginava ser também o caso de outros Sentinelas), era inferior apenas pelos padrões de Trantor. Em seus próprios mundos não trantorianos, em suas próprias sociedades não mentálicas, era fácil para um Sentinela obter um *status* superior.

Compor, por exemplo, nunca teve problemas para entrar em boas escolas nem encontrar boa companhia. Fora capaz de usar seus poderes mentálicos de maneira simples para aumentar sua intuição natural (tinha certeza de que aquela intuição fora o motivo pelo qual o recrutaram) e, assim, provar-se um prodígio em rastreamento hiperespacial. Tornou-se um herói na faculdade, o que garantiu o primeiro passo em uma carreira política. Uma vez que a atual crise estivesse terminada, os avanços que poderia fazer eram quase inimagináveis.

Se a crise fosse resolvida com sucesso, como certamente o seria, o fato de que tinha sido Compor quem reparara em Trevize – não como ser humano (qualquer pessoa poderia fazer isso), mas como mente – seria lembrado, não seria?

Conhecera Trevize na faculdade e o vira, a princípio, como um companheiro jovial e perspicaz. Porém, certa manhã, ele despertou lentamente de seu sono e, no fluxo de consciência que acompanhava aquele estado soporífico de semidevaneio, sentiu que era lamentável o fato de Trevize nunca ter sido recrutado.

Trevize não poderia ter sido recrutado, evidentemente, pois havia nascido em Terminus; não era nativo de outro planeta, como Compor. E, mesmo ignorando esse fato, era tarde demais. Apenas os muito jovens são moldáveis o suficiente para receber uma educação sobre mentalicismo; a dolorosa introdução dessa arte (era algo maior do que uma ciência) em cérebros adultos, acomodados e enferrujados em seus moldes, havia sido vista apenas nas duas primeiras gerações depois de Seldon.

Mas se Trevize era inelegível ao recrutamento por causa de seu nascimento e, depois, também por causa de sua idade, por que Compor ficara tão preocupado com a questão?

Na segunda vez em que se encontraram, Compor examinou profundamente a consciência de Trevize e descobriu o que provavelmente o incomodara tanto na primeira vez. A mente do colega tinha características que não se encaixavam nas regras que tinha aprendido. Esquivava-se dele, vez após vez. Conforme explorava seus meandros, Compor encontrou lacunas... não, não eram lacunas propriamente ditas; não eram buracos de não existência. Eram lugares em que a atividade mental de Trevize era profunda demais para ser explorada.

Compor não tinha como determinar o que isso queria dizer, mas observou o comportamento de Trevize com base no que tinha descoberto e passou a suspeitar que ele possuía uma misteriosa habilidade de chegar a conclusões corretas a partir de dados que eram, aparentemente, insuficientes.

Teria alguma relação com as lacunas? Era, certamente, uma questão para um mentalicismo além de seus próprios poderes – para a própria Mesa, talvez. Tinha a angustiante sensação de que os poderes de decisão de Trevize eram desconhecidos, em sua totalidade, até mesmo pelo próprio Trevize, e que ele poderia...

Poderia o quê? O conhecimento de Compor não era suficiente. Ele podia quase enxergar o significado do que Trevize possuía, mas não via o bastante. Havia apenas a conclusão intuitiva – ou, talvez, apenas um palpite – de que Trevize poderia ser, potencialmente, alguém de importância absoluta.

Compor precisava arriscar que tal fato pudesse ser verdade, arriscar parecer desqualificado para o seu cargo. Afinal de contas, se estivesse certo...

Não sabia, pensando em retrocesso, como encontrara a coragem de continuar o que estava fazendo. Não pôde atravessar as barreiras burocráticas que cercavam a Mesa. Ele havia praticamente destruído sua reputação. Exauriu-se para alcançar o membro mais novo da Mesa até que, finalmente, Stor Gendibal respondeu ao seu chamado.

Gendibal ouviu pacientemente e, a partir daquele momento, surgiu uma relação especial entre os dois. Foi pelo interesse de

Gendibal que Compor manteve sua amizade com Trevize, e sob o direcionamento de Gendibal ele armou cuidadosamente a situação que resultou no exílio do amigo. E seria através de Gendibal que Compor talvez (ele começava a ter esperanças) alcançasse seu sonho de ser promovido para Trantor.

Contudo, todos os preparativos foram concebidos para que Trevize fosse a Trantor. A recusa de Trevize em fazê-lo surpreendeu Compor e (imaginava Compor) também não fora prevista por Gendibal.

De todo modo, Gendibal estava indo para Sayshell e, para Compor, isso acentuava a sensação de crise.

Compor enviou seu hipersinal.

6

Gendibal despertou por causa do toque em sua mente. Era eficaz e nada incômodo. Afetava diretamente seu mecanismo de despertar; portanto, ele simplesmente acordou.

Sentou-se na cama, o lençol escorregando pelo torso em boa forma e discretamente musculoso. Reconhecera o toque; as características distintas eram tão perceptíveis aos mentálicos quanto diferenças nas vozes daqueles que se comunicavam primariamente por meio do som.

Gendibal enviou o sinal-padrão, perguntando se um pequeno atraso era possível, e a resposta "não emergencial" foi enviada de volta.

Assim, sem pressa desnecessária, Gendibal seguiu a rotina matinal. Ainda estava no chuveiro da nave – com a água utilizada escorrendo pelo mecanismo de reciclagem – quando fez contato novamente.

– Compor?
– Pois não, Orador.
– Entrou em contato com Trevize e o outro?
– Pelorat. Janov Pelorat. Sim, Orador.
– Ótimo. Aguarde mais cinco minutos e providenciarei visualização.

Ele passou por Sura Novi a caminho dos controles. Ela olhou para ele, intrigada, e parecia prestes a dizer algo, mas ele pousou um dedo em seus lábios e ela se calou imediatamente. Gendibal ainda se sentia um pouco desconfortável com a intensidade da adoração e do respeito na mente de Novi, mas, de alguma maneira, isso estava se tornando uma parte reconfortante de sua existência.

Ele havia conectado uma pequena corrente que ia da sua mente até a dela, e seria impossível afetar sua mente sem que a dela não fosse afetada também. A simplicidade da mente de Novi (e Gendibal não podia evitar a sensação de enorme prazer estético em contemplar sua simetria pura) tornava impossível que qualquer campo mental alheio existisse na área sem ser detectado. Gendibal sentiu uma onda de gratidão pelo impulso de cortesia que tomou conta dele naquele momento em que estavam juntos diante da universidade e que a levou até ele exatamente quando ela seria imprescindível.

– Compor? – disse Gendibal.

– Pois não, Orador.

– Relaxe, por favor. Devo analisar sua mente. Sem intenções de ofensa.

– Como quiser, Orador. Posso perguntar o motivo?

– Para ter certeza de que você não foi influenciado.

– Sei que o senhor tem adversários políticos na Mesa, Orador, mas decerto nenhum deles...

– Sem especulações, Compor. Relaxe... Sim, você permanece intocado. Agora, se puder cooperar comigo, estabeleceremos contato visual.

O que aconteceu em seguida foi, no significado comum da palavra, uma ilusão. Ninguém, além daqueles dotados dos poderes mentálicos de um bem treinado membro da Segunda Fundação poderia ter detectado alguma coisa, tanto pelos sentidos como por meio de equipamentos físicos de detecção.

Era a construção de um rosto e de sua aparência a partir dos contornos de uma mente. Mesmo o melhor mentálico conseguia criar apenas uma figura turva e um tanto incerta. O rosto de

Compor estava ali, flutuante, como se visto através de uma tênue cortina de névoa inconstante, e Gendibal sabia que sua própria face aparecia de maneira idêntica diante de Compor.

Por meio de hiperondas físicas, a comunicação poderia ser estabelecida com imagens tão claras que Oradores a milhares de parsecs de distância poderiam acreditar estar diante um do outro. A nave de Gendibal estava equipada para tanto. Mas havia vantagens na visualização mentálica. A principal era que nenhum equipamento conhecido pela Primeira Fundação poderia grampeá-la. Também era impossível que algum membro da Segunda Fundação interceptasse a visualização mentálica de outro. A interação entre mentes podia ser detectada, mas não a troca de sutis expressões faciais que dava a tal comunicação sua profundidade.

Quanto aos anti-Mulos... Bem, a pureza da mente de Novi era suficiente para garantir a Gendibal que não havia nenhum deles por perto.

– Descreva, Compor, em detalhes – disse Gendibal –, a conversa que teve com Trevize e com esse Pelorat. Com exatidão, nível mental.

– Mas é claro, Orador – respondeu Compor.

Não demorou muito tempo. A combinação de som, expressão e mentalicismo comprimiu consideravelmente o relato, apesar de haver muito mais para contar em nível mental do que se fosse apenas a reprodução de um discurso.

Gendibal observou, concentrado. Havia pouca ou nenhuma redundância em visualizações mentálicas. Em visualizações comuns, ou até mesmo em hipervisualizações físicas através de vários parsecs, viam-se muito mais blocos de informação do que o absolutamente necessário para a compreensão, e era possível ignorar grandes trechos sem perder nada de significativo.

Porém, através da neblina da visualização mentálica, obtinha-se segurança absoluta à custa de não poder dar-se ao luxo de ignorar certos blocos. Cada bloco era importante.

Havia sempre histórias horríveis que passavam de instrutor a instruído em Trantor; contos para enfatizar, nos jovens, a importância da concentração. O mais repetido era, certamente, o menos confiável. Falava do primeiro relato sobre o progresso do Mulo antes de ele dominar Kalgan; sobre o oficial de baixo escalão que recebeu o relato e que não enxergou nada além da sugestão de um animal semelhante a um cavalo, pois não viu ou não compreendeu o pequeno trejeito que indicava "nome próprio". O oficial então teria decidido que aquilo era irrelevante para transmitir a Trantor. Quando a mensagem seguinte chegou, era tarde demais para qualquer ação imediata, e cinco amargos anos se passariam.

Tal evento provavelmente nunca acontecera, mas isso não importava. Era uma história melodramática que servia para estimular em todos os alunos o hábito da concentração absoluta. Gendibal se lembrava de sua época de estudante, quando cometeu um erro de interpretação que parecia, para ele, insignificante e compreensível. Seu professor – o velho Kendast, tirano até as raízes do cerebelo – simplesmente olhou com desprezo e disse: "Um animal semelhante a um cavalo, aprendiz Gendibal?", o que foi suficiente para que ele desmoronasse de constrangimento.

Compor terminou seu relato.

– Sua estimativa, por favor, sobre a reação de Trevize – requisitou Gendibal. – Você o conhece melhor do que eu, melhor do que ninguém.

– Foi bastante clara – respondeu Compor. – As indicações mentálicas eram inconfundíveis. Ele acredita que minhas palavras e ações representam minha ansiedade extrema de fazê-lo ir a Trantor ou ao Setor Sirius ou a qualquer lugar que não seja sua intenção visitar. Significou, em minha opinião, que ele permanecerá inexoravelmente onde está. Resumindo, o fato de eu ter atribuído grande importância à sua mudança de localização o forçou a enxergar a mesma importância, e, como ele considera seus próprios interesses diretamente opostos aos meus, agirá deliberadamente contra o que interpreta ser meu desejo.

– Está certo disso?

– Sim, estou certo.

Gendibal pensou por um momento e decidiu que Compor tinha razão.

– Estou satisfeito – disse. – Saiu-se muito bem. Sua história sobre a destruição radioativa da Terra foi bem escolhida para ajudar a causar a reação apropriada, sem a necessidade de manipulação direta da mente. Louvável!

Compor pareceu inquieto por um instante.

– Orador – disse. – Não posso aceitar vosso elogio. Não inventei essa história. É verdadeira. Existe mesmo um planeta chamado Terra no Setor Sirius e é de fato considerado o berço original da humanidade. Era radioativo, desde o princípio ou acabou ficando assim, o que piorou até que o planeta morreu. Além disso, houve, de fato, uma invenção intensificadora da mente que não gerou resultados. Tudo isso é considerado história no planeta natal de meus ancestrais.

– É mesmo? Que interessante! – respondeu Gendibal, sem nenhuma convicção óbvia. – E ainda melhor. Saber quando a verdade é suficiente é admirável, pois nenhuma mentira pode ser apresentada com a mesma sinceridade. Certa vez, Palver disse: "A mentira mais próxima da verdade é a melhor mentira; e a própria verdade, quando pode ser usada, é a melhor mentira".

– Há mais uma coisa que devo dizer – disse Compor. – Ao seguir as ordens de manter Trevize a qualquer custo no Setor Sayshell até vossa chegada, precisei me esforçar a ponto de ter ficado claro que ele suspeita que eu esteja sob a influência da Segunda Fundação.

Gendibal concordou com a cabeça.

– Suponho que fosse algo inevitável, dadas as circunstâncias – respondeu. – A obsessão de Trevize pelo assunto é suficiente para que ele veja a Segunda Fundação até mesmo onde ela não está. Devemos simplesmente levar tal fato em consideração.

– Orador, se é absolutamente necessário que Trevize fique aqui até que o senhor possa alcançá-lo, seria mais simples se eu fosse encontrá-lo, o senhor embarcasse em minha nave e eu o trouxesse para cá. Levaria menos de um dia...

– Não, Sentinela – interrompeu Gendibal, secamente. – Você não fará isso. As pessoas de Terminus sabem onde você está.

Você tem um hipertransmissor em sua nave que não pode ser removido, não é mesmo?

– Sim, Orador.

– E, se Terminus sabe que você pousou em Sayshell, o respectivo embaixador também está informado desse fato, e sabe ainda que Trevize está aí. Seu hipertransmissor informará Terminus de que você partiu para um ponto específico a centenas de parsecs de distância e voltou; e o embaixador informará que Trevize permaneceu em Sayshell. A partir desse fato, o que as pessoas de Terminus poderiam deduzir? A prefeita de Terminus é, pelo que dizem, uma mulher inteligente, e a última coisa que queremos é provocá-la ao criar uma intriga obscura. Não queremos que ela envie parte de sua marinha. As chances de isso acontecer já são desconfortavelmente altas.

– Respeitosamente, Orador – disse Compor –, que motivos temos para temer uma marinha se podemos controlar seus comandantes?

– Por menos motivos que possam existir, há ainda menos a temer se a marinha não estiver em nosso encalço. Fique onde está, Sentinela. Quando alcançá-lo, embarcarei em sua nave, e então...

– E então, Orador?

– E então cuidarei de tudo.

7

Gendibal permaneceu sentado depois de desfazer a visualização mentálica e continuou ali por vários minutos, ponderando.

Durante sua longa viagem até Sayshell, inevitavelmente longa em sua espaçonave que nunca poderia se equiparar ao avanço tecnológico dos produtos da Primeira Fundação, ele reviu cada relatório existente sobre Trevize. Relatórios que abrangiam quase uma década.

Visto como um todo e sob a óptica dos eventos recentes, não havia mais nenhuma dúvida de que Trevize teria sido um excelente recruta para a Segunda Fundação, se a política de não alistar nascidos em Terminus não estivesse em vigor desde a época de Palver.

Era impossível dizer quantos recrutas da melhor qualidade haviam sido perdidos pela Segunda Fundação ao longo dos séculos. Não tinha como avaliar cada um dos quatrilhões de seres humanos que povoavam a Galáxia. Ainda assim, era provável que nenhum deles fosse mais promissor do que Trevize, e *decerto* nenhum poderia estar em uma posição mais delicada.

Gendibal sacudiu a cabeça negativamente. Nascido em Terminus ou não, Trevize não deveria ter sido subestimado. Créditos ao Sentinela Compor por tê-lo detectado, mesmo depois que os anos haviam distorcido aquela mente promissora.

Evidentemente, Trevize não seria mais de utilidade para eles. Era velho demais para ser moldado. Mas ainda tinha sua intuição inata, aquela habilidade de conceber uma solução baseado em informações totalmente insuficientes, e alguma outra coisa... alguma outra coisa...

O velho Shandess que, apesar de não estar mais em seu auge, era o Primeiro Orador (no geral, um bom Primeiro Orador), visualizara alguma coisa em Trevize, mesmo sem os dados correlacionados e as deduções que Gendibal havia elaborado ao longo dessa viagem. Trevize, pensava Shandess, era a chave de toda a crise.

Por que Trevize estava em Sayshell? O que planejava? O que estava fazendo?

E não podia ser manipulado! Disso, Gendibal tinha certeza. Até que se soubesse exatamente qual era o papel de Trevize, seria totalmente errado tentar modificá-lo de alguma forma. Com o envolvimento dos anti-Mulos – quem quer que fossem, o que quer que fossem –, qualquer atitude equivocada em relação a Trevize (Trevize, acima de tudo) poderia causar consequências gigantescas e totalmente inesperadas.

Gendibal sentiu uma mente pairando sobre a sua e, distraidamente, enxotou-a como se fosse um dos mais irritantes insetos trantorianos – mas usando sua mente, em vez da mão. Sentiu uma onda de sofrimento alheio e saiu do estado de distração.

Sura Novi estava com a palma da mão em sua testa franzida.

– Perdão, Mestre, eu sê pegada de repente por angústia da cabeça.

Gendibal arrependeu-se imediatamente.

– Sinto muito, Novi. Não estava pensando. Ou estava pensando demais.

Instantaneamente e com gentileza, apaziguou suas correntes mentais perturbadas.

Novi sorriu, com repentina vivacidade.

– Passou com sumiço de repente. O soado doce das suas palavras, Mestre, é bom pra mim.

– Ótimo! Há algo errado? Por que veio até mim?

Ele se absteve de entrar em sua mente com mais profundidade para descobrir por si mesmo. Cada vez mais sentia relutância em invadir a privacidade de Novi.

Novi hesitou. Inclinou-se de leve em sua direção.

– Eu tê preocupação. Você olhou para nada e fez soados e seu rosto espremeu. Fiquei aqui, congelada, amedoada de que você tê doente e sem saber o que faço.

– Não foi nada, Novi. Não precisa ter medo – ele tocou a mão dela que estava mais próxima. – Não há nada a temer. Entende?

Medo, ou qualquer emoção forte, causava pequenas torções e perturbações na simetria da mente de Novi. Ele preferia quando ela estava calma, pacífica e feliz, mas hesitava diante da ideia de ajustá-la externamente para ficar assim. Ela imaginara que o ajuste anterior havia sido efeito de suas palavras, e ele parecia preferir que tivesse tal impressão.

– Novi, por que não a chamo de Sura?

Ela olhou para ele, com aflição súbita.

– Oh, Mestre, não faça isso não.

– Mas Rufirant a chamou assim naquele dia em que nos conhecemos. Conheço-a bem o suficiente para...

– Sei bem que ele tê feito assim, Mestre. Sê como um homem fala com moça que não tê homem, não tê esposo, não sê... completa. Você diz o que vem antes. É mais honra pra mim se você dize "Novi", que vem depois, e eu tê orgulho de sê chamada por você assim. E se não tê homem agora, tê Mestre e sê contente. Tomara que não sê ofensa pra você dize "Novi".

– De jeito nenhum, Novi.

E a mente de Novi ficou incrivelmente suave com isso. Gendibal ficou contente. Contente demais. Será que deveria ficar tão contente *assim*?

Um pouco constrangido, lembrou-se de que o Mulo tinha sido afetado dessa mesma maneira por aquela mulher da Primeira Fundação, Bayta Darell, o que tinha resultado em sua perdição.

Mas era, evidentemente, outra situação. A loriana era sua defesa contra mentes desconhecidas e ele queria que ela servisse a tal propósito da maneira mais eficiente possível.

Não, não era verdade. Sua função como Orador ficaria comprometida se ele deixasse de compreender a própria mente ou, pior ainda, se deliberadamente a desconstruísse para evitar a verdade. A verdade é que ele ficava feliz quando ela estava calma, pacífica e contente de forma natural, sem sua interferência, e isso o deixava feliz simplesmente porque *ela* o deixava feliz. Não havia nada de errado com isso, pensou, desafiadoramente.

– Sente-se, Novi – disse.

Assim ela o fez, equilibrando-se de forma precária na beirada da cadeira e sentando-se tão longe quanto os limites do aposento permitiam. Sua mente estava inundada de respeito.

– Quando me viu fazendo sons, Novi – explicou Gendibal –, eu estava falando com alguém muito longe, à maneira dos estudiosos.

Novi, com o olhar baixo e tristemente, disse:

– Mestre, tê muito da maneira dos estudiosos que não vejo e não penso. Sê arte difícil, montanha gigante. Tê vergonha de ter falado com você pra sê estuodiosa. Como, Mestre, você não tê rido de mim?

– Não é vergonha nenhuma aspirar ser algo, mesmo que esteja fora do seu alcance – respondeu Gendibal. – Você passou da idade de ser uma estudiosa à minha maneira, mas nunca se é velho demais para aprender mais do que já se sabe e para se tornar capaz de fazer mais do que já pode. Vou ensinar-lhe algumas coisas sobre esta nave. Quando chegarmos ao nosso destino, saberá bastante sobre ela.

Ele se deleitou. Por que não? Estava deliberadamente dando as costas ao estereótipo do povo loriano. Que direito o heterogêneo grupo da Segunda Fundação tinha, afinal, de estabelecer um estereótipo como aquele? Seus próprios filhos eram só ocasionalmente adequados para se tornarem membros importantes da Segunda Fundação. Os filhos dos Oradores quase nunca se qualificavam para serem Oradores. Três séculos atrás, três gerações da família Linguester haviam ocupado o cargo de Orador. Entretanto, corria sempre a suspeita de que o segundo não era adequado para a função. E, se fosse verdade, quem eram as pessoas da universidade para se colocarem em pedestal tão alto?

Ele viu os olhos de Novi resplandecerem e ficou contente.

– Farei tudo pra aprender o que ensinar, Mestre.

– Tenho certeza de que fará – respondeu.

Então hesitou. Ocorreu-lhe que, durante sua conversa com Compor, não indicara de nenhuma maneira que não estava sozinho. Não houve nenhuma sugestão de companhia.

Uma mulher talvez fosse um pressuposto, uma conclusão lógica – ou, pelo menos, Compor não ficaria surpreso. Mas uma loriana?

Por um momento, apesar de todos os esforços de Gendibal, o estereótipo reinou supremo e ele ficou satisfeito com o fato de que Compor nunca estivera em Trantor e não reconheceria Novi como uma loriana.

Livrou-se do pensamento. Não importava se Compor sabia ou não sabia, ou se alguma pessoa soubesse. Gendibal era um Orador da Segunda Fundação e poderia fazer o que bem entendesse dentro das limitações do Plano Seldon, e ninguém poderia interferir.

– Mestre – disse Novi –, quando tê chegado no nosso destino, nós sê separados?

Ele olhou para ela e respondeu, com talvez mais energia do que pretendia:

– Não vamos nos separar, Novi.

E a loriana sorriu, com timidez. Naquele momento, parecia – pela Galáxia! – uma mulher como as outras.

13.

Universidade

1

Pelorat torceu o nariz quando reembarcou na *Estrela Distante* com Trevize.

– O corpo humano é um poderoso emissor de odores – Trevize deu de ombros. – Reciclagem nunca funciona instantaneamente e fragrâncias artificiais apenas sobrepõem, não substituem.

– E suponho que duas espaçonaves nunca tenham o mesmo cheiro, uma vez que tenham sido ocupadas por pessoas diferentes durante algum tempo.

– Exato. Mas você continuou sentindo o cheiro do planeta Sayshell depois da primeira hora?

– Não – admitiu Pelorat.

– Então em breve também não sentirá este cheiro. Na verdade, se morar nesta nave por tempo suficiente, apreciará o odor que o espera em seu retorno como uma representação de "lar". Aliás, se você se tornar um explorador galáctico depois disso, Janov, precisa aprender que é grosseiro fazer comentários sobre os odores de qualquer nave ou de qualquer planeta àqueles que vivem naquela nave ou naquele planeta. Entre nós, evidentemente, não há problema.

– O engraçado é que considero *de fato* a *Estrela Distante* um lar. É, pelo menos, feita pela Fundação – sorriu Pelorat. – Sabe, nunca me considerei um patriota. Gosto de pensar que reconheço a humanidade como minha nação, mas devo dizer que estar longe da Fundação preenche meu coração de amor por ela.

Trevize estava fazendo a cama.

– Você não está tão longe da Fundação, sabe? A Aliança Sayshell é praticamente cercada por território da Fundação. Temos um embaixador e grande presença por aqui, de cônsules e afins. Os sayshellianos gostam de se opor a nós verbalmente, mas, no geral, são bastante cuidadosos para não fazer nada que nos desagrade. Janov, por favor, vá dormir. Não chegamos a lugar nenhum hoje e precisamos nos sair melhor amanhã.

Não havia grande isolamento acústico entre os dois quartos e, quando a nave estava às escuras, Pelorat, agitado e insone, disse, enfim, em um tom não muito alto:

– Golan?

– Pois não.

– Não está dormindo?

– Não enquanto você estiver falando.

– Nós *chegamos* a algum lugar hoje. Seu amigo, Compor...

– Ex-amigo.

– Independentemente de seu *status*, ele falou sobre a Terra e nos contou algo que eu nunca tinha encontrado em minhas pesquisas. Radioatividade!

– Escute, Golan – Trevize apoiou-se em um cotovelo –, mesmo que a Terra seja um planeta morto, não significa que vamos voltar para casa. Ainda quero encontrar Gaia.

Pelorat bufou como se estivesse assoprando penas.

– Mas é claro, meu caro colega. Eu também. E tampouco acredito que a Terra esteja morta. Compor talvez estivesse dizendo o que acredita ser verdade, mas não há praticamente nenhum setor da Galáxia que não tenha algum tipo de história que atribuiria a origem da humanidade a um de seus próprios planetas. E eles quase invariavelmente o chamam de Terra ou outro nome bastante próximo. Chamamos isso de "globocentrismo", na antropologia. As pessoas tendem a pressupor que são melhores do que os vizinhos; que suas culturas são mais antigas e superiores àquelas de outros mundos; que o que há de bom em outros planetas foi copiado deles e o que é ruim foi distorcido ou estragado no ato da cópia, ou inventado em outro lugar. E a tendência é associar qualidade superior com longevidade. Se não conseguem manter com consistência a ideia de que seu próprio planeta é a Terra (e o início da espécie humana), quase sempre tentam chegar o mais próximo possível, incluindo a Terra em seu setor, mesmo que não tenham como localizá-la com precisão.

– E você está me dizendo – respondeu Trevize –, que Compor estava apenas seguindo esse hábito comum quando disse que a Terra está no Setor Sirius. Ainda assim, o Setor Sirius tem *de fato* um longo histórico, portanto todos os planetas ali devem ser conhecidos e deve ser fácil verificar a questão, mesmo sem ir até lá.

– Ainda que você conseguisse mostrar que nenhum planeta do Setor Sirius pudesse ser a Terra, isso não seria de grande ajuda – riu Pelorat. – Você subestima o quão profundamente o misticismo pode enterrar a racionalidade, Golan. Há pelo menos meia dúzia de setores na Galáxia nos quais estudiosos respeitáveis repetem, com toda a solenidade e sem brincadeiras, histórias diversas de que a Terra, ou qualquer que seja o nome que optam por usar, está localizada no hiperespaço e não pode ser encontrada, a não ser por acidente.

– E eles afirmam se alguém a alcançou por acidente?

– Há sempre histórias, e há sempre uma recusa patriótica de se duvidar delas, mesmo que os mitos sejam pouco críveis e nunca convincentes para qualquer pessoa que não seja do mundo no qual tal história surgiu.

– Então, Janov, duvidemos delas também. Entremos em nosso próprio hiperespaço particular do sono.

– Mas Golan, foi a questão da radioatividade da Terra que me intrigou. Para mim, parece ser verdadeira ou, pelo menos, trazer algum tipo de verdade.

– O que quer dizer com *algum tipo* de verdade?

– Bem, um mundo radioativo seria um mundo em que a radiação ionizante estaria presente em concentrações maiores do que o normal. A taxa de mutações seria mais alta em um mundo assim, e a evolução progrediria mais rapidamente e com maior diversidade. Contei-lhe, lembra-se, que entre os pontos em que quase todos os mitos concordam está o de que a vida na Terra era incrivelmente diversificada: milhões de espécies de todos os tipos. Foi essa diversidade de vida, esse desenvolvimento *explosivo*, que talvez tenha gerado inteligência na Terra e sua consequente expansão pela Galáxia. Se a Terra fosse, por algum motivo, radioativa... quer dizer, mais radioativa... quer dizer, mais radioativa do que outros planetas, isso talvez explicasse tudo sobre por que a Terra é (ou era) única.

Trevize ficou em silêncio por um instante. Então disse:

– Primeiro, não temos nenhuma razão para acreditar que Compor estava falando a verdade. Ele pode ter mentido do início ao fim para nos induzir a deixar este lugar e sair em disparada até Sirius. Creio que era exatamente o que ele estava fazendo. E, mesmo que tenha falado a verdade, o que afirmou foi que havia tanta radioatividade na Terra que qualquer vida se tornou impossível.

Pelorat bufou mais uma vez.

– Não havia tanta radioatividade a ponto de permitir que a vida surgisse na Terra, e seria mais fácil a vida se manter (uma vez que tivesse sido introduzida) do que ela surgir do nada. Admitamos, então, que a vida foi introduzida e se manteve na Terra. Logo, o nível de radioatividade não poderia ser incompatível com a vida, e só poderia ter diminuído com o tempo. Não há nada que possa *elevar* o nível.

– Explosões nucleares? – sugeriu Trevize.

– O que isso teria a ver?

– Suponha que houve explosões nucleares na Terra.

– Na superfície da Terra? Impossível. Não há nenhum registro na história da Galáxia de qualquer sociedade que tenha sido tola o suficiente para usar explosões nucleares como armas de guerra. Nunca teríamos sobrevivido. Durante as insurreições trigellianas, nas quais ambos os lados foram reduzidos à fome e ao desespero, quando Jendippurus Khoratt aventou a ideia de uma fusão nuclear em...

– Ele foi enforcado pelos membros de sua própria frota. Conheço história galáctica. Estava pensando em acidentes.

– Não há registros de acidentes do tipo capazes de aumentar significativamente a intensidade da radioatividade total de um planeta – ele suspirou. – Creio que, quando pudermos, precisaremos visitar o Setor Sirius e conduzir algumas investigações por lá.
– Algum dia, talvez, o façamos. Mas, agora...
– Sim, sim, vou me calar.

Assim o fez, e Trevize ficou deitado no escuro por quase uma hora, refletindo se já tinha atraído atenção demais e se talvez fosse mais sábio ir ao Setor Sirius e então voltar a Gaia quando as atenções – de todos – estivessem voltadas para outro lugar.

Não tinha chegado a nenhuma decisão concreta quando caiu no sono. Seus sonhos foram inquietos.

2

Não voltaram à cidade até a metade da manhã seguinte. Dessa vez, o centro turístico estava lotado, mas eles conseguiram obter as orientações necessárias para chegar a uma biblioteca de referência, onde, por sua vez, receberam instruções sobre o uso dos modelos locais de compiladores de dados.

Investigaram cuidadosamente museus e universidades, começando com aqueles mais próximos, e verificaram toda informação disponível sobre antropólogos, arqueólogos e historiadores.

– Ah! – exclamou Pelorat.
– Ah? – disse Trevize, com certa aspereza. – Ah, o quê?
– Este nome, Quintesetz. Parece familiar.
– Você o conhece?
– Não, claro que não, mas talvez tenha lido ensaios escritos por ele. Na *Estrela Distante*, onde tenho minha compilação de referências...
– Não vamos voltar, Janov. Se o nome é familiar, é um ponto de partida. Se ele não puder nos ajudar, certamente nos dará algum direcionamento – ele se levantou. – Busquemos alguma maneira de chegar à Universidade de Sayshell. E, como não haverá ninguém por lá na hora do almoço, vamos comer primeiro.

Eles seguiram até a universidade, desvendaram seu labirinto de corredores e apenas no final da tarde alcançaram uma antessala, onde agora esperavam por uma jovem que havia partido em busca de informações e talvez os levasse – ou não – até Quintesetz.

– Eu me pergunto – disse Pelorat, desconfortável – quanto tempo mais teremos de esperar. O dia letivo deve estar prestes a terminar.

E, como se fosse uma deixa, a jovem moça que tinham visto havia meia hora caminhou rapidamente até eles, seus sapatos cintilando em vermelho e violeta e batendo no chão com uma aguda nota musical conforme ela andava. O tom variava com a velocidade e a força de seus passos.

Pelorat se contraiu. Concluiu que cada mundo tinha suas próprias maneiras de massacrar os sentidos, assim como o próprio cheiro. Cogitou se, agora que não percebia mais o odor, poderia ignorar também a cacofonia de jovens modistas conforme elas andavam.

Ela foi até Pelorat e parou.

– O senhor pode me informar seu nome completo, professor?

– Janov Pelorat, senhorita.

– Planeta natal?

Trevize começou a erguer uma mão como se para ordenar silêncio, mas Pelorat, sem ter visto ou optando por ignorar, respondeu:

– Terminus.

A jovem abriu um largo sorriso e pareceu satisfeita.

– Quando contei ao professor Quintesetz que havia um professor Pelorat perguntando por ele, disse que o veria se o senhor fosse Janov Pelorat, de Terminus, e mais ninguém.

– Vo-você quer dizer que ele já ouviu falar sobre mim?

– Certamente é o que parece.

E Pelorat sorriu, um sorriso quase enferrujado por pouco uso, conforme se virou para Trevize.

– Ele ouviu falar sobre mim. Sinceramente, não achei que... Quer dizer, escrevi alguns ensaios, e não achava que alguém... – ele sacudiu a cabeça. – Eles não eram importantes.

– Pois então – respondeu Trevize, também sorrindo –, pare de chafurdar em autodepreciação e vamos! – Ele se voltou para a moça. – Suponho, senhorita, que exista algum tipo de transporte para nos levar até ele?

– É apenas uma caminhada. Não precisaremos nem deixar o complexo e terei prazer em levá-los até lá. Vocês dois são de Terminus? – e ela começou a caminhar.

Os dois homens a seguiram e Trevize disse, com um traço de irritação:

– Sim, somos. Isso faz alguma diferença?

– Oh não, claro que não. Há pessoas em Sayshell que não gostam de membros da Fundação, sabe? Mas, aqui na universidade, somos mais cosmopolitas do que isso. Viva e deixe viver, é o que sempre digo. Afinal, membros da Fundação também são gente. Entende o que quero dizer?

– Sim, entendo o que quer dizer. Muitos de nós consideram os sayshellianos gente também.

– É apenas como deveria ser. Nunca vi Terminus. Deve ser uma grande cidade.

– Na verdade, não é – respondeu Trevize, sem rodeios. – Desconfio que seja menor do que a cidade de Sayshell.

– Você está brincando comigo? – disse a moça. – É a capital da Federação da Fundação, não é? Quer dizer, não existe outra Terminus, existe?

– Não, há apenas uma Terminus, até onde sei, e é de lá que viemos: a capital da Federação da Fundação.

– Pois bem, deve ser uma cidade enorme. E vocês percorreram esse caminho todo para visitar o professor. Temos muito orgulho dele, sabe? É considerado a maior autoridade em toda a Galáxia.

– É mesmo? – perguntou Trevize. – Em quê?

Os olhos da moça se arregalaram.

– Você é mesmo um provocador. Ele sabe mais sobre história antiga do que... do que sei sobre a minha própria família – e ela continuou caminhando com seus passos musicais.

Era difícil ser acusado de "brincar" e "provocar" sem desenvolver o impulso de agir justamente dessa maneira. Trevize sorriu e disse:

– O professor sabe tudo sobre a Terra, suponho?

– Terra? – ela parou diante de uma porta de escritório e olhou para os dois inexpressivamente.

– Sabe, o mundo em que a humanidade teve início.

– Ah, você quer dizer o "planeta-anterior-aos-outros". Creio que sim. Acho que ele *deveria* saber tudo sobre isso. Afinal, era localizada no Setor Sayshell. Todo mundo sabe *disso*! Este é o escritório dele. Deixe-me avisá-lo.

– Não, não avise – disse Trevize. – Espere um instante. Conte-me sobre a Terra.

– Na verdade, nunca ouvi ninguém chamá-la de Terra. Deve ser alguma palavra da Fundação. Aqui, chamamos de Gaia.

Trevize lançou um olhar para Pelorat.

– É mesmo? E onde está localizada? – perguntou.

– Em lugar nenhum. Está no hiperespaço e é impossível que alguém chegue até ela. Quando eu era menina, minha avó dizia que Gaia, antigamente, ficava no espaço de verdade, mas ficou tão enojada com...

– Os crimes e a estupidez dos seres humanos – murmurou Pelorat – que, por constrangimento, abandonou o espaço e se recusou a ter qualquer relação com os seres humanos que distribuiu pela Galáxia.

– Então você conhece história. Viu só? Uma amiga minha diz que é superstição. Agora vou dizer a *ela*. Se é bom o suficiente para professores vindos da Fundação...

Um painel luminoso no vidro opaco da porta dizia SOTAYN QUINTESETZ ABT, na caligrafia sayshelliana de difícil leitura. Sob ela, com a mesma fonte, lia-se DEPARTAMENTO DE HISTÓRIA ANTIGA.

A moça colocou o dedo em um reluzente círculo de metal. Não houve som, mas a cor opaca do vidro tornou-se um branco leitoso por um momento e uma voz suave disse, de maneira um tanto abstrata:

– Identifique-se, por favor.

– Janov Pelorat, de Terminus – disse Pelorat –, com Golan Trevize, do mesmo mundo.

A porta se abriu imediatamente.

3

O homem que se levantou, contornou a escrivaninha e se aproximou para cumprimentá-los era alto e de meia-idade. Ele era negro de pele clara e seus cabelos, de cachos crespos, eram cinza-escuros. Estendeu a mão; sua voz era suave e grave.

– Sou S.Q. Entusiasmado por conhecê-los, professores.

– Não tenho um título acadêmico – respondeu Trevize. – Apenas acompanho o professor Pelorat. Pode chamar-me simplesmente de Trevize. É um prazer conhecê-lo, professor pré-doutor.

– Não, não – Quintesetz ergueu uma mão, claramente constrangido. – Pré-doutor é somente uma terminologia boba que não tem nenhum significado fora de Sayshell. Ignore-a, por favor, e pode me chamar de S.Q. Tendemos a usar iniciais em interações sociais comuns em Sayshell. Estou encantado por conhecer os senhores, quando esperava apenas um.

Ele pareceu hesitar um instante, então estendeu a mão direita depois de limpá-la discretamente em suas calças.

Trevize a aceitou, perguntando-se quais seriam os modos corretos de cumprimento em Sayshell.

– Por favor, sentem-se – disse Quintesetz. – Receio que essas cadeiras sejam deveras inanimadas, mas eu, particularmente, não quero que minhas cadeiras me abracem. Está na moda cadeiras que abraçam hoje em dia. Mas prefiro que um abraço tenha significado, não?

– Quem não preferiria? – sorriu Trevize. – Seu nome, S.Q., parece vir dos Mundos Periféricos, e não de Sayshell. Peço desculpas se estiver sendo impertinente.

– Não me importo. Minha família vem, em parte, de Askone. Cinco gerações atrás, meus tataravós deixaram Askone quando o domínio da Fundação ficou pesado demais.

— E somos membros da Fundação — respondeu Pelorat. — Pedimos perdão.

Quintesetz acenou amigavelmente com a mão.

— Não tenho rancores por algo que aconteceu há cinco gerações — disse. — Apesar de isso já ter ocorrido antes, o que é uma grande pena. Gostariam de algo para comer? Algo para beber? Gostariam de música ao fundo?

— Caso não se importe — disse Pelorat —, estou disposto a ir direto ao assunto, se os modos sayshellianos permitirem.

— Os modos sayshellianos não são impedimento, eu garanto. O senhor não tem ideia do quão extraordinário é este momento, doutor Pelorat. Duas semanas atrás, descobri seu artigo sobre mitos de origem na *Revista de Arqueologia*, e o texto me surpreendeu como uma síntese notável, sobre a qual gostaria de ler mais.

Pelorat enrubesceu de satisfação.

— Estou muito contente que o senhor o tenha o lido. Foi necessário resumi-lo, claro, pois a *Revista* não publicaria um estudo na íntegra. Estou planejando fazer um tratado sobre o assunto.

— Espero que faça. De todo modo, assim que o li tive desejo de conhecê-lo. Cheguei a cogitar uma visita a Terminus, apesar de isso ser bastante difícil de conseguir...

— Por quê? — perguntou Trevize.

Quintesetz pareceu constrangido.

— Lamento dizer que Sayshell não anseia por se juntar à Federação da Fundação e desencoraja toda comunicação social com a Fundação. Veja bem, temos uma tradição de neutralidade. Por esse motivo, no geral, qualquer pedido de permissão para visitar território da Fundação, especialmente Terminus, é visto com desconfiança, apesar de que um estudioso como eu, com intenções de expansão acadêmica, provavelmente conseguiria o passaporte no final das contas. Mas nada disso foi necessário; vocês vieram até mim. Mal posso acreditar. Pergunto-me: por quê? Ouviu falar de mim, assim como ouvi sobre o senhor?

— Conheço seu trabalho, S.Q., e tenho resumos de seus ensaios em meu catálogo. É por esse motivo que viemos até o senhor. Estou pesquisando sobre a questão da Terra, que seria, teoricamente, o planeta de origem da espécie humana, e também sobre o período inicial de exploração e colonização da Galáxia. Venho, especialmente, investigar sobre a fundação de Sayshell.

– A julgar pelo seu artigo – respondeu Quintesetz –, imagino que esteja interessado em mitos e lendas.

– E ainda mais em história. Fatos, se existirem. Mitos e lendas, se não for o caso.

Quintesetz levantou-se, caminhou rapidamente de um lado para o outro pela área do escritório, parou para encarar Pelorat e continuou caminhando.

– E então, senhor? – disse Trevize, impaciente.

– Bizarro! Muito bizarro! – afirmou Quintesetz. – Ontem mesmo, eu...

– O que ocorreu "ontem mesmo"? – perguntou Pelorat.

– Como eu disse, doutor Pelorat... aliás, posso chamá-lo de J.P.? – perguntou Quintesetz. – Para mim é pouco natural usar nomes inteiros.

– Certamente.

– Eu disse, J.P., que fiquei admirado com seu artigo e que gostaria de conhecê-lo. O motivo pelo qual gostaria de vê-lo é que o senhor tinha, evidentemente, uma extensa coletânea de lendas que envolvem os primórdios dos mundos e, ainda assim, não tinha os nossos. Em outras palavras, desejava vê-lo para contar justamente o que o senhor veio descobrir.

– O que isso tem a ver com ontem, S.Q.? – perguntou Trevize.

– Temos lendas. Uma lenda. Uma que é importante para a nossa sociedade, pois se tornou nosso mistério central...

– Mistério? – questionou Trevize.

– Não estou falando de uma charada nem nada do tipo. Este, creio, seria o significado tradicional da palavra no Padrão Galáctico. Há um significado distinto para ela por aqui. Quer dizer "algo secreto", algo sobre o qual apenas poucos peritos têm conhecimento pleno; algo que não deve ser compartilhado com forasteiros. E ontem foi o dia.

– O dia do quê, S.Q.? – perguntou Trevize, exagerando de leve o tom condescendente.

– Ontem foi o Dia do Enlevo.

– Ah – disse Trevize –, um dia de meditação e quietude, em que todos devem permanecer em casa.

– Algo assim, em tese, apesar de que, nas grandes cidades, nas regiões mais sofisticadas, há pouca contemplação no sentido tradicional. Mas vejo que os senhores sabem sobre ele.

Pelorat, que estava inquieto com o tom aborrecido de Trevize, acrescentou rapidamente:

– Ouvimos um pouco a respeito, pois chegamos ontem.

– De todos os dias, logo esse – afirmou Trevize, sarcasticamente. – Escute, S.Q. Como disse, não sou acadêmico, mas tenho uma pergunta. O senhor mencionou estar falando sobre um mistério essencial, algo que não deveria ser compartilhado com forasteiros. Por que, então, está falando no assunto conosco? Somos forasteiros.

– De fato. Todavia, não observo essa data e o grau de minha superstição na questão é mínimo. Mas o artigo de J.P. reforçou uma sensação que tenho há muito tempo. Um mito ou lenda não é simplesmente tirado do vácuo. Nada é, nem pode ser. De alguma forma há uma essência de verdade ao fundo, por mais distorcida que seja, e eu gostaria de saber a verdade por trás da lenda do Dia do Enlevo.

– É seguro falar sobre o assunto? – questionou Trevize.

– Não totalmente, imagino – Quintesetz deu de ombros. – Os membros conservadores da nossa sociedade ficariam horrorizados, mas eles não controlam o governo há um século. Os secularistas são fortes, e seriam ainda mais se os conservadores não se aproveitassem de nossa... que os senhores me perdoem... tendência anti-Fundação. De todo modo, considerando que analiso a questão do ponto de vista do meu interesse acadêmico em história antiga, a Liga dos Acadêmicos me apoiará totalmente, se for necessário.

– Nesse caso – disse Pelorat –, poderia nos contar sobre o seu mistério central, S.Q.?

– Sim, mas deixe-me garantir que não sejamos interrompidos ou, pior, ouvidos. Mesmo que devamos encarar o touro de frente, não é sábio estapear seu focinho, como diz o ditado.

Ele dedilhou um código na interface de um instrumento em sua mesa.

– Agora estamos incomunicáveis – disse.

– Tem certeza de que não foi grampeado? – perguntou Trevize.

– Grampeado?

– Marcado! Espiado! Sujeito a um equipamento que o mantém sob vigilância... visual, auditiva ou ambas.

– Não aqui em Sayshell! – Quintesetz parecia chocado.

– Se é o que acredita...

– Por favor, continue, S.Q. – interrompeu Pelorat.

Quintesetz contraiu os lábios, reclinou-se em sua cadeira (que cedeu um pouco sob seu peso) e uniu as pontas dos dedos. Parecia estar tentando descobrir uma maneira de começar.

– Os senhores sabem o que é um robô? – perguntou.

– Um robô? – respondeu Pelorat. – Não.

Quintesetz olhou para Trevize, que negou lentamente com a cabeça.

– Mas sabem o que é um computador?

– É claro – retrucou Trevize, impaciente.

– Pois bem. Uma ferramenta computadorizada móvel...

– É uma ferramenta computadorizada móvel – interrompeu Trevize, ainda sem paciência. – Existem incontáveis variedades e não sei de nenhum termo genérico para elas além de ferramentas computadorizadas móveis.

– ...que se parece exatamente com um ser humano é um robô – S.Q. concluiu seu raciocínio com tranquilidade. – O que distingue um robô é ele ser humanoide.

– Por que humanoide? – perguntou Pelorat, honestamente chocado.

– Não sei ao certo. É uma forma deveras ineficiente para uma ferramenta, garanto, mas estou apenas repetindo a lenda. "Robô" é uma palavra antiga, de nenhuma língua reconhecível, apesar de nossos estudiosos indicarem que tem uma conotação de "serviço".

– Não consigo pensar em nenhuma palavra – disse Trevize, cético – que soe vagamente parecida com "robô" e tenha alguma conexão com "serviço".

– Nada em galáctico, certamente – respondeu Quintesetz –, mas é isso que dizem.

– Talvez tenha sido etimologia reversa. Esses objetos eram usados para serviços, portanto a palavra significaria "serviço". Mas, afinal, por que nos conta tudo isso?

– Porque se trata de uma convenção estabelecida aqui em Sayshell que, quando a Terra era o único planeta e a Galáxia toda se estendia inabitada diante dela, os robôs foram concebidos e inventados. Assim, logo havia dois tipos de seres humanos: os naturais e os inventados, carne e metal, biológicos e mecânicos, complexos e simples...

Quintesetz parou e disse, com uma risada de arrependimento:

– Lamento. É impossível falar sobre robôs sem citar o *Livro do Enlevo*. As pessoas da Terra conceberam os robôs, e não preciso dizer mais nada. É informação suficiente.

– E por que elas criaram os robôs? – perguntou Trevize.

– Quem poderia dizer, com tanto tempo de distância? – Quintesetz deu de ombros. – Talvez fossem poucos em número e precisassem de ajuda, especialmente na grande missão de explorar e povoar a Galáxia.

– É uma suposição razoável – disse Trevize. – Depois que a Galáxia estivesse colonizada, os robôs não seriam mais necessários. É fato que não existem ferramentas computadorizadas móveis na Galáxia de hoje.

– De todo modo – continuou Quintesetz –, a história é a seguinte, se me permitem ser vastamente simplista e omitir diversos ornamentos poéticos os quais, sinceramente, não aceito, mesmo que a população em geral os aceite ou finja que aceita. Em torno da Terra surgiram mundos-colônias que orbitavam estrelas vizinhas, e esses mundos tinham muito mais robôs do que a Terra propriamente dita. Havia mais utilidade para robôs em planetas novos e inexplorados. A Terra, na verdade, acabou por retroceder, não queria mais robôs, e se rebelou contra eles.

– O que aconteceu? – perguntou Pelorat.

– Os Mundos Exteriores eram mais fortes. Com a ajuda de seus robôs, os filhos derrotaram e conquistaram a Terra, a mãe. Perdoem-me, não consigo evitar cair em citações. Mas houve aqueles da Terra que abandonaram seu mundo, com naves melhores e técnicas mais avançadas de viagem hiperespacial. Fugiram para mundos e estrelas distantes, muito além dos primeiros mundos colonizados. Novas colônias foram fundadas, sem robôs, nas quais humanos poderiam viver livremente. Aquela foi a chamada Era do Enlevo, e o dia em que os primeiros terráqueos alcançaram o Setor Sayshell (este mesmo planeta, na verdade) é *o Dia do Enlevo*, celebrado anualmente há muitos milhares de anos.

– Meu caro – disse Pelorat –, o que nos diz, então, é que o Setor Sayshell foi fundado diretamente pela Terra.

Quintesetz pensou e hesitou por um instante. Então, disse:

– Essa é a crença oficial.

– Obviamente – afirmou Trevize –, você não a aceita.

– Para mim, parece que... – começou Quintesetz, mas então explodiu: – Oh, grandes estrelas e pequenos planetas, não aceito! É totalmente improvável, mas é um dogma oficial e, por mais secularizado que o governo tenha se tornado, discursos em sua defesa são, no mínimo, necessários. Ainda assim, vamos à questão. Em seu artigo, J.P., não há indicação de que você tenha conhecimento dessa história sobre robôs e sobre duas investidas colonizadoras, uma menor, com robôs, e uma maior, sem eles.

– Certamente não conhecia – respondeu Pelorat. – Ouço-a agora pela primeira vez e, meu caro S.Q., sou eternamente grato por informar-me sobre o assunto. Estou chocado que nenhuma indicação sobre isso tenha aparecido nos ensaios...

– O que demonstra – disse Quintesetz – quão eficaz é nosso sistema social. É nosso segredo sayshelliano, nosso mistério central.

– Talvez – retrucou Trevize, secamente. – Ainda assim, a segunda investida de colonização, a investida sem robôs, deve ter seguido em todas as direções. Por que apenas em Sayshell existe esse grande segredo?

– Pode existir em outros lugares e ser tão secreto quanto – respondeu Quintesetz. – Nossos habitantes mais conservadores acreditam que *apenas* Sayshell foi colonizada pela Terra e que todo o restante da Galáxia foi povoado por Sayshell. Isso, evidentemente, deve ser bobagem.

– Esses questionamentos secundários podem ser decifrados com o tempo – disse Pelorat. – Agora que tenho o ponto de partida, posso buscar informações semelhantes em outros mundos. O que conta é que descobri qual pergunta fazer, e uma boa pergunta é, claro, a chave por meio da qual infinitas respostas podem ser extraídas. Que boa fortuna eu ter...

– Sim, Janov – interrompeu Trevize –, mas o caro S.Q. certamente não nos contou a história toda. O que aconteceu com as colônias antigas e seus robôs? Suas tradições falam sobre isso?

– Não detalhadamente, mas em essência. Aparentemente, humanos e humanoides não podem viver juntos. Os mundos com robôs morreram. Não eram viáveis.

– E a Terra?

– Os humanos a abandonaram e se assentaram por aqui, e presumivelmente (apesar de os conservadores discordarem) também em outros planetas.

– Mas é impossível que todos os seres humanos tenham deixado a Terra. O planeta não deve ter ficado deserto.

– É presumível que não. Eu não sei dizer.

– Ela ficou radioativa? – perguntou Trevize, abruptamente.

– Radioativa? – Quintesetz pareceu atordoado.

– É o que estou perguntando.

– Não que eu saiba. Nunca ouvi algo assim.

Trevize encostou o punho nos lábios, pensativo. Enfim, disse:

– S.Q., está ficando tarde e talvez tenhamos abusado o suficiente de sua disponibilidade. – Pelorat fez um movimento como se estivesse prestes a protestar, mas a mão de Trevize estava em seu joelho e o apertou; assim, Pelorat, incomodado, desistiu.

– Foi um prazer ser de alguma utilidade.

– Você assim o foi, e se houver algo que possamos fazer em troca, diga.

Quintesetz riu suavemente.

– Se o cordial J.P. puder ser gentil e evitar a menção de meu nome em qualquer ensaio que escreva sobre nosso mistério, será recompensa suficiente.

Pelorat respondeu, ávido:

– Você poderia receber o crédito que merece, e talvez ser mais valorizado, se pudesse visitar Terminus e até, possivelmente, hospedar-se em nossa universidade como estudioso convidado por um período extenso. Talvez possamos arranjar isso. Sayshell pode não gostar da Fundação, mas eles não ousariam recusar um pedido direto para que você tenha autorização de ir a Terminus participar de, digamos, um colóquio sobre algum aspecto da história antiga.

O sayshelliano ergueu-se parcialmente.

– Está me dizendo que podem mexer uns pauzinhos para arranjar *isso*?

– Puxa, eu não tinha pensado nisso, mas J.P. tem perfeita razão. Seria possível, se tentássemos. E, claro, quanto mais agradecidos você nos deixar, tentaremos com mais afinco.

Quintesetz franziu as sobrancelhas.

– Senhor, o que quer dizer?

– Tudo o que precisa fazer é nos falar sobre Gaia, S.Q. – respondeu Trevize.

E toda a luminosidade do rosto de Quintesetz se foi.

4

Quintesetz baixou os olhos. Sua mão mexeu distraidamente no próprio cabelo curto e encaracolado. Então, olhou para Trevize e contraiu os lábios. Era como se estivesse determinado a não dizer nada.

Trevize ergueu as sobrancelhas e esperou, até que, finalmente, Quintestez manifestou-se, de um jeito um tanto estrangulado:

– Está ficando tarde. Lusco-fusco.

Até então, ele vinha falando em claro Padrão Galáctico, mas agora suas palavras assumiram um sotaque esquisito, como se os trejeitos sayshellianos de linguagem estivessem afogando sua educação clássica.

– Lusco-fusco, S.Q.?

– Já é quase de noite.

Trevize concordou com a cabeça.

– Não consigo mais pensar. Além disso, estou com fome. Gostaria de se juntar a nós em um jantar, S.Q., como nosso convidado? Poderíamos, talvez, continuar nossa discussão sobre Gaia.

Quintesetz levantou-se rigidamente. Era mais alto do que os visitantes de Terminus, mas era mais velho e mais gordo, e sua altura não aparentava força. Parecia mais cansado do que quando eles tinham chegado.

– Esqueço minha hospitalidade – Quintesetz encarou os dois. – Vocês são Estrangeiros e não é apropriado que me ciceroneiem. Venham até minha casa. É no *campus* e não é longe e, se desejam continuar a conversa, ficarei mais à vontade para fazê-lo lá do que aqui. Meu único receio – ele pareceu desconfortável – é que posso oferecer apenas uma refeição parcial. Minha esposa e eu somos vegetarianos, e se vocês comem carne, a única coisa que posso fazer é pedir desculpas.

– J.P. e eu ficaremos contentes de ignorar nossa natureza carnívora em uma refeição – disse Trevize. – Sua conversa será mais do que recompensadora, espero.

– Prometo uma refeição interessante, seja como for nossa conversa – respondeu Quintesetz –, caso seu paladar aprecie nossos temperos sayshellianos. Minha esposa e eu realizamos um raro estudo sobre o assunto.

– Aguardo ansioso por qualquer extravagância que escolha nos servir, S.Q. – afirmou Trevize, friamente, apesar de Pelorat aparentar um pouco de ansiedade em relação às possibilidades.

Quintesetz os conduziu. Os três deixaram a sala e caminharam por um corredor aparentemente infinito, com o sayshelliano cumprimentado estudantes e colegas esporadicamente, mas sem fazer nenhuma menção de apresentar seus companheiros. Trevize ficou inquieto ao notar que outros observavam sua faixa, que calhou de ser de cor cinza, com curiosidade. Uma cor discreta não era algo costumeiro nas vestimentas do *campus*, aparentemente.

Enfim passaram por uma porta que levava ao ar livre. Estava de fato escuro e um tanto frio, com árvores se aglomerando a distância e gramados metodicamente aparados nas laterais do caminho pavimentado.

Pelorat parou, de costas para o brilho das luzes que vinham do prédio do qual haviam acabado de sair e para a iluminação que ladeava as calçadas do *campus*. Olhou diretamente para cima.

– Admirável! – disse. – Há um verso famoso de um dos nossos melhores poetas, que fala sobre "a resplandecência salpicada do sublime céu de Sayshell".

Trevize observou, apreciativo, e disse, em um tom baixo:

– Somos de Terminus, S.Q., e meu amigo, pelo menos, nunca viu outros céus. Em Terminus, vemos apenas a homogênea neblina opaca da Galáxia e algumas poucas estrelas aparentes. Vocês valorizariam o seu céu ainda mais, se tivessem convivido com o nosso.

– Valorizamos ao máximo, garanto – respondeu Quintesetz, solenemente. – Não é tanto por estarmos em uma área pouco povoada da Galáxia, mas sim pela distribuição de estrelas, extraordinariamente homogênea. Não acho que você possa encontrar, em qualquer lugar da Galáxia, estrelas de primeira magnitude distribuídas de maneira tão ampla e em quantidade não exagerada. Vi céus de mundos em extremos de aglomerados globulares e, neles, você vê estrelas de maior brilho em quantidades excessivas. Interfere na escuridão do céu noturno e reduz o esplendor consideravelmente.

– Concordo plenamente – disse Trevize.

– Agora, me pergunto – prosseguiu Quintesetz – se vocês enxergam aquele pentágono quase regular de estrelas de brilho muito semelhante. Cinco Irmãs, é como as chamamos. É naquela direção, logo acima da linha das árvores. Conseguem ver?

– Estou vendo – afirmou Trevize. – Admirável.

– Sim – continuou Quintesetz. – Dizem que simboliza sucesso no amor, e não existe nenhuma carta romântica que não termine com um pentagrama de pontos, que indica o desejo de fazer amor. Cada uma das cinco estrelas representa um estágio diferente do processo e há poemas famosos que competem entre si para fazer cada estágio ser o mais explicitamente erótico possível. Em meus dias de juventude, eu mesmo tentei versificar sobre o assunto, e nunca poderia imaginar que acabaria me tornando tão indiferente às Cinco Irmãs, apesar de ser o destino comum, imagino. Vocês enxergam a estrela pálida quase no centro das Cinco Irmãs?

– Sim.

– Aquela – concluiu Quintesetz – seria a representação do amor não correspondido. Diz a lenda que ela era tão brilhante quanto as outras, mas empalideceu de tristeza – e seguiu caminhando rapidamente.

5

O jantar, Trevize foi forçado a admitir a si mesmo, estava delicioso. Havia uma variedade infinita e os temperos e molhos eram sutis, mas saborosos.

– Todos esses vegetais que, aliás, foram um prazer degustar, são parte da dieta galáctica, não são, S.Q.? – disse Trevize.

– Sim, claro.

– Mas imagino que também incluam vegetação nativa.

– Decerto. O planeta Sayshell era um mundo com oxigênio quando os primeiros colonizadores chegaram, portanto deveria haver vida. E preservamos algumas das espécies nativas, pode ter certeza. Temos extensos parques naturais, nos quais tanto a flora como a fauna primitivas do passado de Sayshell sobrevivem.

– Portanto estão mais avançados do que nós, S.Q. – comentou Pelorat, triste. – Havia pouca vida terrestre em Terminus quando os humanos chegaram e receio que, durante muito tempo, nenhum esforço conjunto foi realizado para preservar a vida marinha, que produzia o oxigênio que fazia Terminus ser habitável. Atualmente, Terminus tem uma ecologia puramente galáctica.

– Sayshell – respondeu Quintesetz, com um sorriso de orgulho modesto – tem uma longa e sólida tradição de valorização da vida.

E Trevize escolheu aquele momento para dizer:

– Quando deixamos seu escritório, S.Q., creio que era sua intenção nos oferecer um jantar e nos contar sobre Gaia.

A esposa de Quintesetz – uma mulher agradável, rechonchuda e de pele negra, que tinha falado pouco durante a refeição – surpreendeu-se. Atônita, levantou-se e abandonou o aposento sem dizer palavra.

– Receio que minha esposa – disse Quintesetz, desconfortável – seja bastante conservadora. Ela fica um tanto incomodada com a menção de... desse mundo. Por favor, perdoem-na. Mas por que querem saber?

– Receio ser algo importante para o trabalho de J.P.

– Mas por que pergunta a *mim*? Estávamos falando sobre a Terra, robôs, a colonização de Sayshell. O que tudo isso tem a ver com... o que me pergunta?

– Talvez nada, mas existem muitas singularidades sobre esse assunto. Por que sua esposa fica incomodada com a menção de Gaia? Por que *você* fica incomodado? Algumas pessoas falam no assunto sem nenhum problema. Hoje mesmo nos disseram que Gaia é a própria Terra, que abandonou o espaço real e fugiu para o hiperespaço graças ao mal causado pelos seres humanos.

Um olhar de angústia passou pelo rosto de Quintesetz.

– Quem falou essa bobagem? – perguntou.

– Alguém que conheci aqui na universidade.

– É apenas superstição.

– Então não faz parte do dogma central de suas lendas sobre o Enlevo?

– Não, evidentemente. É apenas uma lenda que surgiu entre pessoas comuns e sem educação.

– Está certo disso? – questionou Trevize, friamente.

Quintesetz reclinou-se em sua cadeira e encarou o resto da refeição diante de si.

– Venham para a sala de estar – disse. – Minha esposa não permitirá que este aposento seja limpo e arrumado enquanto estivermos aqui discutindo... isso.

– Tem certeza de que é apenas uma lenda? – repetiu Trevize, uma vez que eles tinham se sentado na outra sala, diante de uma janela côncava que ia até metade do teto, garantindo ampla visão do extraordinário céu noturno de Sayshell. As luzes do aposento diminuíram para não competir com a paisagem e os tons escuros das feições de Quintesetz fundiram-se com as sombras.

– *Você* não tem certeza? – perguntou Quintesetz. – Você acha que algum mundo poderia dissolver-se e ir para o hiperespaço? Precisa entender que o povo médio tem apenas a noção mais vaga do que é o hiperespaço.

– Na verdade – respondeu Trevize –, mesmo eu tenho apenas a noção mais vaga do que é o hiperespaço, e já passei por ele centenas de vezes.

– Deixe-me falar sobre a realidade, então. Garanto que a Terra, onde quer que esteja, não está dentro das fronteiras da Aliança Sayshell, e que o mundo que mencionou não é a Terra.

– Mas mesmo que não conheça a localização da Terra, S.Q., deve saber onde está o mundo que mencionei. *Ele* certamente está dentro das fronteiras da Aliança Sayshell. Sabemos disso, não é mesmo, Pelorat?

Pelorat, que ouvia a conversa um pouco alheio, surpreendeu-se ao ser incluído.

– Se for isso mesmo, Golan – disse –, eu sei onde está.

Trevize virou o rosto para encará-lo.

– Desde quando, Janov?

– Desde poucas horas atrás, meu caro Golan. S.Q., você nos mostrou as Cinco Irmãs no caminho entre o seu escritório e sua casa. Apontou para uma estrela pálida no centro do pentágono. Tenho certeza de que é Gaia.

Quintesetz hesitou. Seu rosto, escondido na meia-luz, estava além de qualquer chance de interpretação. Finalmente, disse:
— Bom, é o que nossos astrônomos nos dizem... em segredo. É um planeta que orbita em torno daquela estrela.
Trevize contemplou Pelorat, mas a expressão no rosto do professor era ilegível. Trevize voltou-se para Quintesetz.
— Então nos conte sobre aquela estrela. Você tem as coordenadas dela?
— Eu? Não. — Quintesetz foi quase violento em sua recusa. — Não tenho nenhuma coordenada estelar comigo. Pode consegui-las em nosso departamento de astronomia, mas imagino que isso será difícil. Nenhuma viagem àquela estrela é permitida.
— Por que não? Está dentro do seu território, não está?
— Espacialmente, sim. Politicamente, não.
Trevize esperou que algo mais fosse dito. Quando nada surgiu, levantou-se.
— Professor Quintesetz — disse, formalmente —, não sou policial, soldado, diplomata ou brutamontes. Não estou aqui para forçá-lo a dar informações. Em vez disso, devo, contra a minha vontade, entrar em contato com nosso embaixador. Você certamente entende que não sou eu, por interesse pessoal, quem requisita tais informações. Trata-se de um assunto da Fundação e não quero criar um incidente interestelar por causa disso. Creio que a Aliança Sayshell também prefira evitá-lo.
— O que é esse assunto da Fundação?
— Não é algo que eu possa discutir com você. Se Gaia não é algo que possa discutir comigo, vamos transferir os procedimentos para nível governamental e, dadas as circunstâncias, pode ser pior para Sayshell. Este planeta manteve sua independência da Federação e não tenho objeções quanto a isso. Não tenho razão para desejar algo ruim a Sayshell e não quero falar com nosso embaixador. Eu, inclusive, prejudicaria minha própria carreira se o fizesse, pois estou sob rígidas ordens de conseguir essa informação sem criar uma questão governamental. Portanto, peço que me conte se houver algum motivo concreto para que não possa falar

sobre Gaia. Será preso ou punido de alguma maneira se o fizer? Dirá abertamente que não tenho escolha além de buscar apoio do embaixador?

– Não, não – respondeu Quintesetz, soando totalmente confuso. – Não sei nada sobre assuntos do governo. Simplesmente não falamos sobre aquele mundo.

– Superstição?

– Bem, sim! Superstição! Pelos céus de Sayshell, de que forma sou superior à tola pessoa que disse que Gaia está no hiperespaço, ou à minha esposa, que não consegue nem ficar no mesmo aposento em que Gaia é mencionada e que talvez tenha até saído de casa com medo de ser destruída por...

– Relâmpagos?

– Por *alguma* punição externa. E eu, até mesmo eu, hesito em pronunciar tal nome. Gaia! Gaia! Esta palavra não fere! Estou ileso! Ainda assim, hesito. Mas, por favor, acredite em mim quando digo honestamente que não sei as coordenadas para alcançar a estrela de Gaia. Posso tentar ajudá-lo a consegui-las, se forem de alguma utilidade, mas permita-me dizer que não falamos sobre aquele mundo aqui na Aliança. Mantemos nossas mãos e nossa mente longe dele. Posso dizer que pouco é conhecido... conhecido, e não suposto, e duvido que possam descobrir algo a mais nos planetas-membros da Aliança. Sabemos que Gaia é um mundo antigo e há algumas pessoas que acreditam ser o mundo mais velho deste setor da Galáxia, mas não temos certeza. O patriotismo diz que o planeta Sayshell é o mais antigo; o medo nos diz que é o planeta Gaia. O único jeito de combinar os dois é supor que Gaia é a Terra, pois se sabe que Sayshell foi colonizado por terráqueos. A maioria dos historiadores acredita, sem se manifestar – continuou Quintesetz –, que o planeta Gaia foi fundado independentemente. Acreditam que não seja uma colônia de nenhum dos planetas de nossa Aliança, e que a Aliança não foi colonizada por Gaia. Não existe consenso sobre uma época comparativa no que diz respeito a Gaia ter sido colonizada antes ou depois de Sayshell.

— Até agora — disse Trevize —, o que você sabe é o mesmo que nada, pois cada alternativa é a crença de alguma outra pessoa.

Quintesetz concordou com a cabeça, pesarosamente.

— É o que parece — disse. — Tornamo-nos conscientes da existência de Gaia relativamente tarde em nossa história. Antes, estávamos preocupados em formar a Aliança, depois em enfrentar o Império Galáctico, e então em tentar encontrar nosso papel como província imperial e limitar o poder dos vice-reis. Somente na época em que a fraqueza do Império estava bastante avançada é que um dos últimos vice-reis, que estava sob um controle central bastante debilitado na época, percebeu a existência de Gaia e pareceu manter sua independência da província de Sayshell e até mesmo do Império. O planeta ficou por conta própria em seu isolamento e segredo; por isso, praticamente nada além do que se sabe hoje foi descoberto sobre ele. O vice-rei decidiu conquistá-lo. Não temos detalhes sobre o que aconteceu, mas sua expedição foi dizimada e poucas espaçonaves voltaram. Naqueles dias, evidentemente, as naves não eram muito boas nem muito bem comandadas.

Quintesetz continuou:

— Sayshell ficou satisfeita com a ruína do vice-rei, que era considerado um opressor imperialista, e a situação levou quase diretamente ao restabelecimento de nossa independência. A Aliança Sayshell rompeu relações com o Império e até hoje celebramos o aniversário dessa ocasião, no chamado Dia da Aliança. Deixamos Gaia em paz por quase um século praticamente por gratidão, mas então chegou o momento em que tínhamos poder suficiente para pensar em nossa própria expansão imperialista. Por que não conquistar Gaia? Por que não estabelecer uma Aliança Alfandegária, ao menos? Enviamos uma frota e ela também foi dizimada. Desde então, nos limitamos a tentativas esporádicas de comércio, invariavelmente malsucedidas. Gaia permaneceu em sólido isolamento e nunca, até onde saibamos, fez a menor tentativa de comercializar ou de se comunicar com qualquer outro mundo. E certamente nunca fez o menor movimento hostil contra ninguém, em nenhuma direção. E então...

Quintesetz aumentou a intensidade da iluminação ao tocar um painel de controle no braço de sua poltrona. Sob a luz, seu rosto assumiu uma expressão claramente sardônica.

— Por serem cidadãos da Fundação — continuou —, talvez se lembrem do Mulo.

Trevize enrubesceu. Em cinco séculos de existência, a Fundação fora derrotada apenas uma vez. A dominação fora apenas temporária e não interferiu seriamente no trajeto rumo ao Segundo Império, mas é certo que alguém que desejasse antagonizar a Fundação e cutucar seu orgulho mencionaria o Mulo, seu único dominador. E era provável (pensou Trevize) que Quintesetz tivesse aumentado a iluminação para *ver* o orgulho ferido de um membro da Fundação.

— Sim, nós da Fundação nos lembramos do Mulo — respondeu Trevize.

— O Mulo — prosseguiu Quintesetz — comandou durante algum tempo um Império tão grande quanto a atual Federação sob o controle da Fundação. Mas ele não comandou a *nós*. Deixou-nos em paz. Entretanto, passou por Sayshell certa vez. Assinamos uma declaração de neutralidade e um manifesto de cordialidade. Ele não pediu nada além disso. Éramos os únicos de quem ele não exigiu mais nada nos dias anteriores à sua doença, que freou sua expansão e o forçou a esperar pela morte. Saibam que ele não era um homem irracional. Não usava força irracional, não era sangrento, governava humanamente.

— O problema é que era um conquistador — disse Trevize, sarcasticamente.

— Como a Fundação — respondeu Quintesetz.

Trevize, sem uma resposta pronta, disse, irritado:

— Tem mais a dizer sobre Gaia?

— Apenas uma afirmação do Mulo. De acordo com o relato do encontro histórico entre o Mulo e o presidente Kallo, da Aliança, o Mulo teria assinado o documento com um floreio e dito: "Por este documento, os senhores são neutros até mesmo em relação a Gaia, o que é afortunado. Nem mesmo eu me aproximo de Gaia".

– Por que ele faria algo assim? – Trevize negou com a cabeça. – Sayshell estava ansioso para declarar neutralidade e não havia nenhum registro de Gaia incomodando ninguém. Na época, o Mulo planejava a conquista de toda a Galáxia, então por que demorar-se com insignificâncias? Haveria tempo suficiente para se virar contra Sayshell e também contra Gaia, uma vez que a conquista fosse completa.

– Talvez, talvez – respondeu Quintesetz. – Mas, de acordo com uma testemunha na época, alguém em quem tendemos a acreditar, o Mulo pousou a caneta quando disse "nem mesmo eu me aproximo de Gaia". Então, sua voz diminuiu e, em um sussurro que ninguém deveria ter ouvido, disse "novamente".

– Que ninguém deveria ter ouvido, você diz. Então como ele foi ouvido?

– Por que sua caneta rolou da mesa quando ele a pousou e o sayshelliano automaticamente se inclinou para pegá-la. Seu ouvido estava próximo da boca do Mulo quando a palavra "novamente" foi dita e ele a ouviu. Não mencionou nada até depois da morte do Mulo.

– Como pode provar que não foi uma invenção?

– A vida daquele homem não é do tipo que tornaria provável ele ter inventado algo assim. Seu relato é aceito.

– E se foi inventado?

– O Mulo nunca esteve na Aliança Sayshell, nem mesmo próximo dela, exceto naquele momento; pelo menos, não depois de ter aparecido no cenário galáctico. Se esteve em Gaia, precisaria tê-lo feito antes de surgir no cenário galáctico.

– E então?

– E então, onde o Mulo nasceu?

– Creio que ninguém saiba – respondeu Trevize.

– Na Aliança Sayshell, há uma forte crença de que ele nasceu em Gaia.

– Por causa dessa única palavra?

– Em parte. O Mulo não podia ser derrotado porque tinha estranhos poderes mentais. Gaia também não pode ser derrotada.

— Gaia *ainda* não foi derrotada. Isso não prova necessariamente que seja impossível.

— Nem mesmo o Mulo se aproximaria. Busque os registros de sua nave-mãe. Veja se algum setor além da Aliança Sayshell foi tratado com tanta cautela. E você sabia que ninguém que tenha ido até Gaia com intenções de comércio pacífico retornou? Por que acha que sabemos tão pouco sobre aquele planeta?

— Sua atitude parece bastante com superstição — respondeu Trevize.

— Chame do que quiser. Desde a época do Mulo, eliminamos Gaia de nossos pensamentos. Não queremos que Gaia pense em nós. Só nos sentimos seguros se fingirmos que não está lá. Pode ser até que o próprio governo tenha secretamente iniciado e encorajado a lenda de que Gaia desapareceu e foi para o hiperespaço, na esperança de que as pessoas esqueçam que existe uma estrela real com esse nome.

— Então você acredita que Gaia é um mundo de Mulos?

— Talvez seja. Aconselho, para o *seu* bem, que não vá até lá. Se o fizer, nunca mais voltará. Se a Fundação interferir em Gaia, demonstrará menos inteligência do que o Mulo demonstrou. Pode dizer *isso* ao seu embaixador.

— Consiga-me as coordenadas — retrucou Trevize —, e sairei de seu planeta imediatamente. Visitarei Gaia e voltarei.

— Conseguirei as coordenadas — disse Quintesetz. — Evidentemente, o departamento de astronomia funciona de madrugada, e as conseguirei *agora*, se puder. Mas permita-me recomendar mais uma vez que não façam nenhuma tentativa de chegar a Gaia.

— Pretendemos tentar — respondeu Trevize.

— Então tentarão o suicídio — disse Quintesetz, severamente.

14.

Adiante!

1

JANOV PELORAT OLHOU PARA FORA da *Estrela Distante* e observou a paisagem pálida do amanhecer cinzento com uma estranha mistura de arrependimento e incerteza.

– Não permanecemos tempo suficiente, Golan. Parece ser um mundo agradável e interessante. Eu gostaria de aprender mais sobre ele.

Trevize ergueu os olhos do computador com um sorriso torto.

– Pensa que eu não gostaria? Tivemos apenas três refeições apropriadas no planeta, totalmente diferentes entre si, cada uma excelente. Queria experimentar mais. E as únicas mulheres que vimos, vimos rapidamente... e algumas delas pareciam bastante estimulantes para... bom, para o que tenho em mente.

– Oh, meu caro colega – o nariz de Pelorat contorceu-se. – Aquelas campainhas que elas chamam de sapatos, e todas embrulhadas em cores conflitantes, e o que é aquilo que elas fazem com os cílios? Reparou em seus cílios?

– Reparei em tudo, Janov, pode acreditar. Suas objeções são superficiais. Elas podem ser facilmente persuadidas a lavar o rosto e, no momento adequado, a tirar os sapatos e as cores.

– Acreditarei em sua palavra nesse assunto, Golan – respondeu Pelorat. – Mas estava pensando, na realidade, em investigar mais profundamente a questão da Terra. O que nos informaram sobre a Terra até agora foi tão insatisfatório, tão incoerente... radiação de acordo com um, robôs de acordo com outro.

– Morte em ambos os casos.

– Fato – disse Pelorat, com relutância –, mas pode ser que um seja fato, e o outro não, ou ambos sejam fatos até certo ponto, ou que nenhum dos dois seja fato. Decerto, Janov, quando você ouve histórias que apenas anuviam de forma cada vez mais densa as dúvidas, *decerto* sente o impulso de explorar, de descobrir.

– E sinto – respondeu Golan –, por cada estrela anã da Galáxia, eu sinto. Mas o problema em questão é Gaia. Uma vez que isso tenha sido esclarecido, poderemos ir à Terra, ou voltar aqui a Sayshell para uma estadia mais extensa. Mas, primeiro, Gaia.

– O problema em questão! – concordou Pelorat com a cabeça. – Se aceitarmos o que Quintesetz nos disse, a morte nos aguarda em Gaia. Deveríamos mesmo ir?

– Eu me faço a mesma pergunta – respondeu Trevize. – Tem medo?

Pelorat hesitou como se estivesse sondando os próprios sentimentos. Então, disse, de maneira simples e direta:

– Sim. Um medo terrível!

Trevize reclinou-se na cadeira e girou-a no eixo para encarar o outro.

– Janov – disse, com tanta calma e tão diretamente quanto Pelorat demonstrou –, não há nenhum motivo para você se arriscar. Basta me dizer e o deixarei em Sayshell com todos os seus pertences e metade de nossos créditos. Eu o buscarei quando voltar e seguiremos para o Setor Sirius, se desejar, ou para a Terra, se for o caso. Se eu não retornar, os membros da Fundação em Sayshell providenciarão sua volta para Terminus. Nenhum ressentimento se desejar ficar para trás, velho amigo.

Os olhos de Pelorat piscaram rapidamente e seus lábios se contraíram por uns instantes.

– Velho amigo – disse, com voz rouca. – Nós nos conhecemos a, o que, uma semana, mais ou menos? É estranho que eu opte por me recusar a deixar a nave? Tenho medo, é um fato, mas quero permanecer com você.

Trevize moveu as mãos em um gesto de incerteza.

– Mas por quê? – perguntou. – Sinceramente, não exijo isso de você.

– Não sei bem por que, mas exijo de mim mesmo. É que... é que... Golan, tenho fé em você. Parece-me que você sempre sabe o que está fazendo. Eu queria ir a Trantor, onde, agora vejo, provavelmente nada teria acontecido. *Você* insistiu em Gaia e Gaia deve ser, de alguma maneira, um nervo exposto na Galáxia. As coisas parecem *estar relacionados* a ela. E se isso não fosse suficiente, Golan, testemunhei você forçar Quintesetz a dar as informações sobre Gaia. Foi um blefe *bastante* habilidoso. Fiquei perdido de admiração.

– Então você tem fé em mim.

– Sim, tenho – respondeu Pelorat.

Trevize pousou a mão no antebraço de Pelorat e pareceu, por um momento, buscar as palavras.

– Janov – disse –, você me perdoará antecipadamente se meu discernimento estiver errado, e você, de um jeito ou de outro, ficar face a face com o que pode haver de ruim à nossa espera?

– Oh, meu caro colega, por que pergunta? – respondeu Pelorat. – Tomo a decisão livremente, pelas *minhas* razões, não pelas suas. E, por favor, vamos partir rapidamente. Não confio que minha covardia não venha me agarrar pela garganta e me envergonhe pelo resto da minha vida.

– Como quiser, Janov – disse Trevize. – Partiremos tão cedo quanto o computador permitir. Desta vez, prosseguiremos gravitacionalmente, direto para cima, assim que pudermos garantir que a atmosfera acima esteja livre de naves. E, conforme a atmosfera em volta ficar menos densa, ganharemos mais velocidade. Dentro de uma hora, estaremos no espaço sideral.

– Ótimo – disse Pelorat, e arrancou a ponta da tampa de um copo plástico de café. O orifício resultante começou a exalar vapor imediatamente. Pelorat colocou o bocal nos lábios e bebericou, permitindo que ar entrasse em sua boca para esfriar o café até uma temperatura agradável.

– Você aprendeu a usar essas coisas maravilhosamente – comentou Trevize. – Você é um veterano do espaço, Janov.

Pelorat encarou o copo plástico por um instante e disse:

– Agora que temos uma nave que pode ajustar um campo gravitacional como bem entendermos, voltaremos a usar copos comuns, não?

– Pois claro. Mas você não conseguirá que as pessoas do espaço desistam de seus aparatos espaciais. Como pode um explorador espacial se diferenciar do humano rastejante que era no passado se continuar a usar somente copos abertos? Vê aquelas argolas nas paredes e no teto? Elas foram tradicionais em espaçonaves por mais de vinte mil anos, mas são totalmente inúteis em uma nave gravitacional. Ainda assim, lá estão elas, e aposto a nave inteira em troca de uma xícara de café que seu explorador espacial fingiria estar sendo esmagado até ficar sem ar na decolagem e então iria de um lado para o outro usando as argolas, como se estivesse em gravidade zero, quando, na verdade, está em G-1 (ou seja, gravidade normal) em ambos os momentos.

– Está brincando.

– Bom, talvez um pouco, mas há sempre inércia social em tudo, até mesmo em avanços tecnológicos. Aquelas argolas inúteis estão aqui e os copos que nos dão têm bicos.

Pelorat concordou com a cabeça, pensativo, e continuou bebendo seu café.

– E quando decolaremos? – perguntou, enfim.

– Te peguei – riu Trevize, cordialmente. – Comecei a falar sobre as argolas nas paredes e você nem percebeu que estávamos decolando naquele exato momento. Estamos a mil e seiscentos metros de altura agora mesmo.

– Não pode estar falando sério.

– Olhe para fora.

Assim Pelorat o fez.

– Mas não senti nada – disse.

– E não deveria sentir.

– Não estamos quebrando protocolos? Certamente deveríamos ter seguido um sinal de rádio em uma espiral ascendente, como fizemos com a espiral descendente da aterrissagem.

– Não há motivo para tanto, Janov. Ninguém nos impedirá. Ninguém.

– Mas, ao descermos, você disse...

– Era diferente. Estavam ansiosos com a nossa chegada, mas estão felizes de nos ver partir.

– Por que diz isso, Golan? A única pessoa que conversou conosco sobre Gaia foi Quintesetz, e ele implorou que não fôssemos para lá.

– Não acredite nisso, Janov. Foi apenas formalidade. Ele fez de tudo para garantir que fôssemos a Gaia. Janov, você admirou a maneira como blefei para conseguir a informação de Quintesetz. Lamento, mas não mereço tal admiração. Se eu não tivesse feito nada, ele teria nos oferecido a informação. Se eu tivesse tapado os ouvidos, ele teria gritado.

– Por que diz isso, Golan? É insano.

– Paranoico? Sim, eu sei – Trevize voltou-se para o computador e focou sua atenção na tela. – Não estamos sendo impedidos. Nenhuma nave a distância que permita interferência, nenhuma mensagem de aviso de nenhum tipo.

Mais uma vez, Trevize girou na direção de Pelorat.

– Conte-me, Janov – disse –, como descobriu sobre Gaia? Você sabia sobre Gaia quando ainda estávamos em Terminus. Sabia que era no Setor Sayshell. Sabia que o nome era alguma versão de "Terra". Onde ouviu tudo isso?

Pelorat pareceu ficar tenso.

– Se eu estivesse em meu escritório em Terminus – respondeu –, poderia consultar meus arquivos. Não trouxe *tudo* comigo, certamente não as datas nas quais encontrei esse ou aquele dado.

– Bem, pense nisso – disse Trevize, com severidade. – Considere que os próprios sayshellianos não abrem a boca sobre o assunto. São tão relutantes para falar factualmente sobre Gaia que encorajam uma superstição para levar os habitantes comuns do setor a crer que tal planeta não existe no espaço comum. Na verdade, posso ir além. Veja isto.

Trevize virou-se para o computador; seus dedos correram pelos apoios de mão com a facilidade e a graça de muito treino.

Quando posicionou suas mãos nos receptores, sentiu o toque quente e acolhedor dos circuitos. Sentiu-se, mais uma vez, como se sua consciência fosse projetada para fora.

— Este é o mapa galáctico do computador — disse —, como existia na memória antes de pousarmos em Sayshell. Mostrarei o trecho do mapa que representa o céu noturno de Sayshell como o vimos na noite passada.

A sala escureceu e uma representação do céu noturno surgiu na tela.

— Tão bonito quanto o que vimos da superfície de Sayshell — comentou Pelorat, em tom baixo.

— *Mais* bonito — disse Trevize, impaciente. — Não existe interferência atmosférica de nenhum tipo, nenhuma nuvem, nenhuma distorção no horizonte. Mas espere, vou fazer um ajuste.

A imagem movimentou-se uniformemente, dando aos dois a desconfortável sensação de que eram eles que se deslocavam. Pelorat instintivamente segurou os braços de sua cadeira para se manter firme.

— Ali! — disse Trevize. — Reconhece aquilo?

— Evidentemente. São as Cinco Irmãs, o pentágono de estrelas que Quintesetz nos mostrou. É inconfundível.

— Sim, de fato. Mas onde está Gaia?

Pelorat piscou. Não havia nenhuma estrela pálida ao centro.

— Não está ali — disse.

— Exato. Não está ali. Isso porque sua localização não está incluída nos bancos de dados do computador. Como é pouco provável que esses bancos de dados tenham sido deliberadamente mantidos incompletos no que diz respeito a esse assunto para que possamos descobrir por conta própria, concluo que, para os galactógrafos da Fundação que criaram tais bancos (e que têm quantidades colossais de informação ao seu dispor), Gaia é desconhecida.

— Será que — começou Pelorat —, se tivéssemos ido a Trantor...

— Suspeito que lá também não encontraríamos dados sobre Gaia. Sua existência é mantida em segredo pelos sayshellianos... e ainda mais, imagino, pelos próprios gaianos. Você mesmo disse, alguns dias atrás, que não é totalmente incomum que alguns planetas fiquem deliberadamente fora de vista para evitar taxações ou interferências externas.

– No geral – respondeu Pelorat –, quando cartógrafos e estatísticos encontram um mundo desse tipo, é localizado em seções da Galáxia em que a população é rarefeita. Seu isolamento torna possível a discrição. Gaia não é isolada.

– De fato. É outra coisa que a faz ser incomum. Portanto, vamos deixar esse mapa na tela para que continuemos a questionar a ignorância de nossos galactógrafos. E deixe-me perguntar de novo. Considerando esse desconhecimento por parte de pessoas das mais cultas, como *você* ouviu falar sobre Gaia?

– Venho coletando dados a respeito de mitos, lendas e histórias sobre a Terra há trinta anos, meu caro Golan. Sem meus registros completos, como eu poderia...

– Podemos começar de algum lugar, Janov. Descobriu sobre isso, digamos, nos primeiros quinze anos de suas pesquisas, ou nos últimos?

– Oh! Bem, se formos tão abrangentes, foi na segunda metade.

– Você pode ir mais longe do que isso. E se eu sugerir que você ficou sabendo sobre Gaia nos anos mais recentes?

Trevize olhou na direção de Pelorat, sentiu sua incapacidade de ler expressões faciais na escuridão, e aumentou um pouco o nível de iluminação da sala. A gloriosa representação do céu noturno na tela escureceu-se proporcionalmente. A expressão de Pelorat era fria e não revelava nada.

– E então? – perguntou Trevize.

– Estou pensando – respondeu Pelorat, suavemente. – Você talvez esteja certo, mas eu não colocaria minhas mãos no fogo. Quando escrevi a Jimbor, da Universidade Ledbet, não mencionei Gaia, apesar de que, nesse caso, teria sido apropriado fazê-lo, e isso foi em, deixe-me ver... Em '95, três anos atrás. Acho que está certo, Golan.

– E como encontrou a informação? – questionou Trevize. – Uma troca de informações? Um livro? Um artigo científico? Alguma canção antiga? Como? Pense!

Pelorat recostou-se e cruzou os braços. Aprofundou-se em seus pensamentos e não se moveu. Trevize ficou em silêncio e esperou.

– Em uma comunicação particular – respondeu, enfim. – Mas não adianta me perguntar com quem, meu caro colega. Não me lembro.

Trevize passou as mãos pela faixa de sua vestimenta. Elas ficavam frias e suadas conforme ele se esforçava para extrair informações sem coagir explicitamente o raciocínio do outro.

– Um historiador? – perguntou. – Um especialista em mitologia? Um galactógrafo?

– Não adianta. Não consigo associar um nome à comunicação.

– Porque talvez não haja nenhum.

– Oh, não. Isso parece algo de probabilidade escassa.

– Por quê? Você teria rejeitado uma comunicação anônima?

– Creio que não.

– Já recebeu alguma?

– Uma vez, há muito tempo. Em anos recentes, tornei-me conhecido em certos círculos acadêmicos como um colecionador de tipos específicos de mitos e lendas e, ocasionalmente, alguns de meus correspondentes, com muita gentileza, me encaminhavam material que tiravam de fontes não acadêmicas. Às vezes, esses materiais não tinham conexões com ninguém em especial.

– Pois bem. Mas você já recebeu informações anônimas diretamente, e não por meio de um contato acadêmico?

– De vez em quando, mas era raro.

– Tem certeza de que não foi assim com os dados sobre Gaia?

– Tais comunicações anônimas aconteciam tão esporadicamente que eu decerto lembraria se este fosse um dos casos. Não posso afirmar com certeza que a informação não teve uma origem anônima. Mas isso não quer dizer que eu tenha a recebido de uma fonte não identificada.

– Tenho consciência disso. Mas continua uma possibilidade, não continua?

– Creio que sim – disse Pelorat, relutante. – Mas aonde quer chegar?

– Ainda não terminei – retrucou Trevize, com firmeza. – Mesmo que tenha sido anônima, ou não, de onde veio a informação? De que mundo?

– Deixe disso – Pelorat deu de ombros. – Não faço a menor ideia.

– Seria possível ter vindo de Sayshell?

– Eu já disse. Não sei.

– Estou sugerindo que *de fato* veio de Sayshell.

– Pode sugerir o que quiser, isso não significa necessariamente que seja verdade.

– Não? Quando Quintesetz apontou a estrela pálida ao centro das Cinco Irmãs, você soube imediatamente que era Gaia. Falou mais tarde para Quintesetz, identificando-a antes que ele o fizesse. Lembra-se?

– Sim, claro.

– Como foi possível? Como você reconheceu imediatamente que a estrela pálida era Gaia?

– Porque, no material que tenho sobre Gaia, o planeta era raramente chamado por esse nome. Eufemismos de diferentes tipos são comuns. Um dos eufemismos, usado diversas vezes, é "o Irmão mais novo das Cinco Irmãs". Outro é "o Centro do Pentágono", e, às vezes, era chamado de "0 Pentágono". Quando Quintesetz indicou as Cinco Irmãs e a estrela central, as alusões inevitavelmente me vieram à cabeça.

– Não mencionou essas alusões antes.

– Não sabia o que elas significavam e não achei que seria importante discutir a questão com você, que é um... – Pelorat hesitou.

– Um leigo?

– Sim.

– Espero que você tenha consciência de que o pentágono das Cinco Irmãs é uma forma totalmente relativa.

– O que quer dizer?

Trevize riu afetuosamente.

– Seu humano rastejante – disse. – Acha que o céu tem um formato concreto? Que as estrelas estão pregadas em seus lugares?

O pentágono tem a forma que tem somente do ponto de vista dos planetas do sistema planetário ao qual o planeta Sayshell pertence, e *só* dali. Considerando um mundo que orbite em torno de qualquer outra estrela, a aparência das Cinco Irmãs é diferente. São vistas de outro ângulo, para começar. Além disso, as cinco estrelas do pentágono estão a distâncias diferentes de Sayshell e, vistas de outros ângulos, não haveria nenhuma relação visível entre elas. Uma ou duas estrelas poderiam estar em uma metade do céu; as outras, na outra metade. Veja só...

Trevize escureceu o aposento mais uma vez e inclinou-se sobre o computador.

– Existem oitenta e seis sistemas planetários povoados que compõem a Aliança Sayshell. Vamos manter Gaia, ou o lugar em que deve estar localizado, fixo. – Conforme Trevize disse isso, um pequeno círculo vermelho apareceu no centro do pentágono das Cinco Irmãs. – E vamos passar para os céus como seriam vistos a partir de qualquer outro dos oitenta e seis planetas, um escolhido aleatoriamente.

O céu foi alterado e Pelorat piscou. O pequeno círculo vermelho permaneceu no centro da tela, mas as Cinco Irmãs desapareceram. Havia estrelas brilhantes nas imediações, mas nenhum pentágono evidente. O céu mudou mais uma vez, e mais outra, e mais outra. Continuou mudando. O círculo vermelho permaneceu no lugar, mas em nenhum momento surgiu um pentágono de estrelas igualmente brilhantes. De vez em quando, o que poderia ser um pentágono distorcido de estrelas, com brilhos desiguais, surgia, mas nada como o magnífico asterismo que Quintesetz lhes mostrara.

– Viu o suficiente? – perguntou Trevize. – Eu garanto, é impossível ver as Cinco Irmãs exatamente como as vimos se você estiver na superfície de qualquer planeta povoado que não seja um dos mundos do sistema planetário de Sayshell.

– O ponto de vista sayshelliano pode ter sido exportado para outros planetas. Havia muitos provérbios nos tempos imperiais (alguns que permanecem até nossa época, na verdade) trantorcentristas.

– Com Sayshell tão resguardado em relação a Gaia quanto sabemos que eles são? E por que os mundos fora da Aliança Sayshell se interessariam por isso? Por que se importariam com o "Irmão mais novo das Cinco Irmãs" se não há nada em seus céus para onde possam apontar?

– Talvez esteja certo.

– Então você percebe que sua informação original deve ter vindo de Sayshell? E não apenas de algum lugar da Aliança, mas precisamente do sistema planetário em que está o mundo capital da Aliança?

– Você faz parecer verdade, mas não é algo de que consigo me lembrar. Simplesmente não lembro.

– Ainda assim, reconhece a força do meu raciocínio, não?

– Sim, reconheço.

– Próxima questão. Quando você acredita ter sido a origem da lenda?

– Qualquer época. Eu diria que foi criada muito tempo atrás, na Era Imperial. Tem características de...

– Você está equivocado, Janov. As Cinco Irmãs estão razoavelmente próximas do planeta Sayshell, o que justifica o brilho intenso. Quatro delas têm grande movimento próprio e nenhuma delas faz parte de uma família; portanto, elas se movem em direções diferentes. Observe o que acontece quando eu retrocedo o mapa temporalmente.

Mais uma vez, o círculo vermelho que indicava a localização de Gaia permaneceu no lugar, mas o pentágono lentamente se desfez, enquanto quatro estrelas se moviam em direções diferentes e a quinta girava de leve.

– Veja isso, Janov – disse Trevize. – Você diria que se trata de um pentágono regular?

– Claramente deformado – respondeu Pelorat.

– E Gaia está no centro?

– Não, está bem para a lateral.

– Pois bem. Era essa a aparência do asterismo cento e cinquenta anos atrás. Um século e meio, só isso. O material que você recebeu sobre o "Centro do Pentágono" e tudo o mais não fazia nenhum sentido em *lugar nenhum*, nem mesmo em Sayshell, até esse século. O conteúdo que recebeu deve ter se originado em Sayshell e em algum momento deste século, talvez na última década. E você o recebeu, mesmo que Sayshell seja tão reservado em relação a Gaia.

Trevize acendeu as luzes, desativou o mapa estelar e permaneceu sentado, encarando Pelorat com severidade.

– Estou confuso – disse Pelorat. – O que está dizendo?

– Diga-me você! Pense! De alguma maneira, coloquei na minha cabeça que a Segunda Fundação ainda existe. Estava fazendo uma palestra durante minha campanha eleitoral. Comecei uma estratégia emotiva concebida para conquistar votos dos indecisos com um dramático "se a Segunda Fundação ainda existisse..." e, mais tarde naquele mesmo dia, me perguntei: e se ela ainda existir *mesmo*? Comecei a ler livros de história e, dentro de uma semana, estava convencido. Não havia nenhuma prova concreta, mas a vida toda senti que tenho talento para chegar a conclusões corretas a partir de um monte de especulações. Mas dessa vez...

Trevize meditou por uns instantes e continuou:

– E veja o que aconteceu desde então. De todas as pessoas, escolhi Compor como meu confidente, e ele me traiu. Então a prefeita Branno me prendeu e me exilou. Por que me exilar, em vez de apenas me manter preso ou tentar coagir-me a me calar? E por que em uma espaçonave com tecnologia de ponta, que me garante o poder extraordinário de saltar pela Galáxia? E por que, acima de tudo, ela insistiu para que eu o levasse e sugeriu que eu o ajudasse em sua busca pela Terra? E por que – continuou – eu tinha tanta certeza de que não devíamos ir a Trantor? Eu estava convencido de que você tinha um alvo melhor para a nossa investigação, e você mencionou, no mesmo instante, o misterioso mundo de Gaia, sobre o qual, como agora é evidente, obteve informações sob circunstâncias bastante misteriosas. Seguimos para Sayshell, a primeira parada lógica, e imediatamente encontramos Compor, que nos oferece uma história circunstancial sobre a Terra e sua morte. Ele então garante que sua localização é no Setor Sirius e nos incita a seguir para lá.

— Aí está — disse Pelorat. — Você parece estar sugerindo que todas as circunstâncias nos forçam a ir para Gaia, mas, como diz, Compor tentou nos persuadir a seguir para outro lugar.

— E, ao reagir a isso, fiquei determinado a continuar nossa linha original de investigação graças à minha pura desconfiança em relação àquele homem. Você não julgaria possível que ele estivesse contando justamente com isso? Ele pode deliberadamente ter dito para irmos a outro lugar apenas para evitar que o fizéssemos.

— Mero exagero — murmurou Pelorat.

— Será? Continuemos. Entramos em contato com Quintesetz simplesmente por ele estar próximo...

— Não é verdade — respondeu Pelorat. — Reconheci o nome.

— Pareceu-lhe familiar. Você nunca tinha lido nada de autoria dele — ou, pelo menos, não se lembrava. Por que era familiar? De qualquer forma, ele coincidentemente tinha lido um artigo seu e ficou impressionado pelo texto... qual a probabilidade *disso*? Você mesmo admite que sua obra não é amplamente conhecida. Além disso, a moça que nos levou até ele mencionou Gaia voluntariamente e nos disse que está no hiperespaço, como se para garantir que tivéssemos isso em mente. Quando indagamos Quintesetz sobre tal fato, ele se comportou como se não quisesse falar no assunto, mas não nos expulsou, mesmo que eu tenha sido bastante rude com ele. Em vez disso, nos levou à própria casa e, no caminho, se deu ao trabalho de apontar as Cinco Irmãs. Fez questão, inclusive, de que reparássemos na estrela pálida ao centro. Por quê? Não é tudo isso uma extraordinária concatenação de coincidências?

— Se você listar dessa maneira... — disse Pelorat.

— Liste como bem entender — respondeu Trevize. — Não acredito em extraordinárias concatenações de coincidências.

— Mas, então, o que tudo isso quer dizer? Estamos sendo manipulados para ir a Gaia?

— Sim.

– Por quem?

– Não há dúvidas quanto a isso. O que é capaz de ajustar mentes, de conduzir sutilmente essa ou aquela pessoa ou de desviar progressos para essa ou aquela direção?

– Você dirá que é a Segunda Fundação.

– O que nos disseram sobre Gaia? É intocável. Frotas que agem contra ela são destruídas. Pessoas que vão até lá nunca voltam. Até mesmo o Mulo evitou manifestar-se contra ela... e, na realidade, o Mulo provavelmente nasceu lá. Parece certo que Gaia *é* a Segunda Fundação, e encontrá-la é, afinal de contas, meu objetivo.

Pelorat negou com a cabeça.

– De acordo com alguns historiadores – disse –, a Segunda Fundação derrotou o Mulo. Como ele poderia ter sido um deles?

– Um renegado, suponho.

– Mas por que seríamos tão incansavelmente manipulados pela própria Segunda Fundação para encontrá-la?

Os olhos de Trevize estavam fora de foco; sua testa enrugou.

– Vamos raciocinar – disse. – Aparentemente, sempre foi importante para a Segunda Fundação que somente o mínimo de informação possível sobre ela estivesse disponível para a Galáxia. O ideal seria que sua própria existência permanecesse desconhecida. Sabemos isso sobre eles. Por cento e vinte anos, acreditou-se que a Segunda Fundação estivesse extinta, e isso deve ter-lhes sido conveniente até o cerne da Galáxia. Ainda assim, quando comecei a suspeitar de que eles ainda existem, não fizeram nada. Compor sabia. Eles poderiam tê-lo usado para calar-me de alguma maneira... talvez até me assassinar. Porém, não fizeram nada.

– Eles fizeram com que você fosse preso – disse Pelorat –, se quiser culpar a Segunda Fundação por tal fato. De acordo com o que me contou, isso fez com que as pessoas de Terminus não ficassem sabendo de seu ponto de vista. Os membros da Segunda Fundação conseguiram isso sem violência e talvez sejam adeptos da frase de Salvor Hardin, "a violência é o último refúgio do incompetente".

– Mas esconder minhas opiniões do povo de Terminus não resulta em nada. A prefeita Branno conhece minhas teorias e, no mínimo, deve se perguntar se estou certo. Portanto, agora é tarde demais para eles nos prejudicarem, entende? Se tivessem se livrado de mim logo no início, estariam livres. Se tivessem me deixado quieto, talvez também tivessem ficado livres, pois poderiam ter manipulado Terminus a acreditar que eu sou um excêntrico, talvez até um louco. A possibilidade de ruína da minha carreira política poderia até ter me forçado a ficar quieto assim que vi as consequências da manifestação de minhas crenças. E agora – continuou – é tarde demais para que façam alguma coisa. A prefeita Branno ficou desconfiada o suficiente para mandar Compor atrás de mim, e, como também não tem nenhuma fé nele, pois é mais sábia do que eu, instalou um hipertransmissor em sua nave. Consequentemente, ela sabe que estamos em Sayshell. Na noite passada, enquanto você estava dormindo, mandei o computador enviar uma mensagem diretamente para o computador do embaixador da Fundação aqui em Sayshell explicando que estamos a caminho de Gaia. Fiz questão de enviar as coordenadas. Se a Segunda Fundação fizer alguma coisa contra nós agora, estou certo de que Branno abrirá uma investigação, e a atenção concentrada da Fundação é certamente algo que eles não querem.

– Eles se importariam com a atenção da Fundação, se são tão poderosos?

– Sim – respondeu Trevize, bruscamente. – Eles permanecem escondidos porque, de alguma maneira, devem ter fraquezas e porque a Fundação é tecnologicamente avançada, talvez mais do que o próprio Seldon pudesse prever. A maneira discreta, quase furtiva, com a qual têm nos manipulado para ir ao seu mundo poderia ser demonstrativa de seu intenso desejo de não fazer nada que chame a atenção. E se for o caso, já perderam, pelo menos parcialmente, pois atraíram atenção e duvido que possam fazer alguma coisa para reverter a situação.

– Mas por que se dar tanto trabalho? – perguntou Pelorat. – Se sua análise estiver correta, por que condenariam a si mesmos para nos manobrar por toda a Galáxia? O que eles querem de nós?

Trevize encarou Pelorat e enrubesceu.

— Janov — disse –, tenho uma intuição sobre isso. Tenho essa capacidade de chegar a uma conclusão correta com base em quase nada. Existe uma espécie de *certeza* em mim que me diz quando estou certo... e estou certo agora. Há algo que possuo e eles querem; e querem o suficiente para arriscar sua própria existência para conseguir. Não sei o que poderia ser, mas preciso descobrir o que é, porque se realmente o tenho e se é poderoso, quero usá-lo para o que sinto ser o certo. — Trevize deu de ombros discretamente. — Ainda quer ir comigo, velho amigo, agora que vê quão louco eu sou?

— Eu disse que tinha fé em você — respondeu Pelorat. — Ainda tenho.

Trevize riu com grande alívio.

— Ótimo! Porque outra intuição que tenho é que você, por algum motivo, também é essencial nessa coisa toda. Nesse caso, Janov, vamos a Gaia, velocidade máxima. Adiante!

2

A prefeita Harla Branno parecia nitidamente mais velha do que seus sessenta e dois anos. Nem sempre parecia mais velha, mas era o caso no momento. Estava suficientemente envolvida nos próprios pensamentos para se esquecer de evitar o espelho, e viu seu reflexo no caminho para a sala do mapa. Por isso, tinha consciência da exaustão que aparentava.

Suspirou. Aquilo podia drenar a vida de alguém. Cinco anos como prefeita e, durante doze anos antes disso, a verdadeira mente por trás de duas figuras importantes. Tudo havia sido discreto, tudo bem-sucedido, tudo... extenuante. Como teria sido, ela imaginava, se tivesse enfrentado maiores tensões, fracassos, desastres?

Não teria sido nada mal, decidiu subitamente. Os acontecimentos teriam sido revigorantes. A terrível noção de que não ocorreria nada além de deriva foi a verdadeira responsável pelo esgotamento de suas energias.

O Plano Seldon era o triunfo genuíno e era a Segunda Fundação que garantia sua continuidade. Ela, a mão dominadora no controle da Fundação (na realidade, da *Primeira* Fundação, mas ninguém em Terminus cogitava acrescentar o adjetivo), apenas seguia com a maré.

A história diria pouco ou nada sobre ela. Ela estava apenas sentada na cadeira do capitão, enquanto a nave era pilotada em outro lugar.

Até mesmo Indbur III, que presidiu a catastrófica queda da Fundação para o Mulo, havia feito *alguma coisa*. Ele, pelo menos, havia falhado.

Para a prefeita Branno, não haveria nenhuma menção!

A não ser que esse Golan Trevize, esse conselheiro descerebrado, esse para-raios, possibilitasse que...

Ela observou o mapa, pensativa. Não era o tipo de estrutura criada por um computador moderno. Em vez disso, era um conjunto tridimensional de luzes que mostrava a Galáxia holograficamente, em pleno ar. Apesar de não poder ser movido, girado, expandido ou diminuído, era possível caminhar à sua volta e observar todos os ângulos.

Um grande trecho da Galáxia, talvez um terço do todo (exceto o centro, que era uma "terra sem vida"), ficou vermelho quando ela tocou um contato. Aquela era a Federação da Fundação, os mais de sete milhões de planetas habitados governados pelo Conselho e por ela mesma. Os sete milhões de mundos habitados que votavam e eram representados pela Câmara dos Mundos, que debatia questões de pequena importância e então fazia votações – e que nunca, em hipótese alguma, lidava com nada de grande importância.

Ela tocou outro contato e um leve rosa projetou-se a partir das bordas da Federação, aqui e ali. Esferas de influência! Não se tratava de território da Fundação, mas de regiões que, embora oficialmente independentes, nunca sonhariam em resistir a qualquer ação da Fundação.

Não havia dúvidas em sua mente de que nenhuma potência na Galáxia poderia se opor à Fundação (nem mesmo a Segunda Fundação, se alguém soubesse onde ela estava), tanto que a Fundação poderia, quando bem entendesse, distribuir sua frota de naves modernas e simplesmente estabelecer o Segundo Império.

Mas apenas cinco séculos haviam se passado desde o início do Plano. O Plano exigia dez séculos antes que o Segundo Império pudesse ser estabelecido, e a Segunda Fundação garantiria que o Plano Seldon continuasse. A prefeita sacudiu sua cabeça cinzenta e deprimida. Se a Fundação agisse agora, de alguma maneira falharia. Mesmo que suas naves fossem invencíveis, qualquer ação no momento seria um fracasso.

A não ser que Trevize, o para-raios, atraísse o relâmpago da Segunda Fundação, e o relâmpago pudesse ser rastreado até sua origem.

Ela olhou à sua volta. Onde estava Kodell? Não era um bom momento para ele se atrasar.

Foi como se seu pensamento o tivesse invocado, pois ele adentrou o recinto a passos largos, sorrindo alegremente, parecendo mais paternal do que nunca com seu bigode cinza-claro e sua pele negra. Paternal, mas não velho. Ele era oito anos mais novo do que ela.

Como era possível que ele não mostrasse marcas de cansaço? Quinze anos como Diretor de Segurança não o haviam deixado nenhuma cicatriz?

3

Kodell acenou com a cabeça no cumprimento formal requerido ao iniciar-se uma conversa com a prefeita. Era uma tradição que existia desde os dias trágicos dos Indburs. Quase tudo havia mudado, mas a etiqueta continuava praticamente a mesma.

– Perdoe-me pelo atraso, prefeita – disse Kodell –, mas sua ordem de prisão para o conselheiro Trevize finalmente começou a vencer a anestesia do Conselho.

– Ah, é? – respondeu a prefeita, indiferente. – Estaremos diante de uma revolução palaciana?

– Não há a menor chance. Estamos com o controle. Mas haverá ruído.

– Deixe-os fazer barulho. Assim se sentirão melhor, e eu... eu ficarei fora do caminho. Posso contar com a opinião pública geral?

– Acredito que sim. Especialmente fora de Terminus. Ninguém de fora de Terminus se importa com o que acontece com um conselheiro desgarrado.

– Eu me importo.

– Ah? Mais notícias?

– Liono – disse a prefeita –, quero saber sobre Sayshell.

– Não sou um livro de história ambulante – respondeu Kodell, sorrindo.

– Não quero história. Quero a verdade. Por que a Aliança Sayshell é independente? Veja isso – ela apontou para o vermelho da Fundação no mapa holográfico e, nas profundezas das espirais interiores, havia um bolsão branco. – Quase a encapsulamos, quase a tragamos, mas ainda está branco. Nosso mapa não a mostra nem como uma aliada-fiel-em-rosa.

– Não é uma aliada fiel oficialmente – afirmou Kodell –, mas nunca nos incomodou. É neutra.

– Muito bem. Observe isso, então – outro toque nos controles. O vermelho espalhou-se ainda mais. Cobriu quase metade da Galáxia. – Isso – disse a prefeita – foi o reinado do Mulo na época de sua morte. Se você vasculhar o vermelho, encontrará a Aliança Sayshell totalmente cercada dessa vez, mas ainda branca. É o único enclave deixado intacto pelo Mulo.

– Na época, também era neutra.

– O Mulo não tinha grande respeito por neutralidade.

– Ele parece ter tido, neste caso.

– *Parece* ter tido. O que há em Sayshell?

– Nada! – respondeu Kodell. – Acredite em mim, prefeita, a Aliança é nossa quando quisermos.

– É mesmo? Ainda assim, de alguma maneira, não é.

– Não é necessário querer que seja.

Branno reclinou-se em sua cadeira e, com um movimento de seu braço sobre os controles, escureceu o mapa galáctico.

– Creio que agora queremos – disse.

– Perdão, prefeita?

– Liono, enviei aquele tolo conselheiro ao espaço como um para-raios. Acreditei que a Segunda Fundação o encararia como um perigo maior do que o real e visse a própria Fundação como um problema menor. O relâmpago o atingiria e nos revelaria sua origem.

– Sim, prefeita!

– Minha intenção era que ele fosse às decadentes ruínas de Trantor para fuçar o que sobrou da biblioteca, se é que sobrou alguma coisa, em busca da Terra. É esse o mundo, lembra-se, que aqueles enfadonhos místicos dizem ser o lugar de origem da humanidade, como se isso tivesse alguma importância, mesmo no improvável caso de ser verdade. Não era possível que a Segunda Fundação acreditasse que seria esse o objetivo de Trevize, e teriam se mobilizado para descobrir o que ele realmente estaria procurando.

– Mas ele não foi a Trantor.

– Não. De maneira bastante inesperada, ele foi a Sayshell. Por quê?

– Não sei. Mas perdoe um velho investigador cuja função é suspeitar de tudo e diga-me, como sabe que ele e o tal Pelorat foram a Sayshell? Sei que Compor relatou o fato, mas até que ponto podemos confiar em Compor?

– O hipertransmissor nos diz que a nave de Compor aterrissou no planeta Sayshell.

– Indubitavelmente, mas como sabe que Trevize e Pelorat também aterrissaram? Compor pode ter ido a Sayshell por seus próprios motivos e talvez não saiba onde estão os outros, e talvez nem se importe.

– O fato é que nosso embaixador em Sayshell nos informou sobre a chegada da nave na qual embarcamos Trevize e Pelorat. Não estou pronta para aceitar que a nave aterrissou em Sayshell sem eles. Além disso, Compor relata ter conversado com eles e, se não pudermos confiar em sua palavra, temos outros relatórios indicando que eles estiveram na Universidade de Sayshell, onde consultaram um historiador sem nenhum destaque.

– Nada disso chegou até mim – disse Kodell, brandamente.

– Não se sinta boicotado – desdenhou Branno. – Estou lidando pessoalmente com isso e a informação chegou até você agora, e sem atraso. A notícia mais recente, que acaba de surgir, é do embaixador. Nosso para-raios está partindo. Permaneceu no planeta Sayshell por dois dias e depois decolou. Segue para outro sistema planetário, diz ele, a aproximadamente dez parsecs de distância. Trevize forneceu o nome e as coordenadas galácticas de seu destino ao embaixador, que encaminhou as informações para nós.

– Existe alguma corroboração por parte de Compor?

– A mensagem de Compor sobre Trevize e Pelorat partindo de Sayshell chegou antes da mensagem do embaixador. Compor ainda não conseguiu determinar o destino de Trevize. Irá segui-lo, presumivelmente.

– Estamos ignorando as motivações da situação – disse Kodell. Ele jogou uma pastilha na boca e começou a sugá-la, pensativo. – Por que Trevize foi a Sayshell? Por que ele partiu de lá?

– A pergunta que mais me intriga é: para onde? Para onde Trevize está indo?

– A senhora disse, prefeita, que ele forneceu o nome e as coordenadas de seu destino ao embaixador, não disse? Está sugerindo que ele mentiu ao embaixador? Ou que o embaixador esteja mentido para nós?

– Mesmo supondo que todos tenham dito a verdade e que ninguém cometeu nenhum erro, há um nome que me intriga. Trevize comunicou ao embaixador que está indo a Gaia. G-A-I--A. Trevize tomou o cuidado de soletrar.

– Gaia? – questionou Kodell. – Nunca ouvi falar.

– Mesmo? Não é de surpreender – Branno apontou para a área em que o mapa esteve. – No mapa desta sala, posso indicar, supostamente e em uma ação quase instantânea, qualquer estrela em torno da qual orbite um planeta habitado, e muitas estrelas proeminentes com sistemas inabitados. Mais de trinta milhões de estrelas podem ser destacadas, caso eu manipule os controles corretamente, em unidades separadas, em pares, em grupos. Posso acentuá-las com cinco cores diferentes, uma de cada vez, ou todas juntas. O que não posso fazer é localizar Gaia no mapa. No que diz respeito ao mapa, Gaia não existe.

– Para cada estrela que o mapa exibe – respondeu Kodell –, há dez mil que não exibe.

– De fato, mas as estrelas que não aparecem não têm planetas habitados, e por que Trevize iria para um planeta inabitado?

– A senhora tentou o Computador Central? Todos os trezentos bilhões de estrelas galácticas estão listados.

– Assim me disseram, mas será verdade? Sabemos muito bem, você e eu, que existem milhares de planetas povoados que evitaram ser listados em qualquer um de nossos mapas, não apenas no desta sala, mas até mesmo no Computador Central. Gaia, aparentemente, é um deles.

– Prefeita – a voz de Kodell continuava calma, até mesmo lisonjeira –, é provável que não haja nada para se preocupar. Trevize pode ter partido em uma busca despropositada ou talvez tenha mentido para nós e não exista uma estrela chamada Gaia, ou nem mesmo uma estrela nas coordenadas que nos passou. Está tentando nos despistar, agora que encontrou Compor e possivelmente tenha percebido que está sendo seguido.

– Como isso nos despistaria? Compor o seguirá de toda maneira. Não, Liono, tenho outra possibilidade em mente, algo com potencial muito maior de problemas. Escute...

Ela fez uma pausa e disse:

– A sala está isolada, Liono. Tenha isso em mente. Não podemos ser ouvidos por ninguém. Portanto, sinta-se livre para falar. Eu também falarei abertamente. Essa Gaia está localizada, se acreditarmos na informação, a dez parsecs do planeta Sayshell. Faz parte, portanto, da Aliança Sayshell. A Aliança Sayshell é um setor bem explorado da Galáxia. Todos os seus sistemas estelares, habitados ou inabitados, foram registrados, e os habitados são amplamente conhecidos. Gaia é a única exceção. Habitado ou não, ninguém ouviu falar nele; não está presente em nenhum mapa. Acrescente a isso o fato de a Aliança Sayshell manter um peculiar estado de independência no que diz respeito à Federação da Fundação, e foi assim até mesmo sob o reinado do Mulo. É independente desde a Queda do Império Galáctico.

– O que significa isso tudo? – perguntou Kodell, cautelosamente.

– Decerto as duas questões que mencionei estão interligadas. Sayshell inclui um sistema planetário totalmente desconhecido, e Sayshell é intocável. Os dois fatos não podem ser independentes. Gaia, o que quer que seja, se autopreserva. Garante que não haja nenhum conhecimento sobre sua existência além de suas imediações e protege essas imediações para que nenhum forasteiro possa conquistá-lo.

– Está me dizendo, prefeita, que Gaia é a sede da Segunda Fundação?

– Estou dizendo que Gaia merece inspeção.

– Tenho permissão para mencionar algo que talvez seja difícil explicar com base nessa teoria?

– Por favor.

– Se Gaia é a Segunda Fundação e se, por séculos, se autopreservou fisicamente contra invasores, protegendo toda a Aliança Sayshell como um amplo e espesso escudo, e se conseguiu prevenir, inclusive, que o conhecimento sobre sua existência fosse difundido pela Galáxia, então por que toda essa proteção subitamente desapareceu? Trevize e Pelorat deixam Terminus e, apesar de a senhora tê-los aconselhado a ir a Trantor, eles seguem imediatamente, e sem hesitação, para Sayshell, e agora, Gaia. Além disso, a senhora pode pensar em Gaia e especular sobre o assunto. Por que a senhora não está sendo impedida?

A prefeita Branno não respondeu durante algum tempo. Sua cabeça estava inclinada e seu cabelo cinza brilhava sob a luz. Então, disse:

– Porque acredito que o conselheiro Trevize, de alguma maneira, perturbou a ordem. Ele fez ou está fazendo algo que, de alguma maneira, coloca o Plano Seldon em perigo.

– Prefeita, isso certamente é impossível.

– Creio que tudo e todos têm falhas. Decerto nem mesmo Hari Seldon era perfeito. Em algum ponto do Plano há uma falha e

Trevize esbarrou nela, talvez sem nem saber que o fez. Precisamos descobrir o que está acontecendo e precisamos estar preparados.

– Não tome decisões por conta própria, prefeita – Kodell soou agourento. – Não queremos agir sem a ponderação adequada.

– Não me trate como uma idiota, Liono. Não vou começar uma guerra. Não vou aterrissar uma força expedicionária em Gaia. Quero apenas estar no cerne da questão... ou perto dela, se preferir. Liono, descubra para mim (detesto conversar com um representante do exército que deve estar ridiculamente sedento de sangue depois de cento e vinte anos de paz, mas você não parece se importar) quantas espaçonaves de guerra estão posicionadas perto de Sayshell. Podemos fazer com que suas manobras pareçam rotineiras, e não uma mobilização?

– Nesses promissores dias de paz, tenho certeza de que não há muitas naves de guerra nas proximidades. Mas vou descobrir.

– Até mesmo duas ou três serão suficientes, especialmente se uma delas for da classe Supernova.

– O que a senhora deseja fazer com elas?

– Quero que se aproximem de Sayshell o máximo possível sem criar um incidente, e quero que estejam perto o suficiente umas das outras para oferecer apoio mútuo.

– Qual é o objetivo de tudo isso?

– Flexibilidade. Quero poder atacar, se for necessário.

– Contra a Segunda Fundação? Se Gaia consegue manter-se isolada e intocada contra o Mulo, certamente pode resistir a algumas naves agora.

– Meu amigo – disse Branno, com o brilho da guerra nos olhos –, eu disse que nada nem ninguém é perfeito, nem mesmo Hari Seldon. Ao estabelecer seu Plano, ele não podia evitar ser uma pessoa de sua época. Era um matemático dos dias do Império moribundo, quando a tecnologia era moribunda. Acontece que ele não garantiu espaço suficiente em seu Plano para avanços tecnológicos. Gravitacionalidade, por exemplo, é uma linha completamente nova de avanços que ele não tinha como prever. E há outras inovações.

– Gaia também pode ter avançado.
– Isoladamente? Pense bem. Existem dez quatrilhões de seres humanos na Federação da Fundação, dentre os quais podem surgir contribuidores para avanços tecnológicos. Comparativamente, um único mundo, isolado, não pode fazer nada. Nossas naves avançarão e eu estarei com elas.
– Perdoe-me, prefeita. O que disse?
– Eu mesma estarei com as naves em manobra nas fronteiras de Sayshell. Desejo acompanhar a situação pessoalmente.

A boca de Kodell permaneceu aberta por alguns instantes. Ele engoliu em seco, fazendo um evidente ruído.

– Prefeita, isso... não é sábio – se houve um homem que quis enfatizar solenemente uma observação, esse homem era Kodell.

– Sábio ou não – respondeu Branno, agressivamente –, eu assim o farei. Estou cansada de Terminus e de suas perpétuas batalhas políticas, suas intrigas, suas alianças e oposições, suas traições e reconciliações. Estive por dezessete anos no centro disso e quero fazer algo diferente... *qualquer coisa*. Lá fora – ela gesticulou em uma direção aleatória – toda a história galáctica pode estar mudando, e quero fazer parte desse processo.

– A senhora não sabe se está mesmo mudando, prefeita.

– E quem sabe, Liono? – ela se levantou vigorosamente. – Assim que você me trouxer a informação de que preciso sobre as espaçonaves, e assim que eu puder fazer os arranjos necessários para que as tolices locais possam ter continuidade, partirei. E Liono, não tente me manipular para quebrar minha determinação ou destruirei nossa longa amizade em um único golpe e acabarei com você. Ainda posso fazer *isso*.

– Sei que pode, prefeita, mas, antes que decida, rogo para que reconsidere o poder do Plano Seldon. O que a senhora pretende fazer talvez seja suicídio.

– Não temo nada do tipo, Liono. O Plano estava errado em relação ao Mulo, que não pôde antecipar; e um erro de antecipação em um momento implica a possibilidade de outros erros em outros momentos.

– Muito bem – suspirou Kodell –, se a senhora está realmente determinada, eu a apoiarei com o máximo de minha capacidade e com lealdade completa.

– Ótimo. Aviso mais uma vez que é melhor que esteja falando com sinceridade. E, com isso em mente, Liono, sigamos para Gaia. Adiante!

15.

Gaia-S

1

SURA NOVI ENTROU NA SALA DE CONTROLE da pequena e antiquada espaçonave que levava Stor Gendibal e ela própria em Saltos calculados através de parsecs.

Era evidente que estivera na compacta sala de higiene, na qual óleos, ar quente e um mínimo de água haviam renovado seu corpo. Usava um roupão e o segurava de maneira tensa em torno de si, em um pudor angustiado. Seu cabelo estava seco, mas embaraçado.

– Mestre? – disse, em tom baixo.

Gendibal levantou os olhos dos mapas e da tela do computador.

– Sim, Novi?

– Eu sê desculpo – ela parou e então disse, lentamente: – Eu peço desculpas por incomodar, Mestre – (e escorregou mais uma vez) –, mas eu não tê achado minhas roupa.

– Suas roupas? – Gendibal a observou inexpressivamente por um instante e então levantou-se em um acesso de arrependimento. – Novi, me esqueci. Elas precisavam ser higienizadas e estão no cesto. Estão limpas, secas e dobradas. Prontas. Eu deveria tê-las deixado em um lugar à vista. Esqueci-me.

– Eu não queria... não queria... – ela olhou para si mesma – ofender.

– Não ofende – disse Gendibal, tentando animá-la. – Escute, prometo que, quando tudo isso terminar, providenciarei muitas roupas, novas e na última moda. Partimos com pressa e nunca me ocorreu levar um suprimento, mas, Novi, somos apenas nós dois, e estaremos juntos por um bom tempo, em aposentos muito pequenos, e é desnecessário ser tão... tão... preocupada com... – ele gesticulou vagamente, reparou no olhar horrorizado de Novi e pensou: ela, afinal de contas, é apenas uma garota do interior e tem seus limites; provavelmente não se oporia a impropriedades de todos os tipos... mas vestida.

Ele se sentiu envergonhado e ficou feliz por ela não ser uma "estudiosa" que pudesse ler os *seus* pensamentos.

– Devo buscar as roupas para você? – perguntou.

– Oh, não, Mestre. Não sê pra o senhor. Eu sei onde estão.

Quando a viu novamente, ela estava vestida apropriadamente e com os cabelos penteados. Havia uma distinta timidez em sua pessoa.

– Eu tê embaraço, Mestre, por ter me comportado tão desvergonhada... *mente*. Deveria tê encontrado as roupas sozinha.

– Sem problemas – respondeu Gendibal. – Está se saindo muito bem com seu galáctico, Novi. Está absorvendo a linguagem dos estudiosos rapidamente.

Novi sorriu subitamente. Seus dentes eram ligeiramente desiguais, mas isso não diminuía a maneira como seu rosto se iluminava e ficava quase doce quando ela era elogiada, pensou Gendibal. Disse a si mesmo que era esse o motivo pelo qual gostava de enaltecê-la.

– Os lorianos falarão mal de mim quando eu tê de volta – ela comentou. – Dirão que eu sê... *sou* uma mastigadora de palavras. É assim que eles chamam alguém que fala... esquisito. Não gostam deles.

– Duvido que você volte para os lorianos, Novi – respondeu Gendibal. – Tenho certeza de que haverá lugar para você no complexo, com os estudiosos, quando isto acabar.

– Eu gostaria disso, Mestre.

– Será que você poderia me chamar de Orador Gendibal, ou apenas... Não, vejo que não – completou, ao perceber o olhar de objeção escandalizado de Novi. – Muito bem.

– Não seria certo, Mestre. Posso perguntar quando isto acabará?

– Não sei dizer – Gendibal negou com a cabeça. – Neste momento, devo apenas ir a um lugar específico o mais rápido possível.

Esta nave, ótima para a sua categoria, é lenta, e "o mais rápido possível" não é muito veloz. Preciso determinar trajetos para cruzar extensos trechos de universo – ele indicou o computador e os mapas –, mas o computador é limitado em suas capacidades e eu não sou muito habilidoso.

– Precisa estar lá rápido porque há perigo, Mestre?

– O que a faz pensar que existe perigo, Novi?

– Porque às vezes olho o senhor quando acho que não me vê e seu rosto tê... não sei a palavra. Não amedoado, digo, com medo, e nem mal-achando.

– Apreensivo – murmurou Gendibal.

– O senhor parece... preocupado. Sê essa a palavra?

– Depende. O que quer dizer com preocupado, Novi?

– Quero dizê que o senhor parece falar pro senhor mesmo: "O que faço agora, nessa grande encrenca?".

Gendibal pareceu surpreso.

– Isso é de fato "preocupado", mas você vê *isso* em meu rosto, Novi? Lá, no Lugar dos Estudiosos, sou extremamente cuidadoso para que ninguém veja nada em meu rosto, mas cheguei a pensar que, sozinho no espaço, com você, eu poderia relaxar e me deixar exposto, por assim dizer. Desculpe-me. Isso foi constrangedor para você. O que estou dizendo é que, se você é tão perceptiva, precisarei ser mais cuidadoso. De vez em quando, preciso reaprender a lição de que até mesmo não mentálicos podem ter intuições perspicazes.

Novi estava inexpressiva.

– Não entendo, Mestre.

– Estou falando comigo mesmo, Novi. Não se preocupe... viu só? Aí está a palavra de novo.

– Mas tê perigo?

– Há um problema, Novi. Não sei o que encontrarei quando chegar a Sayshell... é o lugar para onde estamos indo. Talvez me encontre em uma situação de grande dificuldade.

– Isso não quer dizer perigo?

– Não, pois eu sei lidar.

– Como pode saber?

– Porque sou um... estudioso. E sou o melhor deles. Não há nada na Galáxia com que eu não possa lidar.

– Mestre – e algo muito próximo da agonia distorceu o rosto de Novi –, não quero ofensificar, digo, ofender, e fazer o senhor bravo. Vi o senhor com aquele imbecil do Rufirant e o senhor estava em perigo... e ele sê só fazendeiro loriano. Agora não sei o que aguarda o senhor... e nem o senhor sabe.

Gendibal sentiu-se envergonhado.

– Você tem medo, Novi?

– Não por mim, Mestre. Eu temo... tenho medo... pelo senhor.

– Você pode dizer "temo" – murmurou Gendibal. – Também é bom galáctico.

Por um momento, ele ficou absorto nos próprios pensamentos. Então levantou os olhos, segurou as mãos ásperas de Sura Novi, e disse:

– Novi, não quero que tema nada. Deixe-me explicar. Sabe como você enxergou que existe, ou melhor, que talvez exista perigo observando meu rosto, quase como se pudesse ler minha mente?

– Sim?

– Posso ler pensamentos melhor do que você. É isso que os estudiosos aprendem a fazer, e sou um bom estudioso.

Os olhos de Novi se arregalaram e ela soltou as mãos dele. Parecia segurar o fôlego.

– O senhor pode ler meus pensamentos?

Gendibal levantou um dedo apressadamente.

– Não leio, Novi. Eu *não* leio seus pensamentos, a não ser quando é preciso. Eu *não* leio *seus* pensamentos.

(Ele sabia que, na prática, estava mentindo. Era impossível estar com Sura Novi e não captar o teor geral de alguns de seus pensamentos. Não era necessário nem ser um membro da Segunda Fundação para tanto. Gendibal sentiu-se à beira de ficar vermelho. Mas até mesmo vinda de uma loriana, tal atitude era lisonjeira. Ainda assim, ela precisava ser reconfortada... era uma questão de humanidade.)

– Posso também mudar a maneira como as pessoas pensam – continuou. – Posso fazer as pessoas sentirem dor. Posso...

Mas Novi estava negando com a cabeça.

– Como pode fazer tudo isso, Mestre? Rufirant...

– Esqueça Rufirant – disse Gendibal, irritado. – Eu poderia tê-lo parado em um instante. Poderia tê-lo feito cair. Poderia ter feito *todos* os lorianos... – ele parou repentinamente e se sentiu desconfortável por se gabar, por tentar impressionar essa mulher provinciana. E ela continuava a negar com a cabeça.

– Mestre – disse – está tentando fazer com que eu não tê temor, mas não tenho, com exceção de pelo senhor, então não sê necessário me convencer. Sei que é um grande estudioso e pode fazer essa nave voar pelo espaço, quando parece que ninguém poderia fazê qualquer coisa a não ser ficar perdido no espaço. E o senhor usa máquinas que não entendo, que nenhum loriano poderia entender. Mas não precisa me dizê sobre esses poderes de cabeça, que com certeza não podem existir porque todas as coisas que diz que poderia tê feito contra Rufirant, *não fez*, mesmo que estivesse em perigo.

Gendibal contraiu os lábios. Deixe estar, pensou. Se a mulher insiste que não teme por si mesma, deixe estar. Ainda assim, não queria que ela pensasse que ele era um fraco ou um exibido. Simplesmente *não queria*.

– Se não fiz nada contra Rufirant – disse – foi porque não quis. Nós, estudiosos, não podemos fazer nada contra os lorianos. Somos convidados em seu mundo. Compreende?

– Os senhores são nossos mestres. É isso que *nós* sempre dizemos.

Por um momento, Gendibal se distraiu.

– Então como é possível Rufirant ter me atacado?

– Eu não sei – ela respondeu, simplesmente. – Não sei se ele sabia. Ele deveria estar mente-vazia... uh, fora de si.

Gendibal grunhiu.

– De qualquer forma – disse –, não agimos contra os lorianos. Se eu tivesse sido forçado a agir... contra ele, teria sido julgado pelos outros estudiosos e talvez perdesse meu cargo. Mas para evitar que eu fosse gravemente ferido, era possível que eu precisasse influenciá-lo um pouquinho, o mínimo possível.

— Então eu não precisava tê chegado como uma grande imbecil — murchou Novi.

— Você fez exatamente o que precisava ser feito — respondeu Gendibal. — Digo apenas que teria sido muito ruim tê-lo afetado. Você fez com que isso fosse desnecessário. Você o impediu e isso foi de grande ajuda. Tem minha gratidão.

— Então — ela sorriu mais uma vez, contente — entendo por que me trata tão bem.

— Tem minha gratidão, claro — disse Gendibal, um tanto exaltado —, mas o importante é que entenda que não há perigo. Posso lidar com um exército de pessoas comuns. Qualquer estudioso pode, especialmente os mais importantes, e, como falei, sou o melhor de todos eles. Não há ninguém na Galáxia que possa me enfrentar.

— Se assim o diz, Mestre, sê certo para mim.

— E assim o digo. E agora, teme a mim?

— Não, Mestre, mas... Mestre, sê apenas nossos estudiosos que leem mentes, ou... existem *outros* estudiosos, outros lugares que podem se opor ao senhor?

Gendibal ficou momentaneamente chocado. A mulher tinha uma intuição bastante afiada.

Era necessário mentir.

— Não há ninguém — disse.

— Mas tem tantas estrelas no céu. Uma vez tentei contar, e não pude. Se tê tantos mundos de pessoas quanto tê estrelas, algumas delas sê estudiosos, não? Além dos estudiosos do nosso próprio mundo, quero dizer.

— Não.

— Mas e se houver?

— Eles não seriam tão fortes quanto eu.

— E se atacarem de repente, antes de você saber?

— Não podem fazer isso. Se qualquer estudioso desconhecido se aproximar, eu saberei imediatamente. Saberei muito antes de ele poder me machucar.

— O senhor poderia fugir?

— Eu não precisaria fugir. Mas — antecipando a objeção de Novi —, se fosse necessário, eu rapidamente estaria em uma nova espaçonave, melhor do que qualquer outra na Galáxia. Eles não me alcançariam.

— Eles não mudariam sua cabeça e fariam o senhor ficar?

— Não.

— Talvez tê muitos deles. O senhor sê apenas um.

— Assim que eles surgissem, muito antes de eles imaginarem que seria possível, eu saberia que eles estão ali e iria embora. Todo o nosso mundo de estudiosos se voltaria contra eles e eles não suportariam. E saberiam disso, então não ousariam fazer nada contra mim. Na realidade, eles não iriam querer que eu soubesse da presença deles... mas, ainda assim, eu saberia.

— Porque o senhor é tão melhor do que eles, não é? — disse Novi, seu rosto com um sorriso de orgulho hesitante.

Gendibal não pôde resistir. A inteligência nativa de Novi, sua compreensão rápida, eram tão grandes que sua presença era uma alegria singela. A Oradora Delora Delarmi, aquele monstro de voz macia, fizera um grande favor a Gendibal ao forçar a fazendeira Ioriana a acompanhá-lo.

— Não, Novi — respondeu —, não porque sou melhor do que eles, apesar de isso ser um fato. É porque tenho *você* comigo.

— Eu?

— Exato, Novi. Tinha percebido isso?

— Não, Mestre — respondeu, pensativa. — O que eu poderia fazer?

— É sua mente — ele ergueu a mão imediatamente. — Não estou lendo seus pensamentos. Vejo apenas o contorno de sua mente e é um contorno suave, um contorno extraordinariamente suave.

Ela pôs a mão na testa.

— Porque sou deseducada, Mestre? — perguntou. — Porque sou uma tonta?

— Não, querida — ele não reparou no que disse. — É porque você é honesta e não tem maldade; porque é verdadeira e fala com sinceridade; porque tem coração bondoso e... e outras coisas. Se outros estudiosos enviarem qualquer coisa para tocar nossas mentes, a sua e a minha, o toque será instantaneamente visível na suavidade de sua mente. Terei consciência dessa investida antes de perceber o toque em minha própria mente, e assim terei tempo para uma estratégia de contra-ataque, ou seja, para enfrentá-los.

Houve um extenso silêncio depois dessa explicação. Gendibal percebeu que não era apenas felicidade nos olhos de Novi, mas também exultação e orgulho.

– E me trouxe por essa razão?

– Essa foi uma razão importante – Gendibal concordou com a cabeça. – Sim.

A voz de Novi reduziu-se a um sussurro.

– Como posso ajudar o máximo possível, Mestre? – perguntou.

– Fique calma – respondeu Gendibal. – Não tenha medo. E apenas... seja você mesma.

– Serei eu mesma. E ficarei entre o senhor e o perigo, como fiz no caso de Rufirant.

Ela deixou o aposento e Gendibal olhou em sua direção.

Era estranho o quanto havia nela. Como uma criatura tão simples poderia conter tanta complexidade? A suavidade de sua estrutura mental tinha, sob ela, inteligência, compreensão e coragem imensas. O que mais ele poderia pedir... de qualquer pessoa?

De alguma maneira, ele captou a imagem de Sura Novi – que não era uma Oradora, nem mesmo um membro da Segunda Fundação, nem mesmo escolarizada – firme ao seu lado, em um papel auxiliar vital no drama que estava por vir.

Mas ele não conseguia ver detalhes claros. Não conseguia ver com precisão o que esperava por eles.

2

– Um único Salto – murmurou Trevize – e ali está.

– Gaia? – perguntou Pelorat, olhando para a tela por cima do ombro de Trevize.

— O sol de Gaia — respondeu Trevize. — Chame de Gaia-S, se quiser, para evitar confusão. Galactógrafos fazem isso de vez em quando.

— Então onde está Gaia propriamente dito? Ou devemos chamar de Gaia-P, de planeta?

— Somente "Gaia" é suficiente para o planeta. Mas ainda não conseguimos vê-lo. Planetas não são tão fáceis de visualizar quanto estrelas, e ainda estamos a uma centena de microparsecs de Gaia-S. Repare que ainda é apenas uma estrela, mesmo que seja muito brilhante. Não estamos perto o suficiente para que pareça um disco. E não a encare diretamente, Janov. É brilhante o bastante para danificar a retina. Aplicarei um filtro assim que terminar minhas observações. Aí você poderá observá-la.

— Quanto é uma centena de microparsecs em unidades que um mitólogo possa entender, Golan?

— Três bilhões de quilômetros; aproximadamente vinte vezes a distância entre Terminus e o nosso próprio sol. Assim fica melhor?

— Imensamente. Mas não deveríamos chegar mais perto?

— Não! — Trevize ergueu os olhos, surpreso. — Não imediatamente. Depois de tudo que ouvimos sobre Gaia, por que nos apressar? Uma coisa é ter coragem, outra coisa é ser louco. Vamos dar uma olhada primeiro.

— Em quê, Golan? Você disse que ainda não podemos ver Gaia!

— Não a olho nu. Mas temos visualizadores telescópicos e um computador excelente para análises rápidas. Podemos certamente estudar Gaia-S, para começar, e talvez fazer algumas outras observações. Relaxe, Janov — Trevize estendeu a mão e deu um tapinha afetuoso no ombro do outro. Depois de uma pausa, disse: — Gaia-S é uma estrela solitária, ou, se tiver uma secundária, a secundária estará muito mais longe dela do que estamos no momento e é, na melhor das hipóteses, uma anã vermelha, o que quer dizer que não precisamos nos preocupar com ela. Gaia-S é uma estrela G4, o que torna perfeitamente possível a existência de um planeta habitado em sua órbita, o que é bom. Se fosse uma A ou uma M, precisaríamos dar meia-volta e ir embora agora mesmo.

— Sou apenas um mitólogo, mas não podíamos ter determinado a classe espectral de Gaia-S lá de Sayshell?

— Podíamos e assim o fizemos, Janov, mas não custa verificar mais de perto. Gaia-S tem um sistema planetário, o que não é surpresa. Há dois gigantes de gás à vista e um dos dois é bem grande, se a estimativa de escala do computador for precisa. Poderia facilmente haver mais um no outro lado da estrela e, por isso, é dificilmente detectável, pois calhamos de estar relativamente perto do plano planetário. Não posso identificar nada das regiões internas, o que também não é surpresa.

— Isso é ruim?

— Na verdade, não. É esperado. Os planetas habitáveis são de rocha e metal (e, portanto, muito menores do que os gigantes de gás), e muito mais próximos da estrela, onde a temperatura é adequada; por esses dois motivos, seria muito difícil avistá-los daqui. Quer dizer que precisaremos chegar consideravelmente mais perto para sondar a área dentro de quatro microparsecs de Gaia-S.

— Estou pronto.

— Eu não estou. Realizaremos o Salto amanhã.

— Por que amanhã?

— Por que não? Vamos dar a eles um dia para que venham atrás de nós... e para que possamos escapar, talvez, caso os vejamos se aproximando e não gostemos do que surgir.

3

Foi um longo e árduo processo. Durante o dia que passou, Trevize conduziu austeramente os cálculos de várias aproximações diferentes e tentou escolher a mais apropriada entre elas. Sem dados concretos, dependia apenas de sua intuição — que, infelizmente, não lhe dizia nada. Sentia falta daquela "certeza" que o invadia de vez em quando.

Acabou conseguindo uma combinação para um Salto que os levava para longe do plano planetário.

– Isso nos dará uma visão melhor da região como um todo – explicou –, pois veremos os planetas em todas as partes de suas órbitas que têm a maior distância aparente do sol. E *eles*, quem quer que sejam, talvez não mantenham vigilância tão acirrada no que diz respeito às regiões fora do plano. Espero.

Estavam, agora, tão perto de Gaia-S quanto o maior e mais próximo dos gigantes de gás, a quase meio bilhão de quilômetros de distância. Trevize posicionou a estrela com zoom máximo na tela para que Pelorat a observasse. Era uma visão impressionante, mesmo que os três esparsos e estreitos anéis de detritos ficassem de fora.

– Tem a cadeia comum de satélites – explicou Trevize –, mas, a essa distância de Gaia-S, sabemos que nenhum deles é habitável. E nenhum deles foi colonizado por seres humanos que vivem, digamos, sob um domo de vidro ou outras condições estritamente artificiais.

– Como pode saber?

– Não existe ruído de estática com características que indiquem ser de origem inteligente. Mas, claro – acrescentou, esclarecendo sua declaração instantaneamente –, é concebível que um posto científico se dedicasse bastante para bloquear os ruídos de estática, e esses gigantes de gás produzem ruídos que poderiam mascarar o que eu estava procurando. Ainda assim, nossa recepção de rádio é sensível e nosso computador é extraordinário. Eu diria que a chance de ocupação humana naqueles satélites é pequena.

– Isso quer dizer que Gaia não existe?

– Não. Mas significa que, se *houver* um planeta Gaia, eles não se incomodaram em colonizar os satélites. Talvez não tenham a capacidade para tanto, ou o interesse.

– Mas *existe* um planeta Gaia?

– Paciência, Janov. Paciência.

Trevize investigou o espaço com um suprimento aparentemente infinito de paciência. Em certo momento, parou e disse:

– Sinceramente, o fato de eles não terem aparecido para nos atacar é, de certa maneira, decepcionante. Decerto, se tivessem as capacidades que teoricamente possuem, a essa altura teriam reagido à nossa presença.

— Creio ser concebível — respondeu Pelorat, taciturno — que a coisa toda seja uma fantasia.

— Chame de mito, Janov — disse Trevize, com um sorriso malicioso —, e estará dentro da sua área de interesse. De qualquer forma, há um planeta se movendo pela zona habitável, o que significa que pode haver algo ali. Quero observá-lo pelo menos por um dia.

— Por quê?

— Para ter certeza de que é habitável, em primeiro lugar.

— Acabou de dizer que fica na zona habitável, Golan.

— Sim, no momento está. Mas sua órbita pode ser bastante excêntrica e talvez o leve a apenas um microparsec da estrela, ou a quinze microparsecs, ou ambos. Precisaremos determinar e comparar a distância entre o planeta e Gaia-S com sua velocidade orbital... e também ajudaria observar a direção de seu movimento.

4

Mais um dia.

— A órbita é quase circular — disse Trevize, enfim —, o que significa que a habitabilidade é uma aposta muito mais certeira. Ainda assim, ninguém apareceu para nos pegar até agora. Precisaremos olhar mais de perto.

— Por que é tão demorado preparar um Salto? — perguntou Pelorat. — Você está realizando apenas Saltos curtos.

— Ouça o especialista. Os Saltos pequenos são mais difíceis de controlar do que os grandes. É mais fácil pegar uma rocha ou um minúsculo grão de areia? Além disso, Gaia-S está próximo e o espaço tem uma curva acentuada. Isso complica os cálculos até para o computador. Até mesmo um mitólogo deveria enxergar isso.

Pelorat grunhiu.

— Agora você pode ver o planeta a olho nu — disse Trevize. — Bem ali. Está vendo? O período de rotação é de aproximadamente vinte e duas horas galácticas e a inclinação do eixo é de doze graus.

É praticamente um exemplo perfeito de planeta habitável, e, de fato, tem vida.

– Como pode dizer?

– Existem quantidades substanciais de oxigênio livre na atmosfera. Você não consegue isso sem vegetação bem estabelecida.

– E vida inteligente?

– Depende da análise da irradiação de ondas de rádio. Evidentemente, creio que poderia haver vida inteligente que abandonou a tecnologia, mas me parece bastante improvável.

– Houve casos assim – comentou Pelorat.

– Acredito em sua palavra. É seu departamento. Porém, é pouco provável que haja somente sobreviventes pastoris em um planeta que assustou o Mulo e evitou sua invasão.

– Tem um satélite? – perguntou Pelorat.

– Tem sim – respondeu Trevize, casualmente.

– Que tamanho? – a voz de Pelorat, repentinamente, ficou embargada.

– Não posso dizer ao certo. Talvez algumas centenas de quilômetros.

– Puxa vida – disse Pelorat, ansioso. – Eu queria ter um conjunto mais digno de expletivos à mão, meu caro colega, mas havia uma pequena chance de...

– Você quer dizer que, se tivesse um satélite gigante, poderia ser a própria Terra?

– Sim, mas claramente não é.

– Bom, de qualquer maneira, se Compor estiver certo, a Terra não estaria nessa região galáctica. Estaria na via Sirius. Sinto muito, Janov.

– Bom, paciência.

– Escute. Vamos esperar e arriscar mais um pequeno Salto. Se não encontrarmos sinais de vida inteligente, aterrissar deve ser seguro, mas, nesse caso, não teremos motivos para aterrissar, não é mesmo?

5

– É isso, Janov – disse Trevize, depois do Salto seguinte, com uma voz chocada. – É mesmo Gaia. Pelo menos, possui uma civilização tecnológica.

– Diz isso a partir das ondas de rádio?

– Melhor. Há uma estação espacial orbitando o planeta. Vê aquilo?

Havia um objeto em exibição na tela. Para os olhos destreinados de Pelorat, não parecia muito fora do comum.

– Artificial, metálica e uma fonte de sinal de rádio.

– O que fazemos agora?

– Nada, por algum tempo. Nesse estágio de avanço tecnológico, é impossível que não tenham nos detectado. Se, depois de um tempo, eles não tiverem feito nada, transmitirei uma mensagem de rádio. Se continuarem indiferentes, vou me aproximar cuidadosamente.

– E se eles *não* ficarem indiferentes?

– Depende do que fizerem. Se for algo de que eu não goste, precisarei tirar vantagem do fato de ser bastante improvável que tenham qualquer coisa que seja equivalente à capacidade desta nave de realizar Saltos.

– Quer dizer que iremos embora?

– Como um míssil hiperespacial.

– Mas iremos embora sem nada além do que tínhamos quando chegamos.

– Não é verdade. No mínimo, saberemos que Gaia existe, que tem tecnologia funcional e que fez algo para nos espantar.

– Mas Golan, não nos assustemos facilmente.

– Veja bem, Janov, sei que não há nada que você queira mais na Galáxia do que descobrir sobre a Terra a qualquer custo, mas por favor, lembre-se de que não compartilho de sua monomania. Estamos em uma espaçonave desarmada e aquelas pessoas ali estão isoladas há séculos. Imagine se nunca ouviram falar da Fundação e não sabem o suficiente para demonstrar respeito. Ou suponha que *seja* a Segunda Fundação e, uma vez que estivermos sob suas garras, e os incomodarmos, talvez nunca mais sejamos os mesmos. Quer que eles limpem sua mente e você descubra que não é mais um mitólogo e que não sabe mais nada sobre nenhuma lenda?

– Quando coloca dessa maneira... – Pelorat parecia amargo. – Mas o que faremos depois de ir embora?

– Simples. Voltamos a Terminus com a notícia, ou, pelo menos, tão perto de Terminus quanto a velha permitir. Depois, talvez voltemos a Gaia, mais rapidamente e sem todo esse cuidado, e o façamos com uma nave armada ou uma frota. As coisas devem estar diferentes a essa altura.

6

Aguardaram. Tornou-se uma rotina. Passaram muito mais tempo esperando durante a aproximação a Gaia do que em todo o voo de Terminus a Sayshell.

Trevize ajustou o computador para emitir um alarme automático e estava tão desestimulado que chegou a cair no sono em sua cadeira acolchoada.

Por isso, acordou assustado quando o alarme disparou. Pelorat entrou no quarto de Trevize tão surpreso quanto ele. Fora interrompido enquanto se barbeava.

– Recebemos uma mensagem? – perguntou Pelorat.

– Não – respondeu Trevize, energicamente –, estamos em movimento.

– Em movimento? Para onde?

– Para a estação espacial.

– Por que isso está acontecendo?

– Eu não sei. Os motores estão ligados e o computador não responde aos meus comandos, mas estamos nos movendo. Janov, fomos capturados. Chegamos perto demais de Gaia.

16.

Convergência

1

Quando Stor Gendibal finalmente localizou a nave de Compor em sua tela de visualização, parecia o final de uma jornada incrivelmente longa. Mas evidentemente não era o fim, e sim apenas o começo. A jornada de Trantor a Sayshell não fora nada além de um prólogo.

– É mais uma nave do espaço, Mestre? – Novi parecia impressionada.

– Espaçonave, Novi. Sim. É a que estávamos buscando. É uma nave maior do que esta, e melhor. Pode se mover pelo espaço tão rapidamente que, se fugisse de nós, nossa nave não teria a menor chance de alcançá-la, nem mesmo de segui-la.

– Mais rápida do que uma nave dos mestres? – Sura Novi parecia abalada pela ideia.

– Eu posso ser, como você diz, um mestre – Gendibal deu de ombros –, mas não sou mestre de tudo. Nós, estudiosos, não temos naves como essas, nem muitos dos equipamentos físicos que os donos dessas naves têm.

– Mas como podem os estudiosos não ter coisas assim, Mestre?

– Porque somos mestres no que é importante. Os avanços materiais que eles possuem são insignificâncias.

As sobrancelhas de Novi se uniram conforme ela pensava.

– Ir rápido a ponto de um mestre não poder seguir não me parece uma insignificância. Quem são essas pessoas tendedoras... que têm coisas assim?

Gendibal divertiu-se com a pergunta.

– Eles se chamam de Fundação. Já ouviu falar na Fundação? (Ele se pegou imaginando o que os lorianos sabiam e não sabiam sobre a Galáxia, e por que essa questão nunca tinha ocorrido aos Oradores antes. Ou será que ele era o único que nunca tinha pensado nisso, o único que pressupunha que os lorianos não se importavam com nada além de lavrar o solo?)

Novi negou com a cabeça, pensativa.

– Nunca ouvi falar, Mestre. Quando o mestre-escola me ensinou entende-letra, quero dizer, a ler, me contou que existem muitos outros mundos e me contou os nomes de alguns. Ele disse que nosso mundo loriano tinha o nome de verdade de "Trantor" e que, uma vez, governou todos os mundos. Disse que Trantor era coberto de metal brilhante e que tinha um imperador todo-mestre. Mas inacreditei a maior parte – seus olhos se levantaram para encarar Gendibal, com um mérito tímido. – Existem muitas histórias que os tecelões de palavras contam nas salas de reunião na época de noites mais longas. Quando eu era uma menininha, acreditava em todas, mas fui ficando mais velha e descobri que muitas não eram verdade. Acredito em poucas agora, talvez nenhuma. Até os mestres-escola contam inacréditos.

– Novi, essa história do mestre-escola é verdade, mas foi há muito tempo. Trantor era, de fato, coberto por metal e tinha, de fato, um imperador que dominava toda a Galáxia. Mas agora são as pessoas da Fundação que dominarão, algum dia, todos os mundos. Eles ganham força o tempo todo.

– Vão dominar *tudo*, Mestre?

– Não imediatamente. Em quinhentos anos.

– E eles serão mestres dos mestres também?

– Não, não. Dominarão os mundos. Nós *os* dominaremos, pela segurança deles e pela segurança de todos os mundos.

Mais uma vez, Novi franzia a testa.

– Mestre – disse –, essas pessoas da Fundação têm muitas dessas naves especiais?

– Imagino que sim, Novi.

– E outras coisas que são muito... maravilhosas?
– Eles têm armas poderosas de todos os tipos.
– Então, Mestre, eles poderiam dominar todos os mundos agora?
– Não, não poderiam. Ainda não é o momento.
– Mas por que não? Os mestres os impediriam?
– Não precisaríamos, Novi. Mesmo que não fizéssemos nada, eles não poderiam dominar todos os mundos.
– Mas o que os impediria?
– Existe um Plano – começou Gendibal – criado por um sábio para...

Ele parou, sorriu gentilmente e negou com a cabeça.

– É difícil explicar, Novi. Outra hora, talvez. Na realidade, se você testemunhar o que acontecerá antes de vermos Trantor novamente, talvez até entenda sem a minha explicação.
– O que acontecerá, Mestre?
– Não sei ao certo, Novi. Mas tudo correrá bem.

Ele se virou e se preparou para contatar Compor. Conforme o fez, não conseguiu evitar um pensamento, que disse: pelo menos, é o que espero.

Ficou imediatamente bravo consigo mesmo, pois sabia a fonte daquele devaneio tolo e debilitador. Era a imagem do elaborado e colossal poder da Fundação materializado na nave de Compor; era seu constrangimento em reação à admiração aberta de Novi por ela.

Estúpido! Como pôde se permitir comparar a posse de força e poder quando se tem a habilidade de conduzir eventos? Era o que gerações de Oradores chamavam de "a falácia da mão na garganta".

E pensar que ele ainda não estava imune a seus tentáculos...

2

Munn Li Compor não tinha a menor ideia de como deveria se portar. Durante a maior parte de sua vida, teve a visão de poderosos Oradores existindo logo além do limite de seu círculo de experiências – Oradores com quem teve esporádicos contatos e que seguravam, em suas misteriosas mãos, toda a humanidade.

De todos eles, fora Stor Gendibal a quem, em anos recentes, Compor recorrera em busca de orientação. Na maioria das vezes, não era nem com uma voz que ele se encontrava, e sim com uma presença em sua mente: hipercomunicação sem um hipertransmissor.

Nesse aspecto, a Segunda Fundação havia ido muito mais longe do que a Fundação. Sem equipamentos físicos, mas com apenas o treinado e desenvolvido poder da mente, eles tinham a capacidade de estender seu alcance por parsecs e parsecs de uma maneira que não podia ser grampeada nem violada. Era uma rede invisível e indetectável que encobria todos os mundos por meio da meditação de relativamente poucos e dedicados indivíduos.

Compor tinha, mais de uma vez, sentido uma espécie de contentamento ao pensar em seu papel. O grupo, do qual era membro, era pequeno, mas como era grande sua influência – e como tudo aquilo era secreto! Nem mesmo sua esposa sabia sobre sua vida oculta.

E eram os Oradores que manipulavam tudo ao fundo. E era esse Orador, esse Gendibal, que poderia (imaginava Compor) ser o próximo Primeiro Orador, o mais-do-que-imperador de um mais-do-que-Império.

Agora Gendibal estava ali, em uma nave de Trantor, e Compor esforçou-se para conter sua decepção por esse encontro não ocorrer no planeta dos Oradores.

E *aquilo* era uma nave de Trantor? Qualquer comerciante do passado que tivesse carregado mercadorias da Fundação através de uma Galáxia hostil fora dono uma nave melhor do que aquela. Não era surpresa que o Orador tivesse levado tanto tempo para cruzar a distância entre Trantor e Sayshell.

Não era nem equipada com um mecanismo de unidoca, que teria unido as duas naves quando a transferência mútua de tripulantes fosse necessária. Até mesmo a desprezível frota sayshelliana era equipada com aquilo. Em vez disso, o Orador precisou manter velocidade equivalente, para então estender um cabo pelo espaço e embarcar apoiando-se nele, como na época do Império.

Era isso, pensou Compor com pesar, incapaz de reprimir o sentimento. A nave não era nada além de uma embarcação Imperial antiquada – e pequena, ainda por cima.

Duas figuras se moviam pelo espaço, uma delas tão desajeitada que ficou evidente o fato de nunca ter se locomovido em gravidade zero antes.

Finalmente, embarcaram e retiraram seus trajes espaciais. O Orador Stor Gendibal era de altura média e de aparência nada marcante; não era grande nem poderoso, tampouco exalava um ar de sabedoria. Seus olhos escuros e penetrantes eram a única indicação de sua inteligência. Agora, o Orador o analisava com indicações claras de que *ele mesmo* estava impressionado.

A outra pessoa era uma mulher da mesma altura de Gendibal, de aparência simplória. Sua boca abriu-se de assombro conforme ela olhava à sua volta.

3

Cruzar o espaço apoiando-se no cabo não foi uma experiência totalmente desagradável para Gendibal. Não era um astronauta – nenhum membro da Segunda Fundação era –, mas também não era um rato de superfície, pois os membros da Segunda Fundação não podiam ser. Afinal, a possível necessidade de voos espaciais estava sempre à espreita, mesmo que cada indivíduo da Segunda Fundação preferisse que tal necessidade surgisse o mínimo possível. (Preem Palver – cujo histórico de viagens era lendário – certa vez disse, lamentando-se, que quanto menos vezes um Orador sentiu-se compelido a viajar pelo espaço para garantir o sucesso do Plano, mais bem-sucedida foi sua carreira.)

Gendibal havia precisado usar o cabo apenas três vezes antes. Aquela era sua quarta vez e, mesmo que tivesse ficado tenso com a situação, seu medo desapareceu sob a preocupação que sentia por Sura Novi. Ele não precisava de habilidades mentálicas para ver que pisar no nada a perturbava imensamente.

– Eu tê amedoada, Mestre – ela disse quando ele explicou o que precisava ser feito. – Sê no nada que eu tê que fazer passo – seu súbito retrocesso ao acentuado sotaque loriano mostrava o tamanho de sua angústia.

– Não posso largá-la a bordo desta nave – disse Gendibal, carinhosamente –, pois seguirei para a outra e preciso de você comigo. Não há problema, pois seu traje espacial a protegerá de todo perigo, e não há para onde cair. Mesmo que se solte do cabo, ficará praticamente onde está e eu estarei a um braço de distância para puxá-la. Venha, Novi, mostre-me que é corajosa e inteligente o suficiente para se tornar uma estudiosa.

Ela não fez mais nenhuma objeção e Gendibal, mesmo que resistindo a fazer alguma coisa que pudesse perturbar a suavidade de sua mente, injetou um leve toque calmante em sua superfície.

– Ainda pode falar comigo – disse Gendibal, depois que ambos estavam lacrados em seus trajes espaciais. – Posso ouvi-la se você se concentrar para pensar. Pense nas palavras com clareza e concentração, uma a uma. Você pode me ouvir agora, não pode?

– Sim, Mestre – ela respondeu.

Ele podia ver seus lábios se movendo através do visor transparente.

– Diga sem mover os lábios, Novi. Não há nenhum rádio nos trajes que os estudiosos usam. Tudo é feito pela mente.

Os lábios de Novi não se mexeram e ela pareceu mais ansiosa: "Pode me ouvir, Mestre?"

"Perfeitamente", pensou Gendibal também sem mexer os lábios. "Você me ouve?"

"Sim, Mestre".

"Então venha comigo e faça como eu."

Eles atravessaram. Gendibal conhecia a teoria, mesmo que, na prática, fosse apenas moderadamente habilidoso. O truque era manter as pernas estendidas e unidas, e movê-las apenas a partir do quadril. Assim, o centro de gravidade movia-se em linha reta conforme os braços alcançavam o cabo à frente de maneira alternada e constante. Ele havia explicado isso a Sura Novi e, sem se virar para observá-la, estudou a posição do corpo dela a partir do centro de controle motor em seu cérebro.

Para alguém que nunca tinha feito aquilo, ela se saiu muito bem, quase tão bem quando Gendibal. Ela reprimiu seus temores e seguiu as instruções. Gendibal mais uma vez viu-se contente com ela.

Ainda assim, Novi ficou claramente feliz por estar a bordo de uma nave novamente, e Gendibal também. Ele olhou à sua volta conforme removia o traje espacial e ficou impressionado com a sofisticação e o estilo da embarcação. Não reconheceu quase nenhum equipamento, e seu coração afundou com o pensamento de que teria pouco tempo para aprender a lidar com tudo aquilo. Talvez precisasse transferir habilidades diretamente do homem já a bordo, algo que nunca era tão satisfatório quanto o aprendizado verdadeiro.

Então se concentrou em Compor. Compor era alto e magro; alguns anos mais velho do que ele; muito bonito, em uma constituição ligeiramente franzina; tinha um cabelo cuidadosamente ondulado, de um amarelo surpreendente.

E era óbvio para Gendibal que essa pessoa estava desapontada com, e talvez até desprezasse, o Orador que acabava de conhecer. Para completar, ele simplesmente não conseguia esconder o fato.

Gendibal não se importava com esse tipo de coisa. Compor não era um trantoriano, nem mesmo um membro pleno da Segunda Fundação, e claramente tinha suas ilusões. Até mesmo a análise mais superficial de sua mente mostrava isso. Entre elas, estava a ilusão de que o poder genuíno estava necessariamente relacionado com a aparência de poder. Ele poderia, claro, continuar com essas ilusões, desde que não interferissem no que Gendibal precisava – e, neste momento, aquela ilusão *era* uma interferência.

O que Gendibal fez foi o equivalente mentálico de um estalar de dedos. Compor hesitou de leve sob a sensação de uma dor aguda, mas passageira. Houve uma impressão de concentração reforçada que enrugou a membrana de seu pensamento e deixou o homem com a consciência de um poder incrível e rotineiro que poderia ser utilizado a qualquer momento, caso o Orador desejasse.

Compor encheu-se de um vasto respeito por Gendibal.

– Estou apenas chamando sua atenção, Compor, meu amigo – disse Gendibal, cordial. – Por favor, me informe o paradeiro de seu amigo, Golan Trevize, e do colega dele, Janov Pelorat.

– Devo falar na presença da mulher, Orador? – perguntou Compor, hesitante.

– A mulher, Compor, é uma extensão de mim. Logo, não há motivos para não falar abertamente.

– Como quiser, Orador. Trevize e Pelorat agora se aproximam de um planeta chamado Gaia.

– Assim me disse no seu último informe, dias atrás. Eles certamente já aterrissaram em Gaia e talvez já tenham saído de lá. Afinal, não ficaram muito tempo no planeta Sayshell.

– Eles ainda não tinham pousado durante o período em que os segui, Orador. Aproximaram-se do planeta com extrema cautela, parando por períodos consideráveis entre Microssaltos. É evidente, para mim, que eles não têm informações sobre o planeta que investigam, e, portanto, hesitam.

– *Você* tem informações, Compor?

– Nada, Orador – respondeu Compor –, ou, pelo menos, o computador da minha nave não oferece nada.

– Este computador? – os olhos de Gendibal pousaram no painel de controle e ele perguntou, com esperança repentina: – Pode ajudar no controle da nave?

– Pode comandar a nave totalmente, Orador. Basta pensar na ordem.

Gendibal sentiu-se subitamente inquieto.

– A Fundação chegou tão longe? – perguntou.

– Sim, mas de maneira desajeitada. O computador não funciona muito bem. Preciso repetir meus pensamentos diversas vezes e, ainda assim, obtenho apenas o mínimo de informações.

– Talvez eu me saia melhor – disse Gendibal.

– Estou certo disso, Orador – respondeu Compor, respeitosamente.

– Mas isso não importa, no momento. Por que o computador não tem informações sobre Gaia?

– Não sei, Orador. Afirma, tanto quanto um computador poderia ser capaz de *afirmar*, ter registros sobre todos os planetas habitados por humanos na Galáxia.

– Não pode ter mais informações do que as que foram registradas em sua memória, e se aqueles que o alimentaram acreditavam ter registros de todos os tais planetas, quando, na verdade, não tinham, então o computador funcionaria sob a mesma pressuposição. Correto?

– Certamente, Orador.

– Investigou sobre ele em Sayshell?

– Orador – disse Compor, desconfortável –, há pessoas que falam sobre Gaia em Sayshell, mas o que dizem não tem valor. Superstições óbvias. A história que contam é que Gaia é um planeta poderoso, que manteve até o Mulo a distância.

– É mesmo isso que dizem? – respondeu Gendibal, ocultando seu entusiasmo. – Você estava tão certo de que era superstição que não pediu detalhes?

– Pelo contrário, Orador. Inquiri bastante, mas o que acabei de lhe contar é tudo o que qualquer um pode dizer. Podem falar bastante sobre o assunto, mas, quando o fazem, tudo se resume ao que lhe disse.

– Aparentemente – disse Gendibal –, foi isso o que Trevize ouviu, e está seguindo até Gaia por alguma razão conectada a isso. Para explorar esse grande poder, talvez. E o faz cautelosamente, pois é possível que também tema esse grande poder.

– É certamente uma possibilidade, Orador.

– E mesmo assim não o seguiu?

– Segui, Orador, por tempo suficiente para determinar que ele estava, de fato, seguindo para Gaia. Então, retornei para cá, para os arredores do sistema gaiano.

– Por quê?

– Três motivos, Orador. Primeiro, o senhor estava prestes a chegar e eu queria encontrá-lo em algum ponto do caminho e trazê-lo a bordo o mais cedo possível, como o senhor ordenou. Como minha nave tem um hipertransmissor, eu não poderia me afastar demais de Trevize e Pelorat sem despertar suspeitas em Terminus, mas concluí que poderia arriscar essa distância. Em segundo lugar, quando ficou claro que Trevize se aproximava do planeta Gaia lentamente, julguei que haveria tempo suficiente para que eu me locomovesse até o senhor e acelerasse nosso encontro sem ser arrebatado pelos acontecimentos, especialmente considerando que o senhor seria mais competente do que eu para segui-lo até o planeta e lidar com qualquer emergência que possa surgir.

– De fato. E o terceiro motivo?

– Desde o nosso último contato, Orador, aconteceu algo que eu não esperava e que não entendo. Senti que, também por esse motivo, eu deveria apressar nosso encontro o máximo que eu pudesse ousar.

– E qual é esse evento inesperado e incompreensível?

– Naves da frota da Fundação se aproximam da fronteira sayshelliana. Meu computador captou essa informação das transmissões de noticiários sayshellianos. Pelo menos cinco naves avançadas estão na flotilha e têm poder suficiente para esmagar Sayshell.

Gendibal não respondeu de imediato, pois não seria vantajoso demonstrar que ele não esperava tal manobra – e que também não a entendia. Por isso, depois de um instante, perguntou, negligentemente:

– Você acredita que tem alguma coisa a ver com Trevize se aproximando de Gaia?

– Aconteceu imediatamente depois, e se B segue A, então existe pelo menos uma possibilidade de que A tenha causado B.

– Pois bem. Aparentemente todos nós convergiremos em Gaia: Trevize, eu e a Primeira Fundação. Você fez bem, Compor – disse Gendibal –, e agora faremos o seguinte. Primeiro, você me mostrará como funciona esse computador, e, assim, aprenderei a controlar a nave. Tenho certeza de que não demoraremos. Em seguida, você irá para a minha nave, pois, a essa altura, terei transferido a você os conhecimentos necessários para pilotá-la. Não terá problemas para manobrá-la, apesar de que, devo avisá-lo, como certamente deduziu a partir de sua aparência, é bastante primitiva. Uma vez que estiver nos controles, a manterá aqui e esperará por mim.

– Por quanto tempo, Orador?

– Até que eu venha a você. Não espero ficar longe tempo suficiente para que você corra o risco de ficar sem suprimentos, mas, se demorar indevidamente, siga para algum planeta habitado da Aliança Sayshell e espere por lá. Onde quer que esteja, eu o encontrarei.

– Como quiser, Orador.

– E não fique alarmado. Posso lidar com esse misterioso planeta Gaia e, se necessário, com as cinco naves da Fundação.

4

Littarel Thoobing era o embaixador da Fundação em Sayshell havia sete anos. Gostava muito do cargo.

Alto e um tanto robusto, usava um espesso bigode marrom em uma época em que a moda predominante, tanto na Fundação como em Sayshell, era barba rente. Tinha uma fisionomia severa apesar de ter apenas 54 anos de idade, e era bastante inclinado a adotar um ar de educada indiferença. Sua atitude em relação ao trabalho não ficava evidente.

Ainda assim, gostava muito do cargo. A função o mantinha longe dos tumultos políticos de Terminus – algo que o deixava muito agradecido – e garantia a chance de levar a vida de um sibarita sayshelliano e de sustentar sua esposa e sua filha em um padrão social no qual haviam se tornado viciados. Ele não queria que sua vida fosse perturbada.

Por outro lado, não gostava nada de Liono Kodell, talvez porque ele também usava bigode, ainda que menor, mais curto e cinzento. No passado, os dois eram as únicas pessoas com vidas públicas proeminentes que usavam bigode, e houve certa competição entre eles por isso. Agora, pensava Thoobing, não havia; Kodell era desprezível.

Kodell já era Diretor de Segurança quando Thoobing ainda estava em Terminus, sonhando em se opor a Harla Branno na corrida pela Prefeitura, até que foi comprado pela oferta da embaixada. Branno o fez em vantagem própria, claro, mas ele acabou devendo favores a ela por isso.

Mas não a Kodell. Talvez fosse por causa da animação inabalável dele, da maneira como ele era sempre uma pessoa tão *amigável*, até mesmo depois de decidir exatamente de que forma sua garganta seria cortada.

Agora Kodell estava ali, em imagem hiperespacial, animado como sempre, esbanjando bonomia. Sua pessoa propriamente dita estava, claro, em Terminus, o que poupava Thoobing da necessidade de qualquer demonstração concreta de hospitalidade.

– Kodell – disse Thoobing –, quero que aquelas naves sejam retiradas.

– Ora, eu também – Kodell abriu um sorriso –, mas a velha está decidida.

– Você já a persuadiu a desistir de algumas coisas.

– Uma vez ou outra. Talvez. Quando ela quer ser persuadida. Dessa vez, ela não quer. Faça seu trabalho, Thoobing. Mantenha a calma em Sayshell.

– Não estou pensando em Sayshell, Kodell. Estou pensando na Fundação.

– Assim como todos nós.

– Não fique defensivo, Kodell. Quero que me escute.

– Com prazer, mas este é um momento caótico em Terminus e não vou ouvi-lo para sempre.

– Serei tão breve quanto possível ao se discutir a possibilidade de destruição da Fundação. Se essa linha hiperespacial não estiver grampeada, falarei abertamente.

– Não está grampeada.

– Então me permita continuar. Alguns dias atrás, recebi uma

mensagem de um tal de Golan Trevize. Lembro-me de um Trevize em meus dias na política, um comissário do Transporte.

– O tio desse jovem – respondeu Kodell.

– Ah, então você conhece o Trevize que me enviou a mensagem. De acordo com as informações que coletei desde então, ele era um conselheiro que, depois do recente sucesso na resolução de uma crise Seldon, foi preso e exilado.

– Exato.

– Eu não acredito nessa história.

– No que você não acredita?

– Que ele foi mandado para o exílio.

– Por que não?

– Quando, na história, um cidadão da Fundação foi enviado para o exílio? – questionou Thoobing. – Ou ele é preso, ou não é preso. Se for preso, é julgado ou não é julgado. Se for julgado, é condenado ou não é condenado. Se for condenado, é multado, rebaixado, humilhado, preso ou executado. Ninguém é mandado para o exílio.

– Há sempre uma primeira vez.

– Não faz sentido! Em uma nave de ponta? Que tipo de imbecil não enxergaria que ele está numa missão para a velha? Quem ela espera enganar?

– O que seria essa missão?

– Supostamente, encontrar o planeta Gaia.

Um pouco da animação abandonou o rosto de Kodell. Uma dureza incomum surgiu em seus olhos.

– Sei que não sente um impulso avassalador de acreditar em minhas afirmações, senhor embaixador, mas rogo para que acredite, neste caso em especial. Nem a prefeita nem eu sabíamos sobre Gaia no momento em que Trevize foi enviado ao espaço. Ouvimos falar de Gaia pela primeira vez há pouco tempo. Se acreditar nisso, a conversa poderá continuar.

– Suspenderei minha tendência ao ceticismo por tempo suficiente para aceitar isso, diretor, apesar de representar grande dificuldade.

— É a verdade, senhor embaixador, e, se repentinamente adotei um tom formal em minhas declarações, é porque, quando tudo isso acabar, descobrirá que terá perguntas a responder e não serão momentos agradáveis. Você fala como se Gaia fosse um mundo com o qual é familiarizado. Como é possível que você saiba de algo que não sabemos? Não é sua obrigação garantir que estejamos informados de tudo o que você sabe sobre a unidade política à qual foi designado?

— Gaia não faz parte da Aliança Sayshell — respondeu Thoobing, mansamente. — Na realidade, talvez nem exista. Devo transmitir a Terminus todos os contos de fadas que as classes mais baixas de Sayshell contam sobre Gaia? Alguns dizem que Gaia está localizada no hiperespaço. De acordo com outros, é um mundo sobrenatural que protege Sayshell. De acordo com outros, ainda, enviou o Mulo para assolar a Galáxia. Se planeja dizer ao governo sayshelliano que Trevize foi enviado para encontrar Gaia e que as cinco naves avançadas da marinha da Fundação foram mandadas para oferecer apoio em sua busca, eles não acreditarão. As pessoas podem acreditar em contos de fadas sobre Gaia, mas o governo não acredita, e não ficarão convencidos de que a Fundação acredita. Suspeitarão que vocês pretendem forçar a entrada da Aliança Sayshell na Federação da Fundação.

— E se estivermos planejando fazer isso?

— Seria fatal. Pense bem, Kodell, nos cinco séculos de história da Fundação, quando batalhamos para conquistar? Batalhamos para prevenir nossa própria derrota, e falhamos uma vez, mas nenhuma guerra terminou com a extensão de nosso território. Adesões à Fundação foram feitas por meio de acordos pacíficos. Uniram-se a nós aqueles que viram vantagens na união.

— Não seria possível que Sayshell visse benefícios em se unir a nós?

— Nunca será uma possibilidade enquanto nossas naves continuarem em suas fronteiras. Ordene a retirada.

— Impossível.

— Kodell, Sayshell é uma ótima propaganda sobre a benevolência da Federação da Fundação. É quase cercada por nosso território, está em uma posição completamente vulnerável e, ainda assim, até agora está segura, seguiu o próprio caminho, pôde até manter uma política externa anti-Fundação livremente. Qual é a melhor maneira de mostrar à Galáxia que não forçamos ninguém, que oferecemos amizade a todos? Se dominarmos Sayshell, tomaremos o que, em essência, já temos. Afinal, nós os dominamos economicamente, em silêncio. Mas se dominarmos por força militar, passaremos a mensagem a toda a Galáxia de que nos tornamos expansionistas.

– E se eu disser que estamos interessados somente em Gaia?

– Não hei de acreditar, tampouco a Aliança Sayshell. Esse homem, Trevize, me envia uma mensagem dizendo que está a caminho de Gaia e me pede para encaminhá-la a Terminus. Assim o fiz, contra o meu bom senso, porque é minha obrigação e, antes de a linha hiperespacial esfriar, a marinha da Fundação entra em movimento. Como chegarão a Gaia sem invadir o espaço sayshelliano?

– Meu *caro* Thoobing, certamente não está escutando o que você mesmo diz. Não acabou de me contar que Gaia, se existir, não faz parte da Aliança Sayshell? E presumo que saiba que o hiperespaço é livre para todos e não faz parte do território de nenhum mundo. Portanto, como Sayshell pode protestar se nos movermos a partir do território da Fundação, onde nossas naves estão nesse momento, pelo hiperespaço, até o território gaiano, e nunca, nesse processo, ocuparmos um único centímetro cúbico do território sayshelliano?

– Sayshell não enxergará os eventos dessa maneira, Kodell. Gaia, se existir, é totalmente cercada pela Aliança Sayshell, mesmo que não faça parte dela politicamente, e há precedentes que fazem tais enclaves serem, virtualmente, partes do território que os cercam, no que diz respeito a espaçonaves inimigas.

– Nossas naves não são espaçonaves inimigas. Estamos em paz com Sayshell.

– Estou dizendo, Sayshell talvez declare guerra. Eles não esperam vencer o conflito por meio de superioridade militar, mas o fato é que a guerra iniciaria uma onda de atividades anti-Fundação pela Galáxia. As novas políticas expansionistas da Fundação encorajariam o crescimento de alianças contra nós. Alguns membros da Federação começarão a repensar seus acordos conosco. Talvez sejamos derrotados nessa guerra por desentendimentos internos, e certamente reverteríamos o processo de crescimento que serviu tão bem à Fundação por quinhentos anos.

– Vamos lá, Thoobing – disse Kodell, indiferente. – Você fala como se quinhentos anos não fossem nada, apesar de ainda sermos a Fundação da época de Salvor Hardin, lutando contra o reino de Anacreon. Somos muito mais poderosos agora do que o Império Galáctico jamais foi, mesmo em seu auge. Um esquadrão de nossas naves poderia derrotar toda a Frota Imperial, ocupar qualquer setor galáctico e nem perceber que esteve em uma batalha.

– Não estamos enfrentando o Império Galáctico. Batalhamos contra planetas e setores do nosso próprio tempo.

– Que não avançaram tanto quanto nós. Poderíamos unir toda a Galáxia agora mesmo.

– De acordo com o Plano Seldon, não podemos uni-la pelos próximos quinhentos anos.

– O Plano Seldon subestima a velocidade dos avanços tecnológicos. Podemos fazer isso agora! Entenda, não estou dizendo que *vamos* fazer ou que *deveríamos* fazer. Digo apenas que *podemos* fazer isso agora.

– Kodell, você viveu sua vida toda em Terminus. Não conhece a Galáxia. Nossa frota e nossa tecnologia podem vencer as forças armadas dos outros mundos, mas ainda não podemos dominar uma Galáxia rebelde e tomada pelo ódio... e é assim que estará a Galáxia se tentarmos dominá-la à força. Ordene a retirada das naves!

– Isso não pode ser feito, Thoobing. Pense. E se Gaia não for um mito?

Thoobing parou, analisando o rosto do outro como se estivesse ansioso para ler sua mente.

– Um mundo no hiperespaço não ser um mito? – perguntou.

– Um mundo no hiperespaço é superstição, mas mesmo superstições podem surgir de essências verdadeiras. Esse homem, Trevize, que foi exilado, fala sobre o planeta como se fosse um mundo real no espaço real. E se ele estiver certo?
– Bobagem. Não acredito.
– Não? Acredite por um instante. Um mundo real que manteve Sayshell protegida do Mulo e da Fundação!
– Mas você se contradiz. Como Gaia estaria mantendo os sayshellianos protegidos contra a Fundação, se estamos enviando naves contra eles?
– Não contra eles, mas contra Gaia, que é tão misteriosamente desconhecido, que é tão cuidadoso para evitar ser identificado, que mesmo estando no espaço real, convence os mundos vizinhos de que está no hiperespaço e que consegue, até, ficar de fora dos bancos de dados computadorizados dos melhores e mais completos mapas galácticos.
– Então deve ser um mundo um tanto incomum, pois talvez possa manipular mentes.
– E você não acabou de dizer que um dos contos sayshellianos é sobre Gaia ter enviado o Mulo para assolar a Galáxia? O Mulo podia manipular mentes, não podia?
– Então Gaia é um mundo de Mulos?
– Está certo de que não é?
– Nesse caso, por que não seria o mundo da Segunda Fundação renascida?
– De fato. Por que não? Não deveríamos investigar?
Thoobing ficou mais sério. Sorrira com escárnio nas últimas provocações, mas agora abaixou a cabeça e olhou por sob as sobrancelhas.
– Se está falando sério, essa investigação não seria perigosa?
– É perigosa?
– Você responde às minhas perguntas com outras perguntas porque não tem respostas razoáveis. De que utilidade serão naves contra Mulos ou contra membros da Segunda Fundação? Não seria provável, inclusive, que eles estivessem nos atraindo para a des-

truição, caso existam? Escute, você me diz que a Fundação poderia estabelecer seu Império agora, mesmo que o Plano Seldon tenha chegado apenas à metade, e avisei que você estaria se adiantando demais e que as complexidades do Plano o impediriam à força. Talvez, se Gaia existir e for o que você diz, tudo não passe de um plano para reduzir a velocidade desse avanço. Faça voluntariamente agora o que você talvez seja obrigado a fazer em breve. Faça pacificamente, sem banhos de sangue, o que você talvez seja obrigado a fazer com uma terrível tragédia. Ordene a retirada das naves.

– Não é possível. Na verdade, Thoobing, a própria prefeita Branno pretende se juntar às naves, e escoltas já cruzaram o hiperespaço até o que é, teoricamente, território gaiano.

Os olhos de Thoobing se arregalaram.

– Certamente haverá guerra, estou dizendo.

– Você é nosso embaixador. Previna isso. Garanta aos sayshellianos toda a tranquilidade de que precisem. Negue qualquer má intenção de nossa parte. Diga-lhes, se preciso, que será recompensador permanecerem calados e esperar que Gaia nos destrua. Diga o que quiser, mas mantenha-os quietos.

Ele fez uma pausa, analisando a expressão chocada de Thoobing, e disse:

– É isso. Até onde sei, nenhuma nave da Fundação pousará em nenhum mundo da Aliança Sayshell nem invadirá nenhum ponto do espaço real que seja parte dessa Aliança. Todavia, qualquer nave sayshelliana que tente nos desafiar fora do território da Aliança (ou seja, dentro de território da Fundação) será imediatamente reduzida a pó. Deixe isso perfeitamente claro e mantenha os sayshellianos em silêncio. Se falhar, enfrentará consequências muito graves. Teve um trabalho fácil até agora, Thoobing, mas tempos difíceis estão diante de você e as próximas semanas decidirão tudo. Decepcione-nos e não haverá lugar na Galáxia que seja seguro para você.

Não havia alegria nem afabilidade no rosto de Kodell quando o contato foi interrompido e sua imagem desapareceu.

Boquiaberto, Thoobing observou o lugar onde ele tinha estado.

5

Golan Trevize mexeu em seus cabelos como se estivesse tentando, pelo toque, entender as condições de seus pensamentos.

– Qual é seu estado de espírito? – perguntou bruscamente a Pelorat.

– Estado de espírito?

– Sim. Cá estamos, presos, com nossa nave sob controle externo e sendo tragados inexoravelmente para um mundo sobre o qual não sabemos nada. Você está em pânico?

O rosto de Pelorat demonstrava certa melancolia.

– Não – ele respondeu. – Mas não estou contente. Sinto um pouco de apreensão, mas não estou em pânico.

– Nem eu. Não é estranho? Por que não estamos mais nervosos?

– É algo pelo que nós esperávamos, Golan. *Alguma coisa* desse tipo.

Trevize se virou para a tela. Continuava focada na estação espacial. Parecia maior, o que significava que estavam mais perto.

Sua impressão foi de que era uma estação espacial sem nenhum design impressionante. Não havia nada nela que representasse superciência. Pelo contrário, parecia um pouco primitiva. Ainda assim, dominava completamente sua nave.

– Estou sendo muito analítico, Janov – disse Trevize. – Frio! Acredito que não sou um covarde e que me comporto bem sob pressão, mas tendo a me superestimar. Todos se superestimam. Neste momento, eu deveria estar pulando de um lado para o outro e suando frio. Podíamos estar esperando por *alguma coisa*, mas isso não muda o fato de estarmos totalmente vulneráveis e de que podemos ser mortos.

– Creio que não, Golan – respondeu Pelorat. – Se os gaianos podem dominar a nave a distância, não poderiam ter nos matado a distância também? Se ainda estamos vivos...

– Mas não estamos totalmente livres de influências. Estamos calmos demais, estou dizendo. Acho que nos tranquilizaram.

– Por quê?

– Acho que para nos manter em um bom estado mental. É possível que desejem nos interrogar. Depois disso, talvez nos matem.

– Se são racionais o suficiente para quererem nos questionar, podem ser racionais o bastante para não nos matarem sem bons motivos.

Trevize reclinou-se em sua cadeira (ela se inclinava para trás; pelo menos, eles não haviam privado a cadeira de suas funções) e colocou os pés onde, normalmente, suas mãos fariam contato com o computador.

– Devem ser engenhosos o suficiente para pensar em um motivo que considerem adequado – disse. – Ainda assim, se tocaram nossas mentes, não foi algo intenso. Se fosse o Mulo, por exemplo, teria nos deixado *ansiosos* para ir... exaltados, excitados, cada fibra de nosso ser implorando para chegar lá. – Ele apontou para a estação espacial. – Você se sente assim, Janov?

– Certamente que não.

– Percebe que ainda estou em condições de raciocinar fria e analiticamente? Muito estranho! Ou não tenho ideia? Estou em pânico, incoerente, insano, apenas sob a ilusão de que estou raciocinando fria e analiticamente?

– Você parece são para mim – Pelorat deu de ombros. – Eu talvez esteja tão insano quanto você e sob a mesma ilusão, mas esse tipo de discussão não nos leva a lugar nenhum. Toda a humanidade pode compartilhar a mesma insanidade e estar imersa em uma ilusão comum enquanto vive em um caos comum. Não é algo que possa ser refutado, mas não temos escolha a não ser seguir nossos sentidos – e então, abruptamente, disse: – Eu também estou seguindo um raciocínio.

– Qual?

– Bom, conversamos sobre Gaia ser, possivelmente, um mundo de Mulos, ou uma Segunda Fundação renascida. Já lhe ocorreu uma terceira alternativa, que seja mais plausível do que as outras duas?

– Que terceira alternativa?

Os olhos de Pelorat demonstravam sua entrega a um pensamento. Ele não encarou Trevize e sua voz soou grave e ponderada.

– Lá está um mundo, Gaia, que fez o máximo possível, durante um período indefinido de tempo, para manter isolamento absoluto. Não tentou, de forma nenhuma, contatar qualquer outro mundo, nem mesmo os planetas vizinhos da Aliança Sayshell. Se as histórias de destruição das frotas forem verdadeiras, têm uma ciência avançada em certas áreas, e sua capacidade de nos controlar agora mesmo é prova irrefutável de seu poder. Ainda assim, não fizeram nenhuma tentativa de expansão. Pedem apenas para serem deixados em paz.

– E daí? – os olhos de Trevize se estreitaram.

– É tudo muito inumano. Os mais de vinte mil anos da história humana no espaço foram uma ininterrupta saga de expansão e tentativas de expansão. Praticamente todos os mundos que podem ser habitados *são* habitados. Em quase todos os mundos houve guerra no processo de colonização e quase todos os mundos se acotovelaram com seus vizinhos, vez ou outra. Se Gaia é tão inumana a ponto de ser diferente disso, talvez seja porque é, de fato, inumana.

– Impossível – Trevize negou com a cabeça.

– Por que impossível? – perguntou Pelorat, cordialmente. – Falei sobre o mistério de a humanidade ser a única inteligência evoluída da Galáxia. E se não for? Não poderia haver outra, em um planeta, que não seja guiada pelo impulso expansionista humano? Aliás – Pelorat ficou mais empolgado –, e se houver milhões de inteligências na Galáxia, mas apenas *uma* é expansionista: nós? Todas as outras permaneceriam em casa, reservadas, escondidas...

– Ridículo! – disse Trevize. – Teríamos cruzado com eles. Teríamos aterrissado em seus mundos. Apareceriam em todos os tipos e estágios de tecnologia e a maioria seria incapaz de nos impedir. Mas nunca encontramos nenhum. Pelo espaço! Não encontramos nem ruínas nem relíquias de uma civilização não humana, encontramos? Você é o historiador, então me diga. Encontramos?

– Não encontramos – Pelorat negou com a cabeça. – Mas Golan, poderia haver uma! Esta!

– Eu não acredito. Você diz que o nome é Gaia, que é alguma versão em dialeto antigo do nome "Terra". Como poderia ser não humano?

– O nome "Gaia" foi dado ao planeta por seres humanos... e quem saberia por quê? A semelhança com um mundo antigo poderia ser coincidência. Pensando bem, o próprio fato de termos sido levados a Gaia, como você explicou detalhadamente algum tempo atrás, e de agora estarmos sendo tragados contra a nossa vontade, é um argumento a favor da não humanidade dos gaianos.

– Por quê? O que isso tem a ver com não humanidade?

– Eles estão *curiosos* em relação a nós. Em relação aos humanos.

– Janov, você está louco – disse Trevize. – Eles vivem em uma Galáxia dominada por humanos por milhares de anos. Por que ficariam curiosos agora? Por que não muito antes? E, se for agora, por que *nós*? Se querem estudar os seres humanos e a cultura humana, por que não os mundos de Sayshell? Por que iriam nos buscar lá em Terminus?

– Podem estar interessados na Fundação.

– Besteira! – respondeu Trevize, bruscamente. – Janov, você *quer* uma inteligência não humana e *encontrará* uma. Neste momento, acho que, se acreditar que encontrará não humanos, não se preocupará com ter sido capturado, estar indefeso, talvez até ser morto, se eles oferecerem algum tempo para saciar sua curiosidade.

Pelorat começou a gaguejar uma negação indignada, então parou, respirou fundo e disse:

– Bom, você talvez esteja certo, Golan, mas acreditarei nessa teoria mesmo assim. Não acho que precisaremos esperar muito tempo para ver quem está certo. Veja!

Ele apontou para a tela. Trevize (que, em seu discurso inflamado, esquecera-se de observá-la), voltou-se para o computador.

– O que foi? – perguntou.

– Aquilo não é uma nave decolando da estação?

– É *alguma coisa* – admitiu Trevize, relutantemente. – Ainda não consigo identificar detalhes, e não consigo ampliar mais a visualização. Está no máximo – depois de uma pausa, completou:

– Parece estar vindo em nossa direção e suponho que seja uma nave. Vamos apostar?

– Que tipo de aposta?

– Se algum dia voltarmos a Terminus – disse Trevize, sardonicamente –, vamos fazer um grande jantar para nós e quem quisermos convidar, até, digamos, quatro pessoas. Será por minha conta se aquela nave que se aproxima for tripulada por não humanos, e por sua conta se forem humanos.

– Estou dentro – respondeu Pelorat.

– Então, feito – e Trevize olhou para a tela, tentando identificar detalhes e se perguntando se alguma coisa poderia revelar, acima de toda dúvida, a não humanidade (ou humanidade) dos seres a bordo.

6

Os cabelos cinza-escuros de Branno estavam imaculadamente penteados e, considerando sua serenidade, ela poderia estar no palácio da Prefeitura. Não demonstrava nenhum sinal de que estava no espaço sideral apenas pela segunda vez na vida (e a primeira vez, quando acompanhara seus pais em um *tour* de férias em Kalgan, mal poderia ser considerada. Tinha três anos na época).

– É o trabalho de Thoobing, afinal de contas – disse Branno a Kodell, com certo cansaço –, expressar sua opinião e me alertar. Muito bem, ele me alertou. Não o culpo.

Kodell, que embarcara na espaçonave da prefeita para conversar com ela sem a dificuldade psicológica da visualização a distância, disse:

– Ele está naquele cargo há tempo demais. Está começando a pensar como um sayshelliano.

– É o risco ocupacional de um embaixador, Liono. Esperemos até que tudo isso termine, vamos oferecer-lhe umas férias e depois o enviamos a outro lugar. É um homem capacitado. Afinal, teve a coragem de nos encaminhar a mensagem de Trevize sem demora.

– Sim – Kodell sorriu por um instante. – Ele me disse que a encaminhou contra seu próprio bom senso. "Assim o fiz porque é minha obrigação", disse. Mas senhora prefeita, ele era obrigado a fazê-lo, mesmo contra o próprio "bom senso", porque, assim que Trevize entrou no espaço da Aliança Sayshell, informei o embaixador Thoobing para nos encaminhar, imediatamente, toda e qualquer informação relacionada a ele.

– Ah, é? – a prefeita Branno virou-se na cadeira para ver o rosto dele mais claramente. – E o que o levou a fazer isso?

– Considerações elementares, na verdade. Trevize estava usando uma nave de última geração da Fundação, e os sayshellianos iriam reparar. Ele é um imbecil nada diplomático, e eles iriam reparar. Portanto, era provável que ele arranjasse problemas, e se tem uma coisa que um membro da Fundação sabe é que, se arrumar confusão em qualquer lugar da Galáxia, pode choramingar para o representante da Fundação mais próximo. Particularmente, eu não me incomodaria em ver Trevize com problemas (isso o ajudaria a deixar de ser moleque, o que seria ótimo para ele), mas a senhora o enviou como um para-raios, e eu gostaria de poder determinar o tipo de relâmpago que talvez o atingisse, portanto providenciei para que o representante da Fundação mais próximo ficasse de olho nele, só isso.

– Entendo. Bom, agora compreendo por que Thoobing reagiu com tanta intensidade. Enviei-lhe um aviso parecido há pouco tempo. Por ter recebido alertas independentes de nós dois, não é de se surpreender que tenha encarado a aproximação de algumas embarcações da Fundação como algo muito maior do que a realidade. Por que, Liono, não me consultou sobre a questão antes de enviar o aviso?

– Se eu envolvesse a senhora em tudo o que faço – respondeu Kodell, friamente –, a senhora não teria tempo para ser prefeita. Por que a senhora não me informou de suas intenções?

– Se eu o informasse de todas as minhas intenções, Liono – disse Branno, rancorosamente –, você saberia demais. Mas é uma questão de pouca importância, assim como o aviso de Thoobing, e também como qualquer chilique dos sayshellianos. Estou mais interessada em Trevize.

– Nossos batedores localizaram Compor. Ele está seguindo Trevize e ambos se dirigem cautelosamente até Gaia.

– Tenho os relatórios completos desses batedores, Liono. Aparentemente, tanto Trevize como Compor estão levando Gaia a sério.

– Todos desdenham das superstições envolvendo Gaia, senhora prefeita, mas todos pensam: "E se...". Até mesmo o embaixador Thoobing parece um pouco inquieto em relação a esse assunto. Poderia ser uma estratégia bastante perspicaz por parte dos sayshellianos. Uma espécie de camada de proteção. Se alguém espalha histórias sobre um mundo misterioso e invencível, as pessoas mantêm distância não apenas daquele mundo, mas também dos mundos próximos... como a Aliança Sayshell.

– Acredita que foi por isso que o Mulo ficou longe de Sayshell?

– Possivelmente.

– Certamente não acha que a Fundação poupou Sayshell por causa de Gaia, quando não há nenhum registro desse mundo que tenhamos ouvido falar?

– Admito que não existam menções a Gaia em nossos arquivos, mas também não há nenhuma explicação razoável para nossa moderação no que diz respeito à Aliança Sayshell.

– Vamos torcer, então, para que o governo sayshelliano, apesar da opinião contrária de Thoobing, tenha se convencido, mesmo que apenas um pouco, do poder de Gaia e de sua natureza mortífera.

– Por quê?

– Porque assim a Aliança Sayshell não teria objeções contra nossa aproximação de Gaia. Quanto mais se ressentirem desse avanço, mais se convencerão de que deveriam permitir, para que Gaia acabe conosco. Eles talvez imaginem que a lição seria saudável e que nunca seria esquecida por futuros invasores.

– Mas e se eles estiverem certos, prefeita? E se Gaia *for* mortífera?

– Você mesmo está apelando para o "e se", Liono? – sorriu Branno.

– Devo cogitar todas as possibilidades, prefeita. É meu trabalho.
– Se Gaia for mortífera, Trevize será pego por eles. Essa é *sua* função como para-raios. E Compor também, espero.
– Espera? Por quê?
– Porque os deixará confiantes demais, o que nos será útil. Subestimarão nossas capacidades e serão mais fáceis de lidar.
– Mas e se *nós* estivermos confiantes demais?
– Não estamos – respondeu Branno, inexpressivamente.
– Esses gaianos talvez sejam algo que não podemos conceber e cuja ameaça não podemos quantificar com propriedade. Apenas sugiro isso, prefeita, porque até mesmo essa possibilidade deveria ser levada em conta.
– Acha mesmo? Por que pensa assim, Liono?
– Porque acredito que a senhora sente que, na pior das hipóteses, Gaia é a Segunda Fundação. Suspeito que a senhora esteja convencida de que eles são a Segunda Fundação. Porém, Sayshell tem um histórico interessante, mesmo sob o Império. Somente Sayshell tinha, até certo ponto, governo próprio. Somente Sayshell foi poupada de alguns dos piores impostos dos chamados "maus imperadores". Em resumo, Sayshell parecia contar com a proteção de Gaia mesmo na época do Império.
– E então?
– A Segunda Fundação foi estabelecida por Hari Seldon no mesmo momento em que nossa Fundação passou a existir. A Segunda Fundação não existia nos tempos imperiais, e Gaia existia. Logo, Gaia *não é* a Segunda Fundação. É outra coisa... e, possivelmente, algo pior.
– Não pretendo ficar apavorada com o desconhecido, Liono. Existem duas fontes possíveis de perigo, armas físicas e armas mentais, e estamos totalmente preparados para lidar com ambas. Volte para sua nave e mantenha as unidades nos arredores sayshellianos. Minha nave seguirá até Gaia sozinha, mas eu manterei contato com você o tempo todo e quero que esteja pronto para vir até nós em apenas um Salto, se for necessário. Vá, Liono, e tire esse olhar perturbado da cara.

– Posso fazer uma última pergunta? A senhora tem *certeza* do que está fazendo?

– Tenho – ela respondeu, inflexível. – Eu também estudei a história de Sayshell e concluí que Gaia não pode ser a Segunda Fundação, mas, como falei, tenho o relatório completo dos batedores e, com base neles...

– Sim?

– Bom, sei onde está localizada a Segunda Fundação e acabaremos com os dois, Liono. Acabaremos com Gaia primeiro e, depois, com Trantor.

17.

Gaia

1

A NAVE QUE SAIU DA ESTAÇÃO ESPACIAL levou horas para se aproximar da *Estrela Distante* – longas horas que Trevize precisou suportar.

Se a situação fosse rotineira, ele teria enviado um sinal e esperaria por uma resposta. Se não houvesse resposta, teria realizado manobras evasivas.

Mas como estava desarmado e não houve nenhuma resposta, a única opção era esperar. O computador não obedecia a nenhuma ordem que envolvesse qualquer coisa no exterior da nave.

Pelo menos tudo funcionava bem no interior dela. Os sistemas de suporte à vida estavam em perfeita ordem, portanto ele e Pelorat tinham conforto físico. Mas de alguma maneira, aquilo não ajudava. O tempo se arrastava e a incerteza em relação ao que estava por vir o estava exaurindo. Percebeu, irritado, que Pelorat aparentava calma. Como se para piorar, enquanto Trevize não tinha a menor sensação de fome, Pelorat abriu um pequeno recipiente com pedaços de frango, que, no ato da abertura, se aqueceu rápida e automaticamente. Agora, se alimentava de modo metódico.

– Pelo espaço, Janov! Isso fede! – disse Trevize, irritado.

Pelorat surpreendeu-se e cheirou o recipiente.

– O cheiro está bom para mim, Golan.

– Não se incomode comigo – Trevize negou com a cabeça. – Estou apenas nervoso. Mas use um garfo! Seus dedos ficarão com cheiro de frango o resto do dia.

Pelorat olhou para os próprios dedos, surpreso.

– Desculpe! Não percebi. Estava pensando em outra coisa.

– Quer tentar adivinhar que tipos de não humanos são as criaturas na nave que se aproxima? – perguntou Trevize, sarcasticamente. Ele tinha vergonha de estar menos calmo do que Pelorat. Era um veterano da marinha (apesar de nunca ter visto batalhas, claro), e Pelorat era um historiador. Ainda assim, seu companheiro continuava sereno.

– Seria impossível imaginar – disse Pelorat – em que vertente a evolução teria seguido sob condições diferentes daquelas na Terra. As possibilidades talvez não sejam infinitas, mas são tão vastas que é quase como se não houvesse fim. Entretanto, posso prever que eles não são irracionalmente violentos e que nos tratarão de maneira civilizada. Se isso não fosse verdade, já estaríamos mortos.

– Pelo menos ainda consegue raciocinar, Janov, meu amigo. Ainda consegue ficar tranquilo. Meus nervos parecem estar vencendo qualquer tranquilizante que eles tenham aplicado em nós. Tenho uma vontade extraordinária de me levantar e andar de um lado para o outro. Por que aquela maldita nave não chega de uma vez por todas?

– Sou um homem pacato, Golan – disse Pelorat. – Passei minha vida debruçado sobre arquivos enquanto esperava a chegada de mais arquivos. Não faço nada além de esperar. Você é um homem de ação e fica profundamente angustiado quando a ação é impossível.

Trevize sentiu parte de sua tensão desaparecer.

– Subestimo seu bom senso, Janov – murmurou.

– Não, não subestima – respondeu Pelorat, placidamente –, mas até mesmo um acadêmico pode, de vez em quando, entender o mundo.

– E até mesmo o mais inteligente dos políticos pode não entender nada.

– Não foi o que eu disse, Golan...

– Mas é o que eu estou dizendo. Então serei ativo. Ainda posso observar. A nave que se aproxima está próxima o suficiente para parecer distintamente primitiva.

– Parecer?

– Se é um produto de mentes e mãos não humanas – disse Trevize –, o que talvez pareça primitivo pode ser, na verdade, apenas não humano.

– Acha que pode ser um artefato não humano? – perguntou Pelorat, seu rosto avermelhando-se.

– Não sei dizer. Suspeito que artefatos, por mais que variem de cultura para cultura, nunca são tão variáveis quanto os produtos resultantes de diferenças genéticas.

– É apenas especulação da sua parte. Tudo o que conhecemos são culturas diferentes. Não conhecemos outras espécies inteligentes, e, portanto, não temos como julgar o quão distintos seriam seus artefatos.

– Peixes, golfinhos, pinguins, lulas, até mesmo ambiflexes, que não são de origem terráquea (supondo que os outros são) resolveram o problema de locomoção em um ambiente viscoso por meio da aerodinâmica; assim, suas aparências não são tão diferentes quanto suas configurações genéticas dariam a entender. Talvez seja o caso dos artefatos.

– Os tentáculos da lula e as espirais vibratórias dos ambiflexes – respondeu Pelorat – são imensamente diferentes uns dos outros e de barbatanas, nadadeiras e membros de vertebrados. Poderia ser assim com artefatos.

– De qualquer forma – disse Trevize –, me sinto melhor. Falar besteiras com você, Janov, me acalma. E suspeito que logo descobriremos o que está por vir. A nave não poderá emparelhar com a nossa e o que quer que venha precisará usar um bom e velho cabo (ou, de alguma maneira, farão com que usemos), pois a unidoca será inútil. A não ser que algum não humano use outro sistema completamente diferente.

– Qual é o tamanho da nave?

– Sem usar o computador para calcular a distância da nave por radar, não há como saber o tamanho.

Um cabo foi lançado na direção da *Estrela Distante*.

– Há um humano a bordo – disse Trevize – ou não humanos usam o mesmo equipamento. Talvez nada além de um cabo possa ser usado.

– Pode ser que usem um tubo – respondeu Pelorat. – Ou uma escada horizontal.

– Esses são objetos rígidos. Seria complicado demais estabelecer contato com eles. Você precisa de algo que combine força e flexibilidade.

O cabo fez um ruído na *Estrela Distante* quando a fuselagem (e, consequentemente, o ar lá dentro) vibrou sob o choque. Houve o serpentear de sempre conforme a outra nave fazia os ajustes de velocidade requeridos para as duas seguirem paralelamente. O cabo ficou imóvel em relação às duas.

Um ponto preto surgiu na fuselagem da outra nave e se expandiu, como a pupila de um olho.

– Um diafragma – grunhiu Trevize – em vez de um painel de correr.

– Não humano?

– Não necessariamente, creio. Mas é interessante.

Surgiu uma figura.

Os lábios de Pelorat se contraíram por um instante e então ele disse, com uma voz decepcionada:

– Uma pena. Humano.

– Não necessariamente – respondeu Trevize com calma. – Tudo o que podemos dizer é que parece haver cinco membros. Aquilo poderia ser uma cabeça, dois braços e duas pernas, mas talvez não seja. Espere!

– O que foi?

– Move-se mais rapidamente e com mais habilidade do que eu esperava... Ah!

– O que foi?

– Há algum tipo de propulsão. Até onde posso dizer, não é nada muito potente, mas também não é pé ante pé. Mesmo assim, não necessariamente humano.

A espera pareceu incrivelmente longa, mesmo com a rápida aproximação da figura pelo cabo. Ouviu-se, enfim, o ruído de contato.

– Está embarcando – disse Trevize –, o que quer que seja. Meu impulso é atacar assim que aparecer – ele cerrou os punhos.

— Acho melhor relaxarmos — respondeu Pelorat. — Talvez seja mais forte do que nós. Pode controlar nossas mentes. Decerto há outros na nave. Melhor esperar até sabermos mais sobre o que está diante de nós.

— Você fica cada vez mais sábio, Janov — disse Trevize —, e eu, cada vez menos.

Eles ouviram o acionamento da câmara de despressurização e, finalmente, a figura estava dentro da nave.

— Tamanho normal — murmurou Pelorat. — O traje espacial poderia abrigar um humano.

— Nunca ouvi falar nem vi um design como esse, mas aparentemente não está fora dos limites da manufatura humana. Não diz nada.

A figura com traje espacial posicionou-se diante deles e um membro superior alcançou o capacete redondo, cujo vidro — se aquilo era vidro — era externamente fosco. Nada podia ser visto de seu interior.

O membro tocou algo com um rápido movimento que Trevize não conseguiu ver direito e o capacete imediatamente se separou do resto do traje e foi removido.

O que se expôs foi o rosto de uma jovem e inegavelmente bela mulher.

2

O rosto inexpressivo de Pelorat fez o que pôde para parecer estupefato.

— Você é humana? — perguntou, hesitante.

As sobrancelhas da mulher subiram e seus lábios fizeram um beiço. Não havia como saber, a partir daquilo, se ela encontrara uma língua estranha que não conhecia ou se havia entendido e pensava no que responder.

Sua mão se moveu rapidamente para o lado esquerdo do traje, que se abriu em uma peça só, como se tivesse dobradiças. Ela saiu e o traje continuou de pé, sem ninguém, por alguns momentos. Então, com um leve suspiro que parecia quase humano, ele desfaleceu.

Ela parecia ainda mais nova fora do traje. Suas roupas eram folgadas e translúcidas, com silhuetas visíveis de suas partes íntimas. O manto externo chegava a seus joelhos.

Tinha seios pequenos e cintura fina, com quadris redondos e abundantes. Suas coxas, cujas silhuetas ficavam aparentes, eram generosas, mas suas pernas se estreitavam até tornozelos graciosos. Seus cabelos eram escuros e na altura dos ombros; seus olhos, castanhos e grandes; seus lábios, carnudos e ligeiramente assimétricos.

Ela olhou para si mesma e então solucionou o mistério da compreensão que tinha da língua:

– Eu não *pareço* humana?

Ela falava em Padrão Galáctico com um mínimo de hesitação, como se estivesse se esforçando de leve para demonstrar uma pronúncia impecável.

Pelorat concordou com a cabeça.

– Não posso negar – disse, com um pequeno sorriso. – Bem humana. Encantadoramente humana.

A jovem abriu os braços como se os convidasse para um exame mais próximo.

– Assim espero, cavalheiros – disse. – Homens morreram por este corpo.

– Eu prefiro viver por ele – respondeu Pelorat, encontrando uma veia de galanteria que o surpreendeu de leve.

– Boa escolha – afirmou a mulher, solenemente. – Uma vez que este corpo é conquistado, todos os suspiros tornam-se suspiros de êxtase.

Ela riu, e Pelorat riu junto.

Trevize, cuja testa estava franzida ao longo da conversa, vociferou:

– Quantos anos você tem?

A mulher pareceu encolher um pouco.

– Vinte e três, cavalheiro.

– Por que veio? Qual é o seu propósito aqui?

– Estou aqui para acompanhá-los até Gaia – seu domínio sobre o Padrão Galáctico hesitou de leve, e suas vogais tenderam a soar diferentes. Ela fazia "estou" soar como "estaou" e "Gaia", como "Gaiea".

– Uma *garota* para nos acompanhar.

A mulher mudou de postura e, repentinamente, tinha o porte de alguém no comando.

– Eu sou Gaia – disse –, assim como qualquer outro. A estação é minha função temporária.

– *Sua* função? É a única a bordo?

– Eu sou tudo o que é necessário – respondeu, orgulhosamente.

– E agora está vazia?

– Não estou mais lá, cavalheiro, mas a estação não está vazia. Pelo contrário.

– O que há na estação? A que se refere? – insistiu Trevize.

– Gaia – respondeu a mulher. – Gaia não precisa de mim. Gaia comanda sua nave.

– Então o que você está fazendo na estação?

– É minha função temporária.

Pelorat segurou Trevize pela manga, mas Trevize se desvencilhou. Pelorat tentou mais uma vez.

– Golan – disse, em um semissussurro urgente. – Não levante a voz para ela. É apenas uma garota. Deixe-me lidar com isso.

Trevize negou furiosamente com a cabeça, mas Pelorat disse:

– Minha jovem, qual é o seu nome?

A mulher sorriu com repentina alegria, como uma reação ao tom mais brando.

– Júbilo – respondeu.

– Júbilo? – perguntou Pelorat. – Lindo nome. Mas certamente não é seu nome inteiro.

– Claro que não. Seria ótimo ter apenas três sílabas. Seria duplicado em todos os lugares e não conseguiríamos distinguir um do outro, e os homens morreriam pelo corpo errado. Jubinobiarella é meu nome completo.

– *Esse* é grande...

– O que, sete sílabas? Não é muito. Tenho amigos com nomes de quinze sílabas e eles não conseguem encontrar combinações para seus apelidos. Sou chamada de Júbilo desde que fiz quinze anos. Minha mãe me chamava de "Nobby", se conseguirem acreditar em um nome assim.

– No Padrão Galáctico, "Júbilo" significa "felicidade arrebatadora" ou "grande contentamento"– disse Pelorat.

– Na língua gaiana também. Não é muito diferente do galáctico, e "felicidade arrebatadora" é a impressão que pretendo transmitir.

– Meu nome é Janov Pelorat.

– Eu sei. E este outro cavalheiro, o da voz alta, é Golan Trevize. Fomos avisados por Sayshell.

– Como você foi avisada? – perguntou Trevize imediatamente, seus olhos estreitando-se.

Júbilo virou-se para ele e respondeu calmamente.

– Não fui eu. Foi Gaia.

– Senhorita Júbilo – disse Pelorat –, nos dá licença para que eu e me parceiro conversemos em particular um momento?

– Sim, claro, mas temos que ir.

– Não vamos demorar.

Ele puxou Trevize com força pelo cotovelo e foi relutantemente seguido até a outra sala.

– O que significa isso? – perguntou Trevize em um sussurro. – Tenho certeza de que ela pode nos ouvir. Ela provavelmente pode ler nossas mentes, maldita criatura.

– Mesmo que ela possa, precisamos de um pouco de isolamento psicológico por um instante. Escute, velho amigo, deixe-a em paz. Não há nada que possamos fazer, e não há nenhum motivo para descontar sua irritação nela. Provavelmente não há nada que ela possa fazer tampouco. É apenas uma jovem mensageira. Na verdade, enquanto ela estiver a bordo, decerto estamos seguros; eles não a teriam embarcado se pretendessem destruir a nave. Continue agindo como um brutamontes e eles talvez a destruam, conosco dentro, assim que Júbilo sair.

– Não gosto de ficar indefeso – disse Trevize, rabugento.

– E quem gosta? Mas agir como um brutamontes não o fará menos indefeso. Assim, você será apenas um brutamontes indefeso. Oh, meu caro amigo, não quero ser um brutamontes para cima de *você* como estou fazendo agora e peço que me perdoe se estiver sendo excessivamente crítico, mas a garota não é culpada.

– Janov, ela é nova o suficiente para ser sua filha.

Pelorat endireitou a coluna.

– Mais um motivo para tratá-la com gentileza – respondeu. – E não sei o que pretende sugerir com tal afirmação.

Trevize pensou por um momento, então seu rosto relaxou.

– Pois bem. Você está certo. Mas é irritante eles terem enviado uma garota. Poderiam ter mandado um oficial militar, por exemplo, e nos dado algum senso de importância. Só uma menina? E ela fica atribuindo a responsabilidade a Gaia?

– Ela provavelmente se refere a um governante que usa o nome do planeta como um honorífico, ou pode se referir ao Conselho Planetário. Descobriremos. Mas provavelmente não por meio de interrogatório.

– Homens morreram pelo seu corpo! – exclamou Trevize. – Huh! Ela tem quadris imensos!

– Ninguém está pedindo para que você morra pelo corpo dela, Golan – disse Pelorat, gentilmente. – Vamos lá! Permita que ela tenha algum senso de autodeboche. Eu considero divertido e de boa índole.

Encontraram Júbilo no computador, inclinada e analisando seus componentes com as mãos para trás, como se temesse tocá-lo.

Ela olhou para eles quando entraram no recinto inclinando as cabeças sob a viga baixa.

– Esta nave é admirável – disse. – Não compreendo metade do que vejo, mas se vocês pretendem me dar um presente, quero este. É linda. Faz minha nave parecer terrível.

O rosto de Júbilo assumiu uma expressão de curiosidade ardente.

– Vocês são mesmo da Fundação? – perguntou.

– Como sabe sobre a Fundação? – disse Pelorat.

– Aprendemos sobre ela na escola. Principalmente por causa do Mulo.

– Por que por causa do Mulo, Júbilo?

– Ele é um de nós, cavalhe... Que sílabas de seu nome devo usar, cavalheiro?

– Pode ser Jan ou Pel – disse Pelorat. – Qual prefere?

– Ele é um de nós, Pel – respondeu Júbilo, com um sorriso de camaradagem. – Nasceu em Gaia, mas parece que ninguém sabe exatamente onde.

– Imagino – disse Trevize – que ele seja um herói gaiano, hein, Júbilo? – Ele havia se tornado intencionalmente, quase agressivamente, amigável, e lançou um olhar conciliador na direção de Pelorat. – Pode me chamar de Trev – acrescentou.

– Ah, não – ela respondeu de pronto. – É um criminoso. Deixou Gaia sem permissão, e ninguém pode fazer isso. Ninguém sabe *como* ele fez. Mas foi embora, e creio que talvez seja por isso que teve um fim trágico. A Fundação o venceu.

– A *Segunda* Fundação? – perguntou Trevize.

– Há mais de uma? Acho que, se pensasse no assunto, eu saberia, mas, para falar a verdade, não me interesso por história. Do jeito que vejo as coisas, estou interessada apenas no que Gaia acha melhor. Se não retenho história, é porque existem historiadores suficientes ou não estou bem adaptada à área. Provavelmente estou sendo treinada como técnica espacial. Continuo recebendo missões como esta e parece que gosto, e não faria sentido se eu não gostasse e...

Ela falava rapidamente, quase sem fôlego, e Trevize precisou se esforçar para encontrar uma abertura.

– Quem é Gaia? – perguntou.

Júbilo pareceu intrigada pela pergunta.

– Apenas Gaia... Pel e Trev, vamos logo, por favor. Precisamos ir até a superfície.

– Vamos para lá, não vamos?

– Sim, mas lentamente. Gaia sente que vocês podem ir muito mais rapidamente se usarem o potencial de sua nave. Podem fazer isso?

– Poderíamos – respondeu Trevize, com severidade. – Mas se eu retomar os controles da nave, não seria mais provável que disparássemos na direção oposta?

Júbilo riu.

– Você é engraçado – disse. – É claro que vocês não podem seguir em nenhuma direção que Gaia não queira que sigam. Mas podem ir mais rápido na direção que Gaia *quer* que vocês sigam. Entende?

– Entendemos – respondeu Trevize –, e vou tentar controlar meu senso de humor. *Onde* aterrisso na superfície?

– Não importa. Apenas siga para a superfície e pousará no lugar certo. Gaia fará com que aconteça.

Pelorat disse:

– E você ficará conosco, Júbilo, e fará com que sejamos bem tratados?

– Suponho que seja possível. Vejamos, a taxa para meus serviços... quero dizer, para esse tipo de serviço, pode ser depositada no meu cartão-saldo.

– E os outros tipos de serviço?

Júbilo deu uma risadinha.

– Você é um velho simpático.

Pelorat contraiu-se.

3

Júbilo reagiu à veloz rasante a Gaia com uma empolgação ingênua.

– Não há sensação de aceleração – disse.

– É uma propulsão gravitacional – explicou Pelorat. – Tudo acelera ao mesmo tempo, inclusive nós. Portanto, não sentimos nada.

– Mas como funciona, Pel?

Pelorat deu de ombros.

– Acho que Trev sabe – disse –, mas não creio que ele esteja com disposição para falar no assunto.

Trevize desceu pelo poço gravitacional de Gaia quase com descuido. A nave respondia a seus comandos apenas parcialmente, como Júbilo o avisara. Uma tentativa de cruzar as linhas da força gravitacional obliquamente foi aceita, mas com hesitação. Uma tentativa de ascensão foi ignorada por completo.

A nave ainda não era sua.

– Não estamos descendo rápido demais, Golan? – perguntou Pelorat, suavemente.

Trevize, com uma espécie de frieza na voz, tentando evitar a raiva (mais por respeito a Pelorat do que por qualquer outra coisa), respondeu:

– A moça diz que Gaia tomará conta de nós.

– Realmente, Pel – disse Júbilo. – Gaia não deixaria essa nave fazer nada que não fosse seguro. Há alguma coisa para comer a bordo?

– Sim, claro – respondeu Pelorat. – O que gostaria de comer?

– Nada de carnes, Pel – afirmou Júbilo, com um tom de negociação –, mas aceito peixe ou ovos com qualquer tipo de vegetais que tiverem.

– Parte da comida que temos é sayshelliana, Júbilo – disse Pelorat. – Não tenho certeza do que é, mas você talvez goste.

– Bom, vou experimentar – disse Júbilo, incerta.

– As pessoas em Gaia são vegetarianas? – perguntou Pelorat.

– Muitas são – Júbilo concordou vigorosamente com a cabeça. – Depende de quais nutrientes o corpo precisa em cada caso. Ultimamente, não tenho sentido fome de carne, então creio que não precise comê-la. E não tenho tido vontade de comer nada doce... Queijo é gostoso, e camarão. Eu talvez precise perder peso – ela deu um tapa em sua nádega direita, o que fez um som alto. – Preciso perder dois ou três quilos bem aqui.

– Não vejo por quê – disse Pelorat. – É confortável para se sentar.

Júbilo girou o tronco o máximo que pôde para olhar as próprias nádegas.

– Que seja, não é importante. Peso aumenta ou diminui como bem entende. Não devia ficar me preocupando com isso.

Trevize estava em silêncio, pois se esforçava para controlar a *Estrela Distante*. Ele hesitara demais para orbitar e os limites inferiores da exosfera do planeta agora rugiam na fuselagem da nave.

Pouco a pouco, o controle saía de suas mãos. Era como se alguma outra coisa tivesse aprendido a controlar os motores gravitacionais. A *Estrela Distante*, agindo aparentemente por conta própria, fez uma curva ascendente até o ar rarefeito e diminuiu a velocidade rapidamente. Então, assumiu um trajeto próprio que a levou na direção da superfície em uma gentil curva descendente.

Júbilo ignorou o acentuado ruído da resistência do ar e aspirou delicadamente o vapor que saía do recipiente de comida.

– Deve ser gostoso, Pel, porque se não fosse, o cheiro seria ruim e eu não iria querer comer – ela colocou um esbelto dedo no recipiente e depois o lambeu. – Acertou na adivinhação, Pel. É camarão, ou alguma coisa parecida. Ótimo!

Com um gesto de insatisfação, Trevize saiu do computador.

– Moça – disse, como se a estivesse vendo pela primeira vez.

– Meu nome é Júbilo – respondeu Júbilo, com firmeza.

– Júbilo, então. Você sabia nossos nomes.

– Sim, Trev.

– Como sabia?

– Era importante que eu os soubesse para fazer meu trabalho. Portanto, eu sabia.

– Você sabe quem é Munn Li Compor?

– Se fosse importante saber quem é, eu saberia. Como não sei, o senhor Compor não virá até aqui. Aliás – ela parou por um momento –, ninguém mais virá além de vocês dois.

– Veremos.

Ele olhava para baixo. Era um planeta nublado. Não havia uma camada sólida de nuvens, mas sim uma camada esburacada de maneira um tanto uniforme, que não oferecia uma vista clara de nenhuma parte da superfície planetária.

Ele acionou as micro-ondas e o radar brilhou. A superfície era quase uma imagem do céu. Parecia ser um mundo de ilhas – como Terminus, mas com mais ilhas. Nenhuma delas era muito grande e nenhuma era isolada demais. Era como se aproximar de um arquipélago planetário. A órbita da nave estava bastante inclinada em relação ao plano equatorial, mas ele não viu nenhum sinal de geleiras.

Também não havia os inconfundíveis sinais de distribuição populacional irregular, como seria esperado, por exemplo, na iluminação do lado noturno.

– Pousarei perto da capital, Júbilo? – perguntou Trevize.

– Gaia o pousará em algum lugar conveniente – respondeu Júbilo, com indiferença.

– Eu preferiria uma cidade grande.

– Quer dizer um grande aglomerado de pessoas?

– Sim.

– Depende de Gaia.

A nave continuou seu trajeto descendente e Trevize tentou encontrar consolo na tentativa de adivinhar em que ilha pousaria.

Onde quer que fosse, aparentemente aterrissariam dentro de uma hora.

4

A nave pousou de maneira suave, quase como uma pluma, sem nenhum momento incômodo, sem nenhum efeito gravitacional anômalo. Eles desembarcaram, um a um: primeiro Júbilo, depois Pelorat e, enfim, Trevize.

O clima era comparável ao início do verão na Cidade de Terminus. Havia uma leve brisa e o que parecia ser um sol de fim da manhã brilhando intensamente em um céu mosqueado. O chão era coberto de vegetação rasteira e, em uma direção, havia fileiras de árvores próximas umas das outras que pareciam formar um pomar; na outra, a vista distante de uma praia.

Havia um leve zumbido do que poderiam ser insetos, um vislumbre de pássaros – ou *algum* tipo de pequena criatura voadora – e, de um lado, o clac-clac do que poderia ser alguma ferramenta rural.

Pelorat foi o primeiro a falar e mencionou algo que não viu nem ouviu. Em vez disso, inspirou profundamente e disse:

– Ah, o cheiro é *ótimo*, como purê de maçãs recém-cozido.

– Aquilo é provavelmente um pomar de macieiras – disse Trevize – e, pelo que podemos dizer, eles devem estar fazendo purê de maçã.

– A sua nave, por outro lado – comentou Júbilo –, cheirava a... Bem, o cheiro era terrível.
– Você não reclamou quando estava a bordo – rosnou Trevize.
– Eu precisava ser educada. Era uma convidada em sua nave.
– O que há de errado em continuar sendo educada?
– Agora estou no meu próprio mundo. *Você* é um convidado. *Você* seja educado.
– Ela provavelmente está certa sobre o cheiro, Golan – disse Pelorat. – Existe alguma maneira de arejar a nave?
– Sim – respondeu Trevize, com um estalo. – Pode ser feito... desde que essa pequena criatura possa garantir que a nave não será perturbada. Ela já nos mostrou que pode exercer poderes incomuns sobre esse equipamento.
Júbilo ajeitou a coluna para ficar em sua altura máxima.
– Não sou exatamente pequena, e se não perturbar sua nave é o necessário para que ela seja limpa, garanto que deixá-la em paz será um prazer.
– E então seremos levados a quem quer que seja que você se refere como Gaia? – perguntou Trevize.
Júbilo pareceu divertir-se.
– Não sei se acreditará nisso, Trev – respondeu. – *Eu* sou Gaia.
Trevize a encarou. Ouvira muitas vezes o termo "recomponha-se" usado metaforicamente. Pela primeira vez em sua vida, sentiu como se estivesse literalmente vivendo esse processo. Enfim, disse:
– *Você?*
– Sim. E o solo. E aquelas árvores. E aquele coelho, ali na grama. E o homem que vocês podem ver entre as árvores. O planeta todo, e tudo nele, é Gaia. Somos todos indivíduos, todos organismos separados, mas compartilhamos uma consciência onipresente. O planeta propriamente dito tem a menor participação; as várias formas de vida têm participações de graus variados; e os seres humanos são os que mais participam. Mas todos compartilhamos.
– Creio, Trevize – disse Pelorat –, que ela quer dizer que Gaia é algum tipo de consciência coletiva.

– Entendi – Trevize concordou com a cabeça. – Nesse caso, Júbilo, quem governa o mundo?

– Ele governa a si mesmo – respondeu Júbilo. – Aquelas árvores crescem de acordo com suas funções. Multiplicam-se apenas o necessário para repor aquelas que, por algum motivo, morreram. Seres humanos colhem somente as maçãs necessárias; outros animais, inclusive insetos, comem o que precisam, e apenas isso.

– Os insetos sabem o quanto podem comer? – perguntou Trevize.

– Sabem sim, de certa forma. Chove quando é necessário e, ocasionalmente, temos tempestades intensas quando *elas* são necessárias... e de vez em quando há uma época de tempo seco quando *isso* é necessário.

– E a chuva sabe o que fazer?

– Sabe, sim – disse Júbilo, com seriedade. – Em seu corpo, todas as células diferentes sabem o que devem fazer, não? Quando crescer e quando parar de crescer? Quando produzir determinadas substâncias e quando não produzir? E, quando produzem, são geradas na quantidade exata, nada mais e nada menos. Cada célula é, até certo ponto, uma fábrica química independente, mas todas se utilizam de uma reserva comum de suprimentos trazidos por um sistema comum de transporte; todas se livram de dejetos pelos mesmos canais e todas contribuem com uma consciência geral de grupo.

– Mas isso é extraordinário! – disse Pelorat, com certo entusiasmo. – Está dizendo que o planeta é um superorganismo e que você é uma célula deste superorganismo.

– Estou fazendo uma analogia, não definindo uma identidade. Somos análogos às células, mas não somos idênticos às células. Entende?

– De que maneira – questionou Trevize – vocês não são células?

– Nós mesmos somos compostos por células e temos uma consciência coletiva no que diz respeito a essas células. Essa consciência coletiva, essa consciência de um organismo individual; um ser humano, no meu caso...

– Com um corpo pelo qual homens morrem.

– Exato. Minha consciência é muito mais avançada do que a de uma célula individual, incrivelmente mais avançada. O fato de sermos, por nossa vez, parte de uma consciência coletiva ainda maior, em um grau mais elevado, não nos reduz ao nível de células. Continuo sendo um ser humano, mas sobre nós há uma consciência coletiva que vai muito além do meu alcance, assim como minha consciência vai muito além do alcance das células musculares do meu bíceps.

– Mas alguém ordenou que nossa nave fosse dominada – disse Trevize.

– Não, não foi alguém! Gaia ordenou. Todos nós ordenamos.

– As árvores e o solo também, Júbilo?

– Eles contribuíram muito pouco, mas contribuíram. Escutem, se um músico escreve uma sinfonia, você pergunta qual célula de seu corpo ordenou que a sinfonia fosse escrita e supervisionou a composição?

– E, pelo que entendi – disse Pelorat –, a mente coletiva, por assim dizer, essa consciência coletiva é muito mais forte do que uma mente individual, assim como um músculo é muito mais forte do que uma única célula muscular. Consequentemente, Gaia pode capturar nossa nave a distância controlando nosso computador, mesmo que nenhuma mente individual do planeta pudesse.

– Compreendeu perfeitamente, Pel – respondeu Júbilo.

– Também compreendi – disse Trevize. – Não é tão difícil de entender. Mas o que querem de nós? Não viemos atacá-los. Viemos em busca de informações. Por que nos dominaram?

– Para falar com vocês.

– Poderiam ter falado conosco na nave.

Júbilo negou com a cabeça, solenemente.

– Não sou eu quem deve falar com vocês.

– Você não é parte da mente coletiva?

– Sim, mas não posso voar como um pássaro, zunir como um inseto nem crescer vários metros, como as árvores. Faço o que é melhor para eu fazer e não é bom que eu ofereça informação, mesmo que o conhecimento pudesse facilmente ser atribuído a mim.

– Quem decidiu *não* atribuí-lo a você?

– Todos nós.

– Quem nos dará a informação?

– Dom.

– E quem é Dom?

– Bom – disse Júbilo –, seu nome completo é Endomandiovizamarondeyaso... e assim por diante. Pessoas diferentes o chamam por sílabas diferentes em momentos diferentes, mas eu o conheço como Dom e acho que vocês também usarão essa sílaba. Ele provavelmente tem uma parte maior de Gaia do que qualquer pessoa no planeta e vive nesta ilha. Pediu para vê-los e foi permitido.

– Quem permitiu? – perguntou Trevize, e respondeu a si mesmo em seguida: – Sim, eu sei, todos vocês permitiram.

Júbilo concordou com a cabeça.

– Quando veremos Dom, Júbilo? – perguntou Pelorat.

– Agora mesmo. Siga-me e o levarei até ele, Pel. E você também, Trev, claro.

– E depois irá embora? – disse Pelorat.

– Não quer que eu vá, Pel?

– Na verdade, não.

– Aí está – disse Júbilo conforme eles a seguiram por uma estrada uniformemente pavimentada que cortava o pomar. – Homens se viciam em mim rapidamente. Até mesmo homens idosos e honrados são tomados por ardor juvenil.

Pelorat riu.

– Eu não contaria com muito ardor juvenil, Júbilo, mas, se eu ainda dispusesse dele, acredito que você poderia despertá-lo.

– Oh, não subestime seu ardor juvenil. Eu faço maravilhas.

Impaciente, Trevize disse:

– Quando chegarmos ao nosso destino, quanto tempo precisaremos esperar por esse Dom?

– *Ele* estará esperando por *vocês*. Afinal de contas, Dom-através-de-Gaia trabalhou durante anos para trazê-los até aqui.

Trevize parou em pleno passo e olhou rapidamente para Pelorat, que fraseou com os lábios, em silêncio: Você estava certo.

Júbilo, que olhava para frente, disse, com calma:

– Sei, Trev, que você suspeita que eu/nós/Gaia estava interessada em você.

– Eu/nós/Gaia? – perguntou Pelorat, mansamente.

Ela se virou e sorriu para ele.

– Temos toda uma rede complexa de pronomes diferentes para expressar os tons de individualidade que existem em Gaia. Poderia explicá-los para vocês, mas, até lá, "eu/nós/Gaia" transmitirá minhas intenções, mesmo que de maneira um tanto desengonçada. Por favor, vamos, Trev. Dom está esperando e não quero forçar suas pernas a se moverem contra a sua vontade. É uma sensação desconfortável, se você não estiver acostumado.

Trevize continuou. Ele encarou Júbilo com um olhar marcado pela mais profunda suspeita.

5

Dom era um homem idoso. Ele recitou as duzentas e cinquenta e três sílabas de seu nome em um fluxo musical de tons e ênfases.

– De certa maneira – disse –, é uma breve biografia de mim mesmo. Conta ao ouvinte (ou leitor, ou sensitivo) quem sou eu, que papel assumi no todo, o que realizei. Ainda assim, por mais de cinquenta anos, tenho estado satisfeito de ser chamado de Dom. Quando há outros Doms envolvidos, posso ser chamado de Domandio e, em meus vários contatos profissionais, outras variações são usadas. Uma vez a cada ano gaiano, no meu aniversário, meu nome completo é recitado-em-mente, assim como acabo de recitá-lo a vocês, em voz. É bastante forte, mas, pessoalmente, constrangedor.

Ele era alto e magro, quase ao ponto do definhamento. Seus olhos profundos brilhavam com juventude paranormal, apesar de se mover com lentidão. Seu nariz arqueado era fino e comprido; suas narinas, abertas. Suas mãos, por mais venosas que fossem, não mostravam nenhum sinal de incapacitação artrítica. Ele usava um longo manto, tão cinza quanto seus cabelos, que descia até os calcanhares. Suas sandálias deixavam os dedos dos pés expostos.

– Qual é a sua idade, senhor? – perguntou Trevize.

– Por favor, dirija-se a mim como Dom, Trev. Usar outros modos de tratamento induz a formalidades e inibe a livre troca de ideias entre nós. Em anos do Padrão Galáctico, tenho noventa e três, mas a celebração verdadeira será daqui a alguns meses, quando eu alcançar o nonagésimo aniversário do meu nascimento em anos gaianos.

– Não diria que tem mais do que setenta e cinco, senh... Dom – disse Trevize.

– Para os padrões gaianos, Trev, não sou extraordinário em anos nem em aparência de anos. Venham. Já comeram?

Pelorat olhou para o seu prato, no qual havia restos de uma refeição nada marcante e preparada com indiferença, e perguntou, acanhadamente:

– Dom, posso arriscar uma pergunta constrangedora? Evidentemente, se for ofensiva, por favor me avise, que a retiro.

– Vá em frente – respondeu Dom, sorrindo. – Estou ansioso para explicar qualquer coisa sobre Gaia que tenha despertado sua curiosidade.

– Por quê? – questionou Trevize imediatamente.

– Porque são convidados de honra. Pode fazer sua pergunta, Pel.

– Considerando que todas as coisas de Gaia compartilham a consciência coletiva, como é possível que você, um elemento do grupo, coma isso, que é claramente outro elemento?

– Verdade. Todavia, tudo se recicla. Precisamos comer, e tudo o que podemos comer, tanto plantas como animais, até mesmo os temperos inanimados, são parte de Gaia. Mas, veja bem, quando nada é morto por esporte ou prazer, nada morre com dores desnecessárias. E receio que não fazemos nenhuma tentativa de glorificar a preparação de nossas refeições, pois nenhum gaiano comeria algo além do estritamente necessário. Não apreciou a refeição, Pel? Trev? Bom, refeições não são para se apreciar. Além disso, o que é digerido continua, afinal, parte da consciência planetária. Quando eu morrer, também serei comido, mesmo que por bactérias decompositoras, e então participarei de uma parte muito menor do total. Algum dia, partes de mim serão partes de outros seres humanos; partes de muitos.

– Uma espécie de reencarnação – comentou Pelorat.

– De quê, Pel?

– Estou falando de um mito antigo que ainda prevalece em alguns mundos.

– Ah, não conheço. Você precisa me contar em outra ocasião.

– Mas sua consciência individual – disse Trevize –, o que em você o faz ser Dom nunca será totalmente reconstruído.

– Não, claro que não. Mas isso importa? Ainda serei parte de Gaia, e é isso que conta. Há místicos entre nós que acreditam que talvez devêssemos tomar providências para desenvolver grupos de memórias de existências passadas, mas o senso-de-Gaia diz que isso não poderia ser feito de maneira prática e não teria nenhum propósito útil. Apenas turvaria a consciência atual. Claro, conforme as condições mudam, o senso-de-Gaia talvez também mude, mas acho impossível que isso aconteça no futuro próximo.

– Por que você precisa morrer, Dom? – perguntou Trevize. – Olhe para si mesmo aos noventa anos. A consciência coletiva não poderia...

Pela primeira vez, Dom demonstrou desagrado.

– Jamais – disse. – Há um limite no que posso contribuir. Cada novo indivíduo é uma reorganização de moléculas e genes para formar algo novo. Novos talentos, novas habilidades, novas contribuições para Gaia. Precisamos delas, e a única forma de obtê-las é abrindo caminho. Fiz mais do que a maioria, mas até eu tenho o meu limite, e ele se aproxima. Não desejo mais intensamente viver além do meu tempo do que morrer antes que ele acabe.

E então, como se tivesse percebido o repentino tom sombrio que tomou conta do encontro, levantou-se e estendeu os braços para os dois.

– Venham, Trev, Pel – disse –, vamos ao meu estúdio para que eu mostre alguns objetos de arte pessoais. Espero que não culpem um velho por suas vaidades.

Ele os conduziu a outro aposento, onde, em uma pequena mesa circular, havia um conjunto de lentes esfumaçadas conectadas em pares.

– Estas – disse Dom – são Participações que criei. Não sou um dos mestres, mas me especializei em inanimados, com os quais poucos mestres se envolvem.

– Posso segurar uma? – perguntou Pelorat. – São frágeis?

– Não, não. Pode quicá-las no chão, se quiser... melhor não. Concussão pode interferir na precisão da visão.

– Como são usadas, Dom?

– Você as coloca sobre seus olhos. Elas grudarão. Não recebem luz. Muito pelo contrário. Obscurecem a luz que poderia distraí-lo, mesmo que as sensações o invadam através do nervo óptico. Essencialmente, sua consciência é aguçada e pode testemunhar outras facetas de Gaia. Em outras palavras, se você olhar para uma parede, terá a experiência daquela parede como ela é para ela mesma.

– Fascinante – murmurou Pelorat. – Posso tentar?

– Certamente, Pel. Escolha uma aleatoriamente. Cada uma é uma construção diferente que mostra a parede, ou qualquer objeto inanimado para o qual olhar, em um aspecto diferente da consciência desse objeto.

Pelorat colocou um par em seus olhos e elas se grudaram instantaneamente. Ele se assustou com o toque e permaneceu imóvel por um bom tempo.

– Quando quiser parar, coloque suas mãos nas laterais da Participação e pressione-as uma na direção da outra. Sairá de imediato.

Assim Pelorat o fez. Piscou os olhos rapidamente e os esfregou.

– Como foi sua experiência? – perguntou Dom.

– É difícil descrever – respondeu Pelorat. – A parede parecia cintilar e reluzir e, em alguns momentos, parecia ser fluida. Parecia ter nervuras e simetrias inconstantes. Eu... eu lamento, Dom, mas não achei bonito.

Dom suspirou.

– Você não participa de Gaia, portanto não vê o que vemos. Eu temia que isso acontecesse. Uma pena! Garanto que, mesmo que essas Participações sejam apreciadas principalmente por seus valores estéticos, têm também usos práticos. Uma parede feliz é uma parede com vida longa, uma parede prática, uma parede útil.

– Uma parede *feliz*? – questionou Trevize, sorrindo de leve.

– Existe uma vaga sensação que uma parede experimenta que é análoga ao que "feliz" significa para nós – explicou Dom. – Uma parede é feliz quando foi bem construída, quando está firme em suas fundações, quando sua simetria equilibra suas partes e não produz nenhum estresse desagradável. Boas construções podem ser criadas pelos princípios matemáticos da mecânica, mas o uso de uma Participação adequada pode aperfeiçoá-las até dimensões praticamente atômicas. Nenhum escultor poderia criar trabalhos de primeira classe aqui em Gaia sem uma Participação bem-feita, e as que produzo são consideradas excelentes, se me permitem dizer. Participações de seres animados, que não são da minha área – e Dom falava com a empolgação de alguém que descrevia um *hobby* – nos dão, por analogia, uma experiência direta do equilíbrio ecológico. O equilíbrio ecológico de Gaia é relativamente simples, assim como em todos os mundos, mas aqui, pelo menos, temos a chance de fazê-lo mais complexo, e, assim, enriquecer imensamente a consciência total.

Trevize ergueu a mão para antecipar-se a Pelorat e gesticulou para que ele ficasse em silêncio.

– Como sabe – perguntou – que um planeta pode suportar um equilíbrio ecológico mais complexo, se todos têm equilíbrios simples?

– Ah – exclamou Dom, seus olhos brilhando com perspicácia –, você está testando o velho. Sabe tão bem quanto eu que o lar original da humanidade, a Terra, tinha um equilíbrio ecológico imensamente complexo. São apenas os mundos secundários, os mundos derivados, que são simples.

Pelorat não ficaria em silêncio.

— Mas é essa a questão da minha vida — disse. — Por que apenas a Terra tinha uma ecologia complexa? O que a distinguiu dos outros mundos? Por que milhões e milhões de outros mundos na Galáxia, mundos capazes de dar suporte à vida, desenvolveram apenas vegetação indistinta e formas de vida pequenas e não inteligentes?

— Temos uma história sobre isso — respondeu Dom —, uma lenda, talvez. Não posso garantir sua autenticidade. Na verdade, na superfície, soa como ficção.

Neste momento, Júbilo, que não tinha participado da refeição, entrou no aposento, sorrindo para Pelorat. Usava uma blusa prateada bastante transparente.

Pelorat levantou-se imediatamente.

— Achei que tinha nos deixado — disse.

— De jeito nenhum — ela respondeu. — Eu tinha relatórios a preencher, trabalho a fazer. Posso me juntar a vocês agora, Dom?

Dom também se levantara (apesar de Trevize ter permanecido sentado).

— É totalmente bem-vinda e encanta estes olhos idosos.

— Foi para seu encantamento que vesti esta blusa. Pel está acima dessas coisas e Trev não gosta delas.

— Se acha que estou acima dessas coisas, Júbilo — disse Pelorat —, eu talvez a surpreenda algum dia.

— Que surpresa agradável será — respondeu Júbilo, e se sentou. Os dois homens fizeram o mesmo. — Por favor, não deixe que eu os interrompa — completou.

— Eu estava prestes a contar aos nossos convidados a história da Eternidade — disse Dom. — Para compreendê-la, vocês precisam primeiro entender que há muitos universos diferentes que podem existir; um número praticamente infinito. Cada evento que acontece pode ou não acontecer, ou pode acontecer desta ou daquela maneira, e cada alternativa, dentro de uma imensa quantidade, resultará em uma cadeia de eventos futuros distinta das outras. Júbilo poderia não ter vindo exatamente agora; ou poderia ter estado conosco um pouco antes, ou muito antes; ou poderia ter chegado agora, com outra blusa; ou até mesmo com essa blusa, mas não teria sorrido maliciosamente para homens velhos como é de seu gentil costume. Em cada uma dessas alternativas (ou em cada alternativa de um imenso número de alternativas para este único evento) o universo teria seguido um trajeto diferente, e assim por diante, em cada variação de cada evento, por menores que sejam.

Trevize parecia inquieto.

– Creio – disse – que esta é uma especulação comum em mecânica quântica. Bem antiga, aliás.

– Ah, então já conhece. Continuemos. Imagine que seja possível, para os seres humanos, congelar todos os infinitos números de universos, caminhar entre eles à vontade e escolher qual deles deveria ser o "real", o que quer que essa palavra signifique nessa conexão.

– Ouço o que diz – respondeu Trevize – e posso até imaginar o conceito que descreve, mas não consigo acreditar que alguma coisa desse tipo pudesse ser um fato.

– Nem eu, no todo – disse Dom –, e foi por isso que disse que pareceria uma lenda. Ainda assim, a lenda diz que *havia* aqueles que podiam caminhar fora do tempo e examinar as infinitas correntes de realidades potenciais. Essas pessoas eram chamadas de Eternos e, quando estavam fora do tempo, diz-se que estavam na Eternidade. Era sua função escolher uma Realidade que fosse a mais adequada para a humanidade. Modificaram infinitamente, e a lenda entra em muitos detalhes, pois foi escrita na forma de um épico de duração excessiva. Enfim encontraram, dizem, um universo no qual a Terra era o único planeta em toda a Galáxia em que um sistema ecológico complexo podia ser encontrado e, combinado com o desenvolvimento de uma espécie inteligente, seria capaz de criar alta tecnologia. Eles decidiram que aquela era a situação na qual a humanidade estaria mais segura. Congelaram aquela corrente de eventos como Realidade e encerraram suas operações. Agora vivemos em uma Galáxia que foi colonizada apenas por seres humanos e, em boa parte, por plantas, animais e formas de vida microscópicas que eles carregam consigo, voluntária ou inadvertidamente, de planeta em planeta, e que, geralmente, subjugam a vida nativa.

Dom continuou:

– Em algum lugar, na opaca neblina da probabilidade, existem outras Realidades nas quais a Galáxia abriga muitas inteligências, mas elas são inalcançáveis. Em nossa Realidade, estamos sozinhos. Em cada ação e em cada evento de nossa Realidade surgem novas ramificações, e apenas uma delas, em cada caso separado, é uma continuação da Realidade; portanto, há vastas quantidades de universos em potencial, talvez um número infinito, que surgem do nosso. Mas todos são, presumivelmente, semelhantes no conter uma Galáxia com apenas uma inteligência, tal qual a que vivemos... ou talvez eu devesse dizer todos, menos um ínfimo mínimo, pois é perigoso eliminar qualquer coisa quando as possibilidades se aproximam do infinito.

Ele parou, deu levemente de ombros e acrescentou:

– Pelo menos, é o que diz a lenda. É datada de muito antes da fundação de Gaia. Não garanto sua veracidade.

Os outros três ouviam atentamente. Júbilo concordava com a cabeça, como se fosse algo que já tivesse ouvido e estivesse verificando a precisão do relato de Dom.

Pelorat reagiu com uma solenidade silenciosa por quase um minuto, e então cerrou um punho e esmurrou o braço de sua cadeira.

– Não – disse, com voz estrangulada –, isso não muda nada. Não existe nenhuma maneira de demonstrar a veracidade da história por meio de observação ou raciocínio lógico, então não pode ser nada além de especulação. E, tirando isso... Suponha que seja verdade! O universo em que vivemos ainda é aquele no qual apenas a Terra desenvolveu vida sofisticada e uma espécie inteligente, portanto, *nesse* universo (seja ele tudo o que há ou apenas uma de um número infinito de possibilidades) deve haver alguma coisa única na natureza do planeta Terra. Ainda deveríamos nos questionar qual seria sua particularidade.

No silêncio que se seguiu, foi Trevize quem finalmente se agitou e negou com a cabeça.

– Não, Janov – disse –, não é assim que funciona. Digamos que as chances são uma em um bilhão de trilhões, uma em 10^{21}, de que, do bilhão de planetas habitáveis na Galáxia, apenas a Terra, por meio das engrenagens do puro acaso, seria o mundo que desenvolveria uma ecologia rica e, finalmente, inteligência. Se for assim, então uma em 10^{21} das várias correntes de Realidades potenciais representaria tal Galáxia, e os Eternos a escolheram. Vivemos, portanto, em um universo no qual a Terra é o único planeta que desenvolveu uma ecologia complexa, uma espécie inteligente e de alta tecnologia não porque exista algo de especial na Terra, mas porque, simplesmente pelo acaso, isso se desenvolveu na Terra e não em outro lugar. Suponho, inclusive – continuou Trevize, pensativo – que existam vertentes da Realidade em que apenas Gaia desenvolveu uma espécie inteligente, ou apenas Sayshell, ou apenas Terminus, ou apenas algum outro plano em que essa Realidade calhou de não ter nenhuma vida. E todos esses casos muito especiais são uma porcentagem inacreditavelmente pequena do número total de Realidades em que existe mais de uma espécie inteligente na Galáxia. Suponho que, se os Eternos tivessem procurado o suficiente, teriam encontrado uma corrente potencial de Realidade em que cada um dos planetas habitáveis poderia ter desenvolvido uma espécie inteligente.

– Você não poderia dizer, também – respondeu Pelorat –, que foi encontrada uma Realidade em que a Terra era, por algum motivo, diferente do que era nas outras correntes, especialmente capacitada de alguma maneira para o desenvolvimento de inteligência? Você poderia até ir mais longe, na verdade, e dizer que foi encontrada uma Realidade em que toda a Galáxia era diferente do que nas outras correntes; de alguma forma, em um estado de desenvolvimento em que apenas a Terra poderia criar inteligência.

– É possível, mas acredito que a minha versão faça mais sentido – disse Trevize.

– É uma decisão totalmente subjetiva, evidentemente... – começou Pelorat, nervoso, mas Dom interrompeu.

– Trata-se de uma discussão infinita – disse. – Não estraguemos o que tem sido, pelo menos para mim, uma noite agradável e prazerosa.

Pelorat esforçou-se para relaxar e para deixar os ânimos esfriarem. Enfim, sorriu.

– Como quiser, Dom – disse.

Trevize, que lançava olhares de reprovação para Júbilo, sentada com puritanismo irônico, mãos no colo, disse:

– E como *este* mundo surgiu, Dom? Gaia, com sua consciência coletiva?

A velha cabeça de Dom inclinou-se para trás e ele riu alto.

– Lendas de novo! – seu rosto enrugou-se quando ele falou. – Penso nisso às vezes, quando leio os registros que temos da história humana. Apesar de todo o cuidado com que os arquivos são mantidos, organizados e digitalizados, ficam vagos com o tempo. As histórias crescem. Histórias se acumulam como poeira. Quanto mais tempo passa, mais empoeirada é a história, até que se resume a lendas.

– Nós, historiadores – disse Pelorat –, estamos acostumados com esse processo, Dom. Há certa preferência por lendas. "O falsamente dramático repele o genuinamente monótono", disse Liebel Gennerat há aproximadamente quinze séculos. Hoje, isso é chamado de Lei de Gennerat.

– É mesmo? – respondeu Dom. – E eu achei que era uma invenção cínica da minha parte. Bom, a Lei de Gennerat preenche nossa história com glamour e incerteza. Vocês sabem o que é um robô?

– Descobrimos em Sayshell – disse Trevize, secamente.

– Viram um?

– Não. Fizeram-nos essa mesma pergunta e, quando respondemos negativamente, nos foi explicado.

– Entendi. A humanidade já viveu com robôs, sabem? Mas não deu certo.

– Foi o que nos disseram.

– Os robôs eram profundamente doutrinados com as chamadas Três Leis da Robótica, datadas da pré-história. Existem várias versões do que poderiam ter sido essas Três Leis. A visão ortodoxa era a seguinte: "1) Um robô não pode ferir um ser humano ou, por inação, permitir que um ser humano venha ser ferido; 2) Um robô deve obedecer às ordens dadas por seres humanos, exceto nos casos em que tais ordens entrem em conflito com a Primeira Lei; 3) Um robô deve proteger sua própria existência, desde que tal proteção não entre em conflito com a Primeira ou com a Segunda Lei". Conforme os robôs ficaram mais inteligentes e versáteis, interpretaram essas Leis, especialmente a dominante Primeira, de maneira cada vez mais generosa, e assumiram, em graus cada vez maiores, o papel de protetores da humanidade. A proteção sufocou as pessoas e se tornou insuportável. Os robôs eram totalmente bondosos. Seus esforços eram claramente humanos e foram concebidos para benefício de todos; o que, de alguma forma, os fazia ainda mais insuportáveis. Cada avanço na robótica fazia a situação ficar pior. Foram desenvolvidos robôs com capacidades telepáticas; assim, até mesmo o pensamento humano podia ser monitorado, e comportamentos humanos dependiam cada vez mais de omissões robóticas. E os robôs ficaram cada vez mais parecidos com humanos em termos de aparência, mas eram inconfundivelmente robôs em comportamento, e o fato de serem humanoides os deixava ainda mais repugnantes. Portanto, evidentemente, isso precisava ter um fim.

– Por que "evidentemente"? – perguntou Pelorat, que ouvia com atenção.

– É uma questão de seguir a lógica até seu trágico fim – respondeu Dom. – Os robôs se tornaram tão desenvolvidos a ponto de serem suficientemente humanos para entender por que os seres humanos se ressentiam de serem privados de tudo que lhes era humano em prol do seu próprio bem. Depois de algum tempo, os robôs foram forçados a decidir que a humanidade estaria melhor cuidando de si mesma, por mais desleixados e ineficientes que fossem. Assim, diz a lenda, foram os robôs que, de alguma maneira, criaram a Eternidade e se tornaram os Eternos. Encontraram uma Realidade que acreditaram ser a mais segura possível para os seres humanos, em que eles eram os únicos na Galáxia. Então, depois de fazerem o que podiam para nos proteger e com o objetivo de cumprir a Primeira Lei da maneira mais verdadeira possível, os robôs, por conta própria, cessaram suas atividades e, desde então, somos seres humanos avançando sozinhos, da maneira que conseguimos.

Dom fez uma pausa. Olhou para Trevize e Pelorat.

– E então, acreditam em tudo isso?

– Não – Trevize negou com a cabeça lentamente. – Não há nada parecido com isso em nenhum registro histórico de que já ouvi falar. E você, Janov?

– Existem mitos que são similares de algumas maneiras – disse Pelorat.

– Mas, Janov, existem mitos que seriam similares a qualquer coisa que qualquer um de nós pudesse criar, desde que haja uma interpretação engenhosa o suficiente. Estou falando de história, registros confiáveis.

– Puxa vida. Então, nada até onde sei.

– Não me surpreende – comentou Dom. – Antes de os robôs se retirarem, muitos grupos de humanos tomaram suas próprias atitudes pela liberdade e partiram para colonizar mundos no espaço distante sem robôs. Saíram especialmente da superpovoada Terra, que tinha uma longa história de resistência a robôs. Os novos mundos começavam do zero e os colonizadores não queriam nem se lembrar de sua amarga humilhação como crianças criadas por babás robôs. Não mantiveram registros da época e esqueceram.

– Isso é improvável – disse Trevize.

– Não, Golan – Pelorat virou-se em sua direção. – Não é nada improvável. As sociedades criam suas próprias histórias e tendem a limpar inícios complicados, seja esquecendo-os ou inventando resgates heroicos totalmente fictícios. O governo Imperial fez tentativas de suprimir conhecimentos sobre o passado pré-Imperial para fortalecer sua aura mística de governo perpétuo. E também praticamente não há registros dos dias que precederam as viagens hiperespaciais. E você sabe que a existência da própria Terra é desconhecida pela maioria das pessoas, hoje em dia.

– Você não pode ter os dois, Janov – disse Trevize. – Se a Galáxia esqueceu os robôs, por que Gaia se lembra deles?

Júbilo interveio com uma súbita e enérgica risada de soprano.

– Somos diferentes – disse.

– Mesmo? – respondeu Trevize. – De que forma?

– Júbilo, deixe isso comigo – disse Dom. – Nós *somos* diferentes, visitantes de Terminus. De todos os grupos de refugiados que fugiram do domínio robótico, nós, que acabamos por alcançar Gaia (seguindo o rastro de outros, que foram a Sayshell), fomos os únicos que aprenderam com os robôs a capacidade de telepatia. E *é* uma capacidade, sabe? É inerente à mente humana, mas precisa ser desenvolvida de uma maneira muito sutil e difícil. São necessárias várias gerações para alcançar seu potencial máximo, mas, uma vez que tenha se iniciado, cresce por conta própria. Estudamos há mais de vinte mil anos e o senso-de-Gaia diz que o potencial máximo até hoje não foi alcançado. Foi há muito tempo que nosso desenvolvimento de telepatia nos fez cientes da consciência coletiva: primeiro, apenas seres humanos; depois, animais; então, plantas e, enfim, poucos séculos atrás, a estrutura inanimada do próprio planeta. Por termos herdado isso dos robôs, não os esquecemos. Não os consideramos babás, mas professores. Sentimos que eles abriram nossas mentes para algo a que, em nenhum instante, gostaríamos de estar fechados. Lembramos deles com gratidão.

– Mas, assim como antes eram filhos dos robôs – disse Trevize –, agora são filhos da consciência coletiva. Não perderam sua humanidade agora, tal como ocorreu antes?

– É diferente, Trev. O que fazemos agora é nossa própria escolha... nossa própria escolha. É isso que conta. Não é algo forçado externamente, mas sim desenvolvido internamente. É algo que nunca esqueceremos. E somos diferentes, também, de outra forma. Somos únicos na Galáxia. Não há nenhum mundo como Gaia.

– Como pode ter certeza?

– Saberíamos, Trev. Detectaríamos uma consciência planetária como a nossa, mesmo do outro lado da Galáxia. Podemos detectar o princípio de uma consciência desse tipo em sua Segunda Fundação, por exemplo, mesmo que tenhamos detectado somente há dois séculos.

– Na época do Mulo?

– Sim. Um de nós – Dom pareceu austero. – Era uma aberração e nos deixou. Fomos ingênuos o suficiente para achar que isso não era possível, e por isso não agimos em tempo para impedi-lo. Então, quando voltamos nossa atenção para os Outros Mundos, tomamos consciência do que você chama de Segunda Fundação e deixamos tudo a cargo deles.

Trevize encarou o vazio por vários instantes.

– Lá se vão nossos livros de história – murmurou. Negou com a cabeça e disse, em um tom de voz mais alto: – Fazer isso foi um tanto covarde da parte de Gaia, não foi? Ele era sua responsabilidade.

– Você está certo. Mas, uma vez que finalmente abrimos nossos olhos para a Galáxia, vimos o que até então ignorávamos. A tragédia do Mulo foi uma salvação para nós. Foi então que reconhecemos que, em algum momento, uma perigosa crise nos atingiria. E nos atingiu, mas não antes de termos tomado providências, graças ao incidente do Mulo.

– Que tipo de crise?

– Uma que ameaça nos destruir.

– Não posso acreditar nisso. Vocês mantiveram o Império, o Mulo e Sayshell a distância. Têm uma consciência coletiva que pode arrancar uma nave do espaço a uma distância de milhões de quilômetros. O que poderia existir para vocês temerem? Veja Júbilo. Ela não parece nada perturbada. *Ela* não acredita que há uma crise.

Júbilo tinha passado uma de suas formosas pernas por cima do apoio de braço da cadeira e mexia os dedos do pé na direção de Trevize.

– Claro que não estou preocupada, Trev – disse. – Você tomará conta de tudo.

– *Eu*? – retrucou Trev, agressivamente.

– Gaia o trouxe até aqui – disse Dom – por meio de centenas de gentis manipulações. É você quem deve enfrentar nossa crise.

Trev o encarava e, lentamente, seu rosto passou de estupefato para uma fúria progressiva.

– *Eu*? – esbravejou. – Por que, em todo o espaço, *eu*? Não tenho nada a ver com isso.

– Não obstante, Trev – respondeu Dom, com uma calma quase hipnótica –, *você*. Somente você. Em todo o espaço, somente você.

18.

Colisão

1

STOR GENDIBAL SE APROXIMAVA DE GAIA com quase tanto cuidado quanto Trevize – e, agora que a estrela de Gaia era um disco perceptível e só podia ser observada através de densos filtros, ele parou para pensar.

Sura Novi estava sentada por perto e olhava para ele de vez em quando, amedrontada.

– Mestre? – disse Novi, suavemente.

– O que foi, Novi? – ele perguntou, distraído.

– Está triste?

Ele olhou para ela de imediato.

– Não. Preocupado. Lembra-se dessa palavra? Estou tentando decidir se devo me mover rapidamente ou esperar mais algum tempo. Devo ser muito corajoso, Novi?

– Acho que o senhor é muito corajoso sempre, Mestre.

– Ser muito corajoso, às vezes, é ser tolo.

– Como pode um mestre estudioso ser tolo? – sorriu Novi. – Aquilo é um sol, não é, Mestre? – ela apontou para a tela.

Gendibal concordou com a cabeça. Depois de uma resoluta pausa, Novi disse:

– É o sol que brilha em Trantor? É o sol loriano?

– Não, Novi – respondeu Gendibal. – É um sol muito diferente. Existem muitos sóis, bilhões deles.

– Ah! Eu sabia disso com a minha cabeça. Mas não consegui fazer eu mesma acreditar. Como pode, Mestre, se saber com a cabeça e não acreditar?

Gendibal sorriu de leve.

– Em sua cabeça, Novi... – disse e, automaticamente, conforme verbalizou a frase, estava em sua mente. Acariciou-a de leve, como sempre fazia quando estava ali. Apenas um toque calmante nas correntes mentais para mantê-la serena e imperturbada... e teria saído em seguida, como sempre fazia, se algo não o tivesse puxado de volta.

O que ele sentiu era indescritível em termos não mentálicos, mas, metaforicamente, o cérebro de Novi reluzia. Era a resplandecência mais sutil possível.

Aquele brilho não estaria ali se não fosse pela presença de um campo mentálico imposto de fora – um campo mentálico de uma intensidade tão pequena que até mesmo o receptor mais sensível da própria mente bem treinada de Gendibal teria dificuldades para detectar, mesmo contra a completa suavidade da estrutura mentálica de Novi.

– Novi, como se sente? – ele perguntou, asperamente.

Ela arregalou os olhos.

– Sinto-me bem, Mestre.

– Sente tontura, está confusa? Feche os olhos e fique absolutamente imóvel até que eu diga "agora".

Obedientemente, ela fechou os olhos. Com cuidado, Gendibal limpou todas as sensações irrelevantes de sua mente, aplacou seus pensamentos, acalmou suas emoções, acariciou... acariciou... Não sentiu nada além do brilho, e era tão brando que ele quase poderia convencer-se de que não estava lá.

– Agora – disse, e Novi abriu os olhos. – Como se sente, Novi?

– Muito calma, Mestre. Descansada.

Era evidentemente tênue demais para ter algum efeito perceptível sobre ela.

Ele se virou para o computador e lutou contra a máquina. Tinha de admitir para si mesmo que ele e o computador não combinavam. Talvez porque ele estivesse acostumado demais a usar sua mente diretamente e não conseguia trabalhar com um intermediário. Mas estava procurando uma espaçonave, não uma mente, e a busca inicial poderia ser feita com muito mais eficiência com a ajuda do computador.

E achou o tipo de nave que suspeitava estar por perto. Encontrava-se a meio milhão de quilômetros de distância e tinha um design muito parecido com a dele, mas era muito maior e mais elaborada.

Agora que tinha sido localizada com a ajuda do computador, Gendibal podia permitir que sua mente assumisse diretamente. Ele a projetou para fora, bastante focada, e, com ela, sentiu (ou o equivalente mentálico de "sentiu") a nave, por dentro e por fora.

Então, projetou sua mente na direção do planeta Gaia, aproximando-se alguns milhões de quilômetros de espaço – e retraiu-se. Nenhuma das investigações foi suficiente para dizer-lhe, sem sombra de dúvida, qual dos dois – ou se nenhum deles – era a origem do campo.

– Novi – disse –, gostaria que você se sentasse perto de mim para o que está por vir.

– Mestre, tem perigo?

– Você não precisa se preocupar de forma nenhuma, Novi. Providenciarei que você esteja a salvo e em segurança.

– Mestre, não me preocupo que eu fique a salvo e em segurança. Se tem perigo, quero poder ajudá-lo.

Gendibal abrandou-se.

– Novi, você já ajudou – disse. – Graças a você, percebi uma coisa muito pequena que era importante que eu percebesse. Sem você, eu talvez tivesse mergulhado profundamente em um pântano e só conseguiria sair depois de muito sofrimento.

– Fiz isso com minha cabeça, Mestre, como me explicou antes? – perguntou Novi, atônita.

– Sim, Novi. Nenhum instrumento poderia ter sido mais sensível. Nem minha própria mente; ela é cheia demais de complexidades.

O rosto de Novi ficou repleto de prazer.

– Fico muito agradecida de poder ajudar.

Gendibal sorriu e concordou com a cabeça, e então afundou na sombria consciência de que ele precisaria de mais ajuda. Um lado infantil dentro de si protestou. A missão era dele, somente dele.

Ainda assim, não poderia ser só dele. O risco estava aumentando...

2

Em Trantor, Quindor Shandess sentia a responsabilidade da cadeira de Primeiro Orador sobre si como um peso sufocante. Desde que a nave de Gendibal desaparecera na escuridão além da atmosfera, ele não havia convocado nenhuma assembleia da Mesa. Havia se perdido nos próprios pensamentos.

Tinha sido sábio permitir que Gendibal partisse por conta própria? Gendibal era brilhante, mas não tão brilhante a ponto de garantir plena confiança. O principal defeito de Gendibal era a arrogância, e o principal defeito de Shandess (pensou amargamente) era a fadiga causada pela idade.

Pensou vez após vez que o precedente de Preem Palver, viajando pela Galáxia para acertar as coisas, era perigoso. Será que outra pessoa poderia ser um Preem Palver? Até Gendibal? E Palver contara com a ajuda de sua esposa.

Gendibal contava com aquela loriana, mas ela era irrelevante. A esposa de Palver tinha sido uma Oradora.

Shandess sentia-se envelhecendo dia após dia enquanto esperava alguma mensagem de Gendibal – e a cada dia que a mensagem não chegava, sentia aumentar a tensão.

Deveria ter enviado uma frota de naves, uma flotilha...

Não. A Mesa não teria permitido.

Ainda assim...

Quando o chamado finalmente veio, ele estava dormindo – um sono exausto, que não trazia nenhum alívio. A noite fora cheia de ventanias e ele tinha tido dificuldade para dormir. Como uma criança, imaginou vozes ao vento.

Seu último pensamento antes de cair em um sono exaurido foi uma ávida elaboração da fantasia de renúncia, desejo que sentia com o conhecimento de que não poderia realizá-la, pois, no instante que o fizesse, Delarmi o sucederia.

E então veio o chamado e ele se sentou na cama, instantaneamente acordado.

– Está bem? – perguntou.

– Perfeitamente bem, Primeiro Orador – respondeu Gendibal.
– Usemos conexão visual para comunicação mais condensada?
– Mais tarde, talvez – disse Shandess. – Antes, qual é a situação?

Gendibal falou cuidadosamente, pois sentiu o despertar recente de seu interlocutor e captou um profundo cansaço.

– Estou nos arredores de um planeta habitado chamado Gaia – disse – cuja existência não é mencionada em nenhum dos registros galácticos, até onde sei.

– Seria o mundo daqueles que trabalham para garantir a perfeição do Plano? Os anti-Mulos?

– Possivelmente, Primeiro Orador. Existem motivos para se acreditar na possibilidade. Primeiro, a nave com Trevize e Pelorat se aproximou bastante de Gaia e provavelmente pousou lá. Em segundo lugar, há uma nave de guerra da Primeira Fundação a aproximadamente meio milhão de quilômetros de mim.

– Não existiria um interesse tão maciço se não houvesse motivos.

– Primeiro Orador, talvez não se trate de interesses independentes. Estou aqui apenas porque sigo Trevize, e a nave de guerra pode estar aqui pela mesma razão. A questão que permanece é o que motiva Trevize.

– Pretende segui-lo até o planeta, Orador?

– Considerei essa possibilidade, mas algo aconteceu. Agora estou a cem milhões de quilômetros de Gaia e sinto no espaço à minha volta um campo mentálico, um campo homogêneo excessivamente tênue. Nem o teria percebido se não fosse o efeito focado na mente da loriana. É uma mente incomum; concordei em trazê-la justamente para esse propósito.

– Estava certo, então, ao supor sua utilidade. Acredita que a Oradora Delarmi sabia disso?

– Quando me incitou a trazer a mulher? Dificilmente, mas me aproveitei de tal vantagem com satisfação, Primeiro Orador.

– Estou contente que o tenha feito. Sua opinião, Orador Gendibal, é que o planeta é o foco do campo?

– Para averiguar esse fato, eu precisaria tomar medidas em pontos amplamente espaçados para conferir a existência de uma simetria esférica geral no campo. Minha sonda mental unidirecional demonstrou ser provável, mas não certeiro. Ainda assim, não seria inteligente investigar mais a fundo com a presença da nave de guerra da Primeira Fundação.

– Certamente não se trata de uma ameaça.

– Pode ser que seja. Ainda não posso ter certeza de que ela própria não é o foco do campo mentálico, Primeiro Orador.

– Mas eles...

– Primeiro Orador, respeitosamente, permita-me interrompê-lo. Não sabemos quais avanços tecnológicos a Primeira Fundação conquistou. Estão agindo com uma bizarra autoconfiança e talvez tenham surpresas desagradáveis para nós. É preciso determinar se eles aprenderam a lidar com o mentalicismo por meio de algum de seus equipamentos. Em resumo, Primeiro Orador, estou diante de uma nave de guerra de mentálicos ou de um planeta deles. Se for a nave de guerra, a mentálica dela talvez seja fraca demais para me imobilizar, mas talvez seja suficiente para me tornar lento, e então os armamentos puramente físicos a bordo podem ser o bastante para me destruir. Por outro lado, se o planeta for o foco, o fato de o campo ser detectável a uma distância tão grande poderia significar uma gigantesca intensidade na superfície, muito além do que eu jamais poderia enfrentar. Em ambos os casos, é necessário estabelecer uma rede, uma rede plena, por meio da qual, conforme a necessidade, todos os recursos de Trantor possam estar à minha disposição.

O Primeiro Orador hesitou.

– Uma rede *plena* – disse. – Esse artifício nunca foi usado, nunca foi nem sugerido... A não ser na época do Mulo.

– Esta crise pode ser ainda maior do que a do Mulo, Primeiro Orador.

– Não sei se a Mesa concordaria.

– Não creio que o senhor devesse pedir que concordassem, Primeiro Orador. O senhor deveria invocar estado de emergência.

– Sob qual desculpa?

– Conte a eles o que lhe contei, Primeiro Orador.

— A Oradora Delarmi dirá que você é um covarde incompetente, levado à loucura por seus próprios medos.

Gendibal fez uma pausa antes de responder.

— Imagino que ela dirá algo do tipo, Primeiro Orador, mas deixe que fale o que bem entender; eu sobreviverei. O que está em jogo agora não é meu orgulho nem meu amor-próprio, mas sim a existência da própria Segunda Fundação.

3

Harla Branno abriu um sorriso sombrio, as marcas de expressão de seu rosto se aprofundando ainda mais.

— Acho que podemos dar continuidade — disse. — Estou pronta para eles.

— Ainda tem certeza de que sabe o que está fazendo? — perguntou Kodell.

— Se eu fosse tão insana quanto você finge acreditar que sou, Liono, teria insistido em ficar nesta nave comigo?

— Provavelmente — Kodell deu de ombros. — Eu estaria aqui, prefeita, pela mínima chance de impedi-la, desviá-la, pelo menos atrasá-la, antes que a senhora fosse longe demais. E, claro, se a senhora não estiver louca...

— Sim?

— Bom, eu não iria querer que as histórias do futuro lhe dessem todo o crédito. Deixemos que eles relatem que eu estava com a senhora e se perguntem, talvez, a quem o crédito pertence mesmo, não é, prefeita?

— Muito esperto, Liono, muito esperto... Mas um tanto inútil. Fui o poder por trás do trono ao longo de muitos mandatos alheios e ninguém acreditaria que eu permitiria o mesmo fenômeno em meu próprio governo.

— Veremos.

— Não, não veremos, pois esses julgamentos históricos acontecerão depois que estivermos mortos. Mas não temo. Não temo pelo meu lugar na história e nem por *aquilo* — e ela apontou para a tela.

– A nave de Compor – disse Kodell.

– A nave de Compor, sim – respondeu Branno –, mas sem Compor a bordo. Um de nossos batedores observou a troca. A nave de Compor foi abordada por outra. Duas pessoas da outra nave entraram na de Compor, e depois ele saiu da sua e embarcou na outra – Branno esfregou as mãos. – Trevize cumpriu seu papel com perfeição. Eu o enviei para o espaço para que ele servisse como para-raios e assim ele o fez. Atraiu o relâmpago. A nave que abordou Compor é da Segunda Fundação.

– Eu me pergunto como a senhora pode ter certeza disso – disse Kodell, ao pegar seu cachimbo e lentamente começar a enchê-lo de tabaco.

– Porque sempre me questionei se Compor estaria sob o controle da Segunda Fundação. Sua vida era fácil demais. As coisas sempre davam certo para ele, e ele era um respeitável perito em rastreamento hiperespacial. Sua traição contra Trevize poderia facilmente ter sido simples politicagem de um homem ambicioso, mas ele o fez com imensa eficácia, como se houvesse algo além de ambição pessoal na questão.

– Tudo especulação, prefeita.

– A especulação acabou quando ele seguiu Trevize em múltiplos Saltos com a mesma facilidade que teria se fosse apenas um.

– Ele tinha o computador para ajudá-lo, prefeita.

Branno inclinou a cabeça para trás e riu.

– Meu caro Liono – disse –, está tão ocupado concebendo tramas intrincadas que esquece a eficácia de procedimentos simples. Enviei Compor para seguir Trevize não porque eu precisava que Trevize fosse seguido. Qual seria a necessidade disso? Trevize, por mais que quisesse manter seus movimentos em segredo, não conseguiria evitar chamar atenção em qualquer mundo não Fundação que visitasse. Sua embarcação avançada, seu forte sotaque de Terminus, seus créditos da Fundação, tudo automaticamente o cercava com uma aura de notoriedade. E, no caso de alguma emergência, ele automaticamente correria até um oficial da Fundação em busca de ajuda, como fez em Sayshell. Soubemos tudo o que ele fez ali assim que ele o tinha feito, independentemente de Compor. Não, não – ela continuou, pensativa. – Compor foi enviado para testar *Compor*. E foi um sucesso, pois demos a ele um computador deliberadamente defeituoso; não defeituoso a ponto de a nave ser impossível de manobrar, mas certamente danificado o suficiente para que não pudesse ajudá-lo a seguir um Salto múltiplo. Ainda assim, Compor conseguiu rastrear a outra nave sem problemas.

– Vejo que há muita coisa que a senhora não me informa, prefeita, até decidir que o quer.

– Omito apenas as questões que não lhe farão mal se você não souber, Liono. Admiro você e usufruo de sua capacidade, mas há limites severos para a minha confiança, assim como há na sua confiança por mim. E, por favor, não se dê ao trabalho de negar.

– Não negarei – respondeu Kodell, secamente –, e algum dia, prefeita, tomarei a liberdade de lembrá-la disso. Nesse ínterim, há mais alguma coisa que eu deveria saber agora? Qual é a natureza da nave que os abordou? Se Compor é da Segunda Fundação, aquela nave certamente também é.

– É sempre um prazer conversar com você, Liono. Percebe as coisas rapidamente. A Segunda Fundação não se preocupa em ocultar o próprio rastro. Tem defesas das quais depende para fazer seus rastros ficarem invisíveis, mesmo quando não o são. Nunca ocorreria a um membro da Segunda Fundação usar uma espaçonave de produção externa, mesmo que soubessem de nossa facilidade de identificar a origem de uma nave com base no padrão de seu uso energético. Poderiam remover esse conhecimento de qualquer mente que o tivesse obtido, então para que se dar ao trabalho de se esconder? Bom, nossa nave de reconhecimento pôde determinar a origem da nave que abordou Compor em minutos.

– E agora suponho que a Segunda Fundação extrairá esse conhecimento de nossas mentes.

– Se puderem – respondeu Branno –, mas pode ser que descubram que as coisas mudaram.

– Algum tempo atrás – disse Kodell – a senhora disse que sabe onde fica a Segunda Fundação. Que acabará primeiro com Gaia, depois com Trantor. Deduzo, então, que a outra nave era de origem trantoriana.

– Deduziu corretamente. Está surpreso?

– Não, pensando bem – Kodell negou lentamente com a cabeça. – Ebling Mis, Toran Darell e Bayta Darell estavam todos em Trantor durante o período em que o Mulo foi vencido. Arkady Darell, neta de Bayta, nasceu em Trantor e estava lá quando a Segunda Fundação foi supostamente dizimada. Em seu relato sobre aqueles eventos, há um Preem Palver, que teve um papel essencial, surgindo em momentos convenientes, e era um comerciante trantoriano. Eu deveria achar até óbvio que a Segunda Fundação estivesse em Trantor, onde, coincidentemente, o próprio Hari Seldon vivia na época em que estabeleceu as duas Fundações.

– Deveras óbvio, mas ninguém jamais sugeriu essa possibilidade. A Segunda Fundação tomou providências para tanto. Foi o que quis dizer quando expliquei que eles não precisam esconder seus rastros quando podem facilmente manipular para que ninguém olhe na direção deles, ou esvaziar as memórias desses rastros, uma vez que tenham sido vistos.

– Nesse caso – respondeu Kodell –, não sejamos rápidos demais para virar na direção em que eles talvez queiram que viremos. Como a senhora supõe ser possível que Trevize tenha deduzido sobre a existência da Segunda Fundação? Por que a Segunda Fundação não o impediu?

Branno levantou seus dedos nodosos e começou a contá-los conforme falava.

– Primeiro, Trevize é um homem incomum que, não obstante sua estrondosa incapacidade de ser cauteloso, tem *alguma coisa* que ainda não consegui entender. Ele pode ser um caso especial. Segundo, a Segunda Fundação não estava totalmente alheia. Compor seguia o rastro de Trevize e imediatamente enviava relatórios sobre ele para mim. A Segunda Fundação me usou para impedir Trevize sem que eles precisassem arriscar um envolvimento explícito. Terceiro, quando reagi de forma diferente da que eles esperavam, sem execução, sem prisão, sem extinção de memória, sem Sonda Psíquica, quando simplesmente o enviei para o espaço, a Segunda Fundação foi mais longe. Fizeram uma jogada direta e enviaram uma de suas próprias naves atrás dele – e, com lábios contraídos de prazer, ela acrescentou: – Oh, que belo para-raios.

– E nossa próxima ação? – perguntou Kodell.

– Vamos desafiar o membro da Segunda Fundação diante de nós. Estamos lentamente nos movendo em sua direção agora mesmo.

4

Gendibal e Novi estavam sentados lado a lado observando a tela.

Novi estava amedrontada. Para Gendibal, isso era bastante aparente, assim como o fato de ela estar tentando desesperadamente vencer o medo. E ele não podia fazer nada para ajudá-la em sua batalha interna, pois não achava sábio tocar sua mente nesse momento e correr o risco de obscurecer a reação que ela demonstrava ao tênue campo mentálico que os cercava.

A nave de guerra da Fundação se aproximava lentamente, mas com convicção. Era uma embarcação grande, com uma tripulação presumível de seis pessoas, considerando experiências passadas com naves da Fundação. Suas armas, Gendibal tinha certeza, seriam suficientes para manter a distância – ou dizimar, se necessário – uma frota composta por todas as naves da Segunda Fundação, se elas dependessem apenas de força física.

O avanço da nave de guerra, até mesmo contra uma única nave pilotada por um membro da Segunda Fundação, permitia que certas conclusões fossem tiradas. Mesmo que a nave possuísse capacidades mentálicas, seria pouco provável que avançasse tão abertamente contra as garras da Segunda Fundação. Uma possibilidade mais plausível era que avançava por ignorância, que poderia ser de vários níveis.

Podia ser que o capitão da nave de guerra não soubesse da substituição de Compor ou, se soubesse, não tivesse consciência de que o substituto era um membro da Segunda Fundação, ou talvez não tivesse ideia do que era um membro da Segunda Fundação.

Ou (e Gendibal pretendia considerar tudo), e se a nave tivesse capacidade mentálica e, ainda assim, avançasse dessa maneira autoconfiante? Isso só poderia significar que ela estava sob o comando de um megalomaníaco ou que era dotada de poderes muito além daquilo que Gendibal imaginava ser possível.

Mas o que ele considerava possível não era o julgamento final...

Cuidadosamente, sondou a mente de Novi. Ela não podia sentir os campos mentálicos conscientemente, enquanto Gendibal, é claro, podia. Porém, a mente de Gendibal não sentia com tanta delicadeza nem detectava um campo mentálico tão tênue quanto a de Novi. Era um paradoxo que precisaria ser estudado no futuro, e que poderia trazer frutos de importância muito maior, no longo prazo, do que o problema imediato de uma espaçonave em aproximação.

Gendibal havia contemplado essa possibilidade intuitivamente, quando percebeu a incomum suavidade e simetria da mente de Novi – e sentia um melancólico orgulho de sua capacidade intuitiva. Oradores tinham muito orgulho de seus poderes intuitivos, mas quanto disso seria produto de sua incapacidade de avaliar campos por métodos físicos diretos e, logo, de seus fracassos em compreender o que exatamente haviam feito? Era fácil encobrir ignorância com a palavra mística "intuição". E quanto dessa ignorância poderia ser fruto de sua subestimação da importância do físico em comparação ao mentalicismo?

E quanto *disso* era orgulho cego? Quando se tornasse Primeiro Orador, pensou Gendibal, isso mudaria. Haveria algum tipo de aproximação do vazio físico entre as Fundações. A Segunda Fundação não poderia enfrentar a possibilidade de destruição toda vez que o monopólio mentálico escorregasse um pouco.

E, de fato, o monopólio estava escorregando exatamente nesse instante. Talvez a Primeira Fundação tivesse avançado ou houvesse uma aliança entre a Primeira Fundação e os anti-Mulos (esse pensamento lhe ocorreu pela primeira vez, e ele subitamente sentiu arrepios).

Os pensamentos sobre o assunto correram por sua mente com uma rapidez comum a um Orador, e, conforme pensava, continuava sensorialmente consciente do brilho na mente de Novi, sua reação ao gentil campo mentálico invasor que os envolvia. Ele *não* estava ficando mais forte conforme a nave de guerra da Fundação se aproximava.

Por si só, não era uma indicação absoluta de que a nave de guerra estava desprovida de equipamentos mentálicos. Era fato conhecido que um campo mentálico não obedecia à lei do inverso do quadrado. Não ficava progressivamente mais forte de acordo com o quadrado da diminuição da distância entre o emissor e o receptor. Nesse aspecto, era diferente dos campos eletromagnético e gravitacional. Ainda assim, apesar de campos mentálicos variarem menos com a distância do que os vários campos físicos, não era totalmente insensível à distância. A resposta da mente de Novi deveria mostrar um aumento detectável na medida em que a nave se aproximava – *algum* aumento.

(Como, em cinco séculos, nenhum membro da Fundação, de Hari Seldon em diante, pensou em determinar uma relação matemática entre intensidade mentálica e distância? Esse desdém pelo físico precisava e iria acabar, jurou Gendibal em silêncio.)

Se a nave de guerra tivesse capacidades mentálicas e também certeza de que se aproximava de um membro da Segunda Fundação, não aumentaria a intensidade de seu campo até o máximo antes de avançar? E, nesse caso, a mente de Novi *certamente* registraria algum tipo de resposta mais acentuada, não registraria?

Mas não era o caso!

Confiante, Gendibal eliminou a possibilidade de que a nave de guerra pudesse contar com mentalicismo. Avançava por ignorância e, como uma ameaça, poderia ser abrandada.

O campo mentálico, claro, ainda existia, mas deveria se originar em Gaia. Era algo perturbador, mas o problema imediato era a nave. Depois de eliminá-la, ele poderia voltar sua atenção ao mundo de anti-Mulos.

Ele esperou. A nave faria alguma manobra ou chegaria perto o suficiente para que ele tivesse confiança para adotar uma ofensiva eficiente.

Agora a nave se aproximava rapidamente e, ainda assim, não fazia nada. Gendibal, enfim, calculou que a força de seu golpe seria suficiente. Não haveria dor, quase nenhum desconforto; todos a bordo descobririam simplesmente que os grandes músculos de suas costas e membros responderiam lentamente aos seus comandos.

Gendibal estreitou o campo mentálico controlado por sua mente. Intensificou-o e saltou através do intervalo entre as naves, na velocidade da luz (as duas embarcações estavam próximas o suficiente para tornar desnecessário o contato hiperespacial e sua inevitável perda de precisão).

E Gendibal, então, recuou, em atordoada surpresa.

A nave de guerra da Fundação era equipada com um eficiente escudo mentálico que ganhava densidade na mesma proporção em que seu próprio campo ganhava intensidade. A nave não estava se aproximando em ignorância, afinal de contas, e tinha uma arma inesperada que agia passivamente.

5

– Ah – exclamou Branno –, ele tentou nos atacar, Liono! Veja!

A agulha do medidor psiônico moveu-se e tremeu em ascensão irregular.

O desenvolvimento do escudo mentálico ocupara cientistas da Fundação por cento e vinte anos no mais secreto de todos os projetos científicos, com a possível exceção do desenvolvimento solitário da análise psico-histórica por Hari Seldon. Cinco gerações de seres humanos dedicaram-se à melhoria gradual de um equipamento que não era baseado em nenhuma teoria concreta.

Mas nenhum avanço teria sido possível sem a invenção do medidor psiônico, que podia agir como um guia, indicando a direção e a quantidade de avanço em cada estágio. Ninguém podia explicar como funcionava, mas todas as indicações eram de que ele media o imensurável e atribuía números ao indescritível. Branno tinha a sensação (compartilhada com alguns cientistas) de que, se a Fundação conseguisse explicar o funcionamento do medidor psiônico, se equipararia à Segunda Fundação no controle da mente.

Mas isso era para o futuro. No momento, o escudo precisava ser suficiente, apoiado, como era o caso, por uma hegemonia de armamentos físicos.

Branno enviou uma mensagem, transmitida em uma voz masculina, cujos tons de emoção tinham sido todos removidos e que soava inexpressiva e mortal.

– Chamando a *Estrela Radiante* e seus ocupantes. São acusados de tomar uma nave da marinha da Federação da Fundação em um ato de pirataria. Ordenamos que entreguem a nave e rendam-se imediatamente, ou atacaremos.

A resposta veio em voz natural:

– Prefeita Branno, de Terminus, sei que a senhora está na nave. A *Estrela Radiante* não foi tomada por ações piratas. Fui livremente convidado a embarcar por seu capitão legítimo, Munn Li Compor, de Terminus. Peço um momento de trégua para que possamos discutir questões de importância para ambos.

– Prefeita – sussurrou Kodell a Branno –, deixe o diálogo comigo.

Ela ergueu o braço desdenhosamente.

– A responsabilidade é minha, Liono – respondeu.

Ajustando o transmissor, ela falou em um tom não menos agressivo e sem emoção do que a voz artificial que falara antes:

– Homem da Segunda Fundação, entenda sua situação. Se não se render imediatamente, podemos aniquilar sua nave tão rápido quanto a luz demora para ir de nossa nave até a sua, e estamos prontos para tanto. E não perderemos nada com tal ação, pois não possui nenhum conhecimento de que necessitamos e que nos estimule a mantê-lo vivo. Sabemos que é de Trantor e, uma vez que tenhamos nos livrado de você, estaremos prontos para lidar com Trantor. Estamos dispostos a garantir um período em que terá a palavra. Todavia, como não tem nada de valor para nos dizer, não escutaremos por muito tempo.

– Nesse caso – disse Gendibal –, permita-me falar rapidamente e ir direto ao ponto. Seu escudo não é perfeito, e não pode ser. Superestimou esse artifício e subestimou a mim. Posso manipular sua mente e controlá-la. Talvez não com tanta facilidade quanto se não houvesse escudo, mas facilmente mesmo assim. No momento em que tentar usar alguma arma, atacarei. Uma informação que precisa entender: sem um escudo, posso lidar com sua mente com suavidade e não causar nenhum mal. Porém, com o escudo, preciso forçar a entrada, o que certamente posso fazer, e assim serei incapaz de manipulá-la com cuidado ou precisão. Sua mente ficará tão demolida quanto o escudo, e o efeito será irreversível. Em outras palavras, não pode me deter e eu, por outro lado, *posso* impedi-la e serei forçado a fazer algo pior do que matá-la. Transformarei a senhora em uma massa descerebrada. Deseja arriscar?

– Sabe que não pode fazer o que afirma – respondeu Branno.

– Então deseja arriscar as consequências que descrevi? – perguntou Gendibal, com um ar de calma indiferença.

Kodell inclinou-se e sussurrou:

– Por Seldon, prefeita...

Gendibal interrompeu (não exatamente de imediato, pois a luz – e qualquer coisa na velocidade da luz – demorava um pouco mais de um segundo para viajar entre uma nave e outra):

– Acompanho seus pensamentos, Kodell. Não é necessário sussurrar. Acompanho também os pensamentos da prefeita. Ela está indecisa, portanto ainda não há motivos para pânico. E o simples fato de eu saber disso é ampla evidência de que seu escudo tem buracos.

– Ele pode ser intensificado – disse a prefeita, desafiadoramente.

– Meu poder mentálico também – respondeu Gendibal.

– Mas estou aqui sentada à vontade, consumindo apenas energia física para manter o escudo, e tenho energia suficiente para mantê-lo por extensos períodos de tempo. Você precisa usar energia mentálica para superar o escudo, e ficará cansado.

– Não estou cansado – disse Gendibal. – Neste momento, nenhum de vocês dois é capaz de comandar qualquer membro da tripulação de sua nave nem tripulantes de alguma outra nave. Posso fazer isso sem machucá-los, mas não façam nada inusitado para escapar deste controle, pois serei forçado a reagir aumentando minha própria força e vocês sofrerão consequências, como expliquei.

– Eu esperarei – respondeu Branno, pousando suas mãos no colo com todos os sinais de uma sólida paciência. – Você ficará exausto e, então, as ordens proferidas não serão para destruí-lo, pois será inofensivo. As ordens serão o envio da frota principal da Fundação contra Trantor. Se deseja salvar seu mundo, renda-se. Uma segunda onda de destruição não deixará sua organização intacta, como foi com a primeira, na época do Grande Saque.

– Não percebe que, caso eu sinta cansaço, prefeita, o que não acontecerá, posso salvar meu mundo simplesmente destruindo você antes que minhas forças para tanto se esvaiam?

– Você não fará isso. Sua principal missão é manter o Plano Seldon. Destruir a prefeita de Terminus e, assim, golpear o prestígio e a confiança da Primeira Fundação, causando um retrocesso colossal em seu poder e encorajando seus inimigos ao redor da Galáxia, será uma fratura tão grande no Plano que será quase tão ruim para você quanto a destruição de Trantor. É melhor se render.

– Está disposta a arriscar-se apostando em minha relutância em destruí-la?

O peito de Branno ergueu-se conforme ela inspirou profundamente e expirou o ar lentamente. Então, respondeu com firmeza:

– Sim!

Kodell, sentado ao seu lado, empalideceu.

6

Gendibal encarou a imagem de Branno sobreposta à área do aposento em frente a uma parede. Tremeluzia de leve e estava um tanto embaçada por causa da interferência do escudo. O homem ao seu lado quase não tinha traços, de tão embaçado, pois Gendibal não tinha energia para desperdiçar com ele. Precisava se concentrar na prefeita.

Ela não recebia uma imagem dele em retorno. Não tinha como saber que ele também estava acompanhado, por exemplo. Não podia julgar suas expressões nem sua linguagem corporal. Nesse aspecto, ela estava em desvantagem.

Tudo o que ele tinha dito era verdade. Ele *poderia* esmagá-la à custa de um imenso gasto de força mentálica, e, ao fazê-lo, talvez não conseguisse evitar fender sua mente de modo irreparável.

Entretanto, tudo o que ela havia dito também era verdade. Destruí-la perturbaria o Plano tanto quanto o próprio Mulo havia perturbado. Na verdade, a nova perturbação poderia ser ainda mais séria, pois o processo agora estava mais avançado e haveria menos tempo para se recuperar do erro.

Para agravar a situação, ainda havia Gaia, que continuava um fator desconhecido, com seu campo mentálico ainda no limite tênue e provocador da detecção.

Por um instante, ele tocou a mente de Novi para ter certeza de que aquele fluxo ainda estava lá. E estava, inalterado.

Ela não poderia ter sentido aquele toque de nenhuma maneira, mas virou-se para ele em um sussurro amedrontado e disse:

– Mestre, tem uma neblina desbotada ali. É com aquilo que conversa?

Ela deveria ter percebido a neblina através da pequena conexão entre suas mentes. Gendibal pousou um dedo em seus lábios.

– Não tenha medo, Novi – disse. – Feche os olhos e descanse.

Gendibal elevou o tom de voz:

– Prefeita Branno, sua aposta é válida. Não desejo destruí-la imediatamente, pois acredito que, se eu tiver a oportunidade de explicar algo à senhora, cederá à razão e então não haverá necessidade de destruição em nenhum lado. Suponha, prefeita, que a senhora vença e eu me renda. O que viria a seguir? Em uma orgia de autoconfiança e dependência indevida em seu escudo mentálico, a senhora e seus sucessores tentarão espalhar seu poder pela Galáxia com rapidez descabida. Ao fazê-lo, na verdade, adiará o início do Segundo Império, pois também acabaria com o Plano Seldon.

– Não estou surpresa – respondeu Branno – que você não tenha o ímpeto de me destruir imediatamente e acredito que, conforme pensar no assunto, será forçado a admitir que não ousaria me destruir jamais.

– Não se engane com tolices de autocongratulação – disse Gendibal. – *Escute-me*. A maioria da Galáxia ainda não faz parte da Fundação e, em grande parte, é anti-Fundação. Existem, inclusive, aglomerados da Federação da Fundação que ainda não esqueceram seus dias de independência. Se a Fundação agir precipitadamente após minha rendição, livrará a Galáxia de sua maior fraqueza: sua desunião e indecisão. Forçará todos a se unirem no medo e alimentará uma tendência interna à rebelião.

– Suas ameaças são débeis – retrucou Branno. – Teríamos poder para vencer todos os inimigos facilmente, mesmo que todos os mundos na Galáxia não Fundação se unissem contra nós; mesmo que fossem auxiliados por uma rebelião em metade dos planetas da própria Fundação. Não haveria problema.

– Nenhum problema *imediato*, prefeita. Não cometa o erro de enxergar apenas os resultados instantâneos. A senhora pode estabelecer o Segundo Império apenas proclamando tal feito, mas não conseguirá mantê-lo. Precisará reconquistá-lo a cada dez anos.

– Então assim o faremos até que os mundos cansem, da mesma maneira que você está cansando.

– Eles não se cansarão, e eu tampouco. E esse processo não duraria muito tempo, pois há um segundo, e maior, perigo ao pseudo-Império que a senhora proclamaria. Como só poderia ser mantido, e por pouco tempo, por uma força militar cada vez mais forte, usada constantemente, os generais da Fundação se tornarão, pela primeira vez, mais importantes e poderosos do que as autoridades civis. O pseudo-Império se dividirá em regiões militares, dentro das quais cada comandante reinará supremo. Haverá anarquia, e um retrocesso a uma barbárie que há de durar mais do que os trinta mil anos previstos por Seldon antes da implementação do Plano.

– Ameaças infantis. Mesmo que os cálculos do Plano Seldon tivessem previsto tudo isso, preveem apenas probabilidades, não inevitabilidades.

– Prefeita Branno – disse Gendibal, com sinceridade –, esqueça o Plano Seldon. A senhora não compreende a matemática e nem visualiza os padrões dele. Mas talvez não precise. A senhora é uma política experiente; é bem-sucedida, a julgar pelo cargo que mantém; e, acima de tudo, é corajosa, a julgar pelo risco que corre neste exato momento. Portanto, use seu discernimento político. Considere a história política e militar da humanidade, e a considere sob a óptica do que sabe sobre a natureza humana, sobre a forma como as pessoas, os políticos e os oficiais militares agem, reagem e interagem, e veja se não estou certo.

– Mesmo que estivesse certo, membro da Segunda Fundação – respondeu Branno –, é um risco que precisamos correr. Com liderança apropriada e com a continuidade de avanços tecnológicos, tanto em mentalicismo como em força física, podemos superar qualquer coisa. Hari Seldon nunca calculou tais avanços adequadamente. Não poderia ter calculado. Em que lugar do Plano há espaço para o desenvolvimento de um escudo mentálico pela Primeira Fundação? E por que deveríamos querer seguir o Plano? Arriscaremos estabelecer um novo Império sem ele. Um fracasso sem o Plano seria, afinal, melhor do que um sucesso com ele. Não queremos um Império em que seremos marionetes dos manipuladores ocultos da Segunda Fundação.

– Diz isso apenas porque não compreende o que significaria o fracasso para as pessoas da Galáxia.

– Talvez! – disse Branno, friamente. – Está começando a se exaurir, membro da Segunda Fundação?

– De forma alguma. Permita-me propor uma manobra alternativa que a senhora não cogitou, algo que não requer minha rendição à senhora, nem a sua a mim. Estamos nos arredores de um planeta chamado Gaia.

– Sei disso.
– Sabe que é, provavelmente, o planeta natal do Mulo?
– Eu necessitaria de provas além de sua mera afirmação para acreditar em tal fato.
– O planeta está cercado por um campo mentálico. É o lar de muitos Mulos. Se a senhora realizar seu sonho de destruir a Segunda Fundação, fará com que todos vocês se tornem escravos desse planeta de Mulos. Que mal os membros da Segunda Fundação já fizeram contra a senhora; mal específico, e não imaginado nem teorizado? Agora pergunte a si mesma que mal um único Mulo fez.
– Ainda não tenho nada além da sua afirmação.
– Enquanto permanecermos nesta situação, não posso oferecer nada além disso. Logo, proponho uma trégua. Mantenha seu escudo em funcionamento, se não confia em mim, mas esteja preparada para cooperar comigo. Vamos, juntos, nos aproximar desse planeta, e, quando a senhora estiver convencida de que é perigoso, anularei o campo mentálico e a senhora ordenará que suas naves o dominem.
– E então?
– E então será a Primeira Fundação contra a Segunda Fundação, pelo menos, sem nenhuma força externa a ser considerada. O conflito será claro. Neste momento, veja bem, não seria sábio guerrearmos, pois ambas as Fundações estão encurraladas.
– Por que não disse isso antes?
– Achei que poderia convencê-la de que não somos inimigos, de que poderíamos cooperar um com o outro. Como aparentemente falhei, sugiro cooperação de qualquer maneira.
Branno fez uma pausa pensativa, sua cabeça inclinada.
– Está tentando me acalentar com canções de ninar – disse. – Como você, sozinho, poderia anular o campo mentálico de um planeta inteiro de Mulos? A ideia é tão absurda que não posso confiar na veracidade de sua proposta.
– Não estou sozinho – respondeu Gendibal. – Conto com a força total da Segunda Fundação, e essa força, canalizada através

de mim, lidará com Gaia. Além disso, ela pode, a qualquer momento, dissipar seu escudo como se fosse fumaça.

– Se for esse o caso, por que precisa de minha ajuda?

– Primeiro, porque anular o campo não é suficiente. A Segunda Fundação não poderia se dedicar, agora e para sempre, à eterna tarefa de anulação, do mesmo jeito que não posso passar o resto da minha vida dançando este minueto de conversa com a senhora. Precisamos da ação física que suas naves podem oferecer. E além disso, se não posso convencê-la por meio da lógica que as duas Fundações deveriam enxergar-se mutuamente como aliadas, talvez uma missão cooperativa de suma importância seja mais convincente. Ações podem funcionar onde as palavras falharam.

Um segundo silêncio. Então, Branno disse:

– Estou disposta a me aproximar de Gaia, se pudermos fazê-lo cooperativamente. Não faço nenhuma promessa além dessa.

– É o suficiente – respondeu Gendibal, acessando o computador.

– Não, Mestre – disse Novi –, até agora não era importante, mas, por favor, não faça mais nada. Precisamos esperar pelo conselheiro Trevize, de Terminus.

19.
Decisão

1

COM UM LEVE TRAÇO DE PETULÂNCIA na voz, Janov Pelorat disse:
— Francamente, Golan, ninguém parece se importar com o fato de ser a primeira vez em uma vida moderadamente longa (mas não *tão* longa, Júbilo, eu garanto) que viajo pela Galáxia. Toda vez que aterrisso em um mundo, logo vou embora para o espaço antes de ter a chance de estudá-lo de verdade. É a segunda vez que isso acontece.

— Sim — disse Júbilo —, mas se não tivesse deixado o outro tão rapidamente, não teria me conhecido até sabe-se quando. Isso certamente justifica a primeira partida.

— Sim. Sinceramente, minha... minha querida, justifica sim.

— E desta vez, Pel, você pode estar fora do planeta, mas tem a mim, e eu sou Gaia tanto quanto qualquer partícula de lá, tanto quanto tudo o que há lá.

— De fato. E eu não quero nenhuma outra partícula que não seja você.

— Isso é ofensivo — disse Trevize, que escutava a conversa com o cenho franzido. — Por que Dom não veio conosco? Pelo espaço! Nunca vou me acostumar com essa história de monossílabos. Duzentas e cinquenta sílabas em um nome e usamos apenas uma. Por que *ele* não veio, com todas as suas duzentas e cinquenta sílabas? Se tudo isso é tão importante, se a própria existência de Gaia depende disso, por que ele não veio conosco para nos guiar?

— *Eu* estou aqui, Trev — respondeu Júbilo —, e sou tão Gaia quanto ele — e então, com uma rápida olhadela para a lateral e depois para cima com seus olhos escuros, perguntou: – É irritante para você que eu o chame de "Trev"?

– Sim, muito. Tenho tanto direito aos meus costumes quanto você aos seus. Meu nome é Trevize. Três sílabas. Trevize.

– Muito bem. Não quero irritá-lo, Trevize.

– Não estou bravo. Estou aborrecido – ele se levantou subitamente, andou de um lado para o outro do aposento, passando por cima das pernas esticadas de Pelorat (que as tirou do caminho rapidamente) mais de uma vez. Então, parou e se virou para encarar Júbilo.

– Escute! – ele apontou um dedo para ela. – Não sou dono de mim mesmo! Fui manipulado desde Terminus até Gaia e, inclusive quando comecei a suspeitar disso, não parecia haver uma maneira para me livrar das amarras. E então, quando chego a Gaia, me dizem que o verdadeiro propósito da minha chegada era a sua salvação. Por quê? Como? O que Gaia representa para mim, ou o que represento para Gaia, para que eu devesse salvá-la? Não há nenhuma outra pessoa entre o quintilhão de seres humanos na Galáxia que poderia salvá-la?

– Por favor, Trevize – disse Júbilo, e havia um súbito ar de abatimento nela; toda a sua afetação provocante havia desaparecido. – Não fique bravo. Usei seu nome propriamente e falarei a sério. Dom pediu para que fosse paciente.

– Por todos os planetas na Galáxia, habitáveis ou não, não quero ser paciente! Se sou tão importante, por que não mereço uma explicação? Para começo de conversa, pergunto mais uma vez, por que Dom não veio conosco? Isso não é importante o suficiente para que ele estivesse aqui na *Estrela Distante* com a gente?

– Ele *está* aqui, Trevize – disse Júbilo. – Enquanto eu estiver aqui, ele está aqui, e todos em Gaia estão aqui, cada ser vivo, cada partícula do planeta.

– Você fica satisfeita com isso, mas não é o jeito como eu encaro as coisas. Não sou gaiano. Não podemos espremer o planeta todo para dentro da minha nave, podemos espremer apenas mais uma pessoa. Temos você, e Dom é parte de você. Muito bem. Por que não poderíamos ter trazido Dom e deixado você ser parte *dele*?

— Para começar — respondeu Júbilo —, Pel, quero dizer, Pel-o--rat, pediu que eu ficasse na nave com vocês. Eu, não Dom.

— Ele estava sendo galanteador. Quem levaria isso a sério?

— Oh, espere um momento, meu caro colega —, disse Pelorat, levantando-se enquanto seu rosto ficava cada vez mais vermelho —, eu estava falando bastante a sério. Não quero ser descartado dessa maneira. Aceito o fato de que não importa qual componente do todo gaiano esteja a bordo, e é mais agradável para mim ter Júbilo aqui do que Dom, e deveria ser assim para você também. Vamos lá, Golan, você está se comportando como uma criança.

— Estou? Estou? — retrucou Trevize, carrancudo. — Muito bem. Então estou. De todo jeito — e mais uma vez apontou para Júbilo —, o que quer que seja que esperam que eu faça, garanto que não o farei se não for tratado como um ser humano. Duas perguntas, para começar. O que devo fazer? E por que eu?

Júbilo estava de olhos arregalados e se afastava.

— Por favor — disse a moça —, não posso contar agora. Nada nem ninguém de Gaia pode contar. Você *precisa* ir até o lugar sem saber de nada. *Precisa* entender tudo lá. Deverá, então, fazer o que deve fazer, mas deve fazê-lo com calma e sem emoção. Se continuar como está, nada funcionará e, de um jeito ou de outro, será o fim de Gaia. Você precisa mudar seu estado emocional e não sei como mudá-lo.

— Se Dom estivesse aqui, *ele* saberia? — perguntou Trevize, implacavelmente.

— Dom *está* aqui — respondeu Júbilo. — Ele/eu/nós não sabemos como mudá-lo nem como acalmá-lo. Não entendemos um ser humano que não consegue sentir seu lugar no plano geral, que não se sente parte de um grande todo.

— Não é verdade — disse Trevize. — Vocês conseguiram dominar minha nave a mais de um milhão de quilômetros, e nos mantiveram calmos enquanto estávamos indefesos. Bom, me acalmem agora. Não finja que não são capazes de fazê-lo.

– Mas não *devemos*. Não agora. Se o mudássemos ou o ajustássemos de alguma maneira agora, você não teria mais valor para nós do que qualquer outra pessoa na Galáxia, e não poderíamos usá-lo. Só podemos usá-lo porque você é *você*, e precisa continuar sendo você. Se o influenciássemos de alguma forma neste momento, estaríamos perdidos. Por favor. Você precisa se acalmar por conta própria.

– Sem chances, senhorita, a não ser que diga algo que eu queira saber.

– Júbilo – interrompeu Pelorat –, deixe-me tentar. Por favor, vá para outro aposento.

Júbilo saiu, caminhando lentamente de costas. Pelorat fechou a porta em seguida.

– Ela pode ouvir e ver... sentir tudo – disse Trevize. – Que diferença isso faz?

– Faz diferença para mim – respondeu Pelorat. – Quero ficar a sós com você, mesmo que o isolamento seja uma ilusão. Golan, você está com medo.

– Não seja tolo.

– Claro que está. Não sabe para onde está indo, o que enfrentará, o que esperam que faça. Você tem o direito de estar com medo.

– Mas não estou.

– Sim, está. Talvez não com medo de perigos físicos, como eu. Eu tinha receio de me aventurar pelo espaço, receio de cada mundo novo que via, receio de todas as novidades que encontrei. Afinal, vivi meio século de uma vida constrita, introvertida e limitada, enquanto você estava na marinha e na política, na ação e no tumulto, em casa e no espaço. Ainda assim, tentei não ser receoso, e você me ajudou. Nesses tempos que passamos juntos, você foi paciente comigo, foi gentil e compreensivo comigo, e, graças a você, consegui dominar meus temores e me comportar bem. Então permita-me retribuir o favor e ajudá-lo.

– Não estou com medo, estou lhe dizendo.

– Claro que está. No mínimo, teme a responsabilidade que encontrará. Aparentemente, há todo um mundo dependendo de você, portanto será obrigado a viver com a destruição de um mundo, caso falhe. Por que deveria enfrentar essa possibilidade por um mundo que não significa nada para você? Que direito eles têm de atribuir-lhe esse fardo? Você não está com medo apenas do fracasso, como qualquer pessoa estaria em seu lugar, mas está furioso porque eles o colocaram numa posição em que você precisa ficar com medo.

– Vocês estão todos errados.

– Creio que não. Consequentemente, deixe-me assumir o seu lugar. Eu assumo. O que quer que seja que esperam de você, ofereço-me como substituto. Presumo que não seja nada que exija grande força física nem vitalidade, pois, nesse caso, um simples equipamento mecânico poderia se sair melhor do que você. Presumo que não seja nada que exija mentalicismo, pois eles têm o suficiente disso por conta própria. É algo que... bom, eu não sei, mas se não requer músculos nem cérebro, então tenho tudo o que você tem, e estou pronto para assumir a responsabilidade.

– Por que você está tão disposto a assumir o fardo? – perguntou Trevize, secamente.

Pelorat olhou para o chão, como se temesse encontrar os olhos do outro.

– Eu tive uma esposa, Golan – disse. – Conheci mulheres. Ainda assim, nunca foram muito importantes na minha vida. Nem interessantes. Nem agradáveis. Nunca muito importantes. Ainda assim, essa...

– Quem? Júbilo?

– De algum jeito, ela é diferente... para mim.

– Por Terminus, Janov, ela sabe de cada palavra que está dizendo.

– Não faz diferença. Ela sabe, de qualquer jeito. Quero agradá-la. Assumirei essa missão, qualquer que seja; correrei qualquer risco; aceitarei qualquer responsabilidade pela menor chance de que a faça... gostar de mim.

– Janov, ela é uma criança.

– Ela não é uma criança, e o que você acha dela não faz diferença para mim.

– Não entende como ela deve enxergá-lo?
– Um velho? Que diferença isso faz? Ela é parte de um todo e eu não sou, e isso já é suficiente para formar uma barreira intransponível entre nós. Acha que eu não sei? Mas eu não peço nada dela além de que ela...
– Goste de você?
– Sim. Ou o que ela possa sentir por mim.
– E por isso você faria o meu trabalho? Janov, não ouviu? Eles não querem você. Eles querem *a mim*, por alguma misteriosa razão que não entendo.
– Se eles não podem tê-lo e se precisam de alguém, eu certamente serei melhor do que nada.

Trevize negou com a cabeça.
– Não acredito que isso esteja acontecendo – disse. – A idade está acabando com você e só agora descobriu a juventude. Janov, está tentando ser um herói para que possa morrer por aquele corpo.
– Não diga isso, Golan. Não é um assunto adequado para piadas.

Trevize tentou rir, mas seus olhos encontraram o rosto sério de Pelorat e ele pigarreou em vez disso.
– Está certo – disse. – Peço desculpas. Chame-a, Janov. Chame-a.

Júbilo entrou, retraindo-se de leve.
– Sinto muito, Pel – disse, com voz fraca. – Você não pode substituí-lo. Precisa ser Trevize ou ninguém.
– Muito bem – disse Trevize. – Eu me acalmarei. O que quer que seja, tentarei fazer. Qualquer coisa para impedir Janov de tentar ser um herói romântico nessa idade.
– Sei a idade que tenho – murmurou Pelorat.

Júbilo se aproximou de Pelorat lentamente e pousou uma mão em seu ombro.
– Pel, eu... eu gosto de você.

Pelorat desviou o olhar.
– Não se preocupe, Júbilo. Não precisa ser educada.
– Não estou sendo educada, Pel. Eu gosto... muito de você.

2

Vagamente, e então com mais força, Sura Novi sabia que se chamava Suranoviremblastiran e que, quando era pequena, fora conhecida como Su pelos seus pais e como Vi pelos amigos.

Ela nunca tinha realmente esquecido, claro, mas os fatos eram, de vez em quando, enterrados nas profundezas mais obscuras de sua existência. E nunca tinham estado tão profunda e duradouramente enterrados quanto neste último mês, pois ela nunca esteve tão perto de uma mente tão poderosa por tanto tempo.

Mas agora era o momento. Não foi por vontade própria. Não precisava ser. A vasta parte reprimida de si mesma agora forçava para chegar à superfície, pelo bem global.

Acompanhando esse momento havia um vago incômodo, um tipo de coceira que foi rapidamente vencida pelo conforto de ser si mesma sem máscaras. Fazia anos que ela não ficava tão próxima do globo de Gaia.

Lembrou-se de uma das formas de vida que amara em Gaia, quando era criança. No passado, percebera os sentimentos daquela forma de vida como uma tênue parte de si mesma. Agora, ela reconhecia seus sentimentos mais aguçados. Era uma borboleta emergindo de um casulo.

3

Stor Gendibal olhou repentina e profundamente para Novi – e ficou tão surpreso que por pouco não perdeu o controle que exercia sobre a prefeita Branno. O fato de ele não tê-lo perdido era devido, talvez, a um súbito apoio externo que recebia e que, no momento, ignorava.

– O que sabe sobre o conselheiro Trevize, Novi? – e então, em fria perplexidade diante da inesperada e crescente complexidade da mente da mulher, elevou o tom de voz. – O que é você?

Ele tentou dominar a mente de Novi e descobriu que era impenetrável. Naquele momento, reconheceu que sua influência sobre Branno era apoiada por uma força maior do que a dele.

– O que é você? – repetiu.

Havia um traço de tristeza no rosto de Novi.

– Mestre – ela disse. – Orador Gendibal. Meu nome verdadeiro é Suranoviremblastiran e eu sou Gaia.

Foi tudo o que ela disse em palavras. Gendibal, com fúria repentina, intensificou sua própria aura mentálica e, com grande habilidade, agora que suas emoções cresciam, evitou a barreira crescente e dominou Branno por conta própria e com mais potência do que antes, enquanto segurava a mente de Novi em uma batalha tensa e silenciosa.

Ela o manteve a distância com habilidade equivalente, mas não conseguia manter a própria mente fechada para ele, ou talvez não quisesse.

Ele se comunicou com ela como se comunicaria com outro Orador.

– Você assumiu um papel, me enganou, atraiu-me para cá. Você é da espécie da qual o Mulo surgiu.

– O Mulo era uma aberração, Orador. Eu/nós não somos Mulos. Eu/nós somos Gaia.

Toda a essência de Gaia estava descrita naquilo que ela comunicava de maneira complexa, muito além do que era possível por meio de qualquer quantidade de palavras.

– Um planeta inteiro, vivo – disse Gendibal.

– E com um campo mentálico mais grandioso como um todo do que o seu, individualmente. Por favor, não resista com tanta intensidade. Receio a possibilidade de machucá-lo, algo que não quero fazer.

– Mesmo como um planeta vivo, não é mais forte do que a soma de meus colegas em Trantor. Nós também somos, de certa maneira, um planeta vivo.

– São apenas poucos milhares de pessoas em cooperação mentálica, Orador, e você não pode usufruir desse apoio, pois eu o bloqueei. Experimente e verá.

– O que planeja fazer, Gaia?

— Eu gostaria, Orador, que se referisse a mim como Novi. Minhas ações, no momento, são ações de Gaia, mas também sou Novi. E, para você, sou apenas Novi.

— O que planeja fazer, Gaia?

Houve um trêmulo equivalente mentálico de um suspiro, e Novi respondeu:

— Permaneceremos em um impasse triplo. Você dominará a prefeita Branno através do escudo e eu o ajudarei, e não nos cansaremos. Você, suponho, manterá sua influência sobre mim e eu manterei a minha sobre você, e nenhum de nós dois se cansará. E assim ficaremos.

— Até qual conclusão?

— Como disse, estamos esperando pelo conselheiro Trevize, de Terminus. Será ele quem resolverá o impasse, da maneira que quiser.

4

O computador a bordo da *Estrela Distante* localizou as duas naves e Golan Trevize as exibiu juntas na tela dividida.

Eram, ambas, naves da Fundação. Uma era exatamente como a *Estrela Distante* e era, sem dúvida, a nave de Compor. A outra era maior e mais potente.

Ele se virou para Júbilo.

— E então — disse —, você sabe o que está acontecendo? Há alguma coisa que possa me dizer?

— Sim! Não fique alarmado. Eles não o machucarão.

— Por que todos estão convencidos de que estou sentadinho aqui, morrendo de medo? — questionou Trevize, com petulância.

— Deixe-a falar, Golan — disse Pelorat rapidamente. — Tenha paciência.

Trevize levantou os braços em um gesto de inquieta rendição e respondeu:

— Terei paciência. Fale, senhorita.

— Na nave maior — continuou Júbilo — está a soberana de sua Fundação. Com ela...

– A soberana? – perguntou Trevize, atordoado. – Está falando da velha Branno?

– Esse certamente não é seu título – disse Júbilo, seus lábios demonstrando leve humor. – Mas, sim, é uma mulher – ela parou um pouco, como se ouvisse atentamente o resto do grande organismo do qual fazia parte. – Seu nome é Harlabranno. Parece estranho ter apenas quatro sílabas quando se é tão importante em seu mundo, mas suponho que os não gaianos também tenham seus costumes.

– Suponho que sim – disse Trevize, secamente. – Creio que você a chamaria de Brann. Mas o que ela está fazendo aqui? Por que ela não está em... Entendo. Gaia também providenciou para que ela estivesse aqui. Por quê?

Júbilo não respondeu à pergunta e continuou:

– Com ela, está Lionokodell, cinco sílabas, apesar de ser seu subalterno. Parece falta de respeito. Ele é um oficial importante de seu mundo. Com os dois, há quatro outros, que controlam as armas da nave. Quer os nomes?

– Não. Imagino que na outra nave haja apenas um homem, Munn Li Compor, e que ele represente a Segunda Fundação. Vocês trouxeram as duas Fundações até aqui, evidentemente. Por quê?

– Não exatamente, Trev... Quero dizer, Trevize.

– Oh, vá em frente, diga Trev. Não dou o menor sopro de gás espacial por isso.

– Não exatamente, Trev. Compor deixou aquela nave e foi substituído por duas pessoas. Uma delas é Storgendibal, um oficial importante da Segunda Fundação. Ele é chamado de Orador.

– Um oficial importante? Imagino que tenha poderes mentálicos.

– Ah, sim. Bastante.

– Você conseguirá lidar com isso?

– Certamente. A segunda pessoa a bordo, com ele, é Gaia.

– Um de *vocês*?

– Sim. Seu nome é Suranoviremblastiran. Deveria ser muito mais longo, mas ela ficou longe de mim/nós/todos por muito tempo.

– Ela é capaz de dominar um alto oficial da Segunda Fundação?

— Não é ela, mas Gaia, quem o domina. Ela/eu/nós somos capazes de esmagá-lo.

— É isso que ela vai fazer? Ela o esmagará, e depois Branno? Do que se trata isso? Gaia destruirá as Fundações e estabelecerá seu próprio Império Galáctico? A volta do Mulo? Um Mulo ainda mais...

— Não, não, Trev. Não fique alterado. Não deve. Todos os três estão em um impasse. Estão esperando.

— Pelo quê?

— Por sua decisão.

— Lá vamos nós de novo. *Que* decisão? Por que *eu*?

— Por favor, Trev — respondeu Júbilo. — Em breve será explicado. Eu/nós/ela explicamos tanto quanto eu/nós/ela podemos, por enquanto.

5

— É evidente que cometi um erro, Liono — disse Branno, exausta —, talvez um erro fatal.

— Seria apropriado admitir em voz alta? — murmurou Kodell através de lábios imóveis.

— Eles sabem o que penso. Não será mais danoso falar sobre isso. E eles não saberão menos sobre seus pensamentos se você não mexer os lábios. Eu deveria ter esperado até que o escudo estivesse mais fortalecido.

— Como poderia saber, prefeita? — respondeu Kodell. — Se tivéssemos esperado até que as certezas duplicassem, triplicassem, quadruplicassem e se multiplicassem ao infinito, teríamos esperado para sempre. Mas afirmo que teria sido melhor não sermos nós. Teria sido bom experimentá-lo em outro, quem sabe em seu para-raios, Trevize.

— Eu queria ter o elemento-surpresa, Liono — suspirou Branno. — Mesmo assim, você chegou ao cerne do meu erro. Eu deveria ter esperado até que o escudo fosse razoavelmente impenetrável. Não totalmente impenetrável, apenas razoavelmente. Eu sabia que havia buracos perceptíveis, mas não podia esperar. Eliminar os buracos significaria esperar até além do meu mandato e eu queria resolver a questão na *minha* época. *Eu* queria estar em destaque. Por isso, como uma tola, me forcei a acreditar que o escudo era adequado. Não ouvi nenhuma palavra de cautela. Não ouvi seus questionamentos, por exemplo.

– Talvez ainda possamos vencer, se formos pacientes.

– Pode ordenar que atirem na outra nave?

– Não, prefeita, não posso. Tal ideia é, de alguma maneira, algo que não consigo suportar.

– Nem eu. E mesmo que eu ou você consigamos dar a ordem, tenho certeza de que os homens a bordo não a seguiriam, pois não seriam capazes.

– Não nas atuais circunstâncias, prefeita. Mas as circunstâncias podem mudar. Aliás, um novo ator aparece na cena.

Ele apontou para a tela. O computador da nave automaticamente dividiu a tela conforme a nova embarcação entrou em seu alcance visual. A segunda nave aparecia no lado direito da tela.

– Pode ampliar a imagem, Liono?

– Sem problemas. O membro da Segunda Fundação é habilidoso. Estamos livres para fazer qualquer coisa que não o afete.

– Pois bem – disse Branno, estudando a tela –, aquela é a *Estrela Distante*, tenho certeza. E imagino que Trevize e Pelorat estão a bordo – e completou, amargamente –, a não ser que tenham sido substituídos por membros da Segunda Fundação. Meu para-raios foi, de fato, muito eficiente. Se ao menos meu escudo tivesse sido mais forte...

– Tenha paciência! – respondeu Kodell.

Uma voz ecoou pelos cantos da sala de controle da nave e, de alguma maneira, Branno sabia que não se tratava de ondas sonoras. Ouviu diretamente em sua mente, e uma olhadela na direção de Kodell foi suficiente para perceber que ele também ouvira.

– Pode me ouvir, prefeita Branno? – disse a voz. – Se puder, não se incomode de responder oralmente. Basta pensar na resposta.

– O que é você? – perguntou Branno, calmamente.

– Eu sou Gaia.

6

As três espaçonaves estavam, essencialmente, imóveis em relação umas às outras. Todas elas giravam lentamente ao redor de Gaia, como um distante satélite tríplice do planeta. Todas acompanhavam Gaia em sua infinita jornada ao redor de seu sol.

Trevize observava a tela sentado, cansado de tentar entender qual seria o seu papel... o que ele teria de fazer após ter sido arrastado por mil parsecs?

O som em sua mente não o surpreendeu. Era como se tivesse esperado por ele.

– Pode me ouvir, Golan Trevize? – disse a voz. – Se puder, não se incomode de responder oralmente. Basta pensar na resposta.

Trevize olhou à volta. Pelorat, evidentemente surpreso, olhava em todas as direções, como se tentasse encontrar a fonte. Júbilo estava sentada, quieta, suas mãos relaxadas em seu colo. Trevize não duvidou por nenhum segundo de que ela estava consciente daquele som.

Ele ignorou a ordem de usar pensamentos e falou com proposital clareza de pronúncia:

– Se eu não descobrir do que se trata isso, não farei nada que me peçam para fazer.

E a voz disse:

– Você está prestes a descobrir.

7

– Todos vocês me ouvirão em suas mentes – disse Novi. – Estão todos livres para responder em pensamento. Providenciarei para que todos possam ouvir uns aos outros. E, como todos sabem, estamos todos próximos o suficiente para que, na velocidade da luz do campo mentálico espacial, não haja nenhum atraso inconveniente. Antes de qualquer coisa, nosso encontro aqui foi predeterminado.

– De que maneira? – veio a voz de Branno.

– Não por meio de manipulações mentais – respondeu Novi. – Gaia não interferiu na mente de ninguém. Não é de nossa índole. Simplesmente nos aproveitamos das ambições. A prefeita Branno queria estabelecer um Segundo Império imediatamente; o Orador Gendibal desejava ser Primeiro Orador. Encorajamos essas aspirações e seguimos com a maré, seletivamente e com bom senso.

– Sei como fui trazido até aqui – disse Gendibal, tenso. E, de fato, sabia. Sabia porque estivera tão ansioso para ir ao espaço, tão ansioso para perseguir Trevize, tão certo de que conseguiria lidar com tudo aquilo. – Foi tudo graças a Novi. Ah, Novi!

– Você foi um caso singular, Orador Gendibal. Sua ambição era poderosa, mas havia vulnerabilidades em sua personalidade que ofereceram um atalho. É uma pessoa que seria gentil com alguém que você foi induzido a acreditar ser inferior a você em todos os aspectos. Aproveitei-me dessa sua característica e a usei contra você. Eu/nós sinto/sentimos profunda vergonha. A justificativa é que o futuro da Galáxia está ameaçado.

Novi parou e sua voz (apesar de não estar falando através de suas cordas vocais) ficou mais melancólica; seu rosto, mais cansado.

– Era este o momento. Gaia não poderia esperar mais. Por mais de um século, os habitantes de Terminus desenvolveram um escudo mentálico. Se não fossem impedidos, em mais uma geração o escudo se tornaria impenetrável até mesmo para Gaia, e eles estariam livres para usar seus armamentos físicos à vontade. A Galáxia não poderia resistir, e um Segundo Império Galáctico, seguindo os preceitos de Terminus, teria sido estabelecido imediatamente, apesar do Plano Seldon, apesar das pessoas de Trantor e apesar de Gaia. A prefeita Branno precisava, de alguma maneira, ser manipulada para agir enquanto seu escudo ainda fosse imperfeito. E então, Trantor. O Plano Seldon funcionava perfeitamente, pois Gaia se dedicava a mantê-lo nos trilhos com precisão. E, por mais de um século, houve Primeiros Oradores quietistas, e Trantor vegetou. Agora, entretanto, Stor Gendibal ascendeu rapidamente. Ele decerto se tornaria Primeiro Orador e, com ele, Trantor assumiria um papel ativista. Certamente se concentraria em poderes físicos, reconheceria o perigo de Terminus e agiria contra eles. Se ele pudesse agir contra Terminus antes que o escudo estivesse impenetrável, o Plano Seldon poderia culminar em um Segundo Império Galáctico, seguidor dos preceitos de Trantor, apesar das pessoas de Terminus e apesar de Gaia. Consequentemente, Gendibal precisava, de alguma maneira, ser manipulado para agir antes de se tornar Primeiro Orador. Felizmente, como Gaia trabalhou cuidadosamente por décadas, trouxemos ambas as Fundações ao lugar certo, no momento certo. Repito isso especialmente para que o conselheiro Golan Trevize, de Terminus, possa compreender.

Trevize interrompeu de imediato e, mais uma vez, ignorou a orientação para conversar através de pensamentos. Disse, com firmeza:

– Mas eu *não* compreendo. O que há de errado com essas versões do Segundo Império Galáctico?

– O Segundo Império Galáctico – respondeu Novi –, seguindo os preceitos de Terminus, será um império militar estabelecido por conflito, mantido por conflito e, eventualmente, destruído por conflito. Não será nada além do Primeiro Império Galáctico renascido. Essa é a visão de Gaia. O Segundo Império Galáctico, seguindo os preceitos de Trantor, será um império paternalista, estabelecido por cálculos, mantido por cálculos e em perpétua semivida por cálculos. Será um beco sem saída. Essa é a visão de Gaia.

– E o que Gaia tem a oferecer como alternativa? – perguntou Trevize.

– Grande Gaia! Galaksia! Cada planeta habitado, tão vivo quanto Gaia. Cada planeta habitado conectado para formar uma vida hiperespacial ainda mais grandiosa. Cada planeta desabitado fazendo parte. Uma Galáxia viva, uma Galáxia que pode ser favorável para todas as vidas, com benefícios que ainda não podemos prever. Uma forma de vida fundamentalmente diferente de tudo o que veio antes, sem repetir nenhum dos erros do passado.

– E originando novos erros – murmurou Gendibal, sarcasticamente.

– Tivemos milhares de anos de Gaia para eliminá-los.

– Mas não em escala galáctica.

Trevize, ignorando a pequena discussão e indo direto ao ponto, disse:

– E qual é o meu papel em tudo isso?

A voz de Gaia, canalizada pela mente de Novi, trovejou:

– *Escolha*! Qual alternativa deve se tornar realidade?

Houve um longo silêncio e, finalmente, naquele vasto silêncio, a voz de Trevize – enfim mentalizada, pois ele estava chocado demais para falar – soou pequena, mas ainda contestadora.

– Por que eu?

– Apesar de termos reconhecido a iminência do momento em que tanto Terminus como Trantor seriam poderosos demais para serem impedidos (ou, ainda pior, quando ambos se tornariam tão poderosos que um impasse mortal se instalaria e destruiria toda a Galáxia), mesmo assim não podíamos agir. Para nossos objetivos, precisávamos de alguém, alguém especial, com o talento da equidade. Encontramos você, conselheiro... não, não podemos assumir o crédito. As pessoas de Trantor o encontraram por meio do homem chamado Compor, mesmo que nem eles soubessem o que tinham em mãos. Quando foi encontrado, nossa atenção voltou-se em sua direção. Golan Trevize, você tem o dom de enxergar a coisa certa a ser feita.

– Eu nego tal dom – disse Trevize.

– Você, de vez em quando, *tem certeza*. E queremos que tenha certeza desta vez, pelo bem da Galáxia. Talvez não queira a responsabilidade. Pode dar o máximo de si para não ter que escolher. Todavia, perceberá que é certo fazê-lo. Terá *certeza*! E, então, escolherá. Depois que o encontramos, sabíamos que a busca havia terminado e, por anos, nos esforçamos para encorajar uma sequência de ações que iria, sem interferência mental direta, influenciar os eventos para que vocês três, prefeita Branno, Orador Gendibal e conselheiro Trevize, estivessem nas cercanias de Gaia ao mesmo tempo. E conseguimos.

– Nesta localização espacial – disse Trevize –, sob as atuais circunstâncias, não é fato, Gaia (se é assim que deseja que eu me refira a você), que você pode subjugar tanto a prefeita como o

Orador? Não é fato que poderia estabelecer essa Galáxia viva à que se refere sem que eu fizesse nada? Por que, então, não o faz?

– Não sei se posso explicar de maneira que lhe seja satisfatória – respondeu Novi. – Gaia foi formada milhares de anos atrás, com a ajuda de robôs que, durante um determinado período de tempo, serviram à espécie humana e que agora não a servem mais. Deixaram claro que só poderíamos sobreviver pela aplicação rígida das Três Leis da Robótica na vida como um todo. Nesses termos, a Primeira Lei é: "Gaia não pode ferir a vida ou, por omissão, permitir que a vida seja ferida". Seguimos essa regra ao longo de toda a nossa história, e não poderia ter sido de outro jeito. O resultado é que agora estamos impotentes. Não podemos impor nossa visão de uma Galáxia viva ao quintilhão de seres humanos e a incontáveis outras formas de vida, e possivelmente causar mal a vastos números delas. Tampouco podemos ficar alheios e assistir enquanto a maior parte da Galáxia se destrói em um conflito que poderíamos ter evitado. Não sabemos se ação ou inação seria menos custoso para a Galáxia; se escolhêssemos ação, tampouco sabemos se apoiar Terminus ou Trantor seria menos custoso para a Galáxia. Portanto, deixemos que o conselheiro Trevize decida e, qualquer que seja sua decisão, Gaia a seguirá.

– Como espera que eu tome uma decisão? – perguntou Trevize. – O que faço?

– Por meio do seu computador – disse Novi. – As pessoas de Terminus não sabiam que, quando o fizeram, o projetaram melhor do que imaginavam. O computador a bordo de sua nave incorpora parte de Gaia. Coloque suas mãos nos terminais e pense. Pode pensar que o escudo da prefeita Branno seja impenetrável, por exemplo. Se assim o fizer, é possível que ela use suas armas imediatamente para incapacitar ou destruir as outras duas naves e estabelecer supremacia física sobre Gaia e, depois, sobre Trantor.

– E não farão nada para impedir? – questionou Trevize, atônito.

– Absolutamente nada. Se tem certeza de que o domínio por Terminus seria menos prejudicial para a Galáxia do que qualquer outra alternativa, auxiliaremos tal domínio com prazer, mesmo ao custo de nossa própria destruição. Por outro lado, você pode detectar o campo mentálico do Orador Gendibal e juntar a força amplificada do computador à dele. Assim, ele certamente se livraria de mim e me repeliria. Então poderia ajustar a mente da prefeita e, utilizando as naves de sua frota, estabelecer domínio físico sobre Gaia, garantindo a supremacia contínua do Plano Seldon. Gaia não se mobilizará para impedir. Ou pode detectar o *meu* campo mentálico e se juntar a ele... e então a Galáxia viva começará a crescer e chegará ao seu auge não nesta geração nem na próxima, mas depois de séculos de esforços, durante os quais o Plano Seldon continuará. A escolha é sua.

– Espere! – disse a prefeita Branno. – Não tome uma decisão imediatamente. Posso ter a palavra por um momento?

– Pode falar abertamente – respondeu Novi. – Assim como o Orador Gendibal.

– Conselheiro Trevize – disse Branno. – Na última vez em que nos vimos em Terminus, você disse: "Chegará o dia, senhora prefeita, em que a senhora irá pedir-me para tomar uma atitude. Farei o que achar melhor, mas me lembrarei dos últimos dois dias". Não sei se previu este momento, ou se sentiu intuitivamente que aconteceria, ou se simplesmente tem o que essa mulher que fala de uma Galáxia viva chama de talento para a equidade. De toda maneira, estava certo. Estou pedindo uma decisão em favor da Federação. Suponho que você talvez sinta vontade de se vingar por eu ter ordenado sua prisão e seu exílio. Peço que se lembre de que o fiz pelo que considerei o melhor para a Federação da Fundação. Mesmo que eu estivesse errada ou mesmo que eu tenha agido por insensível interesse próprio, lembre-se de que fui eu, e não a Federação. Não destrua a Federação inteira por causa de um desejo de compensar o que apenas eu fiz contra você. Lembre-se de que você faz parte da Fundação e que é um ser humano; que não quer ser uma cifra nos planos dos matemáticos calculistas de Trantor, ou menos do que uma cifra em uma mixórdia galáctica de vida e não vida. Você quer que você, seus descendentes e seus companheiros de espécie continuem organismos independentes, donos de livre-arbítrio. Nada mais importa. Estes outros – continuou a prefeita – dizem que nosso Império levaria a derramamento de sangue e miséria, mas não necessariamente. Se deveria ser assim ou não, é uma escolha de nosso livre-arbítrio. Podemos escolher. E, de todo modo, é melhor aceitar a derrota por livre e espontânea vontade do que viver em segurança sem significado, como uma engrenagem em uma máquina. Veja que agora pedem que tome uma decisão como um ser humano dotado de livre-arbítrio. Essas criaturas de Gaia não podem tomar uma decisão porque seus mecanismos não permitem que o façam, e assim elas dependem de você. E destruirão a si mesmas, se assim você quiser. É isso que deseja para toda a Galáxia?

– Não sei se tenho livre-arbítrio, prefeita – respondeu Trevize. – Minha mente pode ter sido sutilmente manipulada para que eu dê a resposta desejada.

– Sua mente – disse Novi – está totalmente intacta. Se pudéssemos ajustá-lo para que se adequasse aos nossos objetivos, esta reunião seria desnecessária. Se fôssemos tão sem princípios, poderíamos ter colocado em prática o que fosse melhor para nós, sem a menor preocupação pela necessidade de todos e pelo bem da humanidade em geral.

– Creio ser a minha vez de ter a palavra – disse Gendibal. – conselheiro Trevize, não se deixe guiar por um provincianismo limitado. O fato de ter nascido em Terminus não deveria levá-lo a crer que Terminus deve ficar acima da Galáxia. Por cinco séculos, a Galáxia tem operado de acordo com o Plano Seldon. Essa operação tem sido contínua dentro e fora da Federação da Fundação. Você é, e tem sido, parte do Plano Seldon, acima e além de seu papel menor como membro da Fundação. Não faça nada para interromper o Plano, seja em benefício de um limitado conceito de patriotismo ou de um desejo romântico pelo novo e não experimentado. Os membros da Segunda Fundação não obstruirão o livre-arbítrio da humanidade, de maneira nenhuma. Somos guias, não déspotas. E oferecemos um Segundo Império Galáctico fundamentalmente diferente do Primeiro. Ao longo da história humana, nenhuma década, em todas as dezenas de milhares de anos durante os quais existe a viagem hiperespacial, foi totalmente livre de derramamento de sangue e de mortes violentas por toda a Galáxia, mesmo nos períodos em que a própria Fundação estava em paz. Escolha a prefeita Branno e isso continuará infinitamente. O mesmo ciclo repulsivo e mortífero. O Plano Seldon oferece a libertação disso, e *não* ao custo de se tornar mais um átomo em uma Galáxia de átomos, de ser reduzido à igualdade com a grama, as bactérias e a poeira.

Novi disse:

– Em relação ao que o Orador Gendibal afirma sobre o Segundo Império da Primeira Fundação, eu concordo. Em relação ao que diz sobre si mesmo, discordo. Os Oradores de Trantor são, afinal de contas, seres humanos independentes e com livre-arbítrio, e são os mesmos que sempre foram. Estarão livres de competição destrutiva, de política, de ascensões a todo custo? Não existem rixas na Mesa dos Oradores, e até ódio? E a humanidade estará sempre disposta a seguir suas orientações? Exija a palavra de honra do Orador Gendibal e faça essa pergunta.

– Não há necessidade de exigir minha palavra de honra – respondeu Gendibal. – Admito abertamente que temos nossas desavenças, competições e traições na Mesa. Mas uma vez que uma decisão tenha sido tomada, todos obedecem. Nunca houve exceção.

– E se eu me recusar a tomar uma decisão? – perguntou Trevize.

– Você deve decidir – disse Novi. – Você saberá que é certo decidir e, portanto, fará uma escolha.

– E se eu tentar fazer uma escolha e não conseguir?

– Você deve fazer.

– Quanto tempo eu tenho? – perguntou Trevize.

– Quanto tempo for necessário para que tenha *certeza*.

Trevize permaneceu em silêncio.

Apesar de os outros também estarem em silêncio, Trevize parecia conseguir ouvir a pulsação de sua própria corrente sanguínea.

Ouviu a voz de Branno dizer, firmemente:

– Livre-arbítrio!

A voz do Orador Gendibal disse, categórica:
– Orientação e paz!
A voz de Novi disse, melancolicamente:
– Vida!
Trevize virou-se e viu Pelorat observando-o atentamente.
– Janov – disse Trevize. – Ouviu tudo isso?
– Sim, ouvi, Golan.
– O que acha?
– A decisão não é minha.
– Sei disso. Mas o que acha?
– Eu não sei. As três alternativas me assustam. Ainda assim, um pensamento peculiar me vem à mente...
– Sim?
– Quando fomos ao espaço pela primeira vez, você me mostrou a Galáxia. Lembra-se?
– Claro.
– Você acelerou o tempo e a Galáxia girou visivelmente. E eu disse, como se antecipasse este exato momento: "A Galáxia parece uma coisa viva, rastejando pelo espaço". Você acha que, de certa forma, ela já está viva?

E, lembrando-se desse momento, Trevize repentinamente *teve certeza*. Lembrou-se, de súbito, da intuição de que Pelorat também teria um papel essencial nos acontecimentos. Virou-se, com pressa, ansioso para não ter tempo de pensar, de duvidar, de ficar incerto.

Ele colocou suas mãos nos terminais e pensou com uma intensidade que nunca tinha sentido antes.

Havia tomado sua decisão – a decisão da qual dependia o destino da Galáxia.

20.

Resolução

1

A prefeita Harla Branno tinha todos os motivos para estar satisfeita. A visita diplomática não havia durado muito tempo, mas fora totalmente produtiva.

– Não podemos, claro – disse, como em uma tentativa deliberada de evitar presunção –, confiar totalmente neles.

Ela observava a tela. As naves da marinha estavam, uma a uma, entrando no hiperespaço e voltando a seus postos rotineiros.

Não havia nenhuma dúvida de que Sayshell ficara impressionado com sua presença, mas não podiam, também, deixar de perceber outras duas coisas: primeiro, que as naves permaneceram no espaço da Fundação o tempo todo e, segundo, que uma vez que Branno disse que iriam embora, elas, de fato, partiram rapidamente.

Por outro lado, Sayshell também não esqueceria que aquelas embarcações podiam ser reenviadas até a fronteira em apenas um dia, ou até menos. Era uma estratégia que havia combinado demonstração tanto de potência como de boa vontade.

– Concordo – disse Kodell –, não podemos confiar neles totalmente, mas ninguém na Galáxia é totalmente confiável e é de interesse de Sayshell cumprir os termos do acordo. Fomos generosos.

– Muito dependerá de acertarmos os detalhes – respondeu Branno –, e prevejo que isso levará meses. As pinceladas gerais podem ser aceitas sem demora, mas então entram as sutilezas: como será a quarentena de importados e exportados, como determinaremos o valor de seus grãos e gado comparados com os nossos, e assim por diante.

– Eu sei, mas isso será feito e o crédito será seu, prefeita. Foi uma jogada ousada e cuja sabedoria, devo admitir, questionei.

– Entenda, Liono. Era apenas uma questão de a Fundação reconhecer o orgulho sayshelliano. Eles mantiveram certa independência desde os primórdios dos tempos Imperiais. É algo a ser admirado, na verdade.

– Sim, agora que não será mais uma inconveniência para nós.

– Exato, e por isso bastou dobrar nosso próprio orgulho o suficiente para fazer algum tipo de gesto em respeito ao deles. Admito não ter sido fácil que eu, como prefeita de uma Federação que abarca toda uma Galáxia, condescendesse com uma visita a um aglomerado provinciano de estrelas. Mas, uma vez que a decisão tinha sido tomada, não foi tão ofensivo. E agradou a eles. Tivemos de arriscar que eles concordariam com a visita uma vez que movêssemos nossas naves até a fronteira, mas bastou sermos humildes e sorrirmos bastante.

Kodell concordou com a cabeça.

– Abandonamos a aparência de poder para preservar a essência dele.

– Exato. Quem foi o primeiro a dizer isso, mesmo?

– Creio que estava em uma das peças de Eriden, mas não tenho certeza. Podemos perguntar a um de nossos especialistas em literatura quando voltarmos.

– Se eu lembrar. Precisamos acelerar a visita dos sayshellianos a Terminus e garantir que eles recebam tratamento como iguais. E receio, Liono, que você deverá preparar um esquema denso de segurança para eles. É possível que haja indignação entre nossos reacionários e não seria sábio sujeitar os visitantes à humilhação, nem a mais leve e transitória, na forma de demonstrações de protesto.

– Definitivamente – respondeu Kodell. – Aliás, foi uma estratégia brilhante enviar Trevize.

– Meu para-raios? Funcionou melhor do que eu esperava, para ser sincera. Ele cambaleou até Sayshell e, com seus protestos, atraiu o relâmpago com uma velocidade que eu não poderia imaginar.

Espaço! Que bela desculpa para a minha visita. Preocupação de evitar que um membro da Fundação os perturbasse e gratidão por sua clemência.

– Muito inteligente! Mas não acha que teria sido melhor se tivéssemos levado Trevize embora conosco?

– Não. No geral, prefiro-o em qualquer lugar, menos em casa. Seria um incômodo em Terminus. Suas bobagens sobre a Segunda Fundação serviram como a desculpa perfeita para enviá-lo para longe e, claro, contamos com Pelorat para conduzi-lo até Sayshell; mas não o quero de volta, espalhando tais bobagens. Não temos como saber para onde isso levaria.

– Duvido – riu-se Kodell – que pudéssemos encontrar alguém mais ingênuo do que um acadêmico intelectual. Pergunto-me quanto Pelorat teria engolido se o tivéssemos encorajado.

– A crença na existência literal da mítica Gaia sayshelliana já era suficiente, mas esqueça. Enfrentaremos o Conselho quando retornarmos e precisaremos de seus votos para o tratado sayshelliano. Felizmente, temos a declaração de Trevize, com padrão vocal e tudo o mais, para provar que ele deixou Terminus voluntariamente. Demonstrarei pesar oficial pela breve prisão de Trevize e isso deixará o Conselho satisfeito.

– Posso deixar a lisonja persuasiva em suas mãos, prefeita – disse Kodell, secamente. – Mas a senhora já considerou que Trevize talvez continue a buscar a Segunda Fundação?

– Que procure – Branno deu de ombros –, desde que não o faça em Terminus. Isso o manterá ocupado e não o levará a lugar nenhum. A sobrevivência da Segunda Fundação é nossa lenda do século, assim como Gaia é a lenda de Sayshell.

Ela se reclinou e parecia genuinamente alegre.

– E agora temos Sayshell em nossas mãos – disse –, e, quando perceberem isso, será tarde demais para quebrarem o acordo. Assim, o crescimento da Fundação continua e continuará, com tranquilidade e determinação.

– E o crédito será todo seu, prefeita.

– Tal fato não me passou despercebido – respondeu a prefeita, e sua nave adentrou o hiperespaço e reapareceu no espaço próximo a Terminus.

2

O Orador Stor Gendibal, de volta à sua própria nave, tinha todos os motivos para estar satisfeito. O encontro com a Primeira Fundação não havia durado muito tempo, mas fora totalmente produtivo.

Ele enviou a mensagem sobre seu cuidadosamente silenciado triunfo. Naquele momento, era necessário apenas informar o Primeiro Orador de que tudo tinha corrido bem (como o Primeiro Orador poderia certamente deduzir pelo fato de que a força total da Segunda Fundação não fora necessária). Os detalhes poderiam vir depois.

Ele descreveria a maneira como um minucioso – e mínimo – ajuste na mente da prefeita Branno havia desviado seus pensamentos de grandiosidade imperialista para a praticidade de acordos comerciais; como um minucioso – e feito a uma distância incrível – ajuste no líder da Aliança Sayshell levara a um convite à prefeita para uma negociação e como, assim, uma reconciliação fora alcançada sem nenhum outro ajuste, com Compor retornando a Terminus em sua própria nave para garantir que o acordo fosse mantido. Gendibal pensou, satisfeito consigo mesmo, que havia sido um exemplo quase perfeito de grandes resultados alcançados por um mentalicismo minuciosamente empregado.

Estava certo de que, logo após a explicação dos detalhes em uma assembleia formal da Mesa, aquilo esmagaria a Oradora Delarmi e resultaria em sua própria promoção ao cargo de Primeiro Orador.

E não negou a si mesmo a importância da presença de Sura Novi, mesmo que tal fato não devesse ser enfatizado diante dos outros Oradores. Ela havia sido essencial para sua vitória e era, também, a desculpa que precisava para se render à sua necessidade infantil (e deveras humana, pois até mesmo os Oradores são humanos) de se deleitar diante do que ele sabia ser a admiração garantida.

Gendibal tinha consciência de que ela não entendera nada do que tinha acontecido, mas ela sabia que ele tinha lidado com a situação da forma que queria e esbanjava orgulho por ele. Ele acariciou a suavidade de sua mente e sentiu a ternura daquele orgulho.

– Eu não conseguiria ter feito isso sem você, Novi – disse. – Foi graças a você que eu soube que a Primeira Fundação, as pessoas na nave grande...

– Sim, Mestre, sei de quem está falando.

– Eu soube, graças a você, que eles tinham um escudo e também poderes mentálicos inferiores. A partir do efeito na *sua* mente pude perceber, com exatidão, as características dos dois. Pude perceber como romper o primeiro e repelir o segundo com a máxima eficiência.

– Não entendo exatamente o que diz, Mestre – respondeu Novi, hesitante –, mas teria feito muito mais para ajudar, se pudesse.

– Sei disso, Novi. Mas o que fez foi suficiente. É incrível o quão perigosos eles poderiam ter se tornado. Mas abordados agora, antes de seu escudo ou de seu campo mentálico terem sido mais desenvolvidos, eles puderam ser impedidos. Agora a prefeita retorna, escudo e campo esquecidos, satisfeita com a obtenção de um acordo comercial com Sayshell que o transformará em uma parte efetiva da Federação. Não nego que haja muito a ser feito para acabar com os avanços que eles alcançaram no escudo e no campo mentálico; é algo preocupante, e fomos negligentes, mas será resolvido.

Ele meditou sobre o assunto e continuou em um tom de voz mais grave:

– Subestimamos a Primeira Fundação. Precisamos colocá-la sob vigilância mais severa. Precisamos ampliar nossa rede pela Galáxia, de alguma maneira. Precisamos usar o mentalicismo para construir uma cooperação de consciências mais próxima. Seria adequado para o Plano. Estou convencido disso e farei com que aconteça.

– Mestre? – disse Novi, ansiosa.

– Sinto muito – sorriu Gendibal. – Estou falando sozinho. Novi, lembra-se de Rufirant?

– Aquele cabeça oca que o atacou? Claro que lembro.

– Estou convencido de que agentes da Primeira Fundação, equipados com escudos pessoais, foram responsáveis por aquilo, assim como por outras anomalias que nos prejudicaram. Imagine só, estar cego para algo assim. Mas fui induzido a negligenciar a Primeira Fundação por essa lenda de um mundo misterioso, essa superstição sayshelliana envolvendo Gaia. Nesse ponto, sua mente também foi útil. Ajudou-me a determinar que a fonte daquele campo mentálico era a nave de guerra, e nenhuma outra.

Ele esfregou as mãos.

– Mestre? – perguntou Novi, tímida.

– Sim, Novi?

– O senhor será recompensado pelo que fez?

– Sim, de fato. Shandess se aposentará e eu serei o Primeiro Orador. Assim virá minha oportunidade de transformar a Segunda Fundação em um fator ativo para revolucionar a Galáxia.

– Primeiro Orador?

– Sim, Novi. Serei o estudioso mais importante e mais poderoso de todos.

– O mais importante? – ela parecia triste.

– Por que essa cara, Novi? Não quer que eu seja recompensado?

– Sim, Mestre, quero, mas se o senhor for o estudioso mais importante de todos, não há de querer uma loriana por perto. Não seria adequado.

– Não? Quem me impedirá? – Ele sentiu uma onda de afeto por ela. – Novi, você ficará comigo onde quer que eu vá e o que quer que eu seja. Acha que eu arriscaria lidar com alguns dos lobos que ocasionalmente temos na Mesa sem sua mente ali para me dizer, antes mesmo que eles saibam, quais são suas emoções? Sua mente, inocente e absolutamente plácida. Além disso... – ele pareceu surpreso por uma revelação súbita – Além desse fator, gosto de tê-la comigo e pretendo tê-la comigo. Isto é, se estiver disposta.

– Oh, Mestre – sussurrou Novi, e conforme o braço de Gendibal envolveu sua cintura, sua cabeça apoiou-se no ombro dele.

Nas profundezas, em uma parte que a mente predominante de Novi mal percebia, a essência de Gaia permanecia e continuava a guiar os acontecimentos, mas era aquela máscara impenetrável que garantia a continuidade da grande missão.

E aquela máscara – aquela que pertencia a uma loriana – estava completamente feliz. Tão feliz que Novi quase se conformou com a distância a que estava de si mesma/eles/tudo, e estava satisfeita de ser, pelo futuro indefinido, o que aparentava ser.

3

Pelorat esfregou as mãos.

– Como estou feliz de ter voltado a Gaia – disse, com entusiasmo cuidadosamente controlado.

– Hmmm – respondeu Trevize, distraído.

– Sabe o que Júbilo me contou? A prefeita está voltando a Terminus com um acordo comercial com Sayshell. O Orador da Segunda Fundação está voltando a Trantor convencido de que foi ele quem arranjou a situação, e aquela mulher, Novi, está com ele para garantir que as mudanças que resultarão em Galaksia tenham início. E nenhuma das Fundações tem a menor ideia sobre a existência de Gaia. É absolutamente incrível.

– Eu sei – respondeu Trevize. – Também me contaram tudo isso. Mas *nós* sabemos da existência de Gaia e podemos falar.

– Júbilo acha que não. Ela diz que ninguém acreditará em nós, e saberíamos disso. Além de tudo, eu, pelo menos, não tenho intenção de deixar Gaia nunca mais.

Trevize foi tirado de sua reflexão. Olhou para Pelorat e disse:

– Quê?

– Vou ficar aqui. Sabe, não consigo acreditar. Semanas atrás eu vivia uma vida solitária em Terminus, a mesma que levava há décadas, imerso em meus arquivos e pensamentos, sem nunca sonhar com nada além de que eu morreria algum dia, ainda mergulhado em meus arquivos e pensamentos, e ainda vivendo minha vida solitária, acomodado em meu estado vegetativo. Então, de súbito e inesperadamente, tornei-me um viajante galáctico; envolvi-me em uma crise galáctica e... não ria, Golan, encontrei Júbilo.

– Não estou rindo, Janov – disse Trevize –, mas tem certeza de que sabe o que está fazendo?

– Oh, sim. Essa questão da Terra não me importa mais. O fato de ser o único mundo com uma ecologia diversificada e vida inteligente foi explicado adequadamente. Os Eternos, você sabe.

– Sim, eu sei. E você vai ficar em Gaia?

– Definitivamente. A Terra é passado, e estou cansado do passado. Gaia é o futuro.

– Você não é parte de Gaia, Janov. Ou acha que pode se tornar parte dele?

– Júbilo disse que posso, de certo modo, fazer parte... intelectualmente, se não biologicamente. Ela me ajudará, claro.

– Mas, considerando que ela *é* parte de Gaia, como vocês dois poderão encontrar uma vida em comum, um ponto de vista em comum, interesses em comum...

Eles estavam a céu aberto e Trevize observou, com gravidade, a pacífica e exuberante ilha, e, além dela, o mar, e, no horizonte, roxa por causa da distância, outra ilha – tudo tranquilo, civilizado, vivo. Uma unidade.

– Janov – disse –, ela é um mundo; você é um ínfimo indivíduo. E se ela se cansar de você? Ela é jovem...

– Golan, eu pensei nisso. Não penso em mais nada além disso há dias. Sei que ela se cansará de mim; não sou um idiota romântico. Mas o que quer que ela me ofereça até se cansar será suficiente. Ela já me ofereceu o bastante. Recebi mais dela do que sonhei existir na vida. Se eu não a visse mais a partir de agora, terminaria feliz.

– Não acredito em você – respondeu Trevize, gentilmente. – Acho que você é, sim, um idiota romântico e, para a sua informação, eu não iria querer que fosse de outro jeito. Janov, não nos conhecemos há muito tempo, mas estivemos juntos o tempo todo por semanas e, perdoe-me se parecer tolice, gosto bastante de você.

– E eu de você, Golan – disse Pelorat.

– E não quero você magoado. Preciso conversar com Júbilo.

– Não, não. Por favor, não. Você a repreenderá.

– Não vou repreendê-la. Não é somente sobre você, e quero conversar com ela em particular. Por favor, Janov, não quero fazer isso pelas suas costas, então me dê seu consentimento para conversar com ela e esclarecer algumas coisas. Se eu ficar satisfeito, oferecerei minhas congratulações e boa vontade mais sinceras, e estarei em paz para sempre, o que quer que aconteça.

Pelorat negou com a cabeça.

– Você estragará tudo.

– Prometo que não. Estou *implorando*.

– Bem... Mas tenha cuidado, meu caro colega, sim?

– Tem minha palavra de honra.

4

– Pel disse que você queria falar comigo – disse Júbilo.

– Sim – respondeu Trevize.

Estavam no pequeno apartamento reservado para ele.

Ela se sentou, graciosa; cruzou as pernas e olhou para ele com profundidade, com seus belos olhos castanhos luminosos e seus longos cabelos escuros e brilhantes.

– Você não gosta de mim, não é? Não me aceitou desde o início.

Trevize continuou em pé.

– Você pode ler mentes. Sabe o que penso de você e por quê.

Júbilo negou lentamente com a cabeça.

– Sua mente é fora dos limites de Gaia. Você sabe disso. Sua decisão era necessária, e precisava ser a decisão de uma mente limpa e intacta. Quando sua nave foi dominada, coloquei você e Pel sob um campo tranquilizante, mas aquilo foi indispensável. Você teria sido prejudicado por pânico ou fúria, e, talvez, inutilizado por um período crucial. E isso foi tudo. Eu nunca poderia ir além disso, e não fui. Portanto, não sei o que está pensando.

– A decisão que eu precisava tomar foi tomada – respondeu Trevize. – Decidi a favor de Gaia e de Galaksia. Por que, então, toda essa conversa de mente limpa e intacta? Conseguiu o que queria e pode fazer o que bem entender comigo.

– De jeito nenhum, Trev. Existem outras decisões que podem ser necessárias no futuro. Você continua o que é e, enquanto estiver vivo, é um recurso natural raro na Galáxia. Decerto existem outros como você na Galáxia, e outros como você surgirão no futuro, mas, por enquanto, sabemos de você, e apenas de você. Ainda não podemos tocá-lo.

Trevize ficou pensativo.

– Você é Gaia – disse – e não quero falar com Gaia. Quero falar com você como indivíduo, se isso tiver algum significado.

– Tem significado. Estamos longe de existirmos em uma massa comum. Posso bloquear Gaia por um determinado período.

– Sim – respondeu Trevize. – Aposto que pode. E assim o fez, neste momento?

– Assim o fiz, neste momento.

– Então, primeiro, deixe-me dizer que você manipulou a situação. Não entrou em minha mente para influenciar minha decisão, mas certamente entrou na mente de Janov com esse objetivo, não foi?

– Você acha que entrei?

– Acho que entrou. No momento crucial, Pelorat lembrou-me de sua própria visão da Galáxia como algo vivo, e esse pensamento me levou a tomar a decisão naquele instante. O pensamento podia ser dele, mas foi a sua mente que o provocou, não foi?

– O pensamento estava na mente dele – disse Júbilo –, mas havia muitos outros pensamentos ali. Eu abri o caminho para aquela reminiscência que ele tinha sobre a Galáxia como algo vivo, e não para nenhum outro pensamento. Portanto, aquele pensamento em especial surgiu facilmente em sua consciência e se transformou em palavras. Mas saiba que não criei o pensamento. Já estava ali.

– De qualquer jeito, isso equivale a uma manipulação indireta da perfeita independência de minha decisão, não?

– Gaia sentiu que era necessário.

– Sentiu, foi? Bom, se te faz sentir melhor, ou mais nobre, apesar de o comentário de Janov ter me persuadido a decidir naquele momento, creio que era a decisão que eu tomaria mesmo que ele não tivesse dito nada nem que tivesse tentado me convencer a fazer outro tipo de escolha. Quero que saiba.

– Fico aliviada – respondeu Júbilo, calmamente. – Era isso que queria dizer quando pediu para falar comigo?

– Não.

– O que mais?

Nesse momento, Trevize sentou-se em uma cadeira que posicionou diante dela; seus joelhos quase se tocavam. Ele se inclinou na direção da moça.

– Quando nos aproximamos de Gaia, era você na estação espacial. Foi você quem nos dominou; você quem veio nos buscar; você quem permaneceu conosco desde então... exceto na refeição com Dom, que não compartilhou conosco. E, especialmente, era você na *Estrela Distante* conosco quando a decisão foi tomada. Sempre você.

– Eu sou Gaia.

– Isso não justifica. Um coelho é Gaia. Uma rocha é Gaia. Tudo no planeta é Gaia, mas não são todos igualmente Gaia. Alguns são mais iguais do que outros. Por que você?

– Por que você acha?

Trevize abriu o jogo.

– Por que não acho que você seja Gaia – disse. – Acho que você é mais do que Gaia.

Júbilo fez um som irônico com a boca. Trevize manteve a compostura.

– No momento em que eu estava tomando a decisão, a mulher com o Orador...

– Ele a chamou de Novi.

– Essa tal de Novi disse que Gaia foi estabelecida pelos robôs que não existem mais e que Gaia aprendeu a seguir uma versão das Três Leis da Robótica.

– Isso é a verdade.

– E os robôs não existem mais?
– Foi o que Novi disse.
– *Não* foi o que Novi disse. Lembro-me das palavras exatas. Ela disse: "Gaia foi formada milhares de anos atrás, com a ajuda de robôs que, durante um determinado período de tempo, serviram à espécie humana, e que agora não a servem mais".
– Bom, Trevize, isso quer dizer que eles não existem mais, não?
– Não, isso quer dizer que eles não a servem mais. Será que não a governam, em vez disso?
– Isso é ridículo!
– Ou a supervisionam? Por que você estava lá, no momento da decisão? Você não parecia ser essencial. Foi Novi quem conduziu a situação e ela era Gaia. Por que você seria necessária? A não ser que...
– A não ser que?
– A não ser que você seja a supervisora, cujo papel é garantir que Gaia não esqueça as Três Leis. A não ser que você seja um robô, feito com tanta engenhosidade que não pode ser distinguido de um ser humano.
– Se não posso ser distinguida de um ser humano, como você acha que pode distinguir? – perguntou Júbilo, com um traço de sarcasmo.
Trevize reclinou-se na cadeira.
– Vocês todos me garantem que eu tenho a capacidade de *ter certeza*; de tomar decisões, ver soluções, chegar a conclusões corretas. Não sou eu quem diz isso; são *vocês* que dizem isso de mim. Bom, desde o momento em que a vi, fiquei incomodado. Tinha alguma coisa errada com você. Sou certamente tão suscetível aos atrativos femininos quanto Pelorat (até mais, eu diria) e você é uma mulher atraente. Ainda assim, em nenhum momento senti a menor atração.
– Você me magoa profundamente.
Trevize ignorou o comentário e continuou:
– Quando você apareceu em nossa nave, Janov e eu discutíamos a possibilidade de uma civilização não humana em Gaia, e,

quando Janov a viu, ele perguntou, em toda a sua inocência: "Você é humana?". Um robô talvez seja obrigado a dizer a verdade, mas suponho que possa ser evasivo. Você disse, apenas: "Eu não *pareço* humana?". Sim, você parece humana, Júbilo, mas permita-me perguntar de novo: você é humana?

Júbilo ficou em silêncio.

– Acho que – continuou Trevize –, mesmo naquele primeiro instante, senti que você não era uma mulher. Você é um robô e, de alguma maneira, eu percebi. E, por causa da minha suspeita, todos os eventos que vieram em seguida tiveram significado, especialmente sua ausência no jantar.

– Acha que não posso comer, Trev? – perguntou Júbilo. – Esqueceu-se de que mordisquei um prato de camarão em sua nave? Garanto que sou capaz de comer e de executar qualquer outra função biológica; inclusive, antes que pergunte, sexo. E essa informação, devo dizer, não prova que não sou um robô. Os robôs atingiram o auge da perfeição milhares de anos atrás, quando eram distinguíveis dos seres humanos apenas pelo cérebro, e, portanto, apenas por aqueles capazes de lidar com campos mentálicos. O Orador Gendibal poderia ter descoberto se sou robô ou humana se tivesse se dado ao trabalho de reconhecer minha presença. Evidentemente, ele não o fez.

– Ainda assim, mesmo que eu não seja mentálico, estou convencido de que você é um robô.

– E se eu for? – perguntou Júbilo. – Não estou admitindo nada, mas estou curiosa. E se eu for?

– Você não precisa admitir nada. Sei que é um robô. Se precisasse de uma última prova, foi a sua tranquila garantia de que poderia bloquear Gaia e falar comigo como um indivíduo. Não acho que você conseguiria fazer isso se fosse parte de Gaia. Você não é. Você é um robô supervisor e, portanto, está fora de Gaia. Pensando bem, me pergunto quantos robôs supervisores Gaia requer e possui.

– Repito: não estou admitindo nada, mas estou curiosa. E se eu for um robô?

— Nesse caso, o que quero saber é o seguinte: o que quer de Janov Pelorat? Ele é meu amigo e é, em certos aspectos, uma criança. Ele acha que ama você; acha que quer apenas o que você estiver disposta a oferecer e que já lhe ofereceu o bastante. Ele não conhece e não pode conceber a dor de um amor perdido ou, então, a angústia peculiar de saber que você não é humana.

— *Você* conhece a dor de um amor perdido?

— Tive meus momentos. Não levei a vida protegida de Janov. Minha vida não foi consumida nem anestesiada por uma busca intelectual que engoliu todo o resto, até mesmo uma esposa e um filho. A dele foi. Agora, subitamente, ele desiste de tudo por você. Não quero que ele se magoe. Não admitirei que ele se magoe. Se eu servi a Gaia, mereço uma recompensa, e minha recompensa é sua garantia de que o bem-estar de Janov Pelorat será preservado.

— Devo fingir que sou um robô e responder?

— Sim — disse Trevize. — E agora.

— Pois bem. Vamos supor que eu seja um robô, Trev, e que esteja em uma posição de supervisora. Vamos supor que existam poucos, muito poucos, com papel similar ao meu, e que raramente nos encontremos. Vamos supor que a força motora de nossa existência seja a necessidade de cuidar dos seres humanos, e que não existam seres humanos genuínos em Gaia, pois todos são parte de um ser planetário. Vamos supor que nos satisfaça cuidar de Gaia, mas não totalmente. Vamos supor que exista algo primitivo em nós que anseia por um ser humano como aqueles que existiam quando os robôs foram criados e concebidos. Não me entenda mal; não digo que sou antiquíssima, presumindo que eu seja um robô. Sou tão velha quanto disse que sou ou, pelo menos, presumindo que eu seja um robô, foi esse o tempo de minha existência. Ainda assim, presumindo que eu seja um robô, minha concepção fundamental seria a que sempre foi, e eu teria anseio por cuidar de um ser humano genuíno. Pel é um ser humano. Não faz parte de Gaia. É velho demais para se tornar verdadeiramente parte de Gaia. Ele quer ficar em Gaia comigo porque não sente por mim o que você sente. Ele não acha que eu sou um robô. Pois eu também o quero. Se você presumir que eu seja um robô, entenda que isso pode ser verdade. Sou capaz de todas as reações humanas e eu o amaria. Se você insistisse que sou um robô, poderia até achar que não sou capaz de amar em algum sentido humano místico, mas não poderia distinguir minhas reações daquelas que você chamaria de amor... então, que diferença faria?

Ela parou de falar e olhou para ele com um orgulho intransigente.

– Está me dizendo que não o abandonaria? – perguntou Trevize.

– Se você acredita que sou um robô, pode entender que, de acordo com a Primeira Lei, eu nunca poderia abandoná-lo, a não ser que ele me ordenasse e eu ficasse convencida de que ele estivesse falando sério, e que eu o estivesse magoando mais ao ficar do que ao partir.

– Um homem mais novo não...

– Qual homem mais novo? Você é um homem mais novo, mas não consigo imaginá-lo precisando de mim da mesma maneira que Pel precisa e, na verdade, você não me quer, então a Primeira Lei me impediria de apegar-me a você.

– Não eu. Outro homem mais novo...

– Não há nenhum outro. Quem, em Gaia, se classificaria como ser humano, no sentido não gaiano, além de você e Pel?

– E se você *não* for um robô? – perguntou Trevize, mais suavemente.

– Decida-se – respondeu Júbilo.

– Eu disse, *se* você não for um robô?

– Então digo que, nesse caso, você não tem o direito de falar nada. Cabe a mim e a Pel decidir.

– Pois então volto para a minha primeira questão – disse Trev. – Quero minha recompensa e a recompensa é que você o tratará bem. Não vou insistir na questão da sua identidade. Apenas me garanta, de uma inteligência para a outra, que você cuidará bem dele.

– Eu cuidarei bem dele – respondeu Júbilo, suavemente –, não como uma recompensa para você, mas porque eu quero. É meu desejo mais intenso. Vou cuidar bem dele – e ela chamou: – Pel!
– E mais uma vez: – Pel!

Pelorat entrou no apartamento.
- Sim, Júbilo? - perguntou.
Júbilo estendeu a mão para ele e disse:
- Acho que Trev quer dizer algo.
Pelorat segurou a mão de Júbilo e, então, Trevize segurou as mãos de ambos com as próprias.
- Janov - disse Trevize -, estou feliz por vocês.
- Ah, meu caro colega - respondeu Pelorat.
- Eu provavelmente deixarei Gaia em breve - continuou Trevize. - Vou falar agora com Dom sobre isso. Janov, não sei quando ou se nos encontraremos novamente, mas, de todo modo, juntos nos saímos bem.
- Nós nos saímos bem - sorriu Pelorat.
- Adeus, Júbilo, e, antecipadamente, obrigado.
- Adeus, Trev.
E Trevize, com um aceno de mão, deixou a casa.

5

- Você se saiu bem, Trev - disse Dom. - Como achei que se sairia.
Estavam, mais uma vez, diante de uma refeição, tão insatisfatória quanto a primeira, mas Trevize não se importava. Talvez não comesse em Gaia novamente.
- Fiz como achei que você faria - respondeu Trevize -, mas talvez não pelos motivos que você achou que eu faria.
- Você certamente não duvidava da justeza de sua decisão.
- Não, não duvidava, mas não porque tinha alguma compreensão mística sobre o que era certo. Escolhi Galaksia simplesmente pela lógica, o tipo de lógica que qualquer outra pessoa poderia usar para chegar a uma decisão. Gostaria que eu explicasse?
- Certamente, Trev.
- Havia três coisas que eu poderia ter feito. Eu poderia ter me juntado à Primeira Fundação, à Segunda Fundação ou a Gaia. Se tivesse me aliado à Primeira Fundação, a prefeita Branno teria agi-

do imediatamente para estabelecer domínio sobre a Segunda Fundação e sobre Gaia. Se tivesse me aliado à Segunda Fundação, o Orador Gendibal teria agido imediatamente para estabelecer domínio sobre a Primeira Fundação e sobre Gaia. Em ambos os casos, as consequências seriam irreversíveis, e, se fosse a solução errada, teriam sido irreversivelmente catastróficas. Por outro lado, se eu me juntasse a Gaia, então a Primeira e a Segunda Fundação sairiam com a convicção de terem conquistado uma pequena vitória. Assim, considerando que a construção de Galaksia, como me disseram, levará gerações, até séculos, tudo continuaria como antes. Juntar-me a Gaia foi, então, uma maneira de adiar e de garantir que haverá tempo para alterar a decisão, ou até revertê-la, se minha escolha tiver sido equivocada.

Dom levantou as sobrancelhas, mas seu rosto velho e quase cadavérico continuou inexpressivo.

– E você acha – disse Dom, com sua voz melodiosa – que sua decisão talvez tenha sido equivocada?

– Acho que não – Trevize deu de ombros –, mas há, sem dúvida, uma coisa que eu preciso averiguar para ter certeza. É minha intenção visitar a Terra, se puder encontrá-la.

– Decerto não tentaremos impedi-lo se quiser partir, Trev...

– Não me encaixo em seu mundo.

– Não mais do que Pel, mas é tão bem-vindo para ficar quanto ele. Ainda assim, não o impediremos. Mas diga-me, por que deseja visitar a Terra?

– Creio que você sabe – respondeu Trevize.

– Não, não sei.

– Existe uma informação que você omitiu de mim, Dom. Talvez tivesse seus motivos, mas eu preferia que você não o tivesse feito.

– Não compreendo – disse Dom.

– Escute, Dom, para eu tomar minha decisão, usei meu computador e, por um breve instante, estive em contato com as mentes de todos ao meu redor: a prefeita Branno, o Orador Gendibal, Novi. Vislumbrei diversas questões que, isoladamente, não significaram nada para mim, como os vários efeitos que Gaia, por meio de Novi, teve em Trantor, efeitos cujas intenções eram manipular o Orador para ir a Gaia.

— Sim?

— E uma dessas coisas foi a eliminação de todas as referências à Terra da Biblioteca de Trantor.

— Eliminação de referências à Terra?

— Exato. Portanto, a Terra deve ser importante... e, aparentemente, não é só a Segunda Fundação que não deve descobrir nada sobre ela; eu também não devo. E, se hei de assumir a responsabilidade pelo futuro desenvolvimento galáctico, não aceito ignorância. Você se importaria de me contar por que era tão importante ocultar informações sobre a Terra?

— Trev — respondeu Dom, solenemente —, Gaia não sabe nada sobre a eliminação dos arquivos. Nada!

— Está me dizendo que Gaia não é responsável?

— Não é responsável.

Trevize ficou pensativo por algum tempo, a ponta de sua língua passando lenta e meditativamente sobre os próprios lábios.

— Então, quem foi responsável? — perguntou.

— Não sei. Não vejo propósito nisso.

Os dois homens encararam um ao outro.

— Você tem razão — disse Dom. — Aparentemente, alcançamos uma conclusão bastante satisfatória, mas enquanto essa questão não for esclarecida, não ousemos descansar. Fique mais algum tempo conosco e permita-nos tentar descobrir alguma coisa. Pode partir em seguida, com nosso apoio total.

— Obrigado — respondeu Trevize.

FIM
(por enquanto)

POSFÁCIO DO AUTOR

Este livro, embora seja um romance independente, é uma continuação da *Trilogia da Fundação*, formada pelos seguintes títulos: *Fundação, Fundação e Império e Segunda Fundação*.

Além disso, há outros livros escritos por mim que, apesar de não abordar diretamente as Fundações, pertencem ao que poderíamos chamar de "universo da Fundação".

Dessa maneira, os eventos de *Poeira de Estrelas* e *As Correntes do Espaço* acontecem na época em que Trantor se expandia para se transformar no Império; já os eventos de *Pedra no Céu* se dão quando o Primeiro Império Galáctico se encontra no auge de seu poder, a Terra é o tema central e parte do material nele contido é tangencialmente abordado neste novo livro.

Em nenhum dos livros da Trilogia da Fundação fez-se menção a robôs. Neste novo livro, porém, há referências a eles. Para realizar esta conexão, você pode se interessar por ler minhas histórias de robôs. Os contos podem ser encontrados em *Nós, Robôs*, enquanto os dois romances, *As Cavernas de Aço* e *O Sol Desvelado*, descrevem o período robótico da colonização da Galáxia.

Se você deseja ler um relato sobre os Eternos e a maneira pela qual eles ajustam a história humana, poderá encontrá-lo (não totalmente compatível com as referências deste novo livro) em *O Fim da Eternidade*.

TIPOLOGIA: Minion Pro Regular [texto]
Titania [títulos]
Century Old Style [subtítulos]
PAPEL: Pólen Soft 80 g/m² [miolo]
Supremo 250 g/m² [capa]
IMPRESSÃO: Gráfica Santa Marta [agosto de 2021]
1ª EDIÇÃO: outubro de 2012 [4 reimpressões]